btb

Ein Generationenroman aus dem ehemaligen Grenzgebiet über alte Geschichten, Familiengeheimnisse, über das Vergeben der Vergangenheit und das Annehmen der Gegenwart. Dunja lebt mit ihren zwei Kindern in der Großstadt, ihre Zwillingsschwester Saphie leitet ein Hotel in einem kleinen Dorf an der ehemals deutsch-deutschen Grenze. Nach einem tragischen Ereignis nähern sich die Schwestern einander wieder an, Dunja zieht in Saphies Hotel und damit zurück in die Welt ihrer Kindheit. Während die Schwestern sich auf einen neuen Lebensabschnitt vorbereiten, holt die Vergangenheit im Grenzgebiet sie überraschend ein und setzt alle Erlebnisse der Familie in ein neues Licht.

Franziska Hauser, geboren 1975 in Pankow / Ostberlin, hat zwei Kinder. Sie studierte Fotografie an der Ostkreuzschule bei Arno Fischer und ist Autorin. Ihr Debütroman »Sommerdreieck« erhielt den Debütantenpreis der lit.COLOGNE und stand auf der Shortlist des aspekte-Literaturpreises. Ihr zweiter Roman »Die Gewitterschwimmerin« war für den Deutschen Buchpreis 2018 nominiert. 2023 erschien ihr neuester Roman »Keine von ihnen«.

Franziska Hauser

Die Glasschwestern

btb

MIX
Papier | Fördert gute Waldnutzung
FSC® C014496

Penguin Random House Verlagsgruppe FSC® N001967

2. Auflage
Genehmigte Taschenbuchausgabe April 2024
btb Verlag in der Penguin Random House Verlagsgruppe GmbH,
Neumarkter Str. 28, 81673 München

Covergestaltung: semper smile, München,
nach einem Entwurf von Massimo Peter-Bille
unter Verwendung einer Fotografie von © Franziska Hauser
Druck und Einband: GGP Media GmbH, Pößneck
MA · Herstellung: sc
Printed in Germany
ISBN 978-3-442-77247-6

www.btb-verlag.de
www.facebook.com/penguinbuecher

Für Micha

Einer Frau und einem Glas
drohet jede Stund' etwas.

Keiner der anderen Restauratoren war je irgendwo runtergefallen.

Nur er.

Dunja hatte es einmal geträumt, und dann war es dreimal passiert. Beim ersten Mal hatte Winne sich den Kiefer, beim zweiten Mal den Arm gebrochen, und seine Kollegen nannten ihn seitdem »Der Auferstandene«.

Es steht auf einem blöden Foto, das am Spiegel im Flur hängt: Winne mit verdrehten Augen und heraushängender Zunge am Kreuz in einer Kirche. Wegen der losen Zähne musste er albernerweise jahrelang eine Zahnspange tragen. Wie sein Sohn.

Diesmal war es kein Loch im morschen Boden oder eine kaputte Empore gewesen, sondern der abgesperrte Balkon unterm Dach eines alten Fachwerkhauses, der ihn abwarf. Das Geländer hatte er selbst abgerissen. Von einer kleinen vereisten Pfütze unter dem pulverigen Schnee waren ihm die Füße weggezogen worden, und der Sims hatte sich nicht mehr greifen lassen, sondern Winne drei Stockwerke tiefer mit dem Genick auf eine kleine Steinmauer geschleudert.

Wie erschossen lag der Mann im Schnee, der wenige Sekunden zuvor entschieden hatte, einen Teil des geschnitzten Holzgiebels abzunehmen, ihn über den Winter in der Werkstatt zu restaurieren, neu zu bemalen und im Frühling wieder anzubauen. Der historische Balkon hatte entschieden, in diesem Jahr nicht mehr restauriert zu werden, und Winne einen Tritt gegeben.

Mutig war Winne nie gewesen. Auf Dächern fürchtete er sich. Nicht aus Höhenangst. Winne war schwindelfrei. Es lag daran, dass er sich nicht vorstellen konnte, was hinter ihm war. Winne hatte kein Gespür für seinen Körper. Er trat in Löcher, rutschte von abschüssigen Untergründen, stieß sich an Pfeilern und Balken, war gedanklich woanders, und manchmal dachte Dunja, Winne fühlte seinen Körper vollkommen anders, als er wirklich war. Er konnte komplizierte Balkenkonstruktionen entwerfen, und seine Berechnungen stimmten, aber sein kluger Geist war in eine stumpfe Hülle gesperrt. Seine körperlichen Sinne waren eingeschränkt. Als Kind hatte er kaum hören können, und man hatte ihn mehrfach operieren müssen. Farbenblind war er schon immer gewesen, und Dunja bezweifelte, dass er überhaupt einen Geschmackssinn hatte. An einem Partybuffet hatte Dunja ihn gefragt, ob es süß oder salzig sei, was er da aß. Er wusste es nicht. Er aß, was die anderen aßen.

»Lieber eine Tochter im Puff als ein Sohn beim Militär«, hatte Winnes Vater nur gesagt und war froh gewesen, dass die Wehruntauglichkeit seines Sohnes außer Frage stand.

Winne brauchte viel Körperkontakt, und Dunja hatte es für ein Zeichen überschwänglicher Zuneigung gehalten, dass er auf der Straße meist Hand in Hand gehen wollte. Aber Winne fühlte sich unsicher, wenn kein anderer Körper neben ihm war. Die Kinder hatte er lieber getragen, als sie im Wagen zu schieben. Dann war er gebückt hinter ihnen gegangen, als sie laufen lernten, die Kinderhände an seine Zeigefinger gehängt.

Mit dem toten Ex-Mann im Kopf will Dunja nicht einfallen, wo sie ihr Handy hingelegt hat. Sie ruft es mit dem Festnetztelefon an, und es klingelt im Bad. Auf der Waschmaschine vibriert das Handy, die Maschine schleudert, oder andersherum, aber nicht ihr eigener Name steht auf dem Display, sondern Saphies. Dunjas Schwester ruft an, und Dunja ist irritiert. Nichts stimmt mehr. »Saphie?« Ihre Schwester fängt sofort an zu reden und erzählt mit ungewohnt hoher Stimme, Gilbhart sei am Morgen vom Hometrainer gekippt und gestorben. Er habe mit dem Gesicht auf dem Teppich gelegen, wie umgehauen. Schlaganfall. Das ganze Hotel stehe unter Schock. Dunja hört ein fluchendes Jaulen, als würde die schleudernde Waschmaschine neben ihr die schwere Arbeit beklagen. »Das ist die Zimmerfrau«, sagt Saphie. »Saphiiiie!«, brüllt Dunja ins Telefon und schlägt die Tür des Badezimmers hinter sich zu. Saphie quietscht seltsam, und Dunja kann sich nicht vorstellen, welches Gesicht Saphie zu diesem Laut macht.

»Winne ist auch tot.« Sie macht eine Pause. »Vom Dach gefallen.« Es klingt wie ein Scherz. »Heute früh.«

»Was?«

Die Verbindung, die sie eben noch zueinander gesucht haben, wird zu einem schwarzen Loch und lässt die Schwestern wie zwei Sterne im All um Lichtjahre auseinanderrasen. Eine unheimliche Stille entsteht, und die Telefonleitung will nicht das leiseste Geräusch mehr übertragen.

»Aber, das ist doch total …« Saphie stockt. »Was?« Dunja sieht sich in ihrem Flur um. Irgendetwas muss diese beiden Tode veranlasst haben, denkt sie. Sie würde gerne fragen, was es sich verdammt noch mal dabei gedacht hat, ihren Ex-Mann und den Mann ihrer Schwester am selben Tag sterben zu lassen.

Das Schicksal hat ihnen gleichzeitig denselben Schlag erteilt und gesagt: Seht zu, wie ihr klarkommt, wenn ihr einander nicht helfen könnt.

Dunja kann nicht schlafen. Sie sieht auf die Uhr und denkt, sie müsste irgendetwas tun. Schließlich steht sie auf, setzt sich ans Küchenfenster und macht das Licht nicht an. Sie fühlt sich wie von einer Krankheit befallen, die sie bisher nie hatte. Obwohl sie nicht unglücklich ist, hat sie nichts gegessen, nur für die Kinder gekocht und gewusst, sie wird sich demnächst zum Essen zwingen müssen. Sie schaltet die Herdplatte an. Wie ein sich mit Lava füllendes Gesteinsloch beginnt der Cerankreis die Küche zu beleuchten. Sie starrt in dieses Rot, spürt die Hitze an ihrer Stirn und ist ganz erfüllt. Es gibt nichts Lebendigeres als den Tod, denkt sie. Das muss eine Anomalie sein, den Tod schön zu finden. Bestimmt ist es verboten. Kann man etwas tun gegen diese beglückende Empfindung?

Gilbharts Tod kommt ihr bemitleidenswerter vor als Winnes, obwohl Gilbhart keine Kinder hinterlässt. Winnes Tod passt zu seinem Leben, wie eine logische Folge. Mit großer Verbissenheit hatte Winne alles so schnell wie möglich erreichen wollen. Vielleicht hat er gewusst, dass er sich beeilen musste, weil sein Leben nicht sehr lang sein würde.

Sie schiebt den Topf mit dem kalten Gulasch über das Rot, bis es dunkel ist in der Küche. Das Schneeräumfahrzeug rasselt durch die leere Straße. So wird sich das Geräusch ins Unterbewusstsein fremder Kinder prägen, genau wie es sich ihren Kindern eingeprägt hat, als sie noch klein waren. Als sie noch einen Vater hatten, denkt Dunja jetzt und massiert sich das Gesicht mit beiden Händen.

Die Stadt ist leise im Schnee. Dunja kippt das Fenster an, und Schneegeruch weht herein.

Sie hört ein Knistern vom Herd, hat das Gulasch vergessen und hört die Katze nicht um die Tischbeine streichen. Dunja fischt ein Stück Fleisch aus dem Topf, lässt es fallen, die Katze riecht daran, schreckt zurück und schlägt es mit der Tatze. »Dummes Ding. Das beißt nicht. Das ist heiß!«

Plötzlich kann sie sich wieder genau daran erinnern, wie glücklich sie als Kind war über eine Katze. Ihr Leben hat seit Langem endlich wieder eine große Bedeutung. Es ist wie ein Rausch. Wie Berühmtsein. Nach diesem Gefühl sucht sie seit Jahren.

Winne wird die Familie nie mehr mit seiner ständigen Angst um das Überleben der Firma belästigen, er wird niemanden mehr auf sich warten lassen oder nicht anrufen oder enttäuschen, und er kann nie mehr irgendwo runterfallen.

Dunja sucht nach der Haltung, die zu diesem Tod passen könnte. Aber da passt keine. Da ist nur die Sorge um ihre Kinder und die Wut auf Winne, den Kindern einen solchen Schmerz angetan zu haben.

Zwei lange Tränen laufen über ihre rechte Wange, bevor eine halbe aus dem linken Lid quillt und in den Wimpern hängen bleibt.

Sie beschließt, Winne endgültig loszuwerden. Einen Toten kann sie in ihrem Leben nicht brauchen. Letztes Jahr wollte sie schon den lebenden Mann loswerden, und dann war er ausgezogen, und alles war langsam einfacher geworden. Sie ruft sich den Abend in Erinnerung, als Winne sie vor den Kindern dumme Sau nannte, weil er ein Werkzeug suchte und Dunja gestand, es einem Nachbarn geborgt zu haben. In Wutzuständen konnte er grenzenlos böse werden, und dann wuchs Dunjas Unschuld im selben Maße wie seine Schuld. Das Ungleichgewicht war irgendwann unerträglich geworden. Trotzdem wird sie mehr Tränen brauchen, um Winne von sich abzuspülen. Hoffentlich werden ihre Lider demnächst noch welche hergeben.

Jetzt kommt ihr schon zum zweiten Mal der Gedanke, Gilbhart könnte über Winnes Tod wieder anfangen zu trinken, bis ihr einfällt, Gilbhart ist auch tot. Der wird sich nie mehr betrinken.

Dunja kann sich Gilbhart schlechter tot vorstellen als Winne.

Sie hört, wie jemand ins Bad geht. Die Duschtür quietscht und wird zugedonnert. Es ist Augusta. Jules geht vorsichtiger um mit den Türen. Halb acht zeigt die Uhr am Herd. Augusta will offenbar zur Schule gehen, ihr normales Leben weiterführen, fürs Abi lernen, wie bisher, nur ohne Vater. Der Duschkopf fällt in die Wanne. Jedes Mal überlegt Dunja, ob es Ungeschicklichkeit ist, Gleichgültigkeit oder Absicht, dass Augusta alles fallen lässt. Am liebsten poltert ihre Tochter in Holzschuhen durch die Wohnung.

Ständig sagt jemand, wie froh Dunja sein könne, mit neununddreißig schon erwachsene Kinder zu haben. Aber Dunja hätte lieber wieder kleine Kinder. Kleinen Kindern könnte sie erzählen, ihr Vater sei im Himmel oder im Weltall oder im Paradies. Sie könnte ihnen den Tod erklären, und sie würden ihr alles glauben. Erzieherinnen und Lehrerinnen wären aus Mitleid besonders fürsorglich. Aber Dunja kennt weder Jules' Professoren noch Augustas Lehrer und von ihren Freunden auch nur noch wenige.

Augusta lässt den Toilettendeckel zufallen. Dann hört Dunja den Föhn rauschen. Etwas fällt auf die Fliesen. Macht Augusta Krach, um ihre Mutter zu verjagen wie einen bösen Geist? Warum begreift Dunja das erst jetzt?

Es ist zu einer unnützen Angewohnheit geworden, den Kindern Frühstück zu machen. Augusta stürzt morgens ein Glas Leitungswasser runter, steckt sich irgendetwas Greifbares in den Mund und knallt die Tür zu. Die Finsternis, die Dunja in so vielen Wintern morgens mit Tee und Kerzen und süßen Eierkuchen erträglich machen wollte, stört

Augusta nicht. Sie spricht mit Dunja nur das Nötigste, vermeidet es, ihre Mutter anzusehen, und benimmt sich, als wäre Dunja schuld an Winnes Tod. So benahm sie sich schon, als Winne noch gar nicht tot war, als Dunja ihn nur verlassen hatte.

Winne ist zweimal gestorben und Dunja doppelt schuld.

Jules hatte als Erster von Winnes Tod erfahren. Winne wird seine Ex-Frau vor den Kollegen als Biest verflucht haben. Auf den Baustellen wird er sich in den Brotpausen als das Opfer einer zickigen Frau aufgespielt haben. Darauf ein Bier, und alle werden sich einig gewesen sein. Das würde erklären, warum es keiner gewagt hat, sie anzurufen. Jules musste es ihr sagen, und er musste es auch seiner Schwester sagen. Augusta war daraufhin stumm in die Knie gegangen, hatte im Korridor gesessen, den Hinterkopf gegen die Wand gelehnt, wie selbst vom Dach gestürzt und vom Schmerz überfallen. Eine Weile hatten sie zu dritt im Korridor auf dem Boden gesessen. So hilflos und einsam. Schließlich war Augusta aufgestanden, hatte die Wohnung verlassen, und Jules war in seinem Zimmer verschwunden. In der sinnlosen Bereitschaft, ihren Kindern zu helfen, war Dunja genau an der Stelle sitzen geblieben, an der ihre Kinder auseinandergegangen waren.

Jules steht normalerweise um neun auf, mit zerrauftem Haar, trinkt einen Kaffee und geht in die Uni. Als Dunja die Kinder morgens noch wecken musste, war sie manchmal erschrocken. Statt der zappelnden weichen Kinderbeine, denen man die Füße kitzeln konnte, hingen an den schlafenden Köpfen schwere, behaarte Glieder. Dunja sieht die Kinder noch müde am Frühstückstisch sitzen. Sie hasste dieses frühe Aufstehen, dieses kopflose Rotieren in der Küche, jeden Morgen, ohne zur Besinnung zu kommen, Schulbrote zu schmieren, zerknitterte Zettel zu unterschreiben, identische Strümpfe zu suchen, Zöpfe zu flechten und den Kindern für jeden Handgriff ein Kommando zu geben: »Iss deinen Eierkuchen, trink deinen Tee, zieh deine Schuhe an, nimm deine Tasche, hör auf zu trödeln.« Jeder Tag hatte mit einem enormen Kraftaufwand begonnen, und Dunja hatte erst in der Mittagspause Zeit, mal für fünf Minuten in eine Teetasse zu starren.

Das ist vorbei. Dunja starrt in ihr Gulasch.

Sie erschrickt. Gerade war ihr entfallen, dass Winne tot ist.

Die meisten Zufälle haben keine Bedeutung. Sie lassen sich nicht verarbeiten oder verwenden. Man kann mit ihnen nichts anfangen, staunt nur, wie über Unfälle oder Naturereignisse, erzählt jemandem davon und vergisst sie wieder.

»Hab ich's doch gleich geahnt!«, hat Dunjas Mutter gesagt und sich die Hände verzückt vor den offenen Mund gehalten, als sie damals Dunjas neue Wohnung betrat. »Das ist die Wohnung, in der ich aufgewachsen bin, bis ich in die Schule kam.« Sie war durch den langen Flur geschritten, wie durch ein Museum oder eine Kirche. »Hier im Korridor hab ich Fahrrad fahren gelernt.« Dunja ließ ihre Mutter plappern – »Hier stand das Klavier, da die Standuhr ...« – und überlegte kurz, ob der Zufall etwas bedeutete. Aber Dunja war genervt von diesem Zufall. Sie wollte nicht, dass er etwas bedeutete, sie wollte eine eigene Wohnung, ein eigenes Leben, eine eigene Familie, außerhalb des Reviers ihrer Mutter.

Ihre Mutter meinte, es gäbe keine Zufälle.

Sie vergaß, was Dunja ihr erzählte. Aber was Dunja ihr nicht erzählte, hatte die Mutter jedes Mal angeblich schon vorher gewusst. »Ich hab's doch gewusst!«, rief die Mutter, wenn Dunja schwanger war oder jemand heiratete oder einen Job bekam. Die Mutter schlug die Hand auf den Tisch, und alle verdrehten die Augen. Als die Mutter gegangen war, hatte Dunja damals am Küchenfenster gestanden, ihr hinterhergesehen und gedacht, es muss irgendwann eine Erklärung für diesen Zufall geben.

Dunjas und Saphies Zwillingsleben war nie von Parallelen durchzogen gewesen. Wenn Dunja einen neuen Job hatte und ihr Leben aufregend war, gab es bei Saphie keine Veränderungen, und wenn Saphie versuchte, sich von Gilbhart zu trennen, und zu diesem Zweck kopflos verreiste, dann lebte Dunja nur ihren Alltag.

Es war lächerlich, den wenigen Minuten, die Dunja vor Saphie zur Welt gekommen war, eine Bedeutung beizumessen. Dunja blieb zwar die Ältere, daran war nichts zu ändern, aber die Mutigere war Saphie. Dunja ließ sich nicht alleine ins Dorf zum Bäcker schicken, also ging Saphie, und die unterschiedlichen Zwillingsmädchen wurden wie zwei Seiten einer Medaille.

Lenka war zehn Jahre jünger und durch den Abstand fast ein Einzelkind. Sie wollte sich an allem außer an ihren großen Schwestern orientieren und entschied sich aus Protest ständig für die komplizierteste aller Möglichkeiten. Lenka wollte ein außergewöhnliches Leben führen.

Das außergewöhnliche Leben hatte man Saphie zugeschrieben. Aber keine der Schwestern hatte die Erwartungen der Familie Lenzing erfüllt. Dunja sollte die Werkstatt des Vaters übernehmen und Lenka in der Großstadt Karriere machen, mit sicherem Job und solidem Mann. So hatten es sich die Mutter und die Tanten vorgestellt. Aber die Mädchen hatten die Rollen getauscht.

Dunja und Saphie wurden nie für Zwillinge gehalten. Selbst wenn sie es als Kinder gerne wollten und für einen

Tag die gleichen Zöpfe, Kleider und Ohrringe trugen. Bis sie fünfzehn wurden, war wenigstens zu erkennen, dass sie Schwestern waren. Danach schrieben ihnen die unterschiedlichen Eigenschaften verschiedene Züge in die Gesichter. Saphie kam in die Pubertät, und Dunja ließ diese Phase aus. Ein paar Jahre lang ignorierten sie einander, eine Weile konnten sie sich nicht leiden.

Erst als Dunjas Kinder auf der Welt waren, sahen sie einander wieder, und Dunja war froh, mit den Kindern an den Wochenenden im Hotel wohnen zu können. Saphie hielt die 203 für Dunja frei und stellte den Kindern zwei Liegen ans Fußende des Doppelbetts. Dort schliefen Augusta und Jules Fuß an Kopf, bis sie dafür zu groß wurden. Dann bekamen sie die Kammer unterm Dach, die nur im Notfall belegt wurde.

Böses kommt geritten,
geht aber weg in Schritten.

Dunja spürt, wie ihr Oberschenkel in ihrer Hüfte dieselben Kreise zieht wie ihre Füße auf den Pedalen. Sie findet die Straße wieder nicht, hat sie schon beim ersten Mal ewig gesucht und gemerkt, sie wollte die Straße gar nicht finden. Das Beerdigungsinstitut war unauffindbar. Saphies Therapeutin hatte gesagt: »Wenn es Ihnen schlecht geht, denken Sie nur an das, was Sie gerade tun. Ich gehe einkaufen, ich koche, ich fahre Auto. Sagen Sie es wie ein Mantra vor sich hin.«

Dunja will zu keiner Therapie. Sie stellt sich vor, wie man sie dort auseinandernehmen würde, in alle Einzelteile zerlegen, und niemand würde wissen, wie man sie danach wieder zusammenbaut. Die Vorschläge, die Saphie von ihrer Dorftherapeutin bekommt, können sie sich sowieso teilen.

»Seit wann lässt du dich von irgendeiner Beichtmutti verhören?«, hatte Dunja am Telefon gefragt. Sie habe gedacht, nur Städter gingen zur Psychotherapie. »Mann, ich muss hier funktionieren, Dunja, ich muss das Hotel alleine schmeißen und mich um die Beerdigung kümmern. Ich würd durchdrehen, wenn ich die Therapeutin nicht hätte.«

Saphie ging schon seit Jahren zur Therapie, hatte es ihrer Schwester nur nicht erzählt. Dunja fragt nicht, was vor Gilbharts Tod der Grund dafür gewesen ist. Der Grund wird sich womöglich mit seinem Tod erledigt haben, und diese Tatsache stünde dann da wie ein hässliches Geschenk.

Wäre Winne nicht tot, würde Dunja Urlaub nehmen und nach Hause fahren, um ihrer Schwester mit dem Hotel zu helfen. »Wäre Gilbhart nicht tot«, hatte Saphie am Telefon gesagt, »dann wär ich jetzt bei euch.« Sie einigten sich darauf, dass Winne zuerst beerdigt werden musste. »Man kann Augusta und Jules ja nicht zur Beerdigung ihres Onkels schleifen. Erst mal muss der Vater unter die Erde«, entschied Saphie pragmatisch. Dunja kam es während dieses seltsamen Gespräches vor, als würde jemand mithören. Als würde sie jemand auf die Probe stellen, um herauszufinden, ob sie die richtige Entscheidung träfen. »Beerdigen wir Gilbhart zwei Tage später? Schaffen wir das?«

»Schaffen wir«, sagte Saphie mit schwacher Stimme.

Seit Winnes Tod ist alles intensiver. Dunja sieht Dinge, die ihr vorher nicht aufgefallen sind. Alles hat jetzt eine Bedeutung. Selbst das schmutzige Tauwasser, das aus dem Schneematsch rinnt, gefällt ihr. Es spricht mit ihr, begrüßt sie und verabschiedet sich, bevor es in den Gully fließt. Dunja fühlt sich wie in einem Fieberrausch. Sie sieht alles mit neuer Brille, oder ohne trübe Brille. Farben flimmern, Gerüche lassen sich schmecken, Geräusche sammeln sich zu einer Komposition, und alle Menschen, denen sie begegnet, haben sich für Dunja schön gemacht.

Vor ein paar Monaten wollte sie den lebendigen Mann, den sie nicht mehr geliebt hat, nur aus ihrem Leben entfernen, und jetzt, wo er sich noch dazu aus seinem eigenen Leben entfernt hat, ist sie wieder in ihn verliebt. Ihre Gefühle sind heillos vermengt. Dunja kann sie nicht mehr auseinanderhalten, sich für keines dauerhaft entscheiden. Sie ist ihm dankbar für seinen Tod.

Vor dem Bestattungsinstitut Hartung schließt Dunja ihr Fahrrad an. Jules und Augusta wollten erst in einer halben Stunde kommen, aber ihre Räder sind schon da. Verdammt! Dunja wollte Winne zuerst sehen. Das Fahrradschloss verheddert sich zwischen den Speichen, während Dunja es hektisch um die Laterne legt.

»Streuobstwiese zu verkaufen«, liest ein alter Mann laut von einem Zettel, der an der Laterne klebt. »Wo soll denn da eine Streuobstwiese sein?« Er schüttelt den Kopf und geht weiter.

Dunja wird von Hartung zum Hof geführt, und aus einer Art Garage hört sie Augusta schreien. Dunja fängt an zu rennen. »Sie können doch nicht einfach die Kinder da reinlassen! Idiot!« Hartung hebt die Hände. »Das sind doch keine Kinder mehr, Frau Lenzing.« In der Garage ist schummriges Licht, schwere Musik dudelt, und Stoffbahnen hängen vor den Wänden wie in einem Laientheater. Augusta und Jules hocken auf dem plüschigen Boden. Über ihnen thront der aufgebahrte Vater.

Eine Erinnerung blitzt auf: Die Kinder schreien vor Angst, versuchen, sich auf einer zu schnell geschleuderten Spielplatz-Drehscheibe festzukrallen, während Winne danebensteht und telefoniert. »Jetzt hilf ihnen doch mal!«, brüllt Dunja mit Eiswaffeln in beiden Händen. Winne hilft ihnen nicht, liegt nur steif und tot da und weiß nichts vom Leid seiner Kinder.

Jules streichelt Augustas Rücken, und ein tiefer Laut, den Dunja nie mit ihrer Tochter in Verbindung gebracht hätte, wird aus Augustas Brust gestoßen und von den Vorhängen schalltot gemacht. Dunja kniet sich neben die beiden und spürt, sie stört das Ensemble. Augustas Körper zittert. Dunja legt den beiden ihre Arme um die Schultern und lässt aus ihrem rechten Auge Tränen in Jules' Haar fallen. Das linke Auge will keine hergeben.

Ihr fällt wieder ein, wie sie damals mit Winne in der Eingangshalle des Krankenhauses gesessen hatte. Als das Taxi vor der Glastür hielt, waren sie zusammen aufgestanden und auf dem Weg zur Automatiktür dem Blick der Krankenschwester begegnet, die hinterm Empfangstresen hockte und entsetzt die Augen aufriss. Sie hatten ihren vier Stunden alten Sohn in der Babyschale auf der Sitzgruppe vergessen. Als Dunja sich umsah, hatte dieser einsame blaue Autositz für einen Moment nichts mit ihnen zu tun. Winne war mit Riesenschritten zurückgesprungen, als müsste er den schlafenden Säugling vor dem Ertrinken retten. Der Schreck saß ihnen noch tagelang in den Gliedern. Als Beobachter hätte man denken können, jeder sei davon ausgegangen, der andere nehme das Kind mit. Aber Dunja wusste, sie hatten es in ihrer Erschöpfung beide vergessen.

Die Geschwister bilden eine Einheit. Das hat Dunja sich oft gewünscht, dieses Einverständnis, wie es zwischen ihr und Saphie inzwischen gewachsen war. Die Geschwister können gemeinsam um denselben Vater trauern. Dunja gehört nicht mehr dazu. Früher war es, als fließe Strom von ihrem Körper in den ihrer Kinder, wenn sie einander umarmten. Jetzt ist die Verbindung schwach wie Reststrom, den man nicht nachweisen kann. Sie kann den leidenden Kindern nicht helfen. Sollen sie denken, Dunja würde über den toten Winne weinen, obwohl sie im Moment über ihre eigene Hilflosigkeit weint. Wenn Winne damals sagte, er würde sie lieben, dachte Dunja, diese Ansage konnte nichts mit ihr zu tun haben. Nicht mit der Frau, die sie war, sondern eher mit einer Frau, die Winne in ihr sehen wollte, und darüber weint sie jetzt auch.

Augusta hat ihrem Vater die alte Zimmermannshose rausgesucht und ein rot kariertes Holzfällerhemd. So sah er aus, als die Kinder klein waren, als er kein Geld hatte, kein Auto und keine Firma. Die Sachen sind ihm zu eng. Er sieht fremd und irgendwie kaputt aus. Mit seinem Schädel stimmt etwas nicht. Irgendwo in diesem toten Körper muss doch etwas von dem Mann sein, den sie geliebt hat. In seinem Gesicht kann Dunja ihn nicht mehr erkennen. Diesen Mund mit den schmalen Lippen und den großen Zähnen hat sie geküsst?

Aber der Anblick seiner Hände sticht plötzlich in ihre Brust, dass ihr davon schwindlig wird. Ihre Ohren rauschen, alles wird unscharf, Silbersterne tanzen vor ihren Augen wie damals im Sportunterricht, jedes Mal, bevor sie ohnmächtig wurde. Sie setzt sich in einen Sessel und versucht, wach zu bleiben.

Streuobstwiese. Als sie aufwacht, hat sie dieses seltsame Wort im Kopf und dazu das Bild eines alten Mannes, der mit einem Bauchladen über die Wiese geht und tropische Früchte ausstreut. »Frau Lenzing, hallo, trinken Sie mal 'n Schluck Wasser.« Hartung biegt Dunjas Finger auseinander und klebt sie um das Wasserglas. Jules nimmt ihm das Glas aus der Hand und hält es seiner Mutter an den Mund. Hartung tätschelt Dunjas Wange wie einem Kleinkind. »Geht Ihnen gleich besser.«

Augusta und ihr Freund sitzen Dunja im Café gegenüber. Dunja denkt, sie hätte sich lieber neben Augusta setzen sollen, außerhalb ihres feindseligen Blickwinkels. Nach der Trennung standen die Kinder auf Winnes Seite. Da stehen sie immer noch. »Du bist schuld«, hört sie Augustas Gedanken brüllen wie einen unerträglichen Ton, der nur in Dunjas Kopf Resonanz findet.

Sie war Winne das letzte Mal in diesem Café begegnet. Da saß sie mit Jules am Fenster. Als Winne reinkam, hatte er nur seinen Sohn begrüßt und Dunja ignoriert. Aber dann hatte Winne ihr doch einen erschrockenen Blick zugeworfen, als Jules sagte: »Ich ziehe zu Papa um. Okay?« Winne stotterte: »Hast du das mit deiner Mutter so besprochen?« Jules lachte und hielt es für einen Scherz. Er nahm seinen Laptop und seine Bücher und setzte sich an Winnes Tisch. Er hatte nur diesen kleinen Umzug von Tisch zu Tisch gemeint.

»Ich glaube, ab achtzehn muss bei Tischwechsel die Bedienung informiert werden und nicht mehr die Eltern«, hatte Dunja die Situation mit einem holprigen Lachen retten wollen und dafür einen verächtlichen Blick von Winne geerntet. Sie hatte in diesem Blick erkannt, wie verraten er sich vorkam. Dunja hatte alles mitgemacht, alles ausgehalten, um jeden Preis eine Familie sein wollen. Dann hatte sie ihn fallen gelassen, und er muss gedacht haben, es wäre ihr gleichgültig, ob er den Absturz überlebt oder nicht.

Sie habe letzte Nacht nicht geschlafen, behauptet Dunja, dabei ist sie wach wie nie. Müde ist sie seit Winnes Tod nicht mehr, und vielleicht liegt das weniger an Winnes Tod als daran, dass sie kaum etwas isst. Augustas Freund will Dunja zum Bleiben überreden, bekommt dafür offenbar einen Tritt unterm Tisch, sieht Augusta fragend an und verstummt. Dunja spürt hinter ihrem Rücken ein erleichtertes Ausatmen, als sie das Café verlässt. Auf dem Gehweg fürchtet sie, Winne könnte plötzlich vorbeifahren.

»Ich mache alles mit, solange du mich ansiehst, mit mir redest und mit mir schläfst«, hatte Dunja zu Winne gesagt und es als Ermunterung gemeint, als er sich vor seiner Firmengründung fürchtete. »Aber wenn's schiefgeht?«, hatte er ständig gesagt, war nervös durch die Wohnung getigert und hatte Dunja angesehen wie ein kleiner Junge, der sich vorm Zahnarzt fürchtet. Als die Firma gegründet war, hatte Winne aufgehört, mit Dunja zu reden, dann hatte er sie seltener angesehen und schließlich aufgehört, mit ihr zu schlafen. Das sei nicht wahr, hatte er behauptet und mit ihr geschlafen, ohne dass es beiden gefiel. Es war nur die Erfüllung einer Pflicht. Winne hatte sich danach umgedreht und die Diskussion am nächsten Morgen vergessen. Seitdem war Dunja nach jedem Sex traurig gewesen und hatte ihn selbst nicht mehr gewollt.

Der Rückweg ist kürzer als der Hinweg. Dunja fährt mechanisch strampelnd, ihrem Fahrrad gehorchend, das nach Hause will. Ihr Bewusstsein hat sich seit der Ohnmacht abgesetzt, und sie sieht die vorbeirasenden Häuserfassaden, Schaufenster und Autos wie einen Film ablaufen. Wenn sie jetzt mit etwas oder jemandem zusammenstößt, wird sie im Nachhinein sagen, sie könne sich das selbst nicht erklären. An der Ampel spürt sie unter den Stiefelsohlen, wie die Straße für eine U-Bahn-Länge bebt. Das ist ihr nie aufgefallen, obwohl sie oft hier gestanden hat. Sie stellt sich unter dem Asphalt ein schwarzes Loch vor, das wie im Film jeden Moment aufbrechen könnte.

Zu Hause schleudert die Waschmaschine, und die Blätter des Zitronenbaums auf dem Fensterbrett vibrieren. Dunjas ganze Wohnung vibriert. Sie fühlt sich verjagt: Verschwinde, sonst geht hier alles kaputt, sonst wirst du weggeschleudert. Alles wackelt und schwankt. Saphie wäre die Einzige, die ihr helfen könnte, ihren Zustand unter Kontrolle zu kriegen. Dunja will wieder auf festem Boden stehen.

Als Saphie endlich rangeht, schluchzt Dunja sofort los. »Saphie, meine Kinder hassen mich. Die wirken so einsam, und ich biete mich ihnen ständig als Vaterersatz an. Aber sie wollen mich nicht, verstehst du? Ich kann ihnen einfach nicht helfen. Denen geht es ohne mich besser als mit mir.« Saphie unterbricht sie: »Ach na ja, das wird sich wieder ändern. Geh heiß duschen. Das mach ich jetzt auch. Mir hilft das.«

Ach na ja. Das sagt Saphie, wenn sie über etwas nicht reden will. Dunja hasst es, wenn Saphie ach na ja sagt. Aber jetzt beruhigt sie die Vorstellung, sechzig Kilometer voneinander entfernt gemeinsam zu duschen. Dunja duscht lieber kalt, bis sie es nicht mehr aushält, schließt die Augen und kommt langsam wieder in sich an.

Wer da fällt, über den läuft alle Welt.

Auf dem Fluss am Friedhof treiben langsam klimpernd die Eisschollen. Es ist zu eng im Flussbett. Jede Scholle will zuerst aufs Meer getragen werden. Einige Trauergäste sehen auf den Fluss, andere betrachten den dunklen Sand im Erdloch mit traurig versonnenem Lagerfeuerblick. Dunja kann sich nicht entscheiden, ob sie glücklich oder unglücklich ist. Sie darf nicht glücklich sein, wenn ihre Kinder unglücklich sind, denkt sie.

Wenn sie Hunger hatte, machte sie den Kindern Essen, wenn sie müde war, legte sie die Kinder schlafen, wenn ihr kalt war, zog sie die Kinder an, wenn sie krank war, kochte sie den Kindern Tee, wenn sie traurig war, tröstete sie die Kinder. Sie betrachtet Augusta und Jules, die rechts neben ihr am Grab stehen. Ob sie merken würde, wenn sie bekifft wären? Jetzt haben beide diesen Drogenblick, sehen verwirrt aus, als wüssten sie nicht genau, wo sie sind, und lassen sich von ihren Freunden führen und stützen wie Gehbehinderte.

So war es Dunja gegangen, als ihr Vater starb. Wochenlang war sie zerstreut und unkonzentriert gewesen. Alle zusammengesetzten Wörter waren aus ihrem Gehirn radiert. Sie hatte im Unterricht sekundenlang überlegen müssen, bis ihr Flughafen, Friedhof oder Blaubeerquark einfiel. Sie war ständig zu früh oder zu spät gekommen, hatte die falschen Unterrichtsmaterialien mitgenommen, hatte Wassergläser und Kaffeetassen über die Lehrbücher gekippt und beim Reden den Faden verloren. Am Grab ihrer Mutter, ein Jahr später, hatte sie noch immer um den Vater getrauert.

»Die Kinder werden klarkommen«, hätte Winne jetzt gesagt. Das hatte er ständig gesagt, wenn die Kinder ein Problem hatten. »Kinder brauchen Probleme.« Wer nie Probleme habe, könne nicht lernen, mit Problemen klarzukommen, meinte Winne und hatte es nie für nötig gehalten, die Probleme der Kinder zu lösen.

Dunja friert. Saphie friert nicht. Sie steht mit offenem Mantel links neben Dunja und hält ihre Hand. Saphie hat abgenommen und trägt das Haar nicht hochgebunden wie sonst. Im Vorbeigehen glotzen Winnes Kollegen in Saphies Ausschnitt.

Der dichte Schnee rauscht in einer Esche, die ihre braunen Blätter im Herbst nicht hergeben wollte, und die dicken Flocken erlöschen im selben Moment, da sie den nassen Boden berühren, als fielen sie ungehindert durch ihn hindurch, um unter der Erde weiterzuwirbeln.

Vor dem Friedhofstor hält Winnes Firmenauto. Sein Partner steigt aus. Hektisch tippt er auf seinem Handy herum, kommt in gemächlichem Dauerlauf als Letzter ans Grab, steckt das Handy in die Manteltasche. »Sie haben Ihr Ziel erreicht«, sagt die Navigations-App aus dem Mantel, und Saphie muss lachen. Dem Partner steht der Schweiß auf der Stirn. Mit rotem Gesicht nimmt er das Handy wieder raus, drückt drauf rum und steckt es ein. Dunja nickt ihm segnend zu wie ein Priester, und er nimmt die Mütze ab.

Die Sekretärin der Firma weint wie ein Kind. Ihre Schultern springen auf und ab. Sie starrt ins Grab, als unterziehe sie sich freiwillig einer Folter. Vielleicht hatte Winne ein Verhältnis mit ihr, überlegt Dunja. Sicher sollte sie davon nichts wissen. Ihr schlechtes Gewissen, ihn verlassen zu haben, war Winne wichtig. Er hätte es Dunja nicht so leicht abgenommen. Vielleicht wussten die Kinder davon, denkt Dunja jetzt. Es würde erklären, warum Jules der Sekretärin die Vollmachten für Winnes Konten und Versicherungen übertragen hat. Niemand hat Dunja gefragt, ob sie die Auflösung seines Lebens verwalten könnte. Nein, so etwas kann sie nicht.

Während man Beileidsfloskeln ausspricht, Dunjas Hand schüttelt, ihre Schulter tätschelt, ihren Hals umarmt, kommt Dunja sich vor wie eine Betrügerin. Als müsste sie die geschenkte Aufmerksamkeit für eine Empfindung, die sie nicht hat, unauffällig in ihren Manteltaschen verschwinden lassen.

Auf dem Rückweg zur Kapelle sagt Saphie: »Aggi und Jules müssen sich ablenken. Solln sie irgendeinen sinnlosen Scheiß machen. Partys, Escape Room, Sport, Wellness vielleicht. Was meinst du?«

Dunja flüstert: »Wie solln die sich ablenken, wenn wir sie jetzt zu Gilbharts Beerdigung schleifen?«

»Ach na ja. Vielleicht ist das ja gerade gut. Vielleicht kann man sie vom einen Toten mit einem anderen Toten ablenken, wer weiß.«

»Saphie, du redest viel zu laut für eine Beerdigung.«

»Meine Therapeutin sagt, ein Trauma wird nicht so tief ins Unterbewusstsein geprägt, wenn man Computerspiele spielt oder ganz viel arbeitet.«

»Na da kann sich ja bei dir nichts einprägen.«

»Eben! Bin extra mit dem Zug gefahren und hab die ganze Zeit Patience gespielt. Solltest du auch machen. Oder schnell wieder arbeiten gehen.«

Dunja stöhnt und will sich nicht vorstellen, wie sie am Montag wieder vor der Gruppe *Birgit* oder der Gruppe *Annemarie* steht und Wörter an die lackierte Wand schreibt, im

Raum *Helsinki* oder *Warschau*, in der finnischen oder polnischen Etage einer gigantischen Firma, und die müden Mitarbeiter animieren muss, damit sie ihre Gehirne bewegen und Deutsch lernen, damit sie die Jobs machen können, die Dunja nicht machen will. »Weißt du eigentlich, dass du mit dem Fremdsprachenunterricht der Wirtschaft einen größeren Nutzen bringst als neunzig Prozent aller Angestellten?«, hatte ein alter Unternehmensberater zu Dunja gesagt. Wozu soll sie der Wirtschaft einen Nutzen bringen, denkt Dunja jetzt. Und wozu soll überhaupt jemand Deutsch lernen? Vielleicht sollten einfach alle Englisch lernen.

Dunja sieht aus dem Zugfenster über die trübe Schneelandschaft. Sie fährt in einen neuen Teil ihres Lebens. Es ist weiß und leer. Neblig und ungenau. Sie kann daraus machen, was sie will.

Saphie schläft mit halboffenem Mund. Der Lidstrich ist auf einem Auge zur Hälfte abgebröckelt. Dunja spiegelt sich in der Scheibe, um zu sehen, ob sie unter den Augen auch diese bläulichen Schatten hat oder dieselben feinen Falten in den Augenwinkeln, aber das schwache violette Spiegelbild zeigt ihr weder Falten noch Schatten.

Augusta lässt die dünnen Beine wie ein Weberknecht über die Armlehne in den Gang baumeln, den Rücken an Jules' Schulter gelehnt, und fädelt konzentriert ihr Ohrhörer-Kabel auseinander. Dann spiegelt sie sich mit prüfendem Blick in der gegenüberliegenden Scheibe und steckt sich eine Strähne hinters Ohr.

Dunja würde gerne noch mal erzählen, wie Jules als Kind gefragt hatte, was das für ein Tier sei, das Zugendethier. Damals, als Augusta sich Austa nannte und Jules Uhls. Augusta würde die Augen verdrehen: Mama, das erzählst du uns jedes Mal.

Dunja wollte nie in der Stadt leben. Sie hatte sich ein Haus im Wald gewünscht. Es steht noch in ihrem Hinterkopf. Da steht es, seit sie mit achtzehn Winne kennengelernt hat und es wichtiger war, auf keinen Fall schwanger, wie sie es sofort war, zurück ins Dorf zu gehen, um dick und dumm zu werden wie ihre Cousine mit ihrer grauen Jogginghose und dem lila Kinderwagen. Die sah aus wie ausgestopft im Museum, wenn sie in der neuen Siedlung auf der Bank am Spielplatz saß und ihr Kind mit Milchschnitten vollstopfte. Dumm wie 'n Meter Feldweg, hatte Saphie gesagt. Die bekam gleich das zweite, lief mit dem riesigen Bauch durch die Siedlung wie auf Eiern und blökte ihr Kind an. Die Vorstellung, neben ihrer Cousine auf dem Spielplatz zu sitzen, wurde mit der Schwangerschaft plötzlich zur entsetzlichsten Idee, die Dunja vom Leben haben konnte. Mit einem Kind in diesem Dorf festzusitzen, dem die DDR ihre launische Trägheit hinterlassen hatte: Das arme Kind würde dieselbe Kindheit wiederholen müssen, die Dunja gerade erst beendet hatte.

Dabei war es Saphie, die unbedingt wegwollte. Dass sie es nie getan hat, lag erst an Gilbhart und später am Hotel. Leute aus der Stadt kamen, kauften Höfe, feierten im Hotel Großstadtpartys, und das Dorf wurde langsam eine Kleinstadt.

Vielleicht ist es eine ihrer wenigen Gemeinsamkeiten, dass beide Schwestern nicht so leben, wie sie es sich einmal vorgenommen haben. In der Stadt, dachte Dunja, würde ihr Leben richtig beginnen. Irgendwann war aber das Stadtleben ein leeres Versprechen geworden.

Dann blieb sie wegen der Kinder, die Stadtkinder geworden waren.

»Man muss ein Ziel haben«, sagte Winne, als er diesen verkommenen Bahnhof am Stadtrand kaufte und jeden

Cent hineinsteckte. Vielleicht hatte er damit tatsächlich sein Navigationsziel erreicht.

Dunja sieht vor dem Zugfenster schon die ersten Reihenhäuser und überlegt, wo ihr Ziel ist. Sie müsse ja noch allen Ausländern der ganzen Stadt Deutsch beibringen, hatte sie noch vor wenigen Wochen gesagt, als sie müde war und nach Hause wollte, anstatt mit ihren Freundinnen in einer verrauchten Kneipe zu sitzen. Unterwegs hatte sie sich über den blöden Satz geärgert und befürchtet, diese Aufgabe würde unweigerlich ihr Leben okkupieren wie ein endloser Fluch.

Auf dem Bahnhofsparkplatz lässt Dunja nicht ihren Sohn an der Beifahrertür einsteigen wie sonst, sondern setzt sich selbst neben Saphie. Heute spielt es keine Rolle, wer in Saphies winzigem Auto die längsten Beine hat. Heute sind die Kinder wieder Kinder. Heute müssen Dunja und Saphie die Lage im Griff haben. Es soll aussehen wie ein normaler Schicksalsschlag. Nicht wie ein absurder.

Während sie ins Dorf fahren, redet nur Saphie. Ständig sagt sie ach na ja. »Und das wollte Gilbhart mal kaufen«, Saphie zeigt nach rechts, »war der alte Julmond schneller. Ach na ja.«

Vor einer geschlossenen Kneipe fährt Saphie langsamer und liest das Schild an der Tür. »Geschäftsaufgabe!«, spottet sie. »Na, das hätt ich euch vorher sagen können, dass man eine Kneipe nicht *Flopp* nennen darf. Ha!« Der Schriftzug sitzt wie zum Hohn in Giftgrün über der Tür. Dunja ist dankbar, dass Saphie die schwermütige Stimmung vertreibt. So etwas kann sie.

Mittags sitzen sie wieder, wie zwei Tage zuvor, in einer Kapelle. Der Pfarrer erwähnt in seiner Rede Winnes Tod und nennt Saphie und Dunja die Glasschwestern. Dunja hat fast vergessen, dass sie hier so genannt wurden. Vielleicht werden sie immer noch so genannt, wenn die Leute über sie reden. Dunja trug als Kind ihren Glasschmuck nur, wenn Saphie ihren auch trug. Der Vater hatte den Mädchen bunte Ohrringe, Ketten und Armbänder aus Kugeln, Tropfen, Würfeln und kleinen Glastieren gefertigt. Damit waren sie in der Schule aufgefallen.

Auf dem Land vergeht die Zeit langsam. Die Glasbläserei Lenzing gab es schon lange vor Vaters Tod nicht mehr. Aber das spielt hier für niemanden eine Rolle.

Dunja stellt sich vor, es wäre ihre eigene Beerdigung. Sie sieht sich selbst wie einen Geist zwischen den Menschen umhergehen, sieht Saphie und die Kinder ohne die beiden Männer, die dazugehört hatten. Sie sieht auf die Urne und weiß, der Anblick macht nur Lebendige traurig. Ihr Geist geht durch den Mittelgang, niemand sieht zu ihr, sie öffnet knarrend die Kapellentür, und jetzt drehen sich tatsächlich alle Köpfe um. Lenka steht in der Tür.

Sie hält ein paar gelbe Tulpen in beiden Händen wie einen Brautstrauß, macht ein entschuldigendes Gesicht, setzt ihre Stiefelabsätze leise auf und zieht im Gehen umständlich ihren schwarzen Mantel aus, wobei ihre Armreife klimpern. Sie beugt sich zu Augusta und Jules, umarmt beide und kniet sich dann vor ihre Schwestern, lässt sich umarmen, schluchzt laut und macht ein entsetztes Gesicht, als wäre sie durch die Berührung mit den Schwestern in die Realität übergetreten und würde erst in diesem Moment von dem Doppeltod erfahren. Saphie und Dunja rücken auseinander, lassen Lenka zwischen sich sitzen und rücken wieder zusammen, Schenkel an Schenkel, Arm in Arm. Lenka dreht vorsichtig den Kopf, sieht sich die Leute an. Nur die paar alten Frauen in den hinteren Reihen, die zu jeder Beerdigung kommen, sind ganz in Schwarz wie sie.

Lenkas weite Ausschnitte lassen grundsätzlich eine Schulter frei, und die riesigen Goldreife, die sie an den Ohren trägt, berühren beinahe ihre Schlüsselbeine. Sogar ihre Tränen sind schwarz und ziehen graue Bahnen über ihre schönen Wangen. Lenka kann sich nicht mehr beruhigen. Saphie und Dunja trösten sie, wie vor Jahren, als Lenka klein war und weinte, wie Kinder weinen, wenn sie sich alleine nicht helfen können. Sie presst die Hände auf ihren Brustkorb, spreizt die angeklebten Fingernägel, um das stoßweise Einatmen zu zügeln, um nicht mit jedem Schluchzer ein Wort des Pfarrers zu verschlucken. Sie weint auch am Grab, während Saphie mit unbewegter Miene neben ihr steht, als hätte sie auf diesem Friedhof zufällig etwas anderes zu erledigen, wäre im Vorbeigehen stehen geblieben, um in fremden Gesichtern fremde Empfindungen abzulesen. Vielleicht begreift sie wirklich nicht, was hier passiert, denkt Dunja und fragt sich, ob außer ihr jemand Saphies Verirrung sieht oder ob man sie für gefühlskalt hält.

Außenstehende müssen Lenka für die trauernde Witwe halten. Sie weint auf dem Rückweg, weint im Auto und schüttet ihren großen Schwestern und der ganzen Trauergemeinde ihre aufgesparten Tränen im Schwall vor die Füße. Erst beim Kaffee im Hotel hört sie auf und fängt an zu sprechen. Sie sei in Madrid gewesen und nach dem letzten Konzert sofort losgeflogen. Es tue ihr entsetzlich leid, dass sie zu Winnes Beerdigung nicht da gewesen sei.

Die Tränen haben die Schminke von ihren Wimpern gewaschen. Aber Lenkas dunkle Augen sehen sogar ohne Farbe geschminkt aus. Kein Puder könnte ihre gebräunte Haut weicher machen. Jules, der an Winnes teurer Kamera bisher nur technisch interessiert war, beschäftigt sich mit dem Porträtmodus und fotografiert vor allem Lenka. Sie registriert es mit professioneller Selbstverständlichkeit, zieht ihr Haar im Gespräch automatisch auf wie einen Vorhang zwischen Gesicht und Objektiv. Dunja sieht über Jules' Schulter, während er durch die Bilder scrollt. Auf jedem Bild fällt zuerst Lenka ins Auge. So war es immer. Lenka war schon als Kind der Fixpunkt aller Familienfotos. Neben ihren wachen Augen sieht jedes andere Gesicht verkrampft aus. Ihre Haltung, straff wie die einer Bodenturnerin, lässt alle anderen Körper neben ihr unförmig wirken.

Lenka ist kaum neun Jahre älter als Jules und damit eher in seinem Alter als in dem ihrer Schwestern. Neben Lenka sitzend, hält Augusta den Kopf in eine Hand gestützt und dreht Haarsträhnen um ihre Finger. Dunja beneidet die kleine Schwester nicht um ihre Beliebtheit, aber dass Augusta ihre Tante ständig anfasst, macht Dunja eifersüchtig. Die beiden verschlingen ihre Hände, betrachten ihre Nägel, halten zwanzig Finger ins Licht.

»Du musst diesen Unterlack benutzen, davon werden die Nägel richtig hart.«

»Ich mags, wenn das Rot einen Tick ins Orange geht.«

»Oder du nimmst Öl.«

»Fang bloß nie an, die Nagelhaut abzuschneiden!«

»Riecht irgendwie eklig, dieser Lack.«

Dunja geht raus in den Hof. Es ist kalt und dunkel. Kein Raucher sitzt mehr auf der überdachten Holztreppe. Nur an einem der Autos lehnt jemand. Sie geht über den Kies und saugt die klare Luft in ihre Großstadtlungen. Der Tannenwaldduft war für sie jedes Mal eine Kindheitserinnerung, wenn sie zu Besuch war. Jetzt kommt der harzige Geruch nicht mehr aus der Vergangenheit. Dunja riecht alles neu, ohne sich an Vergangenes zu erinnern. Zigarettenrauch mischt sich dazwischen. »Alles klar mit dir?«, fragt Dunjas Cousine mit mütterlicher Stimme, obwohl sie ein Jahr jünger ist. Sie hat einen völlig schiefen Mund, und Dunja überlegt, ob der als Kind schon so schief war und wie schief er erst in zwanzig Jahren sein wird. Heute trägt sie keine Jogginghose, sondern hat ihre dicken Beine in eine Jeans gepresst. »Will nur Luft schnappen.« Die Cousine streicht Dunja über den Rücken, wie es heute viele getan haben. »Die Luft is echt saugut. Lass mal 'n Stück runtergehen.«

Die Cousine geht über die Straße zur steinernen Tischtennisplatte, legt sich darauf und zeigt mit ihrer Zigarette in den Himmel.

»Jetzt häng die da oben zusamm rum, spieln Skat, trinken Bier und ham endlich mal genug Zeit.« Dunja legt sich daneben. »Na, wenn du meinst.« Sie sieht in die Sterne und hört nur das Rauchausblasen der Cousine und das Rascheln ihrer Jacke.

»Bist du noch im Pflanzenmarkt an der Kasse?«

Die Cousine nickt lange und bedächtig, als würde sie im Kopf die Jahre zählen. »Hmmm!«

»Und is das okay da?«

»Ja, is okay. Ich mag Blumen und so. Nur wenn die Chefin da ist, darf ich den Mund nicht aufmachen.«

»Warum das denn?«

»Haben die Kollegen mir verboten, weil ich immer sage, was scheiße läuft. Wahrscheinlich wär ich längst rausgeflogen, wenn die anderen nicht auf mich aufpassen würden.« Sie lacht. »Selbst wenn ich vorher drüber nachdenke, gibt's trotzdem jedes Mal 'n Drama. Keine Ahnung, warum.« Die Cousine sieht Dunja von der Seite an und stößt sie mit dem Ellenbogen. »Wieso fragst 'n? Brauchst 'n Job? Willste hierbleiben in unsrer schönen Luft, hä?«

Dunja lacht. »Oh Gott, nee!«

Funken schießen hinterm Berg pfeifend in den Nachthimmel. Dunja ist überrascht von der schnellen Gelenkigkeit ihrer dicken Cousine, die sich auf den Bauch dreht und auf die Platte stellt. »Da is wieder 'ne Hochzeit aufm Wasserturm.«

Dunja stellt sich neben ihre Cousine. »Echt? Aufm Wasserturm?«

»Darf Saphie nicht sehen. Wird sie bestimmt sauer, dass die ihr neuerdings ständig die Hochzeiten wegnehmen.«

Die Funken senken sich in bunten Bögen herab, wie eingeübt. Den Reflex, außergewöhnlich Schönes den Kindern zeigen zu wollen, muss Dunja unterdrücken. Kein Regenbogen hatte einen Wert, wenn die Kinder ihn nicht sahen. In den letzten Jahren war es albern geworden, wenn Dunja aus dem Autofenster auf die Pferdekoppeln zeigte.

Sie überlegt, ob es ihrer Cousine jetzt genauso geht. Die Frauen stehen schweigend nebeneinander, und eine Verbundenheit schleicht sich zwischen sie. Wie ein hochgejagter Funke sieht Dunja auf sich selbst herab und weiß für einen Sekundenbruchteil, wie lächerlich gering der Unterschied zwischen ihr und ihrer Cousine ist. Die Cousine dreht eine Zigarette, holt ein rosa Döschen aus ihrer Jackentasche und krümelt Gras in den Tabak. »Musst du probieren, is aus meinem Gewächshaus.« Dunja zieht und hustet.

Es fängt an zu schneien, als regnete die Feuerwerksasche herab. »Du hast hier nie richtig hergepasst«, die Cousine schüttelt den Kopf. »Hast nicht geraucht, nicht gekifft, nicht gesoffen, warst nur so dabei, aber irgendwie auch nicht.« Die Cousine versucht, etwas aus Dunjas Augen zu lesen, und bläst langsam den Rauch aus. »Wonach hast du denn nur gesucht?«

Dunja zuckt mit den Schultern. »Keine Ahnung. Hab's wohl nicht gefunden.«

Sie friert und wird endlich müde. Dunja geht rein, bleibt vor dem Schlüsselbrett stehen und überlegt, welches Zimmer sie nimmt.

Ein Mann mit schwarzem Pferdeschwanz und einem kleinen Koffer kommt ins Foyer und steigt über eine im Weg liegende Tasche. Er sei in Zimmer 201 verabredet, sagt er und geht die Treppen rauf. Dunja und die Cousine sehen ihm hinterher. »201 ist Lenka, oder?«, flüstert die Cousine und macht ein besorgtes Gesicht.

Dunja nimmt sich den Schlüssel vom schönen Erkerzimmer. »Bestimmt einer von ihrer Crew«, sagt sie. »Lenka hat doch schon oft irgendwelche seltsamen Leute herbestellt.«

Um sich nicht verabschieden zu müssen, lässt sie ihre Tasche im Saal. Darin ist nichts von Wert, nichts, was sie braucht, denkt Dunja, während sie die Treppe hinaufgeht. Drinnen macht Dunja kein Licht an, zieht sich aus und sieht in den Himmel zwischen den schwarzen Tannenzweigen. Der Schnee fällt dichter. Die Flocken werden von den Fenstern des Saals unter ihrem Zimmer beleuchtet und legen sich auf die Nadeln. Als Dunja im Bett die Augen zufallen, erscheint ein Körper aus weichem Glas. Sie kann ihn spüren, so nahe kommt er. Dunja erschrickt und reißt die Augen auf. Aber da ist nur schwarze Nacht, und vor dem Fenster tanzen gleichmäßig die Flocken. Sie schließt die Augen, sieht aber weiter das Zimmer und das Fenster mit den Flocken. Der gläserne Körper steht im Raum, direkt neben ihrem Bett. Er sieht aus wie der gläserne Mensch, den Dunja als Kind im Dresdner Hygiene-Museum gesehen hat. Es war ein Klassenausflug, und schon im Bus wurde von dem gläsernen Menschen geredet wie von einem verbotenen Geheimnis.

Dunja kann die leuchtenden Organe sehen, das schlagende Herz, die Blutgefäße und die vernetzten Nervenbahnen. Die Unversehrtheit des gläsernen Körpers faszinierte Dunja als Kind. Alle anderen Körpermodelle bestanden aus aufgeschnittenen Teilen, abgehackten Gliedmaßen oder herausgenommenen Organen. Die Brutalität der zerstückelten Modelle entsetzte Dunja. Nur der gläserne Mensch wirkte gesund in seiner transparenten Vollkommenheit, wie ein Heiliger.

Dunja liegt im Erkerzimmer und kann die Augen nicht mehr öffnen. Der fremde Körper beugt sich über ihr Bett und steckt ihr eine süße Beere in den Mund, deren violetter Saft ihren Hals hinabfließt. Dunja lässt sich mehr und mehr Beeren geben und weiß, man muss nach einer guten Beere aufhören, wie am Brombeergestrüpp im Sommer, bevor man eine schlechte erwischt.

Von einer bittersauren Beere wird sie wach, überlegt, wo in diesem Zimmer die Tür ist, und denkt, der gläserne Mensch sitzt noch im Dunkeln und wartet auf sie. Als sie wieder einschlafen will, hebt sich das ganze Haus über eine Welle und sinkt wieder herab, als läge sie in einer Kajüte auf See.

So kann sie nicht schlafen. Sie steht auf und geht barfuß in Hemd und Slip hinunter in den Saal, um ihre Tasche zu holen. An der Bar sitzt noch eine Frau und telefoniert mit schläfriger Stimme.

Dunja geht ins Foyer, vorbei an der Rezeption und dem großen Spiegel, über die kalten Fliesen, die Stufen hinunter, zieht die schwere Tür auf und bleibt in der Eisluft stehen, die gegen ihre nackten Beine prallt, gegen ihre Stirn und ihr unter den Armen ins Hemd fährt. Sie will spüren, wie die Kälte ihr wehtut, aber sie spürt nichts, friert nur und weigert sich zu zittern. Sie klemmt den Schirmständer in die Tür, steigt darüber hinweg und geht die Stufen runter, quer über den verschneiten Rasen Richtung Straße und dann über den spitzen Kies. Der Kies ist weich wie ein Teppich. Sie bleibt stehen, sieht auf ihre nackten Füße und weiß; sie sind taub.

»Wart mal kurz, hier läuft 'ne Schlafwandlerin durch den Schnee.« Die Frau steht jetzt in der Eingangstür, nimmt das Handy vom Ohr und kommt auf Dunja zu. Dunja weiß, sie wird fragen, ob alles in Ordnung sei, ihre Hand auf Dunjas Schulter legen und ein besorgtes Gesicht machen. So machen es alle. Dunja hat es satt. Bevor die Frau etwas sagen kann, läuft sie an ihr vorbei, holt ihre Tasche, geht die Treppe hinauf über den weichen Läufer, der ihr jetzt wie spitzer Kies in die Fußsohlen sticht.

Leid währt nicht immer,
Ungeduld macht's schlimmer.

Lenka verbringt die Zeit im Hotel liegend. Im Bett, in der Badewanne, im Liegestuhl, auf Saphies Sofa. Jedes Mal ist es wie ein Krankenbesuch, wenn Dunja morgens abfährt und sich von Lenka verabschiedet.

Sie klopft nicht an Lenkas Zimmertür. Sie hört Saphie von draußen: »Was hast du dem geschrieben? Bist du denn total irre? Du kannst doch nicht irgendeinem wildfremden Typ mitteilen, dass du gerne gefesselt werden möchtest!« Dann sitzt Saphie auf Lenkas Bettkante. »Hast du gestern Abend diesen Typ mit dem Zopf gesehen?«, fragt Saphie, als Dunja reinkommt. Dunja nickt. »Hmm.«

»Mensch, Dunja, du kannst doch hier nicht irgendwelche kranken Leute reinlassen! Du hättest mir Bescheid sagen müssen.« Lenka sitzt nackt im Bett und feilt ihre Nägel mit einer gläsernen Feile. »Der war total höflich. Überhaupt nicht krank«, sagt sie beinahe unbeteiligt.

Saphie schüttelt angeekelt den Kopf und wirft die Arme hoch. »Du bist krank! Kommst zur Beerdigung und bestellst dir erst mal einen Sadisten aufs Zimmer.« Lenka pustet auf ihre Fingerspitzen und lacht. »Ich weiß wenigstens, was ich brauche, und hab nicht so 'n Schiss vorm Leben wie du, dass ich mich hier im Kaff zwischen den Kühen verstecke, um irgendwann auch 'ne Kuh zu werden«, sagt Lenka im unpassenden Tonfall einer freundlichen Verkäuferin. »Hast du so was mit Gilbhart nie gemacht? Das ist ja krank, Saphie. Fang mal an zu leben. Krieg erst mal raus, was Sex ist, dann könn' wir weiterreden.«

Dunja betrachtet die Pfosten unter dem Bett und überlegt, ob sich daran Seile befestigen lassen. Sie beugt sich interessiert hinunter, während Saphie erklärt, was alles hätte passieren können und dass sie so etwas gefälligst woanders machen soll, »aber nicht hier in meinem Hotel«. Lenka hört nicht zu, sondern sieht grinsend zu Dunja und zeigt auf sie mit der Nagelfeile. »Dunja versteht mich.«

Im Zug hat Jules den Laptop auf dem Schoß. Augusta lehnt den Kopf an die Schulter ihres Bruders und klappt ein Buch auf. »Habt ihr schon mal über den Bahnhof nachgedacht?«, fragt Dunja. Jules sieht hoch. »Scheiße, der Bahnhof.« Dann sieht er zu Augusta. »Keine Ahnung.« Augusta zuckt mit den Schultern.

»Was hätte Papa gewollt?«, fragt Jules sachlich. »Dass wir da wohnen?«

»Ich will da nicht wohnen!« Augusta verschränkt beleidigt die Arme. »Da braucht man 'n Auto. Willst du da wohnen?«

Jules schüttelt den Kopf. Beide sehen Dunja an, wie Kleinkinder, die auf die Entscheidungen ihrer Mutter angewiesen sind. Dunja muss lachen. Sie klatscht in die Hände. »Ihr könnt da Partys feiern oder das Ding vermieten, es gehört euch.« Dunja macht eine großzügige Handbewegung: »Lasst euch was einfallen.«

Jules nickt. Augusta rollt ihre Unterlippe zwischen Daumen und Zeigefinger und sieht in ihr Buch. Dunja soll es nicht merken, wenn Augusta überlegt. Vor allem soll sie dann keine Fragen stellen.

Am Abend sitzen sie zu dritt in der Küche, und es ist so, wie Dunja es nie haben wollte. Zusammen zu essen war nur ihr wichtig. Sie hat es eingefordert, erst von Winne und später von den Kindern. Aber jetzt ist es vollkommen falsch. Sie muss irgendetwas tun, aber die einzige Tätigkeit, die ihren Händen einfällt, ist, den Tisch abzuräumen und das Geschirr in die Spülmaschine zu stecken.

Sie ist erleichtert, als Jules und Augusta in ihren Zimmern verschwinden. Es geht ihnen nur zu dritt schlecht und jedem besser alleine.

Als sie die Balkonblumen gießt, fällt ihr Blick auf die Strippe, deren abgerissenes Ende vom Balkongeländer ins Leere baumelt. Sie fummelt den Knoten auf und denkt an die Zeit, als an der Strippe ein Körbchen hing. Es verband ihren Haushalt mit dem Haushalt der befreundeten Familie im ersten Stock. Für ein paar Jahre war ihr Leben fröhlich gewesen. Beim Wäscheabnehmen hatte Dunja oft ein T-Shirt in der Hand, das sie ins Körbchen legte, weil es Jules zu klein geworden war, oder ein fremdes Unterhemdchen, das sie an die Türklinke der Nachbarwohnungstür hängte, ohne sich zu wundern, wie es in ihrer Wäsche gelandet war. Im Sommer besprühten die Kinder einander auf dem Hof mit Wasser, bevor sie allesamt nass hochkamen, um auf Dunjas Balkon Melone zu essen. Das Leben hatte in diesen Sommern so ausgesehen, als würde es für immer so bleiben. Nur die Katze, die zum ganzen Haus gehört und wohnt, wo sie will, erinnert noch an das alte Gemeinschaftsgefühl. Dunja wickelt die morsche Strippe um ihre Hand und lässt sie in den Mülleimer fallen.

Als sie später im Bett liegt, will sie den gläsernen Menschen zurückholen. Aber er bewegt sich nicht mehr, steht nur da wie eine Statue und kommt nicht näher. Dunja stellt sich vor, dass er im Hotel geblieben ist, darin herumgeistert und nach ihr sucht.

Da sie nicht schlafen kann, steht sie auf und fängt an,

Unterrichtsmaterial zu sortieren, legt sich für morgen ein paar Übungen zurecht, Rollenkarten für einen Dialog über Kleidung und Farben. Den Rest nimmt sie aus dem Lehrbuch, das wieder acht von zehn Schülern vergessen haben werden. Sie wird es nicht kopieren. Sollen die ihr verdammtes Buch mitbringen, wenn sie Deutsch lernen wollen. Dunja ignoriert Schüler, die sich einbilden, sie sei persönlich daran interessiert, es ihnen beizubringen; Schüler, die sich von ihr füttern lassen, sich zurücklehnen mit verschränkten Armen, als säßen sie im Kino.

Dunja schläft ein paar Stunden und wacht auf, weil wieder der Duschkopf in die Wanne fällt. Als Augusta die Wohnungstür zuschlägt, steht Dunja auf, und bevor Jules aufwacht, geht sie los. Draußen ist es kalt, nass und dunkel. Dunja kratzt flache Eischips von ihrem Sattel, nimmt den größten zwischen Daumen und Zeigefinger und lässt ihn schmelzen. Etwas ist anders mit ihr. Zur Arbeit fährt sie nicht aus Pflichtbewusstsein. Eher aus Gewohnheit oder einfach, weil sie gerne Fahrrad fährt, wenn es außer ihr niemand gerne tut. Es gefällt ihr sogar, dass die Kälte so unfreundlich ist und der leichte Schneeregen die Leute belästigt, indem er ihnen beharrlich in die Sachen kriecht. Wie jeden Morgen kommt ihr vor der Schule der schwarze Junge entgegen, der nie einen Schal trägt, dann kämpft sich der Professor mit dem Kastenfahrrad vor der Kreuzung den Berg hinauf. Wenn sie ihm schon am Park begegnet, muss sie sich beeilen. Er ist zuverlässiger als die Kirchturmuhr. Dunja weiß, in seinem Kasten sind Cola, Mentos, Alaunsalze, Gasflaschen, Spülmittel, Luftballons und manchmal Riesenspinnen, exotische Insekten, Krebstiere, Schlangen, Echsen, verschiedene Schnecken und große Frösche. Zu Hause hängt das Foto von Jules mit einer Vogelspinne, größer als sein Handteller. Es gab keine abwegige Kinderfrage, die der Professor nicht beantwortete, und keinen Kindernamen, den er sich nicht merkte. Selbst die endlosen blonden Lisas, Luisas, Luises, Lenas, Laras, Linas, Lauras, Lottas und Lillys konnte er auseinanderhalten.

So jemanden gab es im Dorf nicht, und Dunja wusste, die Kinder wären zwar auf dem Land der Erde, den Jahreszeiten und den Wettern näher gewesen, aber den Wissenschaften, Künsten und Kulturen ferner.

Dunja fährt vorbei an dem Fleck auf dem Asphalt, der neulich noch eine plattgefahrene Ratte war, schließt ihr Fahrrad zwischen Fahrräder, steigt über Pedale und zerrt die schweren Bücher aus der Satteltasche. Im Fahrstuhl der Firma ist sie froh, nicht zu den Angestellten zu gehören, die ihre Tage wie angekettet vor Monitoren verbringen und ein paar freie Abendstunden mit ihrem ganzen Tageslicht bezahlen. Als sie ein paar Monate als Sekretärin gearbeitet hatte, war sie sich vorgekommen wie eine Topfpflanze.

Als die Kinder älter waren, schmiedete sie zu Hause Silberschmuck, den zu verkaufen ihr nie eingefallen wäre, bis Winne ein paar Teile in einen Laden brachte. Von dem Geld konnte sie neues Silber und ein paar Werkzeuge kaufen. Übrig geblieben war nie etwas.

Die Gruppe ist müde. Die Schüler legen die Köpfe auf den Tisch, antworten träge und weigern sich, neue Wörter in ihre Köpfe zu lassen, um ihre Gehirne nicht komplett lahmzulegen.

Es ist seltsam, unter Menschen zu sein, die keine Ahnung davon haben, was ihr passiert ist. Mein Mann ist übrigens gestorben, könnte sie sagen. Vielleicht würde das die Müdigkeit vertreiben. Dunja stellt sich die irritierten Gesichter vor. Sie könnte ein dickes schwarzes Kreuz an das Whiteboard malen, ein Männlein daneben, eine Hand mit Ehering, ein Herz und auf sich selbst zeigen. Sie könnte ihnen die Wörter Unfall, Beerdigung, Grab und Witwe beibringen und sein und haben üben. Für die Muslime wäre das Kreuz nicht sofort verständlich, denkt Dunja und lässt es.

Nein, Dunja will keine Witwe sein. Sie will nicht sein, sondern haben. Sie hat einfach nur einen toten Ex-Mann. Aber die Schüler würden Dunjas wahren Zustand nicht verstehen. Sie versteht ihn selbst nicht. Man würde sie bestürzt fragen, warum sie zur Arbeit käme, und sie würde sagen: Was soll ich sonst machen?

Als sie nach dem Unterricht durch die Straßen geht, denkt sie, es müsste doch auf ihrer Stirn stehen, dass Winne gestorben ist. Warum sieht das niemand? Sie stellt sich vor, auf jeder Stirn stünde das drastischste Ereignis, das einer Person im Leben passiert ist, und erst mit der vergehenden Zeit würde die Schrift verblassen. Winnes Tod müsste jetzt grell leuchten. Einige Passanten würden Dunja vielleicht neugierig betrachten und in ihrem Gesicht nach einer Gefühlsregung suchen. Auf ihrer Stirn steht aber nichts und in ihrem Gesicht auch nicht.

Nach dem Unterricht bringt Dunja eine russische Schülerin zur S-Bahn und redet mit ihr über das nassdunkle Wetter. Unter der Brücke zwischen den rostigen Pfeilern ist es wie in einer Tropfsteinhöhle. Die Russin zeigt nach oben, »Stalagtituj«, spreizt die langen goldlackierten Fingernägel, zeigt auf Dunja und auf sich selbst, »Stalagmituj sind wir«, und lacht. Dunja hätte jetzt gerne solche hohen Glitzerstiefel, diesen riesigen Fellkragen und den mohnroten Schmollmund.

Den Raum der Abendklasse findet sie wieder nicht, obwohl sie laut der Kurskarte schon viermal zur Vertretung hier gewesen ist. Da stehen ihre Unterschriften. Da steht auch, dass es heute die letzte Stunde ist. Im Gehen liest sie die Namen der Schüler und versucht, sich zu erinnern. Ein Australier war nie anwesend, wenn sie diese Gruppe unterrichtete. Sie irrt durch die Flure, und als sie die richtige Tür öffnet, sitzt er da und trägt einen silbernen Armreif. Sein Blick öffnet eine Tür in ihr. Vielleicht hat Dunja diese Tür zu ihrer Innenwelt versehentlich nicht richtig verschlossen, und jetzt hat sie sich von selbst geöffnet. Die Tür fällt nicht wieder zu, sondern öffnet sich neugierig Stück für Stück, um jemanden hineinzulassen, dessen Tür auch gerade offen steht.

Der Australier steht auf und gibt ihr die Hand. »Deryl«, sagt er, und die anderen Teilnehmer stehen schon im Raum, als sie »Dunja« antwortet. Die Schüler reden Englisch, legen ihre Handys auf den Tisch, hängen die Jacken über die Stühle.

Dunja lässt einen Zeitungsartikel lesen über das Nachtleben, erklärt Lässigkeit, Zwanglosigkeit, Oberflächlichkeit, Entspanntheit, und man wendet die Wörter in Sätzen an. Sie leitet den Unterricht wie einen Tanz, spürt die Blicke auf ihrem Hintern, während sie etwas an die Tafel schreibt, und weiß, jede ihrer Bewegungen kann erotisch aussehen, wenn sie es so will.

Eine Ägypterin deutet auf die Uhr an der Wand. Dunja hat eine Viertelstunde überzogen. Sie klappt ihr Buch zu. »Wer kommt mit, was zum Trinken?«, fragt Deryl, steht auf, balanciert seinen Kugelschreiber zwischen den Fingern, sieht in die Runde, zeigt mit dem Stift auf Dunja und grinst. »Lernst du von uns mehr Englisch.« Er hält ihr die Tür auf und zwinkert ihr zu, als sie an ihm vorbeigeht.

In der Cocktailbar ist es seltsam, die anderen fließend sprechen zu hören, ohne dass sie nach Wörtern suchen oder falsche Artikel benutzen. Jetzt sucht Dunja nach Wörtern und ist in derselben Rolle wie damals, als sie vom Dorf in die Stadt kam, dazugehören und die Sprache der Großstadt verstehen wollte.

Bis auf Deryl sind um Mitternacht alle gegangen. Dunja setzt sich neben ihn, in die Ecke der weißen Polsterbank. Er stützt den Arm auf die Lehne.

»Ich würde dich gerne anfassen. Ist das gut? Ich würde? Oder sagt man ich will?«

»Ich würde ist besser. Höflicher.« Er streicht Dunja über den Schenkel, fährt mit der Hand dazwischen und greift hinein. Die Entscheidung mitzugehen liegt nicht mehr bei ihr. Er hat sie in der Hand, hat es für sie entschieden, und Dunja will die Wahl gar nicht haben.

Sein WG-Zimmer liegt direkt neben der Wohnungstür. Im Flur fängt er an, sie auszuziehen, und alles funktioniert automatisch, wie Radfahren. Einmal gelernt, geht es mit jedem Fahrrad. Er fragt nicht mehr, was er mit ihr tun darf, Dunja sagt trotzdem ja, zieht an seiner Jeans und will alles. Sie konsumieren einander ungeduldig, kennen die richtige Anwendung, und Dunja fragt sich, warum sie das nicht schon viel öfter getan hat. Deryl greift hart zu, verdreht ihre Brüste, schlägt ihr auf den Hintern, während er hinter ihr kniet, und Dunja spürt: Mit Sanftheit und Vorsicht wäre ihre Hingabe heute nicht zu gewinnen gewesen. Er sieht sie an, gibt ihr einen zarten Kuss, um zu zeigen, dass es auch anders ginge. Aber Dunja will es nicht anders. Mit seiner Hand drängt er Dunja hartnäckig zum Höhepunkt – etwas, woran Winne nie interessiert war, aber Dunja schüttelt im letzten Moment den Kopf. »Why are you breaking?«, fragt er. »Fear to become sensitive?«

»Ja«, sagt Dunja und will diese letzte Tür doch nicht öffnen.

Als es hell wird, sitzt sie auf der Bettkante und will weg,

bevor der schlafende Mann aufwacht, der ihr jetzt kaum vertrauter vorkommt als gestern im Unterricht. Sie sammelt ihre Kleider zusammen und ist froh, in der Wohnung niemandem zu begegnen. Erst im Hausflur fällt ihr ein, dass sie sich verabschieden sollte. »Hope I am your favourite teacher«, sendet sie mit Kussmund an Deryls Nummer, die auf der Kurskarte steht.

Das Oberlicht im Fahrstuhl legt ihr Schatten unter die Augen. Der Spiegel zeigt ihr die Zukunft. »Das bist du in zehn Jahren«, sagt er, und Dunja weiß: So wird sie sich in zehn Jahren nicht leiden können.

Sie denkt an eine ablaufende Sanduhr, wie sie schon einmal beim Anblick von Augustas wachsenden Brüsten und ihren eigenen schrumpfenden an eine Sanduhr denken musste. Sie muss den Sand irgendwie aufhalten.

Draußen ist es nass, kalt und dreckig. Schneematsch liegt mit brauner Kruste vorwurfsvoll am Straßenrand.

Dunja hustet. Ihr Atem kratzt, als hätte sie Styropor gegessen. Wieder tut ihr Hals nur rechts weh. Ihre rechte Körperhälfte macht alles zuerst. Die linke macht später mit, oder gar nicht. Mit heiserer Stimme muss sie in der Sprachschule anrufen und für heute alles absagen.

Zu Hause steht schmutziges Geschirr auf der Spülmaschine, der Küchenfußboden ist schmierig, und der Flur müsste gesaugt werden. Dunja zieht Gummihandschuhe an, lässt Wasser in den Wischeimer laufen, als Augusta gähnend im Flur steht und die Arme hochstreckt. »Was machst du ’n für ’n Krach?«, fragt sie und geht ins Bad. Dunja fegt große Glassplitter unter dem Küchenregal hervor, sammelt sie in ihre Hand, ohne zu überlegen, was das gewesen ist, und wirft sie in den Müll. Augusta stößt ständig etwas um, lässt Glas und Porzellan fallen, verschüttet Getränke, obwohl sie nicht ungeschickt ist. Sie kann sehr schnell jedes Gemüse in Quadratzentimeter schneiden. Es muss eine Wut in ihr sein, dass sie nichts heil lassen kann.

Als Jules aufsteht, räumt Dunja Schuhe aus dem Regal. Mit hängenden Schultern latscht er zerzaust durch die Wohnung. »Was ist denn mit dir kaputt?«, brummt er und kratzt sich am Kopf.

Dunja wäscht, saugt, wischt, räumt und schmeißt weg, was nicht mehr benutzt wird, sortiert Bücherregale aus und putzt die Fenster. Sie wollte nie mit dieser entnervten Haltung aufräumen wie ihre Mutter. Wenn Besuch erwartet wurde, fluchte die Mutter beim Putzen, weil ihr dann auffiel, wie dreckig die Herdritzen, die Kanten der Scheuerleisten und die Fugen zwischen den Küchenfliesen waren. Als alles sauber war, entschuldigte sie sich für die dreckige Wohnung und machte dem Gast vor, der saubere Zustand sei der dreckige.

Dann packt Dunja die Werkzeuge ihrer kleinen Silberschmuckwerkstatt in einen Koffer. Zwanzig Jahre hat sie hier gelebt, war so alt wie Jules, als sie einzog. Inzwischen haben die Kinder in diesen Zimmern eine Parallelwelt angelegt. Sie benutzen die Wohnung in den Zwischenräumen um Dunja herum und leben in einer anderen Wohnung als sie.

Es ist Nachmittag, als sie im Flur steht und weiß: Diese Wohnung hat sie zum letzten Mal geputzt. Wenn ihre Mutter nach der Arbeit in der Badewanne mit dem kleinen Kassettenrekorder Smetana hörte, dachte Dunja, sie würde später niemals klassische Musik hören. Schon gar nicht in der Wanne.

Dunjas Mutter war nicht wie die anderen Frauen im Dorf. »Hält sich für was Besseres«, sagten die Frauen in der Schlange vorm Bäcker, sodass Saphie und Dunja es hören konnten. Der Mutter war egal, was man von ihr hielt. Dass sie hohe Schuhe, enge Röcke und bunte Glasperlen am Hals trug und ihre Töchter nicht Silke, Katrin und Nicole genannt hatte, bedeutete für die Dorfbewohner, sie wollte nicht dazugehören. Das sagte schon ihr eigener Name. Brigäne.

Den Namen hatte der Großvater versehentlich erfunden, und hinter seinem Rücken war man sich einig, es muss am Alkohol gelegen haben. Brangäne hatte er gemeint, sich aber nicht mehr an den Namen der Oper erinnern können, in der eine Brangäne vorkam, nach der er seine erste Tochter benennen wollte. Brigäne war sich ihres besonderen Namens bewusst, und es störte sie nicht, dass man sie für überheblich hielt. Dunja wusste nie, ob es sie wirklich nicht störte.

Nach dem Mauerfall war die Mutter die Erste gewesen, die sich dafür einsetzte, die Farbglashütte zu retten. Sie packte kistenweise Glasschmuck in den Trabant, schnallte Lenka, die noch ein Baby war, auf der Rückbank zwischen die Kisten und besuchte die westdeutschen Schwarzkunden des Vaters, die sie bisher ignoriert hatte, um die Familie nicht in Schwierigkeiten zu bringen. Zurück kam sie mit Aufträgen für ein ganzes Jahr. Seitdem hatte man Respekt vor ihr. Respekt tat ihr aber nicht gut. Sie arbeitete zu viel, bekam tiefe Falten, die ihr eine herbe Strenge ins Gesicht zeichneten, und nachts hörten Saphie und Dunja die Mutter in deren Küche sagen: »Ich trage die ganze Verantwortung.« Dunja hatte sich vorgestellt, wie sie schwere Kisten voll Verantwortung schleppte. »Ich bin einfach überfordert.« Das war ein Satz, den Dunja sich für den Notfall merken wollte. Jemand musste einem helfen, wenn man es sagte. Es klang nicht wie »Ich kann nicht« oder »Ich will nicht«, sondern so, als könne man nichts dafür.

Sie denkt an Deryl und findet es jetzt angenehm, ihn im Hinterkopf zu haben, wie einen See in der Nähe zu wissen, in dem man baden gehen könnte.

Während sie das Wasser einlaufen lässt, beobachtet sie,

wie es sich unter ihren Brüsten einen Weg über den Bauch bahnt. Der kleine Hügel zwischen Bauchnabel und Schamansatz muss eher vom Wasser überspült werden als die Brüste. Das ist ein Gesetz, das sie sich mit Saphie damals ausgedacht hatte. Im Stehen darf unter den Brüsten kein Bleistift halten, und zwischen den Schenkeln muss eine kleine Lücke bleiben, wenn man mit geschlossenen Beinen gerade steht. In diesem Punkt fielen beide durch. Damals war Saphies Bauch flacher als Dunjas. Jetzt ist ihrer flacher, obwohl in Saphies Bauch nie Kinder gewesen sind.

Indem sie ihren eigenen Körper wieder mit dem ihrer Schwester vergleicht, wird ihr plötzlich ganz klar: Sie will zu Saphie.

Dunja stellt das Wasser heißer, schließt die Augen, legt den Kopf zurück und spürt, wie ihr Puls mit dem Rhythmus der schnellen Bach-Fuge übereinstimmt. Als das Stück zu Ende ist, schlägt ihr Puls trotzdem den Takt weiter, und sie stellt sich vor, wie Winnes Puls, nachdem sein Genick gebrochen war, langsam zu schlagen aufhörte, wie ein zu Ende gespieltes Musikstück.

Augusta sitzt vor ihrem Laptop am Küchentisch, die Finger an der Unterlippe, die Brauen entnervt zusammengezogen, und stöhnt. Als Dunja im Bademantel in die Küche kommt, schlägt Augusta die flache Hand auf den Tisch. »Nicht mal ein verdammtes WG-Zimmer kann man in dieser beschissenen Stadt bezahlen!« Augusta reißt sich den Haargummi aus dem Zopf, nimmt ihn zwischen die Zähne, kämmt das Haar mit groben Fingern zurück und bindet sich einen wütenden Zotteldutt. Als sie klein war, bildete sich in ihrem Nacken ständig ein Filzkissen, bis Dunja mit der Schere quer hineinschnitt. Augusta ließ sich nicht kämmen, sondern schrie, bis die Nachbarn klingelten.

»Ich will nicht ganz alleine am Arsch der Stadt in Papas blödem Bahnhof wohnen!« Beim Aufstehen knallt sie ihren Stuhl gegen die Heizung. Sie wühlt in der Besteckschublade, reißt das große Messer heraus, schneidet Brot. Dunja setzt leise den Wasserkocher auf. »Wenn ihr mit euren Freunden hier wohnt, solltest du vielleicht ein bisschen leiser werden.« Augusta hört auf, ihr Brot mit Butter zu beschmieren. Mit dem Messer in der Hand sieht sie ihrer Mutter zu, die im Regal nach einem Teebeutel sucht.

»Der Schwarze is alle«, sagt Augusta mit weicherer Stimme.

»Scheiße, der war gut.«

»Ja, der war echt gut.«

»Wie in England«, sagt Dunja. Augusta schüttelt den Kopf. »Nee, so gut wie der, den wir in England getrunken haben, ist überhaupt kein Tee.«

Dunja steht in der Mitte der Küche, lässt die Arme hängen und lächelt nicht.

»Ich zieh erst mal zu Saphie ins Hotel.« Augusta umarmt ihre Mutter und hält das butterbeschmierte Messer von ihrem nassen Haar fern.

Als Dunja nachts in ihrem Zimmer liegt, verbreiten die Leuchtstreifen und Blinklichter, die über die Decke wandern, eine Atmosphäre verirrter Einsamkeit. Die Straßenbahn singt draußen sauber ein hohes G, während sie um die Kurve fährt. Dunja unterscheidet das Mondlicht von der Leuchtreklame des Spätverkaufs gegenüber und verbindet die Geometrie, die an die Wände gezeichnet wird, mit dem Geräusch des Schienenschleiffahrzeugs, das an der Haltestelle vorm Haus hin- und herfährt.

In den letzten Jahren ist die Stadt zu ihrem Feind geworden. Vielleicht passierte es, als Augusta anfing, Müll zu sammeln. Da war sie zehn, und wenn Dunja sich auf der Straße nach ihr umdrehte, trug Augusta jedes Mal Verpackungsmüll in beiden Händen. Sie nahm eine Mülltüte mit, sammelte jeden Flaschendeckel ein, jedes Stück Plastikverpackung, das herumlag, und pulte sogar die Zigarettenkippen aus den Lücken zwischen den Pflastersteinen. Die Tüte hängte sie an die Rathaustür mit dem Zettel: *Das hab ich auf meinem Schulweg gefunden.* Ein Jahr lang machte Augusta es so, und nachdem im Lokalteil der Zeitung über sie berichtet wurde, wollte sie doch nicht mehr Sängerin, sondern Umweltaktivistin werden. Jules machte sich über Augusta lustig und zeigte auf herumliegenden Müll: »Da liegt noch was.« Augusta schrie ihn an, und schließlich half Jules mit. Er fand aber kaum Müll. Er sah ihn nicht. Dunja sieht ihn seitdem, ob sie es will oder nicht, und denkt bei jedem abgerissenen Fetzen einer Süßigkeitenverpackung an Augustas verzweifelte Aktion. Der Verkehrslärm ist seitdem lauter, die Straßen dreckiger und die Abgase stinkender. Dunja hat angefangen, die Autos zu hassen. Sie hasst jedes einzelne, auf das sie an der Ampel warten muss. Wenn ein LKW vorbeifährt, hält sie die Luft an.

In jedem Bezirk hat sie schon Deutsch gelehrt. Egal, wohin sie geht, jeder Weg ist in den letzten Jahren auch ihr Arbeitsweg gewesen, und ständig hat sie das Gefühl, die gesamte Stadt unterrichten zu müssen.

Als sie endlich einschläft, träumt Dunja, sie muss eine Gruppe chinesischer Touristen unterrichten, und stellt im Meeting-Raum fest, dass sie versehentlich am Morgen ihre Unterrichtsmaterialien in die Mülltonne geworfen hat und stattdessen nun auf dem Tisch ihren Müllbeutel auspackt. Die Chinesen gehen beleidigt nach Hause. Dunja bleibt allein zurück, hängt die Mülltüte an die Tür und geht.

Nichts ist schwerer zu ertragen
denn eine Reih von guten Tagen.

Der Himmel ist dick und verschwommen. Dunja kann direkt in die matte Sonne sehen. Sie steht auf der Wiese und betrachtet eine Kuh. Die Kuh guckt rum, stampft mit einem Fuß, kaut, riecht am Wind. Am Wassergraben sieht Dunja den ausgetrockneten Schilfhalmen zu, wie sie nicken oder sich schütteln. Kuh sein. Nichts tun. Dunja macht den stumpfsinnigen Blick nach.

Der Wind fliegt über die frische Saat wie unsichtbare Tiere, die über den Acker rennen. Der Wald ist blattlos, und in der hallenden Frühjahrsakustik klingt die entfernte Landstraße ungedämpft kalt. Ihre Stiefel mit den hohen Absätzen sinken in der nassen Wiese ein, und eine Amsel zwitschert in belehrendem Tonfall, beinahe will Dunja sich für ihre unpassende Kleidung entschuldigen.

Seit die Kinder groß waren, wusste Dunja nicht mehr, was sie auf dem Land sollte. Früher mussten die Kinder in den Ferien aus der Stadt hergebracht werden, das hatte gereicht und war der einzige Grund gewesen. Jetzt ist der Grund ein anderer. Die Kinder brauchen die Stadtwohnung, und Dunja weiß nicht, was sie braucht.

Als die Kinder klein waren, bestand das Leben aus vielen ersten Malen. Das erste Mal Mama genannt zu werden war wie ein Ehrendoktortitel. Das erste Mal Zähne putzen, das erste Mal auf der Straße herumlaufen, das erste Mal zur Schule gehen. Aber die vergangenen Jahre hatten für Dunja aus immer mehr letzten Malen bestanden. Irgendwann war die letzte Gutenachtgeschichte vorgelesen, die Kinder das letzte Mal aus der Schule abgeholt oder der letzte gemeinsame Urlaub verbracht worden. Jetzt gehen sogar die letzten Male zur Neige, und Dunjas Ehrentitel ist wertlos geworden. Niemand will ihn sehen. Man würde mitleidig lächeln, wenn sie ihn mit demselben Stolz trüge wie damals, als es den größten Teil ihres Selbstbewusstseins ausgemacht hatte, eine Mutter zu sein.

Beim Anblick des Feldweges, der den Bach durchs Tal begleitet, fällt ihr wieder ein, wie sie sich nach Spaziergängen gesehnt hatte. Die Kinder wollten zu Fuß keine Wege zurücklegen. Nur fahrend. Und Winne behauptete, vom Laufen Rückenschmerzen zu bekommen. Der einladende Anblick solcher Wege, wenn sie im Auto vorbeifuhren, hatte in Dunja oft ein beinahe unerträgliches Verlangen hervorgerufen. Die Gehbewegung fehlte ihrem sitzenden Körper, und niemand wusste, wie gerne Dunja hätte aussteigen wollen.

Seit einer Woche wohnt sie in Saphies Hotel und hat gleich in der ersten Nacht vom gläsernen Menschen geträumt. Überrascht war sie nicht. Es war angenehm, wie ein Rausch, der sie alles Unwichtige vergessen ließ und ihr nur das Herrliche zeigen wollte. Sie sah bunte Muster und klare Wasserlandschaften. Er hat sie hergeholt ins Dorf, dachte Dunja beim Aufwachen. In der Stadt hat diese Dimension gefehlt.

Sie geht zurück zum Hotel, um die Tagesschicht an der Rezeption zu übernehmen. Auf den Waldwegen liegen noch verharschte Schneefelder, halten junge Fichten niedergedrückt, und auf den großen Wiesen sehen die Schneefetzen aus wie weggeworfene Taschentücher. Dunja wird das Urlaubsgefühl nicht los. Es ist nicht wie Wohnen und Arbeiten, sondern wie Ausruhen und Sich-aus-Langeweile-beschäftigen.

Als ihr Schwager Gilbhart noch lebte, war Dunja die arme Verwandte, die man aus Mitleid aufnahm, die keine Ansprüche stellen durfte, dankbar sein musste, wenn sie im Hotelbetrieb ab und zu helfen konnte.

Gilbhart hatte sie ständig belehrt, ihr klargemacht, sie könne nicht ewig so weitermachen, sondern solle mal eine Ausbildung anfangen, eine Schulung, ein Fernstudium, und wenn Dunja es nicht schaffte, sich dem Gespräch zu entziehen, hielt Gilbhart ihr einen Vortrag darüber, was sie alles falsch machte, und redete von Sicherheiten. Das mit dem Schmuck habe keinen Sinn, das würde nur kosten, das müsse sie abhaken, und als Fremdsprachenlehrerin käme sie ja wohl auch nie zu ausreichend Geld. Er hämmerte die Faust auf den Tisch, steigerte sich in seine Rede hinein und verwandelte sich in einen Börsenbroker. Nie sagte er *ich*. Er sagte *man*. Man muss! Wenn Dunja dann mit den Schultern zuckte, sagte, sie wolle lieber freiberuflich bleiben und ihre Arbeit würde ihr Spaß machen, das sei ihr wichtiger als die Sicherheit, dann tat er es als utopische Idee ab. Dunja war froh, wenn Saphie kam und sie von Gilbhart befreite. »Hör auf, meine Schwester zu quälen, du schrecklicher Besserwisser!«

Dann hob Gilbhart die Hände, lehnte sich zurück und war beleidigt, da seine Hilfsbereitschaft so verkannt wurde.

Als Dunja von der Landstraße in die Dorfstraße einbiegt, klappt sie ihre Schultern auf wie Flügel. Jeden Winter fällt ihre Haltung zusammen, krümmt sich mit der Kälte unter dicken Jacken, und jedes Frühjahr faltet sich ihr Brustkorb mit der Sonne wieder auf.

In den Sommern war sie frei, in leichten Kleidern und ohne Schuhe, wenn sie mit Saphie vom See kam, jede einen Henkel der großen Strandtasche haltend. Lenka hatten sie hineingesetzt, auf die Handtücher. In den Sachen, die sie über ihre nassen Badeanzüge gestreift hatten, gingen sie singend über den Marktplatz, schaukelten Lenka, streckten den pfeifenden Jungs die Zungen heraus und entzückten die Touristen mit ihrer Fröhlichkeit. Einmal hatten sie nur noch eine Mark in dem Portmonee, das die Mutter ihnen mitgegeben hatte. Lenka hatte Durst, und Saphie sagte, sie würde zu Hause etwas bekommen. Aber Dunja entschied gegen Saphie mit der Begründung, sie sei vier Minuten älter und dürfe das bestimmen. Saphie vergaß vor Verblüffung, Dunja zu widersprechen. Dass Dunja älter war, störte Saphie schrecklich. Unweigerlich steckte ihr diese Tatsache wie ein Dorn im Hinterkopf. Was Saphie schwer traf, war für Dunja nicht mehr als ein Notfallargument.

Saphie kann sich heute nie erinnern, wenn Dunja von gemeinsam Erlebtem erzählt, obwohl Saphie den Ort nie verlassen hat, scheinen für sie nicht an jeder Ecke Erinnerungen zu kleben. Saphie hat nur die Zukunft im Blick.

Kurz vor dem Marktplatz bleibt Dunja stehen. Am Straßenrand hängen ausgeblichene Plastikostereier am Forsythienstrauch. Die gelben Blütenblätter zittern frierend im Wind. Sie hat ihr Leben angehalten. Wenn sie in den letzten Jahren herkam, stand für die Dauer des Besuchs die Zeit still. Im Dorf passiert fast nichts, was nicht vor vierzig Jahren auch passiert wäre.

Sie sieht sich um und kennt die immer gleichen Gespräche, die in den Küchen, den Betten, den Kneipen, den Geschäften und auf den Waldwegen geführt werden. Man redet über die Nachbarn, über die Abholung der Mülltonnen und darüber, dass es früher mehr Kinder gab und die Busse öfter fuhren. Jahr für Jahr werden die gleichen Sätze wiederholt, so selbstverständlich, wie die Blätter an den Bäumen wachsen und abfallen. Mit endloser Sturheit werden Jahr für Jahr die Vorgärten so kurz gemäht wie die Wohnzimmerauslegeware. Und wenn die Sonne den Rasen verbrannt hat, stört sich niemand daran. Wenn aber auf einer Wiese Butterblumen und Gänseblümchen stehen gelassen werden, ist es zweifellos ein Zeichen für Flöhe auf der Wohnzimmercouch und üble Verwahrlosung. Dunja kennt diese Wohnzimmer mit den Deckenlampen wie große Kompottschüsseln aus Kristallglas, den monströsen Couchgarnituren in Braun und Beige und den geplüschten, gerüschten Vorhängen und dem Staub- und Nikotingeruch der weißen Storegardinen, die sie so ungerne berührte. Den traditionellen Glaskitsch auf den Fensterbrettern hat Dunja zu ignorieren gelernt. Ortsüblich sind bunte Vasen, Kelche und Kerzenständer, die trotz ihrer Hässlichkeit als wertvolle Erbstücke angesehen werden.

Sie kennt auch die Touristen, die in grellbunten Plastikjacken die Wanderwege im Stechschritt ablaufen, an immer denselben Aussichtspunkten stehen bleiben und die Wälder und Täler herrlich und still und klar und ursprünglich und beschaulich und erholsam finden. Die Wanderer-Erklärungstafeln, die an den Wegkreuzungen stehen, hat Dunja nie gelesen. *Sich ständig verjüngender Dauerwald, dem nur alte Bäume entnommen werden*, liest sie jetzt.

Neuerdings werden überall Warnschilder aufgestellt. Vorsicht! Wildtiere, Vorsicht! Kreuzende Biker, Vorsicht! Spielende Kinder, Vorsicht! Krötenwanderung, Vorsicht! Igel. Wie gefährliche Wilde, die jeden Moment einen harmlosen Autofahrer angreifen könnten. Dunja geht über die kleine Brücke, neben der rostiges Wasser aus dem eisenhaltigen Berg in den Bach fällt und mitgenommen wird ins Tal.

Sie geht am Reiterhof vorbei, die Straße rauf, über den kleinen Markt mit dem Brunnen, von dem die alten Leute früher sagten, darin sei mal ein Kind ertrunken. Es war die gruseligste Geschichte des Dorfes, obwohl man in der Gegend schon lange nicht mehr als Kind im Brunnen starb, sondern als Jugendlicher auf der Landstraße. An der Ecke ist der Fotoladen, in dem jahrelang das zahnlose schwarzweiße Einschulungsporträt von Saphie und Dunja im Schaufenster hing. Später das von Lenka in Farbe. Auf dem Marktplatz hatte es im Sommer eine Softeisdiele gegeben. »Zopfeis«, hatte Lenka gesagt. Dunja hatte mit ihren Freunden auf der Rathaustreppe gesessen, alle zum Eis eingeladen, bis ihr Taschengeld alle war, und Saphie hatte deshalb mit ihr geschimpft. Dunja wollte sich nichts kaufen von ihrem Geld. Sie wollte nichts haben, sondern nur dazugehören. Mit der Zeit hatte sie gelernt, keine ungewöhnlichen Gedanken mehr zu äußern, wenn sie mit ihren Freunden unterwegs war. Sie wusste, ihre Freunde wurden weniger, wenn sie mehr als nur die gewöhnlichen Worte benutzte. Deshalb sprach Dunja vorsichtshalber wenig, und wenn sie sprach, dann nur über Leute, die sie doof fand, und darüber, warum sie doof waren. Das kam immer an. Irgendwann war das einfache Niveau zur geübten Gewohnheit geworden, sodass sie sich selbst für dümmer hielt, als sie es war. Erst mit Winne konnte sie echte Gespräche führen, und das war jahrelang gut gegangen, ohne dass es langweilig wurde.

Sie geht vorbei an dem griechischen Restaurant, an der Kirche und grüßt die Tochter ihrer schroffen Sportlehrerin. »Wo nicht glatt ist, kann gerannt werden, Püppchen!«, hatte die Lehrerin ihr in der Halle immer zugerufen. Es sollte heißen: »Beweg dich!« – das hatte Dunja erst viel später verstanden. Dunja grüßt den Vater einer Freundin, die hier seit zwanzig Jahren keiner mehr gesehen hat, grüßt die Alte, die mit ihrem Sohn damals den Laden für Modelleisenbahnen führte, in dem Dunja sich mit Saphie aufhielt, wenn die Mutter vorm Lebensmittelladen stundenlang in der Schlange stehen musste, weil es etwas gab, das es sonst nicht gab.

Ein hölzernes Hoftor ist unten ausgefranst und verfault. Als Dunja klein war, sah hier jedes Tor so aus. Die kleinen quadratischen Gehwegplatten waren schiefgetreten und fehlten manchmal. Die Hauswände waren übersät von kalkumrandeten Wolkenmustern aus getrockneter Nässe, abgeplatztem Putz und Moos. Die schweren Haustüren mit den eisernen Klinken klemmten. Jetzt ist alles sauber. Die Türen sind kunststoffbeschichtet und haben metallene Ziergitter vor Reliefglasscheiben, die Häuser sind verputzt und in nichtssagenden Pastellfarben gestrichen.

»Alles so schön pissgelb hier«, hatte Winne einmal abfällig gesagt. Dunja geht hinter der Kirche die Treppe rauf, über den neuen Parkplatz, am Autohaus vorbei, und kennt fast jedes Gesicht oder weiß, mit wem es verwandt ist. Sie kennt sogar die Touristengesichter. Die haben diesen ignoranten Blick, mit dem sie nur die Fassaden sehen wollen. Wie ein flüchtig gehörtes Wort, mit dem man keinen Satz verbindet, keinen Zusammenhang bildet, vergessen sie die Fassaden, sobald sie vorbeigegangen sind, um gierig weitere bunte Gebäude, saubere Straßen, hübsche Plätze und neue Schaufenster zu betrachten. Davon können sie nicht genug bekommen. Nur von den wahren Geschichten wollen sie nichts wissen, sind zufrieden mit den Kulissen und fest entschlossen, alles schön zu finden. Sogar das Hässliche.

Auch Dunja will die Geschichten schon lange nicht mehr wissen. Es interessiert sie nicht, welche alten Leute gestorben sind, wessen Sohn das Abi nicht geschafft hat, wer schwul war, wer verlassen wurde, wer betrogen wurde oder Kinder bekommen hat. Sie geht durch die Straßen, schiebt die Geschichten hinter die Fronten und auch ihre eigenen Erinnerungen beiseite. Sie will nicht an jeder Ecke denken: Hier war mein Fahrrad kaputt, hier hab ich mich mit Saphie gestritten, hier hat Papa mir meine erste Uhr gekauft. Die Fenster blicken fragend auf Dunja herab. Hinter den Gardinen will man wissen, was sie hier macht: Bist du nur zu Besuch gekommen, oder bist du hier, um zu bleiben?

An dieser Bushaltestelle hat Dunja mit ihrer Schwester zehn Jahre lang jeden Morgen gestanden und auf ihr Leben gewartet. Sie stellt sich vor, sie hätte als Jugendliche dieser Frau gegenübergesessen, als die sie jetzt auf der anderen Straßenseite steht: Sieh mich an. Ist es das, worauf du gewartet hast?

Dunja hat hier nichts hinterlassen. Man kann nicht zweimal im selben Flusswasser baden, sagte Winne. Ihre Wartezeit ist vorbei.

Sie findet nichts wieder. Vielleicht will sie es auch nicht finden. Soll es sich zeigen, wenn es sein muss. Oder nicht, denkt sie und fühlt sich fast so leicht wie damals als Kind, wenn sie ohne Schlüssel, Geld oder Handy auf diesen Straßen unterwegs war.

Ihr fällt wieder ein, warum sie nie zurückkehren wollte. Der Ort ignoriert, was das Leben woanders aus ihr gemacht hat. Was in der Stadt aus ihr geworden ist, will niemand wissen. Stattdessen zeigt ihr der Ort wie ein alter Spiegel, wer sie damals hier gewesen ist. Dass sie dem Dorf ihre Kinder vorenthalten hat, wird es ihr nie verzeihen.

Selbst Lenkas Verwandlung wird hier ignoriert, obwohl sie sich viel weiter entfernt hat als nur bis zur nächsten Großstadt. Dunja saß neben ihr, als die Tanten bei Gilbharts Beerdigung fragten, wo Lenka mit ihrer Band denn auftreten würde, und sich eine Schulaula oder die kleine

Bühne beim Sommerfest auf dem Marktplatz oder im Musikgarten vorstellten. »Nee, eher so in großen Stadien und Konzerthallen.« »Ach, da kommen dann wohl über hundert?«

Lenka lachte. »Na, eher so paar tausend.« Die Tanten machten anerkennende Gesichter und nickten einander zu. »Sieh mal an.« Lenka kann in der ganzen Welt berühmt sein, nur hier wird sie es nie. Hier wird sie die jüngste Glasschwester bleiben, mehr nicht.

Dunja kennt alles. Jedes Haus, jede Straße, jeden Baum.

Nur das Clubhaus kennt sie noch nicht. Es ist vor ein paar Jahren als feindliches Ufo auf der Wiese gelandet, auf der in ihrer Kindheit die Schulsporthalle gestanden hat in ihrer stupiden Klumpigkeit. Eine sterile Wohnsiedlung wurde daneben gebaut, die anfangs tot und außerirdisch zum Ufo passte. Immer noch sind die Bäume so niedrig, dass die Gebäude sich ihrer blassen Nacktheit schämen müssen. Leute aus der Stadt, die ihre Häuser nur in ihren Autos verlassen, sollen dort eingezogen sein, hat Dunja gehört, aber sie nur einmal gesehen, als sie im Hotel eine Versammlung abhielten. Gutaussehende Männer mit gepflegten Bärten, magere Frauen in Seidenhosen, mit kurzen Frisuren.

»Diese Feudalherren vögeln doch heimlich lieber coole Proll-Tussis, die beim Sex *Scheiße* brüllen«, sagte Winne abfällig, und Saphie gab ihm unterm Tisch einen Tritt.

Zu den Kindern sagte Winne, wenn ihnen langweilig war: »Wenn du denkst, du kennst alles, dann hast du nur nicht genau hingeguckt. Niemand kennt alles.« Er gab ihnen eine Lupe, um kleine Tiere zu beobachten. Später wurde der Satz eine belanglose Phrase. »Ja, ja, Papa, deine Käfer kannst du dir alleine angucken.« Dunja ist sich nicht sicher, ob sie genügend Interesse aufbringen wird, sich das Dorf genau anzusehen und die Leute aus der neuen Siedlung kennenzulernen. Würde sie sich selbst begegnen, würde sie wissen: Die gehört nicht hierher. Die sieht aus wie eine, die es hierher verschlagen hat. »Was hat dich denn hierher verschlagen?«, würde sie sich fragen. Das klingt wie etwas Falsches. Verschlagen, so wie: danebengetroffen.

Dunja will die Sprache des Dorfes nicht sprechen. Wer sie verstehen will, dem will sie ihre Sprache beibringen, aber anpassen will sie sich nicht.

Was in der Seele brennt,
man am Gesicht erkennt.

Das Hotel thront am Ende des Ortes auf einem Hügel und sieht hinunter auf das Dorf, wie ein Wächter. Unten Sandstein mit großen Bogenfenstern, darüber zwei Stockwerke im üblichen Fachwerkstil mit hölzernen Balkonen und spitzen Giebeln. Dunja drückt die schwere Eisenklinke der großen Holztür auf und denkt, es war nicht lange her, dass die Kinder diese Tür zum ersten Mal selbstständig öffnen konnten.

Bin 201, steht auf einem Post-it-Zettel, der am Bildschirm des Rezeptionscomputers klebt.

Mit hochgeschobenen Ärmeln und Hosenbeinen sitzt Saphie in der kalten Sonne vor den geöffneten Balkontüren und hält die Augen geschlossenen. »Ich komm mir vor wie der Mond«, sagt sie und betastet ihre Waden, als Dunja ins Zimmer 201 kommt. »Die Sonnenseite ist heiß und die Schattenseite eisig«, sagt sie, stöhnt entnervt, als sei sie gezwungen, so sitzen zu bleiben, und schließt wieder die Augen. »In diesem verdammten Ort gibt's immer noch kein Solarium.«

An der Rezeption klingelt die Glocke, und Saphie zuckt zusammen. »Ich mach das«, sagt Dunja und geht raus. Saphie kommt hinterher. »Ich mach das!«, sagt Dunja noch mal. »Ja«, sagt Saphie nervös und krempelt ihre Ärmel runter, »du machst das, und ich zeig dir, wie.«

Ein Gast will ein Taxi zum Clubhaus haben. »Bis hier ein Taxi kommt, sind Sie da dreimal runtergelaufen«, sagt Saphie und nimmt ihre Strickjacke vom Haken an der Bürotür. »Ach na ja. Ich fahr Sie schnell hin.«

Saphie tut alles, um nur keine freie Minute zu haben, denkt Dunja. Sie steht alleine im Empfangsbereich, den Saphie hat umbauen lassen. Alles sollte offener wirken. Die Hotelgäste können ihre Koffer auf einem kniehohen Podest abstellen. »So stehen nicht mehr ständig Taschen und Rucksäcke im Weg«, hatte Saphie erklärt und es vorgemacht. »Man stolpert nicht, muss sich nicht bücken und kann prima Kinder darauf absetzen, während man den Meldezettel ausfüllt.« Statt des Tresens gibt es nur ein Stehpult zum Ausfüllen der Formulare. Den Bildschirm hat sie in Kopfhöhe an die Wand hängen lassen. »Wir sind ja keine Arztpraxis, wo man mit Angestellten sprechen muss, die mit gesenkten Köpfen hinterm Tresen sitzen wie hinter einer Mauer und auf einen Bildschirm starren!«

Ihr altes Spiel funktioniert jetzt nicht mehr. Mit achtzehn hatte Dunja sich hinter den Rezeptionstresen gehockt, während Saphie die Hotelgäste empfing. Wenn die Gäste ihre Formulare ausfüllten, duckte Saphie sich, und Dunja kam hoch. Selten war ein Gast irritiert. Die meisten merkten nichts, obwohl Saphie und Dunja sogar unterschiedliche Haarfarben hatten. Gilbhart wollte es nicht glauben, bis sie es ihm vorführten. Dann setzte er sich auf das Empfangssofa, beobachtete das Spiel, musste laut lachen und sich auf die Schenkel klopfen. Gilbhart konnte sich nie beherrschen, wenn er lachen musste. »Haben Sie das jetzt echt nicht mitgekriegt?«, fragte er die irritierten Gäste.

Das Sofa hat Saphie entsorgt und stattdessen einen kleinen runden Tisch mit zwei Stühlen in die Ecke gestellt, den sie »Kulissentisch« nennt, weil sich nie jemand daran setzt. »Hier soll ja auch niemand rumsitzen! Solln die Leute an die Bar gehen, Getränke bestellen und da rumsitzen.«

Der Schreibtisch steht jetzt schräg im Raum. Dunja legt die Beine auf die Tischkante und ruft die Hausverwaltung an. Die alte Verwalterin fragt, wie die Kinder denn nur so schnell erwachsen geworden seien. Dunja sei doch vor ein paar Jahren erst mit den Kleinkindern eingezogen. Dass der Junge Physik studiert, finde sie bemerkenswert, als sei er plötzlich berühmt geworden. »Nichts Handwerkliches, wie der Vater?«, sagt sie dann doch mit Bedauern. Über Winnes Tod ist sie ernsthaft erschüttert, und Dunja merkt, wie ihr das fremde Mitleid guttut. Sie genießt die Bestürzung und erzählt genau, wie es passiert ist. Die Verwalterin leidet wirklich ein wenig unter Dunjas Beschreibung. Dass jemandem etwas Schreckliches passiert, während man selbst verschont wurde, sollte einem Respekt einflößen. Darin sind sie sich jetzt einig und fühlen sich gemeinsam vom Schicksal zurechtgewiesen.

Schließlich sagt Dunja, ihre Großeltern hätten ja schon in der Wohnung gelebt. Ein blöder Zufall, der sie immer gestört habe, sagt sie und hofft, er würde jetzt wenigstens einen Nutzen haben. »Heuet« hätten die Großeltern geheißen, das sei der Mädchenname ihrer Mutter, die sei in der Wohnung aufgewachsen. »Sicher können Sie den Kindern die Wohnung übertragen, ist doch gar keine Frage«, sagt die Verwalterin nachdenklich. »Lassen Sie mich mal sehen. Also den Namen Heuet hat es in diesem Aufgang meines Wissens nie gegeben. Da muss Ihre Mutter sich geirrt haben. Vielleicht hat sie in einem anderen Block gewohnt?«

»Möglich«, sagt Dunja. Die Verwalterin blättert hörbar in den Unterlagen. »Es muss in den Fünfziger- und Sechzigerjahren gewesen sein«, sagt Dunja. Die Verwalterin liest alle Namen vor, aber der Name der Großeltern ist nicht dabei.

Je länger Dunja darüber nachdenkt, umso wütender wird sie auf die Mutter. »Warum machst du denn nur immer so was Bescheuertes?«, sie würde Brigäne, die ihre latente Anwesenheit mit einer Lüge in die Wohnung ihrer Tochter gepflanzt hat, jetzt gerne anschreien. Ihre Mutter konnte weder neue Orte noch neue Menschen ertragen. Sobald etwas Unbekanntes in ihr Leben trat, behauptete sie, es vorher schon gekannt oder davon gewusst zu haben. Dunja ist auf diesen Trick wieder reingefallen.

»Ich wusste, dass der Winne dich nicht heiraten wird«, hatte die Mutter bei der Hochzeitsfeier ihrer Cousine gesagt. Das habe sie schon vor Jahren vorausgesehen. In Wahrheit hatte sie es erst gesagt, nachdem Winne verkündete, Heiraten sei nichts für Realisten. Woraufhin Saphie fauchte: »Heiraten ist nichts für Feiglinge, Winne. So sieht's doch aus!«

Saphie mochte Winne nicht. Sie nahm ihn nicht ernst, wie sie auch ihre Mutter nicht ernst nahm. »Wenn du eh alles vorher weißt, hättest du ja nicht so enttäuscht sein müssen, dass ich nicht in deinem alten Hochzeitskleid heiraten wollte«, hatte Saphie zur Mutter gesagt. Dunja, die gerne in dem zarten Seidenkleid geheiratet hätte, das schon der Großmutter gehört hatte, wagte es nicht, das anzudeuten, sondern tat, als fände sie Heiraten auch albern.

Dunja hört den Fahrstuhl summen und nimmt die Stiefel von der Tischkante. Als Kind ist sie nie Fahrstuhl gefahren, wurde panisch, sobald die Tür sich zusammenschob. Nachdem Winne ihr gesagt hatte, es würden viel mehr Flugzeuge abstürzen als Fahrstühle, fürchtete sie sich noch mehr. Auf die Idee, ein Fahrstuhl könnte abstürzen, war sie gar nicht gekommen. Sie hatte sich nur eingesperrt gefühlt wie ein Reh im Käfig.

Die Koffer der Dannenwalds und eines ihrer ADHS-Kinder fallen aus dem Fahrstuhl ins Foyer, poltern und stolpern übereinander. Im Urlaub ist alles lustig. Die Familie reist lärmend ab. »Gute Heimreise, und kommen Sie bald wieder«, sagt Dunja, so wie Saphie es immer sagt. Hinter den Dannenwalds wird es wieder still im Haus. Frau Guterson braucht für morgen ein Taxi zum Bahnhof und drückt Dunja ihre Wochenkarte für die Club-Sauna in die Hand. »Hier, Mädchen. Ist noch ein paar Tage gültig. Mach dir mal 'n schönen Feierabend da drüben«, und deutet Richtung Clubhaus. »Lass dich verwöhnen«, sagt sie und reibt Dunjas Schulter, als würde sie lieber ihre Wange tätscheln.

Saphie kommt rein und stellt Blumen auf den kleinen Tisch in der Sitzecke. »Sind die Check-outs schon durch?«

»Nein, zwei noch offen. Sollten seit 'ner Stunde raus sein«, sagt Dunja.

»Ach na ja. Kannst mir schnell 'n Lidstrich ziehen? Ich fahr zum Baumarkt, kauf 'n neuen Werkzeugkasten.« Saphie wirkt angespannt. »Du solltest auch morgens mal zum Mitarbeiterfrühstück kommen. Die Leute sollen doch mitkriegen, dass du jetzt zum Team gehörst«, sagt Saphie und versucht, die Augenlider stillzuhalten.

»Is mir zu früh«, murmelt Dunja. Saphies Augenlider zucken. Sie kratzt sich an der Nase. »Hör doch mal auf zu zappeln.« Dunja zog schon früher Saphies Lidstriche, als sie noch Teenager waren. Saphie war zu ungeschickt. Jetzt ist sie zu nervös.

»Nicht zu dick und nicht zu dünn, ja. Brauchst du auch was vom Baumarkt?«

»Was soll ich denn vom Baumarkt brauchen? 'nen Handwerker könntest du mir mitbringen. Nicht zu dick und nicht zu dünn, ja.«

Saphie blinzelt mit den bronzefarbenen Lidstrichen und küsst Dunja auf die Stirn. »Ich guck mal, was sich machen lässt.«

Dunja geht ins Büro hinter der Rezeption, bleibt mit

dem Eyeliner vor dem Spiegel stehen, zieht sich dieselben Lidstriche und steckt sich das Haar hoch. Wie Saphie. Auf dem Schreibtisch im Büro findet sie einen Lippenstift, dunkelrot mit Perlmuttschimmer. Den trägt Saphie seit Jahren. Es störte sie nie, wenn Dunja sich genauso schminkte, ihre Kleider trug oder ihr Haar so wie sie. Saphie kauft ständig von allem zu viel. Wenn Dunja mit den Kindern übers Wochenende kam, war der Koffer auf dem Rückweg voller als auf dem Hinweg. Saphie hatte Geld, nachdem das Hotel wieder gut lief. Dunja nicht. Dass es hauptsächlich die Kinder waren, die diesen Unterschied machten, wusste Saphie auch. »Du siehst gut aus«, sagte Saphie, wenn Dunja ein altes Kleid von ihr trug. Zwar sah Dunja darin nie so elegant aus wie ihre Schwester, manchmal aber dachte sie, Saphie würde in ihr einen Spiegel suchen.

An der Pinnwand über dem Schreibtisch ist ein Brief angesteckt. Mit krakeliger Kinderschrift hatte Augusta »An Saphie« mit rosa Buntstift quer darübergeschrieben. Keine Straße, keine Hausnummer, keine Postleitzahl. Nur den Namen des Hotels und den des Ortes. Statt einer Briefmarke eine neunstellige Nummer. Dunja fand diese SMS-Portofunktion damals sonderbar. Noch sonderbarer fand sie, dass die Kinder es für selbstverständlich hielten, keine gedruckte, gekaufte und aufgeklebte Briefmarke zu brauchen, um einen Brief zu versenden. Ihnen war es vollkommen egal, ob das hundertsiebzig Jahre lang so gewesen war. Dunja war erleichtert, dass sie mit ihrem alten Tastenhandy die Briefmarkennummer überhaupt empfangen konnte. In dem Urlaubsort hatte es zwar einen Briefkasten gegeben, aber keine Post. Ein Auto hatte Dunja auch nicht. Nicht mal einen Briefumschlag. Nur ein altes Blatt Papier. Augusta hatte es zusammengefaltet, in Gummistiefeln im Gras gelegen und mit einer Schnecke geschimpft, die sie über ihren Brief kriechen ließ. »Daaa lang! Nicht daaa lang!« Mit den Fingern hatte sie die Schnecke hin und her geschoben, das Blatt auf der Schleimspur zusammengeklebt, und Jules hatte sich davor geekelt.

»Libe Safie, hir gibs ein Plumsklo und es gib kein Wasa. Wir müsen es mit ein Gummi eima holen von ein gaanz tifn Brun. Am Hafn stinkts nach toten fisch. Ich vermise dich. Kus, deine Aggi.«

Damals hatte Dunja oft den Eindruck, Augusta würde sich Saphie als Mutter wünschen. Sie dachte sogar, ihre Schwester wäre für Augusta vielleicht die bessere Mutter. Jedes Mal, wenn Augusta verschwand, konnte Saphie sich vorstellen, wo sie war. Sie behielt einen klaren Kopf, während Dunja vor Panik den Verstand verlor.

In den Sommerferien kaufte Saphie den Kindern, was sie von ihren Eltern nicht bekommen konnten. Ein ferngesteuertes Feuerwehrboot für Jules, eine Meerjungfrauenschwimmflosse für Augusta. »Ach na ja«, sagte Saphie, »die Kinder sind doch nur einmal klein.« Bei Saphie war das Leben leicht und unbeschwert und voller Geschenke.

»Wie lange wollen Sie dem Steuerzahler denn auf der Tasche liegen?«, hatte die Bearbeiterin des Jobcenters gefragt. Dunja war neunzehn, als Jules zur Welt kam. »Na, wenn Sie jetzt ein zweites Kind kriegen, wird Ihr Leben ja auch nicht einfacher. Sie können Ihren Kindern doch überhaupt nichts bieten!«, sagte dieselbe Bearbeiterin zwei Jahre später. Dunja steckte schockiert ihren Mutterpass ein und schluckte den Kloß im Hals runter. Sie wollte doch gar kein einfaches Leben, sie brauchte eine Aufgabe. Und wenn ihre Arbeit nicht gebraucht wurde, dann wollte sie wenigstens Kinder kriegen. Die brauchten sie. »Was ich ihnen bieten kann? Ein Leben!«, hätte sie damals gern gesagt. Da dachte sie noch, man könne arbeiten und trotzdem Kinder haben. So wie es die Mutter gemacht hatte und alle anderen Frauen in der DDR. Dass es so nicht mehr lief, hatte nur Saphie kapiert. »Jetzt musst du auf ein Kind sparen wie auf ein Haus oder ein Auto«, erklärte Saphie ihrer Schwester wie ein erstaunlich absurdes Gerücht. Dunja wollte das nicht glauben, und vielleicht hatte sie die Kinder aus Trotz bekommen.

Sie besorgte alles, was Geld kostete, gebraucht, geborgt, geschenkt, getauscht. Wenn Augusta zum Ballett ging, wischte Dunja danach die Halle, während Augusta Beine baumelnd auf dem leeren Gang wartete.

Einmal sah sie sich im unendlichen Tanzspiegel des Ballsaales. Da stand sie mit dem Schrubber in der Hand und erschrak. Was mache ich hier?, dachte sie und erkannte deutlich das ganze Ablenkungsmanöver. Sie hatte geglaubt, mit Improvisation könne sie den Kindern eine bessere Kindheit bieten, mit Zeit und ohne Geld anstatt mit Geld und ohne Zeit. Der Kraftaufwand war groß, und Dunja war in ihrer Armut so diszipliniert geworden wie Saphie in ihrer Geschäftstüchtigkeit. Dunja lächelte für die Kinder, wenn sie heulen wollte.

Wer nichts hat, dem kann man nichts wegnehmen, hatte Winne gesagt, und im Nachhinein hatte in der unsicheren Lebenslage irgendwie auch eine Leichtigkeit gelegen.

Mit unscharfem Blick sieht Dunja aus dem Fenster in die fahle Sonne. Blattlose Bäume wie graue Gerippe vor grauem Himmel. Erst jetzt fragt sie sich, warum Saphie einen neuen Werkzeugkasten kauft. Offenbar betreibt ihre Schwester die Trauerverdrängung mit Perfektion, wie alles, was sie sich vornimmt, und will Gilbharts alten Werkzeugkasten weder aus seinem Zimmer holen noch benutzen. Sie hat seit Gilbharts Tod die »Höhle«, wie sie sein Zimmer nennt, nicht mehr betreten. Ihre Wohnung liegt hinter dem Wirtschaftstrakt. Meist geht sie durch die Hotelküche hinten aus dem Haus, über die Lieferrampe. Oder sie geht um das Haus herum auf dem kleinen Kiesweg zu ihrer verwitterten Wohnungstür, die nie gestrichen wird, weil hier fast nie Gäste vorbeilaufen. Saphies Eckzimmer ist schöner als Gilbharts. Sie kann die Wiese hinterm Haus sehen und den Waldrand. In Gilbharts dumpfe Höhle, die er Büro nannte, hat sie alles hineingeworfen, was an Gilbhart erinnerte. Vermutlich hat sie seinen Werkzeugkasten mit eingeschlossen.

In den letzten Jahren war Saphie mehr mit dem Hotel verheiratet als mit Gilbhart. Dunja hatte zu Weihnachten einen Streit mitgehört. Saphie war in der Küche laut geworden: »Nein, meine Kontrollsucht ist nicht das Problem. Das Problem an unserer Beziehung ist, dass einer von uns beiden nicht damit klarkommt, von Spirituosen umgeben zu sein!« Danach hatte sie die Tür zugeknallt. Als Gilbhart aus der Küche kam, sagte er kleinlaut zu Dunja: »Saphie versucht, ihre Kontrollsucht unter Kontrolle zu kriegen«, und grinste.

Einen Abend später zeigte sich, dass Saphie doch Wert auf seine Nähe legte. Gilbhart hatte sie gebeten, sich neben ihn aufs Sofa zu setzen, und Saphie wollte nicht. »Nein, ich will nicht mit dir kuscheln.« Sie verschränkte die Arme, und Gilbhart wusste, dass sie gefragt werden wollte.

»Und warum nicht?«

»Na, ich will, dass sich dein Kuschelbedürfnis anstaut«, erklärte Saphie. »Das ist mein Plan, um dich zu aktivieren, damit es irgendwann für mehr reicht.« Sie sah amüsiert zu, wie Gilbhart darauf keine Antwort einfiel, und erklärte weiter: »Natürlich dürfte ich dir meinen Plan eigentlich nicht verraten, aber du hast ihn ja eh in fünf Minuten wieder vergessen.« Gilbhart konnte mit ihrer offenen Schlagfertigkeit nicht mithalten und brummte, es könne doch aus dem Kuscheln mehr werden. »Ach? Aber ich kann ja nicht ewig warten. Ich muss ja irgendwann mal anfangen mit meinem Plan.« Gilbhart hatte nur mit dem Kopf gewackelt. »Du immer mit deinen Plänen.«

Saphie hatte sich selbst in ihrer Ausgelassenheit unter Kontrolle. Wenn es im Hotel ein Fest gab, tanzte sie, benahm sich angetrunken und wurde mit dem Betreten der Küche wieder nüchtern. Genauso augenblicklich konnte sie mit dem Betreten des Saals wieder betrunken werden, solange weitergefeiert werden sollte. Seit Gilbharts Tod hat ihre Selbstbeherrschung noch ehrgeizigere Ausmaße angenommen. Kein Detail entgeht ihrer Aufsicht. Saphie weiß, welche Gäste auf Wanderungen sind, und macht sich Sorgen, wenn sie vor dem Gewitter nicht zurückkommen.

Dunja steckt Augustas Krakelbrief zurück an Saphies Pinnwand. Sie hat solche Briefe auch bekommen. Die liegen in der alten Kommode in ihrer Stadtwohnung, und Dunja fürchtet plötzlich, jemand könnte sie entsorgen.

Sie ruft Augusta an. Als hätte ihre Tochter auf den Anruf gewartet, fragt sie:

»Wie machst du süßsaure Eier, mit Zitrone oder mit Essig?«

»Mit Essig.«

»Essig haben wir nicht.«

»Dann kauf welchen. Ist nicht teuer.«

»Wir kaufen nichts«, erklärt Augusta. »Wir benutzen nur, was da ist. Zitronen haben wir. Geht das mit Zitronen?«

Augusta erklärt, sie habe mit ihren Mitbewohnern eine Foodsaving-Gruppe gegründet. Im Wohnzimmer und im Flur seien palettenweise abgelaufene Konserven und kistenweise Reis, Nudeln und Linsen gelagert. In der Küche würden immerzu Aufläufe, Pasteten, Kuchen und Kekse gebacken und an umliegende Cafés verkauft.

»Sieht hier aus wie in 'ner Großküche, müsstest du mal sehen.«

Dunja will nicht wissen, wie ihre Küche jetzt aussieht, und sie erklärt Augusta das Eierrezept, obwohl sie weiß, ihre Tochter wird sich nicht daran halten, wird etwas anderes kochen oder gar nichts. Auf keinen Fall macht sie etwas so, wie es ihr gesagt wird, nicht mal, wenn sie selbst danach fragt.

Als sie aufgelegt hat, fällt Dunjas Blick auf die Saunakarte. Wellness & Spa, Schwimmbecken, Sauna, Dampfbad, Kneipp-Kur, Bar, Salzraum und ein Getränk inklusive. Für die Kinder hat sie gelernt, alles mitzunehmen, was es umsonst gab, alle Reste zu verbrauchen, alle Geschenke anzunehmen. Es ist aber nicht nur das Bedürfnis, nichts zu vergeuden, sondern auch ein unbestimmtes Interesse.

Das Ufo leuchtet fremd und einsam dort, wo vor Jahren die alte Turnhalle mit zerschlagenen Scheiben und eingebrochenem Dach einen langsamen Tod gestorben ist. Als Dunja die Empfangshalle betritt, ist der Heimatort hinter ihr wie ausgelöscht, und auf der Schautafel mit den Fotos der Mitarbeiter kennt sie niemanden. Der Boden aus weißem Laminat, die Wände aus poliertem Beton, die automatischen Türen aus Glas und die weiße Ledersitzgruppe zwingen ihr eine unangenehm steife Haltung auf. Sie schiebt die Karte über den Tresen und bekommt einen Schrankschlüssel. Von ein paar Männern in weißen Bademänteln wird sie ignoriert statt neugierig betrachtet, wie man es im Ort sonst tut.

In der Stadt war sie auch meist mit Gutscheinen in der Sauna gewesen, die sie von Saphie bekommen hatte, jetzt starrt sie im leeren Dampfbad lange auf die vernebelten

Lämpchen an der Decke und fühlt sich wie in einer Wolke schwebend und verloren. Als sie damals so auf der Bank in der Turnhalle saß, während Saphie Wettkämpfe gewann und Dunja sich schon wieder ein Gelenk verstaucht hatte, war ihr das Fremdsein zu einem gewohnten Zustand geworden.

Nach der Dusche reibt sie sich langsam den groben Schnee über die Arme, der aus einem Rohr in ein Becken fällt. Im Trinkraum schreibt sie ihren Namen auf einen Plastikbecher und stellt ihn neben die anderen, mit Abkürzungen beschrifteten Becher. Dann setzt sie sich im Salzraum in elegante graue Kissen, die von ihr verlangen, sich elegant zu benehmen. Drei Frauen nicken ihr kurz zu und reden weiter: »Ich würde das an deiner Stelle in Spanien machen lassen oder in der Privatklinik von Helens Schwiegervater, die haben sehr gute Roboter.«

»Hat solche Probleme mit seinem Jüngsten, weil der seine Firma in den Sand gesetzt hat.« ... »Und seine Frau nimmt zu viele Tabletten.« ... »Weißt du, man sollte Viagra für Frauen auf den Markt bringen. Es gibt ja so viele, die damit Probleme haben. Das würde eine Menge Depressionen lösen.« ... »Ich hab von einer stimulierenden Creme gehört.« ... »Hast du diesen Künstler kennengelernt, der den ganzen Tag Marihuana raucht?« ... »Solange er nett ist zu Frau und Kindern, würd ich nichts sagen.« ... »Künstler sind ja sehr komplex.«

Zurück im Trinkraum, hat jemand einen Smiley mit Zwinkerauge auf ihren Becher gemalt. Sie sieht sich um. An einer Säule lehnt ein trainierter Mann mit militärgrünem Handtuch um die Hüften, lächelt und wiegt sein Becken.

Dunja lässt den Becher stehen und geht.

»Das kommt davon, wenn man jemanden heiratet, an

dem nur das Geld anziehend ist«, sagt Saphie schadenfroh, als Dunja von dem Gespräch über Frauen-Viagra und Antidepressiva erzählt. »Bei diesen Leuten geht es nicht um Liebe. Es geht nur darum, nett zueinander zu sein, solange man voneinander profitiert. Mit Liebeskummer wirst du ausgelacht. Glaub mir. Ich kenne diese Schlangen. Die sehen dir sogar nackt in der Sauna an, dass du nicht zu ihnen gehörst. Ich schwör's. Lass dich mit denen bloß nicht ein!«

Betrachte die Vergangenheit,
und du wirst die Zukunft kennen.

Alle Hotelgäste betreten das Foyer mit Bedürfnissen. Sie sind müde oder hungrig, müssen auf die Toilette, brauchen Kopfschmerztabletten, Ladekabel oder Auskünfte. Sie wollen verbrauchen, genießen, verzehren, vom Hotel versorgt, vom Ort unterhalten, von der Landschaft belebt oder beruhigt werden. Dunja mag die Urlauber nicht, die sich für jeden Tag einen Plan machen. Sie mag die Gäste, die sich treiben lassen, morgens spät zum Frühstück kommen und dann durch den Ort oder den Wald schlendern, bis sie wieder Hunger bekommen. Saphie teilt die Gäste ein in Generäle und Landstreicher. Die Generäle nehmen nur und geben nichts außer Geld, und das ungerne. Mit den Landstreichern kann man sich unterhalten, und ständig bringen sie etwas mit. Blaubeeren, Brombeeren, Pilze und einmal einen kleinen Igel, den Saphie im Keller überwintern ließ.

Abends, wenn Dunja die Rezeption schließt, geht sie an die Bar, wo Saphie die Abrechnung macht. Heute will sie wissen, ob die beiden Männer runtergekommen sind, deren Zimmer von einem Fernsehsender bezahlt werden. Saphie steht an der Kasse, und Dunja lehnt sich gegen das Spülbecken. »Eigentlich kommen solche Teams zu dritt«, sagt Saphie und zeigt drei Finger. »Redakteur, Kameramann und Tontechniker. Früher waren die zu fünft. Da gab's noch Assistenten.« Saphie zählt die Geldscheine. »Jetzt wird gespart.«

Sie steckt das Geld in einen Umschlag und schreibt das Datum drauf. »Im Frühling fangen hier immer irgendwo

Ausgrabungen an, und wenn die was finden, kommt das Fernsehen.« Sie schiebt den Umschlag tief in ihren Ausschnitt, »Ach na ja«, und gießt Wein ein. »Die Kameramänner suchen abends immer nach Frauen. Wenn hier keine sitzen, gehen sie zum Griechen. Die Redakteure sind eher so Introvertierte.« Sie schiebt Dunja ein Weinglas hin. »Hab keine Ausnahmen erlebt.« Sie lehnt sich an den Tresen und deutet zur Tür. »Na? Welcher ist der Kameramann?« Die Männer kommen gerade herein, bleiben am Tresen stehen, sehen sich um. »Hunger?«, ruft Saphie. Dunja lacht über den suchenden Blick des Schwarzhaarigen und den desinteressierten Blick des anderen. Mit vierzehn, in der Dorfdisco, musste sie mit Saphie ständig grundlos lachen, weil gegen die Verlegenheit nur Übermut half. Es funktioniert jetzt genau wie damals. »Seid ihr Schwestern?«, fragt der Kameramann und schiebt einen Oberschenkel auf den Barhocker. Wie eine lange vergessene Sprache fällt Dunja wieder ein, wie solche Gespräche zu führen sind. Sie hat es von Saphie gelernt. »Welche Schwester? Ich kenn diese Frau nicht. Die macht mich nach.« Saphie flüstert: »Glaubt ihr kein Wort! DIE macht MICH nach.«

Dunja fragt, was ausgegraben wird. »Ein angefangener Fluchttunnel unter einer Scheune und superalte Spuren einer Handelsstraße. Der Sender hat noch nicht entschieden, worüber wir berichten sollen«, sagt der Redakteur. »Was würde euch interessieren?«

»Handelsstraße!«, sagen Dunja und Saphie synchron und sehen einander nicht an. Saphie dreht sich schnell weg, räumt ein paar Biergläser ins Regal, und Dunja bemerkt die Verlegenheit ihrer Geste.

Von dem Tunnel hat seit fünfunddreißig Jahren niemand gesprochen. Er war nur eine Attrappe und hat trotzdem die Ehe ihrer Eltern zerstört. Dunja wartet für einen ratlosen

Moment darauf, dass Saphie das Thema wechselt. Darauf kann sie sich verlassen, das ist klar. »Ist das euer Ernst?«, fragt der Redakteur. Da dreht Saphie sich strahlend um und überreicht den beiden feierlich zwei Speisekarten wie Urkunden. »Is gleich Küchenschluss. Kartoffelsuppe geht schnell.« Sie deutet auf den Tisch am Fenster, die Männer setzen sich folgsam, durchblättern die Karten und nehmen die Kartoffelsuppe.

Der Kameramann sieht aus wie ein Schuljunge, denkt Dunja. Ständig sieht er zu Saphie und würde sicher gerne kleine Kugeln aus Serviettenpapier durch einen Strohhalm in ihren Nacken schießen. Dunja weiß, dass Saphie es auch merkt.

Damals in der Disco legte Saphie ihre Hand auf die Unterarme fremder Menschen, und ständig sagte sie *du. Du, kannst du mir ein Bier mitbringen? Du, was spielt ihr denn hier für Musik?*

Saphie lachte, zeigte ihre geraden Zähne, und wenn ihr jemand gefiel, dann wiederholte sie seine Sätze. *Du machst 'ne Tischlerlehre, ach so. Du magst meine Haare, ja?*, sagte sie und nickte bedeutungsvoll, sodass man nicht wusste, ob sie sich lustig machte. »Kommst du mit? Aber ohne Grabbeln!«, sagte sie manchmal, und er kam mit. Dunja wurde nie angesprochen, war unsicher in der Menge und erstarrte beinahe, wann immer jemand sie zu lange ansah. Wie ein Tier im Lichtkegel war sie unfähig, sich unter einem interessierten Blick frei zu bewegen. »Mann, häng doch nicht so in der Ecke wie eine aussterbende Topfpflanze«, sagte Saphie. »Meine Schwester tanzt nicht. Die steht hier unter Denkmalschutz«, erklärte sie den anderen.

Winne gefiel genau das. »Als ich dich gesehen habe, dachte ich, du bist entweder komplett abgehoben oder irgendwie so undurchdringlich und geheimnisvoll.« Das erzählte er ihr später. »Aber dann warst du plötzlich so offen, dass es fast wehtat. Du hast mir ja gleich am ersten Abend die intimsten Sachen erzählt.« Winne behauptete, er hätte sie beim ersten Date in einem Club gefragt, warum sie nicht tanzen würde, und sie habe geantwortet, sie trüge keinen BH und ihre Schwester fände es peinlich, wenn Dunjas Brüste beim Tanzen wackelten. »Dieses Verstörte hat mir irgendwie gefallen.« Dunja konnte sich vor allem daran erinnern, dass sie mit Winne an Sicherheit gewonnen und dann doch getanzt hatte. Wenn es jemand zuließ, konnte Dunja ihn so weit in ihre Seele blicken lassen, dass er Angst bekam, sie nie wieder loszuwerden. Bei Saphie war es umgekehrt. Sie fühlte sich nur an der Oberfläche sicher. In ihre Seele durfte niemand hineinsehen.

»Wie lange arbeitest du hier schon?«, fragt der Kameramann, als Saphie die Teller abräumt. »Seit ich denken kann«, sagt sie mit Bestimmtheit und fügt stolz hinzu: »Und seit zehn Wochen leite ich es alleine.«

Dunja hätte erst überlegen müssen, wenn sie gefragt worden wäre, seit wann die Männer tot sind. Saphie muss die Tage gezählt haben wie einen Countdown. Als sei es das Ziel, sich möglichst weit von Gilbharts Todestag zu entfernen.

Zurück hinter der Bar, gibt Saphie Dunja eine Flasche Wein und schickt ihre Schwester mit einer beiläufigen Kopfbewegung an den Männertisch. Mit Gläsern kommt sie hinterher und setzt sich dazu.

Sie reden von Heimatgefühlen, und Saphie redet um ihren toten Mann herum. Sie sagt nicht *ich*, sondern *man* und sagt Sätze, die sie schon so oft gesagt hat. »Ach na ja, wenn man im Hotel lebt, muss man nicht verreisen. Hier kommt die halbe Welt vorbei. Ich wohne ja auf einem Bahnhof.«

Dem Kameramann steht die Frage ins Gesicht geschrieben, ob es hier irgendwo einen Mann gibt zu dieser Frau. Manchmal sieht er sich um, als fühle er sich beobachtet. Am liebsten würde Dunja dazwischenrufen: Der ist gerade gestorben, und meiner übrigens auch. Am selben Tag. Haben sich verabredet. Witzig, oder?

Stattdessen denkt sie wieder an den Fluchttunnel. Ein längst lahmgelegtes Thema, über das sich nicht mehr herausfinden lassen wird als das, was jeder im Dorf weiß. Dunja hat nicht erwartet, dass die Geschichte das Dorf je verlassen würde. Niemand konnte das wollen, da es eine peinliche Geschichte war, die keinen Sinn ergab. Es war nie etwas daran, worüber man lange reden konnte. Die Sache war nur dumm und uninteressant. Nichts, woraus man eine dieser Reportagen machen könnte, die im Fernsehen laufen. Das hätte sie dem Redakteur sofort sagen sollen, denkt Dunja, anstatt darauf zu warten, dass Saphie so etwas sagen würde.

Der Kameramann verabschiedet sich kurz nach Mitternacht. Saphie geht und lässt nur die Nachtbeleuchtung an. Dunja mag die Nachtbeleuchtung und denkt an einen melancholischen Film, in dem eine Tonspur mit klapperndem Geschirr, dem betriebsamen Herumgelaufe, Gerede und Gelache auf das Bild des schlafenden Saals gelegt wird, in dem sich die zwanzig Tische vom Benutztwerden erholen, als würden sie von den Tagesgeräuschen träumen.

»Trinken wir jetzt die Bar leer?«, fragt Dunja. Der Redakteur schüttelt ernst den Kopf und fragt: »Was machst du in diesem Dorf? Du passt doch gar nicht hierher.«

»Ich komme von einem anderen Planeten und muss auf meinen Auftrag warten.« Dunja sieht ihr Spiegelbild in der dunklen Fensterscheibe. Sie hält sich ein Auge zu. Dann das andere und schüttelt den Kopf. »Ich bin nämlich zur Hälfte unsichtbar. Erst wenn ich meinen Auftrag kenne, werde ich ganz sichtbar.«

Er hält sich auch ein Auge zu. »Also ich seh beide Hälften von dir.«

Dunja seufzt. »Ich nicht.«

»Und was für ein Auftrag könnte das sein?«

Sie legt den Finger auf seine Lippen. »Du darfst mich nicht ausfragen, sonst kommen die und holen dich.«

Er steht auf, »Schade«, schiebt den Stuhl an den Tisch, hält den Kopf schief und sagt, er müsse in fünf Stunden raus, und geht, ohne zu schwanken. Dunja sieht ihm nach, und er scheint es zu wissen. Vielleicht ist da was.

Ihre linke Körperhälfte würde sich auf den Redakteur einlassen, eine Verbindung finden, wenn sie könnte. Aber die rechte bestimmt alles alleine und schüttelt ihre Kopfhälfte, während die linke stumm bleibt. Die rechte lässt die linke nicht mitspielen.

Ein Hund bellt. Ein spätes Auto wischt mit dem Scheinwerferlicht durch die Kurve und fährt ins Dorf.

Dunja überlegt, ob rechts die rationale oder die emotionale Seite ist, die männliche oder die weibliche, die Tag- oder die Nacht-Seite. Saphie hat ihr das alles erklärt, weil sie es von ihrer Dorfpsychologin weiß. Aber Dunja hat es sich nicht gemerkt. Nur dass es im Gehirn umgekehrt ist, weiß sie noch, und dass die linke Körperhälfte nachts wärmer ist und die rechte tagsüber. Sie versucht, die Temperatur ihrer Brüste zu fühlen, und legt die Hände drauf. Als sie die Kinder gestillt hat, war die rechte beinahe doppelt so groß wie die linke. Es sah albern aus, und immer wieder hatte sie die Kinder an ihre linke Brust gelegt, aber offenbar ließ sich keine Milch heraussaugen. Vielleicht wollte Dunja nicht, dass jemand aus ihrer linken Brust trinkt, denkt sie jetzt. Vielleicht gehört die linke Hälfte, die nichts machen muss, Dunja nur ganz allein.

Oder ist ihre irrationale Seite in den Jahren mit Winne lahmgelegt worden? Abgestorben? Eingeschlafen?

Kurz nach der Trennung träumte sie ständig von Winne. Obwohl sie das Zusammensein mit ihm immer dann am meisten gequält hatte, wenn er nicht da war, fühlte sie sich wie von Ketten befreit, als sie aufwachte und er nicht mehr neben ihr lag. Seine Abwesenheit war endlich kein Fehlen mehr.

»Winne trägt immer diese unsichtbare Tür mit sich herum«, hatte Dunja gesagt, wenn Freunde sich wunderten, wohin er schon wieder verschwunden war. Er konnte jederzeit weg sein, konnte wiederkommen, wenn er etwas brauchte, und wieder gehen, wenn er gebraucht wurde. Als Dunjas Vater starb, war Winne verreist, und als ihre Mutter starb, kam Winne nach der Arbeit nicht nach Hause. Dunja saß mit den Kindern und mit diesem entsetzlichen Schmerz in der Brust allein beim Abendbrot und überlegte mühsam, mit welchen Worten die Kinder ins Bett zu kriegen waren. Schließlich fiel es ihr ein: »Zähne putzen! Schlafanzug anziehen!«, sagte sie schwach.

Sie rief Winne wieder und wieder an. »Ich brauch dich! Ich halt das nicht aus, jetzt alleine zu sein. Bitte komm her.« Er komme jetzt, sagte er, kam dann aber nicht und ging auch nicht mehr ans Telefon. Am nächsten Morgen rief Dunja wieder an. Er habe so viel zu tun und komme bald. Er kam nicht. Dunja konnte seine Gnadenlosigkeit nicht fassen. Sie konnte mit Winne nur leben, solange sie stark war und den Familienalltag ohne ihn im Griff hatte. Dann liebte er sie, brachte ihr Geschenke, schrieb ihr Liebesbriefe und war ein guter Vater.

Wenn Dunja ein Problem hatte, ging er und kam erst

wieder, wenn sie es allein gelöst hatte, und reagierte auf jeden Vorwurf, indem er wieder ging. Er konnte sogar gehen, wenn sie mit gepackten Taschen im Flur standen, um in den Urlaub zu fahren. Irgendwann hatte Dunja seine Behauptung, er würde die Familie ernähren, satt. Sie musste sich das Geld für Fahrkarten und Zeltplatz von Saphie borgen. Als die Kinder klein waren, verdiente er nicht mehr als sie, und das war so wenig, dass am Monatsende das Nötigste fehlte. Ihm diese Tatsache vorzurechnen bedeutete, dass er augenblicklich wieder verschwand. Dann hob Dunja die Taschen in den Kinderwagen, setzte Augusta obendrauf, nahm Jules an die Hand, ging alleine zum Zug, trug das Gepäck am Bahnhof Treppen hinauf und hinunter, bat fremde Leute um Hilfe, schob alleine stundenlang den Kinderwagen mit dem Gepäck durch den tiefen Sand im Wald zum Zeltplatz, auf dem Rücken ein schlafendes Kind. Als Winne ein paar Tage später hinterherkam, frei und unbeschwert wie ein jugendlicher Wanderer mit leichtem Rucksack und Händen in den Taschen, rannten die Kinder ihm glücklich in die Arme. Dunja kochte Essen und durfte nicht wütend sein, musste diese Familie zusammenhalten, die Harmonie wiederherstellen. Für die Kinder. Aber es ging nicht. »Du kannst dir nicht nur immer nehmen, was du willst, und uns nicht geben, was wir von dir brauchen!« Winne lehnte an einem Baum und lachte mit Verachtung. »Was nehm ich mir denn? Dein bescheuertes Essen, oder was meinst du?«

Später entschuldigte er sich und wollte ein drittes Kind, und wenn Dunja davon nichts hören wollte, verschwand er wieder. »Papa muss arbeiten«, sagte sie den Kindern betrübt. Aber lieber hätte sie gebrüllt: »Euer Vater ist ein elendes Arschloch!«

Dunja will daran nicht mehr denken. Sie hat so viele

stumme Dialoge geführt, sich innerlich in Rage geredet und Briefe geschrieben, auf die er nie geantwortet hat. Das ist vorbei.

Auch die Nacht mit dem Australier und der Putzanfall danach sind jetzt schon Erinnerungen aus einem anderen Leben, obwohl es erst sechs Wochen her ist. Nach dem Sex, der ihr gefallen hat, kam sie sich schmutzig vor. Vielleicht wäre es mit dem Redakteur anders. Sie darf schlafen, mit wem sie will.

Als sie im Bett liegt und in die schwarzen Tannenzweige vor dunkelgraublauem Himmel sieht, wird sie von einer kleinen Euphorie gepackt. Winne ist endgültig gegangen. Die Kinder sind groß. Dunja ist frei.

Im Halbschlaf findet ihr Unterbewusstsein sich nicht zurecht, sondern wähnt sich zu Hause in ihrem Bett. Bei der Überlegung, ob beide Kinder in der Wohnung sind, bemerkt sie den Irrtum. Sie konnte nie richtig einschlafen, wenn abends ein Kind fehlte. Erst wenn sich ein Schlüssel in der Wohnungstür drehte, tat sich der Schlaf augenblicklich vor ihr auf wie ein tiefer Brunnen, und sie ließ sich hineinfallen, noch bevor Jules oder Augusta die Wohnung betreten konnten.

In dieser Zimmertür wird sich kein Schlüssel drehen. Sie wird nicht mehr zum Fenster laufen, weil die Kinder nachts von der Party nicht nach Hause kommen. Vor ihr liegt nach zwanzig Jahren wieder ein Leben, das ihr allein gehören soll, und sie kann sich hineinfallen lassen, ohne auf jemanden zu warten.

Besser eine Torheit, die aufweckt,
als eine Tugend, die einschläfert.

Als Dunja dabei hilft, das Frühstücksbuffet einzudecken, breitet sich Saphies Abwesenheit in der Küche aus. Beim Mitarbeiterfrühstück erwähnt niemand ihren Namen, als könnte man sie damit versehentlich herbeirufen. Man tut, als wäre es nicht ungewöhnlich, dass Saphie fehlt, aber jeder weiß, es ist ungewöhnlich, und Dunja spürt, es ist den Küchenleuten lieber so. Erst um elf erscheint sie strahlend im Saal und reißt die Fenster auf. »Warum lässt denn hier keiner die Frühlingsluft rein? Im ganzen Haus riecht's nach Sauerkraut. Riecht denn das keiner, oder was?« Saphie riecht an ihrem Ärmel. Dunja trägt Geschirr und hält im Vorbeigehen inne: »Sag mal, du hast doch nicht mit dem …?«

Saphie lacht. »Ich bin hier eingesperrt, Schätzchen, was soll ich machen?« Sie breitet die Arme aus. »Ich muss nehmen, was reinkommt.«

Dunja lacht.

Saphie lässt sich auf die Eckbank am Fenster fallen und stöhnt. »Mann, ich hab ja echt völlig vergessen, was man mit Männern für abgefahrene Sachen machen kann. Ich glaub, ich hab überhaupt diese ganze herrliche Beschäftigung vollkommen verdrängt. Alles andere ist doch komplett unwichtig, oder?« Saphie sieht interessiert einem Gast hinterher, der sich am Buffet bedient. »Weiß gar nicht, wieso ich das nicht viel öfter mache«, flüstert sie, »ist doch auch viel gesünder als Drogen.« Der Mann geht zu seinem Tisch, setzt sich zu Frau und Kindern.

»Siehst du? Deshalb machst du das nicht öfter!«, sagt Dunja streng, und Saphie macht ein schmollendes Gesicht.

Am Nachmittag schleppen die Fernsehleute ihre Technik zurück ins Foyer. Der Kameramann keucht die Stufen rauf. »Bin erledigt. Muss mich hinhauen.«

Gebückt und mit einem Stativ auf dem Rücken bleibt der Redakteur am Empfang stehen. »Und ich muss was essen. Kommst du mit?« Dunja nimmt die Beine vom Tisch.

Zusammen gehen sie über den Marktplatz, der noch unverschattet von den Blättern der Linden rau und bloß in der Frühlingssonne liegt. Die Bäume haben hellgrüne Knospen und werfen scharfe Umrisse auf das Kopfsteinpflaster. Beim Griechen stehen zum ersten Mal blaukariert eingedeckte Tische draußen. »Wir werden über die Handelsstraße berichten«, sagt der Redakteur und erklärt Dunja, wie sich die Wagenspuren in mehreren Schichten aus den verschiedenen Jahrhunderten durch Luftaufnahmen finden und bestimmen lassen. »Dieser Fluchttunnel, in der Scheune«, er deutet Richtung Bahnhof, »der ergibt überhaupt keinen Sinn. Wer den angefangen hat, muss total geisteskrank gewesen sein.« Dunja lacht, und darin liegt etwas Verächtliches. Sie sieht an seinem gespannten Blick, dass sie etwas verraten hat. Er weiß jetzt: Dunja kennt die Person, die er als geisteskrank bezeichnet. Er beugt sich vor, stützt die Ellenbogen auf den Tisch und sieht Dunja an. »Da muss doch damals ein Gehöft gewesen sein. Weißt du, wo ich meine? Wenn man von der Hauptstraße links in den Wald fährt, da wo diese kleine Brücke ist? Das war doch bestimmt einer aus dem Ort, der den Tunnel geplant hat. Oder mehrere?« Sie schüttelt den Kopf. »Solche Fernsehdokus interessieren mich sowieso nicht.«

Der Kellner begrüßt Dunja wie eine vermisste Verwandte, bringt Ouzo und Retsina aufs Haus. Dunja hätte fast vergessen, dass sie sich hier nicht mit einem fremden Mann zeigen kann, ohne dass jemand wissen will, wer es ist. Sie stellt den Redakteur vor, erklärt, was er hier macht, bis der Grieche zufrieden ist, die Bestellung aufnimmt und sie in Ruhe lässt. »Was weißt du über den Tunnel?«, fragt der Redakteur. Dunja denkt an Saphie, die nicht wollen würde, dass davon geredet wird. Sie schüttelt den Kopf.

Er sieht Dunja an und wartet. »Kommen die Außerirdischen und holen mich, wenn ich dich das frage?«

Dunja lacht. »Ich weiß nichts von dem Tunnel. Echt nicht. Dieses Dorf ist sterbenslangweilig. Hier wühlt bestimmt niemand in der Vergangenheit rum und erst recht nicht in der Erde.« Er zieht die Augenbrauen hoch, stößt sein Ouzo-Glas gegen Dunjas und trinkt es leer, ohne den Blick von ihr abzuwenden. Dunja kippt den Ouzo auf ihrer Zunge aus, verzieht aber diesmal nicht das Gesicht, wie sie es sonst tut. Sie erzählt ihm von Winne. Sein Tod sei irgendwie schrecklich und schön zugleich. »Ich fühle mich so aufregend aus der Bahn geworfen und wusste gar nicht, dass ich überhaupt in einer Bahn gesteckt hab. Saphies Mann hat sich ja am selben Tag mit einem Herzinfarkt verabschiedet, aber Saphie lässt sich partout nicht aus der Bahn werfen.«

»Also, Moment mal.« Der Redakteur kneift die Augen zu Schlitzen und hebt den Zeigefinger wie ein Sprachschüler, der einen deutschen Satz in seine Muttersprache übersetzt, um ihn besser zu begreifen. »Ihr seid ernsthaft am selben Tag geboren, und eure Männer sind am selben Tag gestorben?«

Dunja nickt bestimmt. »Ja, richtig«, sagt sie. »Aber erzähl doch mal von dir!«

Der Redakteur lehnt sich zurück, redet von den Einsparungen im Sender. Als würde ihn das schrecklich langweilen, erzählt er, dass sein Job bedroht sei, was er vor seiner Familie zu verbergen versuche, und dass es ihn sicher bald ebenfalls aus der Bahn werfen werde. »Und seit wir die verdammte Technik nicht mehr über Nacht im Auto lassen dürfen, sondern mit in die Zimmer schleppen müssen, werd ich langsam zum Krüppel.«

Nach dem Essen gehen sie den Wanderpfad hoch. »Beeil dich, ist gleich dunkel!«, ruft Dunja, während er durch das Unterholz stolpert und sie leichtfüßig über die Äste steigt, als hätte sie die selbst hingelegt. Dunja zeigt ihm eine Stelle am Waldrand, zu der kein Weg führt. Die weite Wiese wird von einem Bach mit knotigen Uferweiden durchkrochen. Eine Holzscheune ist halb in die Erde gesunken, vor Angst, vom Wind noch schiefer geblasen zu werden. Die Kirchturmspitze des nächsten Ortes überragt die Tannen. Als Jugendliche hat Dunja für ihre kleine Schwester ein Mühlrad in diesen Bach gebaut. Lenka stand mit nackten Beinen im Wasser und hatte Vergnügen daran, das Rad mit einem Stöckchen anzuhalten. Der Biber nahm den Vorschlag an, machte einen Staudamm daraus, und die Männer vom Angelverein beschlossen daraufhin, den Biber mit dem Jagdgewehr heimlich abzuknallen.

Der Redakteur staunt weniger über den Ausblick Richtung Sonnenuntergang als über die löchrige grün bemooste Hängematte, die zwischen den Bäumen neben einem Findling hängt.

»Die hat mein Ex-Mann hier für mich angeknotet.« Dunja schüttelt gedankenlos ein paar der Zweige und Tannenzapfen aus der Hängematte, lässt die Kiefernnadeln darin liegen und setzt sich hinein. Der Redakteur stellt einen Fuß auf den Stein und sieht aus wie eine Figur auf einem alten Gemälde.

Er fragt, wie alt Dunja zur Wende gewesen sei und wie sich ihr Leben dann verändert habe. »Wir waren elf, unsere kleine Schwester wurde geboren, mein Vater musste seine Glasbläserwerkstatt schließen, weil er die neuen Sicherheitsbestimmungen nicht mehr einhalten konnte, und verändert hat sich alles.« Dunja zuckt mit den Schultern, und ihr vorwurfsvoller Blick sagt: Weiß doch jeder, was dann kam. Schweigend betrachten sie lange den orangeroten Himmel, bis er in die Stille wie zu sich selbst sagt. »Hans Lenzing wurde damals verhaftet, hat mir euer Bürgermeister erzählt. Dein Vater, oder? Hat er den Tunnel geplant?« Der Satz jagt augenblicklich Dunjas Puls hoch.

»Nein, verdammt! Was soll denn der Blödsinn?« Dunja ist erschrocken über ihre Wut und dreht ihren Puls wieder runter, indem sie sich einen imaginären Regler vorstellt. So macht sie es auch mit dem Pfeifton, den sie manchmal im rechten Ohr hat. Er lacht und streicht über den Oberarm. »Entschuldige, ich wollte dich nicht ärgern. Bin Journalist.« Er holt die Restaurantrechnung aus seiner Jackentasche, rollt sie zu einem kleinen Trichter zusammen und hält ihn ans Ohr. »Hallo? Ihr könnt mich jetzt holen. Ich bin bereit.« Dunja lacht. Er hält den Finger an die Lippen »Was? Warum denn nicht?« Er sieht in den Trichter und schüttelt ihn. »Die haben keine Zeit. Sind mit der Auslöschung der Menschheit beschäftigt, oder so. Hab's nicht genau verstanden.«

Dunja friert auf dem Rückweg, und er reibt ihren Rücken warm.

Zurück im Hotel, sitzt der Kameramann an der Bar, Saphie telefoniert und wischt mit der anderen Hand den Tresen ab. Dann hält sie Dunja das Telefon hin und wackelt bedeutungsvoll mit dem Kopf. »Hier! Deine Tochter verdient jetzt mehr Geld als wir alle zusammen.« Dunja hält sich ein Ohr zu, »Augusta?«, geht ins Foyer und setzt sich auf den Treppenabsatz.

»Ich werde das Gesicht vom Elektromarkt«, sagt Augusta.

»Gesicht vom Elektromarkt?«, fragt Dunja. »Was ist das denn?«

Augusta klingt emotionslos. »War beim Casting, weil da alle hingegangen sind. Die buchen mich für ihre Werbestrecke.«

»Ah«, sagt Dunja und stellt sich ihre Tochter auf einem Plakat vor. »Und was musst du dafür machen?«

»Mann, Mama, das ist so typisch! Alle fragen mich, wie viel ich verdiene, und du fragst, was ich machen muss? Is doch wurscht, ich komm halt in die Spots, auf die Plakate, die Kartons und auf die Tüten.«

»Tüten? Auf was denn für Tüten?«

»Mann, wo die Leute ihr Zeug …«

»Auf die Plastiktüten?«

»Ja doch! Auf Plastiktüten. Kannst du jetzt mal fragen, was ich verdiene?«

»Was verdienst du?«, fragt Dunja und sieht ihre Tochter, die Umweltaktivistin, auf Tausenden Plastiktüten, die in Stapeln an der Kasse liegen.

»Zwanzig. Und nächstes Jahr noch mal so viel«, sagt Augusta jetzt doch mit Stolz.

»Zwanzig? Pro Stunde?«

»Tausend, Mama! Zwanzigtausend pauschal!«

»Aha. Toll, mein ich«, stottert Dunja. »Damit kannst du 'ne Menge machen. Was willst du machen?«

»Weiß nicht. Reisen vielleicht.«

»Ja, reisen is gut!«

Während sie schweigen, sieht Dunja ihre Tochter hundertfach auf gestapelten Computerkartons mit diesem nachdenklichen Gesichtsausdruck, den sie im Moment vermutlich hat, und den Fingern an der Unterlippe. »Kommt ihr zu Ostern?«

»Und?«, fragt Saphie, als Dunja zurückkommt und sich zu ihr und den Fernsehleuten an den Tisch setzt. »Plastiktüten«, sagt Dunja bestürzt und schüttelt den Kopf.

»Und?«

»Was und?« Der Kameramann fragt: »Na, wie viel verdient sie?«

»Nein, ob sie zu Ostern kommen, will ich wissen!«, sagt Saphie.

»Ja. Kommt mit Jules. Nehmen das alte Auto von ihrer Foodsaving-Organisation.«

Das Gespräch wird nicht so tiefgründig wie am Vortag. Es handelt von den schrumpfenden Fernsehetats, an Flughäfen verloren gegangener Kameratechnik, Billigflügen und schließlich von seltsamen Ansprüchen und Angewohnheiten der Hotelgäste. Dunja findet alles belanglos. Sie hat das Bedürfnis, etwas Ungewohntes zu tun, und stellt sich vor, sie würde das volle Weinglas in ihrer Hand fallen lassen. Es wäre eine winzige Entscheidung ihrer Finger. Vor leichten Glassplittern fürchtet sie sich nicht. Hauchdünnes Glas ist nicht gefährlich, hat der Vater ihr beigebracht, nur mit dem schweren musste sie aufpassen. Trotzdem weigern sich Dunjas Finger, loszulassen, sondern stellen das Glas auf den Tisch. »Ich geh schlafen.«

»Du bist doch echt eine langweilige Schwester, weißt du das? Bäh!«, ruft Saphie ihr hinterher. Dunja kommt zurück, nimmt das Weinglas und lässt es fallen. »Besser?« Sie hört das steckengebliebene Lachen des Redakteurs.

»Na, is jetzt nicht wirklich besser, nee«, sagt Saphie.

Dunja sieht den Kameramann an und zeigt auf Saphie. »Sie leitet das Haus nicht erst seit zehn Wochen, sondern seit achtzehn Jahren, und dass ihr Mann gerade gestorben ist, wusstest du wahrscheinlich auch nicht.« Der Kameramann macht ein schuldbewusstes Gesicht, zeigt auf den Redakteur: »Doch, er hat's mir erzählt«, und zuckt ratlos mit den Schultern. Saphie kniet sich hin und fängt an, die Scherben aus der Weinpfütze zu sammeln. »Das war eins von den Teuren!«

Dunja bleibt vor ihrer knienden Schwester stehen. »Ich kann dein Ablenkungstheater nicht mehr ertragen, Saphie!«

»Mein Ablenkungstheater? Wer ist denn hier zur Therapie gegangen? Ich oder du?« Aus ihrer Hand mit den aufgetürmten Scherben tropft Rotwein.

Dunja lacht bitter. »Du schaffst es sogar, aus deiner Therapie ein Ablenkungstheater zu machen.«

Im Gehen hört Dunja den Redakteur sagen: »Tut mir echt leid mit deinem Mann.«

»Ach na ja«, hört sie Saphie antworten.

Dunja will dahin, wo es dunkel ist. Auf der Straße will sie alle Laternen im Ort mit Steinen bewerfen. Aber sie muss etwas tun, woran sie niemand hindern kann. Sie muss sich selbst spüren, muss jetzt wissen, ob sie am Leben ist oder nicht. Ob sie etwas bewirken kann oder nicht. Ob sie hier ist oder nicht. Ihr Teenager-Hass auf diesen stumpfen Heimatort ist wieder da, und jetzt will sie dem Ort zeigen, wer sie geworden ist, um nicht mehr das Kind zu sein, das sie hier war. Sie will etwas tun, was sie hier noch nie getan hat. Im Gehen lässt sie ihre Sachen auf den Waldweg fallen und stolpert durch das Gestrüpp, das ihr vorhin so freundlich vorkam. Jetzt will es sie aufhalten, bohrt sich in ihre Haut, zerkratzt ihr die kalten Beine wie eine angreifende Katze. Dunja sieht die Umrisse der Hängematte, zieht sich hoch und legt sich hinein als Embryo. Sie spürt nicht die kratzigen Nadeln und nicht das verwitterte Leinen, sondern nur die Kälte. Sie zittert und ist der Kälte dankbar. Frieren will sie und von der Kälte wachgerüttelt werden. Die Kälte soll tief in ihre Knochen kriechen und Dunja von innen schrecken.

Hinterm Waldrand am Horizont ist der Himmel heller. Nur über den Baumwipfeln ist er tiefschwarz. Dunja schließt den Stoff über ihrem Körper, und die kalte Luft zieht durch die Löcher. Endlich fühlt sie sich klar, wie einer der nadelspitzen Sterne am Himmel.

Zweige knacken. »Scheiße«, flucht der Redakteur. Sein Kopf erscheint über Dunja. »Du bist schon seltsam.« Er legt die eingesammelten Sachen auf ihren Bauch.

Dunja knüllt sie zusammen. »Ich weiß einfach nicht, wer ich bin, wo ich hinwill und was ich kann«, sagt sie zähneklappernd. Sie sieht in sein vom Mondlicht bläuliches Gesicht. »Hab ich wahrscheinlich noch nie gewusst.«

Er seufzt. »Ich hab ja keine Ahnung, aber du siehst aus wie eine nackte Frau in einer Hängematte. Was du kannst, weiß ich nicht, das solltest du vielleicht lieber rausfinden, anstatt auf Außerirdische zu warten.« Er fährt flüchtig über ihr Bein, wie ein Arzt, der eine Patientin abtastet. »Du bist eiskalt! Komm, zieh dich jetzt an, ja?«

Streuobstwiese mit Gartenhaus zu verkaufen, steht auf einem Schild am Dorfrand, das der Redakteur auf dem Rückweg mit dem Handy beleuchtet. »Zehntausend Euro«, sagt er. »Ist doch 'n Witz.« Dunja starrt in die Dunkelheit, bis sie den Umriss des Hausdaches gegen den Himmel sehen kann. »Kann mich nicht erinnern, hier Obstbäume gesehn zu haben«, sagt Dunja, während der Redakteur durch den Zaun leuchtet. »Vielleicht soll man das Obst selber auf die Wiese streuen.«

An der Kurve zum Dorf fällt Dunja der letzte gemeinsame Fahrradausflug mit den Kindern ein. Augusta war dreizehn, Jules fünfzehn. Es hatte geregnet, und sie trugen bunte Capes, die über die Lenker gespannt waren. Die Kinder hatten gewettet, in wessen Cape sich das meiste Regenwasser ansammeln würde. Vorsichtig eierten sie über die Wurzeln, achteten darauf, dass der kleine Teich nicht über den Lenker schwappte, bis in der Kurve ein Windstoß unter die Capes fuhr und ihnen das gesammelte Wasser in die Gesichter klatschte. Es war ein Moment zum Lachen, und Dunja hatte geahnt, dass es einer der letzten sein würde. Jules war seitdem nicht mehr mitgekommen, und die Familie hatte langsam angefangen, sich aufzulösen.

Als sie im Hotel durchs Foyer geht, sieht Dunja, wie Saphie Bierkrüge durch den Saal trägt und eine Rentnergeburtstagsrunde bedient. Dunja bleibt stehen, und Saphie bleibt auch stehen, als sie Dunja von Weitem im Foyer sieht. Einen Moment sehen sie einander an, Saphie wischt sich mechanisch die Hände an ihren Schenkeln trocken. Als der Redakteur hinter Dunja stehen bleibt und ihren Blick in den Saal nachverfolgt, wendet Saphie sich ab.

Je weiter Dunja die Treppe hinaufgeht, desto stiller wird es. Aus einem Zimmer, das direkt am Treppenabsatz liegt, ist leises Stöhnen zu hören. Es muss das junge Paar mit Kind sein. Dunja hat die drei beim Frühstück beobachtet. Die blonde Mutter ist ständig darauf bedacht, ihr Kind keine Geräusche machen zu lassen, und lehnt ihr Smartphone gegen die Müslischale. Sie dekoriert das Kind täglich mit wechselnden Schleifen auf dem Kopf. Gepunktet, kariert und mit glitzernden Sternchen sitzt es still da wie eine Babypuppe in Geschenkverpackung und starrt auf das Display. Der Vater hat heute früh ständig der schwarzhaarigen Kellnerin hinterhergesehen, und Dunja fragt sich, was sie damals mit Winne für ein Bild abgegeben hatte und welche Gedanken sie sich jetzt machen würde über die junge Mutter, die sie selbst damals war.

Dass die verschüchterte blonde Frau so genussvoll stöhnen würde, hätte Dunja nicht erwartet. Als Jules und Augusta klein waren und nebenan schliefen, hatte Dunja den Sex mit Winne nicht genießen können, sondern über sich ergehen lassen wie eine Pflicht. Erst später kam sie darauf, dass sie Spaß daran haben wollte, und begann zu ahnen, es könne problemlos auch jemand anders sein als Winne.

»Kann man dich alleine lassen?«, fragt der Redakteur am Treppenabsatz im zweiten Stock. Dunja nickt unschlüssig und bohrt einen Absatz in den Teppich. »Danke, dass du mich aus dem Wald geholt hast.«

Er lehnt sich ans Treppengeländer und verschränkt die Arme, um sich auf ein Gespräch einzurichten. »Keine Ursache.«

Dunja lacht über seine Förmlichkeit. »Ich hab nicht das größte Zimmer, dafür das schönste. Und ich hab keinen Korkenzieher, dafür eine Flasche Wein.«

Er stößt sich vom Geländer ab, zieht ein Taschenmesser aus seiner Jackentasche und klappt den Korkenzieher hoch. »Braucht man als reisender Reporter.«

Im Zimmer stellt Dunja eine Kerze auf den kleinen Tisch im Erker. Die beiden Sessel haben auf so einen Abend gewartet. Trotzdem ist es seltsam, in ihrem Hotelzimmer Besuch zu haben. »Bis auf meine Schwester ist noch niemand mit mir in diesem Zimmer gewesen, seit ich hier wohne«, sagt sie verwundert und findet es gleich dumm, das ausgesprochen zu haben. Er öffnet die Flasche, und Dunja merkt, wie schwer es ist, sich nicht in Haushaltstätigkeiten flüchten zu können. »Ich hab hier nur eins«, sagt sie und hält ein Glas hoch.

»Warum hat jemand versucht, einen so irrwitzig langen Tunnel zu bauen?« Er bleibt am Fenster stehen und sieht Richtung Berg, als würde er eine Expedition planen. »Warum lässt dir das keine Ruhe?«

Er setzt sich und sieht Dunja an. »Weil ich ständig überlege, warum du es mir nicht erzählen willst.«

Dunja trinkt von dem Wein, und während sie den Geruch aus ihrer Nase strömen lässt, spürt sie, dass der gläserne Mensch wieder im Raum ist. »Einen bescheuerten Tunnel baut jemand, der bescheuert ist. Es ist nicht so aufregend, wie du denkst. Es sollte nur eine Falle sein.«

Ist das Kind in den Brunnen gefallen,
wird er zugedeckt.

Dunja gibt ihm das Weinglas, sieht auf die Tischkante aus Bambusrohr und Glasplatte, und plötzlich steht dieses Bild im Raum und will betrachtet werden: Dunja und Saphie waren zehn Jahre alt, hockten in Unterwäsche hinter der Küchentür und versuchten herauszufinden, warum die hochschwangere Mutter weinte, während Bernd Brachet auf sie einredete. Es war die heißeste Nacht des Sommers. U-Haft müsse irgendetwas mit Untergrund zu tun haben, wie U-Bahn, dachte Dunja und stellte sich den Vater in einem dunklen Tunnelgefängnis vor. Saphie hatte gewusst, dass der Vater keinen Kunden in Dresden besuchte. Nur Dunja hatte der Mutter geglaubt. Brachet streichelte der Mutter den Rücken, die Arme, das Haar, die Schenkel, versuchte, sie mit hilflosen Phrasen aufzumuntern, und konnte kaum aushalten, wie unglücklich sie war. »Wird wieder, wirst sehen.«

Bernd Brachet hatte seine Tischlerei neben der Werkstatt des Vaters. Er war ein großer Mann mit breiten Schultern, nicht so dünn und sehnig wie der Vater.

Saphie und Dunja sahen an diesem Abend deutlich, dass es eine Verbindung zwischen Brachet und der Mutter geben musste. Dass er sie liebte, war deutlich zu sehen, und Dunja bildete sich im Nachhinein ein, er habe es auch gesagt. Brachet wurde kurz darauf auch ins Gefängnis gesteckt, und der Vater wurde wieder entlassen. Es sei ein Missverständnis gewesen, sagte er den Mädchen. Bernd Brachet habe über die grüne Grenze flüchten wollen und angefangen, einen Fluchttunnel zu graben, erfuhren Saphie und Dunja in der Schule. »Der wollte in den Westen«, sagten die Kinder, und es musste mindestens so etwas Schlimmes sein wie der Versuch, jemanden umzubringen. »Euer Vater hat Brachet dabei geholfen«, behaupteten ein paar Jungs und trugen das Gerücht von den Abendbrottischen des Dorfes in die Schule. Saphie und Dunja trugen es nach Hause. »Das stimmt nicht«, sagte der Vater ungewohnt grob, und die Mädchen waren erschrocken. »Jemand hat die Pläne für den Tunnel in meine Werkstatt gelegt und dann die Polizei gerufen, versteht ihr?« Nein, das verstanden sie nicht.

»Brachet?«, fragte Dunja.

Der Vater zuckte mit den Schultern, sagte nichts und verstand es vielleicht genauso wenig. »Und warum wollte der in den Westen?«, fragte Saphie.

»Wollte er ja gar nicht. Das war völliger Quatsch. Er wollte mich ins Gefängnis bringen. Das wollte er!«

Die Mutter hatte mit Lenka an der Brust lautlos angefangen zu weinen. Saphie wollte wissen, warum, während Dunja fand, es sei besser, nicht zu fragen.

»Ach, wegen Geld«, behauptete der Vater unwirsch, sah zu Lenka, sah der Mutter auf die Brust, dann in ihre Augen, traurig und resigniert.

Jahre später erst wusste Dunja, die Mutter hätte wegen Geld nicht geweint. Die Mädchen wurden in ihr Doppelstockbett geschickt, obwohl es noch nicht dunkel war, und lagen übereinander mit demselben Gedanken: Brachet war zwar weg, aber das Problem war noch da.

Seitdem hatte niemand mehr davon gesprochen. Die Eltern lebten von da an wie Mitbewohner zusammen, und Dunja brachte das erst später mit dem Tunnel in Zusammenhang. Die ganze Tunnelgeschichte, über die keiner sprach, konnte sie nie richtig ergründen. Erst als sie erwachsen waren, redete Dunja mit Saphie darüber. »Ach na ja«, hatte Saphie gesagt. »Lange her. Werden wir eh nie genau erfahren.«

Im Sommer darauf wurde die Mauer geöffnet, und man sagte, Brachet sei wieder im Dorf, Saphie und Dunja sahen ihn aber nie. Es war nicht ungewöhnlich, dass man jemanden nicht mehr sah, den man nicht sehen wollte, noch dazu, wenn er selbst nicht gesehen werden wollte. Der Vater war langsam verkommen, saß in seiner Werkstatt, die nur noch eine Hobbywerkstatt war, brachte nichts Einfallsreiches mehr zustande, sondern blies eher aus Gewohnheit ein paar Klassiker. Den ganzen Tag trank er schwarzen Tee, den er morgens mit ein paar Krümeln in einer dicken Glastasse aufbrühte. Im Laufe des Tages goss er ihn alle paar Minuten wieder auf, streute aus einer rostigen Dose neue Teekrümel hinein, bis am Abend die Tasse mit Teemorast gefüllt war, auf dem ein wenig Brackwasser stand, das der Vater abschlürfte.

»Lebt der noch?«, fragt der Redakteur, der einen gierigen Ausdruck in den Augen hat, als wolle er wie ein Kleinkind die Geschichte noch einmal hören.

»Mein Vater nicht, nein. Bernd Brachet? Keine Ahnung.«

Dunja spürt das schlechte Gewissen und fährt sich mit den Händen übers Gesicht, als wollte sie sich die Reste der Geschichte wie Tomatensoße vom Mund wischen. »Saphie darf nicht wissen, dass ich es dir erzählt habe, okay?«

»Deine Schwester lässt die Vergangenheit nicht gerne hochkommen, oder?«

»Was vorbei ist, stellt sie kalt!«, sagt Dunja trotzig.

»Vielleicht solltest du auch ein bisschen mehr verdrängen. Vielleicht würde dir das guttun.«

Dunja stöhnt: »Du lässt mich ja nicht«, und sieht aus

dem Fenster in die Dunkelheit. Wenn es so einfach wäre, denkt sie und wünscht es sich. Warum kann sie den Redakteur nicht fragen, ob sie ihn anfassen darf, wie es der Australier bei ihr getan hat? Jetzt sehnt sie sich nach dieser Ablenkung.

Aber er zieht sein Handy aus der Hosentasche und steht auf. Er müsse früh raus, sagt er, gibt Dunja das Weinglas zurück, und Dunja steht auch auf. An der Tür streckt sie den Arm über seine Schulter, er umarmt sie hölzern, und Dunja spürt, dass sein Körper mit ihrem nichts anfangen kann. Als sie die Tür hinter ihm schließt, denkt sie: Sie wurde bestohlen.

Am nächsten Morgen geht sie durch den Ort zum Bäcker. Sie hat versprochen, Saphie zu helfen, ein paar Torten zu transportieren. Unterwegs begegnet sie Jugendlichen, bei denen sie für einen Moment sicher ist, sie zu kennen, bevor ihr klar wird, es müssen die Kinder von Leuten sein, die sie früher gekannt hat. Das passiert ihr hier ständig. In den letzten Jahren hat sie gedacht, es würde sich sowieso kaum etwas ändern. Aber jetzt beginnt sie zu sehen, was neu ist. Keine äußerlichen Details, nicht die gurkengrünen neuen Bänke am Marktplatz, nicht die sanierten Häuser oder die hässlich violetten Blumenkörbe, die an die Laternen geschweißt wurden. Sondern die Menschen, von denen Dunja dachte, sie wären stehen geblieben, die sich aber doch sehr langsam weiterbewegt haben. Junge Familien sind aus der nächsten westlichen Großstadt hergezogen und tragen Kleidung und Frisuren, die einen Anflug städtischer Kultur erkennen lassen. Im Rathaus gibt es neuerdings eine Galerie, und zwischen den Jugendlichen, die abends vor der Bar am Markt stehen und rauchen, würden Jules und Augusta kaum auffallen.

Dunja geht über den diesigen Marktplatz. Vor der Kirche blitzt ein Bild vor ihr auf, das wie eingerahmt vor ihr liegt, sodass sie darüber stolpern musste. Sie sieht, wie sie zu Weihnachten über das nasse Kopfsteinpflaster geht, in dem sich die Laternen spiegeln. Plattgetretenes Laub klebt an den Bordsteinkanten. Dunja hört die Kirchenglocken, riecht den Wind, der keinen Schnee verspricht, und sieht einen halben Mond. Damals war das Leben noch vollkommen. Jetzt steht sie an derselben Stelle, und ihre linke Körperhälfte steht wie ein vernachlässigtes Schlüsselkind neben der rechten. Gerade kommt Saphie aus der Bäckerei und trägt Torten ins Auto. »Hilfst du mir?« Dunja schaltet wieder um auf den Frühlingsmorgen und nimmt ihr eine Torte ab. »Vorsicht!« Saphie sieht Dunja misstrauisch an. »Nicht, dass du die fallen lässt und dann nackt in den Wald rennst.« Dunja stellt die Torte in den Kofferraum und setzt sich auf die Kante. »Tut mir leid. Ich wollte nicht so böse zu dir sein.«

Saphie setzt sich neben sie. »Ach na ja. Du solltest echt mal zu meiner Therapeutin gehen. Du stehst ja völlig neben dir.«

Dunja schüttelt den Kopf, schiebt Saphies Hand von ihrer Schulter. »Hör auf mit deiner blöden Therapeutin.« Saphie steht auf, holt einen Zettel aus ihrer Jeanstasche: »Das hätt ich fast vergessen«, gibt ihn Dunja und geht wieder in die Bäckerei.

Liebe Dunja,
es war sehr schön, euch beide kennengelernt zu haben. Wir kommen in ein paar Wochen wieder und drehen weiter. Bis dahin, lass die Gläser ganz.

PS: Deine Schwester kennt dich übrigens sehr gut. Vielleicht solltest du auf sie hören.

Dunja knüllt den Zettel zusammen und nimmt Saphie eine weitere Torte ab.

»Hast du die beiden gesehen heut früh? Habt ihr über mich geredet?«

»Nur kurz. Der Redakteur hat sich Sorgen gemacht. Du hast den echt verwirrt.« Saphie lacht. »Aber ich hab gesagt, du warst schon immer ein bisschen plemplem.« Dunja deutet eine Ohrfeige an. »Du hast ihm gesagt, ich soll 'ne Therapie machen, stimmt's?«

»Ja klar hab ich das gesagt!« Saphie zuckt mit den Schultern.

»Ich glaube, diese Therapeutin gibt's überhaupt nicht«, sagt Dunja entnervt. »Die hast du dir doch nur ausgedacht, um mich fertigzumachen.«

»Ja, Dunja, das ist mein Lebensinhalt, dich fertigzumachen.«

»Hat er noch was gesagt?«, fragt Dunja zaghaft.

»Nein, nichts weiter. Er wollte wissen, in welchem Haus wir aufgewachsen sind.«

»Wozu das denn?«

»Keine Ahnung«, Saphie wedelt mit dem Arm. »Los, wir müssen jetzt diese verdammte Hochzeit stemmen.«

Was man sich wünscht,
das glaubt man gern.

Auf der Terrasse lässt sich die Cousine von ihrem Mann eine Südsee-Cocktailbar aufbauen aus einem Kellerregal mit Schilfverkleidung, einem Sonnenschirm aus Plastikfransen als Strohimitat, bunten Trinkhalmen, Früchtekorb, Papierschirmchen und bunter Lichterkette. Die Cousine stemmt die Hände in die Seiten: »Manchmal taugst du ja doch was!«, und betrachtet zufrieden die Fassade ihrer Jahrmarktbude, die nicht zum unaufdringlichen Stil des Hotels passt.

Im Foyer liegen Kabel, die Band baut Technik auf. Dunja kennt einige Musiker. Jorge Brachet war damals in ihrer Klasse. Sie hat sich vor ihm gefürchtet und überlegt jetzt zum ersten Mal, warum. Er war ein Einzelgänger, hatte etwas Unberechenbares, und so wirkt er immer noch.

Jorge ist nicht überrascht, Dunja zu sehen. »Wäre wohl unhöflich, nach über zwanzig Jahren zu behaupten, du hättest dich nicht verändert.« Er hält ihr die Hand hin.

»Ach, schon okay. Hatte mir erst für morgen vorgenommen, mich zu verändern«, sagt Dunja. Er lächelt kurz mechanisch, ohne seine Augen mitzubenutzen, und zieht weiter die Kabel durch den Saal.

»Hippiespießer und Ökobarbies. Wohnen in dem alten Kurgelände oben am Wasserturm. Haben da eine Kommune gegründet«, flüstert Saphie. »Die nehmen mir auf ihrem blöden Turm ständig Hochzeiten weg. Is natürlich viel hipper als in meinem gemütlichen Landhotel. Ham da oben nur die Schönen und Reichen.« Saphie verdreht die

Augen und stöhnt verächtlich. »Als wir auf dem Turm unseren sechzehnten Geburtstag gefeiert haben, war's da noch cool«, sagt Dunja.

»Wir haben da unseren Geburtstag gefeiert? Kann mich nicht erinnern.«

»Weißt du nicht mehr? In der Nacht davor haben wir heimlich die ganzen Getränke hochgeschleppt und saßen mit Kerzen und Bettdecken um das Baustellenradio und haben Musik gehört und Bier getrunken, bis die ganzen Eltern in der Tür standen.«

Saphie schüttelt den Kopf. »Vergessen. Ach na ja.« Dunja wundert sich jedes Mal darüber, dass Saphie sich an nichts erinnern kann. Selbst ihre Verwunderung vergisst sie gleich wieder und hält sich nie lange daran auf. »Jorge hat vor zehn Jahren geholfen, das Gelände zu sanieren, war dann ewig in Skandinavien als Zimmermann unterwegs und ist jetzt zurück.« Wenn Saphie von Leuten aus dem Dorf redet, die »in der Welt« unterwegs gewesen sind, hört es sich an, als sei hier nicht die Welt. Hier ist ein Ort außerhalb der Welt. »Jorge ist prima! Der repariert mir immer alles. Hat die Tischlerei von seinem Onkel übernommen.«

»Bernd Brachets Tischlerei?« Saphie nickt. »Jup.«

Eine Menschentraube überfüllt das Foyer. Dunja verteilt die Zimmer und muss schließlich, als eines fehlt, in die Kammer unterm Dach umziehen. Getränke, Geschirr und Essen trägt sie den ganzen Tag durchs Haus wie eine Ameise und lässt sich in der Küche vom Küchenchef anbrüllen, wie alle anderen Küchenhilfen auch.

Das Brautpaar küsst sich andauernd und grinst einander an, wie um sich beim anderen zu erkundigen, ob diese beängstigende Entscheidung wirklich zu ertragen sein wird. Die blonde Braut sieht aus wie in Hollywood hergestellt und mit Karotten, Honig und Nusskernen gefüttert. Ihr schwarzhaariger Mann mit den hellblauen Augen und breiten Schultern platzt fast vor Stolz und Gesundheit. Alle Werbeplakate müssen diese Ehe befohlen haben. Nur haben sie Kraft, Schönheit und Gesundheit offenbar komplett aufgebraucht, sodass für ihre beiden Kinder nichts mehr übrig geblieben ist, denkt Dunja, als die Braut ein dünnes, blasses Mädchen mit fusseligem Haar auf den Schoß hebt. Es steckt seine Hand in den Ausschnitt der Mutter, die andere in den Mund und hockt auf den Schenkeln der strahlenden Braut wie ein Missgeschick. Das andere Kind trägt eine dicke Brille und stolpert x-beinig über die Wiese wie ein ungelenkes Huftier. Dunjas Kinder sahen immer gesund und perfekt aus. Winne dagegen wirkte so verfallen, als hätte er alle Kraft an die Kinder abgegeben. Vielleicht hat er das tatsächlich, denkt Dunja jetzt. Vielleicht konnte er all seine Kraft nur für die Kinder aufbringen, und für Dunja hat es nicht mehr gereicht.

Am Abend tun ihre Füße weh. Sie zieht die Schuhe aus, setzt sich auf die Verandatreppe, um die Band zu sehen. Jorge Brachet spielt Bass und wirkt auf der Bühne so separiert wie damals im Klassenzimmer. Jorge gehörte zu keiner Clique, gehörte nie zu den anderen Jungs und machte alles anders, als es üblich war. Einmal hatte er Dunjas Mütze zurückgeholt, nachdem sie ihr vom Kopf gerissen und über den Hof geworfen worden war. Während eines Dreitausendmeterlaufs zeigte er ihr im Wald eine Abkürzung, und in der neunten Klasse war sie von ihm als Klassensprecherin vorgeschlagen worden. Bis auf diese drei Situationen hatte es kaum Kontakt gegeben. Wovor sie sich damals fürchtete, weiß sie nicht mehr. Sie hatte ihn als Kind für unberechenbar gehalten, aber vielleicht ist er das nicht, denkt sie jetzt. Seltsamerweise war er der einzige Außenseiter, der respektiert wurde, während man die anderen hänselte. Die Furchtlosigkeit, die in seinem Auftreten lag, war Dunja unheimlich.

Dunja überlegt, welcher Frauentyp zu Jorge passen könnte.

Saphie hatte erklärt, man sortiere jedem Menschen innerhalb einer halben Minute eine von zweiundvierzig Archetypen zu. Das habe ihr die Dorftherapeutin erzählt. Dunja sieht sich den Gitarristen an und weiß, der braucht eine, die ihm ähnlich ist. Der Schlagzeuger eine, mit der er angeben kann, der Sänger eine, die ihn bewundert. Der Saxophonist braucht eine Frau, um die er sich kümmern kann, der Pianist, ein kränklicher John-Lennon-Typ, der sich auf der Bühne verausgabt, braucht eine, die sich um ihn kümmert. Dunja ist erstaunt, wie leicht das auf den ersten Blick zu sehen ist. Das Spiel macht ihr Spaß, nur zu Jorge Brachet fällt ihr keine Frau ein.

»Hast du scheiße Schuhe? Guck, hab ich auch scheiße Schuhe«, sagt ein schwarzer Mann, dem Saphie vor Kurzem die halbe Stelle an der Rezeption gegeben hat. Er setzt sich neben Dunja. »Nino«, er hält ihr die Hand hin und grinst breit. Seine Zähne leuchten im dunklen Gesicht wie die Phosphorsterne, die Dunja über Jules' Hochbett an die Kinderzimmerdecke geklebt hat, als er klein war. Nino wackelt mit den Füßen. »Hab ich Sportschuhe, aber nisch dunkel. Mussen sein dunkel, wegen Hose.« Dunja lächelt und hält ihm ihre Absatzschuhe hin. »Willst du mal tauschen?«

Er schüttelt lachend den Kopf. »Oh, nein! Keine Fall! Ich bin schwarz Mann in weiß Dorf. Ich immer muss können rennen schnell, weißt du«, sagt er und sieht auf sein Handy, das im Dunkeln sein Gesicht bläulich beleuchtet.

Ein fremder Junge balanciert auf der Verandabalustrade und sieht kurz zu Dunja herüber. Er hat hellblaue Augen, wie Jules. Beim Anblick des fremden Jungen kann Dunja sich genau an den süßsauren Geruch von Jules' Kinderhaut erinnern, als er in diesem Alter war. Ein Alter, in dem sie mit ihm kuscheln und toben konnte, an seinem braunen Haar riechen, während er auf ihrem Schoß saß.

»Bist du auch Aushilfe?«, fragt Nino. »Hotel is gute Job. Du immer musst fragen die Leute viel. Dann die sich freue.«

»Nein, ich bin Lehrerin.«

»Oh, was für denn?«

»Wofür«, entfährt es Dunja.

»Wofür du bist Lehrerin?«, wiederholt er artig.

Dunja kann es nicht verhindern, ihre übliche Position einzunehmen. Sie spricht akzentuiert, redet mit ihm über das neue Buchungsprogramm, das Saphie eingerichtet hat, wiederholt seine Sätze automatisch in einfacher korrekter Form und sieht weiter dem Jungen auf der Balustrade zu. Sie kann sich nicht sattsehen an seinen geschickten Bewegungen, beugt sich vor, um ihn hinter den Säulen besser verfolgen zu können. »Ist deine Sohn?«

Dunja lächelt. »Nein, meiner ist erwachsen. So alt wie du ungefähr.«

Nino sieht zu den Kindern. »Bist du traurig, dein Sohn ist erwachsen, oder?« Dunja nickt und ist getroffen von dem fremden Mann, der schon wieder mit seinem Handy beschäftigt ist.

Ein kleines Mädchen will auf die Balustrade klettern, ihre Sandalen rutschen ab von den kleinen bauchigen Säulen, sie streckt die Arme aus, der Bruder soll ihr helfen. Wie beim Betrachten alter Fotos lässt sie sich von den fremden Kindern vorspielen, wie ihr Leben vor zehn Jahren aussah. Sie lässt sich an ihre Kinder erinnern, die es in dieser Form nie mehr geben wird.

Aus Ninos Handy spielt leise Musik. »Kennst du das

Song?« Unter Dunjas Augenlidern stauen sich Tränen. Sie kennt den Song. *Why are you growing up so fast, my boy. Oh, you'd better take your time …* »Is Neil Young.«

Dunja vermisst ihren kleinen Sohn und ihre kleine Tochter, und sie vermisst sich selbst als junge Mutter. Etwas ist anders an diesem Vermissen. Dunja genießt es fast, und es ist wie dünne Haut auf einer Wunde, die sie für unheilbar gehalten hat. Sie lässt zwei Tränen aus dem rechten Auge rollen. »Is klar normal, Mensch. Is normal!«, sagt Nino.

Vor Jules' achtzehntem Geburtstag hatte Dunja ständig diesen Traum. Jules war fünf oder sechs, hatte Knopfaugen, lachte sie an, und Dunja streckte die Arme nach ihm aus. Sie spürte, wie er größer wurde, während er auf ihrem Schoß saß, und wusste, sie würde ihn loslassen müssen. Stattdessen hielt sie ihn fest, um sein Wachstum aufzuhalten, und kniff die Augen fest zu, um nicht sehen zu müssen, wie groß er geworden war.

Nino zeigt seine hellen Handflächen, als wollte er Dunja die Leere zeigen, die ihre Kinder hinterlassen haben. »Vielleicht dein Sohn bald wird haben eine Frau, vielleicht sie werden haben Kinder, dann du wirst haben kleine Kinder in angel age wieder. Was?« Er legt ihr nicht die Hand auf die Schulter und fragt nicht besorgt, ob alles in Ordnung sei. Stattdessen lacht er und stupst ihr aufmunternd gegen die Schulter. »Hey, bist du gut Mutter. Gut Mutter muss weinen bei das Song! Was?« Dunjas Lehrerinnenrolle löst sich in ihrem Lachen auf. Das Bild, das der schwarze Mann von Dunja hat, gefällt ihr. So will sie sich sehen.

»Wenn du nach der Arbeit Zeit hast, kann ich mit dir Deutschunterricht machen, wenn du willst.« Er schiebt die Unterlippe vor und nickt langsam.

»Ja, is cool. Kann nich schaden, was?« Er hält eine Hand hoch.

Dunja schlägt ein. »Abgemacht.«

»Okay, ist das High Five in Deutsch? Abgemacht?«

Saphie marschiert vorbei, zeigt in Richtung Küche und faltet die Hände.

»Frühstück muss vorbereitet werden!«, ruft sie und ist wieder weg. Dunja schüttelt den Kopf. »Wie hält sie das aus in den hohen Schuhen?«

»Hat Frau Chef Füße von Stahl! For sure!«, sagt Nino.

Zusammen gehen sie in die Küche, aber da ist niemand. Die drei Küchenhilfen sitzen auf Plastikstühlen neben der Lieferrampe und rauchen. »Ist doch alles schon fertig. Was die immer für 'n Stress machen muss, Maaann«, sagt ein blonder Kellner.

Dunja lehnt sich in die Tür. »Warum sitzt ihr hier hinten in der ollen Ecke? Setzt euch doch vorne dazu.«

Eine schwarzhaarige Kellnerin winkt ab. »Sagt ja deine Schwester auch ständig. Aber hier könn' wir in Ruhe einen zivilisierten Feierabendjoint rauchen, stimmt's?«

Die Küchenhilfe hustet rasselnd, klopft sich auf die Brust. »Zivilisierter geht's nicht!«, sagt sie mit rauchiger Stimme, holt einen Joint aus ihrer Jackentasche, zündet ihn an und gibt ihn weiter. Dunja nimmt einen tiefen Zug. Nino sagt: »Genauso gut als Hochzeits-Champagner.«

»Wie!«, sagt Dunja unweigerlich.

»Was, wie?«

Dunja hält die Hände auf gleicher Höhe nebeneinander. »So gut WIE Champagner, nicht so gut WIE Sex, so lustig WIE Skifahren.« Sie hält eine Hand höher als die andere. »Besser ALS saure Gurken, schlechter ALS alter Käse, schlimmer ALS Hundefurz.«

Nino salutiert mit gestreckter Hand an der Stirn. »Okay, mein Lehrerin! Hundfurz nicht gut wie Sex mit Ski. Alles klar! Was ist Hundfurz?«

Die Küchenhilfe hustet beim Lachen. Lore, die Zimmerfrau, packt Essenreste ein und will nicht am Joint ziehen. »Nee, hab Bessres zu tun, als mich noch schneller ins Grab zu rauchen«, sagt sie kopfschüttelnd und verschwindet Richtung Parkplatz in der Dunkelheit.

»Lore ist hier unser Mülleimer«, sagt die Küchenfrau erklärend zu Nino. »Mülleimer«, sagt sie noch mal lauter, als wäre Nino schwerhörig. »Eimer mit Müll«, und macht eine Wegwerfbewegung. »Die nimmt alles mit, verstehst du? Klopapierrollen, wo noch drei Blätter drauf sind, angefangene Seifen, abgelaufene Konserven, alles. Also bevor du dein Taschentuch wegschmeißt, frag lieber Lore, ob sie vorher noch mal reinschnauben will.« Nino nickt irritiert.

Dunja wird schrecklich müde. »Scheiße, ich hab morgen Frühdienst«, sagt sie gähnend und verabschiedet sich. In der Dachkammer hat sie einen freien Blick in die Sterne und sieht nur die wankende Spitze der Tanne, deren dunkle Arme unten im Erkerzimmer den Himmel verdecken. Sie beschließt, ab jetzt schon in diesem Zimmer zu bleiben, in das sie sowieso einziehen muss, wenn die Saison beginnt.

Der gläserne Körper muss in diesem Zimmer auf sie gewartet haben. Er erscheint strahlend und orangeglühend, als Dunja die Augen schließt, und zerfließt weich. Seine Arme werden länger, schlingen sich um ihren Bauch, ihren Hals, ihre Handgelenke und schieben ihr Glut in den Mund, die warmen Glasarme ziehen an ihren Fußgelenken, an ihrem Haar. Dunja wehrt sich nicht, sie hat keine Chance, wird jeden Moment ersticken oder verglühen. Sie kann nicht mehr atmen, alles Orangegelbe verschwindet, wird klar, aber das Glas wird nicht fest, sondern schmilzt, wird Wasser, und Dunja taucht darin unter. Dann bäumt sie sich doch langsam auf, mit einem tiefen, stimmhaften

Atemzug, reißt die Augen auf, sitzt in ihrem Bett. Ihr Herz rast. Sie betastet ihren Körper und stellt fest, dass kein glühendes Glas an ihm klebt, legt sich wieder hin, schiebt ihre Decke beiseite, lässt ihre Hand zwischen den Beinen, wo eben die Fangarme entlanggeglitten sind, und wälzt sich in ihrem Laken umher, als wollte sie sich jetzt in den Traum zurückkämpfen. Aber Dunja ist wach. Sie steht auf, zieht sich im Dunkeln an und spürt nichts mehr von der Erschöpfung des anstrengenden Tages. Es ist drei Uhr. Sie geht runter und bleibt auf der Treppe kurz stehen, bevor sie den Saal betritt, in dem schon aufgeräumt wird. Vereinzelte Gäste sind in den Ecken versackt. Die Cousine baut ihre Cocktailbar ab.

»Ich will den aufwendigsten Cocktail, den du jetzt noch zusammenkriegst«, sagt Dunja und spürt immer noch ihren Puls.

»Sollst du kriegen!« Die Cousine wirft eine Flasche in die Luft, fängt sie am Hals wieder auf und grinst. »Bist du krank? Du und Cocktails. Ganz was Neues.«

Auf der Terrasse sitzt eine übrig gebliebene Runde in rote Wolldecken gewickelt an der Tafel. Die Gäste zerfetzen die Papiertischdecke, reißen sie in Streifen, die sie betrunken in die Luft werfen oder sich gegenseitig um die Hälse binden. Über die Tanzfläche schlingern vier vereinzelte Gäste und schwenken ihre Arme zu psychedelischer Musik. Dunja bekommt einen dunkelroten Cocktail mit Früchten, Zuckerrand, Schirmchen und geringeltem Strohhalm. »Bitte sehr. Special-Dunja-Welcome-Mix. Willkommen unter den Cocktailtrinkern. Oder willkommen unter den normalen Menschen.«

Dunja hebt eine zusammengeknüllte Wolldecke auf und setzt sich an den Rand der Treppe. Der Cocktail ist bittersüß und schmeckt nach ihrem Traum. In der Stadt ist sie mit Freunden in Bars gewesen. Gefallen hat es ihr nie. Dass Dunja keinen Alkohol trank und nicht rauchte, wurde für Disziplin gehalten. Es war aber Desinteresse. Es widerstrebte ihr, Vergorenes zu trinken oder Verbranntes zu atmen. Mit einem giftgrünen Cocktail setzt die Cousine sich neben sie und sagt: »Früchtetraumekstase«, und prostet ihr zu. »Wie geht's Augusta? Kommt sie klar mit Winnes Tod? Macht sie Abi?«

Sie hat ihre Tochter im Stich gelassen, denkt Dunja plötzlich. Es war ein Fehler herzukommen. Saphie würde nein sagen, und was die Cousine sagen würde, will Dunja nicht wissen. »Nein, Abi hat sie abgebrochen. Will sie später machen. Jetzt lässt sie sich für Plastiktüten fotografieren«, sagt Dunja, rückt unauffällig ein Stück ab und saugt an ihrem geringelten Halm.

»Cool. Hätte ja damals keiner gedacht, dass sie je klarkommt.«

Dunja spuckt den Trinkhalm aus. »Wieso?«

»Na, meine Kinder haben sie doch Monster-Austa genannt, und ich hab dich immer bedauert für die anstrengende Göre.«

»Echt?«

»Als ich sie das erste Mal gesehen habe, war ich richtig erschrocken. Ich dachte, sie ist behindert oder so, aber weil du davon gar nichts erwähnt hast, dacht ich, wird schon alles in Ordnung sein mit ihr.«

»Was denn erwähnt?«

»Na, wie sie aussah!« Die Cousine wackelt mit dem Kopf. »Komm, sie sah wirklich seltsam aus, mit der gewölbten Stirn und dem vorstehenden Kinn.« Die Cousine schiebt den Unterkiefer vor, zieht die Augenbrauen runter und stemmt die Fäuste in die Hüfte. »Und die Arme wie Tassenhenkel, so ist sie hier über die Wiese gestampft und hat meine Kinder gebissen. Sag bloß, du hast das vergessen? Also meine Kinder haben das nicht vergessen.«

Dunja hat es nicht vergessen. Sie wusste, dass Augusta andere Kinder nicht aus Wut biss, sondern aus Leidenschaft. Dunja musste sie fernhalten.

Die Cousine stößt ihr Knie gegen Dunjas, als wolle sie Dunja aufwecken. »Weißt du noch, wie Augusta ihre Legobausteine in der Hotelküche in die große Teigknetmaschine geworfen hat, sodass kurz vor einer Riesenveranstaltung der Teig für zehn Kuchen weggeschmissen werden musste?« Dunja kann sich erinnern. »Genau wie die Brigäne!«, hatte die alte Großmutter gesagt. Dunja fällt dazu ein, wie das halbe Dorf nachts unterwegs gewesen war, um Augusta zu suchen, die am Abend beschlossen hatte, aus dem Fenster zu klettern, um alleine auf der Landstraße in den nächsten Ort zu laufen und dort eine Puppe zu kaufen, wie sie später behauptete. Die Großmutter war als Einzige im Hotel geblieben, hatte an der Rezeption gewartet, bis Augusta gefunden war, und die Hände über dem Kopf zusammengeschlagen. »Mein Gott, genau wie die Brigäne!«

Tagsüber nahm Dunja dem Kind die Schuhe weg. Barfuß ging Augusta wenigstens nicht alleine in den Nadelwald. Auch über den Kies konnte sie mit Schuhen schneller weglaufen als ohne. »Bleib hier, bleib stehen, bleib sitzen, bleib liegen«, sagte Dunja in Augustas Kindheit stündlich. Verschwunden war sie trotzdem ständig, und Dunja konnte Augustas Gedankengänge nicht nachvollziehen.

Wo Jules war, wusste Dunja immer. Wenn sie ihn nicht sah, saß er in einem der Bäume, und wenn er weg war, fand Dunja ihn leicht, indem sie seine Interessen nachvollzog. Augustas Interessen aber waren so undurchschaubar wie ihr seltsam wildes Gesicht, das man nur niedlich nennen konnte, wenn sie wütend war. Es war der einzige Ausdruck, der zu ihr passte. Schmale Augen wie feindliche Schießscharten, großer Mund und aufsässig hohe Wangenknochen. Erst als sie in die Schule kam, zeigte sich langsam, dass sie erschreckend schön werden sollte auf ihre penetrante Art.

Die Cousine stochert mit ihrem Strohhalm in den Eiswürfeln, schlürft den Cocktailrest und stößt Dunja schon wieder an, dass ihr Glas überschwappt. »Da setzt man arglos Kinder in die Welt, und dann fragt man sich den Rest seines Lebens, was man da bloß angerichtet hat, oder?«

Sie sieht Dunja mit betrunkenen Augen an. »Glaub, du warst so mit Winne beschäftigt, dass du das alles verdrängt hast. Man soll ja nicht schlecht über Tote reden, aber der war ja wohl echt keine Hilfe. Einmal hast du gesagt, am schönsten war jeden Abend der kurze Moment, nachdem Augusta endlich eingeschlafen war und bevor dir einfiel, dass sie am nächsten Morgen wieder aufwacht. Hab ich mir gemerkt.« Sie lacht ihr kumpelhaftes Lachen. »Glück, dass du so jung warst. Hast das weggesteckt. Aber beneidet hab ich dich nicht. Mit dem Typ wär ich keine drei Tage klargekommen. Und mit Augusta auch nicht.«

»Ja«, sagt Dunja zerstreut. »Eigentlich war Augusta wirklich eine Katastrophe.«

»Hat sie Ritalin bekommen? Therapie, oder so was?«

»Jaja, Ritalin ein paar Jahre. Mit jeder Entwicklungsphase ist es bisschen besser geworden.«

Die Cousine erzählt, sie sei mit ihrem Sohn mal bei der Therapeutin hier im Ort gewesen. Die habe erzählt, man müsse alle Entwicklungsphasen in einem bestimmten Alter durchmachen, und wenn man in einer hängenbliebe, warum auch immer, dann könne man die nächste nicht überspringen. »Dann bleibt man in der Phase und kommt nie weiter.« Die Cousine sieht Dunja an. »Krass, oder? Dann wirst du nie richtig erwachsen, wenn du nicht alles Weitere mühsam dazulernst. Da fallen mir Männer ein, sag ich dir«, sie nickt bedächtig, »die sind für immer und ewig fünf Jahre alt geblieben. Tatsache!«

Dunja wird von der Dorftherapeutin aus der Ferne behandelt, belästigt fast, denkt sie. Andauernd werden ihr die Weisheiten dieser fremden Frau zugetragen, wenn sie für ihr Leben tatsächlich Relevanz haben. Dunja spürt, dass dieser Gedanke etwas mit ihr selbst zu tun hat. Sie sieht die unbekannte Therapeutin nickend in einem hellen Sessel sitzen, als wüsste sie genau, dass Dunja in einem Alter steckengeblieben sein muss, in dem Alkohol und Zigaretten noch nicht interessant waren.

»Aufstehen!« Jorge Brachet legt seine Hand auf ihre Schulter. Er steht hinter ihr mit einer Kabelrolle und seinem emotionslosen Gesicht. Sie steht auf. »Das heißt nicht Aufstehen!, sondern Danke, Dunja, dass du mein Kabel warm gehalten hast!« Jorge wirft das Kabel, auf dem sie gesessen hat, wie ein Lasso über ihren Kopf und grinst kurz. »Danke, Dunja. Ohne die warme Stelle im Kabel hätten wir echt nicht spielen können.« Er rollt es ein und verschwindet im Dunkeln. Die Schulterberührung spürt sie noch, wie einen Abdruck. Wie sich jede Begegnung mit Jorge Brachet in Dunjas Bewusstsein geprägt hat, bleibt auch diese in ihr sitzen. Jetzt ahnt Dunja, was für eine Frau er braucht: Er braucht eine, die ihn versteht.

Einfalt hat schön Gestalt.

Die Braut geht in Strümpfen in den Saal und zerrt ihren Mann auf die Tanzfläche. Es wird die Musik gespielt, die Augusta laut in ihrem Zimmer gehört hat, als Dunja noch zu Hause wohnte. Sie vermisst ihre Wohnung, ihr Zuhause, ihre Kinder und sogar die alte Katze.

Die Cousine zieht die Decke von Dunjas Schultern. »Na los!« Dunja lässt sich von ihr zu den Tanzenden ziehen, tritt erst von einem Bein aufs andere, wiegt sich, bis sie den Rhythmus gefunden hat, und merkt, wie leicht es ist. Leichter als sonst. Das Ehepaar tanzt getrennt und hat aufgehört, einander ständig zu küssen. Dunja lässt erst ihre Füße frei, dann die Beine und die Hüfte. Sie hätte so gerne geheiratet. Dass Winne es spießig fand, nahm sie ihm weniger übel als Saphie. »Flasche!«, sagte Saphie, wenn sie mit Dunja darüber redete.

Die Musik bewegt sie wie ein Wellenbad. Ihre Schultern zucken, werfen ihre Arme hoch, schließlich schraubt sich ihr Kopf in den Takt und schleudert ihr Haarsträhnen ins Gesicht. Dunja zieht Schuhe und Shirt aus und tanzt im Top, bis ihr heiß wird. Auf der Terrasse hängt der Bräutigam in einem Korbstuhl, sieht ihr zu, und Dunja kann nicht mehr aufhören. Der Schweiß sammelt sich unter ihren Brüsten, fließt über ihren Bauch. Sie bleibt schwankend stehen, als die Musik ausgeht. Ihre Beine zittern. Die Leute von der Frühschicht fegen den Saal, und Dunja sieht erst jetzt, wie hell der Himmel vor den Fenstern ist.

»Willst du auch noch einen?« Der Bräutigam hält ein

Cocktailglas hoch und sieht in Dunjas Ausschnitt. Schwankend setzt er sich auf einen Barhocker. Dunja bleibt im Vorbeigehen zwischen seinen Beinen stehen, nimmt sein Gesicht in beide Hände, küsst ihn und geht weiter.

»Was machst du denn noch hier?«, fragt eine Kellnerin, die bunte Tortenhaufen in einen Müllsack schaufelt. Dunja greift hinein, erwischt einen Kuchenklumpen mit Buttercreme und stopft ihn sich in den Mund. »Konnte nicht schlafen«, nuschelt sie.

Mit dem Kuss und der Torte hat sie sich ein Stück von der Vollkommenheit dieser herrlichen Ehe gestohlen. Vielleicht ist eine Hochzeit genau dazu da, denkt sie. Das Paar wird ausgeplündert. Der Saal sieht aus wie ein Schlachtfeld. Vom Glück der Liebenden darf sich jeder etwas mitnehmen.

Zwei Stunden später muss Dunja an die Rezeption. Sie weiß nicht, ob sie die Reisegruppe vor Müdigkeit nicht versteht oder ob vergessen wurde, diesen Leuten Sprechen beizubringen. Sie scheinen einander selbst kaum zu verstehen und wirken, als müssten sie mit dem klarkommen, was sie so aufgeschnappt haben.

Nachmittags kommt Nino. »Ist aber nicht Deutsch, was?«, fragt er, als die Rentner sich für eine Wanderung im Foyer sammeln. »Kannst du bitte lernen mich Deutsch, für Pufung für Studieren? Is okay hier zu machen Rezeption in gemutlich Hotel.« Er schüttelt den Kopf, als wäre etwas Unmögliches von ihm verlangt worden. »But I don't want to do that all my life. Sorry.« Dunja zieht einen Stuhl neben ihren und ein Papier aus dem Drucker. Nino setzt sich, und Dunja schreibt: *Es ist zwar gemütlich, aber langweilig – zweigliedrige Konjunktion*, und lässt ihn lesen und schreiben und Sätze wiederholen und stellt ihm Fragen und lässt ihn reden, bis er die Hände hebt und sagt: »Ich kann nicht konzentrieren mich mehr!«

Dunja hält beide Zeigefinger nebeneinander und vertauscht sie. Er sieht in ihre Augen, um den richtigen Satz daran abzulesen. »Ich kann nicht mich …« Dunja schüttelt den Kopf. »Ich kann mich nicht …«, sie nickt, »mehr konzentrieren!«, sagt er konzentriert und lacht. Dunja schreibt ihre Handynummer auf. »Wenn du die außerirdischen Saarländer nicht verstehst, komm ich runter.«

Bis Mitternacht zieht Dunja mit Saphie und Lore, der Zimmerfrau, gemeinsam von einem Zimmer ins nächste. Dunjas Arme werden vom Bettenbeziehen schwach und zittern. »Wieso sind die Decken so scheißschwer? Können wir nicht leichtere kaufen? Sind die nicht sowieso alt?«, sagt Dunja. Lore lacht abfällig und spannt ein Laken mit wenigen Handgriffen über die Matratze. »Verspricht Saphie mir schon seit Jahren.«

Lore macht vor, dass man sich mit dem Rücken gegen die Wand lehnen muss, während man die Deckbetten in neue Bezüge steckt. Dunja macht es nach, und es geht viel leichter.

Dann erzählt Lore aus der Zeit, als die Wäsche noch in der Waschküche gewaschen wurde und es im ganzen Haus nach Seifenlauge roch. »Das war 'ne Schufterei. Ohne Fahrstuhl damals. Die Wäschesäcke raufschleppen. Runter ging's zack aus dem Fenster. Da sind die Gäste gerannt, wenn die Wäsche über ihren Köpfen in den Kies flog.« Lore lacht. »Dann die Säcke durch die Kellerfenster in die Waschküche gereicht und die frischen raus. Da waren wir zu viert. Eine Stunde Zeit pro Zimmer, stell dir mal vor. Und immer zu zweit drin. Eine das Bad, eine die Betten. Und Trinkgeld auf dem Kopfkissen, dass es 'ne Freude war. Damals hat die Wirtin nie selbst mit anpacken müssen«, sagt Lore mit tadelndem Blick zu Saphie und schaltet den Staubsauger ein. »Damals wart ihr ja auch noch 'n Ferienheim für IG Glas oder wie das hieß«, brüllt Saphie in den Staubsaugerlärm. »Industriegewerkschaft Chemie, Glas und Keramik«, brüllt Lore zurück.

Nino steht in der Tür. »Ich muss fangen mein letztes Zug. Sonst ich würd helfen, for sure. Ich kann falten pillows mit mein Hand-Ecke quite cool.« Er macht eine Kung-Fu-Geste. »Aber ich nicht kann amüsieren Ladys, das sind zu müde für Spaß machen. Good night, girls.«

Lore wickelt ein vergessenes Ladekabel um ihre Hand und lacht Dunja aus, die stolz verkündet, elf Minuten gebraucht zu haben, um das Doppelbett zu beziehen. »Na, dann sieh bloß zu, dass du dein Geld nie als Zimmermädchen verdienen musst, Madam! Wenn du mehr als vier Minuten brauchst, kannst du dich gleich mal selber feuern. Fünfzehn Minuten pro Zimmer verlangen die Hotelketten heute! Das ist Hochleistungssport, meine Liebe. Und deinen Rücken kannst du ›Acker des Grauens‹ nennen. Machst den ganzen Tag sauber, kommst nach Hause, bäm, immer noch alles dreckig!«

Später im Büro schaltet Dunja das Nachtlicht ein und fährt den Computer runter. Sie soll bis zehn zählen, hat Saphie gesagt, und dann den Strom abschalten. So habe es ihr Gilbhart erklärt. Ob es einen Sinn habe, wisse sie nicht, und da man ihn ja jetzt nicht mehr fragen könne, würde sie es für immer und ewig so weitermachen müssen. Dunja setzt sich hin, zählt in die Stille, überfliegt Ninos Arbeitsblatt, dann sieht sie in das schwarze Fensterquadrat. Sie stützt das Kinn auf den Handballen.

Dass Dunja eine gute Lehrerin war, lag daran, dass sie die Schüler dazu bringen konnte, ihr etwas mitteilen zu wollen. Dunja wollte es wirklich wissen. Ins Deutsche umgewandelt, kamen den Schülern ihre persönlichen Geschichten weniger persönlich vor. Die Familien würden nie erfahren, welche Geheimnisse sie in fremder Sprache im fremden Land verraten hatten.

Der amerikanische Chef einer großen Firma, den Dunja einzeln unterrichtete, erzählte in gebrochenem Deutsch von seiner gebrochenen Vergangenheit. Die Mutter seiner behinderten Tochter habe er verlassen, sagte er, und nun würde er so viel arbeiten, um diesen Fehler zu verdrängen. Im Job passiere ihm niemals ein Fehler, nur außerhalb ständig, deshalb habe er vorsichtshalber kein Privatleben mehr. Obwohl es Dunja die Kehle zuschnürte, behandelte sie solche Themen mit derselben Selbstverständlichkeit wie ein Gespräch über das Wetter. »Vielleicht sollten Sie mal probieren, im Job einen richtig großen Fehler zu machen. Das wär doch eine Idee, oder?«, schlug Dunja vor, und sie lachten beide. Dunja sieht immer noch in das schwarze Fensterquadrat und wartet darauf, den Strom auszuschalten, als ihr bewusst wird, dass sie bis hundertsechsundfünfzig gezählt hat.

Nicht aus jedem Kieselstein
kann man Glas machen.

Frau Pruzina muss heute schon durchs Foyer gegangen sein. Dunja riecht es am Morgen. »Nein, bitte nicht die schon wieder«, hat Saphie gestöhnt, als sie die Buchung sah. »Das ganze Haus stinkt nach dem Parfüm, wenn die Pruzi da ist.« Saphie ist nur mit den Gästen einverstanden, die sie nicht kennt. Jedes Mal, wenn sie einen Namen liest, zu dem ihr der Mensch einfällt, fällt ihr auch eine Eigenheit ein. Seit langem hat sie vor, eine Macken-Tabelle anzulegen: Herr Scheimonas pfeift permanent vor sich hin. Herr Lunkwitz will immer als Erster frühstücken. Familie Bokseri isst das Buffet alleine leer. Ehepaar Zinna hat beim Ausparken schon zweimal andere Autos angefahren. Frau Lente kann sich ihre Zimmernummer nicht merken und verliert ständig den Schlüssel.

Die Liste hat sie aber nie begonnen. »Ach na ja. Mach ich irgendwann mal, wenn ich Zeit hab.«

Dunja sieht in den Himmel. Die schweren Wolken sind ihr sympathisch, weil sie keine gute Laune von ihr erwarten. In der Stadt hat sie vergessen, wie wichtig auf dem Land das Wetter ist. Sie ist in der Langsamkeit des Dorflebens angekommen, steht jedes Mal auf, wenn sie ein Auto hört, geht zum Seitenfenster, um den Parkplatz zu sehen, und sucht den hässlichen alten Ford, den Augusta ihr am Telefon beschrieben hat. Verrostet und mal silbern gewesen, hatte Augusta gesagt. Auf den Parkplatz fährt nur das Auto von Lore, die wieder zu spät kommt. Dunja setzt sich hin, denkt sich neue Sprachspiele für Nino aus und schreckt aus ihrer Versunkenheit auf, als Saphie fluchend den Putzmittelwagen aus dem Fahrstuhl schiebt. Sie zieht Latexhandschuhe von ihren Fingern wie etwas Verschimmeltes und lässt sie angeekelt in den Müllsack fallen. »Diese alte Hexe! Ständig muss ich die Zimmer selber machen.« Sie wühlt im Büroschrank und sagt beiläufig: »Wir brauchen dringend 'ne Neue. Am besten eine aus der Gegend. Was meinst du?« Sie holt vorsichtig eine Kiste aus dem Büro, trägt sie an Dunja vorbei und sieht über ihre Schulter auf die Arbeitsblätter. »Schließlich hab ich es ja sogar geschafft, jemanden in unser Nest zu locken, der nicht richtig Deutsch spricht, da werd ich ja wohl 'ne neue Putzkraft auftreiben.«

Lore kommt ins Foyer, schiebt den Putzmittelwagen aus dem Weg. »Hast du mir schon wieder die Arbeit weggenommen? Was machst du wieder für 'n Stress, he? Das ist überhaupt nicht gesund! Solln die Leute paar Minuten warten. Geht doch die Welt nicht unter.« Sie zeigt auf Saphies Stöckelschuhe. »In den Schuhen …?«

Saphie sieht auf ihre Schuhe, will etwas sagen, aber die Alte verschwindet kopfschüttelnd im Wirtschaftsraum. Saphie stöhnt leise und öffnet vorsichtig die Kiste.

»Du hast Nino extra für mich eingestellt?«, fragt Dunja fassungslos. Saphie zieht Luftpolsterfolie aus der Kiste.

»Klar, was dachtest du denn? War gar nicht so leicht. Wusste doch, dass du darauf anspringst.« Sie öffnet vorsichtig ein großes Osterei aus Pappe, bemalt mit kleinen Hasen und Küken. »Bleibt nur leider nicht lange. Wartet auf seinen Studienplatz.« Ein kleines Ei fällt aus dem großen. »Guck, was ich hier gefunden hab.« Dunja kennt das Papp-Ei und die anderen aus Blech und aus Holz und die Strohkörbchen, gefüllt mit feinem Heu und Papiergras. Vorsichtig klappt Saphie eine kleine braune Kiste auf und nimmt eine alte Eierpackung heraus. Aus vergilbtem Seidenpapier wickelt sie sorgfältig, als könnte jederzeit ein lebendiges Küken herausspringen, ein Glas-Ei und hält es gegen das Licht. Es ist hellgrün mit weißen Wölkchen, und Dunja kann sich erinnern, wie schwer es war, eine Eiform zu blasen. Der Vater hatte es Dunja beizubringen versucht, aber ihre Eier sahen aus wie Glühbirnen. Im ganzen Ort wollte man Glas-Eier an die Forsythienzweige hängen, und der Vater verkaufte sie für drei Mark schwarz aus seiner Werkstatt. Am besten liefen die einfachen gepunkteten und am schwersten die kunstvoll marmorierten. Der Vater hatte von jeder Sorte eins an den getrockneten Ast einer Korkenzieherweide gehängt, der im Lagerraum angebracht war, und jeder entschied sich für das langweiligste. Es hatte Goldpunkte, einen leicht orangegelben Farbverlauf und war an der Spitze klar. In den Regalen standen Kisten voll mit diesem goldgepunkteten Ei. Es war Saphies Idee, sie als limitierte Einzelstücke zu verkaufen. Die echten Unikate kaufte sowieso keiner. Kein Großkunde wollte sie bestellen, und der volkseigene Betrieb, für den der Vater Heimarbeiter war, wollte sie auch nicht im Programm haben. Wochenlang hatte er in stupider Fließbandarbeit Hunderte roter Sechszentimeterkugeln für den schwedischen Markt geblasen und für Belgien klare Kugeln ohne innere Versilberung und ohne äußere Dekorationen. Wenn ein Auftrag aus Amerika kam, war der Vater gut gelaunt. Nach Amerika gingen die ausgefallenen Teile. Die bunten Vögelchen, Glöckchen, Trompeten, Tannenbaumspitzen, Kinderfiguren und die kleinen Glastiere, die er für Lenkas Holz-Zoo erfunden hatte. Die zeigte er den Schwarzkunden nicht. Denen zeigte er nur seine eigenen Werke. Sobald einer in den Vorosterwochen Vaters Werkstatt mit der Gewissheit verlassen hatte, sich das schönste Ei ausgesucht zu haben, nahm Saphie ebenso viele neue goldgepunktete Eier, wie verkauft worden waren, aus der Kiste und hängte sie an den Zweig. Dunja fürchtete, die Leute würden irgendwann verärgert zurückkommen, wenn sie feststellten, dass sie alle die gleichen Eier zu Hause hatten. Sie träumte sogar davon, auf dem Schulweg mit den Glas-Eiern beworfen zu werden. Es fiel aber niemandem auf, oder es war den Leuten einfach egal.

In der Schule durften Saphie und Dunja von dem Werkstattverkauf nichts erzählen. Der Vater würde ab und zu etwas verschenken, sollten sie sagen. Im Herbst hatte er zu wenig Rohlinge, um die feinen Weihnachtskugeln für die Produktionsgenossenschaft zu blasen. Nur von der Goldfarbe hatte er viel. Die brachte ein privater Schwarzkunde aus dem Westen mit. Wenn sein VW vor dem Haus parkte, musste Brigäne plötzlich dringend einkaufen gehen. In Wahrheit wollte sie von dem Schwarzhandel nichts wissen. Sie arbeitete in der Verwaltung des VEB Glasschmuck und fürchtete jeden Tag, der Vater würde auffliegen.

Dunja wickelt ein hellblaues Ei mit einer hauchdünnen gläsernen Schlaufe aus dem Papier, hält es gegen das Fenster und sieht Winne draußen vorbeilaufen. Vor Schreck lässt sie das Ei fallen, fängt es im Flug noch auf und zerdrückt es. »Dunja! Was machst du denn?« Das Ei hat sich in Luft aufgelöst wie eine geplatzte Seifenblase. Die winzigen Scherben sind auf dem Boden kaum zu sehen. Dunja sieht in ihre Handflächen. In ihren Fingern wird ein feiner Riss langsam rot. Jules steht in der Tür und hält sie hinter sich für Augusta auf. Jetzt sieht er nicht mehr aus wie Winne. Der Gang seines Vaters war es, der Dunja so erschreckt hat. »Ich hab euer Auto gar nicht gehört.«

»Dieses Jahr machen wir Ostern wie früher, als ihr klein wart!«, sagt Saphie begeistert beim Abendessen. »Mit Eierauspusten, -anmalen und -suchen. Und mit Osterfeuer und Kuchenlamm und Eierlikörtrinken …«

»Müssen wir da mitmachen?«, stöhnt Augusta.

»Eiersuchen? Echt? Ist aber wirklich albern«, sagt Jules.

Saphie lacht. »Na und? Vor wem soll uns das peinlich sein? Müsst ja nicht mitmachen. Such ich eben alle meine Eier alleine!«

Gilbhart und Winne verabscheuten jede Form von Feierlichkeiten. Erst abends, wenn im Saal Gilbharts Obstbrände getrunken wurden, waren sie einverstanden mit Ostern, Weihnachten, den runden Geburtstagen oder was auch immer. Dann saß Dunja am Feuer, mit einem schlafenden Kind im Schoß, während Saphie sich über Gilbhart lustig machte, der nüchtern tat, als gäbe es nichts Ermüdenderes als Familienfeste. Angetrunken aber war er stolz, dass in seinem Hotel gefeiert wurde. Er rief: »Doof«, und verschenkte eine Runde Bier an die Gäste. »Hier, mein Neffe«, sagte Gilbhart und zeigte auf Jules, der beim Bierzapfen half. »Als Dreijähriger hat er immer ›Doof‹ gesagt, wenn er Durst hatte.« Jules fand es peinlich, aber Gilbhart konnte immer wieder darüber lachen. »Ohne Saphie hätt ich das Haus längst verkauft«, lallte Gilbhart und kippte Wodka. »Aber für solche Abende hat sich doch die ganze Plackerei gelohnt!«, sagte er und goss sich den nächsten ein.

»Ohne Saphie wäre das Hotel längst pleite, Liebling«, sagte Saphie dann wie zu sich selbst und lächelte bitter.

»Ohne meine Mohnblume würden wir jetzt alle nicht hier sitzen«, sagte ihr Mann und erzählte den Gästen die Geschichte, die in der Familie alle kannten. Saphie hatte mit neunzehn im Hotel einen Ferienjob gesucht. Sie wollte Geld sparen und nach der Saison richtig lange verreisen. Beim Bewerbungsgespräch in Gilbharts Büro hatte sie aus dem Papierkorb unter seinem Schreibtisch ein kleines Stück

Pappe von einer Zigarettenschachtel abgerissen und es gedankenlos zwischen den Fingern zusammengerollt, während sie erzählte, sie müsse nach dem Sommer unbedingt das Dorf verlassen. Gilbhart hatte das irritiert, zumal er sich für einen Hotelwirt viel zu jung vorkam. Er fürchtete, dass Saphie ihn nicht ernst nahm. Schließlich beugte sie sich über Gilbharts Schreibtisch und richtete den abgeknickten Stängel einer Mohnknospe auf, der in der Blumenvase auf seinem Tisch stand, indem sie das Pappröllchen um den Stiel wickelte. Als Gilbhart am nächsten Tag in sein Büro kam, hatte ihn die reparierte Blume angeleuchtet wie ein Feuer. Die Knospe war über Nacht aufgegangen und größer geworden als alle anderen Blüten. Saphie lachte ihn durch dieses unübersehbare Rot an, und Gilbhart wusste, dass er sie nicht nur für das Hotel haben wollte.

Wenn an solchen Geschichtenabenden jemand Whisky-Cola bestellte, konnte es passieren, dass Gilbhart eine Flasche Whisky und eine Flasche Cola über den Tresen reichte. Dann spielte Augusta Kellnerin, lief wie aufgezogen von einem Tisch zum nächsten. Danach zählte sie ihr Trinkgeld, schob die Unterlippe vor, schleuderte die Münzen auf den Boden und schrie Dunja an: »Du sollst nicht immer ›Nasiehste‹ sagen!« Dunja wusste, dass Augustas Euphorie erst in Verzweiflung umschlagen musste, bevor sie einen Zustand finden konnte, der halbwegs dazwischenlag. Belanglosigkeiten gab es in Augustas Leben nicht.

Dunja hatte die Feste nur für die Kinder gefeiert. Sie mussten abgearbeitet werden, wie der Haushalt. Im Grunde aber war Dunja enttäuscht, dass Weihnachten und Ostern nicht von alleine passierten. Jahr für Jahr musste sie die Feiertage selbst veranstalten. Für ihre aufgeregte Tochter mehr als für ihren gleichmütigen Sohn. In den letzten Jahren hatte Dunja gedacht, es sei Schluss damit. Für immer.

Sie war froh, als die erwachsenen Kinder anfingen, Silvester mit ihren Freunden zu feiern und Ostern zu ignorieren. Diesmal ist es anders. Saphie hat eine Strategie. Sie lagert die Trauer bei ihrer Therapeutin aus, und Ostern kann ohne Gilbhart stattfinden. Herrlich werden soll es außerdem. Mit dieser Strategie hat sie vermutlich das Hotel durch schlecht gebuchte Jahre manövriert, denkt Dunja.

»Ich mach mit dir Ostern«, sagt sie und stupst ihrer Schwester die Faust gegen die Schulter.

Dunja staunt über den großen Ford. »Das ist doch kein olles Auto!«

Jules stöhnt. »Mama, du hast echt keine Ahnung von ollen Autos!«

Essen fassen steht auf den Kotflügeln. Auf der Motorhaube ein Piratenschädel über gekreuzten Küchenmessern.

Als Beifahrerin neben Jules sitzend, erinnert Dunja sich wieder an Winne. Sie wollte sein Firmenauto nie fahren. Sie wollte überhaupt nicht Auto fahren. »Autos kosten Geld und stinken.« Dazu sagte Saphie: »A u t o , Dunja, das kommt von autonom! Und du wehrst dich dagegen? Hallo? Fällt dir mal auf, was das über dich aussagt, ja?« Aber Dunja fand Fahrradfahren autonomer.

»Wie läuft denn dein Studium?«, fragt sie. »Geht«, sagt Jules lustlos. »Lässt sich so durchkommen.«

»Und eure WG?«

»Is cool. Die anderen jobben im Biomarkt und schleppen massenweise abgelaufenes Zeug nach Hause. Mussten neulich tagelang Guacamole essen.«

Es ist wie damals, als Jules klein war und partout nicht sprechen wollte. Erst nachdem er mit vier Jahren an den Ohren operiert worden war, sagte er Drei-Wort-Sätze und drehte sich um, wenn Dunja ihn von hinten ansprach.

Dunja hatte manchmal den Eindruck, Jules würde im Gegensatz zu seiner aufgeweckten Schwester wie unter einer Glasglocke leben. Seine Sinne waren ebenso eingeschränkt wie Winnes.

Erst als Jules in die Schule kam, musste Dunja einsehen, dass er wirklich keine Farben erkennen konnte. Als er klein war, dachte sie, er könne sich einfach die Wörter nicht merken, wenn sie sagte, der Kakao sei in der roten Dose, und Jules daraufhin alle Dosen durchsuchte. Auch sein Geschmackssinn war seltsam. Um herauszufinden, was Jules gerne aß, sagte sie beim Einkaufen, er solle etwas Nichtsüßes auswählen, und Jules zeigte auf eine süße Speise nach der anderen, bis Dunja einsah, er konnte zwischen süß und salzig nicht unterscheiden. Zu Hause streute sie ihm Zucker und Salz auf einen Teller, ließ ihn kosten. Jules schüttelte ratlos den Kopf. Nur Augusta wunderte sich nicht über diese ungewöhnliche Beeinträchtigung ihres großen Bruders und flüsterte ihm die richtige Antwort ins Ohr. Verschwörerisch riet sie ihm, er solle immer Eierreis mit Zuckermais sagen, wenn Dunja ihn fragte, was er essen wolle.

Augusta konnte noch vor Jules schwimmen, Rad fahren, Schleifen binden und sich beim Frühstück die Marmelade aufs Brot und nicht auf die Hände schmieren. »Hast du wieder mit dem ganzen Gesicht gegessen?«, sagte Winne zu seinem klebrigen Sohn.

Auch Jules' Tastsinn war schwächer ausgeprägt als bei anderen Kindern. Ständig brauchte er eine Umarmung, ohne dass es eine Begrüßung oder Verabschiedung gab. Er umarmte jeden. Sogar seine Lehrer oder die neue Nachbarin, mit der Dunja sich kurz im Hausflur unterhielt, selbst Winnes Kunden umarmte er, wenn Winne ihn zur Arbeit mitnahm. Jules machte keine Ausnahme. Die Umarmten lachten überrascht, spürten in der Umarmung, dass Jules nichts nehmen wollte, sondern geben. Sie fühlten sich beglückt, als Jules klein war. Als er aber zwölf wurde, seine Angewohnheit nicht ablegen wollte und die verwunderten Reaktionen nicht bemerkte, musste Dunja ihm eine Liste schreiben, wer umarmt werden durfte und wer nicht. Es fiel ihm schwer, sich daran zu halten. Auch die Angewohnheit, mit Luftrittern in der Wohnung zu kämpfen, legte er schweren Herzens erst mit vierzehn ab. Jules wollte seine Kindheit auskosten, bis zum letzten Halm.

Den Ursprung von Winnes Schwächen in Jules wiederzuerkennen machte es Dunja leichter, Winne zu verstehen. Manchmal wünschte sie sich aber, sie hätte für ihre Kinder einen anderen Vater gewählt. Es zeigte sich bald, dass Jules technisch geschickt war und gut rechnen konnte. Er wird Kanäle finden, sich unter seiner Glocke auszudrücken, dachte Dunja. Bis heute bevorzugt Jules jede Nahrung, die ihn schnell in Bewegung setzt. Süß muss sie sein und reichlich. Spaß scheint ihm das Essen nicht zu machen. Er hatte nie viele Bedürfnisse. Wie Winne konnte er jederzeit in seinen Tunnel abtauchen. Dann verdunkelte er sein Zimmer und brauchte nichts außer Strom und WLAN. Augustas andauerndes Fordern faszinierte ihn. »Was willst du damit?« oder »Warum machst du das?« oder »Du kannst das doch nicht alles haben«, sagte er und begriff nicht, wie man ständig irgendetwas wollen konnte.

Außerdem hatte Jules Höhenangst. Während Augusta im Gebirge so nah wie möglich an die Felskanten lief, blieb Jules mit wackeligen Knien an Winnes Hand. Zusammen verließen sie den Weg keinen Schritt, und Dunja musste Augusta einfangen, die unter den Geländern hindurchschlüpfte und an die höchsten Stellen kletterte. Nie wieder ins Gebirge. Das hatten alle, bis auf Augusta, nach dem Urlaub beschlossen.

»Und wie kommst du so klar?«, fragt Jules in Dunjas Erinnerungen hinein. »Willst du bei Saphie bleiben? Im Hotel arbeiten? Kannst du nicht online unterrichten?« Dunja hätte letztes Jahr eine Schulung für den Onlineunterricht machen können und fand die Vorstellung damals abwegig. »Nein, ich will nicht mehr unterrichten«, sagt sie jetzt, ohne nachzudenken.

»Und was ist mit deinem Schmuck?«

Dunja sieht aus dem Fenster. Auf dem Supermarktparkplatz steht Jorges Auto. »Mal sehen.«

Sie findet Jorge mit zusammengekniffenen Augen am Weinregal, ein Etikett lesend. »Brille?«

Er grinst, gibt Dunja die Flasche und zieht eine Brille aus der Jackentasche. »Wär ich nie drauf gekommen.«

Dunja drückt die Daumen gegen das Etikett. »Ich glaube, dein Wein ist nicht reif. Noch ganz hart«, und gibt ihm die Flasche zurück. Jorge probiert verschiedene Abstände zwischen Flasche und Brille aus.

»Versuch's mal mit Horchen und Schütteln.«

Er sieht über seinen Brillenrand, hebt die Flasche, wie zum Prost. »Okay, mach ich bei Gelegenheit.«

Wenn Jorge lächelt, ist er ein neuer Bekannter. Nicht jemand, den sie von früher in Erinnerung hat. Von früher hat sie ihn nicht lächelnd in Erinnerung. Flirten war eigentlich Saphies Kompetenz. Aber in Jorges Gegenwart ist sie nicht mehr Saphies Schatten. Die hatte ihre Antworten parat, ehe sie in ihrem Kopf angekommen waren.

Die Schlagfertigkeit überließ Dunja immer ihrer Schwester. Mit zwölf konnte Saphie schon mitten auf der Straße Reden halten, sodass jeder verstummte, der gerade den Finger hob, um eine Belehrung loszuwerden. Als sie mit den Rädern nebeneinander zur Schule fuhren und sich ihnen ein altes Paar in den Weg stellte, ließ Saphie die beiden nicht zu Wort kommen. »Aber an den Abgasen habt ihr nichts auszusetzen, was? Ihr atmet ja sowieso nicht mehr, wenn unsere ganze Luft verpestet ist. Hauptsache, die Autos fahren schön rechts, hä!« Die Alten gingen kopfschüttelnd weiter.

An der Schlange stehen ein paar Kunden zwischen ihnen. Jorge dreht sich nach dem Bezahlen zu Dunja um, hält kurz die Hand hoch und verschwindet mit großen wiegenden Schritten in Jeans und Parka. Die Kassiererin sieht Jorge versonnen hinterher, streicht den Geldschein liebevoll glatt wie ein umhäkeltes Taschentuch, während eine Alte im Kleingeld wühlt. Der Brustkorb der Kassiererin hebt und senkt sich unter ihrem Kittel zu einem stummen Seufzer, als Jorge nicht mehr zu sehen ist. »Na, da ham wir ja wieder 'ne schöne Ordnung hier, Madam!«, schimpft sie mit der Alten, die ihre gesammelten Kassenzettel auf das Fließband fallen lässt.

Jeder hat seinen Vogel.

Im Saal hat Saphie einen Tisch mit Wachstuch bedeckt. Die Kinder der Hotelgäste sollen Eier auspusten, aber niemand macht mit. Augusta spielt Karten mit einem fremden Kind, und Saphie pustet die Eier alleine aus. »Die pusten nur virtuelle Eier aus«, sagt sie außer Atem. »Die blöden Plätzchen konnte ich im Advent auch komplett alleine backen.«

Das Kind nörgelt: »Ich spiel nicht mehr. Du gewinnst ja eh immer«, sagt es zu Augusta, legt die Karten ab und klettert vom Stuhl. Aber Saphie schiebt das Kind zurück. »Du hast dir einfach nicht genug Mühe gegeben! Mach sie jetzt, zack, fertig! Streng dich an!« Das Kind weint, läuft weg, und Saphie sieht ihm hinterher. »Ach na ja. Vielleicht doch ganz gut, dass ich keine Kinder habe«, murmelt sie, und dann deutet sie auf einen Stuhl: »So und hier ist dein Platz, Schwesterherz. Hinsetzen!«

Widerwillig setzt Dunja sich und bekommt die Farbtuben und den Pinseleimer zugeschoben. »Und warum darf Jules jetzt die Rezeption machen, und ich muss Eier bemalen?«

»Weil du die beste Eiermalerin bist, Schätzchen!«, sagt Saphie. Augusta schiebt ihre Spielkarten zusammen, setzt sich zu ihrem Laptop und ihren Büchern an den Fenstertisch und macht ein abfälliges Gesicht, als wäre sie die einzige Erwachsene im Raum.

Dunja lässt mit einem feinen Pinsel kräftige Farben über die Eier laufen, sodass sie ineinanderfließen. Dann zieht sie verschlungene Linien über die kuglige Oberfläche und malt akribisch ein zartes, wirres Geflecht. So sah es aus, wenn der Vater buntes Glas marmorierte.

Als neue Gäste kommen und Jules durch den Saal ruft: »Mama, wo is 'n der Koffer von den Niemeiers?«, steht Saphie auf und lässt am Nebentisch den Vertreter mit seinem Teekatalog alleine sitzen.

»Mama kann jetzt nicht!«, sagt sie schnell und schiebt Jules beiseite wie ein Hindernis. Während Saphie sich um Niemeiers Koffer kümmert, setzt Dunja sich mit dem Farbkasten zu ihrer lesenden Tochter und fragt nach dem Fotoshooting für den Elektromarkt.

»Ach, die haben aus mir so 'ne Roboterfrau gemacht. Wird niemand erkennen, dass ich das bin.«

»Ist das gut oder schlecht?«, fragt Dunja und schraffiert mit Goldfarbe ein winziges Muster.

»Mama, ich will lesen«, sagt Augusta genervt wie zu einem Kind.

Zurück an ihrem Tisch produziert Dunja eine lange Reihe Eier, die sie trocknen lässt, um sie mit weiteren Schichten zu bemalen. Einige sehen aus wie bunte Oberflächen von Planeten. Jetzt ist es wie beim Tanzen, als sie nicht mehr aufhören konnte. Jede Idee vervielfacht sich, kommt aus einem unendlichen Vorrat, aus dem Dunja sich bedienen kann, solange der Kanal sich ihr nicht verschließt.

Dunja merkt es nicht, als Saphie und Augusta hinter ihr stehen. »Du kannst das echt saugut, Mama! Warum machst du keinen Schmuck mehr?«

Saphie zieht sich Latexhandschuhe an. »Die sind tausendmal schöner als Papas kitschiges Kunsthandwerk!« Vorsichtig besprüht Saphie die Eier mit Fixiermittel. »Gegen unsere Ostereier könn die drüben im Wasserturm einpacken, mit ihrem stylischen Dekokram! Du solltest so was beruflich machen, weißt du das?«

»Ich brauch ’ne Nagelschere«, antwortet Dunja.

Sie schneidet die Härchen eines Pinsels ab, malt filigrane chinesische Blumen auf die Planeten, orientalische Sterne, verschlungene Jugendstilpflanzen und bemerkt nicht, dass auch die Gäste ihr zusehen. Woher die Muster in ihrem Kopf kommen, kann sie sich selbst nicht erklären.

»Sie sind wohl Künstlerin?«

»Die gehören ja ins Museum!«

»Kommen Sie aus einer Künstlerfamilie?«

Dunja wiegt den Kopf. »Vater war Glasbläser, Großmutter Glasmalerin.« So viel Aufmerksamkeit hat Dunja für ihren Silberschmuck nie bekommen.

»Wie herrlich!«

Versuchsweise nimmt Dunja den Pinsel in die linke Hand und denkt an ihre Großmutter, die als junge Frau aus dem alten Betrieb entlassen worden war, weil sie lernen wollte, die Kugeln mit links zu bemalen. Sie war eine der Schnellsten gewesen und hatte die Zeit mit der rechten Hand rausgearbeitet, die sie mit der langsamen Linken verlor. Der Vorarbeiter verbot ihr die Experimente, und sie ging zum Chef. Er solle ihr dankbar sein, dass sie diese Vorsorge treffe, denn die rechte Hand schmerzte. Der Chef hatte kein Einsehen. Wenn der Vater die Geschichte erzählte, stellte Dunja sich die Großmutter damals vor wie Saphie. Nach dem Krieg habe sie den VEB Glasschmuck mit aufgebaut, erzählte der Vater, als sei sie damit ja doch noch für ihre Eigensinnigkeit ausgezeichnet worden. Am Abend hat Dunja verspannte Schultern und dreiundzwanzig bemalte Eier.

Saphie stellt einen Steinguttopf mit Forsythienzweigen neben die Treppe, hockt sich davor und hängt die Ostereier an. Jules streicht im Vorbeigehen über Saphies Kopf. »Armes Häschen, bist du krank, dass du nicht mehr hüpfen kannst?«

Augusta lacht darüber. Saphie springt auf und nimmt Jules in den Schwitzkasten.

»Macht euch nicht über mein Ostern lustig. Nutzloses Pack!«

Dunja kneift ihre Schwester. »Lass den Jungen ganz, das ist meiner!«

»Ihr seid so peinlich«, sagt Augusta und schüttelt angeekelt den Kopf. Als Dunja lachend vor der Treppe liegen bleibt und ihr hochgerutschtes Shirt runterzieht, sieht sie Jorge Brachet mit verschränkten Armen an der Wand lehnen. Leicht belustigt hält er den Kopf schief.

»Ich hab gehofft, du holst die Boxen erst nächste Woche«, sagt Saphie außer Atem und streicht sich Haarsträhnen aus dem Gesicht. »Wir brauchen nämlich morgen Abend Musik am Osterfeuer.«

»Seit wann braucht man denn Musik am Osterfeuer?«, fragt Jules. »Ostermusik, oder was?« Saphie deutet eine Nackenschelle an. »Ja, klar, Ostermusik!«

»Und was soll das sein?«

»Lass die doch ihren Kindergarten spielen, Jules!«, ruft Augusta. Saphie hebt die Hände. »Na, Soul, Punk, Blues, Jazz – Ostermusik halt, was denn sonst? Du hast wohl überhaupt keine Ahnung!«

»Könnt die Boxen noch behalten«, sagt Jorge.

Er bleibt im Foyer stehen und sieht zu, wie Dunja neue Gäste abfertigt. Als die Gäste samt Koffern im Fahrstuhl verschwunden sind, lehnt Jorge sich ans Empfangspult.

»Du konntest doch damals ganz gut fotografieren, oder?«

Dunja fällt ein, dass sie mit Jorge damals beim Fotokurs im Schulkeller war. Die Jungs hatten sich nur für die Technik interessiert, blödsinniges Zeug belichtet, und Dunja hatte sich akribisch mit der Ausleuchtung von Porträts beschäftigt. »Kannst du mir Bilder für meine Website machen?« Dunja überträgt die Gästedaten und sieht Jorge zerstreut an.

»Hab die Tischlerei von meinem Onkel übernommen, also seinen Namen, die ganzen Maschinen und so«, sagt er. »Bezahl dir die Bilder natürlich.«

Dunja starrt konzentriert in die Tabelle auf dem Bildschirm. »Aha.« Sie wünschte, Augusta würde ihn nicht so misstrauisch ansehen. Warum muss sie da sitzen?

»Hab 'ne gute Kamera. Kann mich nur nicht selbst fotografieren«, sagt er, »das ist der Haken.«

Augusta jagt Dunjas Unabhängigkeit mit einem Blick zur Tür hinaus. »Ja. Okay. Können wir machen«, sagt Dunja trotzdem. Die Unabhängigkeit kommt zurück und bleibt unentschlossen zwischen Jorge und Augusta im Raum stehen.

»Bist du blöd? Du fotografierst den Typ nicht!«, faucht Augusta, als Jorge gegangen ist. Sie knallt den Laptop zu. »Kannst du mir Bilder für meine Website machen«, äfft sie Jorge nach, »oder kannst du mir mal meine Eier bemalen? Das kannst du doch so gut«, und stampft in den Saal. Dunja stöhnt und reibt sich das Gesicht. Es wäre zu leicht gewesen, wenn sie ihre Freiheit einfach geschenkt bekommen hätte. Eine dumme Einbildung, sich hier vor ihrem alten Leben verstecken zu können, vor der Dunja, die sie für ihre Familie war. Noch letztes Jahr hatte sie ständig Alpträume gehabt, in denen sie drei Brüste hatte, an denen Augusta, Jules und Winne saugten.

»Aggi!« Dunja geht hinterher. Im Saal ist sie nicht. Jules zeigt Richtung Küche. Augusta steht am Kühlschrank und sieht mit zusammengeballten Augenbrauen hinein.

»Dein Mann ist erst seit drei Monaten tot!«, sagt Augusta übertrieben artikuliert.

Dunja bemüht sich um einen milden Ton. »Dein Vater, Augusta. Nicht mehr mein Mann.«

»Ja! Mein Vater! Und du stürzt dich gleich auf den Nächsten? Das ist echt widerlich! Du bist doch in Wahrheit froh, dass Papa tot ist!« Augusta donnert die Kühlschranktür zu.

»Das ist gemein, Aggi!«, meint Dunja leise. Sie könne niemals froh sein über etwas, das für ihre Kinder entsetzlich ist, und abgesehen davon natürlich sowieso niemals froh über den Tod eines Menschen. Sagt sie und verbessert sich gleich. »Zweier Menschen.«

»Ja, verdammt! Zweier Menschen!«, brüllt Augusta. »Und jetzt spielt ihr hier heile Welt mit euren blöden Eiern, und bemalt Kekse, oder was?«

Saphie und Jules stehen inzwischen in der Küchentür.

»Nicht so laut!«, bittet Saphie mit erhobenen Händen wie ein Schiedsrichter und schiebt Augusta an den Schultern Richtung Speisekammer. »Niemand ist hier froh über irgendeinen Tod, Aggi«, flüstert sie. »Wir versuchen nur weiterzumachen. Was denn sonst?«

Aber Augusta schlägt um sich und schubst Saphies Hände von ihren Schultern. Die Metallscheiben mit den bunten Vögeln an Augustas Ohren wirbeln um ihren Kopf und klingeln silbern. Als Augusta anfing, riesige Ohrringe zu tragen und ihr Haar so wild wie möglich hochzustecken, und jeder wusste, sie wollte so aussehen wie Lenka, sagte Jules, sie sähe aus wie ein Spielzeugaffe. Augusta war beleidigt. Daran muss Dunja jetzt denken.

»Ihr habt euch doch nur gestritten, Onkel Gilbhart und du!« Augusta hat wieder das böse Gesicht, das als Kind niedlich war, wenn sie trotz ihrer Wut versuchte, mit der Zungenspitze ihre Tränen einzufangen, und sich selbst »Austa« nannte, wenn sie etwas nicht haben durfte. »Austa auch haben!«

Jetzt könnte man Angst vor ihr bekommen, wenn man

nicht wüsste, wie schnell ihre Wutanfälle verfliegen. Man kann sie nicht besänftigen, nur dafür sorgen, dass nicht allzu viel kaputtgeht, bis sie sich wieder beruhigt hat. Kurz vor Winnes Tod hatte sie beim Skat zornig alle Karten aus dem Fenster des Wohnzimmers geworfen, sodass sie über die Straße segelten und danach tagelang auf den Autodächern lagen.

»Ihr seid doch beide froh! Wisst ihr, wie ihr mich ankotzt? Wie mich euer scheiß Ostern ankotzt! Haut doch ab, Mann! Haut alle ab!«

Jules steht mit hängenden Armen in der Küche, hilflos wie ein Kleinkind. »Warum musst du immer alles schlimmer machen?« Er weint tonlos, tränenlos mit bebendem Unterkiefer. Augusta geht in die Speisekammer, knallt die Tür von innen zu, und irgendetwas zerspringt klirrend auf den Fliesen.

Saphie macht ein gequältes Gesicht, sieht Dunja kurz an, geht zu Jules und schiebt ihn zum hinteren Ausgang. Eine Küchenhilfe huscht mit einem Heringseimer vorbei.

Die Küche ist der einzige Ort im Haus, an dem gebrüllt werden darf. Wenn der Saal voll ist, schreit der Küchenchef die Küchenhilfen an, und die Küchenhilfen beschimpfen sich gegenseitig. Mit jeder aufwallenden Emotion muss man es schnell in die Küche schaffen, bevor sie ausbricht, wie man es bei aufkommender Übelkeit schnell auf die Toilette schaffen muss. Die Kellner lächeln im Saal für die Gäste und bekommen in der Küche Zweiwortsätze zugeworfen. »Weg da! – Fass an! – Her damit! – Beeil dich!« In der Küche muss sich niemand benehmen, sie ist Waffenkammer und Kampfplatz. Hier prallen Konflikte zusammen, hier werden Entscheidungen getroffen und Kündigungen ausgesprochen, die nach der Schicht beim Bier an der Bar zurückgenommen werden.

Dunja setzt sich auf den Boden neben der Speisekammertür und lehnt den Kopf gegen die Wand.

»Augusta, jeder geht anders um mit so einem Tod. Man kann vorher nicht wissen, wie man klarkommt.«

»Ist mit scheißegal, verdammte Kacke! Du bist doch eh noch nie klargekommen! Was soll ich dir denn glauben? Du hast dich ja von Papa auch nur unterbuttern lassen.«

»Du könntest mich zum Beispiel fragen, warum das so war.« Augusta schweigt.

»Ich hab Winne geliebt, aber wenn ich mich nicht unterbuttern lassen wollte, ist er jedes Mal abgehauen. Ich wollte unsere Familie nicht kaputt machen und hab mich nicht getraut, euch alleine großzuziehen. Ich hatte kein Geld. Wir hatten beide keins. Deshalb hab ich mich erst von Papa getrennt, als die Firma endlich lief und ich wusste, ihr seid versorgt.«

Augusta schweigt. Dunja wartet.

»Aggi?«

»Papa hätte aber 'ne selbstbewusstere Frau gebraucht«, sagt Augusta hinter der Tür immer noch vorwurfsvoll, nur jetzt leiser.

»Ja. Hätte er.«

»Dann hättet ihr euch nicht trennen müssen«, sagt Augusta beleidigt wie ein Kind, und Dunja spürt, wie sich mit diesem Satz die Lähmung wieder in ihr ausbreiten will, wie ein Gift. Ihre Eltern müssen zusammenbleiben. Das verlangt Augusta, seit sie auf der Welt ist. Selbst jetzt, wo Winne tot ist, verlangt sie es noch. Einmal hatte Augusta unterm Frühstückstisch die Füße ihrer Eltern mit einem Bademantelgürtel zusammengefesselt, während sie stritten. Augusta musste gedacht haben, ihr Leben wäre augenblicklich zu Ende, wenn sich die Eltern trennen würden. Mit Winne zusammenzubleiben war für Dunja zu einer unerträglichen Forderung geworden, und sie spürt, wie sich ihre Kehle jetzt noch zusammenschnürt. »Nein, verdammte Scheiße! Mit mehr Selbstbewusstsein hätte ich mich viel eher von ihm getrennt, Aggi!« Der Zorn in ihrer Stimme erschreckt sie selbst. »Wir wären gar nicht erst zusammengekommen.« Der milde Tonfall lässt sich nicht mehr treffen. »Ich hab ihn am Ende nicht mehr geliebt, euren Vater, hab ihn einfach nicht mehr ausgehalten, dachte, ich muss ersticken in seiner Nähe. Es war schrecklich, euch das anzutun, aber ich konnte nicht anders.«

Dunja erwartet umstürzende Regale oder herumfliegende Konservendosen hinter der Tür. »Hör auf zu schreien« war ein Satz, den Dunja in Augustas Kindheit täglich mehrfach sagte. Augusta weinte nicht, sie schrie.

Jetzt schweigt sie. Sie hat recht. Dunja hat sich unterbuttern lassen und konnte das Verhältnis nicht ändern, war vielleicht zu jung oder zu dumm oder einfach zu schwach.

»Du bist viel stärker als ich, Aggi. Deine Eigensinnigkeit ist deine Stärke. Du warst als Kind so anstrengend, aber ich wusste, aus dir wird mal 'ne tolle Frau!«

Augusta schweigt. Als ihre Tochter geboren wurde, hatte Dunja erwartet, das Gesicht würde ihr gleich bekannt vorkommen, so wie es bei Jules gewesen war. »Ach, dich kenn ich ja schon«, hatte sie gedacht und Jules' zarte Stirn geküsst. Augusta erkannte sie nicht. »Nanu? Wer bist du denn?« war ihr erster Gedanke beim Anblick des seltsamen Schmollgesichts, das sie mit keinem Verwandten in Verbindung bringen konnte. Während Winne nach Jules' Geburt immerhin eine Woche lang für Dunja täglich Essen gekocht hatte, war er vier Stunden nach Augustas Geburt im Flur ohnmächtig geworden. Die Hebamme war gerade nach Hause gegangen, es war fünf Uhr morgens, die Kachelöfen mussten geheizt werden, Jules wurde wach und kotzte ins Bett. Augustas

Leben begann mit einer Katastrophe. Winne und Jules lagen mit Magen-Darm-Grippe und grünlichen Gesichtern tagelang im Bett. Dunja musste sich, frisch entbunden, um zwei Kranke und einen Säugling kümmern, Kohlen holen, heizen, einkaufen, Bettwäsche und Kotze-Eimer auswaschen, Tees kochen, stillen und Windeln wechseln. Winne lud seine Mutter aus, und Dunja schrie ihn an. Aber Winne hielt es für eine Zumutung, seine Mutter zusätzlich ertragen zu müssen, wo es ihm doch schon schlecht genug gehe. Dunjas Mutter wollte er noch weniger in der Wohnung haben. Als er wieder gesund war, fuhr er zur Messe, und als er zurückkam, hatte Dunja zehn Kilo abgenommen.

»Was ist deine Stärke, Mama?« Augusta ist jetzt näher an der Tür.

Über ihre Stärke hat Dunja nie nachgedacht. »Vielleicht meine Unberechenbarkeit?«

»Mama! Erstens ist das keine Stärke«, sagt Augusta gereizt, »zweitens bist du nicht unberechenbar … und drittens stinkt es hier drin nach Salami.« Augusta schließt die Tür auf, hat Dunja stehend erwartet und blinzelt irritiert nach unten.

»Du hättest hier die ganze Nacht gesessen, oder?« Augusta setzt sich neben ihre Mutter.

»Klar hätt ich das. Vielleicht ist meine Bereitschaft, Nachteile in Kauf zu nehmen, meine Stärke«, überlegt Dunja laut.

»Mama, Nachteile in Kauf zu nehmen ist auch keine Stärke, sondern eine Schwäche. Dann sei lieber doch unberechenbar.«

»Unberechenbarkeit ist zumindest das Einzige, was gegen körperliche Überlegenheit hilft. Antilope rennt zickzack, Löwe rennt nur auf sein Ziel zu.« Dunja zeigt mit der Hand eine Zickzackbewegung Richtung Fenster. »Mit Sprunghaftigkeit kannst du die beste Kalkulation boykottieren.«

»Oh Gott, meine Mutter, die Antilope!« Augusta knallt ihren Hinterkopf gegen die Tür. »Das ist die peinlichste Theorie, die ich je gehört hab. Erzähl das bloß keinem weiter, Mama, versprichst du mir das?«

Dunja lacht, und dann schweigen beide wieder eine Weile.

»Als ihr klein wart, hatte ich so viel Kraft und dachte, wir könnten alles schaffen«, sagt Dunja. »Einmal haben wir euch ins Bett gebracht, und plötzlich fand Winne, wir müssten jetzt sofort ans Meer fahren. Es war Oktober oder November, und wir trugen euch schlafend mit euren Bettdecken ins Auto, ohne dass ihr aufgewacht seid. Du warst vielleicht fünf, Jules sieben. Als die Sonne aufging, standen wir am Strand. Wir haben euch schlafen lassen und uns in ein Strandcafé neben dem Parkplatz gesetzt. Irgendwann hatten sich am Strand ein paar Menschen angesammelt, und ich wusste sofort, dass nur du die Ursache dafür sein konntest. Die Autotür stand offen, deine Bettdecke hing raus, ein Stück weiter lagen deine Strümpfe, einer nach dem anderen, dann deine Schlafanzughose, dein Oberteil, deine Strickjacke, und alles bildete eine zielstrebige Spur Richtung Wasser. Du bist nackt in die Wellen gerannt und wolltest nicht mehr rauskommen. Es war wirklich eiskalt.«

Augusta lächelt versonnen und nickt. »Würde ich immer noch genauso machen, wenn mich jemand mitten in der Nacht ans Meer karrt«, sagt sie und sieht Dunja an.

»Ich dachte, wir wären zusammen unendlich stark. Früher, wenn an der Straße vorm Haus wieder so ein Steinpoller vom LKW umgefahren worden war, hast du gesagt, Mensch, Jules, wie sieht denn das hier aus? Ich hab dir doch gesagt, du sollst so was nicht machen!« Augusta stößt Dunja mit dem Ellenbogen an. »Weißt du das nicht mehr?« Dunja zuckt mit den Schultern. »Und als du das einmal mit mir gemacht hast, bei so einer umgekippten Laterne, da hab ich erst kapiert, dass es gar nicht wirklich Jules gewesen sein konnte.«

Augusta legt ihren Arm um Dunja. »Ohne Papa werden wir doch nie mehr solche Superkräfte haben«, sagt Augusta traurig.

Dunja schüttelt den Kopf. »Du schon.«

»Ich brauch dich doch, Mama.« Augusta lehnt ihren Kopf an Dunjas Schulter, und Dunja streicht ihr übers Haar. »Mein kluges, wildes Mädchen.«

In dieser Nacht träumt Dunja, der Wald würde ins Haus hineinwachsen. Überall stehen Bäume, Wasser fließt durch die Flure und fällt rauschend die Treppe hinab. Dunja sieht den gläsernen Menschen zwischen den Tannen. Sie geht um die Bäume herum, sucht hinter jedem Stamm. Plötzlich springt Jorge von einem Baum herab, landet mit aufgerissenen Augen direkt vor ihr, als wollte er sie angreifen. »Hier, deine Mütze. Hab ich von ganz oben geholt«, sagt er, zeigt hinauf in die dichten Äste und gibt Dunja eine alte blaue Wollmütze voller Tannennadeln. Sie überlegt, ob es Jorge oder Winne ist. Es sind beide in einem. Im Aufwachen hört sie krächzende Schreie, als würde draußen jemand erwürgt. Sie schreckt hoch und versteht, es sind nur die Krähen.

Alte Liebe rostet, wenn sie neue kostet.

Wie eine Taschenlampe, die im Dunkeln etwas absucht, leuchtet die Sonne durch eine graue Wolkendecke, die behäbig an ihr vorbeizieht. Dunja öffnet das Fenster. Die Luft riecht nach nassem Nadelwald. »Der Geruch quietscht in der Nase«, hatte Augusta als Kleinkind gesagt, und Dunja muss jedes Mal daran denken, wenn es nach frischem Harz riecht.

Es wird warm heute, ahnt sie instinktiv wie ein Waldtier. Sie braucht keinen Wetterbericht mehr. Ihr in der Stadt verkümmerter Sinn fürs Wetter ist wieder da, wie früher, als es selbstverständlich war, am Wind zu riechen und aus den Westfenstern in den Himmel zu sehen, um zu entscheiden, wie warm sie sich anziehen musste. Sie sucht in ihrem Schrank nach etwas Gelbem, findet ein rot-orange-gelbes Kleid, das Saphie ihr geschenkt hat. Saphies Brüste passten nicht mehr hinein, und Dunja behielt es, obwohl sie es nie trug. Sie muss an ihr Dativ-Arbeitsblatt zum Kapitel über Kleidung denken. Wenn einer der Männer an der Reihe war, einen Satz mit Kleid oder Rock im Dativ zu bilden, in dem eine Farbe vorkommen musste, dann war es immer gelb. *Ich kaufe meiner Freundin ein gelbes Kleid.*

Für die Gäste gibt es gefärbte Eier und ein paar Zweige auf den Tischen. Ihr eigenes Osterfrühstück hat Saphie in die kleine, vollgestopfte Küche ihrer Wohnung verlegt. Hier hat sie in den letzten Jahren mit Gilbhart gesessen, und viel zu oft hatte sie ohne Gilbhart hier gesessen. Saphie hatte es gehasst, wenn Gilbhart in der kleinen Küche saß und sich betrank. Dann jagte sie ihn aus seinem Versteck an die Bar, in der Hoffnung, er würde es nicht wagen, sich vor den Gästen so sehr zu betrinken wie vor ihr.

Einmal verbot Saphie ihm das Trinken einfach. Es stand in ihrer Macht. Eine Woche lang beleidigte Gilbhart dann, wie um Saphie zu strafen, die Gäste. Sie sollten aufhören, ihre Schwangerschaftstests zu rauchen, sagte er im Vorbeigehen zu den Frauen unterm Elektrozigarettendampf. In welchen Insektenbetäubungseimer sie gefallen sei, fragte er Frau Pruzina, deren Parfümwolke er nicht ertrug, und Saphie zapfte ihm am Abend ein großes Bier. »Hier, du Kotzbrocken!« Es sei aussichtslos, erzählte sie Dunja am Telefon. Wenn er länger trocken bliebe, würde er sich möglicherweise irgendwann einkriegen. Aber bis dahin sei das Haus leer. »Entweder ich rette ihn, oder ich rette das Hotel. Und wie ich ihn ohne das Hotel retten soll, weiß ich nicht.«

Als Jules und Augusta klein waren, zog Dunja sich tagsüber zum Stillen in Saphies Küche zurück, und in den folgenden Sommern wurde Augusta mit aufgeschlagenen Knien auf den Geschirrschrank gesetzt, bekam ein Pflaster und einen Keks aus der Dose, aus der es schon beim Großvater Kekse gegeben hatte. Jules verletzte sich fast nie.

Jetzt brät Saphie Rührei, kocht gleichzeitig Kaffee, fragt beiläufig: »Wer will Tee?«, schlängelt sich mit aufgesetzter Fröhlichkeit an Jules vorbei und kann ihre nervöse Tüchtigkeit nicht zügeln, während Jules träge und symmetrisch Buttermesser und Kaffeetassen verteilt. »Hier haben wir wenigstens ein bisschen Ruhe«, sagt sie, wie um sich selbst ins Gewissen zu reden, dabei kann sie Ruhe nicht ausstehen.

Beim Essen nur übers Essen zu sprechen ist jetzt eine diskrete Übereinkunft. Selbst Augusta scheint die Harmonie heute nicht mehr stören zu wollen. »Das ist megalecker, dieses Brot mit – was is da drin? Anis, Fenchel? Voll krass!«

Als Augusta und Jules später weg sind, schaltet Saphie mit dem Ausblasen der Frühstückskerzen die Osteratmosphäre ab. »So, lass uns das Osterbrot für nachher in der echten Küche backen. Nicht hier in meiner Spielzeugküche«, sagt sie verächtlich, als wäre ihre kleine Küche plötzlich ein unzumutbarer Ort. Sie gehen rüber, und Dunja fängt an, Rosinen in den vorbereiteten Hefeteig zu kneten. »Hast du Jorge zum Feuer eingeladen?«

»Nein, hätt ich ihn einladen sollen?«, fragt Saphie und versucht Dunjas Augen zu sehen. »Hallo? Hätt ich ihn einladen sollen?«

Dunja zuckt mit den Schultern. »Lieber nicht. Aggi mag ihn nicht.«

»Aggi ist erwachsen, und du kannst mögen, wen du willst, Dunja. Krieg das mal in dein Hirn!«

»Sie ist jetzt noch zu empfindlich«, sagt Dunja und weiß, es ist eine Ausrede. Saphie stöhnt. »Du bist zu empfindlich!«, und klapst Dunja gegen den Hinterkopf.

»Hattest du mal eine Affäre?«, fragt Dunja. Vor Jahren hatte ihre Schwester einen Bulgaren erwähnt. Er war Gast im Hotel, und Saphie wollte nicht über ihn reden. Sie wackelt mit dem Kopf, »Ja, schon«, zieht das Kinn hoch wie eine zähe Gutsherrin in einem Jahrhundertwende-Film und sagt: »Aber das hab ich dann schnell beendet.«

»Hat Gilbhart etwas mitbekommen?«

Saphie wiegt den Kopf. Diese kleine Unstimmigkeit in Saphies selbstbeherrschter Fassade amüsiert Dunja. »Und wie hast du das beendet?«

»Ach na ja, ich habe versucht, nicht mehr an ihn zu denken«, sagt Saphie und nickt gebieterisch. »Erst habe ich noch oft an ihn gedacht und mich dann schnell mit Arbeit abgelenkt. Dann hab ich immer weniger an ihn gedacht und irgendwann gar nicht mehr.« Sie erklärt ihre selbstbeherrschte Vorgehensweise wie ein Diätrezept. Was soll schon schiefgehen, wenn man sich an das Rezept hält?

»Und?«

Saphie sieht Dunja ärgerlich an und streicht sich mit dem Unterarm eine Strähne hinters Ohr. »Was und?«

»Na, wo ist der jetzt?«

Die Strähne fällt wieder in ihre Stirn. »Was weiß ich. Verheiratet, pulverisiert, keine Ahnung!«, sagt sie unwirsch.

Der Küchenchef ruft an. »Scheiße, verdammte!«, flucht Saphie, als sie aufgelegt hat. »Dass der heute krank ist, fehlte noch. Was is das für 'n scheiß Ostern?« Dunja will ihr über die Schulter streichen, aber ihre gereizte Haltung lässt es nicht zu. »Ich helf dir! Die Kinder helfen auch.«

Saphie fuchtelt mit den teigbeschmierten Händen. »Nein, lass! Mach mal die Rezeption bis Mittag.« Sie hustet und wedelt mit dem Arm, weil blauer Qualm vom Herd herüberzieht. Dunja öffnet das Fenster, aber der Qualm will lieber Richtung Saaltür. »Was machst du denn schon wieder?«, schimpft Saphie mit dem Lehrling. Der junge Mann kippt einen gelbbraunen Brei aus der rauchenden Pfanne in die Tonne.

»War 'n Experiment«, murmelt er.

»Du immer mit deinen Experimenten. Dafür haben wir überhaupt keine Zeit jetzt!«, sagt Saphie entnervt und rollt mit den Augen, als die Zimmerfrau in die Küche kommt und sich Kaffee holt. »Du hast mir schon wieder nicht gesagt, dass in der 204 das Furnier am Bett abgeplatzt ist! Wie kann denn das sein, dass du so was nie siehst?« Lore zuckt mit den Schultern. »Sieht man doch kaum.«

Saphie stöhnt »Darum geht's doch nicht!« Dunja sieht Saphie an, schüttelt den Kopf und hält ihren Arm. »Ich kontrolliere nachher alle leeren Zimmer, okay?«

Dunja legt einen Zettel auf das Pult, *Bin im Garten, bitte klingeln*, und legt sich auf die Wiese. Kein Winter war Dunja so schwergefallen wie der letzte. Nie hatte sie sich mehr nach den Blättern gesehnt. Jetzt sind sie da, die Sonne leuchtet durch sie hindurch, macht sie gelb statt grün, und es riecht nach klebrigen Knospen.

»Was machst du denn da?« In der Terrassentür steht Saphie, hebt fragend die Hände.

Dunja stützt sich auf den Ellenbogen. »Ich mach die Rezeption.«

Die Schwestern sehen einander für einen ratlosen Moment an. Dann kommt Saphie auf Dunja zu, beugt sich runter und flüstert: »Wie sieht denn das aus, wenn du hier so rumliegst?«

Dunja legt sich auf den Rücken und schließt die Augen. »Das sieht entspannt aus, Saphie. Du verbreitest hier eine übertriebene Hektik, nur weil niemand mit dir Ostern feiern will. Kein Mensch braucht mich jetzt an der Rezeption. Alle sind unterwegs oder hängen hier zufrieden rum. Und in der Küche willst du mich ja nicht haben. Sieh dich doch mal um, Saphie. Alles friedlich, bis auf dich!«

Saphie schüttelt den Kopf und will ihre Anspannung um jeden Preis behalten. »Ich muss noch irgendwas backen«, sagt sie wie zu sich selbst, »oder was reparieren«, sie sieht sich um, »oder pflanzen«, verschränkt die Arme und betrachtet die Kräuterbeete, die sie vor ein paar Jahren angelegt hat.

Das sei ein Hotel und kein Gemüsegarten, hatte Gilbhart gesagt und im Sommer dann doch für Saphie Hochbeete gebaut. Die führte er sogar stolz den Gästen vor und bat Dunja, Fotos davon für die Website zu machen.

Wenn Gilbhart baute, kniete er sich in den Dreck, schnaufte, machte ausladende Bewegungen, telefonierte manchmal dabei oder hatte eine Zigarette im Mundwinkel. Saphie stand meist daneben in kurzem Rock und Seidenbluse und hielt ein Werkzeug. Sie redete auf Gilbhart ein, als würde er nur arbeiten, solange sie redete. Selbst wenn er telefonierte, redete sie. Saphie war froh, wenn Gilbhart etwas baute, so wie sie über alles froh war, was Gilbhart tat, während er nicht trank. Dann lobte sie ihn und bewunderte, was auch immer er zustande brachte.

Gilbhart konnte gewaltig niesen. Kinder fingen an zu weinen, und Gäste ließen ihr Besteck fallen. Sein ganzer Körper implodierte, und vor Schreck fiel es niemandem ein, Gesundheit zu wünschen. Nur Saphie rief jedes Mal laut: »Mein Gott, du Ungeheuer, du pustest uns noch das ganze Haus weg!«

Jetzt holt Saphie mit kurzen Schritten, steif wie ein Holzsoldat, die Steinguttöpfe hinter den Beeten hervor. Früher waren Saphies Schritte lang und schwungvoll. Dunja kam kaum hinterher. »Dunja, kooomm, Saphie, waaaarte«, rief Brigäne bei jedem Fußweg, den sie zurücklegten.

Saphie gab nicht nur das Tempo vor, sondern auch die Bedürfnisse. Sie hatte viele, und die Mutter kämpfte dagegen. »Nein, Saphie! Wir fahren heute auf keinen Fall schon wieder ins Schwimmbad.« Dunja stand hinter ihrer Schwester und sah zu, wie sie verhandelte. Saphie erklärte, sie würden dann eben alleine fahren. »Ihr dürft aber nicht alleine fahren, und Fahrkarten habt ihr auch keine«, sagte die Mutter gereizt. Saphie würde aber auch ohne Fahrkarten und ohne es zu dürfen, alleine fahren und sich im Zug auf dem Klo oder unter den Sitzen verstecken. Immer wieder endeten die Verhandlungen mit dem entnervten Satz der Mutter: »Dann bekommen wir alle Ärger, und ich muss es bezahlen!«

Wenn Saphie abends im Bett wieder unmögliche Pläne

schmiedete, flüsterte Dunja: »Nein, Saphie, lieber nicht, sonst bekommen wir alle Ärger, und Mama muss es bezahlen!«

Saphie konnte es der Mutter so schwer machen, ihre Wünsche nicht zu erfüllen, dass es leichter war, sie zu erfüllen. Dann fuhren sie doch ins Schwimmbad oder bekamen doch Geld für Haarspangen oder durften den Film doch bis Mitternacht zu Ende sehen.

Dunja profitierte von Saphies Charakter. Der Gewinn, für den sie nicht kämpfen musste, fiel immer auch ihr zu.

Saphie füllt die Töpfe mit Erde, pflanzt ihre Kräuter mit lackierten Fingern und trägt ein helles Kleid, ohne es schmutzig zu machen. Mit steifem Rücken geht sie zum Geräteschuppen. Arme und Hände bereit zum Packen, Tragen, Räumen. Sie hockt auf wackeligen Zehenspitzen vor den Beeten, vermeidet die Berührung ihrer Knie mit dem Rasen, macht mühsam kontrollierte Bewegungen, wobei sie der Erde so fern bleibt wie möglich.

Dann holt sie Wasser mit plumpen Bewegungen und steht beim Gießen mit geschlossenen Beinen kerzengerade vor ihrem Beet. Ein grüngelber Vogel hopst über die Wiese. »Wer bist du denn?« Saphie stemmt die Hände in die Seiten. Der Vogel verschwindet im Baum, bevor sie ihn betrachten kann.

»Das war bestimmt unser Wellensittich, der uns damals weggeflogen ist«, ruft Dunja. Saphie schüttelt den Kopf: »Wir hatten einen Wellensittich? Kann mich nicht erinnern.« Sie gräbt verbissen weiter. »Auch weg. Ach na ja.«

Augusta und Jules kommen aus dem Haus und bleiben mit den Händen in den Hosentaschen auf der Terrasse stehen. Augusta ruft vorwurfsvoll »Könnt ihr jetzt vielleicht endlich mal eure Ostereier suchen? Oder wollt ihr warten, bis die Sonne die ausbrütet?« Augusta deutet mit dem Kinn

Richtung Wirtschaftstrakt. »Kommen vielleicht irgendwann Schokoküken aus den Gebüschen hinterm Haus gelaufen«, sagt Jules und betont *hinterm Haus* mit einem auffälligen Nicken. »Wer weiß?«

Saphie steht noch halb gebückt vor ihrem Beet, wie eingefroren, sieht fragend zu Dunja, zieht sich dann langsam die Gummihandschuhe von den Fingern und geht um das Haus. Dunja, Augusta und Jules gehen hinterher.

Noch einmal dreht Saphie sich misstrauisch zu den Kindern um – unsicher, ob sie verspottet werden soll, bevor sie sich ernsthaft auf die Suche macht und unter einer ausladenden Tanne nachsieht. Als sie ein Krokant-Ei in blauer Folie findet, strahlt sie wie ein Kind. »Dunja, hilf doch mal!«

Augusta und Jules sitzen auf der Lieferrampe und sehen belustigt zu, wie Dunja an Stellen sucht, an denen sie früher Schokoladeneier für die Kinder versteckt hat. »Nee, denkste!«, ruft Augusta.

»Wusstest du davon?«, flüstert Saphie, als sie sich mit Dunja durchs Gebüsch schlägt. »Nein! Ich schwöre.« Dunja weiß, sie müsste gerührt sein, aber es ist wie eine Prüfung. Sie ist bestürzt über ihre Unfähigkeit, sich zu freuen. Als Kind fand sie es herrlich, bunte Süßigkeiten im Gras zu finden. Besser als Weihnachten, wo sie ein Geschenk zugeteilt bekam und alle zusehen wollten, wie Dunja sich darüber freute. Zu Ostern konnte sie sich ganz für sich alleine freuen.

Saphie muss mit einer abgebrochenen Astgabel ein Flechtkörbchen vom Baum angeln, das nur Jules so weit oben angehängt haben kann. »Ihr seid so süß!« Saphie hat Tränen in den Augen und umarmt die Kinder, während Dunja das Gefühl hat, es wäre ihre Aufgabe gewesen.

Als sie zusammen auf der Lieferrampe sitzen und die Süßigkeiten auswickeln, denkt Dunja, die Kinder sind in ihrer Entwicklung wahrscheinlich an Dunja vorbeigerannt. Dunja ist stehen geblieben und hat sich überholen lassen.

Während des Schichtwechsels lässt Dunja sich von Nino das Buchungsprogramm erklären. Sie mag seine Sprachfehler und vergisst, ihn zu verbessern. »Hier fur Einzel, da fur Gruppe, kannst du buchen, alles klar! Merkst du dich?«

»Alles klar. Merk ich mich.«

Er sieht Dunja irritiert an. »Klingt bei dich falsch. Heißt nich mir?« Er massiert gedankenverloren sein Kinn, klickt durch das Programm und zeigt auf den Bildschirm. »Ganzes Quatsch hier, Walk In, Pre Billing, Locator, Mealplan, Gästebonus, Packages, Sourcecodes und Obstkörbe. Bettwanzen und schwarze Listen, brauchs alles nicht! Forget it, okay?«

»Okay. Forgetten.«

»Du sollst nich mich übers Ohr ziehen! Böses Lehrerin!«

Als ein Paar mit Kind eincheckt und der Mann die Kurtaxe separat bezahlt, gibt Nino, als wäre es so üblich, die Rechnung der Frau und das Rückgeld dem Kind.

Saphie sitzt im Saal und faltet Servietten. Sie wechselt für jede Serviette den Stuhl und schiebt, nachdem sie die Serviette ordentlich aufgestellt hat, den Stuhl zurecht. Dann legt sie Messer und Gabel daneben, indem sie aus dem stehenden Abstand die korrekte symmetrische Ausrichtung abmisst. Dunja beobachtet Saphie und weiß nicht, ob sie ihr bei dieser unsinnig aufwendigen Methode helfen soll. Saphie könnte sich genauso gut mit einem endlosen Puzzle beschäftigen. »Soll ich dir helfen?«

Saphie schüttelt unwirsch den Kopf und kippt ihn dann Richtung Fensterfront. »Was bilden sich solche Säcke ein?« Dunja sieht zu dem Mann, der am Fenster vor einem Stück Kuchen sitzt. »Wie kommt der auf die Idee, ich würde seine

Fummel-Hand im Dekolleté haben wollen?« Saphie schüttelt sich. »Wieso fehlt manchen jede Selbstwahrnehmung?«

»Was hat er denn gemacht?«, fragt Dunja.

Saphie winkt ab. »Versucht zu grabbeln. Hab's im Anflug verhindert. Trottel.« Dunja sieht rüber und denkt, früher hatte Saphie solche Männer sofort rausgeschmissen oder vor Publikum genüsslich zur Sau gemacht. Irgendetwas Seltsames passiert mit ihrer Schwester, denkt Dunja und sieht die Unsicherheit in Saphies Beschäftigung, der sie sich mit übertriebenem Interesse widmet. Dunja zeigt auf den Mann, sagt laut: »Der da? Der da hinten in dem blauen Hemd?«, und fängt an zu lachen. »Echt jetzt?« Sie stupst Saphie gegen die Schulter. »Das hat der sich getraut? Ist der krank oder so?«, bis Saphie endlich mitlachen muss. Der Mann blickt stur auf seinen Kuchen, als sich zwei weitere Frauen auch nach ihm umdrehen und tuscheln.

»Danke, Schwesterherz«, sagt Saphie. Dunja setzt sich neben sie und hilft ihr, Servietten zu falten. »Hab ich doch von dir gelernt.«

Am Abend steht Augusta mit verschränkten Armen am Feuer und sieht in die Flammen. Ein paar Gäste sitzen mit Decken auf den Bänken, die Jules um das Feuer gestellt hat, wärmen sich die Hände und wiegen die Köpfe zur Musik. Saphie hat Windlichter auf die Gartentische gestellt, aus denen kleine, zerfetzte Flammen zappeln. Jetzt redet sie mit den Gästen, worüber sie immer mit ihnen redet: Wetter und Ausflugsziele. Wenn sie angefangen hat, hört sie nicht mehr auf und erzählt von umliegenden Orten, in denen sie in Wahrheit schon seit Jahren nicht mehr war.

Jorges Auto rollt auf den Parkplatz. »Ich habe ein Osterlamm erlegt«, sagt er schon beim Aussteigen, als wollte er sein Auftauchen rechtfertigen. Augusta sieht misstrauisch zu, wie Dunja an ihm vorbeigeht, auf den gezuckerten Kuchen in der Form eines Lamms tippt und ihren Finger ableckt. »Oh, nein, du hast Lamm Lars gebacken. Das war doch der verzauberte Heizungsinstallateur.«

Augusta stöhnt. »Du bist soo witzig, Mama!«

»Und du bist soo gar nicht witzig, Aggi«, sagt Jules. »Mama gibt sich wenigstens Mühe.«

Jorge bricht dem Lamm ein Bein ab und gibt es Dunja. »Ich fahr Nino schnell zum Bahnhof! Bin gleich wieder zurück«, sagt sie mit vollem Mund.

»Ist wieder okay, dein Tochter?«, fragt Nino im Auto vorsichtig. Dunja nickt. »Ja, ja, geht so.«

»Dein Tochter liebt dich, weißt du. Ich sehe das in ihr Augen.«

»Augen sind Plural.«

»Ja, ich seh das auch in ihr Augen mit Plural. Sie guckt zu dich mit Liebe, weißt du.«

Dunja will nicht über Augusta reden, nicht über ihre Augen und schon gar nicht über ihre Liebe. Sie lässt die Seitenfenster herunter, weil sie die kalte Nachtluft wirklich braucht, um ihre Empfindlichkeit zu verjagen.

»Pass mal auf, wenn du das kannst, dann bist du ein echter Deutscher«, sagt sie. Bis zum Bahnhof üben sie: *Widerrechtlich abgestellte Fahrzeuge werden kostenpflichtig abgeschleppt.* Nino rappt den Satz, macht dazu Beat-Box-Geräusche, tanzt mit den Armen und ruft einem Mann auf einem Fahrrad hinterher. »Ey, man, kos-ten-pflich-tich abge-stellt, ey-yo, man, I mean, wi-der-recht-lich, yo, bud-dy, das ist wich-tich …«

Dunja lacht und fährt Schlangenlinien auf der leeren Landstraße. »Wow, if you are not drunk, you must be crazy. I feared it.«

Auf dem Rückweg hört sie laut Musik und lässt das

Fenster offen, wie damals als Jugendliche, wenn sie im Auto zum Club berauschter waren als im Club. Das war so bis zu dem Unfall. Fast jedes Dorf hatte mindestens einen Jugendlichen auf der Landstraße verloren. Nur in ihrem Dorf waren es vier. Es waren die beiden Brüder mit dem schnellsten Auto, bei denen nie jemand einsteigen wollte. Bis auf diesen einen Abend, an dem doch zwei Mädchen eingestiegen waren und sie zu viert aus der nassen Kurve in den Wald rasten. Dunja überlegt, ob die Wahrscheinlichkeit, Augusta und Jules könnte etwas Tödliches passieren, jetzt geringer ist, weil es schon zwei Tote gibt in der Familie. Aber die Unfalltoten waren schon immer ungerecht auf die Dörfer verteilt.

Schon von Weitem sieht sie Jorge, Augusta, Saphie und Jules nebeneinandersitzen. Wie hat Saphie das wieder geschafft? Jorge scheint Augusta etwas zu erklären, woran Augusta tatsächlich interessiert ist. Saphie strahlt stolz, als Dunja sich vor ihr aufbaut. »Sag mal, Saphie, das ist doch nicht wahr, oder?«

»Was ist nicht wahr?«

»Dass es zu Ostern hier keinen Eierlikör gibt!«

Saphie springt auf. »Verdammt, das geht ja überhaupt nicht!« Sie zerrt Jules hinter sich her. »Komm, wir müssen in den Keller. Da sind noch irgendwo Schokobecher.«

Dunja knetet Brotteig um einen Stock, hält ihn über die Glut und sieht in die Flammen. Rot, orange, gelb – wie ihr Kleid. Solche grellen Kleider trägt sie sonst nie. Diese Farben trägt nur Saphie.

Aber Saphie ist farbloser geworden. Seit den Beerdigungen bleibt sie in Dunkelblau, Schwarz und Olivgrün. »Schlammfarben«, hätte sie letztes Jahr noch abfällig dazu gesagt.

»Wir finden es sinnlos, ein Programm zu machen, um so

zu sein, wie wir eh schon sind«, hört sie Jorge erklären. »Es ist eh ein ständiges Kommen und Gehen, weißt du? Das Einzige, was da bleibt, ist der Hof. Ich glaube sowieso nicht an Beständigkeit.« Jorge macht eine Pause, lehnt sich zurück, wartet auf eine Nachfrage und nimmt einen Schluck Bier. Augusta fragt nicht nach. Augusta tut nie, was man von ihr erwartet. »Ich auch nicht«, sagt sie und nimmt auch einen Schluck.

»Stabilität bilden wir uns nur ein, weil wir nicht lange genug leben, um zu erkennen, dass sich alles immerzu bewegen muss. Wer damit nicht klarkommt, ist eben zu langsam«, sagt Jorge. Solche Sätze hat Winne auch gesagt.

»Habt ihr echt überhaupt keine Grundsätze?«, will Augusta wissen.

»Na ja, Gewaltfreiheit, klar, das ist vielleicht das Einzige.«

»Find ich gut. Machen wir auch so.«

Jorge fragt, ob sie schon einen Ort habe. »Hm«, Augusta dreht ein paar Haarsträhnen, »mein Vater hat uns so 'n alten Bahnhof vererbt. Unsere Freunde wollen Jules und mich überreden, dass wir da jetzt alle einziehen. Sind alles ziemlich schräge Leute. Weiß nicht, ob das geht.«

Jorge nickt nachdenklich. »Weißt du«, beginnt er langsam und scheint etwas Kompliziertes sagen zu wollen, »die stabilen Verbindungen sind alle schräg. Ein Haus sieht nur von außen rechtwinklig aus. Aber die stabilen Balken, die das Dach im Inneren zusammenhalten, sind schräg. Je mehr verschiedene Winkel es gibt, umso besser hält es, verstehst du? Das Senkrechte und das Waagerechte sind nur Fassade, sind nur das, was wir von außen sehen wollen. Das Geradlinige allein ist nicht haltbar und das Krumme auch nicht. Ihr müsst herausfinden, wie man mit dem Schrägen was Gerades macht. Nicht so einfach, aber nachhaltig. Ich kann euch beraten, wie ihr die Eigentumsverhältnisse regeln solltet. Das ist leider ziemlich wichtig.«

Augusta pikt Dunja ihren Stock in den Rücken. »Kommt ihr mal am Bahnhof vorbei? Du warst da auch lange nicht mehr.«

Dunja dreht sich um. »Was? Ich hab nicht zugehört.«

»Klar hast du zugehört, Mama, tu doch nicht so.«

Dunja lacht. »Ich versteh nur Bahnhof.«

Jules geht ums Feuer, eine Bierflasche in der Hand, in der anderen einen Knüppel, und schiebt die brennenden Scheite zusammen. In jeder seiner Bewegungen steckt Winne. Als Winne noch lebte, war es Dunja nie aufgefallen.

Winne hat ihr gefehlt, als er lebte und nicht dabei war, wenn sie mit den Kindern die Ferien hier verbrachte. Jetzt fehlen ihr die Kinder, obwohl sie hier sind. Und die Kinder, die ihr jetzt fehlen, gibt es nicht mehr. Jules redet mit den Söhnen der Cousine über sein Studium, und es ist seltsam, ihren Sohn über Dinge reden zu hören, von denen sie selbst keine Ahnung hat.

»Stück Lammnase?«, sagt Jorge, gibt ihr einen Kuchenteller und setzt sich neben sie ins Gras. »Schönes Kleid!«

»Mein Tarnkleid, damit ich am Lagerfeuer nicht auffalle. Versteh gar nicht, wieso du mich sehen kannst.«

»Und ich versteh nicht, wieso ich dich nicht schon damals gesehen hab«, sagt er leise. Dunja hält seinem Blick für einen ungewohnten Moment stand. Dann trinkt er aus seiner Flasche und kneift dabei ein Auge zu.

Augusta macht ein gequältes Gesicht und stöhnt, als Saphie auf sie zutanzt und die Arme ausstreckt: »Komm, Süße, hilf deiner peinlichen Tante beim Animationsprogramm. Hier kennt dich doch niemand.«

Augusta schiebt die Unterlippe vor. »Und was soll ich

von mir selbst denken, wenn ich dir dabei helfe, dich vor deinen Gästen zu blamieren?« Sie lässt sich von Saphie hinterherziehen, tappt widerwillig auf die Terrasse. »Du bist schrecklich, Saphie, du bist so schrecklich!«

»Na, komm! Sei auch ein bisschen schrecklich, meine Lieblingsnichte.« Saphie wirbelt über die Terrasse, wirft den Kopf hin und her, lässt ihr Haar um ihr Gesicht fliegen, bewegt Füße, Hüfte und Schultern in verschiedene Richtungen. Dunja weiß, Saphie könnte nicht mehr so gut tanzen, wenn sie tatsächlich angetrunken wäre. Sie tut nur so.

Augusta tanzt, wie sie es aus amerikanischen Musikvideos mit Mädchen in Hotpants kennt.

»Hast du meiner Tochter erklärt, wie man 'ne Sekte gründet?«, fragt Dunja. Jorge zuckt die Schultern. »Sie wollte nur wissen, wie unsere Gemeinschaft läuft.«

»Und? Wie läuft die?«

»Gar nicht«, sagt Jorge gelassen. »Aus der Idee – jeder soll seinen Platz haben mit all seinen Eigenheiten – wurde irgendwann: Jeder nervt jeden mit all seinen Befindlichkeiten.«

Dunja nickt mitfühlend. »Alles klar. Und aus Frust führst du jetzt mein armes Kind in die Irre.«

Jorge lacht. »Begeisterung ist wertvoll! War 'ne tolle Zeit am Anfang, als ich noch dran geglaubt hab. Irgendwie glaub ich immer noch dran.« Er sieht ins Feuer. »Unsere Kinder sind wie Seismographen. Die ahnen, wie wichtig es in Zukunft sein wird, sich selbst zu versorgen, unabhängig zu sein, kleine widerstandsfähige Gemeinschaften zu bilden.« Solche Sätze hatte Winne nur zu Gilbhart gesagt. Zu Dunja nie. Ihr gegenüber hatte er seltsamerweise versucht, die Zukunft in hellen Farben zu malen. Aber mit Gilbhart sah er lieber in eine dunkle Zukunft. Gemeinsam konnten sie sich der Hoffnungslosigkeit ergeben, und daran wollten sie sich nicht hindern lassen, nicht einmal von Saphies Lebensfreude.

»Vielleicht kriegen die das ja besser hin als wir?« Jorge sieht Dunja an, und es liegt etwas Bittendes in seinem Blick. »Ich kann ihnen Tipps geben.«

»Mach das. Dann sitzt du sicher in dreißig Jahren bei denen am Feuer als weiser alter Kommunen-Guru mit langem Bart.«

»Willst du nicht tanzen?« Jorge grinst.

»Warum grinst du so?«

Er wiegt den Kopf. »Na ja, ich hab dich bei der Hochzeit tanzen sehen. Das sah aus wie, na, ich will es mal vorsichtig interessant nennen.«

»Oh Gott, ich dachte, du wärst längst weg gewesen.« Jorge schüttelt den Kopf und zeigt in den Garten. »Ich hab da hinten gesessen und gewartet, bis ich wieder gerade gehen konnte. Beziehungsweise mit dem Auto nach Hause fahren. Deine Cousine hat mich mit Cocktails versorgt.«

»Sag ruhig, wie es aussah, na los!« Dunja schubst ihn mit der Schulter.

»Wie eine fliegende Bergziege«, sagt Jorge entschieden. Dunja schubst ihn, und er muss sich abstützen, um nicht ins Gras zu kippen. »Nein, tut mir leid, sah schön aus, wirklich, ein bisschen lustig, aber schön.«

Ein Song von Lenka wird gespielt. »Ich will dich tanzen sehen, Jorge Brachet! Sofort!« Dunja zieht ihn hoch.

»Nein! Tut mir leid, du hast wirklich sehr schön getanzt!«

Beim Tanzen wiegt sich Dunja nur leicht hin und her. Wenn Lenka nicht ihre Schwester wäre, würde sie ihre Musik nicht hören und einer noch jüngeren Generation zuordnen als Lenkas. Ihr gefallen Lenkas Songs mit den langsamen Rhythmen. Die schnellen klingen alle gleich. Dunja kann sie nicht auseinanderhalten. Saphie umarmt sie von hinten, brüllt ihr ins Ohr: »Danke, dass du da bist!«, tanzt weiter zu Augusta, umarmt auch sie und sagt ihr vermutlich dasselbe. Wenn Lenka im Autoradio lief und Saphie die Lautstärke hochdrehte, die Fenster öffnete und laut mitsang, war Gilbhart immer genervt gewesen. »Mach doch mal das Gejaule leiser!«

»Mensch, ist doch Lenka!«, rief Saphie dann, und Gilbhart hob die Hände. »Ach so, is Lenka. 'schuldigung!« Er erkannte ihre Stimme nie und konnte sich die Lieder nicht merken. Jorge tanzt sparsam mit angewinkelten Armen, dreht den Oberkörper leicht und schiebt die Schultern vor und zurück. »Altersschwacher Bär!«, ruft Dunja ihm zu. »Sind wir jetzt quitt?«

Jorge nickt. »Der alte Bär muss morgen früh raus«, sagt er und verabschiedet sich von Saphie mit einer Hand an ihrer Hüfte, einem Kuss auf ihre Wange und danach genauso von Dunja. »Ich fahr los, solange ich nüchtern bin.«

Dunja findet keinen passenden Satz, der ihn aufhalten könnte. *Ich kann dich nachher fahren* oder *Wann sehen wir uns?* Käme ihr vor wie das Angebot eines Räumungsverkaufs. Jorge dreht sich im Gehen um. »Nächste Woche Fotosession?«

Dunja nickt, und als er weg ist, glaubt sie, dämlich gegrinst zu haben. »Hab ich dämlich gegrinst, Saphie?«

»Weiß nich. Mach noch mal.« Dunja grinst dämlich. Jorge hupt, ruft: »Dauerleihgabe«, und zeigt auf die Boxen, Saphie wirft ihm Luftküsse zu.

Es ist nichts so fein gesponnen,
es kommt doch ans Licht der Sonnen.

Als die Kinder am nächsten Morgen abreisen, winkt sie mit dem abfahrenden Auto ihrer Mutterrolle hinterher. Sollen die Kinder ihr Muttersein mit in die Stadt nehmen. Hier will sie es nicht mehr haben. Mit hochgezogenen Schultern steht sie im Nieselregen auf dem Parkplatz und schlingt die Jacke fest um ihre Taille. Die Luft riecht neu. Der Regen hat alles Vergangene ausgewaschen.

Eine Weile steht sie noch gedankenversunken auf dem Parkplatz, bis ihr auffällt, dass Saphies Auto fehlt. Mit langen Schritten geht sie ins Haus. Jetzt könnte doch mal etwas Unbekanntes beginnen, denkt sie.

Als sie das Buchungsprogramm öffnet, sieht sie, dass hinter der Buchung eines Fernsehsenders von zwei Einzelzimmern, die Nino letzte Woche eingetragen hat, der Redakteur und der Kameramann stecken. Sie hatten gesagt, sie würden wiederkommen, und Dunja hatte es fast vergessen. Über diese unbekannte Fähigkeit, etwas zu vergessen, ist sie erstaunt. Sie war immer stolz auf ihr Elefantengedächtnis.

Sie sieht noch einmal zum Parkplatz. Saphies Auto ist wirklich weg. Dunja will nicht alleine sein, wenn die Fernsehleute kommen. Mit Saphie ist alles leichter. Damals als Kind, wenn sie allein in der Werkstatt des Vaters saß, Kugeln bemalte und jemand kam, um etwas zu kaufen, dann wünschte Dunja nicht, der Vater wäre da, sondern Saphie wäre es. Saphie konnte mit den Leuten umgehen. Sie zeigte ihnen das Verkaufsregal, behauptete bei jeder Kugel, sie wäre eine Spezialanfertigung fürs Ausland, und machte alles eine Mark teurer.

»Dein Vater hat aber drei Mark gesagt.«

Saphie tat entschieden. »Also mir hat er vier gesagt. Für drei kann ich sie Ihnen nicht geben.« Saphies Tricks waren überflüssig. Der Vater rechnete die Kasse nie nach. Trotzdem war Saphie stolz auf ihre Verhandlungen. Es machte ihr Spaß, und Dunja dachte, anders würde es nicht gehen. Sie wird im Leben nie klarkommen, wenn sie nicht lernt, genauso zu sein wie Saphie. Dunja konnte tagelang in der Werkstatt sitzen und Glas bemalen, weil ihr bei jeder Kugel eine Idee für die nächste kam.

Jetzt ist sie dankbar, als Saphie mit leichten Papiertüten beladen die Eingangstür aufstößt und mit dem Fuß hinter sich zutritt. Mit ihrer aufgeräumten Munterkeit lässt Saphie ihre manikürten Fingernägel in der Luft zappeln, dreht sich und hält Tüten einer Dessousmarke hoch. »Das musste mal sein«, sagt sie, knöpft ihre Bluse ein Stück auf, um Dunja die Spitzenränder ihres roten BHs zu zeigen, und knöpft sie schnell wieder zu, als Gäste durchs Foyer gehen.

»Du hast doch nicht wegen …«

»Wegen was?«

Dunja zeigt auf den Bildschirm. »Wegen denen?«

Saphie verdreht die Augen »Nein! Oder vielleicht ein bisschen. Ach na ja, ich weiß nicht. Hilf mir mal!«

Saphie schleppt Ordner aus dem Büro in den Saal und verteilt Rechnungen, Quittungen, Belege auf dem längsten Tisch, setzt eine Lesebrille auf und beginnt zu sortieren, zu beschriften und Tabellen auszufüllen. »Ich brauch das Büro überhaupt nicht. Ist viel mehr Platz hier. Gilbhart hat mir immer verboten, die Buchhaltung im Gastraum zu machen. Ich sollte den Gästen die Laune nicht mit Papierkram verderben. Dabei war das Launeverderben eindeutig sein Job!«

Dunja geht in die Küche, um sich Teewasser aus dem Hundert-Grad-Hahn zu holen, der sie anfangs so begeistert hat. In den ersten Wochen, seit sie hier eingezogen ist, hatte sie sich ständig Tee geholt, und jetzt trinkt sie wieder einen nach dem anderen. Aber ihr nervöses Herz benimmt sich, als wäre es starker Kaffee, während ihr Verstand sich davor fürchtet, dass der Redakteur zurückbringt, was er beim letzten Mal gestohlen hat.

Jedes Mal, wenn Gäste durch die Tür gehen, pfeift ein Frühjahrssturm herein und will die Tür wieder zuschlagen, als wollte er niemanden hineinlassen. Dunja ist erleichtert, als sie endlich von Nino abgelöst wird.

Sie fährt in den Nachbarort und geht durch die kleine Fußgängerzone. Um ihren Kopf wirbeln Haarsträhnen. Sie mag das Wetter, wenn es etwas mit ihr tut. Wenn es sie frieren lässt oder ihr Haar zerrauft, wenn der Wind sie durch die Straßen schiebt oder sie sich ihm entgegenstemmen muss. Dann ist sie stark und lebendig. Das grobe Wetter bleibt Heilmittel gegen ihre Empfindlichkeit. Es hilft ihr, sich gegen Traurigkeiten zu wehren.

Als Winne jung war, mochte er Sturm und Regen, Gewitter, Hagel und Schnee. Erst seit er seine Firma hatte, fluchte er über das Wetter. Er fing an, es zu hassen, wenn es ihm in die Quere kam und er seine Pläne ändern musste.

In der Fußgängerzone bleibt Dunja vor dem Dessousgeschäft stehen. Winne mochte keine Dessous. »Mir ist ein olles Nachthemd lieber«, sagte er einmal, als Dunja ihm einen weißen Netztanga vorführte, den sie von Saphie zum Geburtstag bekommen hatte. Dunja geht hinein und sieht den spitzenbesetzten BH, den Saphie unter der Bluse trägt. Im Kabinenlicht findet sie sich schön. Ihre Haut ist hellbraun und nicht winterweiß wie im Hotelzimmerspiegel. Der BH spannt zwei filigrane Bänder zwischen ihren Brüsten über Kreuz nach links und rechts. Dunja sucht nach einem Blick, der zu ihrem neuen Ausschnitt passen könnte. Bisher hielt sie ihr Dekolleté für wertlos. Im Gegensatz zu Saphie war ihr selten ein Blick auf ihre kleinen Brüste aufgefallen, wenn sie mit jemandem sprach. Auch Jorge sah ihr nur in die Augen. Ihr gefällt die Frau, die er in ihr zu sehen scheint. Sie will versuchen, diese Frau zu sein. Sie kauft den BH in Blau. Rot gehört zu Saphie, Blau zu Dunja. So war es immer. »Mit diesem BH kaufen Sie alle Ihre Oberteile, die Sie zu Hause haben, noch mal ganz neu. Sie werden sehen.«

Dunja überlegt, wie Saphie heute Morgen auf diesen Standardsatz reagiert haben könnte. »Ich kauf ihn ja auch nur, weil ich kein Geld für neue Oberteile hab.«

Die Verkäuferin lacht. »Ja, so was Ähnliches hat vorhin schon eine Kundin gesagt. Die hatte keine Zeit, sich neue Oberteile zu kaufen.«

Saphie hat sich lange nicht mehr wie eine Zwillingsschwester gefühlt. Jetzt ist sie mit Saphie auf einer ungewohnt neuen Herzhöhe verbunden.

Von Weitem sieht sie den Redakteur und den Kameramann Stative ins Haus tragen.

Sie geht von hinten durch den Wirtschaftseingang und schafft es, den beiden nicht im Foyer zu begegnen. In ihrem Zimmer probiert Dunja ihre alten Oberteile an, mit dem neuen BH auf winterweißer Haut. Endlich findet sie eins, unter dem die Spitze hervorblitzt. Es ist kindisch, sich darüber zu freuen, denkt sie, als sie die Treppe runterläuft. Ein Gast im Jogginganzug stellt sich Dunja in den Weg und fragt nach einem Ladekabel. Dunja geht ins Büro, sucht nach der Kabelkiste und sieht durchs Bürofenster, dass Saphie mit den Männern auf der windigen Terrasse in der Sonne sitzt. Etwas ist seltsam an Saphie. Sie bewegt sich nicht. Normalerweise bewegt sie sich immer. Sie redet, gestikuliert, trinkt Wein, springt ständig auf, um etwas zu holen. Nie sitzt sie nur da. Ihr Gesicht ist weiß, sie lässt die Strähnen in ihre Stirn flattern, ohne sie hinter die Ohren zu klemmen. Als Dunja auf die Terrasse kommt, wirft Saphie ihr einen giftigen Blick zu.

»Is was passiert?«

Saphie sitzt wie unter einer Glocke. Die Männer trinken Bier und bemerken davon nichts. Der Redakteur umarmt Dunja und freut sich ehrlich. »Hier, für dich.« Die Pralinen in der Holzkiste wirken zu teuer für eine kleine Aufmerksamkeit.

»Oh, habt ihr einen Schatz gefunden auf eurer langweiligen Handelsstraße?«

»Nein, mit dem antiken Kram sind wir längst fertig.« Er zögert. »Die jüngere Geschichte gibt ja auch einiges her.«

Dunja versteht nicht. »Was soll denn hier schon die jüngere Geschichte hergeben?«

»Na, da ist ja noch dieser Tunnel«, sagt er langsam und sieht auf den Boden, als müsste er sich konzentrieren, »und da haben wir festgestellt, der war doch nicht so schlecht geplant. Ziemlich stabiler Türstocktunnel zum Durchkriechen. Wirklich interessant.«

Dunja spürt, wie in ihrem Hals irgendetwas anschwillt und ihr Blut in den Ohren rauscht. Sie sieht zu Saphie, die ihre Augenbrauen zusammengezogen hat und auf Dunjas Ausschnitt starrt. »Hast du meinen BH an?« Saphie sieht in ihren eigenen Ausschnitt, schüttelt abwesend den Kopf. »Nee. Hab ich ja selber an.« Saphie steht auf, geht an Dunja vorbei und wirft ihr einen Blick zu, in dem ein Misstrauen liegt, als würde sie ihre Verwandtschaft infrage stellen. Sie sieht sich in Saphies Blick, so wie sie einmal war und nicht mehr sein will. Saphie, die sonst immer einen Plan hat, ist zum ersten Mal so planlos wie Dunja sonst. Sie geht ins Haus und lässt Dunja mit den Männern allein. »Was hat sie denn?«

»Ich hab ihren BH an.«

Beide Männer sehen auf Dunjas Dekolleté. Als sie nach Saphies Weinglas greift, schreckt der Kameramann zurück und hebt die Hände. Dunja trinkt das Glas in einem Zug leer und setzt sich. Der Kameramann lässt die Hände sinken. »Puh, dachte, du lässt das wieder fallen.« Dunja stützt die Ellenbogen auf den Tisch, beugt sich vor; der Redakteur soll tief in ihren Ausschnitt sehen können. »Ihr wollt vom Tunnel jetzt also auch solche Luftaufnahmen machen wie von eurer Handelsstraße und dann Ausgrabungen machen und die Tunnelbauweise analysieren? Versteh ich das richtig? Oder wie habt ihr euch das vorgestellt.«

Der Redakteur lehnt sich zurück, lächelt und nimmt einen Schluck Bier. »Nein, so haben wir uns das nicht vorgestellt. Wir sind eher an lebenden Menschen interessiert. Das Interview mit dem Tunnelbauer haben wir schon. Jetzt wollen wir sehen, ob sich weitere Zeugen …«

Dunja schüttelt den Kopf. »Welches Interview mit welchem Tunnelbauer?«

»Na, Bernd Brachet.« Er sieht den Kameramann an. Der nickt unsicher.

»Wie habt ihr den gefunden?«, fragt Dunja fast angeekelt.

Er zuckt mit den Schultern. »Hat sich selbst gemeldet!«

In Dunjas Kopf überschlagen sich die Gedanken. Sie sieht Brachet vor sich, wie er damals in ihrer Küche saß, und plötzlich weiß sie, was sie schon seit vielen Jahren hätte wissen müssen. »Was hat er gesagt?«, fragt sie fast flüsternd. Der Redakteur beugt sich zu ihr. »Dass er der Vater eurer jüngeren Schwester ist.«

Dunja wird heiß und kalt.

»Sag bloß, du hast das auch nicht gewusst. Das tut mir leid«, sagt er in einer Art, die Dunja höhnisch vorkommt.

Sie reibt ihr Gesicht mit beiden Händen. »Doch! Natürlich hab ich das gewusst.«

»Deine Schwester wirkte ziemlich überrascht.«

Dunja sieht dem Redakteur in die Augen, und endlich kocht die Wut in ihr hoch. »Ich möchte mal wissen, wie überrascht du wärst, wenn jemand vorbeikommt, um deine intimsten Familiengeheimnisse im Fernsehen breitzutreten! Ekelst du dich denn nicht vor dir selbst?«

Er greift nach Dunjas Hand, erwischt nur noch ihre Fingerspitzen. »Fass mich nicht an!«

»Dunja, ich möchte, dass ihr mitmacht«, sagt er, als wäre es eine gute Nachricht. »Du und Saphie. Ihr seid tolle Frauen, ihr solltet eure Geschichte selber erzählen. Ihr habt die Gelegenheit, Haltung zu zeigen und offen mit der Vergangenheit umzugehen, euch zu zeigen, wie ihr seid.«

Dunja schüttelt fassungslos den Kopf. »Du bist so ein Idiot. Warum hab ich das nicht gleich gemerkt?«

Der Redakteur lehnt sich zurück und sieht auf seine Füße. »Ich kämpfe nur um meinen Job, Dunja«, sagt er leise und legt die Stirn in Falten wie ein Hund. Der Kameramann sieht bedrückt zu Dunja, als rechnete er jeden Moment mit Strafe.

Niemand ist tauber als der, der nicht hören will.

In ihrer Küche starrt Saphie auf ihr Telefon. Die Hände in den Hosentaschen, bleibt Dunja in der Tür stehen und wartet auf Saphies Plan. Saphie hat immer einen Plan. Darauf konnte Dunja sich verlassen. Selbst für Dunjas Probleme hatte Saphie einen Plan. Sie liebte es, Probleme zu lösen, aber jetzt sieht sie erschöpft aus. Ihre Lachfalten, die sonst gut in ihr Gesicht passen, wirken wie versehentlich hängen geblieben. »Hättest du nicht mit dem Typ ins Bett gehen können, Dunja, anstatt ihm Sachen zu erzählen, die ihn nichts angehen? Was soll das, warum machst du so was Blödes? Wer weiß, was das fürs Hotel bedeutet, wenn die den Scheiß bringen. Und wenn Lenka damit in Zusammenhang gebracht wird, ist das sicher auch nicht gut für ihre PR.«

Dunja setzt sich an den Tisch und reibt ihre Stirn. »Ich weiß, das war total idiotisch! Tut mir so leid, tut mir leid, tut mir leid. Was machen wir denn jetzt nur?«

Saphie zuckt mit den Schultern. »Ich hab keine Ahnung.«

»Warum hast du denn keine Ahnung, Saphie, wir müssen das doch verhindern, was ist denn mit dir los? Wir müssen doch was machen!«

Saphie schüttelt abwesend den Kopf.

»Saphie, hey, du hast schon größere Probleme gelöst. Du kannst doch jetzt nicht so verzweifeln. Du bist meine furchtlose Schwester.« Saphie schnauft beinahe belustigt.

»Wir können das nicht verhindern.« Dunja steht auf.

»Doch! Verdammt. Klar können wir das! Ich geh zu Jorge und sag ihm, er soll sofort zu seinem Onkel fahren. Der alte Brachet muss das Interview zurücknehmen.«

Saphie sieht nachdenklich aus dem Fenster. »Wir müssen Lenka sagen, dass der Brachet ihr Vater ist.«

»Was? Wieso denn? Bist du verrückt? Wozu sollen wir ihr das sagen? Der ist ein Arsch! Das können wir ihr nicht sagen.«

Saphie sieht auf ihr Handy. »Ich hab sie angerufen. Sie geht nicht ran. Wenn sie zurückruft, sag ich 's ihr.«

Dunja hockt sich vor Saphies Füße und nimmt ihre Hände. »Saphie, mach das nicht. Ich fahr jetzt zu Jorge, ja? Ich bring das in Ordnung. Wenn ich zurückkomme, ist alles gut, okay? Du bleibst hier und machst gar nichts, verstanden?« Dunja nimmt den Autoschlüssel aus Saphies Handtasche und bleibt in der Tür stehen. »Kannst du nicht ach na ja sagen, wie sonst auch immer?«

Aber Saphie reagiert nicht.

Erst als Dunja im Auto sitzt, fällt ihr ein, dass sie gar nicht weiß, wo Jorge wohnt. Sie war seit Jahren nicht mehr auf dem alten Kurgelände am Wasserturm. Die Straße schlängelt sich den Berg hinauf zum Turm, vorbei an der winzigen katholischen Kirche mit dem schrägen Dach, das bis zum Boden reicht, als hätte jemand »Sitzt« gesagt. Seitdem hockt sie brav in der Landschaft und wartet auf ihre Erlösung.

Feldsteinmauern halten den Wald davon ab, auf die Straße zu wachsen, und die Straße davon, in den Wald zu führen. Saphie mochte den Nadelwald nie. Sie wollte nur zum See. Selbst im Winter. Dunja war gern im Wald und liebte die dunklen Tannen, Fichten, Douglasien und Kiefern. Sie liebte den Geruch von Harz und Erde. Die rauschenden Bäume haben sie beschützt. Aber jetzt ist der

Wald bedrohlich. Sie würde nicht so nah an ihm wohnen wollen, denkt sie.

Der große Parkplatz scheint für Touristen angelegt. Es gibt eine Erklärungstafel mit einem Grundriss des Kurgeländes und alten Schwarzweißfotos. Frauen in weißen Kleidern sitzen in einem Saal mit Kronleuchtern. Kranke liegen in nebeneinandergestellten Betten in der Sonne. Einige lachen und winken in die Kamera, andere schlafen mit offenen Mündern wie Tote.

Auf dem Gelände ist niemand zu sehen. Dunja geht Richtung Wasserturm, obwohl sie sicher ist, Jorge muss in einem der langen, flachen Häuser wohnen, die das Kurhaus umgeben. Sie könnte nach der Tischlerei suchen oder nach seinem Auto. Verschlossene Türen gibt's hier nicht. Das weiß sie von Jorge. Sie könnte direkt in die Schlafzimmer hineinspazieren. Nur das Büro und der Bioladen sind abgeschlossen. Jeder Bewohner hat einen Ladenschlüssel und kann sich für eine monatliche Pauschalsumme endlos bedienen. Dunja wagt es nicht, in eins der Häuser hineinzugehen, um einen Menschen aufzustöbern.

Auf dem Turm ist eine Funkantenne. So historisch wertvoll, wie Gilbhart auf der Hotelwebsite behauptet hat, kann der offenbar doch nicht sein, denkt Dunja.

Hinter dem Turm gräbt jemand ein Beet um. So hat sie sich die Menschen hier oben vorgestellt. Schulterlanges graues Haar, dunkelrotes Leinenhemd, beige Leinenhose, Ledersandalen. Ganz anders als Jorge, den sie nur in Jeans kennt und sich in keiner Leinenhose vorstellen kann. Der Mann nutzt Dunjas Frage für eine Verschnaufpause, stützt sich auf seinen Spaten und betrachtet sie mit schiefem Kopf. »Ist heut früh weg. Was ausliefern. Kommt bestimmt bald wieder. Kannst in seiner Werkstatt warten oder im Café. Wie du willst.«

Das Café im gläsernen Pavillon ist leer. Man bedient sich selbst und wirft das Geld in den verschlossenen Kasten, wie auf einem Zettel erklärt wird. Unschlüssig setzt sie sich auf einen Gartenstuhl. Die Bäume werfen lange Schatten. Ihre Beine auf dem rohen Holzboden auch. Alles liegt so idyllisch da, als gäbe es keine Probleme. Die Stadt sah nie aus, als gäbe es keine Probleme. Die Stadt hat Dunjas Probleme immer verstanden. Es ärgert sie, dass der Himmel zwischen den Baumstämmen orangerot leuchtet, und sie steht wieder auf, lehnt sich in die Tür, um die Zufahrt im Blick zu behalten.

Es ist seltsam, dass sie mit Saphie nie über die Tunnelgeschichte gesprochen hat. Winne hat sie davon erzählt, und der hatte gelacht, weil er die Idee witzig fand, Dunjas zerbrechlichem Vater einen unmöglichen Tunnelbau unterzujubeln. Brachet hielt er für einen Trottel. Und im Dorf war die Sache klar: Bernd Brachet wollte den Glasbläser loswerden, weil er in dessen Frau verschossen war. Dafür hatte er gesessen. Mehr gab es nicht zu sagen. Selbst Dunja, die Geheimnisse nie dulden wollte, hatte das für ausreichend gehalten. Dass Brachet der Mutter ein Kind gemacht hatte, darauf hätte sie kommen können. Lenka sieht ihm ähnlich mit ihren schwarzen Augenbrauen, der dunklen Haut und dem großen Mund. Ganz anders als Saphie und Dunja.

Nach seiner Entlassung aus der Untersuchungshaft fing der Vater an, sich langsam zu verändern. Er bekam diesen verzagten Blick und wirkte irgendwie gescheitert. Brachet dagegen hatte sich nicht unterkriegen lassen. Seine Firma lief gut, wie man hörte, während die Glasbläserei des Vaters nach der Wende bald einging. Die Brachets gehörten seit vielen Generationen ins Dorf. Länger als die Lenzing-Glasbläser. Solche Unterschiede machten sich nur in Notfällen bemerkbar. Solange Frieden im Ort herrschte, half man einander, betrank sich gemeinsam beim Dorffest und verzieh jedem seine Eigenheiten. Aber wenn ein Streit ausbrach, dann gab es doch Unterschiede zwischen den alten Familien und jenen, von denen man noch wusste, sie waren einmal woanders hergekommen. Eine Frau aus einem Nachbarort zu heiraten billigte man beinahe schwerer als eine, die von einem anderen Kontinent kam. Und eine Frau aus einem Nachbardorf, die bulgarische Vorfahren hatte, weckte größtmöglichen Argwohn. Brigäne war ihren bulgarischen Großeltern nur als Kind begegnet und konnte mit dieser Herkunft nichts anfangen. Die Frauen im Dorf wollten aber genau durchschaut haben, was von der Konstellation zu halten war. Brigäne wurde hinter ihrem Rücken »die Bulgarin« genannt, obwohl sie nie dort gewesen war und nicht mal die Sprache verstand. Der arme Lenzing wäre viel zu naiv und verblendet, um zu erkennen, wie die Bulgarin seine Gutmütigkeit ausnutzte, um sich im Dorf einzunisten, sagte man. Brigäne verdiente mehr Geld als ihr Mann, das wusste man zwar, aber das tat nichts zur Sache.

Über der Familie lag die Gewissheit: Bei einer Hungersnot würde man die letzten Kartoffeln den Brachets geben und nicht den Lenzings. Darüber hatte die Mutter mit der Großmutter in der Küche geredet und sich mit Bitterkeit lustig gemacht über die Beschränktheit der Melkerinnen, Traktoristinnen, Feldarbeiterinnen, Maschinenschlosserinnen, Sekretärinnen, Glasmalerinnen und all der anderen Frauen im Dorf, denen es wichtig war, jede andere in eine der wenigen Schubladen zu schieben.

Dunja sieht auf dem Handy nach der Uhrzeit. Es wird dunkel. Im Dunkeln will sie hier nicht länger warten, dabei hat sie sich nie vor Dunkelheit gefürchtet. Sie konnte Saphie nachts durch den Wald führen, indem sie ihre Schuhe auszog und barfuß den Weg ertastete, während Saphie sich entsetzlich gruselte. Dunja konnte in den Keller gehen, um Marmelade zu holen, ohne das Licht anzuschalten. Sie dachte, mit ihr würde etwas nicht stimmen, da sie die Dunkelheit mochte. Es war nicht normal. Brigäne meinte stolz, Dunja habe ein mutiges Wesen, das habe sie ja schon gewusst, als Dunja noch gar nicht sprechen konnte. Aber Dunja fühlte sich nachts im Wald nicht mutig. Sie hatte nur keine Ahnung, wovor sie sich fürchten sollte. Aber jetzt fürchtet sie sich plötzlich doch. Vielleicht ist sie jetzt normal geworden, denkt Dunja. Sie könnte Saphie anrufen und nach Jorges Handynummer fragen, aber in dem Moment sieht sie sein Auto hinter den Bäumen die Straße rauffahren. *Tischlerei Brachet* in Gelb auf Blau. Er fährt am Parkplatz vorbei den Weg weiter, und als Dunja ihm entgegengeht, öffnet er die Beifahrertür, nimmt sein Handy vom Sitz, damit Dunja einsteigen kann. »Saphie hat dich angerufen, oder?«

»Schön, dass du mich mal besuchst.« Jorge lacht. »Mich hat niemand angerufen. Aber ich nehme an, du bist wegen der Reportage über meinen Onkel hier.« Jorge fährt über einen holperigen Kopfsteinpflasterweg und parkt vor einer Werkstatt. »Hilfst du mir, die Sachen auszuräumen?«

Dunja folgt ihm zum Kofferraum und trägt Eimer und Werkzeug hinter ihm her. »Seit wann wusstest du denn davon?«

»Bernd hat vor ein paar Wochen angerufen und gefragt, was ich davon halte. Ich hab ihm geraten, erst mal mit euch zu reden. Aber das hat er sich nicht getraut, und ich wollte mich nicht weiter einmischen.«

In der Werkstatt bleibt Dunja stehen. »Vor ein paar Wochen? Aber … aber …«, sie schüttelt den Kopf, als wollte sie die verwirrten Gedanken zurechtrücken. »Aber er macht alles kaputt, Jorge, ist dir das nicht klar?«

Jorge stellt einen Werkzeugkoffer auf den Tisch und nimmt Dunjas Schultern. »Was macht er denn kaputt, Dunja? Eure Heimlichtuerei?« Dunja spürt ihren Hals anschwellen. »Unsere Heimlichtuerei? Spinnst du? Dein Onkel hat unsere Familie kaputt gemacht, und jetzt macht er sie noch mal kaputt! Ich will meiner kleinen Schwester nicht sagen müssen, dass ihr Vater nicht ihr Vater ist, sondern der, der ihren Vater ins Gefängnis gebracht hat!«

Jorge schließt kurz die Augen, legt die Hände auf ihre Schultern und holt tief Luft. »Ich mach erst mal Tee. Du weißt doch gar nichts über Bernd. Lass uns in Ruhe reden.«

Dunja wirft seine Hände von ihren Schultern. »Ich will nichts über den wissen! Ich will einfach verhindern, dass jemand meiner kleinen Schwester schadet.« Dann dreht sie sich um und will gehen.

»Dunja, das ganze Dorf weiß, dass Bernd ihr Vater ist. Nur ihr wolltet das nie wissen. Du wirst dir leider anhören müssen, was mein Onkel zu sagen hat.« Dunja bleibt stehen, als würde sie ihren Beinen, die rausrennen wollen, einen Klotz vor die Füße werfen. Jorge legt eine Hand auf ihren Rücken. »Weiß ich ja, dass das im Moment zu viel für euch ist, aber es bringt doch nichts, da den Deckel draufzuhalten.«

Dunja weiß, was Saphie jetzt tun würde. Sie würde sich von ihrem Plan nicht abbringen lassen, sie würde sich durchsetzen, nicht zweifeln. Saphie würde gehen, die Fernsehleute aus dem Haus schmeißen, mit Klagen drohen und zum alten Brachet fahren, wenn Jorge für die Aufgabe nicht zu gebrauchen war. Warum tut Saphie es nicht? Warum kämpft Dunja jetzt mit Saphies Methoden?

Dunja ist nicht die Frau, die sie heute früh noch sein wollte, sondern sieht sich wie ein bockiges Kind in der

Werkstatt stehen und mit zusammengezogenen Augenbrauen auf ihre Füße starren. »Ich muss erst mal ich selbst werden.« Mit zackigen Schritten geht sie durch die Dunkelheit Richtung Parkplatz. Links der Wald, rechts die flachen Häuser mit Lampen über den Türen. Nicht von den Häusern fühlt sie sich beobachtet, sondern vom Wald. So war das nie.

»Der Wald ist euer Freund«, hatte der Bernd Brachet einmal zu den Mädchen gesagt, als er noch mit dem Vater befreundet gewesen war. Als sie die Straße hinunterfährt, denkt sie daran. Sie biegt in einen Waldweg und hält an. Ein Polter aus Tannenstämmen ragt neben ihr auf. Als Kind hatte sie sich oft vorgestellt, wie die Stämme ins Rollen kämen und ihr die Beine brechen würden, wenn sie darauf herumklettern würde. Vielleicht ist es auch Bernd Brachet gewesen, der ihr dieses Bild in den Kopf gepflanzt hat. Sie steigt aus und betritt den weichen Boden. Der süße Holzgeruch und das Rauschen der Tannen waren wichtige Freunde, die sie in der Stadt vergessen hat. Sie tappt vorsichtig hinein in die Dunkelheit, und ein Heulen stürzt aus ihrem Brustkorb, der auf und ab springt. Der Wald beherbergt Dunjas Gefühlsausbruch wie seine eigenen Quellen und Sümpfe. Heul, so laut du willst, sagt der Wald und rauscht weiter. Dunja fürchtet sich nicht mehr. Sie stapft den Weg entlang mit schweren Füßen, will nicht stehen bleiben in ihrem Elend, sondern das Elend auf dem Waldweg verteilen, es zerstreuen, in seiner Geballtheit schwächen und versuchen, ihre Probleme zu sortieren. Die Probleme heißen diesmal Saphie und Lenka. Nicht mehr Jules, Augusta und Winne, wie sonst immer.

Es gäbe nur drei Reaktionen auf einen Notfall, hat Saphie mal erklärt. Kampf, Flucht oder Totstellen. Das hatte sie von ihrer Therapeutin. Dunja will sich nicht mehr tot stellen. Sie streckt ihren Rücken Richtung Wipfel, die sich vorm Himmel abzeichnen, und ihre Probleme werden kleiner, während Dunja größer wird. Nur Winne durfte sie kränken, aber der ist jetzt verlassen und tot. Zurück zum Auto schreitet sie und trägt die Nacht wie einen schwarzen Mantel.

Es ist spät, als sie zurückkommt, und sie bleibt für einen Moment auf dem Parkplatz stehen, sieht rüber zum Ufo und überlegt, wie die Reichen mit solchen Schwierigkeiten umgingen. Sicher würde man sich das lächerliche Problem mit Anwälten von der Schulter streifen, wie eine lästige Fliege. Saphie sitzt mit dem Kameramann im Saal am Fenstertisch, sieht lebendiger aus als am Nachmittag und lächelt Dunja kühl an. »Lenka kommt.«

»Hast du 's ihr gesagt?«

Saphie schüttelt den Kopf. »Nein, ich wollte. Aber es ging nicht. Ich glaub, sie ist total fertig. Nimmt zu viele Drogen. Aber sie kommt her. Hat es selbst vorgeschlagen.« Saphie rückt einen Stuhl weiter. »Setz dich hin und hör zu.«

Der Kameramann erzählt, Brachet sei ein vereinsamter Typ und sehr seltsam. »Lebt ein paar Dörfer weiter in 'nem kleinen Häuschen voller selbstgebauter Verrücktheiten mit bunten LEDs und so Zeug. Manuelle Automaten, in denen kleine Hebel durch fallende Kugeln ausgelöst werden, die über Holzrinnen rollen, in Behälter fallen, bis am Ende ein Kaugummi herauskommt, oder irgendein Quatsch. Der ist froh gewesen, über diese Tunnelsache sprechen zu können, hat er noch nie gemacht. Ständig redet er in solchen altertümlichen Weisheiten. Den Tunnel hat er schon mit achtzehn als Grenzsoldat zu planen begonnen. Sollte nur der Vortunnel sein zu einer Zwischenstation in einer weiteren Scheune. Im Nachhinein kommt dem das ganze Projekt jetzt zwar total wahnwitzig vor, zumal das gut zehn Jahre gedauert hätte. Er musste ja endlos Stützpfeiler verbauen, aber der wollte da unten wirklich so ein Ventilationssystem anlegen, wie der Vietcong. Das hätte schon klappen können, meinte er. Hans Lenzing wollte ihm wohl erst bei der Sache helfen. Durch seine Glaskunst hatte der ja Geschäftskontakte im Westen. Die brauchte Bernd Brachet natürlich. Euer Vater hatte auch Ideen, wie Brachet den Sand wegschaffen konnte. Das war das größte Problem. Aber dann hat Hans Lenzing was vom Verhältnis mitgekriegt, das Brachet mit eurer Mutter Brigäne hatte.

Der Lenzing wollte den Brachet am liebsten loswerden. Dass die Brigäne nicht von ihm, sondern vom Brachet schwanger war, muss euer Vater auch gewusst haben. Vielleicht hatte er Angst, eure Mutter könnte dann auch mit in den Tunnel steigen. Von da an wollte Hans Lenzing diesen Tunnelbau stoppen. Brigäne hat dem Brachet gesagt, er soll aufhören zu graben, aber der wollte sich partout nicht davon abbringen lassen. *Hans will dich morgen anzeigen*, hat Brigäne auf einen Zettel geschrieben und in Brachets Werkstatt in der Kaffeedose versteckt. Brachet fand die Info gleich morgens und dachte, okay, dann zeigen wir uns wenigstens gegenseitig an. In seiner Panik ist er gleich zur Polizei. Hans Lenzing hatte sich inzwischen aber wieder beruhigt und Brachet doch nicht angezeigt. Deshalb ist euer Vater zuerst verhaftet worden. War aber nicht zu beweisen, dass der was damit zu tun hatte, und es sah ganz glaubhaft aus, dass der Tischler Brachet den Glasbläser Lenzing in die Pfanne hauen wollte. Also ließ man den Glasbläser frei und holte den Tischler. Brachet gestand und sagte sogar aus, euer Vater hätte nie was gewusst von dem Tunnel. Das sei alles allein sein Plan gewesen, und er habe den Lenzing loswerden wollen, um mit eurer Mutter zu leben. Die Wahrheit war das natürlich auch nicht. Er hat nur im Gefängnis Panik bekommen, dass eure Mutter dann komplett alleine bleibt mit drei Kindern, und da wollte er wenigstens euren Vater entlasten.

So hat Bernd Brachet uns das jedenfalls erzählt. Die Maueröffnung war seine Rettung. Republikfluchtversuche waren kein Verbrechen mehr. Als er zurückkam, hat niemand mehr drüber geredet. Die Leute hatten andere Probleme. War ihm wohl auch ganz recht. Eure Mutter hat er danach ein paarmal getroffen. Aber sie hat nicht gewollt, dass Lenka erfährt, wer ihr Vater ist.

Eure Männer sind nach Brigänes Tod bei Brachet aufgetaucht und haben ihm untersagt, sich an euch zu wenden. Ihr solltet das alles nicht erfahren. Er hat das eingesehen, meinte er. Aber jetzt dachte er sich, na ja, die Männer leben nicht mehr – und wenn er sein Versprechen nicht brechen will, wendet er sich halt nicht direkt an euch, sondern stattdessen an den Sender.« Der Kameramann zieht die Schultern hoch und zeigt seine leeren Handflächen.

»Wie, Brachet hat sich an den Sender gewandt?« Dunja zieht die Stirn nach unten.

Der Kameramann nickt. »Ja, schon im Januar. Da muss er erfahren haben, was mit euren Männern …«

»Also hattet ihr nie vor, über die blöde Handelsstraße zu berichten, sondern seid von Anfang an hergekommen, um uns auszuhorchen? Und dass unsere Männer tot sind, habt ihr auch vorher gewusst?«

Der Kameramann sagt, er habe davon nichts gewusst. Der Redakteur habe den Fluchttunnel-Beitrag nebenher auf eigene Faust machen wollen, um sich beim Sender zu profilieren. Dunja streckt den Rücken gerade, sieht Saphie an und sagt: »Komm, wir drehen ihm den Hals um.«

»Hab ihn schon rausgeschmissen«, sagt Saphie beiläufig.

Der Kameramann steht auf, nimmt seinen Rucksack. »Habt ihr was anderes gefunden?«, fragt Saphie.

Sie würden in der Pension Julmond am anderen Ende des Ortes übernachten, antwortet er, bleibt noch einen Moment stehen, mit dem Rucksack schief auf einer Schulter, geht ein paar Schritte rückwärts und winkt dann geknickt. Während er den Saal verlässt, sieht Saphie ihm hinterher und würde ihn vielleicht gerne zurückrufen, denkt Dunja.

Als er weg ist, sagt Dunja: »Wenn Lenka jetzt schlecht drauf ist, können wir sie nicht so aus der Bahn werfen.« Saphie zupft vertrocknete Blätter aus dem Blumengesteck. »Quatsch. Besser, als wenn sie 's aus dem Fernsehen erfährt. Ist doch prima. Hat sie wieder 'nen Vater. Wir haben keinen mehr. Hat sie nicht mehr zwei Elternteile, die ihr ihren Krebs vererbt haben könnten, sondern nur noch einen. Lauter Vorteile.« Dunja merkt, dass Saphie gar nicht mehr über Lenka nachdenkt, sondern innerlich mit sich selbst zu diskutieren scheint, während Dunja von ihrem Besuch bei Jorge erzählt.

»Hmm«, sagt Saphie abwesend.

»Saphie! Du hörst mir nicht zu!«

Ihre Schwester schüttelt den Kopf. »Doch, ich hör dir zu. Jorge war zu feige. Hab ich schon kapiert.«

»Würdest du mir gnädigerweise mitteilen, was in deinem Kopf vorgeht, Saphie? Das wäre sehr nett, dann würde ich mich vielleicht weniger beschissen fühlen!«

»Wirst es nicht hören wollen«, sagt Saphie. »Ich überlege nämlich, mich interviewen zu lassen.«

Dunja reibt sich die Stirn. »Mann, sind denn alle komplett durchgeknallt? Ich komm nicht hinterher. Ich muss ins Bett.« Sie steht auf, bleibt an der Tür noch mal stehen und dreht sich um. »Du willst mit diesem Tunnel dein Hotel vermarkten, oder?«

Saphie hält den Kopf schief. »Mein Hotel? Dunja, wir leben beide davon! Du bist im Moment auch darauf angewiesen, dass es läuft, oder?«

Dunja schleudert entnervt einen Arm hoch. »Ja! Verkauf doch deine Seele, Saphie. Verkauf deinen Verstand, verkauf doch dein Leben, wenn du nichts Besseres damit anzufangen weißt! Ich schlag vor, du holst dir Eimer und Schippe und fängst gleich mal an, diesen Tunnel weiterzugraben, damit die Touristen auch was zu gucken haben.«

Dunja will diesen ins Rollen geratenen Steinschlag aufhalten, aber sogar Saphie ist jetzt zu einem Stein geworden, den Dunja stoppen muss.

In ihrem Zimmer macht sie das Licht nicht an, öffnet nur das Fenster und sieht in die Dunkelheit. Nino kommt aus dem Wirtschaftseingang und geht über den Hof. Er wäre bestimmt auf ihrer Seite. »Gutnaaacht! Lass dich nicht widerrechtlich abschleppen!«, ruft sie ihm zu. Sein Lachen tut gut. Er winkt mit beiden Armen: »Du auch nicht, bis morgen«, und geht ein Stück rückwärts, bis er von der Laterne beleuchtet wird.

Sie liegt lange wach im Bett, und als ihr die Augen zufallen, sitzt Jorge neben ihr im Auto. Sie geraten auf einen riesigen Highway mit Palmen in der Ferne. »Du musst die nächste Ausfahrt nehmen«, sagt Jorge. Aber es sind sechs Spuren zwischen Auto und Ausfahrt. Dunja sieht nur rasende LKWs und wird panisch. »Das geht nicht!«, schreit sie in den Lärm.

»Doch, das geht«, sagt Jorge gelassen. Dunja zieht rüber und bekommt die Ausfahrt. Die Straße führt direkt in ihren Nadelwald.

Blick erst auf dich, dann richte mich.

Dunja wühlt am Morgen in ihren dunkelblauen, dunkelgrünen, braunen und schwarzen Klamotten. Sie sucht nach etwas Rotem oder Gemustertem oder Geblümtem. Nach etwas mit tiefem Ausschnitt. Und vielleicht sollte sie an der Rezeption Feinstrumpfhosen tragen? Sie findet eine weiße Seidenbluse mit roten Schwalben, die Saphie ihr mal geschenkt hat, und einen engen schwarzglänzenden Rock, der zum Fahrradfahren immer zu kurz gewesen war. Sie braucht dringend neue Schuhe.

»Tut mir leid, dass ich mir deinen BH gekauft habe«, sagt sie, als sie Saphie beim Mitarbeiterfrühstück trifft. Saphie ist ungeschminkt, geht an Dunja vorbei zum Buffet und winkt ab. »Kannst meinen roten auch haben«, sagt sie und schaufelt sich Obstsalat über ihren Joghurt. »Ich mag ihn nicht. Ich sehe aus wie Mama. So hart und frustriert. Schrecklich. Bei dir geht das. Du hast viel weichere Gesichtszüge.«

Am Tisch flüstert Saphie: »Stell dir das mal vor, alle wussten Bescheid, nur wir nicht. Sogar Winne und Gilbhart. Das macht mich total fertig! Warum haben wir denn nur nie darüber geredet?«

Dunja zuckt mit den Schultern. »Weiß nicht. War vielleicht besser so.« Saphie hört auf zu kauen. »Was ist denn plötzlich los mit dir, Dunja? Du musstest doch immer alles auf den Tisch packen. Du musstest doch jedes Mal die Wahrheit sagen, wenn wir als Kinder was geklaut hatten. Musstest ständig die wunden Stellen ansprechen und sogar mit deinen Kindern alle Probleme dreimal umdrehen. Du hast mich doch beschimpft, dass ich den Fernsehleuten nichts von Gilbhart gesagt habe. Ich hab dich manchmal echt bewundert, Dunja. Ich konnte mit Gilbharts Sucht nicht offen umgehen und hab mich deinetwegen sogar überwunden, zu dieser bescheuerten Therapie zu gehen, weil ich nicht wie du ständig in meinen Gefühlen herumwühlen oder mich mit meinen Kindheitsprägungen beschäftigen kann.« Saphie betont Gefühle und Kindheitsprägungen wie alberne Allüren. Sorgfältig schiebt sie die Joghurtreste in ihrer Schüssel zusammen. »Ich kapiere nicht, wieso du plötzlich eine kaputte Fassade für Lenka aufrechterhalten willst. So kenn ich dich überhaupt nicht!«

Dunja betrachtet ihr Marmeladenbrötchen, als würde damit jeden Moment etwas Ungewöhnliches passieren. Dann sieht sie Saphie an. »Ich mag unsere Fassade eben. Können wir die nicht einfach so lassen?«

Saphie lässt ihren Löffel in die Schale fallen. »Wie stellst du dir das denn vor, Dunja? Wir werden Lenka doch nicht anlügen.« Während sie schweigen, beobachtet Dunja weiter ihr Brötchen. Mit ihrem Schweigen gibt sie Saphie recht, wenn sie jetzt nicht bald etwas sagt. Oft genug war es andersrum, und Dunja redete auf Saphie ein, erklärte ihr, warum sie an der Beziehung mit Gilbhart arbeiten müsse, anstatt sich ständig mit Arbeit abzulenken. Dann schwieg Saphie und starrte in den Teppich und wusste, Dunja hatte recht.

Jetzt fängt Saphie Dunjas Blick ein. »Seit wann fürchtest du dich denn vor Veränderungen? Im Gegensatz zu mir hast du nie davon geredet, dich von Winne zu trennen. Dann hast du es gemacht, und ich hab immer nur davon geredet. Gemacht hätte ich es wahrscheinlich nie.«

Der Gedanke an Winne ist unerträglich. Plötzlich begreift Dunja, dass niemand sie dazu zwingen kann, an Winne zu denken. Sie kann es einfach lassen. Sie kann ihn verdrängen, so wie Saphie Gilbhart verdrängt, seit er tot ist. Es ist ihre Entscheidung. Vielleicht ist sie überhaupt nur hergekommen, um Verdrängen zu lernen. Vielleicht wendet sie die neue Methode längst an.

»Ich will nichts mehr kaputt machen«, sagt Dunja. »Ich will, dass mal was ganz bleibt. Ich dachte, ich könnte nie so souverän sein wie du. Vielleicht hab ich 's ja jetzt von dir gelernt.« Saphie zieht die Augenbrauen zusammen, als bräuchte sie eine Brille, und sieht Dunja von oben bis unten an. »Warum siehst du überhaupt so elegant aus? Kriegen wir wichtigen Besuch?«

Dunja sieht an sich hinunter, sucht nach einer Erklärung und tut, als müsste sie selbst nachsehen, was sie da eben noch so akribisch ausgewählt hat.

Synchron stehen die Schwestern auf, räumen ihre Teller ab, als sie hören, wie eine anreisende Familie ins Foyer poltert.

Saphie zeigt im Gehen auf Dunjas Füße. »Deine Schuhe passen nicht dazu. Kannst dir von mir welche nehmen. Ich hab sowieso keine Lust mehr auf hohe Absätze.«

Die Familie fragt nach einem Strohpüppchen, das man letztes Jahr hier vergessen habe. Dunja kniet sich vor den Büroschrank, zieht eine vergilbte Pappkiste heraus, dahinter noch eine, in der sich das furchtbar hässliche Ding anfindet. Ein Kleinkind strahlt, greift mit beiden Händen danach, und für einen Sekundenbruchteil erkennt Dunja in seinen Pupillen, wie riesengroß und schön dem Kind die kleine, hässliche Puppe erscheint.

Als die Familie im Fahrstuhl verstaut ist, sitzt Saphie im Büro vor der vergilbten Kiste, die Dunja auf dem Schreibtisch abgestellt hat. *Technische Glaswerke Ilmenau.* Saphie hat einen alten Brief herausgezogen, öffnet den Umschlag und fängt an zu lesen.

»Was hast du denn hier für altes Zeug drin?«, fragt Dunja, sieht in die Kiste und nimmt einen bräunlichen Zeitungsausschnitt heraus mit einem Foto des Vaters. *Die Heimarbeiter des VEB Glasschmuck erhalten unser altes Handwerk.*

»Briefe, Fotos, Papierkram«, sagt Saphie, »weiß nicht genau.«

Die Familie quillt schon wieder aus dem Fahrstuhl. »Wo kriegen wir denn jetzt ein zweites Frühstück her, Frau Chefin?«

Dunja spürt, dass der enge Rock von ihr erwartet, den Bauch einzuziehen. Die Bluse streckt ihren Rücken, und ihre Schultern legen sich zurück. Sie empfiehlt den Zwiebelkuchen beim Bäcker Hagedorn und würde jetzt gerne selbst über den Markt spazieren, um allen ihre neue Haltung zu zeigen und vor der Pension Julmond den Redakteur zusammenzustauchen, bis er aufgibt. Als die Familie weg ist, fällt Dunjas Blick auf eine Tüte, die jemand auf dem Kofferpodest vergessen hat. Saphie kommt aus dem Büro und schiebt sich die Lesebrille auf den Kopf.

Dunja hält die Tüte hoch, und Saphie schiebt ihre Lesebrille wieder runter. »Ach du Kacke! Nein! Das ist sie nicht!« Augusta ist zu einer Cyberfigur mutiert, mit stechendem Vampirblick in wollüstiger Pose mit zusammengepressten Brüsten wie aus Plastik und langen metallenen Krallen, die aus dem Bild herauszuragen scheinen. *Hier tobt der Wahnsinn*, steht zwischen ihren Beinen. Dunja will die Tüte angeekelt zurücklegen, aber Saphie nimmt sie ihr weg, »Hey! Das ist deine Tochter!«

»Nein, das ist nicht meine Tochter.«

Saphie hält die Tüte andächtig hoch. »Wir brauchen auf

jeden Fall eine davon. Die rahmen wir ein und hängen sie hier im Foyer auf.«

»Du spinnst doch.« Dunja findet in ihrer zur Unkenntlichkeit verarbeiteten Tochter den wilden Blick wieder, den Augusta haben konnte, wenn sie voller Zorn war. Saphie lacht. »Das zeigen wir diesem Redakteur. Wenn sein Beitrag schlecht wird, dann holst du deine Killertochter mit dem tödlichen Laserblick!«

Dunja muss auch lachen und versucht noch mal, Saphie die Tüte wegzureißen. »Mann, was haben die bloß mit meinem Kind gemacht? Das ist ja ekelhaft.« Sie schnappt sich die Tüte, und der Inhalt fällt raus. Während sie zusammen auf dem Boden hocken, Batterien und Kabel einsammeln, geht die Eingangstür auf. »Scheiße …« Saphie kriecht hinter das Podest und sieht um die Ecke. Dann quietscht sie laut auf, lässt die Tüte wieder fallen. Im Foyer steht Lenka, die links und rechts Taschen fallen lässt.

Lenka ist müde, wie immer, wenn sie im Hotel ankommt. Sie wird wieder bis zum Abend schlafen. Einmal hatte sie drei Tage lang geschlafen. Morgens hatte Saphie in der Küche leere Müslischüsseln gefunden und verkündet, Lenka lebe noch. Frühstück mit Lenka hatte es im Hotel kaum gegeben. Jemand muss etwas von Schönheitsschlaf gesagt haben, denn Jules erklärte als Kind den anderen Kindern im Hotel, seine Tante müsse so lange schlafen, weil sie davon so schön würde. Augusta hatte daraufhin morgens nicht mehr aufstehen wollen und war von Jules ausgelacht worden.

Die Kiste mit den alten Briefen ist weg. Einige solcher Kisten standen damals auf dem Dachboden. *Technische Glaswerke Ilmenau.* Dunja wollte gerade darin nach alten Fotos kramen, aber Saphie muss die Kiste mitgenommen haben.

Im Schrank ist sie auch nicht. Dunja überlegt, was sie damit vorhaben könnte. Gegen altes Zeug hat ihre Schwester eine Abneigung. Ratlos hockt Dunja auf dem Boden und kramt stattdessen in der Kiste mit den vergessenen Dingen. Stifte, Kabel, Bücher, Brillen, Nagelscheren, Souvenirs. Alles einmal gekauft, benutzt und vergessen. Vielleicht ist die Kiste mit den Briefen ebenso unwichtig geworden, denkt Dunja. Rudimente aus der Vergangenheit. Wozu sich damit beschäftigen? Darin zu wühlen wäre nur eine Ablenkung von dem, was jetzt wichtig ist. Eine Ablenkung, um nicht darüber nachdenken zu müssen, was sie Jorge schreiben könnte.

Den ganzen Vormittag denkt sie darüber nach und löscht ihre lange erklärende Nachricht. Sie schreibt *Ich wollte nicht so hysterisch werden. Tut mir leid* und löscht wieder. Es tut ihr nicht leid. Und erklären will sie sich auch nicht.

Perfektes Fotowetter. Shooting bei dir um zwei? Auch das löscht sie und schreibt schließlich:

Nun gedenke ich, ob des vortrefflichen Wetters, zu nachmittäglicher Stunde den Raum von drei Meilen zwischen uns zu überwinden, um Euer erlauchtes Bildnis mithilfe neuartigster phototechnischer Apparaturen zum Zwecke der Unsterblichkeit aufzunehmen. Eure edelmütigst Ergebene

Es ist zu albern, denkt sie und will es löschen, aber als eine Gruppe jugendlicher Radsportler mit Trainer im Foyer steht, drückt Dunja auf Senden. Jorges Antwort liest sie erst, als ein Turm aus Sporttaschen in den Fahrstuhl gestopft ist und die Radler leichtfüßig treppauf steigen.

In treugehorsamster Ergebenheit erwarte ich den Reichtum, der mir durch Eure bloße Anwesenheit zugebracht wird, hochedle Dame, zu dero allerhöchsten gnadenreichen Füßen, dero ehrwürdigsten Hulden zu ersterben ich erseufze.

Dunja muss lachen.

Als Nino kommt, erklärt er Dunja, er habe die Stornogebühren für die Stammgäste geändert. Saphie habe ihn gebeten, das selbst zu entscheiden. »Saphie? War sie betrunken? Was hast du mit ihr gemacht? Sie lässt niemanden etwas entscheiden.« Nino zuckt die Schultern.

»War gestern bei Mitarbeiterversammlung. Vielleicht jemand hat was komisch gemacht mit ihr Kaffee?«

Dunja fährt mit dem Rad nicht durchs Dorf, sondern außen herum auf den Sandwegen durch eine Allee geplüschter Kirschbäume, deren rosa Blüten wie Schnee auf den Weg rieseln und auf das brache Feld. Saphie hatte Dunja während der Mitarbeiterversammlung an der Rezeption sitzen lassen und danach nur gesagt, es sei eh nichts Wichtiges besprochen worden.

Am Waldrand biegt sie auf den Weg aus Betonplatten, in denen je vier Eisenhaken versenkt liegen, was Dunja nur weiß, weil die Löcher noch nicht vom Moos verstopft waren, als sie mit ihrem Kinderfahrrad hier entlangfuhr. Als Kind hatte sie ihr Rad den Berg hinauf zum Turm schieben müssen. Jetzt fährt sie im leichten Gang und im Stehen vorbei an dem Polter, an dem sie gestern in den dunklen Wald gefahren war, um zu heulen. Es kommt ihr lange her vor.

In Jorges Werkstatt steht ein Lehrling in Grün mit Schutzbrille an einer lauten Maschine und bemerkt Dunja nicht. Sie sieht einen weiteren Mann mit Jorges Firmenlogo auf dem Kapuzenpulli von hinten an einer Hobelbank arbeiten und geht ein paar Stufen rauf, in die Richtung, in die Jorge am Abend gedeutet hatte, als er ihr Tee machen wollte. In einem Vorraum mit Abreißkalender, der einen afrikanischen Wald aus verkrüppelten Bäumen zeigt, geht sie durch eine hölzerne Tür, die in eine Küche führt. Es riecht nach frischem Kaffee. Das Radio läuft, und in einem Topf am Fenster wächst Basilikum, so groß, wie sie noch keins gesehen hat. Die Kaffeekanne auf dem Herd ist heiß. Dunja sucht nach einer Tasse. Alles wirkt stabil, sogar die Tassen sind groß, schwer und schlicht. Sie setzt sich mit dem Kaffee an den Tisch, neben einen gusseisernen Ofen. In der Küche gibt es nichts Überflüssiges oder Dekoratives. Nichts, was lange nicht benutzt wurde. Ein Brett, ein Messer liegen auf dem Tisch, und selbst die Brotkrümel sehen nicht aus wie achtlos liegen gelassen. Alle Dinge scheinen ihre Bedeutung zu kennen und zu wissen: Sie haben nichts zu befürchten. Sie werden nicht weggeworfen. Solange sie sich reparieren lassen, werden sie genutzt und sorgsam behandelt. Dunja würde auch gerne zu dieser Küche gehören, zu diesen Dingen, und mit dieser Bedeutung verwendet werden.

»Wie hast du es durch die Werkstatt geschafft, ohne den Jungs einen Finger abzunehmen? Wenn hier mal 'ne Frau durchkommt, dann nur in Gummistiefeln.« Er zeigt auf ihre Beine »Mit deinem Rock und den hohen Schuhen reißt du hier das Unfallrisiko in den Orbit.« Dunja winkt ab. »Ich bin Lehrerin. Ich bin es gewohnt, ignoriert zu werden. Da kann ich nackt vor den Schülern stehen.« Jorge gießt Kaffee ein mit derselben Sorgfalt, die man den Dingen ansieht, und setzt sich Dunja gegenüber. Es ist ungewohnt, ihm in die Augen zu sehen. Bis auf gestern Abend waren sie sich bisher beinahe nur in der Öffentlichkeit begegnet und nicht an einem Ort, der ihnen etwas übereinander verraten konnte. »Tut mir leid, dass ich so grob war gestern. Hätte euch davon erzählen sollen. Hatte nicht vor, mich einzumischen. Ich dachte, das wird sich klären, wenn die Trauerzeit rum ist.«

»Was für 'ne Trauerzeit?« Dunja versteht zuerst nicht,

dass er Winne und Gilbhart meint, sondern denkt an ihre Eltern, die damals im Laufe eines Jahres gestorben sind.

»Na, unsere Psychotante meinte, es würde ein Jahr dauern, bis man mit so einem Tod halbwegs klarkommt.« Jorge hat eine unbequeme Haltung eingenommen, sitzt mit geradem Rücken, wie vom Lehrer ermahnt. »Die wohnt hier in der Gemeinschaft.« Jorge kippt den Kopf Richtung Fenster, und Dunja fürchtet, die Frau könnte dahinter hocken und an der Wand horchen. »Hab mal mit ihr geredet, da hat sie von vier Trauerphasen gesprochen und gesagt, wie gut es ist, dass ihr nicht alleine seid, und da dacht ich, in einem Jahr könnte man die Sache mit Bernd und Lenka mal regeln. Aber die Fernsehleute wollten das unbedingt sofort machen, und Bernd wollte auch nicht mehr warten, und na ja, so ist dann alles schiefgegangen.« Jorge nickt bedauernd.

Dunja kippt den Kaffee runter und steht auf. »Wo ist die Kamera?« Er sieht sie verwirrt an, bis er versteht, dass sie das Thema gewechselt hat.

Jorges Kollegen geben Dunja die Hand, und ihr Anblick scheint eine Überlegung in Gang zu setzen. Sie sehen fragend von Dunja zu Jorge, der die Blicke nicht beantworten will, und Dunja merkt, wie verlegen Jorge ist. Er trinkt aus einer herumstehenden Wasserflasche und kneift dabei ein Auge zu. Dunja fotografiert die Köpfe der nebeneinanderhängenden Schraubzwingen. Sie öffnet den Werkzeugschrank. Die Holzkante der Tür unscharf im Vordergrund, fotografiert sie aufgereihte Stechbeitel, Sägen, Zangen, Bohrer. »Die muss ins Bild!« Jorge zeigt auf eine riesige graue Maschine.

»Aber die ist so hässlich!« Dunja verzieht das Gesicht.

»Aber die ist hier nun mal das Wichtigste«, sagt Jorge, als hätte sie sein Kind beleidigt.

»Okay, dann zeig mir, dass du sie liebst. Eine gute Fotografin muss schließlich auch hässliche Sachen fotografieren können.« Dunja fotografiert Jorges Hände auf den Knöpfen der Maschine, seine behaarten Arme, den Rand seines T-Shirts unscharf an der Bildkante. Sie zielt mit dem Objektiv auf den richtigen Bildausschnitt. Als Jorges Arm das Bild im goldenen Schnitt teilt, ein Quadrat links, ein Rechteck rechts, reagiert ihr Zeigefinger reflexartig auf dieses unsichtbare Fadenkreuz. Sie drückt ab und sucht ein neues Bild. Seine Hände, während er über einen Holzbalken streicht und den Staub von der Oberfläche in Dunjas Richtung pustet. Sie hätte gerne Holzstaub auf ihrer Haut, um Jorges Hand darüberstreichen zu lassen. Im Hintergrund verschwimmt der Rest des Raumes, nur die Holzpartikel und Jorges Finger sind scharf zu erkennen. Die gebräunten Farben wirken wie auf einem Renaissancegemälde.

»Stell dich mal da hin. Arme verschränken. Augen zu mir. Mund zu.«

Jorge muss lachen. »Is ja wie beim Militär.«

Dunja fotografiert ihn lachend in der Tür, während der Raum hinter ihm dunkler und sein Gesicht vom diesigen Tageslicht gleichmäßig beleuchtet wird. Er geht ein paar Schritte in den Hof, steht unbeholfen herum, weiß nicht, wohin mit seinen Armen, steckt die Hände in die Taschen, zieht sie wieder heraus, stützt sie in die Hüfte, lässt sie fallen, kräuselt den Mund zusammen, wackelt mit den Augenbrauen. »Jetzt konzentrier dich doch mal!«, sagt Dunja.

In der Küche sehen sie sich später die Bilder auf dem Kameradisplay an. Dunja lehnt an der Tischkante, löscht, was ihr nicht gefällt, und Jorge sieht über ihre Schulter. »Wie findest du das?«, fragt sie und vergrößert den Bildausschnitt, um zu prüfen, ob das Foto scharf ist, bis nur Jorges Bartstoppeln zu sehen sind. Er sieht Dunja an, und sie merkt es.

»Find ich schön«, sagt er.

»Du guckst gar nicht hin.«

»Ich mein ja auch nicht das Bild.«

Die Kamera wird schwer. Jorges Kuss schmeckt salzig, und seine Haut riecht nach Sonne und Harz und nach der Erinnerung an Sex auf einem heißen, staubigen Dachboden, wenn die ölige Luft hineinschwimmt, draußen das Gras zirpt und Holzwürmer am Gebälk nagen. Während des langsamen Kusses fallen ihr die Gerüche der Materialien ein, die im Sommer ihren Zersetzungsprozessen nachgegeben. Morsche Matratzen, schwere Federbetten, alte Auslegeware und Winnes Haut.

»Ich kenne dich«, sagt Jorge und streicht über ihre Wange.

»Ach ja? Aus welchem Holz ich bin denn?« Dunja denkt, er wird Birke sagen.

Er wiegt den Kopf. »Robinie. Kompliziert, aber wertvoll.« Jorges Hand an ihrer Taille fühlt sich an, als würde er nichts fallen lassen, was er einmal festhält. Winnes Hände waren immer nur flüchtig über ihren Körper gestreift. In seinem Leben hatte Winne vieles angefasst und wieder fallen gelassen. Letztlich sich selbst.

»Und du? Eine Ulme? Bodenständig, aber trotzdem vom Aussterben bedroht?«

Jorge schiebt erstaunt die Unterlippe vor. »Kann sein, dass du mich auch kennst.« Vielleicht reicht es ja, denkt Dunja, zu wissen, aus welchem Holz sie sind. Vielleicht sollten sie nicht mehr übereinander wissen.

»Ich würde dem Redakteur eine reinhauen, wenn ich nicht mit Bernd verwandt wäre. Ich schwör's.«

Dunja hatte das Problem fast vergessen. Sie streicht über seinen Arm. »Blöd, dieses Dorfleben«, sagt sie. »Oder? Nie kann man einfach mal jemandem eine reinhauen. Ständig ist man mit irgendwem verwandt. Wäre schöner, wenn du nichts damit zu tun hättest.« Jorge schiebt beiläufig die Brotkrümel zusammen, behält sie im Handteller, setzt sich auf die Kante des schweren Tisches und fragt: »Weil du denkst, dass ich nicht auf deiner Seite bin?«

Sie zuckt mit den Schultern und weiß nicht genau, welche Seite ihre ist. Er geht zum Spülbecken, lässt die Krümel konzentriert hineinfallen und klopft die Hände an seiner Hose ab. Als er auf Dunja zukommt, ziept es in ihrem Bauchnabel. Ein Effekt, den sie lange vergessen hat.

Jorge hält ihre Arme fest, als hätte er eine Entscheidung für sie getroffen. »Wenn ich was machen kann, sag Bescheid«, und dann streicht er ihr eine Strähne aus dem Gesicht. Dunja umarmt ihn in einem Reflex. Winnes Arme haben auch nach Holz gerochen, haben Balken getragen und Maschinen bedient. Aber Jorges Arme sind geduldiger. Plötzlich findet sie alles, was in der letzten Zeit passiert ist, vollkommen ungerecht. Winne ist tot, sie musste ihre Kinder verlassen, der Redakteur hat sie belogen, Saphie will ins Fernsehen, und der Elektromarkt verkauft ihre Tochter als Monster. Wie konnte sie das alles zulassen?

Mit Jorges Umarmung muss die Reihe der Ungerechtigkeiten jetzt ein Ende haben, entscheidet sie. »Darf ich mir von dir was wünschen?«

Jorge brummt ein bejahendes »Hmm«. Sein Brustkorb vibriert an ihrem.

»Ich wünsche mir eine Nacht mit dir. Aber nicht hier und nicht im Hotel und nirgends, wo andere Menschen sind.« Er lacht wie über eine gewonnene Medaille.

Dunja will beim Sex nicht mehr leise sein müssen, weil die Kinder sie hören könnten. Mit Jorge soll das anders werden. Wenigstens beim ersten Mal. Sie braucht etwas, worauf sie sich freuen kann. »Da hab ich bestimmt eine

Idee.« Dunja wischt sich mit dem Ärmel über die Augenlider, wo sie verlaufene Schminke vermutet. Jorge behandelt ihre Tränen wie eine Selbstverständlichkeit. Er kommt damit klar. Winne kam damit nicht klar. Er erstarrte, wenn Dunja weinte, und wusste dann nicht mit ihr umzugehen. Stattdessen gab er vor, nach den Kindern sehen zu müssen, und ging raus. Als er sie das erste Mal weinen sah, schloss er reflexartig die Fenster, als sei das eine ebenso fürsorgliche Geste, wie ein Taschentuch zu holen. Dann setzte er sich in einen Sessel und beobachtete sie von Weitem wie ein gefährliches Tier. Schließlich fiel ihm irgendwann doch noch ein, sich dafür zu entschuldigen, dass er sie wegen des verlorenen Portmonees beschimpft hatte. Damals war Dunja schwanger gewesen und leicht in Tränen ausgebrochen.

»Ich fahr jetzt ins Hotel und seh nach, ob Lenka wirklich da ist oder ob ich das nur geträumt hab.« Dunja zieht die Speicherkarte aus der Kamera, schiebt sie in ihre Jeanstasche und winkt Jorge knapp mit den Fingern. Er lehnt mit abwesendem Blick am Tisch und nickt. Dunja lacht. »Baust du uns in Gedanken gerade eine Waldhütte?« Jorge lächelt verlegen. »Was?«

Dunja fällt ein, wie sie diese Straße vor Jahren oft mit dem Fahrrad runtergerollt ist und die Reifen surrten wie mit dem Asphalt verklebt. Sie fuhr Schlangenlinien mit Augusta im Kindersitz, die davon nicht genug hatte bekommen können. Das Dorf liegt vor ihr unter dem halbdunklen Himmel, und nichts will sich in ihm bewegen. Dunja weiß, alles, was sich hier bewegen soll, muss sie selbst tun. Die Stadt hatte sich auch ohne sie bewegt, und vielleicht hatte sich Dunja dem zu sehr ergeben.

Sie muss dringend mit ihren Schwestern reden.

Im schönsten Apfel sitzt der Wurm.

Als sie im Hotel ankommt, ist es dunkel. »Ist Lenka wach?«

Saphie sitzt im Büro hinterm Bildschirm, schüttelt den Kopf und steht auf. »Komm, wir gehen sie wecken.«

»Warum haben die uns nicht von Anfang an gesagt, dass sie wegen Bernd Brachet da waren? Kann man die nicht verklagen?«, flüstert Dunja, während sie die Treppe raufgehen. Sie weiß, Saphie will nicht, dass Gäste interne Probleme mitbekommen. Sie könnten an ihren Zimmertüren horchen.

Dunja muss sich unbedingt an das Gespräch mit dem Redakteur erinnern. Sie überlegt, was sie ihm erzählt hat, und geht dicht hinter Saphie. »Ich fühl mich so missbraucht, verstehst du das?«, fragt Dunja leise. »Das ist doch bestimmt irgendein Tatbestand. Arglistige Täuschung, oder so was.«

Saphie zuckt die Schultern. »Du wusstest, dass er vom Fernsehen ist, und du hast ihm die Sache erzählt. Das war dein Fehler, mein Herz. Er wollte eben verhindern, dass wir mit Brachet sprechen, bevor er ihn interviewt. Oder er wollte etwas erfahren, was du ihm sonst nicht erzählt hättest. Dachtest du wirklich, es ginge ihm um dich?«

Dunja drückt den Daumen zwischen ihre Augenbrauen, wie sie es sonst tut, wenn sie Kopfschmerzen hat. »Was auch immer sein Plan war, er soll ihn auf keinen Fall umsetzen können!«

»Pssst«, macht Saphie, und Dunja spricht leiser. »Lenka ist die Einzige, die das jetzt noch verhindern kann. Wenn wir ihr sowieso alles erzählen müssen, soll sie Brachet bitten, das Interview zurückzunehmen.«

Saphie dreht sich zu Dunja um und schnauft verächtlich. »Wir können das nicht verhindern, Dunja. Wie stellst du dir das vor? Das mit dem Tunnel ist von öffentlichem Interesse. Das darf jederzeit berichtet werden. Jetzt müssen wir das Beste draus machen. Wir können nur Bedingungen stellen.«

»Was denn für Bedingungen? Ich will keine Bedingungen, ich will, dass der seinen verdammten Beitrag nicht bekommt!«

Saphie klopft an Lenkas Tür, horcht und geht rein. Lenkas Koffer liegt ausgekippt mitten im Zimmer. Es riecht nach Gras. Saphie reißt die Badezimmertür auf. Lenka liegt in der Wanne. Das Wasser grünlich, ihre Haut braun, wie immer.

»Hast du hier drinnen gekifft? Bist du wahnsinnig? Den Geruch krieg ich nie wieder raus!«

Lenka schiebt ihren Kopfhörer von einem Ohr. »Nur am Fenster.«

Saphie stöhnt, setzt sich auf den Toilettendeckel und zeigt unsinnigerweise zur Tür. »Du gehst runter zum Rauchen, wie alle anderen auch, verstanden?«

Dunja lehnt sich gegen die Duschkabine. Sie hat Lenka das letzte Mal als Teenager nackt gesehen. Damals hatte sie die Schamhaare zu einem Streifen rasiert. Jetzt ist da ein kurzgeschorenes Herz. Ihre Haut war auch im Winter nie so hell wie die ihrer Schwestern. Diese Haut hatte kein Lenzing. Lenka hat große Brüste und einen kleinen Po. Bei Dunja ist es umgekehrt. Dein Hintern gehört ins Museum, hatte Winne oft gesagt. Ihre Brüste fand er zu klein. Das konnte er nie glaubhaft bestreiten. Nur Saphies Figur fand Dunja perfekt. Manchmal hatten die Schwestern zu dritt am See gelegen und sich neu zusammengesetzt. Saphie und Dunja wünschten sich Lenkas glatte Haut und ihre langen Beine. Dunja und Lenka wollten Saphies Taille haben, und Saphie und Lenka hätten gerne Dunjas kugeligen Hintern gehabt.

»Was hast du denn da gemacht?«, fragt Saphie und zeigt auf die blauen Blutergüsse an Lenkas Hüfte. Lenka zuckt die Schultern. »Weiß ich nicht.«

»So was ist echt traurig, Lenka. Weißt du das? Das muss doch wehgetan haben, und du weißt das nicht mehr?« Lenka verdreht die Augen. »Warst du beim Sex noch nie in einem Zustand, in dem du nicht mehr in der Lage warst, Bescheid zu sagen, wenn was zu doll ist? Hast du so was noch nie erlebt, dass man einfach nicht will, dass es aufhört, obwohl es wehtut? DAS ist echt traurig, Saphie!«

»Wir müssen dir was Seltsames erzählen«, sagt Saphie gereizt, als wäre die kleine Schwester wieder ein Kind.

Lustlos rollt Lenka das Kopfhörerkabel um einen Finger. »Zu spät. Werden einem ja sofort alle Geheimnisse auf die Nase gebunden, sobald man einen Fuß in dieses Nest setzt.«

Saphie hält nachdenklich den Kopf schief. »Ich dachte, du wärst direkt vom Flughafen …« Dann schlägt sie sich die Hand gegen die Stirn. »Klar, wo hättest du so schnell dein Gras herbekommen sollen!« Saphie hatte es für richtig gehalten, mit der Cousine darüber zu reden, um im Ort keine falschen Gerüchte aufkommen zu lassen. »Und?«

Lenka macht ein genervtes Gesicht. »Was, und? Ist das alles wirklich wichtig? Ist überhaupt irgendwas wichtig? Ich meine, ich bin echt rumgekommen im Gegensatz zu euch Stubenhockern. Ich müsste doch wissen, was wichtig ist, oder?« Lenka schleudert wütend das Kabel aus dem Wasser. »Familie. Verwandtschaft«, sagt sie angewidert, »soll das von Bedeutung sein, einander ständig glücklich zu machen? Irgendeine verlogene Harmonie herzustellen, nur weil man miteinander verwandt ist? Was soll das? Einander Schuldgefühle abzunehmen, die Vergangenheit in ein Licht zu rücken, mit dem alle einverstanden sind. Wozu?« Sie setzt sich hin und legt eine Hand zwischen ihre Brüste. »Ich wollte zum ursprünglichen Sein zurückfinden, war im Ashram, hab gefastet, meditiert, gebetet. Ich war nachts auf dem Meer im Sturm, ohne zu wissen, wo oben und unten ist. Hab wochenlang gefeiert, alle Drogen genommen, mich von Cocktails ernährt, Gruppensex gehabt, teure Klamotten, teuren Schmuck, mein Leben war geil, stellt euch vor, was ihr wollt, ich hab's gemacht und hab damit wieder aufgehört. Aber das ist doch alles nur Ablenkung, und ich weiß einfach nicht, wovon.« Lenka steht auf und lässt sich von Dunja ein Handtuch geben. Sie steigt aus der Wanne, setzt sich auf den Rand mit hängenden Schultern, verlaufener Schminke, und sieht auf die Fliesen. »Meine Seele ist kaputt. Solange ich unterwegs war, ging's. Da lag irgendwie so ein Schleier über allem. Aber jetzt bin ich am Ende. Ich weiß nicht mehr, wonach ich gesucht habe.« Lenka greift in ihre Schenkel. »Wer weiß, was dieser Körper alles schon war. Die ganzen Teilchen, aus denen wir sind, waren in den letzten Milliarden Jahren Fischgräten, Bäume, Käfer, Dinosaurierorgane, Müll, was weiß ich. Es spielt doch überhaupt keine Rolle, was ich damit mache. Ob ich singe oder ob ich Pommes verkaufe. Ich kann mich nicht mehr ertragen. Ich will mich nur loswerden. Könnte mich anspucken, wenn ich mich im Spiegel sehe.« Wasser fließt aus ihrem Haar an ihren Armen herab, tropft von den Ellenbogen auf den Boden und bildet eine Pfütze. Sie schließt die Augen und hält die Hände vors Gesicht. »Ich hab mich verloren. Versteht das irgendjemand in diesem Universum?«

Saphie sitzt da mit offenem Mund wie im Kino. Lenka

sieht zu Dunja. »Du hast Kinder, du musst doch wissen, was der Sinn des Lebens ist.«

Dunja schüttelt den Kopf. »Nee, das sagen dir die Kinder auch nicht. Sie lenken dich nur viele Jahre von dieser Frage ab. Aber wenn sie groß sind, ist die Frage wieder da.«

Lenka seufzt. »Vielleicht ist das ja der Sinn. Sich von der Frage nach dem Sinn abzulenken.«

Saphie beginnt, Lenka abzutrocknen. »Quatsch! Du bist nur sozial vollkommen verwildert. Du brauchst mal 'n bisschen Struktur für deinen zerlumpten Verstand. Musst dich mal bisschen aufräumen, dann siehst du wieder klarer.« Sie nimmt Lenkas Hand und trocknet ihren schlaffen Arm ab wie damals als Kind. »Bleib mal eine Weile hier, dann wirst du dich schon wiederfinden. So 'ne Phase hatten wir doch auch mal, oder, Dunja?« Sie nickt Dunja verschwörerisch zu, aber Dunja schüttelt irritiert den Kopf.

Saphie schiebt Lenka ins Zimmer, sucht Unterwäsche aus ihrem Koffer wie eine Krankenschwester. Lustlos zieht Lenka an, was Saphie ihr hinhält, und Dunja sieht dabei zu. Saphies lustiges Geplapper, mit dem sie sonst alle Unstimmigkeiten wegredet, hat seine Heilkraft verloren. Verbissen räumt Saphie Lenkas Sachen auf, als könnte sie damit nebenbei auch Lenkas Bewusstsein aufräumen. Als wäre Lenkas Bewusstsein zweitrangig, aber die Ordnung der Kleider von existenzieller Bedeutung. Wenn es ein Problem gab mit Winne oder den Kindern, wusste Dunja meist, was Saphie tun würde, ohne mit ihr reden zu müssen, und es half jedes Mal.

»So! Zuerst müssen wir was essen«, sagt Dunja.

Lenka lässt sich aufs Bett fallen. »Ich hab keinen Hunger.«

Saphie zieht an Lenkas Armen. »Du musst nichts essen. Aber du musst jetzt mitkommen. Wir können dich dann auch alle ein bisschen verachten, wenn du gerne möchtest. Los, Schuhe an!«

Als sie zu dritt in die Küche kommen, steckt der Küchenchef Saphie eine Olive in den Mund, hebt die Fäuste und erwartet Begeisterung. »Da ist Ziegenkäsecreme mit Honig drin, die brauchen wir dringend fürs Frühstück!« Saphie zeigt einen Daumen nach oben: »Immer auf der Jagd nach den neusten Köstlichkeiten«, und klopft auf seine Schulter. »Ist noch Suppe da?« Er hebt einen Topfdeckel. »Suppe, Salat, ein paar Schnitzel und ein Experiment von unserem Lieblingslehrling«, sagt er spöttisch und deutet auf einen Teller mit verbrannten Bratlingen. Lenka reibt sich den Magen. »Mir ist schlecht.«

»Sie nimmt einen Salat«, sagt Dunja.

»Ich bin so dumm und ungerecht«, jammert Lenka, als sie sich auf der Terrasse einen Tisch suchen, weit entfernt von dem letzten weintrinkenden Pärchen. Lenka dreht sich einen Joint, und ihre Utensilien wirken im Gegensatz zu ihrem verzweifelten Zustand sorgfältig geordnet. »Ihr habt eure Männer verloren, und ich hatte nie ein ernsthaftes Problem. Vielleicht bräuchte ich mal eins. Manchmal denke ich das.«

»Du hast eins, Lenka! Du musst aufhören, so viel zu kiffen«, sagt Dunja.

Lenka lacht bitter. »Ich hab schon aufgehört zu koksen. Muss erst mal reichen.«

Saphie nimmt Lenka den Joint aus der Hand, zieht daran, lehnt sich zurück und bläst Rauch in den Himmel. »Was machen wir jetzt mit Brachet. Triffst du dich mit ihm? Lässt du dich filmen? Hier im Haus? Das wäre super. Ich muss heute Abend Bescheid sagen. Sie würden im Gegenzug das Haus filmen und ein bisschen was über den Ort erzählen. Der Tunneleingang könnte so eine Art Sehenswürdigkeit werden für Gäste, die das aufregend finden.«

Lenka zuckt mit den Schultern und zieht mit dem Zeigefinger die Lücke zwischen den Tischstreben nach. »Von mir aus.«

Dunja starrt Saphie an. »Das meinst du doch nicht ernst, oder? Meinst du das ernst? Bist du verrückt?«

Saphie trinkt einen Schluck aus ihrem Weinglas. »Ja, ich nehme an, ich bin verrückt geworden.« Sie lässt das Glas fallen, und der Wein spritzt gegen Dunjas Waden.

»Was ist denn mit dir los, Saphie? Seit die Typen zurück sind, redest du nicht mehr mit mir, überlässt Nino Entscheidungen, die du nicht mal Gilbhart überlassen hättest, trägst Schlammfarben, schminkst dich nicht mehr und«, Dunja macht eine ratlose Pause, »ich versteh dich nicht.«

Saphie lehnt sich vor und sieht Dunja an. »Na, dann weißt du ja jetzt endlich, wie es mir immer mit dir ging.«

Dunja steht auf und geht in ihr Zimmer. Sie sitzt auf dem Bett und überlegt, mit wem sie jetzt gerne reden würde. Als Erste ist ihr in solchen Momenten normalerweise Saphie eingefallen. Obwohl ihre Finger sich dagegen wehren und Dunja Mühe hat, die richtigen Zahlen zu treffen, ruft sie Augusta an.

»Hi, Mama.« Dunja ist froh über den unbedarften Tonfall. Unwillkürlich geht sie zum Fenster und sieht in Augustas Richtung, weit hinter dem dunklen Horizont. »Na? Tobt bei euch der Wahnsinn?«

»Ah, hätte gedacht, es dauert länger, bis das bei euch im Dorf ankommt. Aber nein, hier tobt kein Wahnsinn. Alles brav und langweilig.«

»Ein paar Gäste haben hier so 'ne Tüte mitgebracht. Du bist wirklich kaum wiederzuerkennen.«

»Ein Glück.«

Augusta erzählt, Jules habe Winnes Firma an seine Kollegen übergeben. »Der war die ganze Zeit nur mit dem

Papierkram beschäftigt, und jetzt fängt er erst an, Papas Tod an sich ranzulassen. Vielleicht bin ich schon ein paar Schritte weiter«, sagt Augusta. »In letzter Zeit bin ich ziemlich sauer auf Papa. Irgendwie fällt mir nur ein, wie oft er uns alleine gelassen und falsche Versprechungen gemacht hat. Nur um seinen blöden Bahnhof hat er sich gekümmert. Ich denk ständig, er ist da noch und ich müsste nur mal hinfahren. Aber wenn ich hinfahre, werd ich sauer. Deshalb fahr ich nicht mehr. Jules ist jetzt öfter da. Hat sogar schon mal da übernachtet.« Dunja kennt Augustas Art, in kurzer Zeit alle Gedanken loszuwerden, die sich angestaut haben. Dann öffnet Augusta ein Fenster, um ausgiebig zu lüften, und schließt es wieder. Dunja wusste nie, wann es sich das nächste Mal öffnen würde, sie wusste nur, sie musste sich Zeit nehmen und zuhören, weil es immer seltener passierte. Jetzt hat sie einen dieser Momente getroffen, in denen sie keine Fragen stellen muss. Manchmal ist es einsam ohne Eltern, sagt Augusta. Mit den Mitbewohnern habe sie aber Glück, und es sei lustig. »Und was ist bei euch so los? Tobt bei euch der Wahnsinn?«

»Ja, bei uns tobt er tatsächlich.« Dunja lacht unsicher und holt tief Luft. »Ich weiß gar nicht, wo ich anfangen soll.« Sie setzt sich ans Fenster und sieht in den Wald, wie in der Nacht, als sie mit dem Redakteur unten im Erkerzimmer saß und die Festnahme ihres Vaters aus der Tiefe ihrer Kindheitserinnerungen geholt hatte. »Du weißt doch, dass Opa mal wegen dieses Fluchttunnels im Gefängnis war.« Dunja ist erstaunt, wie undramatisch sich die Zusammenhänge jetzt für Augusta erklären lassen. Lenka würde ihrem Erzeuger im Hotel vor der Kamera zum ersten Mal begegnen, sagt Dunja, zumindest würde Saphie sich das momentan so vorstellen. Augusta muss lachen. »Krasse Sache! Muss ich gleich Jules erzählen.«

Wer alles schluckt,
wird schwer verdauen.

Draußen fängt das losrasende Motorrad eines Nachbarn an zu schreien. Dunja sitzt an der Rezeption und telefoniert mit einem Gast, der zum vierten Mal ein für den Sommer reserviertes Zimmer storniert. »Kein Problem, alles klar.«

»Idiot«, sagt sie beim Auflegen, als Nino aus dem Büro kommt. »Ich?« »Was machst du denn hier?«, fragt Dunja. »Ich steh doch im Plan.« Nino geht ins Büro zurück und ruft: »Nein, hier du bist gestrichen mit grün Filsstift. Mit blau is nur krank. Mit rot is getauscht. Mit grün, ich weiß nicht. Bestimmt Kündigung.«

Dunja sieht selbst auf den Plan. »Was soll denn das?«

Nino lacht. »Saphie rufte mich heut früh an, wegen Film. Soll ich nicht tuen was. Nur stehn da und sein schwarz. You white people love that kind of thing a lot. Immer sieht in Film aus elegant, wenn einer ist schwarz. Ich nicht weiß, was du sollst machen. Grün sein? Sieht das aus elegant?«

Das Telefon klingelt. »Black man in a white room?«, sagt Nino in den Hörer und hält ihn Dunja hin »Ist dein Jorge Mann. Kenn ich doch Nummer.«

»Wollt dich nur vorwarnen, werd gleich meinen Onkel bei euch abladen, hol ihn jetzt ab«, sagt Jorge. »Ich weiß. Saphie hat mir erklärt, was hier heute ablaufen soll.«

»Bernd ist total aufgeregt. Ich glaub, der steht kurz vorm Herzinfarkt.«

Dunja legt die Beine auf den Tisch. »Bring doch den Alten her, und dann nimmst du mich vor laufender Kamera als Geisel. Bring dein cooles Brotmesser mit und halt es mir an den Hals. Dann drohst du, mich in den Wald zu verschleppen, um mich zu ermorden und zu vergewaltigen, wenn sie ihren Beitrag nicht zurückziehen.« Dunja sieht durchs Fenster den Kleinbus der Fernsehleute auf den Parkplatz rollen.

»Okay, aber soll ich dich wirklich zuerst ermorden und dann vergewaltigen?«

»Oh! Nein, lieber andersrum, bitte.«

»Alles klar. Ich bring uns 'n bisschen Picknick mit, wenn ich eh das Messer dabeihab.«

Dunja lacht. »Du bist schuld, dass ich jetzt nicht mehr sauer sein kann auf diesen Redakteur-Arsch. Ich muss auflegen, die kommen hier gleich rein. Ich brauch noch ein bisschen Zeit, um wieder sauer zu werden.«

»Mach das. Werd mal richtig sauer! Will ich nachher sehen.«

Saphie kommt die Treppe runter, trägt ein Kleid, ist geschminkt und frisiert. Sie stöhnt. »Lenka ist nicht wach zu kriegen.« Sie sieht Dunja im Vorbeigehen nicht an. »Keine Angst, ich erwarte nicht, dass du mir hilfst.« Sie öffnet die Tür und hakt sie ein. Zum dritten Mal tragen die Männer ihre Technik ins Haus. »Vielleicht fangt ihr im Garten an. Ich hab auf der Terrasse die Tische decken lassen.« Die Männer werfen Dunja ein verstohlenes Nicken zu. Saphie setzt sich auf das Kofferpodest und sieht Dunja mit schiefem Kopf an. »Ich dachte, es wäre besser, wenn Nino während der Dreharbeiten am Empfang sitzt. Du musst jetzt nicht dabeibleiben, Dunja.«

Saphie ist zu stark geschminkt. Durch das Verdecken der feinen Falten wirken die tiefen Falten neben ihrer Nase hart, die Haut pudertrocken und blass. Von Nahem sieht sie erschöpft aus. Zum ersten Mal tut sie Dunja leid. Saphie zu bemitleiden hat sie bisher einfach vergessen. Am liebsten würde sie ihr das jetzt sagen.

»Quatsch, wie sieht denn das aus«, sagt Dunja, »ein Mann alleine am Empfang. Da muss doch mindestens eine blonde Frau im rosa Kostüm danebenstehen. Eigentlich zwei. Links und rechts. Das macht richtig was her.«

Saphie lächelt erschöpft, legt die Fingerspitzen an ihren Haaransatz und massiert sich die Stirn. »Ich hätte gestern nicht an diesem Joint ziehen sollen. Davon krieg ich jedes Mal Panikattacken. Und dann kann ich meine Tranquilizer nicht nehmen, sonst wird's noch schlimmer. Die Nacht war schrecklich.«

»Deine was kannst du nicht nehmen?«

»Na, die Tabletten gegen meine Angststörung. Hab ich dir das nicht erzählt?« Der Kameramann kommt ins Foyer. »Soll gewittern. Müssen drinnen aufbauen und bisschen umräumen.«

Dunja sieht Saphies Hände zittern. Saphie geht dem Kameramann hinterher, und Dunja weiß, es ist eine Überwindung. Saphie hat sich gehäutet und die alte Haut im Foyer liegen lassen. Darunter ist sie verletzbarer. Sich bemitleiden zu lassen passte nie zu Saphie. Das hat sie so bestimmt. Aber es war ein Fehler, sich an diese Bestimmung zu halten, weiß Dunja jetzt.

Sie hat ihre Schwester für reif gehalten, indem sie sich an seelischen Verletzungen nie lange aufhielt, sich mit Unabänderbarem nicht beschäftigte und über Kompliziertes nur so lange nachdachte, bis ihr der Aufwand im Gegensatz zum Nutzen uneffektiv erschien. Das Hotel sei ihr Kind, war Saphies ständige Antwort, wenn jemand fragte, warum sie keins habe. Es lag aber an Gilbharts Bruder, der früh gestorben war. Gilbhart fürchtete, seine Kinder könnten dessen Behinderung erben. Saphie nahm es als Wink des Schicksals. Sie wäre wahrscheinlich ohnehin keine gute Mutter gewesen, sagte sie einmal, und Dunja wusste, Saphie wollte darüber nicht nachdenken.

»Ich muss meine kleine Schwester wach kriegen«, sagt Dunja. »Nino, wenn der Typ vom Sanitärdienst zurückruft, sag ihm, er muss diese Woche kommen. Das Zimmer mit dem kaputten Klo ist bald vermietet«.

»Ähh Klo? Was ist Klo?«

»Toilette ist Klo!«

»Du hast mir nicht beigebracht Klo. Habt ihr Deutsche immer fur alles noch ein Wort und noch ein? Ich will haben neues Lehrerin.«

Dunja schreibt ihm *dringend* auf einen Post-it-Zettel. »Wichtiges Wort!«

Sie klopft an Lenkas Zimmertür und horcht. Nichts. Die Tür ist unverschlossen. Dunja geht rein. Es riecht nach Gras. Stärker noch als gestern. Lenkas Sachen liegen schon wieder verteilt auf dem Boden. Dunja zieht die Vorhänge auf und hört Lenka stöhnen. Ihre Arme drehen sich aus der Decke und legen sich auf Lenkas Gesicht. »Komm, steh auf, Lenka, du kriegst heute vom Fernsehen einen neuen Vater geschenkt. Zieh dir ein hübsches Kleid an, kämm dir die Haare und bedank dich artig. Dann kannst du wieder schlafen gehen.« Lenka brummt. »Als ich klein war, habt ihr mir morgens die Haare gekämmt und mich angezogen, und wir haben Prinzessin und Zofen gespielt.«

»Quatsch, das haben wir nur zu Weihnachten gemacht.«

»Dann weck mich zu Weihnachten wieder.«

Dunja stöhnt, streicht Lenka das zerzauste Haar aus dem Gesicht. »Deine Zofen nehmen dir als Erstes dein Gras weg und verpetzen dich dann bei deinem neuen Vater.«

»Is mir so was von egal, dieser Vater, das glaubst du gar nicht.« Lenka setzt sich hin, sie ist nackt. »Warum werd ich jetzt eigentlich schon wieder vor die Kamera gezerrt? Ich dachte, hier gibt's keine Kameras. Ich dachte, ich bin hier sicher. Wenn du auf Tour ständig auf die Bühne gejagt wirst, alle glotzen dich an, woll'n dich mal anfassen und kapieren nicht, dass sie dich nicht gekauft haben, nur weil du ihnen deine Musik vorspielst. Dann fressen dir die Kameras irgendwann die Seele weg, verstehst du das? Nein, natürlich verstehst du das nicht. Niemand versteht mich.«

Dunja macht ein erstauntes Gesicht. So viel Text hat sie von ihrer müden Schwester nicht erwartet.

»Klar ist das eine total bekloppte Idee. Aber Saphie hat einen Plan, und wir spielen unsere Rollen, weil …«, Dunja macht eine Pause, »ich weiß auch nicht, warum. Weil man das auf dem Dorf eben so macht. Alles klar? Hier frisst dir keiner deine Seele weg. Deine Seele kannst du schön behalten. Die interessiert hier wirklich niemanden.«

Dunja durchsucht die Kleider auf dem Boden, legt einige aufs Bett, und Lenka sieht ihr mit hängenden Schultern und verwirrtem Haar zu. Ihre Brüste hängen an ihrem braungebrannten Dekolleté wie weiße Auberginen, die sie aus dem Süden mitgebracht hat. Sie schiebt langsam ihre Beine über die Bettkante. »Lass mal. Ich komm gleich runter. Bin ja schon groß.«

Vom Treppenabsatz sieht Dunja, wie Jorge mit Bernd Brachet ins Foyer kommt. Sie hat ihn sich älter vorgestellt. Bernd geht neben Jorge so leichtfüßig die Stufen rauf, wie es ihr Vater wegen seines Lungenemphysems schon vor vielen Jahren nicht mehr konnte. Brachet ist so alt, wie der Vater auch sein könnte, hätten die Glasbläser-Krankheit und der Krebs seine letzten vielleicht zwanzig Lebensjahre nicht im Schnelldurchlauf zusammengerafft.

»Ich hab dasselbe wie eure Mutter«, hatte der Vater damals gesagt. Brigäne hatte die zwei Operationen gut überstanden. Gebärmutter und Eierstöcke waren entfernt worden. »Nur bei mir könnse nichts rausnehmen«, hatte der Vater gesagt und war noch vor der Mutter gestorben. Die Mutter hatte geflucht: »So war das immer! Jedes Mal, wenn ich erkältet war oder Grippe hatte, ist euer Vater sofort auch krank geworden. Nur schlimmer. Schon die Vorstellung, sich mal alleine um euch zu kümmern, hat ihn krank gemacht. Jedes Mal musste ich mich dann alleine um euch drei kümmern.«

Jorge und Bernd biegen ab Richtung Saal. Dunja geht ein paar Stufen rückwärts und setzt sich auf die Treppe. Eine Frau sieht auf Dunja im Vorbeigehen herab wie auf eine Geisteskranke.

»Sanitärmann hat angerufen«, ruft Nino, als Jorge mit Brachet im Saal verschwunden ist und Dunja an die Rezeption kommt. »Und?«

»Hat mich noch ein Wort für Klo beigebracht.« Nino grinst. »Scheißhaus! Kommt morgen, Scheißhaus-Mann!«

Dunja setzt sich an den Schreibtisch und weiß nicht, was sie tun könnte, um beschäftigt auszusehen. »Ich könnte ein Foto von der Tageskarte posten, was hältst du davon?«

Nino lehnt mit verschränkten Armen am Stehpult und sieht sie belustigt an. »Ja, oder poste doch Struktur von Teppich.« Er zeigt Richtung Saal. »Oder sei nicht fürchterlich und geh zu dein neues Verwandtschaft.«

Dunja muss lachen. »Feige, meinst du. Ich bin nicht feige!«

Im Saal sind alle Plätze eingedeckt. Kleine blaue Vasen mit Vergissmeinnicht stehen auf den Tischen. Saphie, von einem Lichtschirm angestrahlt, sitzt mit Bernd Brachet auf der Eckbank am Fenster, die Ellenbogen auf den Tisch gestützt, ihm zugewandt wie eine Journalistin, die einen

Schauspieler interviewt. Der Kameramann filmt in gebückter Haltung. Der Redakteur sitzt wie ein Zuschauer hinter ihm. Erst als Dunja nach Jorge sucht, bemerkt sie, dass er neben ihr an der Wand lehnt.

»Ich glaube, das interessiert jetzt niemanden mehr, ob du mich umbringst«, flüstert sie.

Er schüttelt bedauernd den Kopf. »Ich hätte dich wirklich gerne ein bisschen umbringen wollen. Wo ist denn Lenka?«

Dunja zuckt mit den Schultern. »Geben wir ihr noch 'ne halbe Stunde.«

Plötzlich steht Saphie auf, entschuldigt sich und läuft eilig durch den Saal auf Dunja zu. Sie macht ein verängstigtes Gesicht, das Dunja nicht deuten kann. Sie greift Dunjas Hand und zieht sie in die Küche.

»Was ist denn los, Saphie, was hat der Alte gesagt?«

Saphie zittert am ganzen Körper. »Nichts, der Alte ist völlig in Ordnung, aber ich kann das nicht, Dunja, du hattest recht. Weiß nicht, was mit mir los ist, vielleicht werd ich verrückt oder so, ich muss meine Tabletten nehmen. Lass mich bisschen alleine, ja? Bitte, lass mich alleine!« Saphie dreht sich um, hastet durch den Wirtschaftsausgang. Dunja sieht sie am Fenster vorbeigehen Richtung Wohnung und glaubt, sich selbst hinterherzusehen. Saphies Zustand kennt sie. Nach der Trennung von Winne war sie morgens auf die Straße getreten und hatte furchtbare Angst gehabt, die alltäglichsten Dinge nicht mehr zu können. Fahrrad zu fahren, mit Menschen zu sprechen, Anwesenheitslisten zu füllen.

Sie bleibt ratlos in der Küche stehen, sieht zu, wie der Küchenchef Paletten mit Eiern in einen Kühlschrank stapelt und mit sich selbst redet. »Jetzt hat dieser Depp schon wieder alle Eier für seine idiotischen Experimente verbraucht.«

Dann dreht sie sich um und tritt in den Saal nicht als Dunja, sondern als ihre Schwester, die sie kennt, seit sie im Bauch derselben Mutter waren. Bernd Brachet strahlt Dunja aus seinem faltigen Gesicht an wie ein Kind. Von Nahem sieht er doch älter aus als ihr Vater damals. Er steht auf, um ihr die Hand zu geben. Die Kamera zu ignorieren fällt Dunja leichter, als sie gedacht hat.

»Ich bin Dunja. Wir haben uns ja seit dreißig Jahren nicht mehr gesehen.« Brachet lächelt erleichtert, nickt und setzt sich wieder, ohne den Blick von Dunja abzuwenden, während er mit einer Hand nach der Sitzfläche tastet. Er sieht sie an, als sei er darauf angewiesen, von ihren Lippen zu lesen. »Du hast ja mal meinen Kleiderschrank repariert, als ich klein war«, sagt Dunja und setzt sich neben ihn.

»Ja, ja«, Brachet nickt bedächtig. Damals war er ungefähr genauso alt wie sie jetzt, denkt Dunja.

»Ihr wart die kleinen Glasschwestern und habt allerhand Unfug angestellt im Dorf. Ja, Jugend hat keine Tugend.« Er lacht. Seine grauen Augen leuchten, und jetzt erkennt sie ihn wieder. Sein Blick hat etwas Besessenes. Brachet war seltsam, das wusste Dunja schon als Kind. Er war fähig, Dinge zu tun, von denen sie gar nicht gewusst hatte, dass man sie tun konnte. »Euer Vater war ein guter Kerl. Eine Hand wäscht die andere, so war das damals. Ich war ein schrecklich dummer Hitzkopf. Der Gilbhart und dein Mann, das waren auch gute Kerle! Und nu seid ihr ganz auf euch allein gestellt. Kaum zu glauben, wie das so kommen kann. Aber das Leben muss ja weitergehen, ob man will oder nicht. Was nicht geheilt werden kann, muss getragen werden, nich wahr. Da habt ihr 's schwer, nu beide. Müsst sehen, wie ihr zurande kommt. Is nicht leicht heutzutage. Is nicht leicht. Aber jung, wie ihr seid, werd ihr drüber wegkommen. Zeit heilt Wunden. Fallen ist keine Schande, aber liegen bleiben. Kann man sich zuweilen nich vorstellen, wie das gehen soll, nich wahr, dass ein die Trauer nicht auffrisst. Ein übler Trost, im Unglück nicht allein zu sein.« Brachet nickt bedauernd, streicht einmal über Dunjas Unterarm hin und zurück und legt seine alte Hand wieder auf die andere.

Dunja spürt Saphies Angst. Während Brachet mit Sprichwörtern wirft, als würde er mit der Peitsche knallen, hört Dunja nur noch ein Tosen, wie aus einer Parallelwelt zwischen den Wänden, in denen Termiten die Mauern von innen zerfressen. Dunja kennt jetzt Saphies Angst: Es ist die Angst vor der Trauer.

Brachet lacht. »Und so ein alter unnützer Sack wie ich ist kerngesund. Aber wer nicht alt werden will, muss sich beizeiten aufhängen, was? Ha, der Tod will seine Ursache haben!«

Dunja reißt sich zusammen, sieht Brachet mit festem Blick in seine stechenden Augen. »Wann hast du denn Gilbhart und Winne kennengelernt?«

Der Alte winkt ab. »Ach, die haben's ja sicher nur gut gemeint. Wollten euch schützen. Ich sollte nicht kommen und noch mal die Familie kaputt machen. Ihr hattet gerade eure Eltern verloren. Soll der alte Brachet nich wieder alte Wunden aufreißen, was? Hatten ja recht, die beiden, und nu is ein noch schlechterer Zeitpunkt.« Brachet winkt ab. »Den Partner so früh zu verlieren is schlimm. Die Eltern hätten noch gute Jahre haben können, nich wahr? Aber besser die Kinder weinen als die Eltern. Ich kann doch nich gehen, ohne meine Tochter zu kennen. Oder? Ich will ja nich ewig leben. Der Tod hat noch keinen vergessen.« Er lacht, und als Dunja nicht zurücklacht, sieht er sie an mit demselben Hundeblick, mit dem er damals die schwangere Mutter in der Küche angesehen hat. Brigäne war nicht böse auf Brachet, und er schien nicht mal zu wissen, dass er ihr Unglück verursacht hatte.

»Du hast uns im Wald mal einen Dachsbau gezeigt«, sagt Dunja, »weißt du das noch? Du hast gesagt, Dachse würden einem in die Wade beißen, wenn sie sich bedroht fühlten.«

Brachet nickt interessiert. »Das hab ich gesagt, ja?«

»Ja, und du hast uns erklärt, wir sollten dann neben dem Dachs einen Stock zerbrechen, weil der Dachs erst loslässt, wenn er das Geräusch brechender Knochen hört.«

Brachet nickt. »Ach ja? Das wusst ich nicht.«

Dunja ist enttäuscht. Jedes Mal, wenn sie im Wald einen Dachsbau sieht, muss sie daran denken. Der Kameramann schwenkt zur Tür, weil der Redakteur mit der Faust gegen seinen Rücken trommelt. Dunja steht auf, erleichtert, aus dem Bildausschnitt entlassen worden zu sein.

Wie eine Königin schreitet Lenka in hohen Stiefeln durch den Saal, als ginge es um ein Musikvideo. Brachet will aufstehen, fällt aber gleich zurück auf die Bank. Er wiegt den Kopf hin und her, als wüsste er nicht, wohin damit. Mit feuchten Augen schnieft er, will lächeln und wendet sich dankbar an Jorge, der ihm aufzustehen hilft. Lenka umarmt den alten Mann, ignoriert professionell die Kamera und richtet trotzdem jede Bewegung nach ihr aus. Der alte Mann schluchzt. »Nu seh ich dich mal und bin fast schon kleiner wie du. Na, so was.« Lenka stellt sich neben ihn, dann mit dem Rücken an seinen und lässt Jorge prüfen, wer kleiner ist. »Nee, Bernd, bisschen größer biste noch«, sagt Jorge mit den flachen Handflächen auf beiden Köpfen. »Na, da hab ich Glück gehabt, was?«

Niemand achtet mehr auf Dunja. Lenka hat es schon mit ihrer Geburt geschafft, alle Augen auf sich zu richten. Sie war eine Schaugeburt. Die Mutter hatte nichts dagegen, und der Arzt war mit siebzehn Studenten im Kreißsaal erschienen. Einer wischte der Mutter die Stirn, einer hielt ihre Hand, und einer gab ihr Wasser. Nachdem Lenka sauber und wohlfrisiert und rosig auf die Welt gekommen war, gab es Applaus und ein Foto in der Zeitung von den ersten Studenten im neugebauten Krankenhaus mit Lenka, wenige Minuten alt, in ihrer Mitte. Später hatte Brigäne gespottet: »Nu muss das arme Kind für den Rest des Lebens versuchen, dieser Blitzkarriere gerecht zu werden.«

Je mehr man rührt, je mehr es stinkt.

Saphies Wohnungstür ist nicht abgeschlossen. »Saphie?« Sie ist nicht in der Küche, also sucht Dunja im Wohnzimmer, im Schlafzimmer und bekommt Herzrasen. Sie geht zurück in die Küche, stellt die Medizinkiste aus dem obersten Regalfach auf den Küchentisch. Halbleere Aspirinpackungen, alte Hustensäfte, Lutschtabletten und aufgereihte braune Globuli-Gläschen. Die Kiste wirkt verwahrlost. *Mariendistel*, liest Dunja unter dem Bild einer violetten Blüte. *Lebertherapeutikum. Gilbhart*, mit Kugelschreiber aufgekrakelt. Sie lässt die Packung zurück in die Kiste fallen, geht in den Flur und öffnet die Tür, die Saphie seit einem halben Jahr verschlossen hält. Saphie hockt auf Gilbharts Couch. Die Vorhänge sind geschlossen, es ist kühl, riecht nach alten Möbeln, alter Auslegeware und Keller. Saphie mochte Gilbharts Arbeitszimmer nie. Die monströse Eckcouch, das riesige Metallregal mit den leeren Verpackungen gekaufter Geräte und in der Ecke der Hometrainer, auf dem er gestorben ist, warten noch auf ihn. Sein Schreibtisch war immer akkurat geordnet, man durfte nicht mal ein Klebeband borgen. Nur in den letzten Jahren hatten sich Stapel getürmt und Unordnung breitgemacht. Zwischen Daumen und Zeigefinger hält Saphie etwas in die Luft. »Ich hab hier ein Haar von ihm gefunden.« Sie sieht Dunja ratlos an. »Was mach ich denn jetzt damit?«

Dunja setzt sich neben sie. »Hast du ein Medaillon oder so was? Dann kannst du es an einer Kette tragen.«

Saphie scheint bestürzt über diesen Vorschlag. »Echt? Macht man das so?«

»Na ja, Augusta trägt Winnes Armband, Jules seinen Schlüsselanhänger, und ich hab mir einen Schal von ihm mitgenommen.«

Saphie lässt den Kopf hängen. »So bin ich doch nicht, Dunja. Solche Sachen mache ich nicht. Weißt du doch.« Sie starrt weiter ratlos auf das Haar zwischen ihren Fingern und schiebt es entschlossen in die Sofaritze. Mit den Fingerspitzen massiert sie sich die Wange unter ihrem Ohr. »Meine Zahnärztin sagt, mein Kieferknochen ist ganz kaputt, weil ich die Zähne zu sehr zusammenbeiße.« Sie schiebt den Unterkiefer nach links und rechts. »Immer, wenn ich Gilbhart vermisse, sag ich mir einfach, er kommt bald wieder. Dann geht's mir besser. Ich dachte, ich mach das so lange, bis ich ihn nicht mehr vermisse.« Dunja kann in Saphies Augen die durcheinandergeratenen Gedanken sehen. »Bekloppter Plan, oder?«, fragt Saphie.

»Aber immerhin ein Plan«, sagt Dunja. Draußen donnert es entfernt. Dunja geht zum Fenster, will die Vorhänge öffnen.

»Nein, lass zu!« Saphie legt sich auf die Couch. »Er ist doch noch hier.« Sie rollt sich zusammen wie ein Baby. »Kommt doch wieder.«

Es ärgert Dunja, ihre stolze Schwester so schwach zu sehen. Das war sie nie und hat es auch nicht geduldet, wenn Dunja schwach war. Nach der Trennung von Winne lag Dunja auf dem Sofa in ihrer Wohnung wie Saphie jetzt. »Komm, Schwesterherz, steh auf, geh duschen, und dann gehen wir was trinken«, hatte Saphie damals gesagt und die Vorhänge aufgezogen.

Dunja hatte nicht gewusst, ob sie überhaupt erwachsen sein konnte ohne Winne, ohne Beziehung, denn sie war niemals erwachsen gewesen, ohne Winne und ohne Beziehung. Es war ein haltloser Absturz, und als sie am Boden aufgeschlagen war, hatte sie nicht erwartet, sich noch am Leben zu befinden. Steh auf, geh duschen. Da ihr Körper Saphies Befehle befolgte, war sie eindeutig am Leben gewesen, und schlagartig wurde alles gut. Dunja war aufgestanden, duschen gegangen und dann mit Saphie auf die Straße.

Saphies Art hatte geholfen und Dunja sogar in einen euphorischen Glückszustand katapultiert, obwohl Dunja wusste, dass es nur ein Trick war. Es half kurz und schnell und nur, solange sie gemeinsam die Ebene der Verdrängung nicht verließen. Aber Dunja hatte die Ebene immer wieder verlassen und war danach zurückgefallen in die Verzweiflung. Und dann war Winne haltlos abgestürzt und nicht mehr aufgestanden und nicht mehr am Leben gewesen, und irgendetwas in Dunja fühlt sich immer noch schuldig dafür. Es donnert.

»Na gut. Bis die da draußen fertig sind, lass ich dich mit Gilbhart alleine. Frag ihn, wann er wiederkommt und wie er sich das vorstellt.« Dunja legt Saphies Handy neben sie. »Ruf mich an, wenn du mich brauchst. Dann bin ich sofort bei dir.« Saphie bewegt sich nicht.

Jorge sitzt mit einem Bier an der Bar und sieht zu, wie Bernd Brachet mit Lenka redet. Lenka lacht, wirft ihr Haar zurück, lässt ihre Schultern für die Kamera tanzen, indem sie beiläufig einen Träger herabfallen lässt, ihn beiläufig wieder zurückschiebt.

»Weißt du, dass du immer dein linkes Auge zukneifst, wenn du etwas trinkst?«, sagt Dunja und setzt sich neben Jorge. »Quatsch«, sagt er, setzt das Bier an und kneift das linke Auge zu.

Der Küchenchef fragt nach Saphie, er brauche sie für den Wochenplan und müsse wissen, wann man die Gäste wieder in den Saal lassen könne, es würde gleich regnen, und draußen säßen Leute, die Essen bestellt hätten. Er habe die Markise über der Terrasse herunterlassen wollen, aber der Kameramann habe wütend mit den Armen gefuchtelt.

Es donnert. Saphie sei krank, sagt Dunja, und er wüsste doch sicher, wie Saphie den Gastroplan haben wolle. »Ja, aber …«, er läuft Dunja hinterher. Er müsse außerdem ein paar neue Pfannen bestellen und andere Kleinigkeiten für die Küchenausstattung, sagt er und will Dunja den Katalog zeigen, aber Dunja lässt ihn stehen. »Bestell, was du für nötig hältst.«

An der Rezeption ist Nino das übliche Lächeln aus dem Gesicht gefallen. Die Gäste würden sich beschweren, sagt er. Sie wollten im Saal essen, und es habe drei Anreisen gleichzeitig gegeben. Außerdem habe er ihren Kindern Zimmer 203 gegeben.

»Meinen Kindern?«

Dunja marschiert in den Saal. Mit wiederkehrender Wut auf den Redakteur klatscht sie entschlossen in die Hände, wie Saphie es tut, wenn sie in die Küche kommt, um die Ankunft einer Reisegruppe zu verkünden oder den Gästen den Bar-Schluss ansagt, um sie zu einem letzten Bier zu bewegen. »So, wir brauchen den Saal, Feierabend, hier wird jetzt gegessen und nicht gefilmt!« Es donnert wieder. Dunja öffnet die Terrassentür, bittet die Gäste herein und lässt die Markise runter. Schwalben ziehen tief über den Garten, über die Straße Richtung Wald und zurück.

Die Männer packen die Technik zusammen, und Dunja zeigt im Vorbeigehen auf Brachet. »Du bleibst sitzen, Bernd! Wir essen in einer Stunde!« Dunja wirft Lenka einen strengen Blick zu. »Ihr habt euch doch bestimmt erst mal viel zu erzählen! Zwei Bier?« Sie legt Jorge den Arm über den Rücken. »Bleibst du auch?«

»Werd doch den Alten wohl nicht mit euch alleine lassen.«

Dann geht Dunja hoch und klopft an Zimmer 203. Ihr Familienzimmer. Einmal war es belegt, und Dunja musste mit den Kindern in einem anderen Zimmer wohnen. Augusta stand nachts auf, zog ihren Plüschaffen hinter sich her, klopfte an der 203 und erklärte den Gästen, es sei ihr Zimmer und sie könne in dem anderen unmöglich einschlafen. Erst als die Gäste versprachen, am nächsten Tag zu tauschen, ließ sie sich zurück ins Bett bringen. Da war sie fünf Jahre alt.

Es donnert wieder. Da steht Jules in der Tür, sieht zerstreut aus, das Haar steht wirr in alle Richtungen ab, wie immer. Er fährt mit der Hand durch, bevor er Dunja umarmt, und geht zurück ins Zimmer. »Wollte erst mal duschen und dann runterkommen.«

Dunja sieht den großen Rucksack am Bett lehnen. Damit war Jules letzten Sommer durch Europa getrampt, und Winne war mit diesem Rucksack in Italien gewesen. Bildungsreise. Jeder Restaurator müsse einmal in Italien gewesen sein, hatte er gesagt und Dunja, die sich keine Reise leisten konnte, mit den kleinen Kindern allein gelassen. Jules bemerkt ihren Blick und fährt sich wieder durchs Haar. »Ist es okay, dass wir hier sind? Wir wollten dich überraschen. Das Zimmer ist doch frei, oder sollen wir lieber in die Dachkammer?« Er streckt die Arme abwechselnd in die Luft, und etwas knackt in seinem Nacken. Große Tropfen klatschen auf das Vordach, und Dunja schließt das Fenster. »Klar ist das okay. Ist immer okay. Weißt du doch.«

»Wollte vielleicht bisschen wandern gehen«, sagt Jules zögerlich, als wäre das noch nicht alles, und steht unschlüssig in der Badezimmertür. »Ich geh dann duschen.« Dunja nickt erwartungsvoll. Jules geht ins Bad und kommt doch noch mal heraus. »Können wir nachher zusammen was essen?« Er macht eine Pause. »Und kommt Lenka auch?« Regen schlägt gegen die Scheiben.

»Ja klar essen wir was zusammen. In 'ner Stunde unten. Wo ist Augusta?«

Er zeigt auf das Fenster. »Kennst doch deine Tochter. Duscht lieber draußen.« Jules geht ins Bad, bleibt stehen, dreht sich wieder um und umarmt Dunja noch einmal kurz und fest.

Die Begeisterung für Sommergewitter ließ bei Jules irgendwann nach. Augusta aber rannte jedes Mal barfuß auf die Straße und kam erst wieder rein, triefend und glücklich, wenn sie komplett durchnässt war, mit den Zähnen klapperte, die Arme um ihren Körper schlang und das Gesicht von Haarsträhnen verklebt war. Krank wurde sie davon nie. »Genau wie die Brigäne«, sagte Dunjas alte Großmutter, wenn Augusta noch im Regen herumsprang, als alle anderen Kinder schon im Haus waren. Obwohl Brigäne als Kind genauso gewesen sein soll wie Augusta, war sie mit ihrer Enkelin nicht warm geworden. Nur Jules hatte sie heimlich verwöhnt. Erst als Brigäne im Sterben lag, steckte sie mit Augusta unter einer Decke. »Du bist die Einzige, die mich wirklich versteht«, sagte Brigäne zuletzt, nachdem Augusta ihr eine Rostbratwurst ins Krankenhaus geschmuggelt hatte.

Im Foyer steht die Fernsehtechnik neben der Tür. Zwischen der Fernsehtechnik liegt eine Tüte. »Hier tobt eben der Wahnsinn«, stöhnt Dunja. Der Kameramann sitzt auf dem Treppenabsatz und sieht in den Regen vor der offenen Tür. Dunja denkt, Saphie würde sicher die Tür schließen.

Aber sie lässt die Tür offen, und der Regen spritzt im Eingang aufs Parkett.

Sie geht ins Büro und hört, wie der Redakteur ins Foyer kommt und auf Nino einredet. »So was hatten wir noch nie, so ohne Vorgespräche, das war unglaublich gut! Dieses Bild, mit den Händen auf den Köpfen. Vater und Tochter. Wunderbar!« Er dreht sich um. »Oder? Das ist doch ein Superbild!« Der Kameramann nickt versonnen. Der Redakteur winkt ab und wendet sich wieder Nino zu. »Da merkt man, dass nichts einstudiert ist, weißt du. Genau so will ich es haben, genau so!« Nino nickt verständnisvoll. »Die meisten sind stocksteif, wenn die Kamera läuft, die muss ich dann erst mal weichreden. Aber diesmal war es vollkommen locker. Unfassbar professionell, das Mädel. Der Hammer!«

Er verstummt, als Dunja aus dem Büro kommt. »Wir machen nicht so 'n reißerischen Mist daraus, weißt du«, sagt er zu Nino und zügelt seine Begeisterung. »Wir wollen, dass alle Beteiligten mit dem Beitrag zufrieden sind«, sagt er laut in Dunjas Richtung und nickt dämlich. Sie hält im Vorbeigehen den Mittelfinger über ihre Schulter und geht hinaus in den Regen.

Die winzigen Tropfen fallen beinahe geräuschlos, weich und dicht, als wollten sie nicht die zarteste Blüte knicken. Was für ein vorsichtiger Landregen, denkt Dunja und fühlt sich wohl wie unter einer sanften Dusche.

Auf der Terrasse sitzt Augusta unter der Markise. »Was machst du denn, dumme Mama! Wirst doch ganz nass!«

Dunja wischt sich die Tropfen von der Stirn. »Aber sonst rennst du doch immer in den Regen.«

»Bin kein Kind mehr! Und wehe, du umarmst mich. Kuss kannste kriegen.«

Dunja denkt, Saphie würde die Markise sicher hochziehen, damit sich keine Pfützen darin bilden. Aber sie lässt die Markise unten. »Das Geräusch erinnert mich ans Zelten mit Papa«, sagt Augusta. »Im Zelt hört sich der Regen immer viel stärker an, als er ist. Und dann ist man immer so glücklich, dass man ein Zelt hat.« Sie sieht Dunja an und schiebt beleidigt die Unterlippe vor. »Du freust dich gar nicht, dass wir hier sind, oder?«

»Klar doch, ich freu mich! Nur Saphie ist gerade irgendwie, na ja, zusammengeklappt, glaub ich.«

»Saphie? Na, wurde ja auch mal Zeit, oder? Sagst du doch schon seit Jahren, dass sie irgendwann zusammenklappt.« Augusta dreht sich um und sieht durch die Scheiben in den Saal. »Ist das Lenkas Vater da? Is ja voll aufregend.«

»Seid ihr deshalb hier? Um Lenkas Vater zu sehen?«, fragt Dunja.

Augusta hält die Hände zwischen Stirn und Scheibe wie einen Basecapschirm. »War Jules' Idee.«

Der Regen lässt nach. »Hör auf, den anzustarren. Wirst ihn beim Essen kennenlernen.«

Abrupt dreht Augusta sich um. »Gibt's diese Hängematte noch, die Papa damals für dich im Wald aufgehängt hat? Zeigst du sie mir?«

»Ich kann jetzt nicht weg!«

Augusta zieht an Dunjas Arm. »Doch! Kannst du! Einfach einen Fuß vor den anderen. Siehst du, geht doch.«

Als sie über den Parkplatz gehen, schleppt der Kameramann die Technik aus dem Haus ins Auto. An seinem Arm baumelt eine Tüte *Hier tobt der Wahnsinn*. »Ich musste neulich so 'n blöden Elektromarkt neueröffnen«, erzählt Augusta. »Die Kinder hatten alle Angst vor mir. Ich bin abgehauen, hab die ganzen Presseleute da stehen lassen und mit diesem schrecklichen Kostüm in der U-Bahn gesessen.

Ich weiß echt nicht, warum ich mich auf diesen Mist eingelassen hab.«

Während sie Richtung Wald gehen und Augusta plappert, kann Dunja ihr kaum zuhören. Ständig sieht sie ihre Schwester in Gilbharts dunklem Zimmer liegen und überlegt, wie sie Saphie da wieder rausholen könnte. Gar nicht, würde Winne jetzt sagen. Lass sie einfach mal in Ruhe.

Streuobstwiese mit Gartenhaus zu verkaufen. Das Schild steht noch am Dorfrand. Weiße Apfelblüten haben sich aufgerollt an den Bäumen, die Dunja im Frühling für tot hielt.

»Was ist denn eine Streuobstwiese?« Augusta hebt ein Zaunfeld aus dem Betonfuß und stakst mit hohen Schritten durch die nassen Gräser. Als wäre es erst letzten Sommer gewesen, erinnert Dunja sich daran, wie ihre Tochter sich entschlossen durchs hohe Gras kämpfte und mit kleinen Armen den stacheligen Vorhang aus Gestrüpp beiseiteschob. Jetzt reichen ihr die nassen Disteln, Gräser und Schachtelhalme kaum bis zum Knie.

Das Gartenhaus steht ratlos zwischen den Obstbäumen, als überlege es, diese Gegend demnächst zu verlassen. Es hat eine kleine Glasveranda und einen geschnitzten Holzgiebel. Dunja sieht durch die Scheibe. Jemand hat die Dielen weiß gestrichen. Die Wasserflecken an der Wand sehen aus wie schwefelgelbe Wolken. Ein kristallisiertes Kalkrelief bildet blumige Muster. Dunja glaubt, schon einmal im Haus gewesen zu sein, und versucht sich zu erinnern, wem dieser Garten früher gehört hat. Es fällt ihr nicht ein.

»Du musst doch wissen, wie das hier früher ausgesehen hat«, sagt Augusta. »Du kannst dich doch sonst an jeden unwichtigen Mist erinnern.« Aber Dunja findet keine Erinnerung zu diesem Grundstück.

»Irgendwie schön«, findet Augusta und macht Handyfotos.

Als sie später zusammen in der Hängematte sitzen und über das Tal sehen, hat Dunja das Gefühl, Winne würde sie aus den Baumwipfeln beobachten wie einer der Raben, die auf den Tannenzweigen sitzen. »Denkst du auch manchmal, er sieht dich?« Augusta macht ein abfälliges Gesicht. »Manchmal? Ich bin froh, wenn ich das mal für ein paar Minuten nicht habe.« Sie lässt sich seitlich fallen, sieht in den Himmel und legt ihre Beine über Dunjas Schoß. »Ich kapier ja, dass du dich von ihm trennen musstest. Hab ich von Anfang an kapiert. Er hat dich manchmal echt scheiße behandelt. Aber sauer war ich nur auf dich. Er war irgendwie so hilflos. Und du warst schuld, dass es ihm dreckig ging. Du hättest das ändern können und hast es nicht gemacht.«

Dunja nickt. »Klar, weiß ich doch.« Damals hoffte sie, Augusta würde das irgendwann sagen. Trotzdem ballt sich jetzt eine Wut in ihr zusammen und beißt ihr von innen in die Brust. Sie will daran nicht mehr denken und denkt stattdessen an Jorge, und der Biss lässt nach. Auch als Augusta weiterredet, denkt sie an Jorge, und sie denkt an ihn, während sie sagt: »Ich glaube, er hat mich verachtet, weil ich mich von ihm so schlecht habe behandeln lassen.« Dunja ist in der Zukunft, während Augusta von der Vergangenheit redet.

Sie sehen eine Weile in den Himmel, und dann lacht Augusta, wie man über einen plötzlich aufgetauchten Gedanken lacht. »Wenn du einkaufen warst und gesagt hast, wir sollen dich anrufen, falls was ist, dann hab ich gedacht, ich soll dich anrufen, wenn ich ein echt superwichtiges Legoteil nicht finden kann.«

Dunja streicht über Augustas Schenkel. »Ich meinte eher solche Lappalien wie brennende Toaster oder eingequetschte Finger.«

Grellweiß und überstrahlt stehen Wolken am Horizont. In der Mitte liegen graue Knoten wie ein beuliges Gewebe, und dazwischen öffnen sich Risse.

Durch die Wiese geht eine getigerte Katze, bleibt stehen, sieht Dunja misstrauisch an, bereit, in der nächsten Sekunde ins Feld zu jagen. Dunja fragt: »Zu wem gehörst du denn?«, aber die Katze wendet sich ab und lässt sich seitlich ins Gras fallen.

Und wenn der ganze Schnee verbrennt,
die Asche bleibt uns doch.

Als Dunja zurückkommt, liegt Saphie noch immer auf Gilbharts Couch. Der Vorhang ist einen Spalt geöffnet, und Saphie liest einen Brief.

»Du lebst ja noch.«

Saphie sieht Dunja nicht an. »Bin mir nicht sicher«, sagt sie, in den Brief vertieft. »Gilbhart hätte viel mehr gelitten, wenn ich an seiner Stelle gestorben wäre.«

Dunja setzt sich auf den Schreibtischstuhl. »Dann wär das Hotel eingegangen, er hätte sich totgesoffen, und ihr wärt beide hin.«

Saphie sieht an die Decke und legt einen Unterarm auf ihre Stirn. »Ich hab gedacht, das Hotel ist der Sinn meines Lebens. Aber ohne Gilbhart macht irgendwie nichts mehr Sinn.«

»Und ich dachte, meine Kinder wären der Sinn meines Lebens«, sagt Dunja. »Wir sind echt blöd. Man kann doch auch prima leben, ohne gebraucht zu werden.«

Saphie schüttelt den Kopf. »Mama konnte das zum Beispiel nicht. Ich fürchte, daran ist sie gestorben«, sagt Saphie. »Entbehrlich zu sein ist offenbar für manche die schwerste Aufgabe im Leben.«

»Oh Gott, wieder so eine Therapeutin-Weisheit«, sagt Dunja spöttisch. In letzter Zeit lösen Sprüche und Weisheiten Aggression in ihr aus, fühlen sich an wie ein Vorwurf, wie eine Aufforderung, in die Vergangenheit zu sehen, da sie ihr nur als Resümee zu taugen scheinen, aber nie für die Zukunft.

»Ist der Brief von Gilbhart?«

Saphie nickt. »Hmm. Hat er mir geschrieben, als ich diesem Bulgaren hinterhergefahren bin.«

»Ich wusste gar nicht, dass du dem Bulgaren hinterhergefahren bist.«

Saphie macht ein strenges Gesicht. »Hab ich dir ja auch nicht erzählt.« Sie faltet den Brief zusammen und schiebt ihn zurück in den Umschlag. »Mit dem Brief hat er mich zurückgeholt. Schreiben konnte er. Und bemüht hat er sich danach auch. Zumindest für eine Weile. Morgens und abends hat er mir Witze vorgelesen, und dann haben wir uns vorgenommen, in jedem Zimmer einmal Sex zu haben. Zwei Zimmer fehlten noch. Die wollten wir uns aufheben für den Notfall. Falls wir uns wieder verlieren, hat er gesagt.« Saphie sieht hoch zur Decke. An ihrem Kinn sammeln sich Tränen. »Es gab eine Zeit, da haben wir uns jeden Morgen beim Aufwachen gefreut, einander wiederzusehen. Ich dachte, das muss die größte Liebe der Welt sein. Und dann kamen die beiden Scheißsommer, als das Hotel so schlecht lief und wir den Kredit aufnehmen mussten und er so viel getrunken hat.

Und ich dachte die ganze Zeit, wenn's wieder besser läuft, hört er sicher wieder auf zu saufen. Wie dumm von mir.«

Saphie sieht Dunja an, als hätte Dunja ihr einen Vorwurf gemacht. Sie lässt die Hände in den Schoß fallen. »Aber er tat mir so leid, verstehst du? Er hatte 'ne echt traurige Kindheit und musste neben seinem behinderten Bruder der perfekte sein. Wollte nicht nur dessen Behinderung, sondern später auch seinen Tod wettmachen für die Eltern. Er hatte nie eine andere Chance, als das Hotel zu übernehmen«, sagt Saphie, als hätte Dunja das Gegenteil behauptet. »Und seine Eltern haben überhaupt keine Ehe geführt, sondern ein Angestelltenverhältnis. Das Hotel ging vor. Als Gilbharts Vater um die Hand seiner Mutter anhielt, hat er gesagt: ›Die große Liebe ist es zwar nicht, ein Zahn fehlt ihr ja auch schon, aber zum Rumkommandieren taugt das Fräulein Oberfeldwebel im Hotel allemal.‹ Stell dir das mal vor! Seine Mutter hat mir das erzählt und fand es richtig lustig, diese alte Hexe. Zu mir hat sie gesagt, Gilbhart hatte ja schon immer einen Hang zum Küchenpersonal. Mir ist erst viel später klar geworden, dass sie mich damit meinte. Gilbhart kannte seine Eltern nur als Kollegen. Aber irgendwie ist es mit uns dann auch so geworden.« Saphie macht eine Pause. »Das hat er nie gewollt.«

Sie lacht den traurigen Moment weg, wie sie es immer tut. »Als ich hier anfing, hat er zwei Jahre lang darauf gewartet, dass ich einen besseren Arbeitsvertrag haben will. Dann wollte er sein Büro mit Blumen ausschmücken, mich mit Champagner empfangen, auf die Knie gehen und mir einen Heiratsantrag machen. Ich fand meinen Vertrag aber völlig okay. ›Willst du nicht endlich einen besseren Vertrag haben?‹, hat er gefragt. Und ich hab geantwortet: ›Willst du mich heiraten, oder was?‹« Saphie schüttelt den Kopf. »Mann, der konnte echt romantisch sein, und ich hab's nie kapiert. Auf seinem Computer hab ich lauter Fotos von irgendwelchen Schlagerpüppchen gefunden. Das war seine heimliche Schwäche. Eine Frau zum In-die-Schrankwand-Stellen und zum Abstauben. Der hätte was ganz anderes werden müssen. Arzt oder so was.

Das Erschreckende ist, dass sich mein Leben kaum verändert hat ohne ihn. Jetzt merke ich erst, wie sehr wir uns in den letzten Jahren ignoriert haben. Irgendwann bringen wir unsere Beziehung wieder in Ordnung, hab ich gedacht. Wenn wir mal Zeit haben.« In der offenen Tür steht Augusta und klopft gegen den Rahmen. »Kommt ihr essen?

Warten schon alle.« Saphie schüttelt den Kopf und dreht sich zur Wand, mit dem Gesicht im Polster.

Jules' Haar ist zurückgekämmt, er trägt ein dunkelblaues Hemd und eine steife neue Jeans, wie für ein Date. Niemand außer Dunja scheint sich über sein Aussehen zu wundern. Er setzt sich neben Lenka, gibt Brachet die Hand und stellt sich mit einem steifen Nicken vor. Lenka umarmt Jules, hält sein Gesicht in beiden Händen und küsst ihn auf die Stirn. »Du siehst gut aus!« Vor Verlegenheit wirft Jules ihr Wasserglas um, und das Wasser läuft in Lenkas Schoß. Dunja sieht Jules' Hände zittern, als er Lenka seine Serviette reicht, die sie lachend zwischen ihre Beine drückt.

Lenkas Anwesenheit ist nur im Mittelpunkt möglich. Die gestrige Verzweiflung ist verflogen wie eine geheilte Krankheit. Wenn sie einander als Kinder mit einer herumgehenden Grippe ansteckten, fehlte beim Essen immer eine und bekam Suppe ins Zimmer gebracht. So ist es jetzt wieder, denkt Dunja. Lenka hat Saphie mit ihrer Verzweiflung angesteckt.

Jorge sitzt Dunja gegenüber, und sie weiß, er denkt dasselbe wie sie. »Mach dir nicht so viele Sorgen. Saphie kommt schon wieder klar«, sagt er, während alle dem Alten zuhören.

Der erzählt von früher, als er Tischler bei der Eisenbahn war. Entsetzlich langweilig sei es gewesen, in den Zügen Verkleidungen, Zwischenwände, Gepäckablagen, Türen, Sitze, Klapptische, Fensterrahmen und Mitropa-Möbel zu reparieren. Aus den Holzresten habe er zu Hause Stühle gebaut, schwarz verkauft und damit mehr verdient als bei der Bahn. »Tja, Ehre und Geld gehen nicht in denselben Sack, was.« Brachet lacht und redet dann über ihren Vater wie über einen alten Freund. »Der hätte seine Arbeit im

VEB Glasschmuck auch nicht gebraucht, hätte sich leicht selbstständig machen können, wenn das möglich gewesen wäre. Aber an seine Glasrohlinge wäre er ja ohne die Arbeit nicht rangekommen und ich nicht an mein Holz. So war das damals, das könnt ihr euch heut nicht mehr vorstellen, was?« Er nimmt die Brille ab, reibt sich die Augen, setzt sie wieder auf. »Ein Dienst ist des anderen Boden.«

Über Brigäne redet Brachet nicht. Auch nicht über den Tunnel. Als hätte man das Thema probehalber aus einem modrigen Sumpf hervorgeholt, gesehen, dass es zur Unkenntlichkeit entstellt ist, und wieder versenkt wie ein unbrauchbares Wrack. Jetzt ist es begraben, denkt Dunja. Sich selbst hat sie das nie erlaubt, ein Thema zu begraben. Jahrelang hat sie in der Vergangenheit gewühlt, nach Ursachen gesucht, die Probleme hin und her gewälzt, zerkaut, bis sie porös wurden und sich selbst zersetzten. Immer versuchte sie, die Gegenwart mit der Vergangenheit anzureichern, legte endlose Kinderfotoalben an, um die Zukunft mit der Gegenwart zu verbinden. Jetzt erst stellt sie fest, dass sich die Vergangenheit widerstandslos ausblenden lässt.

Saphie schreckt hoch und reißt die Augen weit auf, als Dunja ihre Schulter berührt. »Oh Gott, ich muss die Abrechnung machen. Gastroplan, Buchungen kontrollieren.«

»Gar nichts musst du kontrollieren«, sagt Dunja. »Essen musst du mal was.«

Als verstünde sie nicht, was das sein soll, betrachtet Saphie die Suppenschüssel in Dunjas Händen. Dunja zeigt ihr den Löffel, aber Saphie schüttelt den Kopf, dreht sich um und legt sich wieder hin. »Lass mich schlafen. Ich will nicht mehr wach sein.«

Dunja weiß, jetzt ist etwas Entscheidendes kaputtgegangen. Saphies unermüdliches Getriebe ist blockiert.

Neben ihre schlafende Schwester setzt sie sich auf die Couch, sieht in die orangegelbe Suppe auf ihrem Schoß und denkt, sie sollte sich vielleicht vor der unvorhersehbaren Lage fürchten, in der sie jetzt steckt, wenn sich Saphies Zustand demnächst nicht ändert. Aber Dunja beschließt, über die Zustände nicht weiter nachzudenken. Saphie an ihrer Stelle würde tun, was zu tun ist, und Dunja trägt die Suppe zurück in die Küche. Als sie durch die Scheiben der Küchentür sieht, wie Brachet im Saal mühsam aufsteht und von jedem umarmt wird, denkt sie, dass Saphie den alten Mann genauso freundlich verabschiedet hätte wie jeden Gast. »Jeder Erfolg liegt in der Zukunft«, hatte Saphie gesagt und Dunja vorgeworfen, in der Vergangenheit stehen geblieben zu sein.

Dunja probiert Saphies Dienstleistungsblick, geht auf Brachet zu und begleitet ihn zum Parkplatz. Jorge muss den alten Onkel stützen, der jetzt erschöpft wirkt. Es ist wieder warm geworden und der Boden kaum mehr nass. Auf der Straße bleibt sie stehen, sieht dem Auto hinterher und zieht die Schuhe aus. Es riecht nach warmer Erde. Dunja setzt sich auf die Stufen vorm Haus und sieht in den orangeroten Himmel. Als zwei alte Leute vom Wandern zurückkommen, denkt Dunja, sie würde mit Jorge auch gerne so ein Paar werden, das seine Zusammengehörigkeit nicht mehr infrage stellt.

Im Saal bemerkt Dunja die Anspannung schon von Weitem. Augusta hat wieder diesen Blick, der Angst machen kann, Jules reibt nervös seine Augenbraue. Er sitzt immer noch neben Lenka. Augusta sitzt auf der Stuhlkante, Lenka gegenüber wippt mit den Knien.

»Du brauchst Disziplin, Aggi. Gut auszusehen nützt dir genauso viel wie der Dreck unter deinen Fingernägeln.« Lenka hält ihrer Nichte zehn Finger vors Gesicht. »Das ist deine Chance, und du wärst echt blöd, wenn du die jetzt nicht nutzt. Das ist ein hartes Geschäft, und du musst dich so teuer verkaufen wie möglich, sonst bist du bald am Arsch, verstehst du? Modeln ist kein Spaziergang. Fang lieber gleich an, jeden Tag Sport zu machen, bevor du es nötig hast, und geh nie davon aus, dass dir irgendwer hinterherrennt. Du musst dich anfangs erst mal durchbeißen, Aggi, wenn du da jetzt nicht dranbleibst, vergessen die dich nämlich sofort wieder.«

Augusta schüttelt den Kopf und sagt verächtlich: »Wofür soll ich mich durchbeißen? Um so zu enden wie du? Um irgendwann bemitleidet zu werden von denen, die dich mal bewundert haben? Meinst du das, ja?« Jules stöhnt. »Mann, Aggi, hör doch wenigstens einmal auf jemanden, der Ahnung hat. Lenka will dir nur helfen«, sagt er.

Jedes Mal, wenn Augusta diesen Blick bekommt, überlegt Dunja, ob außer ihr jemand sieht, wie verletzt Augusta ist, wenn sie verletzend wird.

Augusta steht auf. »Ständig will mir irgendwer helfen. Ich will mit der verlogenen Werbescheißwelt nichts mehr zu tun haben.«

Dunja stellt sich neben ihre Tochter, um im Notfall zu verhindern, dass sie etwas wirft. Am einzigen besetzten Tisch im Saal lärmt zum Glück die amerikanische Reisegruppe. Nur die Kellnerin sieht rüber.

Lenka hat sich mit verschränkten Armen zurückgelehnt. »Mach doch dein Ding, Aggi, machst du ja sowieso. Gründe doch deine Hippiekommune, glaub doch an deine Illusion, mach dir doch vor, was du willst, aber beschwer dich nicht, wenn du ein Leben ohne Geld führen musst.«

Zornig kneift Augusta die Augen zusammen. »Auf Geld scheiß ich. Du denkst, du hast es geschafft, ja? Weil du immer genug Koks in der Nase hast und teure Klamotten trägst.« Augusta zeigt auf Jules. »Und weil dir genügend kleine Jungs am Rockzipfel kleben, ja? Dein Leben is 'ne Illusion, Lenka, und tu nicht so, als wüsstest du das nicht. Ich bin kein Baby. Mir machst du nichts mehr vor. Ich hab aufgehört, dich zu bewundern. Tut mir leid.« Lenka lacht bitter und will etwas sagen, aber Jules hält sie zurück. »Lass sie, das ist gleich wieder vorbei.«

»Sehr witzig, Jules!« schnaubt Augusta, sieht ihn stumm an und redet offenbar durch Gedankenübertragung mit ihm weiter. »Gleich wieder vorbei. Alles klar.« Sie kneift die Augen zu Schlitzen und wiederholt langsam: »Sehr witzig.«

Dunja überlegt, auf wen Augusta eifersüchtig ist. Auf Jules? Oder auf Lenka? Saphie würde die Situation verstehen, denkt Dunja. Saphie kann Augustas Gedankengänge nachvollziehen.

»Ein starkes Mädchen, Frau Lenzing«, sagte der Arzt bei Augustas Geburt. Mit schiefem Kopf betrachtete die Hebamme das seltsame Gesicht und murmelte: »Sie hat aber eine schwere Aufgabe.« Das sollte Dunja nicht hören. Jetzt denkt sie wieder an diese ersten Worte, die über Augusta gesagt wurden. Vielleicht hat die Hebamme damit Augustas Grundeinstellung fürs Leben programmiert.

Am nächsten Morgen setzt Dunja Saphies Lesebrille auf und versucht, die Honorarbuchhaltung zu verstehen. Jemand kommt ins Foyer, und erst als er neben ihr steht, betrachtet sie ihn irritiert. »Ja«, sagt sie und blättert weiter hektisch in den Ordnern, »genauso sah der Mann aus, den ich vermisst habe.« Jorge küsst ihren Nacken, und Dunja läuft ein herrlicher Schauer über ihre linke Körperhälfte. »Sie sind wohl nicht von hier?«, fragt Jorge und lehnt sich gegen das Anmeldepult. »Sie tun nämlich irgendwie alles ein bisschen zu schnell.« Dunja hört auf zu blättern und sieht Jorge über den Brillenrand an. »Nicht alles«, sagt sie langsam und bedeutungsvoll. Jorge räuspert sich, und Dunja muss über seine Verlegenheit lachen. Er fragt nach Saphie. »Sie will einen Hund«, sagt Dunja. »Mehr habe ich heute nicht rausbekommen.«

»Na, das ist doch ein gutes Zeichen, wenn sie irgendwas will. Und du? Was willst du?«

»Ich will endlich diese verdammte Buchhaltung und das Hotelprogramm verstehen. Aus Verzweiflung hab ich schon allen anwesenden Gästen Tiere zugeordnet, um sie mir zu merken.« Eine Frau steigt aus dem Fahrstuhl. »Das ist die Dackelin, Frau Damerau. Siehst du, schon gemerkt«, flüstert Dunja. »Das Tier muss mit demselben Buchstaben beginnen. Und guck dir mal ihre kurzen Beine an und diese riesigen Ohrläppchen, ich werd sie bestimmt versehentlich Frau Dackel nennen. Und dann diese Vogelfamilie, hast du die gesehen, wie die hier immer durchs Foyer staksen? Der Vater mit diesen abstehenden Fusseln auf dem Kopf …« Dunja zwirbelt sich ein paar Haare senkrecht nach oben. »Die haben alle so 'ne hohe Stirn, lange spitze Nasen und so ein winziges fliehendes Kinn.« Dunja saugt ihre Wangen nach innen und macht die Augen groß. »Und dann nehmen sie ganz ernst und steif ihre Mahlzeiten ein und kriegen ihre Münder beim Essen unfassbar weit auf.« Dunja macht es nach, und Jorge lacht.

In Sporthose und T-Shirt kommt Jules durch die Eingangstür gejoggt, und Dunja macht stumme Zeichen, er soll die Kopfhörer abnehmen. »Kannst du dir mal die Buchhaltung angucken? Aggi hat euer Auto mitgenommen, oder? Soll ich dich irgendwo hinfahren?« Jules schnauft und stützt die Hände auf die Knie. »Mann, Mama, stell doch nicht immer drei Fragen gleichzeitig. Ich guck mir die Buchhaltung gleich an, und nein, du sollst mich nirgends hinfahren. Ich schreib meine Semesterarbeit hier, hab ich doch gesagt.« Er setzt die Kopfhörer wieder auf und joggt die Treppe hinauf. Dunja sieht ihm hinterher. »Hat er das gesagt?«

»Für eine Entführung scheinst du ja keine Zeit zu haben, aber vielleicht für ein ganz langsames Frühstück?«

Auf der Terrasse erzählt Jorge, der Fernsehbeitrag über den Tunnel werde vermutlich im Herbst gesendet. Er malt eine Schlagzeile in die Luft: »›Der verhängnisvolle Tunnel‹ oder ›Tunnel des Schweigens‹«, Jorge lacht. »Bestimmt legen sie dramatische Musik drunter, und dann sieht man jemanden mit Grubenlampe verschwommen durch die Dunkelheit hetzen.« Dunja sieht das Tunnelthema wieder auf sich zurollen. Es ist zurück aus dem modrigen Sumpf. Die Fernsehleute haben das Wrack gestohlen, werden es restaurieren und in grellen Farben lackieren. »›Familiendrama wegen Fluchttunnel-Lüge‹«, schreibt Jorge weiter in die Luft.

»Oh Gott, hör auf!« Dunja fängt seinen Arm ein und sieht sich nach den Gästen um. »Wir werden am Sendeabend einfach im ganzen Ort für einen Stromausfall sorgen«, flüstert Dunja. »Bist du dabei?«

»Kein Problem, dann müssen wir nur unser neues Glasfaserkabel aus der Erde ziehen«, flüstert Jorge zurück. »Und den Richtfunkmast auf dem Turm absägen und den Handymast im Nachbarort fällen. Aber nur, solange der Beitrag online ist. Also nur für ein Jahr oder so.«

Jorge verabschiedet sich mit einem Kuss. »Ich muss los, um einen scheußlichen Carport zu bauen«, und Dunja denkt, ihr würde ein Alltag gefallen, in dem sie sich jeden Morgen so verabschieden.

In Gilbharts Zimmer durchsucht Dunja die Ordner nach den Zugangsdaten für die Hotelwebsite, während Saphie in Gilbharts alten Fotoalben blättert, Briefe und Schulzeugnisse liest. Stumm hockt sie in Strümpfen auf der Couch, hat sich Gilbharts Lesebrille aufgesetzt, scannt die Seiten des Albums mit einem Blick, wie um ein Archiv anzulegen oder ein bestimmtes Bild zu finden oder ein Wort. Ab und zu bleibt sie an etwas hängen oder blättert zurück. Jedes Album durchsucht sie wieder von Neuem, sobald es zu Ende ist. Jeden Brief liest sie mehrmals, als wolle sie ihn auswendig lernen. »Iss wenigstens den Salat«, sagt Dunja, und Saphie nickt abwesend. »Hm.«

»Jules hat eine neue Hotelsoftware mit Gastro gekauft und die ganze Nacht dran gesessen.«

Saphie nickt desinteressiert. »Hm.«

Dunja hat Jules dafür gelobt wie ein Kind. Aber Jules war genervt von Dunjas Lob und wollte das Programm lieber Nino erklären, als hätte es mit ihr sowieso keinen Sinn. Als hätte Dunja weniger Interesse daran, die Funktionen zu verstehen, sondern vielmehr daran, Jules zu loben.

Saphie sitzt da mit krummem Rücken im Schneidersitz, konzentriert auf den Fotoberg in ihrem Schoß, und sieht zu Dunja. »Weißt du, wann ich mich in Gilbhart verliebt habe?« Es muss ihr gerade erst eingefallen sein. »Ich saß an der Rezeption, und er hat mir das Buchungsprogramm erklärt. Eine von den Küchenhilfen stand plötzlich im Foyer. In einer Hand den Erste-Hilfe-Koffer, die andere Hand hielt sie Gilbhart hin und kleckste Blutstropfen aufs Parkett. ›Ich hab mir hier was abgeschnitten‹, sagte sie. ›Und, hast du 's noch?‹, hat Gilbhart gefragt.« Saphie lacht. »Dann hat er ihre Fingerkuppe eine Woche lang versorgt wie ein Chirurg und ihr später eine winzige Pappschiene gebastelt, Flügelpflaster und Heiltinkturen hergestellt, bis die Kuppe wieder angewachsen war. Das war eine total rührende Leidenschaft von ihm, alle möglichen Küchenverletzungen und

Verbrennungen zu versorgen. Der hat sich richtig gefreut, wenn er Verbände wechseln durfte. Und wenn er mittags schon Bier getrunken hat, dachte ich nur: Mann! Kann sich nicht bitte endlich wieder jemand verletzen?«

Saphie schiebt sich abwesend die Brille auf den Kopf, und ihr Blick erkaltet. »Ich weiß nicht, warum ich diesen Mann so geliebt hab, echt nicht. Manchmal, wenn ich ewig rumgemeckert hab, hat er mich gefragt, warum ich denn überhaupt noch mit ihm zusammen bin, wenn er so schrecklich ist. Dann sind mir schon ein paar gute Eigenschaften eingefallen, klar, hat ja jeder irgendwelche guten Eigenschaften. Ist ja nicht so schwer. Aber die sind doch nicht der Grund, aus dem man irgendwen liebt, oder?« Saphie sieht auf die Ringbindung des Fotoalbums. »Als er beim Bestatter aufgebahrt lag, war sein toter Körper immer noch total liebesbedürftig. Kannst du dir so was vorstellen?«, fragt Saphie sich selbst.

»Lass mich mal alleine«, sagt sie fast gepresst, wie ein Befehl, und zeigt auf den Salat, »und nimm das da wieder mit.«

Dunja klemmt sich den Ordner unter den Arm, balanciert die Salatschüssel und die Schokomousse Richtung Tür, drückt die Klinke mit dem Ellenbogen, öffnet sie und dreht sich noch einmal zu Saphie um. »Und weißt du, wann ich mich in Winne verliebt habe? Das war, als ich zwischen seinen ganzen Mitbewohnern in seiner kleinen WG-Küche saß und ihm dabei zugesehen habe, wie er die Spülmaschine ausräumte. Er hat dabei über irgendwas geredet, wahrscheinlich wieder so was wie die Notwendigkeit, hochwertige Werkzeuge anzuschaffen. Währenddessen hat er völlig selbstvergessen das Totenkopfbuddelförmchen irgendeines fremden Kindes abgetrocknet, das in der Spülmaschine mitgewaschen worden war. Das hat mir damals gefallen. Warum auch immer.« Sie sieht noch einen Moment versonnen in die Salatschüssel, schüttelt dann den Kopf und schließt die Tür mit dem Hacken.

Vom Büroschreibtisch sieht sie Jules durchs Foyer gehen und kann die Frage, wohin er gehe, nicht zurückhalten. »'n Fahrrad besorgen«, murmelt er unwirsch, »für Lenka«, und schließt die Tür, bevor Dunja noch Fragen stellen kann.

Die Kinder waren mit der Zeit allergisch geworden gegen Dunjas Fragen. Je mehr sie fragte, umso weniger bekam sie erzählt.

Aus Angst, die richtigen Fragen zu spät zu stellen, stellte sie den Kindern immer zu viele. Und dann kam es so, wie sie es befürchtet hatte. Hast du gekifft?, Hattet ihr Sex?, Rauchst du?, Warst du gestern betrunken? Dunja war erst hinter all diese Dinge gekommen, als die Kinder es längst ausprobiert hatten und sich über ihre begriffsstutzige Mutter nur noch lustig machen konnten. Dunja war der Entwicklung ihrer Kinder nicht hinterhergekommen.

Warum besorgt Jules für Lenka ein Fahrrad? Lenka würde sicher nie irgendetwas für Jules besorgen.

Wo der Verdacht einkehrt,
nimmt die Ruhe Abschied.

Ihr gefällt die Langsamkeit, mit der sie sich in Jorge verliebt. Als sie Winne kennengelernt hatte, dachte sie, so schnell wie möglich mit ihm schlafen zu müssen, aus Angst, er könne es sich anders überlegen. So hatte sie es von Saphie gelernt. Saphie zögerte nie. Als sie in der Zehnten einen Jungen mochte, stieg sie nachts aus dem Fenster und fuhr zu ihm, bevor es eine andere tun konnte.

Dunja sei ihm vorgekommen wie eine verwirrte Straßenkatze, die man nicht mehr loswird, wenn man sie streichelt, hatte Winne später behauptet.

Sie geht zum Fenster, sieht auf den Parkplatz. Drei Zimmer müssten gemacht werden, und Lore ist noch nicht da. Saphie hätte die Zimmer längst selbst saubergemacht. Sie konnte es nicht aushalten, auf Lore zu warten, obwohl selten Gäste schon um elf im Foyer standen.

Im Seidenkleid konnte Saphie mit Gummihandschuhen die Treppe herabgestöckelt kommen, einen vollen Müllbeutel in der Hand, und dann den Gästen die Koffer raufbringen, ohne dass jemand ihre Position infrage gestellt hätte. Mit derselben Haltung konnte sie die Kräftigen unter den Gästen bitten, ihr für ein Bier dabei zu helfen, die Wäschesäcke die Treppen rauf- und runterzuschleppen, wenn der Fahrstuhl wieder kaputt war.

Als Kinder hatten sie zum Aufräumen die Zimmer getauscht, weil es Saphie mehr Spaß gemacht hat, Dunjas Zimmer aufzuräumen als ihr eigenes. Dunja hat es nie Spaß gemacht. Sie sah lieber zu, wie Saphie aufräumte und

Mutter spielte, ihre eigenen Gedanken kommentierte und mit den Dingen redete. »Warum liegst du denn hier rum, armes Würfelchen?«, sagte sie und brachte einen Spielwürfel in die richtige Kiste. »So, hier gehörst du hin, und lauf nicht wieder weg, ja?« Saphie konnte stundenlang aufräumen, wenn Dunja ihr dabei zusah. Sie saß dann auf dem Hochbett und dachte, mit Saphie würde alles stimmen, nur mit ihr selbst wäre etwas falsch. Ihre Schwester konnte alles, sogar die langweiligen und anstrengenden Dinge. Dunja war sicher, Saphie könnte auch Glaskugeln bemalen, wenn sie es nur wollte.

In der Küche sieht Dunja ratlos in den Kühlschrank, streckt die Arme hoch, um die Kühle auszukosten. »Ich brauch irgendwas Erfrischendes«, sagt sie, und gleich weiß sie, es war ein Fehler, das laut zu sagen. Der Lehrling gießt ein rosa Getränk in ein großes Glas und hält es ihr hin. »Experiment«, sagt er stolz. Dunja kostet, schüttelt den Kopf und gibt es ihm zurück. Sie schneidet eine Melone auf, und als sie damit vors Haus tritt, rollt ihr die Hitze vor die Füße wie ein riesiger weicher Ball. Sie stellt den Melonenteller neben Jules, der vor einem umgedrehten alten Fahrrad kniet und den Mantel von der Felge hebelt. Dunja setzt sich auf den wackligen Klappstuhl, den Lore zum Rauchen in das Schattendreieck gestellt hat, das die Treppe gegen die Hauswand wirft.

»Wo hast du denn das Rad so schnell her?«

Jules nickt mit dem Kopf Richtung Wirtschaftstrakt. »Im Schuppen gefunden.«

»Wird richtig heiß heute«, sagt Dunja und fächelt Wespen von der Melone.

»Jup«, sagt Jules. Er lässt sich nicht ablenken. Wenn er beschäftigt ist, kann er keine Gespräche führen. Als Kind konnte er kaum Fahrrad fahren und gleichzeitig darauf achten, hinter den Eltern zu bleiben. Er sah keine Verkehrsschilder, konnte nicht einschätzen, wann sich die Straße überqueren ließ, und umklammerte verkrampft seinen Lenker. Während der Großstadtverkehr ihn in Panik versetzte, bekam Augusta schon als Dreijährige alles gleichzeitig mit. Singend fuhr sie in Schlangenlinien vor ihrem großen Bruder her, sodass sie den Passanten ihr Fähnchen ins Gesicht klatschte, das an einer Stange an ihrem Gepäckträger angebracht war und hinter ihr wehte.

»Falls jemand was will, ich bin oben. Zimmer putzen«, sagt Dunja, ohne zu erwarten, dass Jules antwortet.

Sie hat vergessen, wie anstrengend es ist, Bettdecken zu beziehen, Laken zu spannen, Staub zu saugen und Fliesen zu wischen. Sie riecht ihren Schweiß und stellt sich vor, wie Saphie und Gilbhart in diesem Zimmer nach dem Sex erschöpft auf dem Bett lagen.

Ein Schatten wischt über die Wand, flackernde Blätter in der Morgensonne und ein Luftzug. Jetzt ist es, als wäre Gilbhart wieder hier und würde nach Saphie suchen. »Weißt du, wo meine Frau ist?«, fragt er, und Dunja hat seine Stimme im Kopf. »Sie sitzt unten in deinem Zimmer und sucht dich«, antwortet sie.

Als sie im dritten Zimmer die Nachttische abwischt, erschrickt sie vor Lore, die in der Tür steht. Die Hände in den Hüften, sieht sie Dunja belustigt zu und schüttelt den Kopf. Dunja wischt sich die Stirn. »Scheiße, ist das anstrengend!«

Lore nickt und hält ihre Faust hoch. »Frag nicht nach meinem Rücken, aber guck dir meine Arme an, Kindchen«, sagt sie mit tiefer Stimme. »Damit kannst du richtig zuschlagen, wenn's mal sein muss. Geht zack, zack.«

Lore geht hart um mit dem Leben. »So, und jetzt verschwinde!«

Vor ein paar Jahren war nachts die Polizei gekommen, hatte die Zimmer durchsucht und den bewusstlosen Ehemann der Cousine gefunden, dem achtzig Tabletten aus dem Magen gepumpt werden mussten. Dunja war damals im Hotel. Die Kinder hatten Winterferien. Nachdem die Cousine ihren Mann zu Hause nicht mehr reingelassen hatte, war der ins Hotel gekommen und hatte ein Handyfoto mit einem Berg leerer Tablettenschachteln und Kümmerling-Flaschen gepostet. Die Cousine hatte der Polizei gesagt, ihr Mann wäre in Zimmer 106. Er war aber in der 102. Alle Gäste mussten geweckt werden. Am nächsten Morgen kam die Cousine, um seine Sachen zu holen, saß im Zimmer auf der Bettkante und hörte sich lieber Lores Ratschläge an als Dunjas.

»Hätteste ihn gelassen, Mädchen, hättste ihn mal ausgelacht für so 'n Foto, pah, darauf darf man doch nich reagieren! Hätt dir doch nichts Bessres passieren können, als dass der sich vom Hof macht. Hätteste jetzt Witwenrente, deine Kinder Halbwaisenrente, was meinste, wie gut ihr alle leben könntet? Nächstes Mal lässte ihn. Aber der is ja selbst zum Sterben zu blöd. Der kriegt die Kuh nich übern Eimer, der Hampelmann. Meiner saß mal aufm Fensterbrett. Hab ich gelacht und gesagt, spring wenigstens mitm Kopf zuerst. Isser wieder runtergekomm. Sind zu nichts zu gebrauchen, die Kerle. Nutzloses Gesindel. Sex ist doch das Einzige auf der Welt, worin sich Männer und Frauen manchmal einig sein können. Mehr ist es doch nicht, Kindchen, mehr ist es wirklich nicht. Und was ist das schon wert? Fortpflanzung? Ha, dafür würde ein Anständiger reichen. Da kannst du Hunderte in den Wind schießen.«

Die Cousine fand Lores Worte tröstend, während sie Dunja anekelten.

Unter der Dusche ist Dunjas Befürchtung wieder da,

Jorge könnte es sich anders überlegt haben. Indem sie Saphies Job übernommen hat, hat sie vielleicht auch Saphies übliche Befürchtungen übernommen, denkt sie. Saphie würde sofort etwas unternehmen.

Nackt, nass und tropfend ruft sie Jorge an. *Das ist die Mailbox der Tischlerei Brachet …*

Lenka steht mit Kopfhörern in der Küche und schüttet Beeren in den Mixer. »Warst du schon bei Saphie?«, ruft Dunja und schiebt einen Hörer von Lenkas Ohr.

Lenka tanzt, leckt Joghurt von ihrem Finger und schwingt rhythmisch den Kopf. »Saphie? Die war gerade hier, hat sich 'ne Flasche Schnaps geholt, glaub ich.« Sie breitet die Arme aus und singt »Govinda Jaya Jaya, Gopala Jaya Jaya, Gaura Gaura Hari«, nimmt ihren Smoothie, hinterlässt violette Kleckse auf dem Boden, tanzt raus und hört nicht mal den Knall, als ein Kochtopf explodiert und rosa Schaum gegen die Wand klatscht. Der Küchenchef kommt gerannt und brüllt. »Kann doch nicht wahr sein, bist du denn vollkommen irre, Junge! Nicht diesen Molekularquatsch in meiner Küche, hab ich gesagt! Hast du etwa den teuren Lachs dafür genommen? Meine Güte, kann man dich keine Sekunde alleine lassen!«

In ihrer Wohnung sitzt Saphie am Küchentisch und sieht aus dem Fenster. »Na? Was willst du heute?«

Sie sieht Dunja an wie eine Fremde. »Was soll ich denn wollen?«

Dunja zuckt die Schultern. »Na, gestern wolltest du doch einen Hund. Und heute?«

Saphie sieht wieder aus dem Fenster. »Heute will ich aus dem Fenster gucken.« Dunja überlegt, ob sie Saphie zurück in die Gegenwart holen soll, indem sie von der arabischen

Hochzeit erzählt, die für nächsten Monat geplant ist, obwohl es nicht genügend Personal gibt. Sie könnte Saphie fragen, ob sie die Handwerker abbestellen soll, weil Jules den Abfluss in der 105 selbst repariert hat. »Nein, niemals Handwerker abbestellen!«, würde Saphie normalerweise sagen. »Bis dahin ist eh was anderes kaputt.«

Dunja fällt keine Frage mehr ein, von der sie nicht selbst weiß, wie Saphie sie beantwortet.

An der Rezeption ruft sie wieder Jorge an. Mailbox. Dunja kann nichts gegen die Vorstellung tun, dass er in diesem Moment mit einer anderen Frau zusammen ist. So etwas kennt sie nicht. Bei Winne war sie nie eifersüchtig. Manchmal wünschte sie sich sogar, er hätte eine andere.

Im Foyer wird es voll und heiß. Familien reisen an, der Küchenchef muss den Gastroplan ändern, weil die Palette mit den Tomaten vom Laster gefallen ist, und will mit Saphie über eine neue Limonade, einen anderen Kaffee und verschwundenes Besteck sprechen. Ein Wäschelieferant will sich nicht mit Dunjas Unterschrift zufriedengeben, ein Gast will ein anderes Zimmer haben, und während das Buchungsprogramm abstürzt, repariert Jules vor der Tür immer noch Lenkas Fahrrad. Dunja ist froh, als Nino kommt. »Zu Hause ich mach das«, sagt er.

Dunja sitzt auf dem Bett in ihrem Zimmer und findet: Hier ist nicht ihr Zuhause. Als Jugendliche ging sie in den Wald, wenn es im Sommer zu heiß wurde und am See zu voll. Dann saß sie lesend auf einem Baumstamm und dachte wieder, etwas wäre falsch an ihr, weil sie nicht mit den anderen im warmen See schwimmen wollte. Den See mochte sie nur kalt.

Sie geht wieder runter, durch den Wirtschaftstrakt raus und an Saphies Küchenfenster vorbei. Mit einem Stapel Musikkassetten sitzt Saphie vor einem alten Rekorder, hört

Tina Turner und trinkt Grappa aus der Flasche. »Saphie? Was machst du hier?«

Saphie hebt müde den Kopf. »Hatte keine Lust mehr, ausm Fenster zu gucken. Wollte mal wissen, wie das ist, in dieser blöden Küche zu vergammeln«, lallt sie und lässt den Kopf schief hängen. Dunja überlegt, was Saphie tun würde, wenn es andersrum wäre. Wenn Dunja betrunken wäre und Saphie sie am Weitertrinken hindern wollte. »In einem Haus voller Alkohol kann kein Säufer trocken werden. Da kann er sich nur totsaufen«, hatte Saphie gesagt, als Dunja vorschlug, Gilbhart doch die Flaschen wegzunehmen. »Flaschen wegnehmen? Was soll das denn bringen, bitte? An den Stuhl fesseln wäre vielleicht 'ne Möglichkeit. Oder Hammer auf den Kopf.«

Saphie wedelt mit der Hand. »Geh weg, Dunja. Ich hab gekündigt. Hab mich selbst gefeuert.«

»Aber das geht nicht, Saphie!«

»Klar geht das! Ich bin die Wirtin, das ist mein Haus, ich kann feuern, wen ich will. Lass mich in Ruhe.«

Wenigstens Jorges Mailbox erzählt Dunja, was mit Saphie los ist. Als sie von der Straße in den Sandweg einbiegt, sieht sie schon von Weitem, dass das Schild fehlt. Es trifft Dunja wie der Stromschlag vom Kuhzaun. Wie konnte sie sich einbilden, die Streuobstwiese stünde für immer zum Verkauf? Oder Jorge würde für immer auf sie warten? Oder Saphie würde sich von selbst wieder einkriegen? Insgeheim hofft sie ja sogar noch immer, der Tunnelbeitrag würde nicht erscheinen.

Statt des Zu-verkaufen-Schildes hängt ein Zettel am Zaun. Das Dorffest, das am Wochenende auf dem Sportplatz stattfinden sollte, ist wegen zu hoher Waldbrandstufe abgesagt.

Auf der Straße fahren Jules und Lenka mit den Rädern vorbei. Jules fährt neben Lenka und schiebt sie mit der Hand in ihrem Rücken den Berg rauf, Richtung See. Lenka lacht, und ihr buntes Kleid flattert, während Dunja irgendwie alles aus den Händen gleitet.

Sie hebt das Zaunfeld aus dem Betonfuß. Die stachelige Wiese kratzt an ihren Waden. Beim letzten Mal muss sie sich mit dem Gartenhäuschen angefreundet haben. In Gedanken hatte sie sich einen Weg durchs hohe Gras gemäht, das Haus blau gestrichen und das Dach repariert. Sie sieht noch einmal durch die Scheibe in den leeren Raum. Weißer Lack ist von den Dielen abgeblättert, neben der Tür hängt ein Kalender. Das letzte Kalenderblatt zeigt den November vor zwei Jahren. Im hinteren Dunkel hängt ein Regal an der Wand, und Dunja erkennt zerbrochene Glasrohlinge, eine alte Schutzbrille und einen Tischbunsenbrenner.

Wieder glaubt sie, das Haus zu kennen, schon einmal drin gewesen zu sein.

Jorge geht immer noch nicht ans Telefon. Vielleicht zieht er wieder als Zimmermann durch Skandinavien, wie er es zehn Jahre lang gemacht hat, denkt Dunja. Vielleicht hat er dort eine Familie zurückgelassen. Ihr fällt ein, wie sie sich als Kind vor ihm gefürchtet hat, und seine Unberechenbarkeit ist jetzt die einzig logische Erklärung für sein Verschwinden. Sie hat sich vielleicht zu Recht vor ihm gefürchtet.

Die Hitze und die Ungewissheit haben Dunja gelähmt, ihre Hände und Füße gefesselt und den Kopf ausgeschaltet. Die Luft ist ebenso still und erstarrt wie in eisiger Kälte. Sie ist wütend auf Jorge. Sie ist auch wütend, dass sie die Streuobstwiese nicht mehr kaufen kann, obwohl sie nicht vorhatte, sie zu kaufen, und sie ist sogar wütend, dass es kein Dorffest geben wird, obwohl sie nicht vorhatte hinzugehen.

Sicher wird das Haus abgerissen und ein neues gebaut, denkt Dunja müde. Die Wiese wird auf drei Zentimeter rasiert, wie es im Ort üblich ist, die verknoteten Bäume werden gefällt und hässliche Gartendekorationen an den Zaun gestellt. Die Hitze will aber nicht, dass Dunja wütend ist, und zerdrückt ihre Wut bis auf die Größe einer müden Traurigkeit.

»Du musst freunden dich mit Wetter«, sagt Nino, als Dunja im Foyer die Tür schließt, um die Kühle des Steinbodens im Foyer zu hüten. Nino wiegt seinen Oberkörper. »Heat is cool!«

Sie fragt, ob Jorge angerufen habe, aber Nino antwortet nicht, sondern sieht durchs Fenster mit verschränkten Armen zu, wie Lenka draußen vom Fahrrad steigt. »Was hast du ein hübsches Stück Schwester, damn shit!«

Seit Tagen schleicht Saphie in Trainingshose und T-Shirt durchs Haus wie ein Geist. Vom täglichen Hotelablauf will sie nichts wissen. Es interessiert sie auch nicht, wie viel Geld Jules vom Geschäftskonto genommen hat.

Jules repariert einen Abfluss und ein loses Geländer, dann fährt er mit Saphies Auto zum Baumarkt und kommt mit Eimern, Tuben, Kästen und Tüten voller Schrauben, Nägel, Dübel zurück und mit einer neuen Frisur. Nachmittags sagt er zu Dunja: »Ausflug«, läuft mit Lenka aus dem Haus, und sie steigen zusammen auf die Räder.

Dunja lenkt sich durch Arbeit von der Hitze ab und davon, dass Jorge sich nicht meldet. Es funktioniert so, wie sie es von Saphie gelernt hat, und je besser sie sich mit der Buchhaltung auskennt, umso mehr gibt es zu tun.

Saphie setzt sich mit angezogenen Beinen, ungeschminkt, unfrisiert auf das Kofferpodest, die Arme um die Knie geschlungen. Hätte Dunja vor zwei Wochen so an der

Rezeption gesessen, wäre sie von Saphie zurück in ihr Zimmer gejagt worden. »Saphie, du siehst aus wie ein Eintopf!«, flüstert Dunja, und Saphie streicht sich abwesend mit den Fingern durchs ungekämmte Haar. »Ich kann mich nicht mal an meine Hochzeit richtig erinnern. Kam ich dir an dem Tag glücklich vor? Kam Gilbhart dir glücklich vor?«

»Warum hab ich denn das alles vergessen?«, fragt sie immer wieder, während sie redet und ihr einfällt, woran sie lange nicht mehr gedacht hat. »Kannst du dich noch an diese Faschingskostüme erinnern, die Mama uns genäht hat? Als wir brasilianische Karnevalstänzerinnen waren mit riesigen Federn und Glitzer und diesen hohen Schuhen?«, sagt Saphie erstaunt über ihre eigenen Erinnerungen.

»Klar! Du rot, ich blau«, sagt Dunja. »Wie immer.«

Saphie sieht aus dem Fenster. »Mama hat hier nie wirklich hergepasst. Wir können dankbar sein, dass sie uns so ungewöhnliche Namen gegeben hat. Stell dir vor, wir würden Susi, Moni und Kathi heißen.« Saphie lacht.

»Als Kind hast du sie für deinen Namen gehasst. Du wolltest Sophie genannt werden, weißt du das nicht mehr?«

Saphie überlegt. »Wirklich? Hab ich total vergessen.«

»Das kannst du doch nicht vergessen haben. Ich sollte dich in der Schule Sophie nennen, und du wolltest Diana zu mir sagen. Es gab aber schon eine Sophie und eine Diana, und wir haben das nicht lange durchgehalten.«

Saphie nickt nachdenklich, und dann schüttelt sie den Kopf.

Es regnet schon wieder. Als Kinder liebten sie es, im Sommerregen nass zu werden. Der heiße Staub muss gerochen werden, bevor er zu nasser Erde wird. Darin waren sie sich einig.

Während sie barfuß mit ausgebreiteten Armen in der Tür stehen, kommen Wanderer ins Haus gerannt, als würde man mit Steinen nach ihnen werfen. Im Foyer schütteln sie schnaufend ihre dünnen Windjacken aus.

Saphie streift sich nasse Haarsträhnen aus dem Gesicht und lehnt sich an die Wand unterm Vordach. »Und jetzt mach die Augen zu, stell dir vor, du stehst am Meer und die Gischt spritzt dir ins Gesicht.« Dunja schließt die Augen, aber sie sieht kein Meer, sie sieht nur Jorge, wie sie ihn in seiner Werkstatt durch die Kamera gesehen hat. »Läuft da was zwischen dir und Jorge?«, fragt Saphie, als hätte sie auch statt des Meeres ihn gesehen.

Dunja gräbt die Zehen in den Kies und zieht einen Halbkreis von der Stufe zur Hauswand. »Glaub nicht.«

Saphie hebt die Augenbrauen. »Na, ins Bett wirst du ihn ja wohl kriegen, oder?«

Dunja zuckt die Schultern und lässt die nassen Strähnen in ihrem Gesicht kleben. »Weiß nicht.«

Saphie stöhnt. »Glaub nicht, weiß nicht, Maaann, was ist denn los mit dir, Dunja? Wolltest du den gleich heiraten, oder was? Dafür wirst du zehn Pferde brauchen, das kann ich dir gleich sagen«, sagt Saphie und zeigt die Straße runter. »Da ist er ja.«

Sein Auto biegt zum Hotel ab, fährt auf die Eingangstür zu und hält direkt vor der Treppe. Jorge kramt auf dem Beifahrersitz, und Dunja spürt, wie sich eine Verschnürung in ihrer Brust auflöst, als hätte jemand an der richtigen Stelle einen Strick zerschnitten. Umständlich steigt er aus, geht geduckt durch den Regen und trägt vorsichtig etwas unter seinem T-Shirt. Im Foyer holt er ein hellbraunes Fell hervor und hält Saphie mit einer Hand einen kleinen Hund entgegen. »Der konnte nicht bis zum Geburtstag warten«, sagt er. Saphie sieht erschrocken aus und hält den Hund, als hätte sie noch nie einen gesehen. »Labradormischling«, sagt Jorge und streichelt ihm den Kopf. Saphie setzt sich auf die

Stufen. Der Hund dreht sich aufgeregt auf ihrem Schoß im Kreis. Saphie lacht wie ein Kind, und der Hund leckt ihr das regennasse Gesicht ab.

Jorge zieht seine Hose hoch, verschränkt die Arme und betrachtet die beiden. Er sei von einem Kunden, sagt er, bei dem er länger gearbeitet habe als geplant. Und schon auf der Hinfahrt sei ihm das Handy an der Tankstelle ins Klo gefallen. Dunja ist erleichtert, dass Jorge nicht weiß, wie oft sie ihn angerufen hat.

»Vielen Dank, Herr Doktor«, sagt sie leise.

Er hält den Kopf schief und winkt ab. »Keine Ursache. Sobald die Kranken wissen, wonach sie verlangen, hat die Sache weiter keine Schwierigkeiten. Oft scheitert's daran, dass die Patienten keine genaue Vorstellung davon haben, was ihnen fehlt.«

Lenka quietscht begeistert, stürzt durchnässt ins Foyer, wirft ihre Handtasche gegen Jules' Brustkorb und kniet sich vor Saphies Schoß. Jules hält Lenkas Tasche wie eine Trophäe, setzt sich auf die Stufen und betrachtet nicht den Welpen, sondern Lenkas Kleid, das nass an ihrem Körper klebt. Jorge zieht die Augenbrauen hoch und sieht von Lenka zu Jules. »Die Glasschwestern allerdings, die wissen ja immer ziemlich genau, was sie wollen. Da muss man sich vermutlich keine Sorgen machen.«

Dunja denkt an ihren Wunsch für die Verabredung zur ersten Nacht: nicht bei dir, nicht bei mir und nirgends, wo andere Menschen sind. Eine so genaue Ansage hatte sie Winne nie gemacht. »Sie sprechen in Rätseln, Herr Doktor«, sagt sie mit gespielter Unschuld. »Ich hab um zehn Feierabend und wirklich nicht die geringste Ahnung, was ich nur wollen könnte.«

»Hat ihm schon jemand einen Namen gegeben?«, fragt Saphie, und ihre Augen sehen plötzlich wach aus. Von ihrem Gesicht ist ein Vorhang gefallen, durch den man sie in letzter Zeit immer weniger sehen konnte.

»Na ja«, Jorge kratzt sich am Hinterkopf. »Ich hab ihm einen Namen gegeben für den Fall, dass du ihn nicht haben willst und ich ihn behalten muss. Aber gib du ihm doch einen Namen. Er gehört dir.«

Saphie hält den Hund hoch. Sein Fell schlägt im Nacken Falten, und die kleinen Vorderpfoten hängen neben seiner Nase. Sie dreht ihn und betrachtet ihn von allen Seiten. »Nein, er soll deinen Namen haben. Wie heißt er? Sag schon!«

Jorge seufzt: »Na ja, es ist nicht so ein richtiger Hundename. Ich hab ihn Hewimanot genannt.« Lenka spielt mit den schlabberigen Ohren. »Hewi was? Wieso das denn?«, fragt sie.

»Im althochdeutschen Kalender hieß der Juli Hewimanot«, sagt Jorge, »und jetzt haben wir Juli, und Hewi heißt Heu, und darin hat er gelegen, als ich ihn kennengelernt habe, und dann fand er es toll, in diesem Körbchen auf der Baustelle rumgetragen zu werden, wie der kleine Häwelmann in seinem Bettchen, und ich fand, das passt zu ihm.«

Saphie küsst den Hund auf die Stirn. »Alles klar. Komm, Hewimann, ich zeig dir das Hotel.« Saphie steht auf. Hewimann scheint verstanden zu haben, dass er jetzt zu ihr gehören soll, und läuft ihr hinterher, als hätten sie gemeinsam etwas Wichtiges zu erledigen.

»Sie haben meine Schwester geheilt, Sie althochdeutscher Schleimer.« Dunja stößt Jorge mit dem Ellenbogen an.

»Erlauben Sie mal«, sagt Jorge herablassend, »ich hab ihm extra kein Glitzerglöckchen mit Schleife umgebunden.«

Dunja küsst Jorge auf die Wange. »Darf ich dich dafür zum Essen einladen?« Jorge überlegt. »Okay, aber nicht hier und nicht bei mir und nirgends, wo andere Menschen sind. Lass uns um Mitternacht am Rathausbrunnen treffen.«

Als Nino am Nachmittag kommt, starrt Dunja gedankenverloren in den Bildschirm und hat vergessen, was sie tun wollte. Nino setzt sich an den Kulissentisch in der Ecke, an dem nie jemand sitzt, und tippt in sein Handy. Auf Zehenspitzen betritt Saphie das Foyer und stellt ein Körbchen mit einer Decke neben Dunja auf den Boden. »Psst, Hewimann schläft. Ich kauf ihm schnell ein Halsband. Bin gleich zurück.«

Nino steht auf. »Saphie hat neues Mann? Ewig-Mann? Ganz schön klein Wenig-Mann, oder? Käfig-Mann? Was das für Mann, schläft in Eimer?« Nino hockt sich vor das Körbchen und hebt die Decke an. »Ganz nicht rasierte Mann«, flüstert Nino und dann: »Oh my god, it's so cute!«

Dunja sieht in das Körbchen und überlegt, worin sie ihr Mitternachtspicknick transportieren könnte.

Langsame Köpfe behalten lang.

Als Dunja den Korb auf den Brunnenrand stellt, sieht sie Jorge im Dunkeln auf der Rathaustreppe sitzen. Die Hände in den Taschen, steht er auf und kommt ihr entgegen. »Weißt du, dass wir hier schon mal verabredet waren?«

Sie schüttelt den Kopf. »Wir beide?«

»Vor fünfundzwanzig Jahren«, sagt Jorge, und langsam findet sie eine entfernte Erinnerung. *Bitte komm ohne deine Schwester,* stand auf dem Zettel, den sie an einem Sommernachmittag in ihrem Hausaufgabenheft gefunden hatte. Es sollte eine Mondfinsternis geben, und die Klasse hatte sich für den Abend am Turm verabredet.

Auf dem Zettel stand kein Name, und Dunja zeigte ihn Saphie. Zum sekundengenauen Beginn der Mondfinsternis wollte sich jemand mit ihr am Brunnen treffen. Dunja wollte nicht ohne Saphie hingehen. Aber die wollte lieber zum Turm und sagte, es sei sicher nur ein gehässiger Mädchenstreich. Dann würde am Brunnen vielleicht ein Zettel hängen. *Dein Märchenprinz ist leider in den Brunnen gefallen, als er dich gesehen hat.* Das sei doch typisch.

Der Turm war verschlossen. Jemand hatte eine Zange mitgebracht und versucht, das Vorhängeschloss aufzubrechen. Der Himmel war bewölkt, der Turm blieb zu, man saß eine Weile herum, und schließlich war Dunja doch alleine mit dem Rad losgefahren. Unterwegs wurde es unheimlich still. Kein Vogel war zu hören, der Wind bewegte sich nicht, und als sie den Berg hinunterrollte, spürte sie plötzlich, dass sie sich auch nicht mehr bewegen durfte. Als die Wolken den Mond freigaben, hielt sie an und sah über das Dorf.

Wie bei einem Achterbahnwagen, der für einen Augenblick stillstand, bevor er auf dem Loopinghöhepunkt wieder hinabrasen musste, hielt die ganze Welt an und setzte die Zeit für einen Moment aus. Der Schatten legte sich wie eine schwarze Decke über die Landschaft und saugte alle Geräusche ein. Sie fühlte sich vollkommen alleine im Universum. Wenn Dunja im Sommer kurz im See untertauchte, war es auch so ein vollkommen einsamer Moment. Sie ließ sich hinunter ins Tal rollen. Auf dem Markt standen Leute, einige saßen auf dem Brunnenrand, aber niemand wartete auf sie.

»Der Zettel war von dir?«

»Was dachtest du denn, von wem der war?«

»Keine Ahnung. Warum hast du denn deinen Namen nicht draufgeschrieben, und warum hast du nicht ein bisschen gewartet?«

Jorge zeigt zur Treppe. »Da oben hab ich gesessen und mich nicht getraut, dich anzusprechen. Ich dachte, du wärst enttäuscht. Hättest vielleicht jemand anderen erwartet. Aber ich glaube, ich war froh, dass du überhaupt gekommen bist. Wahrscheinlich hat mir das gereicht.«

Dunja schüttelt den Kopf. »Und ich dachte bis heute, diese fiesen Mädchen hätten dich in den Brunnen geworfen.«

»Und ich dachte immer, Saphie würde zu diesen fiesen Mädchen gehören.«

»Deshalb sollte ich alleine kommen?«

»Hab ich das auf den Zettel geschrieben? Oh Mann, das ist peinlich«, sagt Jorge.

»Hast du Hunger?« Dunja trägt den Korb über den Platz zu den Tischen vorm Bäcker. In der Stadt müsste man diese Tische nachts anketten. Daran denkt sie jetzt und packt Reste aus, die sie in der Hotelküche gefunden hat. Kalte Kasslerscheiben, Tiramisu und Kümmelstangen. »Was meinst du, worüber wir uns damals unterhalten hätten?« Dunja legt die Beine auf die Bank, lehnt sich an die warme Hauswand und taucht den Finger ins Tiramisu.

»Wahrscheinlich hätte ich dir stundenlang von Kampfhubschrauber-Serien erzählt«, sagt Jorge und kaut eine Kasslerscheibe. »Bin ich froh, dass wir erwachsen sind.«

In den Häusern am Markt sind alle Fenster dunkel bis auf zwei. Hinter gemusterten Gardinen flackert Bildschirmlicht. Jemand geht mit einem Hund über den Platz, versucht im Vorbeigehen, Dunja und Jorge zu erkennen, was im Gegenlicht nicht gelingt. Jorge grüßt stumm, hält die Hand hoch und nickt. Der andere zögert einen Moment, hebt ebenfalls unsicher die Hand ein wenig und biegt in eine Gasse. »Hier sind zu viele Menschen, findest du nicht?«

Dunja nickt. »Eindeutig viel zu viele Menschen!«

»Komm, ich zeig dir was.«

Jorges Auto steht vorm Rathaus im Halteverbot. Er fährt Richtung Hotel, biegt in den Sandweg, fährt holpernd durch den Wald, vorbei an Weiden, Feldern und Gehöften. Dunja legt die nackten Füße ins Fenster. Blätter streifen den Seitenspiegel, dann ihre Zehen, und die Waldluft kühlt ihre Schultern. Jorge hält an. »Hier müssen wir laufen.« Er nimmt Dunjas Hand, und sie gehen über eine Waldwiese. »Würdest du das auch tagsüber auf der Straße machen?«, fragt Dunja.

»Was denn? Deine Hand halten? Niemals!« Jorge lacht und gibt Dunja einen Kuss auf die Wange. »Und das auch nicht.«

Dunja sieht in die Sterne, und ihr fällt ein, wie sie mit

Winne und den Kindern in einer Augustnacht auf einer Waldwiese lag, um Sternschnuppen zu beobachten. Diesmal steckt keine Trauer in der Erinnerung. Keine Sehnsucht, kein Schmerz, nichts. Es ist nur eine Erinnerung an etwas Gutes, das sie richtig gemacht hat.

Hinter einer Baumreihe steigen sie einen kleinen Graben hinunter. Auf der Lichtung dahinter stehen eine Feldsteinscheune und daneben ein Bienenwagen.

»Das sind meine«, sagt Jorge und zeigt auf den Wagen.

»Und jetzt klauen wir Honig von deinen schlafenden Bienen? Hast du das vorher mit denen abgesprochen?«

Jorge zieht Dunja Richtung Scheune. »Den Honig von diesem Jahr machst du schon seit Wochen morgens in deinen Tee.«

»Du hast eine Überwachungskamera in meinen Teelöffel eingebaut? Du bist krass drauf, Jorge Brachet.«

»Ich bin Saphies königlicher Honiglieferant, Dunja Lenzing.« Er öffnet das Tor der Scheune, stolpert über etwas, tastet sich vor und zündet eine Kerze an. Dunja erkennt eine Matratze mit weißem Laken und Steppdecken auf einem Podest aus Holzpaletten. Jorge geht ringsherum und zündet Kerzen an, bis Dunja das Bett sieht.

»Was bist du noch alles? Tischler, Imker, und jetzt hast du noch ein Scheunenhotel? Hier fehlen nur noch ein Bootsverleih, Imbissbude und Spielkasino.« Dunja lässt sich auf das Bett fallen und breitet die Arme aus. Jorge legt sich neben sie. Auf die Ellenbogen gestützt, sieht er Dunja an und grinst stolz. »Du hast uns ein Bett gebaut«, sagt Dunja, »ich glaub's nicht.«

»Haben Sie sich das so vorgestellt, Frau Lenzing?«, fragt Jorge.

»Ja, genau so hab ich mir das vorgestellt. Ich glaub fast, du könntest so halbwegs in Ordnung sein.«

Jorge legt seine Hand auf ihren Bauch. »Das hast du aber nett gesagt«, und Dunja ist durch seinen Arm mit ihm verbunden wie durch eine Nabelschnur.

Als Jorge unter ihr Kleid fährt, kommt seine Hand ihrer Haut bekannt vor. Seine Hände müssen auf ihren Körper gewartet haben. Es ist ganz egal, wer Mann und wer Frau ist. Sie passen glücklicherweise zusammen. Dass sie unterschiedlichen Geschlechts sind, scheint nur Zufall. Ihre Brüste passen genau in seine Hand, und sie findet sich schön unter seinen streichelnden Händen. Ihr Körper ist jetzt so, wie sie ihn immer haben wollte.

Winnes Schwanz war jedes Mal hart wie Beton. Jorges fühlt sich lebendig an, stupst von außen sanft gegen ihren Bauch, wie ein Babytritt von innen.

Als Jorge in ihr ist, sieht Dunja den gläsernen Körper über eine Landschaft aus hohem Gras fliegen. Dunja weiß: Das ist sie selbst. Sie kann sich über die Wiesen fliegen lassen wie einen gläsernen Drachen. Sie stöhnt laut wie nie und fühlt sich aus ihrem eigenen Körper befreit.

In Jorges Arm liegend sieht sie nur die Haare auf seiner Brust, dahinter sein aufgestelltes Bein. Sie kniet sich neben ihn, um ihn ganz anzusehen, und streicht langsam über seinen Oberschenkel.

Vor dem weit geöffneten Scheunentor beginnt es leise zu regnen. Vielleicht werden sie irgendwann über diese Nacht reden, und sie wird ihm erzählen können, dass sie noch nie einen Mann so schön fand wie ihn, und dann werden sie es lustig finden, dass Dunja sich noch nicht getraut hatte, ihm das jetzt zu sagen. Ein Wind zieht herein und riecht nach nassem Gras.

»Meinst du, deine Bienen haben mich gehört und gucken mich jetzt schief an, wenn ich ihnen in der Öffentlichkeit begegne?«

»Nein, die sind cool, die verstehen das«, sagt Jorge.

»Weißt du, dass ich dich immer interessanter fand als Saphie? Aber ehrlich gesagt hat Saphie mich erst auf dich aufmerksam gemacht. So im Doppelpack wart ihr unheimlich aufregend.« Dunja hält den Kopf schief. »Seid ihr immer noch«, verbessert er sich schnell.

Sie legt sich zurück an seine Schulter. »Ich wäre pünktlich zur Mondfinsternis gekommen, wenn ich gewusst hätte, dass der Zettel von dir ist, obwohl ich damals Angst vor dir hatte.«

Jorge seufzt: »Ja, ich weiß. Ich hatte ja selbst Angst vor mir.« Ihm fällt wieder ein, dass er sich sogar vorgenommen hatte, ihre Hand zu berühren, wenn der Erdschatten den Rand des Mondes berühren würde. »So ein romantischer Fünfzehnjähriger warst du?«

Jorge erzählt, er habe sich später meist in unromantische Frauen verliebt und gedacht, die Romantischen wären für ihn nicht vorgesehen.

»Aber irgendwie auch traurig, dass wir jetzt beide nicht mehr so unversehrt sind wie damals«, sagt Dunja schläfrig. Licht fällt durch das kaputte Dach.

Wes das Herz voll ist,
des gehet der Mund über.

Jorge taucht seine Hände in die Emailleschüssel, in die er Wasser aus einer Kanne gegossen hat, und wirft es sich ins Gesicht. An den Ecken des Bettes stehen immer noch die vier großen Kerzen auf Obstkisten, aber der nächtliche Zauber ist vom Tageslicht gelöscht. Die Scheune ist kahl. Ein paar Balken liegen gestapelt in der Mitte, und an der Rückwand ist ein Bretterverschlag. Barfuß geht Dunja über den staubigen Steinboden auf die Wiese. An dieser Scheune war sie oft mit dem Rad vorbeigefahren, durch den Wald zum Bahnhof oder zurück. Das Tor war mit rostigen Ketten verschlossen gewesen, und durch die Ritzen zwischen den Brettern hatte sie, soweit sie sich erinnert, nur weitere Bretter erkannt.

Jorge trocknet sich mit einem Handtuch die Arme. »Komm mit, ich muss dir noch was zeigen.«

»Oh nein, ich hab's geahnt. Du wolltest mir gar nicht die Bienen und das Bett zeigen, sondern in Wahrheit deine geheime Schrumpfkopf-Sammlung.«

»Nein, viel krasser«, sagt Jorge.

»Einbalsamierte Babyzungen?«

Jorge öffnet die Tür des Bretterverschlags. Er ist leer. Auf dem Boden liegen weitere Bretter. Eines hebt Jorge an. Dunkler Sand ist darunter. »Das war der Eingang.«

»Was für 'n Eingang?«, fragt Dunja. »Hier hat Bernd angefangen zu graben. Die Scheune war bis zur Decke vollgestapelt mit Stützpfeilern und Balken aus abgerissenen Fachwerkhäusern. Kannst du dir nicht vorstellen. Hab ich in den letzten dreißig Jahren alle rausgeholt. Der Tunnel war schon einen Kilometer lang.« Jorge zeigt Richtung Westen.

Dunjas Blick folgt seinem Zeigefinger. Sie versucht, sich den Tunnel unter der Wiese vorzustellen, kneift die Augen zusammen und hält sich betreten am Pfeiler fest, fühlt sich irgendwie ertappt, als hätte sie einen Fehler vertuschen wollen oder es versäumt, für einen Test zu lernen, und nun, wie erwartet, eine schlechte Zensur bekommen.

»Gepfropfte Türstöcke hat er da unten reingebaut. Wie im Bergbau. Zwischendrin gab es Luftluken, und die Deckel waren mit Wiese bepflanzt. Den Einstieg haben sie später zugeschüttet, aber der Tunnel ist teilweise noch erhalten. Den Sand hat ihm ein Typ von einer Baufirma abgenommen, der hier eh immer vorbeifuhr.«

Jorge legt das Brett wieder auf die Erde. »Bernd war schon immer ein Wahnsinniger. Als ich klein war, hatte er mal einen Autounfall. Wegen des Kieferbruchs wurden ihm die Zähne mit Draht zusammengenäht. Er hat alles aufgeschnitten, ist durchs Fenster aus dem Krankenhaus abgehauen und fünfundsiebzig Kilometer nach Hause gelaufen. Vielleicht hat ihn die Liebe zu eurer Mutter so rasend gemacht. Wer weiß. Vielleicht hat er sich auch an dieser Graberei abreagiert. Ich bin mir gar nicht sicher, ob er wirklich unbedingt in den Westen wollte. Aber wenn er einmal einen Plan gemacht hat, dann hält den nichts mehr ab. Der hat hier um sein Leben gegraben.«

Für Dunja war der Tunnel bisher ein düsteres Märchen ihrer Kindheit, das ihr nie zu Ende vorgelesen wurde. Sie kannte nur ein paar Kapitel und ist jetzt erstaunt über das Ausmaß. Das komplette Bild hatte sie sich irgendwie verschwommen und neblig vorgestellt. Aber ihre Vorstellung ist jetzt gelöscht, hat sich im selben Moment von Dunja verabschiedet, da Jorge ihr den Eingang gezeigt hat.

Sie versucht, cool zu bleiben, versucht ein gnädiges Lachen. »Gut zu wissen, falls die Grenze wieder zugemacht wird oder es irgendeine andere Katastrophe bis hierher schafft.«

Jorge schüttelt den Kopf. »Mich kriegen da keine zehn Pferde rein.«

Dunja sieht ihn an. »Na, dann müssen wir wohl klarkommen mit den Katastrophen, oder?«

Die Nacht mit Jorge geht ihr den ganzen Tag nicht aus dem Kopf. Die Bedürfnisse der Gäste sind profan, und Dunja hat Mühe zu verstehen, was die Leute von ihr wollen. Jorge hat ihr eine Droge injiziert, und sie muss an Saphie denken, der nach der Nacht mit dem Kameramann wieder eingefallen war, wie herrlich Sex ist und dass man doch dafür sorgen sollte, ihn im Leben oft genug vorkommen zu lassen.

Hewimann läuft ins Foyer, Saphie kommt hinterher und streckt Dunja das Körbchen entgegen. »Kannst du mir mal sagen, warum sie mir beim Bäcker Hewimanns Körbchen geben, mit unserem Hotelgeschirr, unserem Besteck und einer von den neuen Tischdecken, hm?«

Gestern Abend, als sie das Körbchen vergessen hat, waren solche Dinge noch wichtig, denkt Dunja. Aber das ist lange her, seitdem ist so viel passiert. »Ich dachte, du hast gekündigt?«

Aus Saphies ärgerlichem Gesicht wird ein erstauntes. »Nein! Du hast dich letzte Nacht mit Jorge getroffen!«

Saphie zieht den Stuhl aus dem Büro und will alles genau wissen. »Warum denn beim Bäcker? Und warum nachts, und wozu das Besteck?« Sie hatte nie aufmerksam zugehört, wenn Dunja etwas erzählte. Da gab es diese Grenze, an der Saphie nichts weiter wissen wollte. Dann dachte Dunja, die

Details wären für Saphie zu langweilig. Diesmal will Saphie auch die Details wissen und ist ungehalten, als sie von Gästen unterbrochen werden. Entnervt beantwortet sie, wie alt der Hund ist, welche Rasse und wie groß.

Als Dunja von der Scheunennacht nichts mehr zu berichten weiß, hat Saphie noch nicht genug. »Gib mir noch ein paar Details, los, sei nicht so geizig!«

Saphie behauptet, sich an die Mondfinsternis erinnern zu können, obwohl ihr Erinnerungszeitraum in der letzten Zeit nicht mal mehr das letzte Weihnachten hergeben wollte.

»Und? Bist du verknallt? Ja? Bist du, bist du?« Saphie lacht und tanzt durchs Foyer, als wäre sie selbst verknallt. Hewimann rennt um sie herum und bellt.

»Weißt du, ich hab beschlossen, nicht mehr in der Zukunft zu leben«, sagt Saphie und lässt sich auf das Kofferpodest fallen. »Die Vergangenheit ist doch das Einzige, was ich noch habe. Dieses Herumwühlen in Gilbharts Zeug muss irgendeine Erinnerungstür geöffnet haben oder eine Dauerbaustelle beseitigt.« Sie hebt den Hund auf ihren Schoß und reibt sich die Stirn. »Ich glaub, ich muss wirklich mal anfangen, ein paar Sachen festzuhalten, bevor es zu spät ist.«

Dunja findet die Vorstellung, sich mit der Vergangenheit zu beschäftigen, in letzter Zeit immer unangenehmer. Die Vergangenheit sieht jetzt irgendwie sumpfig und mühsam aus. Die Zukunft dagegen hell und leicht.

»Wo fahrt ihr denn schon wieder hin?«, fragt Saphie, als Jules und Lenka die Treppe herunterkommen.

»Den Alten besuchen«, sagt Jules. Lenka trägt ein luftiges orientalisches Kleid in Gelb und Gold. Sie kniet sich hin und streichelt den Hund, der in die Teppichfransen beißt. »Hat uns zum Essen eingeladen.«

»Aaaaah«, sagt Saphie langsam. »Nennst du ihn schon Papi? Fragt ihr ihn jetzt, ob ihr heiraten dürft?« Saphie nimmt ihrer kleinen Schwester den Hund weg, zeigt mit dem Finger auf Jules, dann auf Lenka. »Euch ist schon klar, dass ihr verwandt seid, oder?« Ohne auf eine Antwort zu warten, dreht sie sich um und geht Richtung Saal. »Komm, Hewimann, die sind erwachsen, die werden schon wissen, was sie dürfen.« Ohne sich umzudrehen, ruft sie gegen die Decke: »Oder was sie nicht tun dürfen!«

Lenka steht im Foyer wie eine Bodenvase und verdreht die Augen. Jules sieht aus, als wolle er sich bei Lenka entschuldigen, und Dunja verjagt den absurden Gedanken, ihr Sohn könne ein Verhältnis mit ihrer Schwester anfangen wollen. Sie öffnet die aufgeschobenen Mails und schreibt besonders ausführliche und freundliche Antworten. Als Saphie mit Hewimann an der Leine zurückkommt, hat Dunja ihren Ärger vergessen. »Dürfen die Gäste jetzt eigentlich auch Hunde mitbringen?«

Saphie wedelt mit dem Arm. »Klar doch! Wer keinen Hund hat, wird hier überhaupt nicht mehr reingelassen, stimmt's, Hewi?« Der Hund beißt in seine Leine, zerrt daran, stemmt sich mit den Vorderbeinen dagegen, und Saphie macht ein strenges Gesicht. »Und dass unsere Schwester jetzt deinen Sohn verführt, findest du in Ordnung, oder was?«

Dunja versucht, ihre Mail weiterzuschreiben. »Wie kommst du denn bloß auf den Quatsch?«

»Bist du blind, Dunja?« Saphie beugt sich über den Schreibtisch, als hätte Dunja sich darunter versteckt. »Das musst du doch mitgekriegt haben. Hast du deinen Sohn je freiwillig zum Friseur gekriegt? Hat er sich je so gut angezogen? Sag mal, was glaubst du denn, warum er hier ist?«

Dunja wendet den Blick nicht vom Bildschirm, liest dieselben Worte wieder und wieder und versteht sie trotzdem nicht. »Schreibt seine Semesterarbeit.«

»Ach ja? Auf dem Fahrrad? Mit Lenka?«

Dunja stöhnt und sieht Saphie an. »Du glaubst doch nicht im Ernst, dass Lenka ihn anfassen würde.«

»Doch. Genau das glaube ich. Unsere Schwester hat nämlich nicht mehr alle Latten am Zaun! Und dein Sohn ist offenbar auch nicht ganz zurechnungsfähig.«

Hewimann setzt sich hin, hält den Kopf schief und sieht Saphie erwartungsvoll an.

Das Telefon klingelt, Augusta will wissen, wann gefeiert wird. »Was denn gefeiert?«, fragt Dunja irritiert und hätte es tatsächlich fast vergessen. Letztes Jahr hatte sie mit Saphie überlegt, sich am nächsten Geburtstag im Wald zu verstecken in der Hoffnung, niemand würde mitbekommen, dass sie vierzig wurden. »Wir wollen uns im Wald verstecken.«

»Sehr witzig. Ich komm nächste Woche mit meiner Freundin. Ich bin nämlich jetzt lesbisch, Mama. Wir haben uns im Klimacamp kennengelernt. Brauchst aber kein Zimmer frei zu halten. Wir übernachten nämlich nicht im Hotel.«

»Was? Wo denn dann?«

»Mann, Mama, das is echt typisch!« Augusta nimmt das Telefon vom Ohr, und Dunja hört, wie sie offenbar zu ihrer Freundin sagt: »Anstatt sich zu wundern, dass ich lesbisch bin, fragt die sich nur, wo wir übernachten. So ist meine Mutter.« Augusta sagt, sie hätten eine andere Unterkunft und würden sich dann schon melden.

Als Kind war Augusta nur mit Jungs befreundet, erst mit dreizehn fing sie an, sich für Mädchen zu interessieren. Niemand sprach es aus, aber jeder ahnte es. »Du darfst nicht siehste sagen«, war Augustas erster Fünf-Wort-Satz, als sie im Kino behauptete, sicher nicht vor dem Film pullern zu müssen. Mit derselben Bestimmtheit hat sie nun erklärt, lesbisch zu sein, damit Dunja weiß, sie darf keine weiteren Fragen stellen. Und tatsächlich findet sie es viel rätselhafter, warum ihre Tochter nicht im Hotel übernachtet.

Süß getrunken – sauer bezahlt.

Erst nach einer Woche stellt Dunja fest: Sie leitet das Hotel alleine. Hätte Saphie gefragt: »Kannst du mal das Hotel leiten?«, wäre Dunja panisch geworden. Aber das Hotel ist gnädig und läuft von selbst. Es gibt keine Beschwerden, Engpässe, Über- oder Unterbelegung. Jules löst Computerprobleme, repariert zusammen mit Jorge ein paar Möbel, und der Küchenchef ist froh, von Saphie nicht mehr gesagt zu bekommen, wie das Essen und der Dienstplan aussehen müssen, und seit Dunja sich für seine Jagd nach den neuesten Getränkesorten interessiert, tänzelt er nach dem Mitarbeiterfrühstück überglücklich in die Küche.

Wieder hat sich alles gleichzeitig geändert. Wie damals, als sie Kellnerin war und es Tage gab, da passierte alles auf einmal. Zwölf Tische wollten dasselbe Bier gezapft haben, wenn das Fass gerade leer war, wollten gleichzeitig bezahlen oder gleichzeitig gar nichts. Dann stand Dunja da, mit dem leeren Tablett, sah über die vollbesetzten Tische und misstraute der Friedlichkeit.

Jetzt ist sie Hotelchefin und dazu womöglich in einer echten Beziehung. Sie setzt sich auf die warmen Stufen vorm Haus, die Luft riecht süß und grün, und Dunja kann sich nicht vorstellen, jemals wieder unglücklich zu sein.

Jules spricht mit den Gästen, verteilt Wanderkarten, empfiehlt Fahrradrouten, anstatt wie sonst mit hängendem Kopf an allen vorbeizulatschen, Gespräche zu vermeiden und Fragen nur knapp zu beantworten. Er will im Schuppen einen Fahrradverleih aufbauen und den Gästen Touren zusammenstellen, sagt er. Dunja weiß, sie sollte darüber besorgt sein. Könnte es Lenka amüsieren, würde er das Haus kariert streichen, denkt sie.

»Das kracht bald«, sagt Saphie, als sie vom Hundespaziergang zurückkommt.

Aber Dunja ist froh über Jules' Verwandlung. »Ihm geht's so gut hier, und Lenka ist sowieso bald wieder weg«, sagt sie wie zu einer Mutter auf dem Spielplatz, während sie gemeinsam zusehen, wie ihre Kinder in schwindelerregender Höhe ein gefährliches Spiel erfinden, furchtlos über einem Abgrund tanzen, ohne an die Fallhöhe zu denken.

Früher hatte Dunja ständig Gefahren kommen sehen, die Saphie für übertrieben hielt. »Lass ihn klettern, sonst lernt er 's nicht«, sagte Saphie, wenn Jules in der Spitze der riesigen Tanne schaukelte. »Sieh einfach nicht hoch.« Oder: »Sie wird sich schon durchfragen«, wenn Augusta verschwunden war. »Sie ist doch nicht auf den Mund gefallen.« Dunja hielt sich an Saphies kühl kalkulierten Ansichten fest.

Aber diesmal ist Saphie besorgt. »Dein Sohn bringt unserer Schwester übrigens Frühstück mit Malven«, flüstert sie, damit es die Gäste nicht hören. »Die machen uns doch was vor. Die haben längst was miteinander angefangen«, sagt sie mit dem Hund im Arm, während Dunja am Bildschirm sitzt. »Dunja, überleg doch mal. Jules braucht 'ne Aufgabe, und Lenka hat 'n hohen Betreuungsbedarf. Die nutzt ihn doch total aus.«

Dunja muss daran denken, was Jules als Kleinkind am Waldrand über die Malven gesagt hatte: »Die Blüten sehen aus wie vom Wind gefaltet.« Sie wünschte, Jules würde wieder zu einem Siebenjährigen schrumpfen. In dem Alter hatte er noch keine Probleme, die außer Kontrolle geraten konnten. »Könn' wir vielleicht mal lieber die Buchhaltung zusammen durchgehen?«, sagt Dunja entnervt.

»Ach, lass uns doch mit deiner langweiligen Buchhaltung in Ruhe!« Saphie knuddelt Hewimann und redet mit ihm. »Davon verstehen wir überhaupt nichts. Alles vergessen. Stimmt's, kleiner Hewi?«

Auf dem Weg zur Scheune gehen Dunja und Jorge abends schweigend nebeneinander, ohne dass Dunja denkt, etwas sagen zu müssen.

Sie biegt vom Weg ab ins Gebüsch. »Passt du auf?«

Jorge verschränkt die Arme, stellt sich breitbeinig auf den Weg und sieht zu, wie Dunja ihren Rock hochzieht. »Du sollst nicht zusehen, sondern sehen, dass niemand zusieht!«, protestiert sie. Jorge sieht den Weg hinunter in die Ferne, grüßt fröhlich, winkt und deutet auf Dunja. Er hat einen Tisch, zwei Stühle, ein Regal und einen Gaskocher in die Scheune gebracht. Ihr Sommerversteck ist wie ein Nirgendwo und könnte überall auf der Welt sein. Wenn sie in der Scheune übernachtet, fühlt Dunja sich jedes Mal verreist.

Jorge sieht ins Deckengebälk. »Vögeln ist schon ein ziemlich lustiger Ausdruck, oder?«

»Ich mag's. Es klingt irgendwie befreiend«, sagt Dunja und rollt sich in seinen Arm. »In deiner Nähe fühl ich mich wie eine Kugel.« Während sie überlegt, wie sie Jorge dieses krude Gefühl erklären kann, hat er es schon verstanden. »Ja, geht mir auch so. Das ist so eine Einheit von Kopf, Herz und Schwanz.«

Dunja lacht. »Ja, genau dasselbe wollte ich auch gerade sagen.« Sie riecht an seinem Hals, und sie reden darüber, ob der Schweiß zwischen zwanzig und fünfundzwanzig Grad in der Sonne am besten ist und wie sehr er sich ab dreißig

Grad verändert und ob man bei nasser Hitze besser riecht oder bei trockener. Schlafend kleben sie eng aneinander. Wenn einer sich bewegt, kühlen die schweißnassen Stellen an der Nachtluft aus.

»Warum sagst du ihr nicht, sie soll ihr Hotel wieder selbst leiten?«, fragt Jorge, als sie am nächsten Morgen auf der Wiese sitzen und frühstücken. Die Sonne steht noch tief und leuchtet durch die Blätter und die großen Blüten der Stockrosen, die an der Scheunenwand wachsen. Dunja zuckt die Schultern. »Wenn ich es nicht mache, verkauft sie es, sagt sie. Und dann hab ich hier keinen Job mehr.« Jorge bohrt seinen Blick in Dunjas Pupillen, und dann lächelt er belustigt. »Wolltest du nicht erst mal als herumtreibende Sprachlehrerin durch die Welt gondeln? Hast wohl jemanden kennengelernt, der dich hier hält, hm? Ist er 's denn wert?«

Dunja wiegt den Kopf und sieht zum Horizont. »Wahrscheinlich nicht. Bis jetzt ist er perfekt. Das kann er auf keinen Fall noch lange durchhalten.«

Jorge winkt ab. »Unmöglich«, sagt er mit vollem Mund. »Bald fängt er an zu pupsen und zu rülpsen und mit vollem Mund zu sprechen.« Er kratzt sich am Hintern, macht Affengeräusche und schielt, bis Dunja lacht.

Als sie auf dem Weg ins Hotel an der Streuobstwiese vorbeigehen, ist der Bauzaun weg. Durch die Wiese ist ein Weg gemäht worden, und an der Giebelwand des Gartenhauses ist schon eine Strebe blau gestrichen. »Bestimmt 'ne Familie aus der Stadt, die sich 'n Wochenendhäuschen einrichtet«, sagt Dunja so abfällig, wie die Dorfbewohner üblicherweise über die Wochenendbewohner reden.

»Ihr wart doch selbst mehr als zwanzig Jahre 'ne Familie aus der Stadt, die nur am Wochenende herkam«, sagt Jorge spöttisch von der Seite.

»Bei uns war das was anderes«, sagt Dunja unwirsch und sieht in den Wald. »Irgendwie will ich ja doch wieder dazugehören. Vielleicht wollte ich das immer und hab nur nie die richtige Haltung dafür finden können.«

Sie ist dankbar, dass Jorge dazu nichts sagt, und fragt sich, warum sie immer noch das »Hab ich 's doch gewusst!« ihrer Mutter erwartet, wie eine Nackenschelle.

»Während dieser Hochzeit …«, beginnt Jorge und sieht auf seine Füße, »als ich euch beim Tanzen beobachtet habe, da hab ich versucht, an eurem Tanzstil zu erkennen, welche Partner ihr so braucht. So, wie du es bei meiner Band gemacht hast.«

»Darüber hast du nachgedacht?«, fragt Dunja.

»Ja, über Saphie, deine Cousine, deine Tochter«, er sieht sie an, »dich.«

»Und was hast du rausgefunden?«

Jorge wiegt den Kopf. »Na, Saphie tanzt wie ein Mann. Die braucht jemanden, der weich und liebevoll ist. Deine Cousine tanzt immer so sparsam, nur mit den Schultern ein bisschen, die braucht jemanden, der sie herausfordert. Und Augusta, die braucht jemanden, der so ist wie sie.« Jorge macht eine Pause. »Aha«, sagt Dunja.

»Und bei dir habe ich eine Weile gebraucht, um es herauszufinden.« Er bleibt auf der Straße vorm Hotel stehen, die Hände in den Taschen, und Dunja bleibt auch stehen. »Du brauchst jemanden, der dich festhält.«

Dunja umarmt ihn und ist erleichtert über sein Urteil. »Und wie willst du eine fliegende Bergziege festhalten?«

»Eine gute Weide ist der beste Zaun. Weiß doch jeder dumme Bauer.«

Jorge steigt auf sein Fahrrad, Dunja winkt hinterher und kann kaum glauben, dass er wirklich sie meint.

Vor der Tür denkt sie einen Moment darüber nach, einen der hässlichen Sonnenschirme mit Bierwerbung aus dem Keller zu holen für Jules, der in der prallen Sonne hockt und das Fahrrad eines Gastes repariert.

Während dieser Überlegung stellt sie fest, dass ihr die Hitze nichts mehr ausmacht. Ihr Kreislauf muss beschlossen haben, keine Probleme zu machen, und es graut ihr nicht davor, dass mehr als dreißig Grad angesagt sind.

Der Gast sitzt im Foyer am Kulissentisch und reißt seine Mundwinkel auseinander, als wolle er Dunja veralbern. »Da hamse aber Glück mit dem tüchtigen Kerl! Die jungen Leute interessieren sich ja heute kaum noch für den Betrieb der Eltern. Wolln ja alle in die Stadt. Aber der wird das Haus mal übernehmen. Der packt's richtig an. Alle Achtung!«, sagt er und grinst.

Dunja holt keinen Bier-Schirm, sondern geht ins Büro und legt ein neues Dokument an. Sie eröffnet Saphies *Macken-Tabelle.* Der Grinsende bekommt den ersten Eintrag.

Bammeleck: grinst ständig. Dunja geht alle Buchungen des Jahres durch. Zu fast jedem fällt ihr eine Eigenheit ein. Gellner: Versicherungsvertreter, isst morgens fünf Eier, nimmt einen Haufen Brötchen mit, und niemand darf sein Bett anfassen / Hollenstein: kippt beim Frühstück Kaffee in ihr aufgerissenes Brötchen und streut zwei Löffel Zucker rein / Hong: wäscht seine Wäsche in der Wanne, spannt im Zimmer Wäscheleinen und hängt Unterwäsche daran auf / Kudoba: hält an der Bar die halbe Nacht Vorträge und läuft tagsüber im Bademantel durchs Hotel / Lente: verliert Schlüssel und Nacht-Chipkarte / Ottopeter und Frau: reden immer beide gleichzeitig, selbst wenn sie alleine sind / Pruzina: riecht kilometerweit nach Wildrose / Rombach: verläuft sich jedes Mal beim Wandern / Panadel: behauptet, nur vier Stunden Schlaf zu brauchen, und schläft dann bis zur Abreise durch / Gehring: riecht beim Frühstück ausgiebig an den Lebensmitteln und schmatzt so laut, dass allen der Appetit vergeht / Fellien: raucht heimlich in der Dusche / Winningtons: können beide nicht einparken / Zeller: ist zwischen An- und Abreise komplett verschwunden / Häberles dürre Tochter: dippt morgens Brotfetzen in ein weichgekochtes Ei und kaut stundenlang daran herum / Kamprat, Vekselbach, Landolt: ominöse Leute in teuren Autos. Immer abwimmeln, wenn möglich.

Die Namen der Frauen, deren Männer so sehr schnarchen, dass sie nachts an die Bar flüchten müssen, fallen Dunja nicht mehr ein.

»Dunja macht Hobby-Detektiv-Observe von ahnungsloses Gäste. Was machst du das für?« Nino sieht ihr über die Schulter.

»Für dich, Nino. Ist dein Deutschtest«, sagt sie und schließt die Datei. Nino wedelt mit der Hand vor seiner Stirn. »Du auch musst schreiben dein eigenes pervers Tick in Liste. Schwesterchefin geht nachts nackt in Wald, ich hab gehört? Ist Werwolf, frisst Eichhörnchen?« Nino hält Dunjas Kinn fest. »Los, zeig mich mal dein Zähne.«

Dunja haut auf Ninos Hand. »Dir bring ich kein Deutsch mehr bei.«

Als Dunja am Abend aus dem Saal kommt, hört sie Lenka im Büro lachen. Sie bleibt an der Treppe stehen und lauscht.

Lenka fragt Nino, wo er momentan eigentlich wohnt, bis sein Studium beginnt.

»Oh, du schläfst mit deinem Kumpel? I did not expect that!«

Nino protestiert. »Warum ist falsch, ich schlafe mit mein Buddy?«

»Bei! Nino, das heißt: bei!«, sagt Lenka.

»Oh damn shit. I always confuse it.«

Dunja hat Nino *mit* und *bei* schon so oft erklärt und will sich beinahe ärgern. Dann hört sie Lenka flüstern: »Who makes me happy once, will never get rid of me.«

Sie geht zu Saphie, die in ihrer Wohnung vor dem Fernseher sitzt und einen Becher Eis löffelt. Es ist gut, dass an Gilbharts Platz etwas Lebendiges liegt, denkt Dunja. Hewimann öffnet kurz die Augen, wedelt müde mit dem Schwanz.

»Lenka flirtet mit Nino. Bist du zufrieden?«

»Ich weiß«, sagt Saphie, dreht den Löffel im Mund um und leckt ihn ab. »Ja, ich bin sehr zufrieden!« Sie hebt sich den Hund auf den Schoß, rutscht ein Stück, klopft aufs Sofa, und Dunja setzt sich. »Sie hat ihm ins Ohr geflüstert, wer sie einmal glücklich macht, wird sie nie wieder los«, sagt Dunja abfällig. »Was sind denn das bitte für billige Verführungsmethoden?« Saphie lacht. »Vielleicht stimmt es ja. Vielleicht hat sie wirklich noch nie jemand glücklich gemacht. Hol dir mal 'n Löffel und hilf mir mit dem Eis! Ich werd immer fetter.«

Am Ende des Films weint Saphie. Ein junger Mann liegt verhungert in seinem Bus, in dem er fern der Zivilisation leben wollte. Ringsum die Wälder Alaskas und ein reißender Fluss, der ihn von seinem bisherigen Leben abgeschnitten hat. Früher konnte nur Dunja bei Filmen weinen, und Saphie machte sich über sie lustig. Diesmal ist Dunja nicht ergriffen von der traurigen Musik und der unbesiegbaren Landschaft, die den jungen Mann mit dem falschen Kraut vergiftet hat.

»Ich denk bei so was immer an Jules«, sagt Saphie und wischt sich mit dem Ärmel die Augen trocken.

»Was? Wieso denkst du denn an Jules?«, Dunja findet den Gedanken abwegig. Während des Films dachte sie nur daran, was sie noch besorgen, wen sie anrufen muss und was Nino morgen machen kann.

»Ich glaub einfach, er hat Lenka als Trost gebraucht«, meint Saphie. »Verstehst du? Er kommt nicht anders klar.«

Nach dem Film beginnt eine Reportage über Bernstein, und Dunja denkt an den letzten gemeinsamen Ostseeurlaub. Nach einer Sturmnacht fand sie mit Augusta echten Bernstein am Strand. Jules zog ständig braune Glasscherben und Donnerkeile zwischen den Steinen hervor und hielt sie triumphierend in die Sonne, während Augusta nur mit den Augen rollte. »Jules hat schon wieder den größten Bernstein gefunden.«

Lenka würde Jules in jedem Fall unglücklich machen, denkt Dunja. Selbst wenn sie nicht seine Tante wäre. Sie ist der größte Bernstein. Und Jules sieht schon wieder die Täuschung nicht. Dunja versucht, sich vorzustellen, wie Augustas Freundin aussieht. Sie kann sich aber nur eine zweite Augusta neben ihr vorstellen.

Seit ein paar Tagen hat Dunja aufgehört, vor dem Einschlafen alle Gespräche des Tages in Gedanken zu wiederholen. Erst musste sie sich zwingen, die dumme Angewohnheit loszuwerden, jetzt denkt sie statt an den vergangenen Tag an den kommenden.

In der Nacht träumt sie, der Redakteur würde sich in der Feldsteinscheune aus dem Tunnel herausgraben und ihr Saphies BH geben, den er aus seiner Jackentasche zieht. Er erklärt, Dunja müsse ab jetzt den roten BH ihrer Zwillingsschwester tragen. Den blauen müsse er nämlich Saphie bringen, die sei in einer unterirdischen Höhle gefangen und könne nur befreit werden, wenn sie die Farben getauscht hätten. Ihre Charaktereigenschaften würden sie dadurch tauschen, das sei ja klar, weil das Band direkt über dem Herzen läge. Im Traum findet Dunja die Erklärung vollkommen einleuchtend und fragt sich, warum sie nicht eher darauf gekommen ist. Logisch! Das Band liegt doch direkt über ihrem Herzen.

Mit dem Blick auf die Uhr entgleitet Dunja der Traum und ist verschwunden, als sie überlegt, was sie heute tun muss.

Obwohl Saphies Stammplatz neben der Küchentür frei ist, von dem aus sie den Überblick hatte über Küche, Bar, Kasse, Saal, sitzt sie jetzt mit Jules am Fenstertisch. Hewimann kommt auf Dunja zugelaufen, kehrt artig um, als Jules ihn zurückruft, und legt sich unter den Tisch. »Avocados zum Frühstück schaffen wir ab«, flucht Saphie und wirft die Frucht auf ihren Teller, nachdem sie versucht hat, zwischen den braunen Stellen die grünen herauszulöffeln. Als sie beginnt, von ihrem Traum zu erzählen, hat Dunja das Gefühl, genau dasselbe geträumt zu haben.

»Ich war unter der Erde und wollte mich rausgraben, aber es ging nicht, weil vor mir ein Berg war. Und dann hat jemand gesagt, ich soll nach hinten graben statt immer nur nach vorne. Das hab ich gemacht und war irgendwann in einem Haus, in dem alle Zimmer leer waren.«

Es muss ein Déjà-vu sein, denkt Dunja.

»Verstehst du?«, fragt Saphie.

Dunja sieht in den Himmel und überlegt, ob es regnen wird. »Was denn?«

»Na, die Bedeutung!«

»Was denn für 'ne Bedeutung?«

Jules steht auf, und Hewimann springt ihm hinterher. Vor der Küchentür bleibt der Hund stehen, wedelt mit dem Schwanz und sieht Jules erwartungsvoll an. Jules zeigt auf den Tisch, und Hewimann läuft mit gesenktem Kopf zurück.

»Hilfst du mir nachher im Büro?«, ruft Dunja, und Jules nickt. Es beruhigt sie irgendwie, in seinem langsam wiegenden Gang ihren alten misslaunigen Sohn wiederzufinden.

»Na, dass ich es so machen musste wie du. Mal richtig herumwühlen in den Gefühlen und in der Vergangenheit, den ganzen Sumpf mal hochholen und rausfinden, woher die eigenen Macken so kommen.«

»So was mach ich doch gar nicht«, widerspricht Dunja beinahe angeekelt und hat vergessen, dass es um Saphies Traum ging.

»Hast du aber immer gemacht. Und ich hab mich gefragt, was das bringen soll. Ich hab mich durchgebissen und weitergemacht, mich nie gehen lassen. Ich glaub, ich brauch das jetzt.«

Dunja nickt unschlüssig. »Wenn du meinst. Ich finde nur, du solltest dir mal langsam 'n Plan machen, wie das hier alles weitergehen soll.« Saphie streichelt den Hund. »Hewimann versteht mich!«

»Feiern wir unseren Geburtstag?«, seufzt Dunja. »Laden wir die Leute ein, die sowieso kommen, auch wenn wir sie nicht einladen?«

Saphie schüttelt den Kopf und zieht überheblich die Brauen hoch. »Natürlich nicht! Wir verstecken uns im Wald und werden einfach nicht vierzig. Was denn sonst?«

»Hast du Lenka gesehen?« Mittags kommt Jules mit schwarz verschmierten Händen ins Haus.

»Schläft doch bestimmt noch«, sagt Dunja, die an der Rezeption sitzt.

»Ihr Rad ist weg«, sagt Jules und wischt sich das Fahrradkettenfett konzentriert und langsam mit einem Lappen von den Fingern. »Schon seit gestern.«

»Wolln wir nachher mal zum See fahren?«, fragt Dunja.

»Hab im Schuppen zu tun.«

Sie geht ihm hinterher und setzt sich mit dem Bedürfnis, in seiner Nähe zu bleiben, auf die Stufen vorm Haus. Den Laptop auf dem Schoß, behauptet sie, lieber in der Sonne sitzen zu wollen als im Büro. Auf der Terrasse sei ja das Internet so langsam.

Dass Nino und Lenka zu Fuß die Straße heraufkommen, bemerkt auch Jules erst, als die beiden das Fahrrad über den Kies schieben. Lenka geht barfuß, ihre Sandalen in der Hand.

»Ich hab voll Bock auf Bier«, sagt Nino.

Lenka lacht. »Bock auf Bier? Wann hast du das denn gelernt?«

»Wenn ich habe zu Deutschland gekommen.«

Dunja schüttelt den Kopf. »Für den Satz bekommst du kein Bier!«, sagt sie ärgerlich und zählt vier Finger ab. »Das waren vier Fehler in sechs Wörtern. Was hast du mit ihm gemacht, Lenka? Gestern konnte er noch Deutsch!«

»Dafür hat mich Fahrradlenker beigebracht.« Nino zieht die Brauen hoch. »Very scary name for a girl!«

Jules schraubt an einer Schutzblechhalterung und antwortet nicht, als Nino fragt, ob das ein Rennrad sei. Er hat sich wieder abgekapselt, denkt Dunja, wie er es immer macht, wenn er sich mit dem, was um ihn herum passiert, nicht beschäftigen will. Dann ist er in seinem Tunnel, und Dunja kann seinen Zustand nicht einschätzen.

Sie hofft, dass Lenka bald abfährt und Augusta bald ankommt. Die könnte Jules ablenken.

»Lenk mal deine Schwester ab«, hatte Dunja gesagt, als Augusta ein Baby war und schrie, während sie sich im Flur die Schuhe zubinden wollte. Jules beugte sich über den Wagen und leckte Augustas Gesicht ab. Er kannte weder das Wort *ablenken*, noch wunderte er sich über die seltsame

Aufforderung. Augusta hörte tatsächlich auf zu weinen. Seitdem wurde in der Familie oft gesagt, man müsse jemanden oder sich selbst von irgendetwas ablecken.

Wie sich Probleme kleiner Kinder lösen lassen, wusste Dunja. Wie sie ihrem erwachsenen Sohn helfen soll, weiß sie nicht. Sie kniet sich neben Jules in den Kies und stellt sich vor, ihn abzulecken wie eine Hundemutter. Stattdessen fragt sie ihn, als Lenka und Nino im Haus sind: »Alles in Ordnung mit dir?«

Jules schüttelt ihre Hand von seinem Rücken. »Ja, natürlich ist alles in Ordnung«, sagt er genervt. »Ich bin erwachsen, Mama. Du kannst aufhören, dich um mich zu kümmern.«

Dunja kann sich daran erinnern, wie sie diese Frage selbst gehasst hat, und kennt erst jetzt die Hilflosigkeit, die darin liegt. Auch die Hand auf der Schulter war immer wie ein Finger in der Wunde. Es scheint ihr Jahre her zu sein, dass sie im Winter mit ihrer Cousine nach Gilbharts Beerdigung auf diesem Kies stand und dasselbe gefragt wurde, obwohl nichts in Ordnung war.

»Wie habt ihr euch eigentlich kennengelernt?«, fragt Jules unvermittelt.

Dunja ist jedes Mal verblüfft, wenn Jules etwas Vertrauliches wissen will. Wenn sie selbst etwas von ihm wissen will, gibt es meist nur drei Antworten: keine Ahnung, weiß ich nicht, kein Bock.

»Du warst doch dabei«, sagt sie irritiert und denkt an das Osterfeuer.

Jules schüttelt den Kopf. »Nein, ich meine nicht Jorge! Ich meine Papa. Wie hast du Papa kennengelernt?«

Dunja setzt sich in den Kies und lässt einzelne Steine durch die Finger rieseln. »Ich hab bei minus zehn Grad auf dem Event-Center gearbeitet. Da stand ich in fünfundzwanzig Metern Höhe auf einer Plattform und musste mit der Weihnachtsmarkt-Skyline im Hintergrund Gruppenfotos von den Besuchern machen. Die sollten die Leute dann unten kaufen. Ich musste so tun, als hätten sie gar keine andere Wahl. Papa saß im warmen Kassenhäuschen und hat meine Fotos ausgedruckt. Wir hatten Funkgeräte. ›Du darfst nur Querformate knipsen.‹ Das war das Allererste, was er je zu mir gesagt hat.«

Plötzlich fällt Dunja auch der letzte Satz wieder ein, den Winne zu ihr gesagt hat, als sie im Café dachten, Jules würde zu ihm ziehen wollen. »Hast du das mit deiner Mutter schon besprochen?« Alles, was zwischen diesen beiden Sätzen liegt, denkt Dunja, hat sie in eine Tasche gesteckt, die täglich an Gewicht verliert.

»Wenn keiner kam, haben wir uns aus Langeweile über Funk unterhalten. Einmal hat mir eine Touristenfamilie warme Krapfen mit hochgebracht. ›Die sind für Sie, von dem Kassenmann da unten‹, haben sie gesagt. Ich hab mir mit der Nagelschere eine Haarsträhne abgeschnitten, sie in einen alten Fahrschein gewickelt und mit dem nächsten Pärchen zu ihm runtergeschickt. Nach der Arbeit sind wir in einen Club weitergezogen. Als ich erfahren hab, dass ich schwanger war, ging ich in die Kirche, in der er während des Studiums gerade irgendetwas restaurierte. Die ganzen Studenten saßen auf der Treppe mit ihren Pausenbroten, und ich hab gesagt: ›Kannst du mal mitkommen?‹

›Warum denn?‹ Er hatte keine Lust, aufzustehen.

›Ich will nur kurz dein Leben verändern.‹

Winne hat von seinem Bier getrunken und gesagt: ›Kannst du mein Leben nicht hier verändern?‹ Der Meister hat gesagt: ›Kannst du mein Leben auch verändern?‹ Und dann alle anderen: ›Ja, meins bitte auch! Meins auch!‹

›Wir kriegen ein Baby‹, hab ich gesagt. Dann war Stille,

und keiner hat sich getraut, irgendwie darauf zu reagieren. Winne hat nur gelacht, ›Und was soll das jetzt ändern?‹, ist aufgestanden und an die Arbeit gegangen. Alle haben mich blöd angeglotzt, und ich dachte, ich hab schon wieder alles falsch gemacht. Später kam er zu mir und hat sich doch noch gefreut. Von da an gab's eigentlich kein Leben mehr ohne Winne.«

Jules wiegt den Kopf. »Jetzt schon«, sagt er.

Für Dunja wird es nie ein Leben ohne Winne geben. Er lebt in seinen Kindern weiter und ist damit immerhin etwas weniger tot als Gilbhart, denkt sie.

Aber Sätze, die Wunden aufreißen, will sie nicht mehr sagen. Sie will Sätze sagen, die Wunden schließen. Zukunftssätze. Es könnte ihr sogar gefallen, blöde Floskeln zu verwenden. »Unser Leben geht weiter«, hört sie sich sagen. Die Worte müssen beim Ausatmen versehentlich aus ihrem Mund gefallen sein.

Jules legt den Schraubenzieher weg, kratzt sich am Hinterkopf, den Blick in den Kies gerichtet, denkt er nach, steht entschlossen auf und steigt auf sein Fahrrad. »Muss von Jorge Werkzeug borgen.«

Wer einen großen Sprung tun will,
der gehet zuerst rückwärts.

In der Nacht schreckt Saphie auf. Ihr Herz hämmert, und ihre Lungen saugen Luft, als hätten sie stundenlang keine bekommen. Sie sieht sich im Zimmer um und ist sicher, dass ein gläserner Körper neben ihrem Kleiderschrank steht. Als sie das Licht auf dem Nachttisch anschaltet, öffnet Hewimann auf seinem Kissen müde ein Auge, streckt die Vorderpfoten und gähnt. Saphie sieht auf den Wecker. Ein Uhr. Vor einer Stunde ist sie eingeschlafen, hatte bis Mitternacht mit dem Küchenchef und den Küchenleuten auf der Lieferrampe gesessen. Der Lehrling hatte ein Experiment gebacken, einen trockenen Süßkartoffelkuchen, den niemand essen wollte, und schließlich war ein Joint rumgegangen. Saphie hatte oft mitgeraucht, aber nie hat sie davon solche Träume bekommen. Sie hat von einer seltsamen Flusslandschaft geträumt, war darin herumgeschwommen und in eine Höhle getrieben, wo das Wasser flach wurde und auf dem Grund weiße Morchelpilze wuchsen, deren feste Spitzen ihren Bauch streiften. Eine gläserne Gestalt kam aus dem Inneren der Höhle auf sie zu, führte sie in einen Raum, in dem laut singende Chinesen die weißen Pilze kochten. Sie saßen in den Ecken, löffelten Suppe, nickten Saphie zu und redeten über sie. Plötzlich hatte Saphie Angst, sie würden Hewimann kochen. Aber die Chinesen zeigten aus einem Fenster über die Flusslandschaft, wo Hewimann am anderen Ufer hin und her lief und bellte. Der gläserne Mensch zog Saphie mit sich unter Wasser, schlang sich um ihre Arme und Beine. Sie konnte atmen wie ein Fisch und schwamm durch bunte Algen.

Saphie findet bis zum Morgen keine entspannte Position. Kurz bevor Hewimann bellt, muss sie doch noch einmal eingeschlafen sein.

Jede Nacht ist Gilbhart am Leben. Aber jeden Morgen ist er wieder tot, und Saphie wacht mit dieser quälenden Trauer auf.

Sie sieht zu dem Fenster, das Hewimann anbellt. Ein Kamel schwenkt kauend seinen Kopf vorbei. Saphies Gehirn sucht nach irgendeiner logischen Verbindung zu diesem Tier. Das Kamel senkt den Kopf hinab in die Wiese. Ihr Gehirn findet eine ferne Erinnerung an ein Kamel, das sie einmal in einem Tierpark gesehen hat. Sie war mit ihrer Klasse unterwegs gewesen, es war Sommer, sie trugen bunte Rucksäcke mit Trinkflaschen und aßen Brote auf Parkbänken. Saphie braucht eine Weile, um zu begreifen, dass dieses Kamel nichts mit dieser Erinnerung zu tun haben kann. Es dreht sich um und fegt mit dem kurzen Schwanz einen Blumentopf vom Fensterbrett. Hewimann bellt empört. Der Krach weckt ihr Gehirn wie ein kleiner Stromschlag und zwingt sie, nicht mehr in der Vergangenheit herumzusuchen. Ihr fällt ein, dass der Versicherungsvertreter heute eine Tunesierin heiratet. Saphie dachte, es sei ein Scherz, als er sagte, er würde dem Vater seiner Braut ein Kamel schenken wollen. Es gehöre einem Kamelhof, und der würde das Tier für die Hochzeit auf die Wiese hinterm Hotel stellen. Also auf die Wiese vor Saphies Wohnung. Also vor Saphies Fenster. Wieso hat niemand an den Hund gedacht? Saphie öffnet die Tür. Hewimann rennt nicht hinaus, sondern bleibt mit schiefem Kopf auf der Schwelle stehen und wundert sich. Jorge hat ihr erklärt, Hunde wundern sich nicht. Hewimann hält den Kopf schief, um wenigstens unter einem seiner Hängeohren etwas zu hören. Das Kamel wundert sich auch nicht. Es rupft mit weichen, behaarten Lippen an Saphies Wiese und schiebt seinen Unterkiefer mit langen gelben Zähnen nach links und rechts.

Sie zieht ihren roten BH an, und Hewimann geht ins Bad, um mit der Klobürste zu kämpfen. »Gib das her! Ich hab dir Spielzeug für anständige Hunde gekauft!« Saphie bringt die Klobürste in die Abstellkammer, hat vergessen, dass ihr BH rot ist, zieht ein blaues Oberteil darüber und dazu einen kurzen Rock statt der Jogginghosen, in denen sie die letzten Wochen verbracht hat.

Im Saal steht Dunja selbstvergessen am Buffet, schwenkt den prüfenden Blick über die Platten, schiebt das Rührei zusammen.

»Ich kann jetzt noch nicht vierzig werden«, sagt Saphie. »Ich muss noch eine Weile neununddreißig bleiben. Machst du mit?«

Dunja schüttelt den Kopf. Akribisch putzt sie den Rand des Stahlbehälters mit Küchenpapier. »Ich bin bereit. Ich will's hinter mich bringen.« Sie wischt sich die Finger ab. »Warum bist du denn nicht bereit?«, fragt sie desinteressiert und schiebt den Deckel zu.

»Weil ich bis gestern nicht sagen konnte, ob ich je in einem Tierpark gewesen bin. Erst seit dieses Viech vor meinem Fenster steht, weiß ich es wieder«, sagt Saphie. »Ich frag mich, warum ich meine ganzen alten Erinnerungen so verschüttet habe. So kann ich doch unmöglich vierzig werden.«

Dunja fegt mit der Handkante Brotkrümel von der Tischkante. »Da könn' wir tauschen. Ich würde mein Gedächtnis gerne mal ein bisschen ausmisten.«

Saphie zieht an Dunjas Blusenausschnitt. »Wer hat dich denn heute angezogen? Rote Bluse, blauer BH?«

Dunja sieht an sich herunter. »Augusta hat heut früh angerufen, um mich beim Anziehen zu unterbrechen.« Saphie öffnet daraufhin einen Knopf ihres blauen Oberteils und zeigt Dunja den blauen BH.

Als sie im Büro die BHs tauschen, wirken Saphies Brüste erschöpft, obwohl aus ihnen nie getrunken wurde.

Während Saphie die BH-Träger über Dunjas Schultern enger spannt, sortiert Dunja die Post. »Warum kriegen wir so viel Müll?« Sie wirft zwei Briefe auf den Schreibtisch, den Rest in den Papierkorb. »Passt mir viel besser«, sagt Dunja, legt beide Hände auf ihre Brüste.

»Wann kommt Augusta mit ihrer Freundin?«, Saphie betrachtet sich in dem kleinen Spiegel an der Bürotür. »Ist schon da«, sagt Dunja. »Also nicht hier im Haus. Aber im Ort. Weiß nicht, wo. Verstecken sich. Vielleicht will sie uns ihre Freundin nicht zeigen.«

Saphie verschränkt die Arme. »Oder sie hat jetzt einen Bart und heißt August. Mhm … dabei wollte sie sich doch damals den Mann mit dem schönsten Schwanz aussuchen.«

Dunja lacht. »Oh Gott, ja, stimmt!« Den Witz hatten sie jahrelang gemacht, nachdem Dunja den Kindern im Tierpark erklärt hatte, die Pfauenweibchen würden sich den Pfau aussuchen, der das schönste Rad schlagen könne und die schillerndsten Schwanzfedern habe. Am Nachmittag hatte Saphie die Kinder übernommen und war mit ihnen zum See gegangen. In der Sonne liegend und die badenden Menschen betrachtend, hatte Augusta Saphie gefragt, wie man sich später einen Mann aussuche. Saphie hatte von Liebe und Charaktereigenschaften gesprochen, und Augusta hatte schließlich verkündet, sie würde einfach den mit dem schönsten Schwanz nehmen.

Dunja knöpft ihre Bluse zu. »Was machen wir denn morgen?«, fragt sie mit leicht verzweifelter Miene.

»Wir machen gar nichts«, sagt Saphie und betrachtet

sich von der anderen Seite. »Wir haben Geburtstag. Sollen die anderen was machen. Wir sind halt da. Reicht doch. Warum willst du unbedingt was machen? Konntest es doch nie leiden, Geburtstag zu haben.«

Dunja stöhnt. »Kannst du dich mal wieder anziehen, Saphie? Hier laufen Gäste durchs Foyer!«

Mit dem Kopf unter ihrem Oberteil sagt Saphie dumpf: »Ich geh 'ne Hunde-Runde. Oder willst du?«

Sie habe total viel zu tun, sagt Dunja, als hätte Saphie keine Ahnung, was es bedeutet, ein Hotel zu leiten. Es hätten sich endlose E-Mails angesammelt, und einen neuen Nino habe sie auch noch nicht besorgt. »Wenn das Semester anfängt, sind Jules und Nino weg, und ich sitz hier alleine, verfluchter Mist!«, jammert Dunja. »Ich mach erst mal den Gastro-Dienstplan.«

Saphie hält Dunja fest. »Lass die Küche das machen. Die melden sich, wenn sie dich brauchen.«

Dunja sieht Saphie irritiert an. »Hast du doch nie so gemacht.«

»Hätt ich aber machen sollen. Du musst die Mitarbeiter behandeln wie die Gäste. Die sollen sich hier genauso wohlfühlen dürfen. Und du kannst ruhig die Gäste ein bisschen wie Mitarbeiter behandeln. Bezieh sie in die Abläufe ein. Glaub mir, dann fühlen die sich beachtet, und der Laden läuft wie von selbst.«

Dunja nickt unsicher.

Saphie hatte ganz vergessen, dass Ninos Studium bald anfängt. Überhaupt hat sie alles vergessen, womit sie sich vor Kurzem jeden Tag noch beschäftigt hat, und manchmal sogar nachts. Wie sie so leben konnte, hat sie auch vergessen, gefangen in der Verantwortung für Menschen und deren Gehälter.

Letztes Jahr hatte die Therapeutin ihr aufgetragen, den Ablauf ihrer Alltagsroutinen zu beobachten und sich vorzustellen, sie würde neben sich stehen. Die Hausaufgaben empfand Saphie als lästige Einmischung in ihre Privatsphäre. Sie wollte sich nicht selbst überwachen. Beim Zähneputzen fiel ihr dann aber doch auf, mit welcher Präzision sie es schaffte, keinen Sekundenbruchteil zu vergeuden. Saphie funktionierte wie eine Hochleistungsmaschine.

»Und macht Ihnen das Spaß?«, hatte die Therapeutin bei der nächsten Sitzung gefragt. »Ich mach alles so schnell, weil es keinen Spaß macht« war Saphies schuldbewusste Antwort, als hätte sie etwas ausgefressen.

Die Therapeutin hatte die nervtötende Angewohnheit, Fragen zu stellen, bis die Patienten sich selbst die richtige Antwort gaben, dabei hätte sie auch gleich sagen können: »Trotz Ihres Rekordtempos schaffen Sie es nicht, genügend Zeit für etwas zu haben, das Ihnen Spaß macht!« Diese zeitsparende Methode hätte Saphie bevorzugt. Stattdessen musste sie alles selbst herausfinden und fragte sich, wozu sie die Frau bezahlte.

»Was würde Ihnen denn Spaß machen?«, fragte die Therapeutin.

Saphie sah aus dem großen Verandafenster. »Ich sollte das wissen, oder?« Jedes Mal schaffte es diese Frau, Saphie mit einer Frage nach Hause zu schicken, die sie schwer wieder loswurde. Dabei wollte sie nur ihre Paniktabletten-Rezepte und wurde den Eindruck nicht los, die Tabletten auch gegen die lästigen Fragen zu brauchen.

Am Markt bemerkt sie zum ersten Mal die kitschigen Blumenkörbe, die an die Laternen geschweißt worden sind, und jetzt erst fällt ihr auf, wie gewaltig das schöne Alte von hässlichem Neuen verdrängt wurde. Holz und Stein ersetzt durch Glas und Stahl, wo es nur möglich war. Ihr eingeschränktes Blickfeld muss die Veränderungen der letzten Jahre ignoriert haben. Es hat ihr stattdessen den Ort so vorgespiegelt, wie sie ihn aus ihrer Kindheit kannte. Die alten Wohnhäuser wurden damals nicht von vorne betreten, und die Eingangstüren wurden nur zu Hochzeiten aufgeschlossen. Als Kind musste sie über die Höfe um die Häuser herumgehen, sie durch die Hintereingänge betreten und stand gleich in den Küchen. Dann sagte sie einer kartoffelschälenden Alten »Guten Tag« und ging mit der Schulfreundin meist durch einen dunklen Flur, an der guten Stube vorbei und eine dunkle Treppe hinauf in ein winziges Kinderzimmer. Es war überall dasselbe, und es war immer dunkel.

Dass sie diese Erinnerung gefunden hat, erstaunt Saphie. Über so etwas dachte sie selten nach. Bisher war Dunja das Gedächtnis ihrer gemeinsamen Kindheit. Aber seit sie das Hotel nicht mehr leitet, irren ständig alte Erinnerungen durch ihr Hirn, als wäre ihr Kopf der Marktplatz, auf dem sich die Wege der Alten und Jungen kreuzen.

Als sie nicht zum Bäcker abbiegt wie sonst, sondern auf dem Markt stehen bleibt, ist es, als wäre sie sehr lange weg gewesen. Sie ist sich nicht sicher, ob mit dem Platz oder mit ihr selbst etwas nicht stimmt.

Wieder stellt sich ihr ein Bild in den Weg. Mit Lenka an der Hand war sie im Regen alleine nach Hause geschickt worden, und sie erklärte ihrer kleinen Schwester, warum die Blätter von den Bäumen fielen. Lenka sollte den Anblick des toten Opas vergessen. Sie hatten mit den Nachbarn Karten gespielt, und der Großvater wollte Lenka auf seinen Schoß heben. Er beugte sich vor, streckte die Arme nach ihr aus, hielt die Luft an und sackte in den Sessel zurück. Er war mitten in der Bewegung eingeschlafen. Plötzlich hatte es eine große Aufregung gegeben, und man kippte dem

Opa Wasser ins Gesicht. Die Kinder sollten nach Hause gehen zu ihren Eltern. Aber Dunja weigerte sich. Sie saß neben dem Opa, hielt seine Hand fest und behauptete, er würde sterben, wenn sie seine Hand losließe. Aber Saphie wusste, dass er schon gestorben war. Als sie zu Hause ankam, sah sie erst in den erschrockenen Augen ihrer Eltern, dass der Opa nicht nur vorübergehend tot war, sondern für immer. Sie hatte ihnen nur gesagt, Opa sei ganz plötzlich sehr müde geworden. Aber dass man Kinder nicht grundlos allein durch den Regen schickte, wenn der Großvater nicht mindestens tot war, wusste Saphie. Die Eltern setzten die Kinder ins Auto und fuhren wieder zurück. Im Auto fing Saphie an zu weinen: »Wenn Lenka nicht auf seinen Schoß gewollt hätte, würde er jetzt noch leben«, schluchzte sie und war von dem Gedanken nicht abzubringen.

Vor Opas Haus stand ein Krankenwagen. Saphie und Lenka wurden in Opas Glaswerkstatt abgesetzt. Nie zuvor hatten die Kinder da hineingedurft, jetzt sollten sie drinbleiben und still sein und nichts anfassen. Saphie saß auf dem Drehstuhl an Opas Werkbank vor dem Bunsenbrenner. Lenka klingelte mit einem Metallstäbchen, das sie auf dem Boden gefunden hatte, gegen die rote Gasflasche, und Saphie dachte, die Flasche würde davon explodieren. Sie nahm Lenka das Stäbchen weg, hielt sie fern von den Glasröhren und ließ sie nicht mit den Werkzeugen spielen. Lenka weinte. Es war Sonntag, und Saphie wollte die rote Zora sehen. Schließlich wurde auch Dunja in das Werkstatt-Verlies gesteckt, und vor Erleichterung umarmte Saphie ihre Schwester, die sich mit den Butanflaschen und Glasröhren besser auskannte. Zusammen hatten sie keine Angst und fingen an, für Lenka Maus und Elefant zu spielen, bis sie den toten Opa vergessen hatten. Als sie rausgelassen wurden, war er weg. Niemand sagte ein Wort.

Danach hegte Saphie ein Misstrauen gegen die Eltern, die ihre Kinder in einem Notfall an einem explosiven Ort zwischen gefährlichen Glaskörpern alleine gelassen hatten. Sie wusste, im Notfall würde sie alleine zurechtkommen müssen. Auf die Eltern konnte sie sich nicht mehr verlassen.

Noch nie hat Saphie sich so genau an diesen Abend erinnert wie jetzt.

Als sie am Supermarkt vorbeikommt, wird sie mit pflichtbewusstem Nicken von den Jugendlichen gegrüßt, die auf dem heißen Parkplatz herumhängen, und es missfällt ihr, von ihnen so ernst genommen zu werden. Sie hat selbst mit Freunden nachmittags auf diesem Parkplatz gesessen, barfuß, Kirschkerne spuckend am Fuß der Mauer auf den Steinen, weil sie sich hier ein bisschen großstädtisch fühlen konnten. Autos, Steine, Himmel. Mehr wollten sie nicht. Sie wollten damals auch nicht Tischtennis spielen oder Basketball auf dem begrünten Platz, der extra für ihre Generation angelegt worden war. Der Supermarktparkplatz machte den Jugendlichen keinen Vorschlag, mit welcher Beschäftigung sie ihre Freizeit verbringen sollten.

Sie geht bis zum Waldrand. Hewimann bleibt sitzen und will nicht mehr weiterlaufen. Saphie beobachtet die Kühe, macht den stumpfsinnigen Blick, den das Kuhleben mit sich bringt, nach und sieht Hewimann an. Er hält den Kopf schief und legt sich auf den Weg.

Die trockenen Gräser rascheln im Wind. Zum ersten Mal will Saphie nichts. Ständig wollte sie etwas. Es gab immer Aufgaben, etwas musste erreicht, geändert oder organisiert werden. Es ging um das Hotel und um Gilbhart, der auch möglichst viele Aufgaben haben sollte, damit er möglichst wenig Zeit zum Trinken hatte.

Jetzt liegt das Leben vor ihr wie ein leeres Buch. Die Zeit will so lange stehenbleiben, bis Saphie entschieden hat, was sie mit ihr anfängt. Sie trägt Hewimann ein Stück und geht vorbei am Aussichtspunkt, wo man auf einer Bank sitzen und übers Tal sehen kann.

Auf dem Waldweg kommen ihr zwei Frauen entgegengejoggt, sehen aus wie Wellness-Touristinnen, leben aber in der neuen Wohnsiedlung hinter dem Ufo, das Clubhaus genannt wird. Letztes Jahr war Saphie mit ihnen regelmäßig in der Sauna gewesen. Da hatte es sie noch beeindruckt, dass ihnen kein Härchen wuchs, wo sie es nicht haben wollten, und dass sie für jede Stelle ihrer Körper andere Cremes benutzten. Jetzt will sie nicht mal reden mit denen. Dass ihr diese fremde Welt einmal wichtig gewesen ist, kommt ihr jetzt vor wie eine Phase unzurechnungsfähiger Verwirrtheit. Sie verpasst ihnen ein kühles Nicken und bekommt dasselbe zurück.

Wanderer mit grellbunten Jacken bleiben stehen, wollen reden und den Hund streicheln und Fragen stellen über Belanglosigkeiten, als müssten sie dringende Rätsel lösen. »Wozu flattern denn diese Silberbändchen an den Stromkabeln? Gibt's denn hier auch Störche? Was ist denn das für eine Turmspitze da hinten? Warum sind denn so viele Tannenspitzen abgebrochen?«

Selbst auf dem Friedhof schlendern Touristen herum und betrachten ihn wie ein Museum, als hätte man die kleine Kirche eigens für sie aufgestellt und die ärmlichen Gräber mit Musternamen versehen, hinter denen keine gelebten Leben stecken. Die beiden Grabstätten der ehemaligen Großbauernfamilien stehen am Eingang nahe der Kirche, wie Mutter und Vater der kleineren Gräber. Die Touristen registrieren alles lächelnd und nickend in debiler Dankbarkeit. Warum aber dem Engel auf einem der Großbauerngräber der Kopf abgeschlagen wurde und welchen

Einfluss ein dummer Erbstreit bis heute auf das Dorf hat, wird nie ein Tourist erfahren. Jede Familie hatte sich vor über hundert Jahren auf die eine oder andere Seite stellen müssen, obwohl es kaum eine Rolle spielte, wem die östlich gelegenen Felder letztendlich zugeschrieben worden waren. Fürs Dorf änderte es nichts. Trotzdem war es unsichtbar geteilt worden, und wer davon weiß, kann den Riss bis heute spüren.

Saphie bleibt vor Gilbharts Grab stehen, und etwas hat sich verändert. Vor ein paar Wochen, als sie angefangen hatte, die Tage und Nächte in seinem Zimmer zu verbringen, war sie bei Sonnenaufgang hergekommen und begriff nicht, wie die ganze Welt sie in einer solchen Situation alleine lassen konnte. Wie sollte sie ganz allein dafür sorgen, nichts Gefährliches zu tun, nicht zu viele von ihren Paniktabletten zu nehmen, sondern weiterzuleben? Sie dachte, Gilbhart würde leiden in seinem Grab und nach ihr rufen. »Hol mich doch hier raus!« Dann war sie auf die Knie gefallen und hatte zu ihm in die Erde kriechen wollen.

Wie damals in der gefährlichen Glaswerkstatt des toten Großvaters war sie vom Leben überfordert, da es Unmögliches von ihr verlangte.

»Ich bin eine ganz starke Frau«, hatte sie danach zu der Dorftherapeutin gesagt, als sie in Tränen ausgebrochen war, weil sie zum ersten Mal wusste, was Einsamkeit bedeutet. Die Therapeutin hielt ihr einen Handspiegel vors Gesicht. »Sieht so eine starke Frau aus?«

Saphie sah ihren verzerrten Mund und die schwarzen Tränen unter den zerknitterten Augen. Dieses jämmerliche Gesicht war völlig albern, und sie schüttelte den Kopf wie ein trotziges Kind.

Nach der Sitzung sagte die Therapeutin: Alles, was sie tue, würde die Zeit auch irgendwann tun. Therapie sei nur eine Beschleunigung, mehr nicht – und Tabletten könne sie ihr auch keine mehr geben. »Schwierigkeiten mit der Ärztekammer«, sagte sie und schloss die Tür.

»Irgendwie hat mir die Idee, die Zeit anzutreiben, mehr geholfen als die ganze Blöde-Sprüche-Therapie«, hatte sie später zu Dunja gesagt.

Alle Dinge, die Gilbhart hinterlassen hat, begann sie durchzuarbeiten, wie eine Historikerin, um dem Erinnern alle Türen gleichzeitig zu öffnen und den Zustand zu beschleunigen, den sie nicht mehr aushalten wollte.

Wie dumm von ihr, denkt sie jetzt, einen Grabstein gewählt zu haben, der Gilbhart gefallen hätte. Sie hätte einen wählen müssen, der ihr selbst gefällt. Einen roten Sandstein hätte sie gerne gehabt. Keinen polierten Granitblock in Dunkelgrau.

Warum hatte sie daran nicht gedacht? Im Hotel hatte sie Gilbhart nicht einmal erlaubt, *Getränkerückgabe* an die Gastro-Toiletten zu schreiben, weil das nicht ihr Humor sei, hatte sie gesagt, und sie müsse das ja schließlich auch lustig finden. Seine groben Witze störten Saphie manchmal. »Ist euch eigentlich klar, dass eine von euch beiden ungewollt auf die Welt gekommen ist?«, hatte er einmal betrunken zu Saphie und Dunja gesagt und sich auf die Schenkel geklopft vor Vergnügen.

Jetzt wäre ihr egal, was an den Toiletten steht. Überhaupt ist ihr das ganze Haus egal geworden. Jetzt hätte sie nur gerne einen schöneren Grabstein.

Das Grab der Eltern kontrolliert sie gewohnheitsmäßig wie eine Kundin, die überprüft, ob sie bekommt, was sie bezahlt. Irgendwie war sie davon ausgegangen, sie könnte mit Gilbharts Tod ebenso sachlich klarkommen wie mit ihren toten Eltern. Auf den Tod der Eltern hatte sie sich zumindest jeweils ein paar Monate lang vorbereiten können.

Und als sie vom Krankenhaus die Nachricht vom Tod ihrer Mutter bekam, während sie an der Kasse stand und ihren Einkauf bezahlte, schaltete sie anschließend das Handy aus, steckte es in die Manteltasche und ignorierte die Information so lange, bis der Arbeitstag erledigt war. Erst abends, nachdem sie sich die Zähne geputzt und Gilbhart sie im Bett gefragt hatte, warum sie schon den ganzen Tag so gereizt sei, befand sie den Moment für geeignet, den Tod ihrer Mutter aus ihrem Kopf in ihr Herz fallen zu lassen. Sie war selbst verblüfft gewesen, dass sie dazu fähig war, diese Nachricht einen gesamten Tag lang kaltzustellen.

Jetzt muss Gilbhart sich mit dem Totsein abgefunden haben. Er ruft nicht mehr. So war es auch, als er lebte. Erst protestierte er eine Weile, und dann gab er kompromisslos nach. Er war der Nein-Sager, während Saphie die Ja-Sagerin war. »Ich liebe es, Steuern zu zahlen, verdammt noch mal!«, hatte sie sogar einmal gebrüllt, als Gilbhart gegen das Finanzamt wetterte und nicht mehr aufhören wollte zu fluchen. »Ich bin nämlich stolz darauf, dass wir so viel Geld verdient haben, begreifst du das?« Er hörte auf zu zetern und saß auf seinem Bürostuhl wie ein geknickter König in seinem Reich.

Der Friedhof ist jetzt leer. Die Touristen haben vielleicht doch gemerkt, dass Saphie keine Sehenswürdigkeit ist. Aber Hewimann will Saphie unbedingt stören. Er bellt vor der Friedhofsmauer, und als Saphie ihn von der Leine befreit, zerrt er einen riesigen Stock über die Straße.

Dann gehen sie am Reiterhof vorbei, die Straße rauf, zurück über den Markt mit dem Brunnen, von dem die alten Leute behaupteten, darin sei mal ein Kind ertrunken. Sie geht vorbei an dem griechischen Restaurant, an der Kirche, grüßt die Frau vom Reisebüro, trifft die einzige Hebamme des Ortes und muss wieder alle Hundefragen beantworten. Sie geht hinter der Kirche die Treppe hinauf, über den neuen Parkplatz, am Autohaus vorbei. Die Alte vom Apotheker wirft Saphie einen Verachtungsblick zu, wie immer. Saphie wusste nie, warum, aber jetzt fällt es ihr wieder ein. Brigäne hatte damals dafür gesorgt, dass der Apothekersohn einen Tadel bekam, weil er in der Sportumkleide Saphies Kopf gegen die Fliesen geknallt hatte. Dass der Sohn daraufhin keine Zulassung zum Gymnasium bekam, daran ist Saphie noch immer schuld. Das hat sie vergessen. Eine weniger, mit der sie reden muss, denkt sie jetzt und lacht über das böse Gesicht der vergrämten alten Frau.

Mit dem Kfz-Mann will sie auch nicht reden, will nicht wissen, wo neu gebaut wird, welche Ungerechtigkeiten im Gemeindeamt passieren und wer sich mit wem verstritten hat. Es interessiert sie nicht mehr, und sie behauptet, in Eile zu sein.

An der leeren Bushaltestelle geht sie vorbei und lächelt in der Scheibe dem vergangenen Mädchen zu, das sie war, als sie mit Dunja zehn Jahre lang täglich hier gestanden und auf den Bus gewartet hat.

Einer der glücklichsten Tage, an die sie sich erinnern kann, war der, an dem sie die rosa Plastikuhr von einem Mädchen aus ihrer Klasse für eine Glasperlenkette bekommen hat. Sie wusste, sie würde niemals mehr unglücklich sein können, da sie ja jetzt diese Uhr besaß. Vermutlich hat die Uhr im Westen zwei Mark gekostet, denkt Saphie jetzt, und an der Kette muss der Vater nächtelang gesessen haben, um sie Saphie zur Einschulung zu schenken. Die Kette habe sie verloren, sagte sie zu Hause. Woher die Uhr kam, hatte sie vorher zu überlegen vergessen. Brigäne fand alles über den Handel heraus und sagte: »Hab ich' s doch gleich gewusst!«

Nie war sie so frei wie jetzt. Selbst als Kind, ohne Schlüssel und Handy, hatte sie von der Mutter Aufgaben bekommen, die man Dunja nicht zutraute. Bei den Großeltern die Blumen gießen, bei Frau Bisemond die geänderten Kleider abholen, vom Fleischer ein Kilo Gehacktes mitbringen, oder sie hatten Lenka dabei, und dann war Saphie die Mutter. Sie machte die fürsorglichen Dinge, passte auf, dass Lenka sauber, trocken und satt war, während Dunja die lustigen Dinge machte. Lenkas Beine ins Wasser hielt, Verstecken spielte oder ihr Kirschen an die Ohren hängte. Saphie dagegen schimpfte, wenn Lenka die Hände mit den zermatschten Kirschen am Kleid abwischte. Dann sagte sie, die Mutter habe sich wahrscheinlich geirrt und in Wahrheit sei Saphie zuerst geboren, sie sei nun mal reifer, oder dass Dunja später nie einen Mann fände, wenn sie so kindisch bliebe. Dass Saphie nur tagsüber reifer war, durfte Dunja niemandem verraten. Nachts schlief Saphie auch mit fünfzehn noch in einem rosa Fleece-Schlafanzug mit glitzernden Elfen und hörte zum Einschlafen Kinderhörspiele.

Sie fragt sich, was der Ort aus ihr gemacht hat und warum er ihr jetzt so fremd vorkommt. Der Ort antwortet aber nicht, und Saphie denkt, dass sie ihm vielleicht ebenso fremd vorkommt. Sie gehört nicht mehr dazu und ist dem Ort egal, wie eine beliebige Touristin.

Wer wenig gesehen hat, staunt viel.

Im Hotelsaal steht Dunja im roten Kleid neben dem Brautpaar und lässt ein Foto machen. Diesmal ist es kein Kleid, das Saphie ihr geschenkt hat. Es ist nicht mal eins, das Saphie sich kaufen würde. Es hat einen strengen Stehkragen mit schmalem Schlitz, der tief im Dekolleté endet, und um die Taille steht ein diszipliniert gerafftes Schößchen. Als Dunja zum ersten Mal an der Rezeption arbeitete, trug sie Jeans und T-Shirt, legte die Beine auf den Tisch und tat bei der Abfertigung der Gäste nur das Nötigste. Jetzt trägt sie Kleider, Röcke, hohe Schuhe, sogar Feinstrumpfhosen bei der Hitze und ist auch geschminkt, wenn keine Hochzeiten stattfinden. Saphie mochte es nie, wenn Dunja sich anzog wie sie. Offenbar gab es Dunja aber Halt, und an solchen Tagen war Saphie aufgefallen, dass Dunja Halt brauchte.

Vielleicht ist es Dunja wichtig geworden, sich elegant zu kleiden, seit Saphie damit aufgehört hat, um das Niveau für beide aufrechtzuerhalten, denkt Saphie.

»Wer ist denn jetzt hier die Wirtin?«, fragt der Versicherungsvertreter und sieht von Dunja zu Saphie.

»Rotationsprinzip«, sagt Saphie. »Meine große Schwester macht das jetzt«, mit dem Arm beschreibt sie eine große Kreisbewegung. »Wir tauschen alle dreißig Jahre.«

Offenbar erleichtert, die adrettere Schwester in sein Hochzeitsbild stellen zu dürfen, sagt er: »Ah. Wunderbares Konzept«, und legt fürs Foto den Arm um Dunja.

»Bei einer tunesischen Hochzeit sind ja normalerweise viel mehr Menschen«, sagt der Versicherungsmann, um sich für die lahme Runde zu entschuldigen. Dunja legt ein verständnisvolles Lächeln auf. Aber als Saphie sagt, bei einer deutschen Hochzeit seien ja normalerweise auch mehr Menschen, wirft sie ihrer Schwester einen bösen Blick zu.

»Aber dafür gibt es bei deutschen Hochzeiten immer viel zu wenig Kamele«, sagt Dunja tröstend und schiebt den Mann zur Bar. Saphie fühlt sich so deplatziert wie Gilbhart, wenn er unangebrachte Sprüche machte und sie ihn von den Gästen fernhalten musste.

Der Brautvater führt sein Kamel ums Haus, lässt das Trampeltier den Rasen ruinieren und das einzige anwesende Kind darauf reiten.

Am Abend wird die kleine Hochzeit doch noch lebendig. Nur Hewimann schläft neben seinem Fressnapf ein, erschöpft von der Aufregung um das Wüstentier.

Saphie setzt sich an die Bar. Sie will zur arabischen Musik nicht tanzen. Dunja dagegen schlängelt ihre Arme vorm Gesicht und bewegt ihre Hüfte so, dass Saphie an die Farbrührmaschine im Baumarkt denken muss.

Es hat hier arabische Feste gegeben, und Saphie hat getanzt, stolz mit erhobenem Kinn und ausgebreiteten Armen, mit den Araberinnen im Kreis, wobei sie einander in die Augen sahen, hat sie ihre Brüste geschüttelt, gelächelt und diese Oberschenkeldrehungen nachgemacht. Eine Haltung, die sie jetzt nicht haben will. Lieber würde sie in einer Techno tanzenden Menge untergehen und niemandem in die Augen sehen.

Zum ersten Mal ist Saphie nicht gezwungen, sich der Stimmung anzupassen. Sie will die Atmosphäre nicht mehr anheizen müssen, um die Gäste die Bar leertrinken zu lassen, nicht mehr, um Gilbhart zu beweisen, wie gut sie das Haus führt, und vor allem nicht mehr, um sich selbst zu beweisen, wie wichtig sie hier ist. Vielleicht war das nie nötig, denkt sie jetzt. Vielleicht wäre sie jetzt eine andere, wenn sie nicht versucht hätte, Gilbharts schlechter, nüchterner Laune ihre gute entgegenzustellen und Gilbharts Hemmungslosigkeit mit ihrer eigenen Selbstbeherrschung aufzuwiegen.

Saphie setzt sich in die kühle Küche ihrer Wohnung. Die Nacht ist zu warm zum Schlafen. Die Hitze, das Kamel in der Dunkelheit und die arabische Musik, die aus dem Saal herüberweht, sind wie Hirngespinste. Als hätte die Erdoberfläche sich mit dem Hotel in eine andere Klimazone gedreht.

Am Laptop fliegt sie über den virtuellen Globus und zoomt sich in die Satellitenbilder und Luftaufnahmen der Mongolei. Sie erkennt Jurten und Boote an einem riesigen See. Die Gebirgslandschaft sieht aus wie zerknülltes Papier. Flüsse schlängeln sich durch die Klüfte wie verhedderte Wollfäden, als wollten sie es vermeiden, je am Fuß des Berges anzukommen. Das könnte der Sinn des Lebens sein, denkt Saphie. Immer in Bewegung bleiben und viele Umwege machen, um so spät wie möglich anzukommen. Sie fliegt einmal um die Erde. Als sie in Bulgarien Schnee auf den Gebirgsspitzen entdeckt, klopft jemand an ihr Fenster. Es ist nicht das Kamel, das wieder vor der Scheibe steht, es sind Augusta, Jules, Lenka, Nino, Jorge und ein fremdes Mädchen, die sich in Saphies Küche drängen. Saphie sieht auf die Uhr. Es ist zwölf.

Erst jetzt fällt ihr auf, dass der DJ seit einer Weile schon einen ungeschickten Übergang von der arabischen Musik zur Achtzigerjahre-Hitparade versucht.

Lenka trägt eine Torte mit Kerzen, und während alle Happy Birthday singen und im Saal Frank Zappa gespielt wird, denkt Saphie, dass sie sich das Vierzigwerden ganz anders vorgestellt hat. Mit vierzig muss man angekommen sein, dachte sie immer. Oder man darf zumindest keinen verschobenen Aufbruch mehr vor sich haben.

Letztes Jahr noch hätte sie problemlos vierzig werden können, denkt sie, während alle sie unaufhaltsam umarmen und ihr ein Umschlag überreicht wird mit aufgemalter Palme, Sonne und Pyramide. »Oh, ich bekomme auch ein Kamel!« Sie zieht eine Karte heraus mit dem Foto eines VW-Busses. Damit soll sie für ein paar Monate fahren, wohin sie will. »Mit Hewimann natürlich!«, ruft Augusta.

Saphie kennt den Bus. Er wird von Jorges Kommune vermietet. Augusta zieht an Saphies Arm. »Komm, beeil dich mal.« Saphie leint den Hund an. »Ihr hättet ja Dunja zuerst wecken müssen«, sagt Saphie leicht trotzig: »Sie ist doch sieben Minuten älter als ich.«

Aber Dunjas Zimmertür ist abgeschlossen. Erst als Nino den Zweitschlüssel holen will, steht Dunja in ein Laken gehüllt müde in der Tür. Saphie wird zum zweiten Happy-Birthday-Gesang neben Dunja geschubst. So ist es seit vierzig Jahren: Sie standen, saßen oder lagen nebeneinander, während für sie gesungen wurde, es gab eine besonders große Torte für beide, die Kerzen mussten gemeinsam ausgeblasen werden, als wären sie nur ein Mensch. Ein Schwesternmensch. Als Saphie klein war und ihre Mutter in der Zeitung die Horoskope las, sagte Brigäne: »Na, Zwillinge natürlich«, als Saphie ihr Sternzeichen wissen wollte, »doofe Frage.« Seitdem dachte Saphie lange, alle Zwillinge seien im Sternzeichen der Zwillinge geboren. Dunja stößt Saphie an und lacht. »Verdammt, sind wir jetzt etwa endlich erwachsen?«

Saphie schüttelt den Kopf. »Ich hab mit dem Erwachsensein endlich aufgehört«, sagt sie so leise, dass niemand darauf eingeht.

Dunja muss ein Kleid überziehen, wird in den Flur gezerrt und muss mitkommen. Lenka trägt die Torte, und so gehen sie mit Sektgläsern durch den Ort.

Die Ausgelassenheit erinnert Saphie an die ersten Alkohol-Nächte, in denen sie vom Bahnhof durch den Ort nach Hause wankte. Unterwegs wurden sie immer weniger, bis sie schließlich mit ihrer nüchternen Schwester übrig blieb. Dann erst fiel ihr auf, wie nüchtern Dunja war, und sie hatte Lust, gemein zu ihr zu sein, sie auszulachen und zu beschimpfen. Sie sei eine langweilige Spaßbremse, nie mehr würde man sie mitnehmen, sagte Saphie, und am nächsten Tag tat es ihr leid.

»Wo gehen wir denn hin? Habt ihr mein Geschenk im Wald versteckt?«, will Dunja auf dem Sandweg wissen, der zum Wald führt. Augusta verbindet Dunja die Augen und hält ihren Arm. Durch die Bäume sieht Saphie eine bunte Lichterkette. Sie führen Dunja über die Wiese. An den zwei Obstbäumen hängen Lampions, und Augusta nimmt Dunja vor dem Häuschen das Tuch von den Augen. »Du wolltest dich doch zum Vierzigsten im Wald verstecken.« Augusta tanzt begeistert durch die Wiese. »Ich hab dir deine Streuobstwiese gekauft, Mama!«

Dunja konnte nie euphorisch sein, und vielleicht ist es Augusta dafür umso mehr. Dunja steht nur da und hält sich die Hände vor den offenen Mund.

Die Tat wird es weisen.

Auf der winzigen Terrasse mit schiefgetretenen Steinplatten stehen alte Klappstühle, die irgendjemand aus dem Hotelkeller hierhergeschleppt haben muss, und ein Campingtisch mit Kerzen und Kuchentellern. Saphie setzt sich lieber abseits auf einen großen Stein.

Mit Gilbharts Tod hat sich Saphies Trauer um ihre Kinderlosigkeit langsam angeschlichen. Ausgerechnet als sie dann mit Bernd Brachet vor der Kamera saß, war ihre Trauer in Zorn umgeschlagen. »Was bleibt denn am Ende übrig? Doch nur die Kinder, was?«, hatte Brachet gesagt und Saphie aufmunternd zugenickt. Da konnte Saphie plötzlich nicht mehr nicken und lächeln. Gilbharts Tod war wie ein übervoller See aus heißem Öl, der in ihr umherschwappte. Alles, was sie tat, tat sie um diesen See herum. Alles, was sie sagte, sagte sie so, dass der See nicht über die Ufer trat. Da war eine übergroße Wunde mitten in ihrem Körper, die Saphie stillgelegt, aber nicht versorgt hatte. Als sie mit Brachet der Fernsehkamera gegenübersaß, lief das heiße Öl endlich über. Der Schmerz war unerträglich, und sie konnte nur flüchten.

Gilbharts Zimmer hatte sie betreten wie eine Gruft, und der Schmerz hatte nicht nachgelassen, aber Saphie spürte, dass eine Kraft in diesem Schmerz lag. Er war kein Feind mehr. Sie wollte ihn nicht mehr hergeben.

In den ersten Tagen hatte sie sich eingebildet, die Tabletten hätten sie so gelähmt. Dabei hatte sie die gar nicht genommen, sondern nur in ihre Hosentasche gesteckt, wie sie später feststellte. Sie wollte nichts als schlafen und nie mehr wach werden, denn in ihren Träumen war sie bei Gilbhart. Sie war in einer Stadt und musste schnell ins Hotel, um eine wichtige Veranstaltung zu betreuen. Sie wusste, die Gäste würden um acht ankommen. Aber auf ihrer Uhr war es vier Uhr achtundachtzig. Gilbhart trug eine alberne Mütze und ein zu kurzes Hemd und wollte, dass sie vor einem historischen Gebäude ein Polaroidfoto von ihm machte. Aber aus der Kamera fielen nur Bilder von vollkommen fremden Touristen. Auf keinem Bild war das, was sie fotografiert hatte. Gilbharts Uhr zeigte fünfundzwanzig Uhr null. Nirgends war eine glaubwürdige Uhrzeit abzulesen. Sie wollte ihr Fahrrad finden. Aber es war verschwunden, und sie irrte im Gegenwind von einer Laterne zur nächsten. Das Rad war weg und der Wind so stark, dass sie auf allen vieren kriechend die Fingernägel in die Fugen zwischen den Gehwegplatten krallen musste, um vorwärtszukommen. Schließlich versuchte sie, ein Taxi zu rufen, aber das Telefon wählte andere Zahlen, als sie eingetippt hatte. Dort, wo ein Taxistand hätte sein sollen, war eine Fußgängerzone errichtet worden, die nur Menschen mit Kindern betreten durften. Alle anderen wurden festgenommen. Zwei Polizisten kamen mit Handschellen auf Saphie zu, als jemand von hinten an ihre Schulter griff.

»Taxi?«

Vor ihr stand der Mann aus weichem Glas, der augenblicklich losrannte und Saphie in rasender Geschwindigkeit hinter sich herzog, dass sie waagrecht durch die Luft flog. Er sprang einen Abgrund hinunter, Saphie flog mit ihm in einen schwarzen Tunnel, und als sie aufwachte, war sie wütend auf Gilbhart.

Wenn sie wenigstens ein Kind von ihm hätte, denkt sie jetzt und beobachtet ihre glücklich strahlende Schwester, die vom Kuchen isst, als hätte sie noch nie welchen gegessen.

Ein Kind hätte Gilbharts Totsein irgendwie relativiert. Etwas von ihm hätte am Leben bleiben können. Aber Saphie hatte selbst kein Kind gewollt. Während Dunja schon mit sechzehn von Kindern redete, war Saphie froh, dass Gilbhart auch keine wollte. Sie meinte, in Lenka sowieso schon ein Kind zu haben, und solange die Option, sich die Welt anzusehen, offenstünde, wollte sie über Kinder nicht nachdenken. Das hatte sie vor Dunja behauptet. Aber da gab es noch einen anderen Grund. Die knapp abgewendete Hotelpleite, als die Touristen den Ort damals für zwei Sommer vergessen hatten, steckte ihr lange in den Knochen wie eine ewig mahnende Bedrohung. Bei Gilbhart hatte die Krise den Alkoholismus als bleibenden Schaden hinterlassen, bei Saphie die Kinderlosigkeit.

Die Wut auf Gilbhart war in seinem Zimmer langsam abgeklungen, nachdem sie wochenlang unaufhörlich die Fotoalben durchgeblättert hatte, in denen er noch der Alte war. Sie hatte alle Briefe wieder und wieder gelesen und von ihm geträumt. Er war in ihr gemeinsames Bett gekommen, hatte Saphie gestreichelt und geküsst. Und als sie wach wurde, verwandelte sich Gilbhart in ihre Bettdecke. Saphies Lippen klebten an ihrem eigenen Oberarm.

In einem Medaillon ihrer Stiefmutter hatte sie Gilbharts Haar aufbewahren wollen. Aber dann fand sie es nicht wieder. Stattdessen fand sie die Beruhigungstabletten in ihrer Hosentasche, tat eine in das Medaillon und trägt es seitdem am Hals.

Saphie sieht Dunja zwischen Augusta und Jules stehen, wie sie lachend die Hände vor den Mund hält, die Arme angewinkelt vor den Brustkorb gepresst, als müsste sie aufpassen, nicht zu platzen vor Glück.

Saphie hatte Augusta und Jules in den Sommern immer wie ihre eigenen Kinder behandelt. Trotzdem zeigt sich jetzt der große Unterschied zwischen Muttersein und Tantesein. Sie stellt sich einen Sohn wie Jules vor, der jetzt vielleicht in die Stadt gehen würde, um zu studieren.

Sie fühlt sich gescheitert.

Die Torte ist auf Großmuttertellern verteilt, die sich im Häuschen angefunden haben. Dunja schafft es nicht, ihr ungläubiges Gesicht abzulegen. Freude war bei ihr immer nur langsam angekommen.

Im Häuschen liegen die Isomatten und Schlafsäcke von Augusta und ihrer Freundin auf dem Boden. Jules leuchtet mit dem Handy zum Hausdach. »Ziemlich in Ordnung«, sagt er.

Drinnen steht an der hinteren Giebelwand ein Regal, das bis zur Decke vollgestapelt ist mit vergilbten länglichen Pappkästen. »Glasstäbe aus Ilmenau«, sagt Augusta. »Das war das Wochenendhäuschen einer alten Frau, die hier so kleine Glaskugeln hergestellt hat mit winzigen Fischen und Kühen und Früchten drauf. Nix Traditionelles. Hat's wohl schwer gehabt auf dem Markt. Hat uns der Makler erzählt. Die Glasstäbe muss sie aus DDR-Beständen aufgekauft haben.«

Augustas Freundin stellt eine Box auf den Tisch und spielt Musik aus Saphies und Dunjas Geburtsjahr vom Handy ab. Das Mädchen sieht indisch aus. Gelockt, dunkelhäutig und zart. Sie hält Augustas Hand und nickt bei allem, was Augusta sagt. »Stimmt's?«, fragt Augusta manchmal, dann nickt die Freundin, und sie küssen sich.

Dunja sitzt auf Jorges Schoß, einen Arm um seinen Nacken gelegt, und Jorge hält sie fest, als hätte er Angst, jemand könne sie ihm wegnehmen.

Lenka redet nicht mehr mit Saphie. Gestern war Saphie

in ihr Zimmer gekommen, während Lenka mit ihrem Laptop im Bett saß. Saphie hatte im scharfen Ton gesagt: »Lass die Finger von deinem Neffen, sonst schmeiß ich dich raus und will dich hier nie wiedersehen!« Im Rausgehen hatte Saphies Absatz sich in den am Boden liegenden Kleidern verfangen. Sie stolperte und hörte Lenka im Bett verächtlich prusten. Bei Lenka konnte Saphie sich die Überzeugungsarbeit sparen. Ihre kleine Schwester gab Fehler einfach zu und scherte sich nicht um die Folgen. Man musste Lenka nichts erklären, sondern sofort mit Konsequenzen drohen.

Die Eltern machten nur verzweifelte Gesichter, wenn Saphie am Wochenende zu Besuch kam und fragte, warum Lenkas Zimmer nach Gras rieche. Von Saphie war es Brigäne gewohnt, Diskussionen standzuhalten oder nachzugeben. Aber Lenka diskutierte nicht. Verbote waren ihr egal.

Lenka orientierte sich an denen, die ihr weit voraus waren. Mit zwölf war sie der Meinung, ihre großen Schwestern überholt zu haben und neue Vorbilder zu brauchen. Mit dreizehn fuhr sie dreimal pro Woche in die Stadt zum Musical-Unterricht, und mit sechzehn war sie kaum noch zu Hause. Saphie wollte Lenka vom Schuleschwänzen abbringen, aber Lenkas Freund sagte, sie bräuchte sowieso kein Abitur, wenn sie Sängerin werde. Alle hielten das für Blödsinn. Niemand hätte geglaubt, dass Lenka den Contest gewinnen würde. Nicht mal Lenkas Freund. Danach suchte Lenka sich sofort einen neuen. In den letzten Jahren kam sie alle sechs Monate ins Hotel, zog eine Verzweiflungsshow ab und verschwand wieder. Einmal brachte sie einen Mann mit, ihren Manager, und stritt sich so sehr mit ihm in der Hotelküche, bis sie hyperventilierte, ohnmächtig wurde.

Nachdem Saphie aus Lenkas Zimmer gestolpert war, ging sie direkt zu Jules in den Fahrradschuppen und nahm sich vor, zu ihm genauso streng zu sein wie zu Lenka. Ihm zu erklären, dass Lenka ein Biest sei, weil sie jeden Mann fallen ließe, sobald sie ihn nicht mehr gebrauchen könne, würde wohl nichts bringen. Das war klar, und Saphie dachte daran, es mit Autorität zu versuchen.

Jules wusste sofort, warum Saphie gekommen war. Saphie behauptete, es sei verboten, mit Verwandten ersten Grades ein Verhältnis anzufangen. Lenka habe doch einen anderen Vater, sagte Jules beleidigt, ohne von seiner Reparatur aufzusehen, das sei doch dann sicher schon zweiten Grades. Aber Saphie sagte, sie habe sich informiert, und nein, sie blieben über die Großmutter ersten Grades verwandt und selbst zweiten Grades sei verboten, und damit müsse er sich nun mal abfinden und sich gefälligst eine andere Freundin suchen. Bei Jules half, was bei Lenka nicht half. Jules hatte Respekt vor Verboten. Als er klein war, weigerte er sich, während eines Spazierganges von einem Baum herunterzukommen. Augusta war weit vorgelaufen. Saphie stand unter dem Baum und sagte, sie müsse dann wohl leider die Polizei holen, denn sie sei momentan verantwortlich für zwei Kinder, die in verschiedene Richtungen liefen, und es sei verboten, Kinder alleine im Wald zu lassen. Es sollte ein Spaß sein, aber Jules kletterte sofort herunter und sprach nicht mehr davon.

Jetzt stochert Jules missmutig in einem Tortenstück, ohne davon zu essen, das Haar trägt er wieder ungekämmt, und ständig sieht er zu Lenka und Nino hinüber. Jorge versucht, mit ihm über die Reparaturen am Gartenhaus zu sprechen. Aufmerksam betrachtet er Jules' Gesicht, bereit, von seinen Lippen zu lesen, wenn er sie nur bewegen würde. Jules will seine Lippen aber nicht bewegen, sagt nur: »Hmm«, und sieht wieder zu Lenka.

»Hast du schon überlegt, wo du hinfährst«, fragt Lenka,

ohne die Frage wie eine Frage zu betonen, sondern vielmehr so, als sei sie beauftragt worden, Saphie etwas zu fragen.

»Wie weit weg wollt ihr mich denn haben?«, fragt Saphie. Lenka verdreht die Augen und wendet sich ab.

Jedes Mal, wenn Lenka kommt, freut sich Saphie, und sobald sie da ist, hofft sie, dass sie bald wieder abfährt. Wenn Lenka zu lange im Hotel blieb, gab es jedes Mal Schwierigkeiten. Sie war wie ein Motor, der an diesem Ort gebremst wurde. Ihr Motor konnte aber nicht langsamer laufen und wurde stattdessen heiß, bis er anfing, sich selbst zu zerstören. Dann ging Lenka nachts an die Schnapsflaschen, wenn sie keine Drogen mehr hatte, oder bettelte einen Gast an, sie in den nächsten Dorfclub zu fahren. Einmal brachte sie von dort zwei Männer mit, ließ sie morgens in ihrem Zimmer liegen und nahm sich aus Saphies Büro einen anderen Zimmerschlüssel. Jedes Mal dachte Saphie, diesmal ist Lenka zu weit gegangen. Aber am weitesten war sie jetzt gegangen.

»Ich weiß noch nicht, wohin ich fahre«, sagt Saphie.

Nino gießt die Sektflasche leer. »Ist wieso nicht schön für Heinzelmann, so viel in Auto.«

Lenka steckt ein Stück Torte in den Mund. »Würfle dir doch ’ne Himmelsrichtung, und fahr nach Gibraltar oder Murmansk«, sagt sie mit vollem Mund.

»Momamfk?«, sagt Nino. »Kannst du mal sprechen deutsch bitte, ja?« Er macht ein ernstes Gesicht, während Lenka lacht.

Jules sitzt da wie der gelähmte Frosch im Wasserbad, das langsam erwärmt wird, denkt Saphie. Er kann nicht weg, und er kann nicht bleiben.

Als es zu nieseln beginnt, brechen alle auf, nur Augusta und ihre Freundin kriechen in ihre Schlafsäcke auf dem Holzboden des Gartenhäuschens.

Der Himmel wird hell. Zu dieser Uhrzeit war Saphie schon lange nicht mehr außerhalb ihres Bettes. Sie geht hinter Jorge, der es doch noch geschafft hat, mit Jules ein philosophisches Gespräch anzufangen. »Da existiert die Menschheit nun schon so lange, und immer noch fragen wir uns, wo wir eigentlich sind und was wir hier sollen«, sagt Jules.

»Meinst du, du findest das beim Räderreparieren eher heraus als im Physikstudium?«

Jules zuckt die Schultern. »Wozu soll ich irgendwas herausfinden? Wahrscheinlich wird die Menschheit eh genauso ratlos untergehen, wie sie geboren wurde.«

Dunja hängt sich schwankend an die Ellenbeuge ihres Sohnes, der zu groß geworden ist, um den Arm um seine Schultern zu legen. »Wer geht unter? Guck mal, wie herrlich da hinten die Sonne aufgeht.« Sie zeigt über das Tal. »Gleich ist hier alles rosa.«

Dunja seufzt und lehnt sich an Jules' Schulter. »Ach, schade, dass du bald wieder wegmusst.«

»Ich könnte ja bleiben«, sagt Jules. Dunja schüttelt energisch den Kopf. »Das kommt überhaupt nicht infrage«, sagt Dunja eisern, »du wirst auf gar keinen Fall dein Studium vernachlässigen!« Sie klapst ihm die flache Hand gegen den Hinterkopf. »Davon will ich nichts mehr hören, Jules, verstanden?«

Während Dunja auf Jules einredet, mit resoluter Stimme die Worte unerlässlich, entscheidend, garantiert und konsequent betont, lässt Jorge sich zurückfallen, um neben Saphie zu gehen.

»Du willst nicht verreisen, oder?«, fragt er, die Hände in den Hosentaschen, und wirkt beinahe unbeteiligt. »Wir dachten, wenn Dunja ein kleines Häuschen mit Wiese bekommt, sollst du ein kleines Häuschen mit Rädern bekommen.«

Saphie wiegt den Kopf. »Ich weiß nicht, was ich will, ich komme mir so gescheitert vor.«

Jorge sieht in den Himmel und schubst sie mit der Schulter an. »Also abgesehen davon, dass jedes Scheitern auf einem Missverständnis oder einem Versäumnis beruht, kannst du vom Erfolg eh nichts lernen.«

Saphie schubst Jorge zurück. »Ich will ja auch überhaupt nichts lernen.«

»Aber vielleicht solltest du mal probieren, nur an dich zu denken, was meinst du?«

Saphie stöhnt. »Okay, falls ich mich tatsächlich irgendwann auf den Weg machen sollte, werd ich dir zuliebe mindestens zwei Minuten pro Tag nur an mich denken, versprochen.«

Es ist eine idiotische Verschrobenheit, denkt Saphie, es nicht ertragen zu können, wenn die Kleidung nach dem Ausziehen auf links gedreht ist und man mit der Hand hineinfahren muss in Ärmel und Hosenbeine, um alles wieder umzukehren. Saphie zieht jedes Kleidungsstück sorgfältig so aus, dass die Innenseiten innen bleiben und die Außenseiten außen. In dieser manischen Vermeidung nachträglicher Arbeit beobachtet Saphie sich selbst, wie es ihr die Therapeutin vor Monaten einmal aufgetragen hat.

Die Mutter hatte geschimpft, wenn Saphie als Kind ihre Strumpfhosen runtergeschoben, die Beine abwechselnd hochgezogen und dann hin und her auf das jeweils andere Strumpfbein getreten war, wie beim Herumwaten in etwas Klebrigem, bis endlich die Füße befreit waren. Die Strumpfhose blieb linksherum, zerknüllt auf dem Duschvorleger, liegen.

»Bloß nicht bücken!«, stöhnte die Mutter abfällig und bückte sich.

Jetzt macht Saphie es wieder so wie als Kind, um sich von ihrer Marotte zu heilen. Sie lässt die Hose verkehrtherum auf den Fliesen liegen und geht ins Bett.

Seit Gilbhart tot ist, muss sie nicht mehr daran denken, sich abends ihre Kleider im Bad zurechtzulegen, um ihn morgens nicht mit dem Licht vorm Kleiderschrank zu wecken.

Wenn Gilbhart den Frühdienst machte, konnte Saphie kaum weiterschlafen, weil Gilbhart nicht leise sein konnte. Weder wach noch schlafend. Entweder er tat alles mit größtmöglichem Lärm, oder er schnarchte. Mit seinem Tod ist es still geworden.

Saphies ganze Traumlandschaft ist gläsern. Wieder ist Hewimann weit entfernt, versucht auf gläserne Bäume zu klettern, rutscht ab und bellt. Saphie weiß, dass es ein Traum ist. Ob ihr deshalb nichts passieren wird, weiß sie aber nicht mit Sicherheit. Sie beschließt, sich dem gläsernen Menschen zu ergeben, der fließend warm ist und Saphie durch ein fremdes Hotel führt, als wollte er es ihr verkaufen. In einem leeren Zimmer steht der Bus. Der gläserne Mensch steigt ein – und als Saphie hinterhergeht, ist es Gilbhart, der im Bett liegt. Saphie legt sich neben ihn und zieht ihn aus. In der größten Erregung wacht sie auf. Gilbhart wacht nicht auf. Er ist schon wieder gestorben, und seine Betthälfte ist leer.

Seit seine Betthälfte leer ist, dreht sie sich morgens auf der Matratze wie ein Uhrzeiger im Kreis, um die niedrige Sonne nicht im Gesicht zu haben.

Oft lag sie neben Gilbhart wach, dessen massiger Körper offenbar viel mehr Schlaf brauchte als ihrer. Um Gilbhart zum Sex zu animieren, bedurfte es eines großen Aufwandes. Meist hatte Saphie ihn schlafen lassen, sich stattdessen einen kleinen vibrierenden Apfel aus dem Nachttisch genommen und zwischen ihre Beine gelegt. Der Apfel war ein Dankeschön von zwei aufgeregten Frauen, die im Hotel ihr Frauenerotikmagazin präsentiert hatten. Saphie ließ den Apfel danach als Vorwurf im Bett liegen, und am nächsten Tag beschwerte sie sich bei Gilbhart. Von ihm käme ja keine Initiative. Er würde nicht mal aufwachen, wenn das ganze Bett vibriere, und überhaupt sei mit ihm nichts mehr anzufangen. Sie könne seine Trägheit nicht mehr ertragen, sagte sie, aber es kränkte Gilbhart nicht. Er schien es beinahe zu genießen, beschimpft zu werden. Vom Sex bekäme er Rückenschmerzen, behauptete er und drehte sich weg. Saphie sah auf seine behaarten Schultern, die sie vielleicht hässlich hätte finden können, wären es nicht seine. Seine Schultern wollte sie anfassen und daran riechen. Sie mochte die starke Behaarung, die auf seiner Brust so symmetrisch ausgerichtet lag. Sie begehrte Gilbhart und wollte genauso von ihm begehrt werden. Aber dafür gab es keine Bedingungen, die sie stellen konnte, keine Zwangsmaßnahmen, die sich ergreifen ließen. Im Bett war Saphie machtlos.

In jeder anderen Diskussion war Saphie die Gewinnerin, hatte die besseren Argumente, war schneller, ausdauernder und vehementer. Gilbhart hatte keine Chance, Saphies Pläne zu verhindern. Nur beim Sex hatte er sie in der Hand.

Der Funke glimmt auch in der toten Asche.

Als sie am nächsten Morgen mit Hewimann spazieren geht, ist der Ort stumpfsinniger als sonst. Die bunten Fassadenfarben wirken wie ein Hohn; sie können nichts ändern an der Nüchternheit, die den Ort eingeschläfert hat, seit alle jungen Leute in die Stadt gegangen und nicht mehr zurückgekommen sind. Es ist so sauber, dass Saphie befürchtet, es müsste gleich in der Zeitung stehen, wenn sie einen von Hewimanns Hundekackbeuteln auf dem Gehweg liegen ließe. Sie biegt ab Richtung Wald. Der heiße Wind wirbelt den Staub des Sommers übers gepflügte Feld wie bräunliche Nebelschwaden. Selbst die Vögel sind zu schwach zum Fliegen. So herrlich sie im Flug aussehen, so albern sehen sie aus, wenn sie laufen, denkt Saphie.

Die Bäume lassen die Blätter matt herabhängen, und an der großen Esche vor der ehemaligen Dorfschule hat die Hitze einen großen Ast vom Baum geschlagen. Hewimann läuft zwischen die Zweige, wobei sich die Leine verheddert, gräbt seine Schnauze in die Erde und schnappt nach den trockenen Blättern, die der Wind bewegt. Saphie hält ihn fest, flucht über die verknotete Leine und zieht den Hund aus seiner Spielhöhle. »Komm da raus, Blödimann!«

Dunja hätte ihn spielen lassen, sich auf den Stamm gesetzt und gewartet, denkt Saphie. Wenn Jules und Augusta ein Spiel gefunden hatten, war das wichtiger, als pünktlich zum Abendessen im Hotel zu sein. Es war auch wichtiger, als nicht nass zu werden oder nicht durch den Matsch zu stapfen. Die Hitze drückt auf Saphies Schultern, macht ihre Glieder schwer. Saphie setzt sich auf den Stamm, leint Hewimann ab und betrachtet ihre Hände, die sich geschwollen anfühlen.

Sie sieht über die bunte Wiese. Rote, violette, gelbe und weiße Blüten in Unordnung zwischen dem hautfarbenen Heu. Grün sind nur noch die Disteln dazwischen.

Früher mochte Saphie die heißen Tage. Ab siebenundzwanzig Grad ging es ihr richtig gut, während Dunja litt. Dunja bevorzugte die Kälte, liebte Schnee und Regen, und Saphie ärgerte es, dass ihre Schwester bei wochenlangem Regenwetter nicht depressiv wurde. Dann war Saphie erst zufrieden, wenn sie Dunja die Laune verdorben hatte.

Es sei widerlich, wie Dunja den Honig auf ihrem Brot mit der Butter vermengte, sagte Saphie einmal beim Abendessen. Dunja hatte schon den ganzen Nachmittag gute Laune gehabt, als sie durch die kalte, nasse Dunkelheit von der Schule nach Hause gegangen waren, und Saphie hatte schon den ganzen Nachmittag ihre schlechte Laune an Dunja loswerden wollen. Mit dem Honigbrot hatte sie es endlich geschafft, und Dunja ging weinend in ihr Zimmer.

Für Saphie konnte es nie heiß genug sein, aber neuerdings kocht die Hitze eine penetrante Einsamkeit in ihr auf, die zäh durch ihren Kopf fließt. Ihre Nerven sind zu empfindlich geworden für starke Gefühle.

Hätte sie nur ihre Kopfhörer mitgenommen, dann könnte sie die Leere mit Musik füllen. Hewimann rennt ihr vor die Füße, winselt und fühlt sich offenbar genauso verlassen. Er leckt ihr Gesicht ab, als sie ihn hochnimmt. Saphie hat es verlernt, das Verlassenheitsgefühl zu verdrängen. Jetzt hockt es in ihrem Brustkorb und sucht nach dem Ausgang. Alkohol könnte die Einsamkeit einschläfern, denkt Saphie, und dann könnte sie die Tür zu dieser unangenehmen Emotion leise schließen und nie mehr öffnen. Sie denkt an den VW-Bus und überlegt, ob sie vor der Einsamkeit wegfahren könnte. »Wollen wir eine Reise machen? Was meinst du?« Hewimann freut sich. Er freut sich immer, wenn Saphie mit ihm spricht.

Im See war Saphie lange nicht mehr. Der gehört im Sommer den Touristen, aber Saphie weiß, in Wahrheit gehört er ihr. In ihm hat sie schwimmen gelernt und Steven aus der neunten Klasse geküsst, woraufhin Steven tagelang ihre Halskette suchte. Schließlich kam er abends zu ihr und sagte: »Tut mir leid, wir haben echt eine Weile diskutiert, also der See und ich, aber deine Kette gefällt ihm, und er will sie unbedingt behalten.« Steven hatte Saphie entjungfert und kurz darauf Susanne Keller, dann Ulrike Hallmayer und später Janine Öttinger. Saphie überlegt, was aus ihm geworden ist.

»Komm, Hewimann, ich zeig dir meinen See.«

Saphie sucht gegenüber der Badewiese eine stille Uferstelle. Früher ging das Ufer bis zum Fuß der schrägen Trauerweide, und Saphie konnte sich als Kind an einem Seil ins tiefe Wasser schwingen. Jetzt hat sich das Ufer zurückgezogen. Würde man wieder ein Seil an die Weide hängen, könnte man damit unmöglich im Wasser landen. Die alte Weide steht auf dem Trockenen, streckt sehnsüchtig die Äste aus nach dem sich entfernenden Wasser, und wenn sie sich bald altersschwach in den See legt, wird nur noch die Krone das Wasser erreichen.

Als Saphie im flachen Wasser liegt, kühlt sich ihr Unbehagen ab, während Hewimann am Ufer aufgeregt hin und her springt. Saphie setzt sich hin, drückt Wasser aus ihrem Haar und gräbt die Füße in den Schlamm. »Du hast also Angst vor meinem See, dummer Hewimann. Riech doch wenigstens mal dran.« Sie trägt den Hund ein Stück ins Wasser, aber er winselt und will nicht an Saphies See riechen. Er riecht lieber an der feldsteinumrandeten Feuerstelle, in der zerrissene angekokelte Zugfahrkarten der Regionalbahn liegen.

Als Hotelchefin wäre Saphie noch vor ein paar Wochen nicht in Unterwäsche in den See gestiegen. Jetzt ist ihr das Hotel egal. Es ist gestorben wie Gilbhart. Sie versucht nicht mal zu erkennen, ob Gäste unter den Badenden sind. Ihre nasse Unterwäsche, die sich auf dem Rückweg unter dem T-Shirt abzeichnet, stört sie auch nicht. Den Hund lässt sie von der Leine und kommt zerzaust, barfuß und triefend zurück ins Hotel. »Was hast du mit deinem zweiten Schuh gemacht?«, fragt Dunja. Dass sie nur noch einen in der Hand hält, hat Saphie nicht bemerkt.

Beim Essen spießt Saphie zu viel Salat auf ihre Gabel und stopft sich alles in den Mund. Sie kaut mit dicken Backen, und die Soße fließt aus ihren Mundwinkeln. Dunja sieht ihr angeekelt zu. »Was ist denn mit dir kaputt, kannst du nicht mehr normal essen?«

»Das ist normal!«, nuschelt Saphie und zeigt auf Dunjas Beine unter dem Tisch.

»Und was ist mit dir kaputt? Warum trägst du bei der Hitze Feinstrumpfhosen? Ich denke, du drehst durch bei dem Wetter?«

»Ach na ja, das war nur ein Denkfehler. Jorge hat mir das erklärt. Ich hab zu niedrigen Blutdruck. Ich muss mich bei Hitze bewegen. Nur wenn ich mich ausruhen will, geht's mir schlecht. Ist das nicht irre? Da muss man so was erst theoretisch begreifen, bevor man es praktisch fühlen kann.« Dunja macht ein ganz begeistertes Gesicht. »Also, nicht das Sein bestimmt das Bewusstsein, sondern andersrum. Heißt, man kann mit den unmöglichsten Umständen prima klarkommen, wenn man nur irgendeine glaubwürdige Erklärung dafür findet. Ist das nicht praktisch?«

»Ja, total praktisch. Dann darfst dich eben einfach nicht mehr ausruhen«, sagt Saphie, während Dunja beinahe weggetreten die Tischplatte betrachtet, Saphies Ironie nicht bemerkt und nickt. »Muss ich beim nächsten Mal mit dieser Psychotante drüber reden«, sagt Dunja, als wäre Saphie nicht da.

»Du gehst zu der Psychotante?«, fragt Saphie.

»Ja, klar, hab ich dir das nicht erzählt? Sie hat mit erklärt, warum wir beide so unterschiedlich sind.«

»Mir hat sie nie was erklärt«, sagt Saphie gekränkt. »Warum sind wir denn so unterschiedlich?«

»Na, zwei Kinder können in einer Familie nicht dieselbe Rolle übernehmen, hat sie gesagt. Logisch, oder?«

Auf Saphies Küchentisch liegt eine Postkarte. Dunja bringt ihr nur Post, die nicht beantwortet werden muss. Auf dem Bild eine beulige Kathedrale mit vergoldeten und kupfergrünen Kuppeln. Die weißen Mauern von unzähligen Bogenfenstern perforiert. Davor ein gepflasterter Platz, menschenleer im Morgenlicht, und ein einsamer Verkaufsstand mit Heiligenbildern. Saphie liest flüchtig, dass irgendeine Sophia diesen Sommer mal nach Sofia wollte. Man würde sich aber trotzdem gerne an den friedlichen Aufenthalt im Hotel letzten Sommer erinnern, und im nächsten käme man auf jeden Fall wieder. Vier Unterschriften von einer fremden Familie, mit der Saphie vermutlich so vertraut umgegangen war, dass die Leute sie seitdem für eine Freundin halten. Es war Saphies Geschäftsmodell gewesen, den Gästen die familiäre Atmosphäre mit zu verkaufen.

Sie macht das Radio an und setzt Wasser auf. *I know there must be a place to go*, singt eine tiefe Frauenstimme. »Vielleicht muss Saphie sich ja auch mal Sofia ansehen«, sagt sie laut. Hewimann öffnet ein Auge. »Was meinst du dazu?« Er wedelt müde mit dem Schwanz.

Wie eine täglich grüßende Erinnerung stirbt Gilbhart wieder, als Saphie morgens aufwacht. Im Traum lag er noch neben ihr als schweres Problem, das sie jeden Tag neu lösen musste.

Auf dem Weg in den Garten will Saphie nicht durch die Küche, auch nicht durch den Saal, trägt ihre Kaffeetasse ums Haus. Sie setzt sich auf der Terrasse in den Schatten unter der Markise und sieht zu, wie Dunja am Beet hockend mit langen pinken Gummihandschuhen Unkraut aus den Kräuterbeeten rupft. Dann schleppt sie zwei Gießkannen, und auf ihrem Gesicht liegt eine ungewohnte Wichtigkeit. Offenbar hat Dunja ihre Gedanken auf das Hotel zusammengeschoben. Saphie kann sich gut daran erinnern, wie sie selbst jeden Handgriff auf seinen wirtschaftlichen Nutzen geprüft hatte. Das Geschäft hatte die Oberhand. Wie ihre Mutter war Saphie unfähig geworden, Zeit ungenutzt verstreichen zu lassen und ein paar Minuten mit unscharfem Blick die Augen in die Landschaft zu richten.

Brigäne konnte panisch werden, wenn nichts Sinnvolles zu tun war. Einmal ließ sie sich im Auto Saphies Physikbuch geben, um wenigstens etwas zu lernen, während sie im Stau standen.

Über den Rasen kommen Augusta und ihre Freundin, zwei Räder schiebend. Augusta hebt in Saphies Richtung nur kurz die Hand. Als Saphie sieht, wie die beiden Überdecken von den Hotelbetten auf die Gepäckträger klemmen, durchschaut sie Augustas verhaltene Begrüßung. Die Decken hatten die Kinder bisher immer nur heimlich zum See getragen. Nachdem sie abgereist waren, lagen sie zerknüllt und voller Tannennadeln in den Ecken der Zimmer.

Dann hatte Saphie sie fluchend auf der Terrasse ausgebreitet und stundenlang die Nadeln aus der Wolle gezupft.

Jetzt sitzt sie hier wie ihre Mutter damals, die von der Terrasse aus alles beobachtete und alles vorher wusste. Augusta schmollt, als Dunja schimpfend mit dem pinken Handschuh auf die Decken zeigt und dann nach oben zu den Hotelfenstern. Saphie wusste, Dunja ist es jetzt nicht mehr egal, wie die Decken aussehen. »Hätt ich euch vorher sagen können«, würde die Mutter jetzt rufen. Sie schieben die Räder wieder zurück. Jetzt rollt Augusta komplizenhaft die Augen und grinst Saphie an.

Saphie trinkt ihren Kaffee und wird von einem Mann, der sich neben sie setzt, für einen Gast gehalten. Er fragt, ob sie öfter hier sei. »Ich bin hier schon immer«, sagt Saphie.

»Ich muss weg«, sagt sie, als Dunja später im Büro sitzt. Dunja steht auf und schiebt Saphie aus der Tür. »Ja, allerdings musst du das. Ich hab gleich ein Bewerbungsgespräch. Wenn du mir nicht helfen willst, dann raus!« Dunja schließt die Tür.

Im Foyer steht Nino und streichelt Hewimann.

»Na, kleiner Einzelmann. Ist so langweilig in dummes Menschen-Hotel, was?« Saphie gibt Nino die Leine. »Bin in 'ner Stunde zurück.« Nino legt die Leine auf das Kofferpodest und sagt zu dem Hund: »Du brauchst nicht tragen Gürtel mit dein favorite uncle.«

Auf dem Parkplatz begegnet sie einem jungen Mann mit fusseligem Bart und wenigen Zähnen, der behäbig aus einem kleinen Golf steigt. Sie kennen sich aus der Schule, denkt Saphie für einen Augenblick. Nein, er kann nur der Sohn von jemandem sein, den sie aus der Schule kennt. So etwas Albernes ist ihr ja noch nie passiert, denkt sie. Der

Mann hebt irritiert den Zeigefinger. »Hab ich nicht gleich mit Ihnen das Interview?«

»Mit meiner Schwester.« Saphie deutet mit dem Kinn Richtung Eingang. »Die sitzt im Büro und versucht, unseren Rezeptionisten zu klonen. Es ist aber nur ein kleiner Labradormischling dabei herausgekommen, insofern hast du als Mensch momentan ganz gute Karten«, sagt Saphie und steigt in ihr Auto.

Sie denkt an ihr erstes Gespräch damals mit Gilbhart, als sie die Mohnblume auf seinem Schreibtisch repariert hat. Später war sie nie wieder auf die Idee gekommen, abgeknickte Blumen mit einem Pappröllchen zu ummanteln. Wenn es Gilbhart nicht in Erinnerung geblieben wäre, würde Saphie dementieren, das getan zu haben, und es ganz eindeutig Dunja zuordnen, die ständig solche seltsamen Dinge in seltsamen Momenten tat. Saphie muss im selben Alter gewesen sein wie der Mann mit dem Fusselbart. Damals sagte man nicht Interview, um anzudeuten, dass man in anderen Ländern gearbeitet hat. Saphie hat nie in anderen Ländern gearbeitet. Sie war ja nicht mal oft verreist. Mit Gilbhart nur dreimal, und dazu musste sie ihn zwingen. Englisch hat sie im Onlinekurs lernen müssen, und wenn sie mit Gilbhart abends englische Filme sah, schlief er ein.

Auf der Landstraße stellt Saphie sich vor, in Richtung Autobahn abzubiegen und ohne Gepäck, ohne Abschied, ohne den Hund wegzufahren. Wie angebunden fährt sie an der Ausfahrt vorbei, weiter Richtung Turm. Sie sieht den hellblauen Kleinbus schon von Weitem schräg auf dem Gelände stehen, die Front ungeduldig zur Straße gerichtet.

In der Werkstatt arbeitet Jorge mit Schutzbrille an einer lauten Maschine und bemerkt Saphie nicht. Beim Arbeiten bewegt er sich mit derselben Lässigkeit wie immer. Saphie lehnt sich an eine Werkbank, verschränkt die Arme und sieht ihm zu. Er sieht gut aus in Jeans, mit einer Hand an der Hüfte, die andere im Nacken, wie er einen Moment nachdenkt, sich vorbeugt, etwas anzeichnet, die Maschine programmiert, ein Werkzeug aus einem Schrank holt und endlich Saphie bemerkt. »Wie lange stehst du hier schon?«

Saphie grinst. »Verlangst du Gebühren fürs Zusehen?«

Er umarmt Saphie kumpelhaft. »Kommst du wegen des Busses, oder wolltest du dir nur diesen hübschen Sägespäne-Hintern bei mir holen?«

Saphie klopft sich die Holzsplitter von der Jeans. »Hast du 'n Kaffee?«

Jorges Küche gefällt ihr nicht. Sie ist karg und trostlos. Es gibt nichts Buntes, nichts Dekoratives oder Gemütliches. Sie stellt sich vor, sie wäre schon verreist. Dort, wo sie nicht zu Hause ist, könnte es ihr egal sein, wie eine fremde Küche aussieht. Jorge könnte ein fremder Mann sein in einem fremden Land am Meer, und sie könnten Kaffee trinken und einander Fragen stellen, weil sie nichts voneinander wüssten. Seit Saphie in der Nacht mit dem Kameramann wieder eingefallen war, wie himmlisch Sex sein kann, wartet diese Möglichkeit in ihrem Hinterkopf. Nichts war plötzlich so klar wie diese wunderbare Verwirrung. Genauso, wie es reicht, das Meer in der Nähe zu wissen, ohne baden zu gehen. Die Freiheit, Gilbhart zum Sex nicht mehr überreden zu müssen, sondern sich zu nehmen, was sie braucht, von wem sie will, hütet sie wie einen Schatz.

»Willst du wirklich den Schritt aus der Bannzone wagen? Wer weiß, vielleicht bist du Teil einer Realityshow, lebst in einem Musterdorf, und im Fernsehen verfolgen alle dein Leben. Nicht, dass du dann schockiert bist von der kaputten Welt da draußen.« Er stellt für Saphie Kaffee in einer braunen Tasse auf den Tisch, Milch in einem kleinen Steingutkännchen und Zucker in einer Holzschale.

»Also die Show würde ich mir nicht ansehen wollen. Ausgebrannte Hotelwirtin trauert um ihren versoffenen Mann, fängt selbst an zu verlottern und wird höflich aus dem Dorf vertrieben. Nicht sehr unterhaltsam.«

Jorge trinkt einen Schluck und sagt: »Du wolltest doch nie hierbleiben. Du wolltest doch sonst wohin. Dunja wollte hierbleiben, aber du doch nicht. Alle dachten, dich sehn wir hier nie wieder nach dem Abi.«

Saphie sieht in ihre Tasse. Der Dampf schwebt als zart schillernder Nebel über dem Kaffee. »Wo warst du denn eigentlich, als alle dachten, dich sehen wir hier nie wieder?«, fragt sie.

Jorge wiegt den Kopf. »Nicht besonders weit weg. Bisschen in Skandinavien rumgefahren, bisschen in Tischlereien gearbeitet, für Kanada hat das Geld nie gereicht.«

Saphie weiß, Jorge verschweigt einen wichtigen Teil der Geschichte. Er ist ein treuer Hund. Es passt nicht zu ihm, jahrelang unterwegs zu sein. Sie macht ein skeptisches Gesicht. »Hast überall nur ein paar Sägespäne hinterlassen? Keine traurigen Skandinavierinnen?«

Jorge kratzt sich am Hinterkopf, hebt eine Augenbraue und stellt seine Tasse ins Waschbecken.

»Na los, erzähl schon. Ich geb ja doch keine Ruhe.«

»Da gibt's nicht viel zu erzählen«, sagt Jorge mit einem verlegenen Lachen. Er lehnt sich gegen die Spüle, verschränkt die Arme und sieht auf seine Füße. »Als mir klar wurde, dass ich mit den Frauen, die ich nicht leiden konnte, besseren Sex hatte als mit denen, die ich mochte, hab ich verstanden, dass ich nach Hause musste.«

Saphie weiß für einen Moment nicht, wie sie auf die Erklärung reagieren soll. »Hört sich bisschen kaputt an«, sagt sie. »Ich glaub, ich fahr dann wohl lieber nicht nach Skandinavien.«

Jorge haut die flache Hand auf die Arbeitsplatte, wie um sich selbst aufzuwecken. »Ich geh mal rüber und hol den Busschlüssel aus dem Büro.«

Saphie trinkt ihre Tasse leer und sieht aus dem Fenster. Es gibt nichts zu sehen. Gestapeltes Holz an einer grauen Wand, ein hässliches Fenster und eine Rolle Maschendrahtzaun zwischen struppigem Gehölz. Sie überlegt, warum sie entschieden hat, in diesem Ort zu leben, der sie wie ein Magnet festhält. Warum sie entschieden hat, die dörfliche Langeweile auszuhalten, anstatt wegzulaufen. Würde Gilbhart noch leben, würde sie behaupten, er habe sie daran gehindert. Jetzt ist sie sich nicht mehr sicher, ob es wirklich nur er war.

Als sie Jorge zwei Räder über den Hof schieben sieht, stellt sie die Tasse in den Abwasch und geht raus.

»Das hier ist für euren Verleih«, sagt er und sieht auf das kaputte der beiden Räder. »Hier repariert nämlich schon lange keiner mehr was«, sagt er kühl und sieht rüber zu den ausgebauten Baracken. »Seit wir schnelles Internet haben, sind wir hier nämlich ein Coworking-Space.« Er betont das Wort besonders affektiert. »Ein Ort der Innovation und Motivation für sterile Individualisten. Ich glaube, die wissen selber nicht genau, womit die ihr Geld verdienen.«

»Hört sich ja sehr gemeinschaftlich an«, sagt Saphie.

Jorge schnaubt verächtlich. »Die können irgendwelche Suchmaschinen optimieren, wissen aber nicht, dass man bei Regen Gummistiefel anzieht. Die erwarten sonst was vom Leben auf dem Land, und nach einer Weile sind sie enttäuscht, dass sich hier nur die Jahreszeiten ändern. Sonst nichts. Dann stehen die hier im Hof, mit ihren unmöglichen Stadtschuhchen, und gucken ratlos in den

Wald: ›Wie jetzt? Is schon wieder Herbst?‹ Manche gehen zurück in die Stadt, und sofort kommen wieder ein paar Neue, um nach einem Jahr festzustellen, dass schon wieder Herbst ist.« Er lehnt die Räder an den Bus. »Kinder zeugen die nur noch versehentlich im Suff, und dann sind sie total verblüfft.«

»Aber du musst doch nicht hier wohnen, oder?«, fragt Saphie. Er zuckt mit den Schultern, hält den Kopf schief. »Hab mich schließlich mal dafür entschieden«, sagt er. Jorge macht sich das Leben vorsichtshalber immer etwas schwerer, als er es haben könnte, denkt Saphie.

Zwei Rucksacktouristen kommen auf sie zu und fragen nach dem Campingplatz. Jorge zeigt den Weg runter. »Nehmt einfach die Wiese da.«

»Ich wusste gar nicht, dass ihr den alten Campingplatz noch betreibt«, sagt Saphie.

Jorge öffnet die hinteren Bustüren. »Wussten wir auch nicht. Scheint noch in irgendeinem uralten Reiseführer zu stehen.« Saphie hatte eine muffig dunkle Höhle und eine alte Matratze auf Holzpaletten erwartet. Beinahe andächtig steigt sie in das kleine Zimmer mit Küche, Schiebeschränken, pedantisch konstruierten Klappvorrichtungen und setzt sich aufs Bett. »Hier kann man ja nachts in die Sterne sehen«, sagt sie und legt sich auf den Rücken.

Jorge zieht gleich an winzigen Schienen eine dunkelblaue Jalousie mit gelben Sternen vor das Dachfenster. »Tagsüber auch.«

Saphie ist gerührt von dem liebevoll eingerichteten kleinen Wohnraum.

Als Jorge die Räder in den Bus hebt, wird sie von dem dringenden Bedürfnis gepackt, Gilbhart zu umarmen. Von dem gleichen Zustand wurde sie überfallen, als sie sich in Gilbharts Zimmer eingeschlossen und seinen Anrufbeantworterspruch abgehört hatte. Sie würde nie mehr seine Stimme hören. Auf diesen traurigen Gedanken war sie nicht vorbereitet.

Vor ein paar Wochen noch konnte Saphie solche Überfälle gut verdrängen. Aber seit ihrer Metamorphose kann sie sich nicht mehr zusammenreißen. Nach ihrer Verwandlung in Gilbharts Zimmer muss sie erst alle emotionalen Funktionen neu einrichten. Regungslos bleibt sie auf dem Bett sitzen, sieht auf den Boden, wie beim Warten auf ein Niesen. »Ich bin so empfindlich geworden«, sagt sie wie eine Entschuldigung.

»Ist ja auch gut so«, sagt Jorge. »Du warst ja lange zu unempfindlich. Hast du dir wohl verboten.«

Saphie nickt irritiert. »Hab ich mir wohl verboten«, wiederholt sie. »Wollte kein Opfer sein, glaub ich. Wollte nicht die verlassene traurige Witwe sein.«

Jorge öffnet die Dachluke. »Na, wer will das schon.«

Während Jorge die Räder festmacht, geht es Saphie langsam besser. Dann steht sie auf und klopft Jorge gegen die Brust. »Ich bin echt froh, dass Dunja einen so brauchbaren Mann abgekriegt hat. Die wirst du bestimmt nicht mehr los. Die ist hartnäckig. Die hat es zwanzig Jahre mit einem ausgehalten, mit dem ich es keine zehn Minuten ausgehalten habe. Das kannst du überhaupt nicht versauen.«

Jorge streckt die Hand aus. »Gib mal deinen Autoschlüssel. Du fährst den Bus runter zum Hotel.«

Wie auf einem Thron fährt sie um die Kurve. Aus dieser Position hat sie die Straße nie gesehen. Die Felder sind leer, die Wiesen geschnitten. Das war jetzt also mein vierzigster Sommer, denkt Saphie. Keinen davon hat sie woanders als hier verbracht. Wo sie im nächsten Sommer sein wird und wie viele Sommer sie noch haben wird, fragt sie sich jetzt selbst. Gilbhart hatte nur neunundvierzig.

Als sie an dem Autobahnschild vorbeifährt, fühlt sich der neue Anfang so klar an wie ein Startschuss. Als sie vor Kurzem in Gilbharts Höhle aufwachte und es ihr vorkam, als wäre über Nacht eine Woche vergangen, wusste sie, dass sie ihr Versteck verlassen musste.

Jorge steigt vor dem Hotel auf sein Rennrad und wirft Saphie ihren Autoschlüssel zu. »Sag Dunja, ich hol sie ab, wenn sie Feierabend macht.« Saphie bringt das kaputte Fahrrad in den Schuppen. Jules ist nicht da.

An der Rezeption ist auch niemand. Saphie fürchtet sofort, Hewimann könnte weggelaufen sein und jetzt sind vielleicht alle auf der Suche nach ihm. Nur im Saal sitzen ein paar Gäste, und als sich die Schwingtür kurz öffnet, ein Kellner mit Tellern in den Saal kommt, hört Saphie die Diskussion in der Küche.

Lenka lehnt mit verschränkten Armen an der Speisekammer, und Dunja redet auf sie ein. »Ist mein Hund weg?«, fragt Saphie. Dunja und Lenka sehen sie entgeistert an, als hätte sie etwas vollkommen Absurdes gefragt. Dunja schüttelt den Kopf. »Nein. Jules ist weg. Dein Hund ist in deiner Wohnung.« Dunja wendet sich wieder Lenka zu. »Das kann doch nicht dein Ernst sein, Lenka!«, hört Saphie Dunja sagen. Saphie will gar nicht wissen, was passiert ist, will nur zu ihrem Hund und geht an Nino vorbei, der vor dem Wirtschaftseingang sitzt und missmutig auf seine Füße starrt.

Hinterm Wald hört Saphie den Zug an der Schranke hupen. Er hupt immer an der Schranke, aber es war Saphie lange nicht mehr aufgefallen.

Als Jugendliche war sie nach einem Streit mit ihrer Mutter abends in den Wald gelaufen, zum nächsten Bahnhof, damit ihre Eltern sie am Ortsbahnhof nicht finden würden. Sie wollte nie mehr nach Hause kommen, saß lange auf der Wartebank und stellte sich vor, wie ihr Leben in der Stadt aussehen würde. Sie würde Freunde finden, bei denen sie erst mal wohnen könnte, dann würde sie kellnern und dann weitersehen. Der letzte Zug in die Stadt war schon weg, und schließlich kam der erste in die andere Richtung. Saphie hatte nichts gegessen, kein Geld mitgenommen und keine Jacke. Sie lief zurück nach Hause, legte sich in ihr Bett, und am nächsten Tag war der Streit nicht mehr wichtig. Bis heute hatte sie diese Nacht vergessen und den Zug in den letzten Jahren zu ignorieren gelernt. Jetzt hört sie ihn wieder rufen. Vielleicht sähe ihr Leben jetzt vollkommen anders aus, wenn sie damals ein paar Minuten eher am Bahnhof gewesen wäre.

Wo es nass ist, da tropfet was.

Hewimann springt vom Sessel und läuft auf Saphie zu. Sie zieht Gilbharts großen Reisekoffer vom Schrank. Hewimann springt von links nach rechts und bellt mit seiner hohen Stimme.

Als der Koffer halbvoll ist, weiß Saphie nicht mehr, was sie einpacken soll. Wenn sie für ein paar Tage in die Stadt gefahren war, wusste sie, was sie brauchte, weil sie wusste, warum sie in die Stadt fuhr. Für diese Reise gibt es weder einen Plan noch einen Grund. Es gibt kein Ziel, es gibt nur einen Start und selbst dafür nur eine diffuse Notwendigkeit.

Saphie zerrt den halbvollen Koffer ums Haus. Durch die Küche will sie nicht. Als sie zurückgeht, um Hewimanns Schlafkissen zu holen, rennt Dunja ihr entgegen. »Du musst mir helfen, Jules zu suchen!« Saphie lässt die Arme hängen, das Kissen ins Gras fallen und atmet aus. Sie gehen gemeinsam die Straße runter, anders als früher, wenn sie Augusta suchten. Da waren sie in verschiedene Richtungen gegangen. Augusta war unberechenbar. Aber Jules hatten sie nie gesucht. Ohne sich abzusprechen, gehen sie Richtung Gartenhaus. »Was ist passiert?«

Dunja antwortet nicht gleich, sondern sieht beschämt auf den Boden. So war Dunja nie. Wenn sie etwas falsch gemacht hatte, erzählte sie es sofort. Mit einer fallen gelassenen Glaskugel lief sie gleich weinend zum Vater. Saphie dagegen vergrub im Garten die Scherben einer teuren Tannenbaumspitze, die sie in der Werkstatt fallen gelassen hatte. Jetzt geht Dunja neben ihr, reibt sich das Gesicht, und ein schmerzliches Stöhnen klingt dumpf unter ihren Händen. »Jules ist auf Nino losgegangen. Mitten im Foyer.«

»Und? Ist einer verletzt?«

Dunja schüttelt den Kopf. »Glaub nicht.« Sie atmet tief ein, massiert sich den Nacken, und Saphie spürt, dass noch eine Information fehlt. »Lenka ist schwanger«, sagt Dunja. In Saphies Kopf klappen rasend schnell Scharniere um und bilden eine neue Verbindung. »Von wem?«

Dunja zuckt mit den Schultern. »Sie weiß es nicht so genau, sagt sie.«

»Was heißt: nicht so genau? Weiß sie es wenigstens ungenau?«, sagt Saphie angespannt. Sie wird unruhig, fängt an, schneller zu gehen, fängt an zu rennen. Ihr plötzlich rasendes Herz steckt Dunja an, die genauso panisch wird und zu rennen beginnt.

Saphie beruhigte Dunja immer, wenn sie zusammen nach Augusta suchten. Saphie wusste, dass Augusta nichts passieren würde. Jetzt ist es anders. Jetzt hat sie Angst. Die kurze Sorge um Hewimann war nur ein kleiner Vorgeschmack darauf gewesen. Jules ist weg. Der Satz hatte keinen Anschluss gefunden. Saphie hat ihn abprallen lassen, dabei steht er schon die ganze Zeit als unheilverkündende Schlagzeile über all ihren Gedanken.

Die Tür des Gartenhauses ist offen. Außer Atem steht Dunja im Häuschen, als Saphie dazukommt. Sie geht an Dunja vorbei zum Küchentresen und sieht den zerbrochenen Glasrohling auf dem Boden liegen. Jules lehnt mit dem Rücken am Tresen, die Beine ausgestreckt, hebt langsam den Kopf und sieht Saphie mit demselben Blick an, mit dem Gilbhart sie ansah, als er vom Hometrainer gefallen war. Saphie zieht ihr T-Shirt aus, gibt es Dunja. »Bind ihm den Arm ab.« Dunja schreit kurz auf, als hätte sie sich selbst eine Glasscherbe ins Handgelenk gerammt. Saphie ruft statt eines Krankenwagens versehentlich die Polizei an. »Sie müssen 112 wählen«, sagt jemand. Sie hat vergessen, wie der verdammte Sandweg heißt, sie weiß nicht, ob man von der Hauptstraße links oder rechts hineinfahren muss. Dunja zieht ihre Bluse aus, knotet Saphies zusammengerolltes T-Shirt auf Jules' Handgelenk fest. Ihre Hände sind blutverschmiert, Jules' Arm auch. Saphie kniet sich neben ihren Neffen, zeigt auf seinen Kopf und wiederholt, was ihr am Telefon gesagt wird. »Hinlegen!« Dunja legt ihn auf den Rücken. Saphie zeigt auf die Beine. »Beine hoch«, dann auf seinen Arm, »Arm hoch. Wach halten.«

Dunja redet ununterbrochen. »Weißt du noch, als wir mit Papa und Aggi im Wald den kleinen Fuchs gefunden haben? Der hatte ganz blaue Augen.« Saphie schiebt die leere Pappkiste, in der die Geburtstagssektgläser waren, unter Jules' Füße.

»Oder die alte schwarze Katze in Italien, die *Sacco di carbone* hieß, kannst du dich erinnern?« Im roten BH kniet Dunja neben Jules und hält seinen Kopf im Schoß, als wäre er dort sicher. Als könnte ihm dort nichts mehr passieren. »Du hast dich dort immer angemalt wie so ein Indianer mit verkohlten Stöcken aus dem Lagerfeuer.« Saphie sucht nach einer Decke. »Und Aggi hat dir alles nachgemacht.«

Es ist keine Decke mehr da. Ausgerechnet heute hat Augusta sich daran gehalten, die Decken zurück ins Hotel zu bringen, wie Saphie es ihr jahrelang eingebläut hat.

Augusta geht nicht ans Handy, und Saphie probiert es bei Jorge.

»Na? Schon die erste Panne?«

Saphie sucht an dem unverletzten Arm nach Jules' Puls, aber sie spürt nichts Pochendes in seinem Handgelenk. Sie hört nur Dunja, die Jules das Märchen von der Ziege Immerundewig erzählt, um ihn wach zu halten. Saphie will sein Handgelenk an ihr Ohr halten, es schütteln wie eine kaputte Uhr, merkt, es ist Unsinn, hält ihr Ohr an seinen Brustkorb. Dunja hört auf zu reden.

»Ich glaub, sein Herz schlägt viel zu schnell«, sagt Saphie. Dunja redet wieder drauflos, als würde sie vor Angst lieber nicht wissen wollen, wie sein Herz schlägt. Sie erzählt vom Vogel Niemalsmehr.

Als die Krankenwagensirene zu hören ist, fallen Jules' Augen zu. Dunja schüttelt ihn und schreit ihn an.

Vor dem Krankenwagen fährt Jorges Auto. Die Sanitäter stolpern ungeschickt über die Wiese, Jorge ist schneller. »Ich hab seinen Puls«, sagt er mit den Fingerspitzen beider Hände an Jules' Hals.

Kurz darauf steht Saphie alleine auf dem Weg in Jorges zu großem Hemd und sieht den Krankenwagen abfahren. Dann hört sie den Wald rauschen, einen Hund bellen, irgendwo einen Rasenmäher und den pfeifenden Zug. Ihre Beine zittern, sie muss sich auf den Weg setzen. Wie ein Kind sitzt sie mit ausgestreckten Beinen auf der Erde und lässt eine Handvoll grauen Pulversand durch ihre zitternden Finger rieseln.

Wieder pfeift ein Zug. Ihr fällt ein, wie Gilbhart nachts aufgewacht war. Er hatte sich hingesetzt, versehentlich den Wecker vom Nachttisch gefegt, und davon war Saphie aufgewacht. Saphie kann sich an sein Gesicht erinnern, im Dunkeln beleuchtet vom grünlichen Wecker-Display, auf das er starrte. »Der Ein-Uhr-Zug ist nicht gekommen«, sagte er, und Saphie sah ihn an wie einen, der verrückt geworden ist. Er war aufgewacht, weil der Zug nicht gekommen war.

Tagsüber konnte Gilbhart die Zeit anhand der Züge bestimmen. Manchmal sah er auf die Uhr und sagte: »Acht

Minuten Verspätung«, wie ein beeindruckendes Fußballergebnis.

Er liebte Züge und Fahrpläne, und es ärgerte ihn, als Lore mit dem Auto kam. Er meinte, sie sei nie zu spät gewesen, als sie noch mit dem Zug gefahren sei, und habe außerdem bessere Laune gehabt.

Saphie überlegt, ob sie einen Eimer holen und das Blut aufwischen soll. Sie geht ins Haus und findet die dunkle Lache kleiner, als sie gedacht hatte. Welchen Sinn es hätte, das Blut aufzuwischen, überlegt sie jetzt und denkt, die alte Saphie hätte nicht überlegt. Die alte Saphie hätte es für notwendig gehalten. Sie hätte den Impuls, alles in Ordnung zu bringen, was in Ordnung zu bringen war, nicht infrage gestellt. Jetzt weiß sie, sie hat sich den größten Teil ihres Lebens mit Unwichtigem beschäftigt, um sich vom Wichtigen abzulenken. Oder um das Wichtige unwichtig zu machen? Sie wird es sich immer vorwerfen, auf den Satz nicht sofort reagiert zu haben: Jules ist weg.

Als Kind war er oft mit den Söhnen der Cousine im Wald und kam zuverlässig mit der Dämmerung die Dorfstraße hochgelaufen, während Augustas Auf- und Abtauchen unberechenbar blieb.

Auch wenn sie das Blut wegwischt, denkt Saphie, wird sich dieser Tag dadurch nicht entfernen lassen. Saphie ist verwandt mit diesem Blut. Es sollte hier trocknen und daran erinnern, wie dünn die Membran zwischen Leben und Tod ist. So dünn wie die Haut über einer Ader. Saphie will nie wieder etwas Wichtiges wegwischen.

Auf dem Rückweg treibt eine orangerote Wolke mit gezacktem Rand über den Wald. Lange Krallen wachsen aus dem bauschigen Rauch und greifen nach den Tannenspitzen. Saphies Beine hören schlagartig auf zu zittern, als Augusta anruft und Saphie ihr sagt, Jules wäre nicht in Lebensgefahr. Sie kann Augusta trotzdem nicht davon abbringen, mit dem Fahrrad ins Krankenhaus zu fahren. Auf dem Rückweg sind Saphies Füße schwer, und sie schleppt sich wie durch tiefen Sumpf. Sie will nicht zurück ins Hotel und hat sogar den Hund vergessen.

Als sie ins Haus geht, bleibt sie auf der Schwelle stehen, geht zwei Schritte rückwärts zu der Stelle, an der sie zumindest aus dem Augenwinkel den Bus hätte sehen müssen. Vielleicht muss sie nur länger hinsehen, bis er erscheint, oder einen Moment überlegen, ob sie ihn nicht woanders geparkt hat, so wie es ihr manchmal mit dem Auto passiert. Er erscheint aber nicht. Er ist weg.

An der Rezeption steht Lore und zeigt auf Saphie. »Ach, da is ja Frau Wirtin. Die kann das machen.« Ein altes Paar will einchecken. Saphie begreift das neue Programm nicht und kann die Reservierung nicht finden. Lore zeigt auf Lenkas Zimmerschlüssel und wackelt mit dem Kopf. »Deine durchgedrehte Schwester ist übrigens ziemlich zackig abgereist.«

An die Gäste gewandt, sagt Saphie: »Würden Sie sich noch zwanzig Minuten auf die Terrasse setzen? Getränke gehen aufs Haus.« Sie klebt einen Zettel auf die Tastatur, anstatt die Gäste in das unbekannte Programm einzutragen: *Herr und Frau Elm in Lenkas Zimmer.*

»Na, das hätt ich auch selber hingekriegt«, sagt Lore und setzt ihre Brille ab. »Was sind denn das für neue Moden, hier im Männerhemd rumzulaufen?« Sie zieht an Saphies Arm. »Ach, und mit Blut dranne, na wirklich sehr hübsch!«

Als Saphie zum zweiten Mal behauptet, es sähe nicht wirklich ernst aus, glaubt sie selbst dran, als hätte es ein Arzt gesagt. Als hätte sie es nicht erfunden.

Lore schüttelt den Kopf und winkt ab. »Ach, Männer,

die aus Liebeskummer mit Selbstmord drohen, darf man überhaupt nicht ernst nehmen. Auslachen muss man die, das ist alles.«

Manchmal ist Saphie sich nicht sicher, ob Lore nichts vom Leben versteht oder ob sie die Einzige ist, die es wirklich kennt. Als eine der Küchenhilfen herumfragte, ob jemand ihre Katze füttern würde, während sie im Urlaub ist, sagte Lore nur: »Ach, mach se tot.«

»Ich glaub langsam, unsere Familie ist verflucht«, sagt Saphie. Lore zuckt die Schultern. »Na, ist eben ein Irrenhaus hier, was soll's.«

Im Weggehen flucht sie über Lenka. »Die hat doch garantiert wieder ihre schwarzen Augen in alle Handtücher geschmiert. Die sollte endlich mal 'n paar hinter die Löffel kriegen dafür.«

Saphies Koffer steht vor ihrer Tür, Hewimanns Kissen liegt daneben, und ein zusammengefalteter Zettel steckt an der Türklinke. Unter dem Briefkopf des Hotels liest Saphie: *Tut mir leid*

Ohne Punkt sieht es aus, als hätte Lenka noch etwas schreiben gewollt, aber nicht gewusst, was. Saphie leint den Hund an und fühlt sich selbst angeleint an diesem Platz, diesem Haus, diesem Ort. Sie setzt sich an den Empfang, wo sie seit Wochen nicht mehr gesessen hat. Der Hund legt sich in die Mitte des Läufers, um zu demonstrieren: Er ist mit der Leine nicht einverstanden. Saphie steht wieder auf und setzt sich mit dem Handy auf die Stufen vor der Tür, um einen provisorischen Platz zu haben und sich nicht wieder in dieser Position einzurichten, mit der sie genauso wenig einverstanden ist. Jeder darf hier auschecken, wann er will. Nur Saphie darf es nicht.

Sie sollte jetzt auf der Autobahn sein, Richtung Süden fahren, laute Musik hören, mitsingen, den Hund auf dem Beifahrersitz und den Fahrtwind im Haar. Sie sollte an Raststätten Rührei essen, auf Landkarten nach großen Gewässern suchen und mit fremden Menschen sprechen, die sie kurz darauf wieder vergessen würde. Sie sollte unverbindlichen Vergnügungen nachgehen, sich überlegen, wo sie das nächste Essen herbekommt, und sich mit den Bedürfnissen des Hundes beschäftigen. Ein Buch lesen vielleicht. Sich eine Stadt ansehen oder eine fremde Küste, endlich mal selbst eine Touristin sein, selbst in Hotels wohnen, anstatt um das Leben ihres Neffen zu fürchten.

Gestern saß er da noch mit einem Bier vor dem Fahrradschuppen in der Sonne, denkt Saphie und begreift nicht, wie Jules' Unglück direkt vor aller Augen so groß werden konnte.

Sie sollte auf Lenka wütend sein. Unverzeihlich wütend diesmal. Die Probleme kamen mit Lenka und gingen mit ihr. Saphie konnte nie lange wütend sein. Aber zum ersten Mal hatte Lenka jetzt ein Problem hiergelassen.

Sie schickt ein Fragezeichen an Jorge und eins an Dunja.

Gäste kommen, wollen ihre ausgeliehenen Räder zurückgeben. Saphie schreibt einen Zettel. *Familie Torger drei Räder fünf Stunden.* Sie kommt sich vor wie eine Aushilfskraft in ihrem eigenen Hotel.

Die Frau nimmt dem jugendlichen Sohn den Helm ab wie einem Kleinkind, zieht ihm die Jacke aus und klopft ihm den Sand von der Hose. Den Sohn stört es nicht, wie eine Puppe behandelt zu werden. Saphie überlegt, ob Jules vielleicht nicht wegen Lenka hergekommen war, sondern weil er seine Mutter brauchte? Vielleicht war es ein Fehler, ihn für erwachsen zu halten, und Dunja hätte sich besser um ihn kümmern müssen. Vielleicht hätte er es jetzt gebraucht, dass Dunja ihm den Sand von der Hose klopft, statt ihn zum Studieren zu zwingen.

Während die Frau von ihrem Ausflug erzählt, sendet Jorge einen Daumen nach oben. Saphie sieht in den blauen Himmel und weiß plötzlich, es gibt nichts Schöneres als einen sonnigen Tag und eine langweilige Touristenfamilie, die von einem langweiligen Ausflug erzählt.

In den Bäumen reden Stare durcheinander, wie ein schmatzender, gluckernder Sumpf.

Dunja ruft an, und Saphie lässt die Familie stehen, geht ein paar Schritte weiter und setzt sich im Fahrradschuppen an Jules' selbstgebauten Ausleihtresen. Jules sei am Tropf, habe kein fremdes Blut bekommen müssen, aber einen Schock habe er, sagen die Ärzte. Er sei ganz weinerlich und rührselig, flüstert Dunja, sie habe kaum seine Hand loslassen können. Man müsse jetzt ein paar Sehnen wieder zusammennähen, aber nur unter Lokalanästhesie und örtlicher Blutleere. Augusta sei bei ihm. Er bekäme dann einen stabilen Verband und in den nächsten Wochen eine psychotherapeutische Betreuung. Wahrscheinlich müsse er ein paar Tage dableiben. Zur Beobachtung. Sie würde bei ihm bleiben, habe eh in der Stadt zu tun, sagt Dunja und will die Sache offenbar gerne wie einen dummen Unfall behandeln.

Saphie war so glücklich, als Jules geboren wurde, dass sie vor Freude allen Gästen das erste Foto zeigte: Winne und Dunja erschöpft mit einem kleinen zerzausten Köpfchen, das mit dem Ausdruck tiefsten Vertrauens in eine bunte Decke gehüllt zwischen ihnen lag. Schlagartig fand sie alle anderen Babys, die durchs Hotel getragen wurden, schrecklich hässlich. Jetzt ist sie wütend auf Jules, als hätte er den Tod verhöhnt, indem er ihn kurz ausprobieren wollte.

Seine Wiedergeburt schmeckt grausam. Es war kein Unfall, und dass man sich mit dieser Tatsache lange würde beschäftigen müssen, lässt in Saphie jetzt eine Übelkeit aufkommen. Warum konnte Gilbhart nicht wieder aufwachen?

Saphie muss sich festhalten, weil ihre Beine weich werden und sie nicht mehr tragen wollen. Hewimann bellt an seiner Leine, und die Gäste fragen, ob sie ihr helfen können. Saphies Herz rast, ihr Blut muss die Richtung geändert haben und läuft jetzt Amok. In einem solchen Zustand ist sie nicht mal gewesen, als Gilbhart tot in ihren Armen lag.

Der Gedanke, Jules hätte nicht überlebt, kommt ihr erst jetzt in den Sinn. Sie weiß, er ist nicht mehr in Gefahr, aber ihr Körper reagiert, als wäre er gestorben.

Saphie bittet die Gäste, den Hund von der Leine zu machen, der kurz darauf in den Schuppen gerannt kommt. Es geht ihr besser, als sie ihn hochnimmt.

Sie atmet tief durch und findet es überheblich, dass sie nicht an der Rezeption sitzen wollte. Ihr Körper muss vor Schreck eine Dosis Euphorie ausgestoßen haben und funktioniert wieder. »Komm, Hewi. Kann doch nicht sein, dass ich für das verdammte Buchungsprogramm zu blöd bin.«

Ist das Haus fertig, so kommt der Tod.

»Lenka ist unser Goldkäfer«, hatte die Mutter damals gesagt. Lenka machte aus der Familie das, was Brigäne sich gewünscht hatte: etwas Besonderes.

Sie war als Kind fast nie krank, weinte kaum, hatte große schwarze Augen mit langen Wimpern, einen perlrunden Mund, konnte singen und tanzen, lernte Klavier und Gitarre und liebte es, alle zu unterhalten. Lenka war vielleicht mit dem Auftrag geboren worden, die Wunde, die ihr falscher Erzeuger zwischen die Eltern geschlagen hatte, mit größtmöglichem Aufwand zu heilen, denkt Saphie jetzt. Sie wurde von allen Seiten geliebt, und sie liebte besonders den Vater. Lenka war gut in der Schule und gewann alle Wettbewerbe. Sogar in Mathematik. Mit der Pubertät aber fing sie an, die Mühe einzufordern, die sie der Familie bis dahin erspart hatte. Sie nahm die Freude, die sie den Eltern, Schwestern, Lehrern und dem ganzen Dorf gebracht hatte, wieder zurück und widersetzte sich allen Regeln. Da ihr die Welt offenstand, hatte sie hier im Dorf nichts mehr zu verlieren.

Lenka geht nicht ans Telefon. Saphie ruft trotzdem wieder an. Sie hat ihr schon oft hinterhertelefoniert, unzählige Mailbox-Nachrichten hinterlassen, und Lenka hatte immer erst dann zurückgerufen, wenn Saphies Ärger verflogen war.

»Dunja übernachtet im Krankenhaus«, sagt Jorge und gibt Saphie eine gelbe Plastiktüte mit Jules' blutigen Sachen. Jules habe mit der Glasscherbe die Arterie und einen Nerv zerschnitten. Man habe die Wunde gut zusammengeflickt. Jorge solle eine saubere Hose und ein T-Shirt holen, und morgen früh kämen zwei Bewerberinnen, die Saphie sich ansehen müsse. Das solle er von Dunja ausrichten. »Und den Bus kannst du noch behalten.«

Saphie lacht bitter. »Ja, wenn dieses elende Miststück ihn nicht geklaut hätte!« Jorge versteht nicht. »Lenka wird ihn wiederbringen«, sagt Saphie und lächelt kalt. »Und dann werde ich ihr den Hals umdrehen.«

Saphie reibt sich stöhnend das Gesicht. »Lenka hat Nino mitgenommen. Für den leg ich meine Hand ins Feuer«, sagt Saphie, obwohl sie weiß, sie kann in Wahrheit für niemanden, der sich mit Lenka einlässt, die Hand ins Feuer legen. Jorge nickt langsam und sieht auf den Boden, wie um eine wichtige Entscheidung gut zu überlegen. »Wenigstens sind sie weg. Und Jules ist in Ordnung. Das ist das Wichtigste«, sagt er, lässt sich Jules' Zimmerschlüssel geben und geht die Treppe rauf, mit jedem Schritt zwei Stufen nehmend.

Saphie vertieft sich in das Buchungsprogramm. Gäste kommen, reden von belanglosen Dingen, stellen ihre Rucksäcke auf das Kofferpodest neben die gelbe Plastiktüte. Saphie stellt sich vor, wie schockiert die Gäste wären, wenn sie die blutgetränkte Kleidung darin entdeckten. Die Gäste wissen nie irgendetwas. Sie tragen nur ihr eigenes Leben in ihren Koffern her, leben es hier weiter und nehmen es wieder mit.

Manchmal hat Saphie das Gefühl, auf einem Bahnhof zu leben. Alle kommen aus verschiedenen Richtungen und gehen in verschiedene Richtungen auseinander.

Sie sollte lieber schlafen gehen, denkt Saphie, als sie die Rezeption schließt, die sie in sechs Stunden wieder öffnen muss. Das frühe Aufstehen hatte sie nie gestört. Sie mochte die dunklen Wintermorgen, wenn das Hotel um sechs anfing zu leben. Dann roch sie zuerst die Zigaretten der Küchenhilfen und Reinigungsleute und kurz darauf im ganzen

Erdgeschoss Kaffee und Brötchen. Ein paar Gäste, die früh zum Bahnhof mussten, trugen verschlafen ihre Teller durch den Saal.

In ihrem Schlafzimmer steht sie jetzt nackt vor dem Spiegel. Das hat sie lange nicht gemacht. Sie wollte sich nicht betrachten, nicht die Rolle sehen, die sich unweigerlich um ihre Hüfte legt. Ihre Brüste haben sich enttäuscht zurückgezogen, als hätten sie mehr Aufmerksamkeit erwartet, denkt Saphie. Ihr Körper ist uneben, aber er könnte schön sein, für jemanden, der sie liebt. Gilbhart fand ihn schön, aber er beachtete ihren Körper nicht mehr. Als sie zwei Kilo mehr wog, schüttelte er nur den Kopf, während sie sich nackt im Schlafzimmer vor ihm drehte. »Völlig in Ordnung«, sagte er und wandte sich wieder ab. Trotzdem war jeden Abend neben ihm im Bett alles wieder gut geworden, was tagsüber nicht gut war. Manchmal dachte sie daran, wenn sie sich über Gäste ärgerte und freundlich sein musste: Heute Abend ist alles wieder gut. Es war wichtiger als Sex, jeden Abend neben ihm einzuschlafen, an seinem großen runden Rücken oder an seinem Bauch mit ihrem Po in seinem Schoß. Sie war glücklich in dieser Position, und alles andere wurde egal.

In den letzten Wochen hat Saphie sich einen anderen Schlafrhythmus angewöhnt. Sie blieb liegen, wenn morgens im Haus die Türen schlugen, das Geschirr klapperte, die Taxis oder Reisebusse auf dem Kies vorm Haus eine Runde drehten, Rolltüren und Kofferräume zufielen.

Gilbhart hatte sich oft grimmig im Bett gewälzt, wenn die Busfahrer morgens die Motoren laufen ließen, dann fluchte er und stand auf, obwohl Saphie dran war. Am liebsten hätte er im ganzen Hotel Schilder aufgestellt mit Anweisungen, wie man sich zu benehmen habe. Saphie verhinderte das, und es gab Streit, so wie es in den letzten Jahren bei jeder Entscheidung Streit gab. Erst nachdem das Hotel eine ganze Saison lang mit endlosen japanischen Reisegruppen ausgebucht war, die »Hübsche-deutsche-Städtchen-Touren« machten, stimmte Gilbhart zu, dass die Küche Bio-Eier kaufen durfte. »Die Gäste wissen doch nicht, wo die Eier herkommen!«, sagte er. Saphie brüllte ihn durch die Küche an: »Aber die Hühner wissen es!« In Wahrheit wurden schon lange Bio-Eier gekauft. Saphie hatte sich angewöhnt, Gilbharts Einverständnis erst nachträglich einzuholen.

Als Saphie antike Möbel, Spiegel, Vasen, Bilder und Pflanzen kaufte, ohne Gilbhart zu fragen, weil er es sowieso abgelehnt hätte, redete er eine Woche nicht mit ihr, bis die Gäste die Gemütlichkeit lobten. Saphie hatte die Gäste heimlich darum gebeten.

Topfpflanzen in den Zimmern seien nicht erlaubt, habe es in diesem Hotel nie gegeben, seien überhaupt eine dumme Idee, fand Gilbhart. Saphie hatte trotzdem überall Pflanzen verteilt und gegen Gilbharts Pragmatismus den Wein an der Hauswand wachsen lassen.

Als um fünf der Wecker klingelt, weiß Saphie nicht, warum. Sie hat geträumt, sie würde mit Hewimann durch die Welt reisen, von einem Land ins andere ziehen, um Gilbhart zu finden. Schließlich fand sie ihn als Obdachlosen vor einem Supermarkt, während er versuchte, sich die Pulsadern aufzuschneiden. Sie gab ihm etwas Geld und ging weiter.

Den Traum versucht sie schnell zu vergessen, und als von der Wirtschaftsrampe der Zigarettenrauch in ihr Schlafzimmerfenster zieht, stellt sich die Morgenroutine wieder ein, der sie den größten Teil ihres Lebens gefolgt ist.

In der Hotelküche ist niemand überrascht, dass Saphie wieder da ist. Ihre Auszeit wird ignoriert. Der Lehrling hat dunkle Brotscheiben in einer Hefewürzpaste gebacken und fragt, ob er sie auf das Buffet stellen darf. »Gewinnst du eine Wette, wenn das jemand isst?«, fragt Saphie und kostet skeptisch. »Ist echt eklig, aber stell hin, von mir aus.«

Dass Saphie sich ihr Frühstück vom Buffet ins Büro mitnimmt, überrascht nur sie selbst, und sie fragt sich, warum sie das früher nie getan hat.

Als der Wäschelieferant erfreut ist, Saphie wieder im Büro anzutreffen, und beginnt, über seine verkaufte Firma zu reden, in der nichts mehr funktioniere, wodurch er zu Unrecht den Ärger der Kunden abbekomme, sagt Saphie, sie habe keine Zeit. Früher machte sie dem Mann einen Kaffee, hörte sich die Schwierigkeiten an und war stolz, sich mit den Lieferanten besser zu verstehen als Gilbhart. Saphie wurde von den Fahrern bevorzugt, wenn sie sich mit den LKWs im Winter durch den Schnee kämpfen mussten und andere Hotels und Restaurants der Gegend nicht pünktlich beliefern konnten. Jetzt findet sie das Gerede des Lieferanten ermüdend und denkt nur an Jules.

Auch das Gespräch mit der frisch ausgebildeten Hotelkauffrau langweilt sie. Adrett im beige-rosa Kostüm mit Perlenohrringen und rauchig verschatteten Augenlidern in Bronze und Gold erklärt sie lächelnd, wie charmant das Hotel sei und wie neugierig, aufgeschlossen und teamfähig sie selbst. Obwohl Saphie nicht danach gefragt hat, will sie von ihren Schwächen reden, da sie es wichtig finde, ihrer Arbeitgeberin von Anfang an mit absoluter Ehrlichkeit zu begegnen. Leider sei sie manchmal emotional, aber nur in Bezug auf ihre Familie, versichert sie sofort, als müsste Saphie sonst schockiert sein. Außerdem sei sie zu ungeduldig. Wenn sie beispielsweise wegen technischer Probleme nicht weiterarbeiten könne, dann würde sie sich aufgrund ihrer Ungeduld umgehend um die Problemlösung bemühen. Eine weitere Schwäche sei ihr Perfektionismus. Das könne leicht zu Überstunden führen. Bis auf diese drei kleinen Laster habe sie aber viele gute Eigenschaften. Sie umschreibt Fleiß, Neugier und Pünktlichkeit in gespreizten Sätzen, nickt ständig, und nach jedem Satz sagt sie »genau«. Das Wort »tatsächlich« verwendet sie auch, so oft es geht: »Ich wollte tatsächlich schon immer in so einem charmanten Hotel arbeiten«, sagt sie, nickt und lächelt. »Genau.« Saphie wippt nervös mit den Füßen. Ihr eigener Zustand gefällt ihr nicht, während das dressierte Mädchen eine beharrliche Ruhe wahrt.

»Hast du das alles im Bewerbungstraining auswendig gelernt?«, fragt Saphie. Das Mädchen lächelt, nickt freudig und sagt: »Ja, ein Bewerbungstraining hab ich tatsächlich auch gemacht. Genau.« Ihr Lächeln ist eingefroren und ihr Text zu Ende.

Saphie atmet tief ein und versucht, ihre Gereiztheit zu unterdrücken. »Du hast das bestimmt alles richtig gemacht, aber wir würden dich hier nur verderben und …«, Saphie macht eine Pause, »dieses Hotel ist kein guter Umgang für dich, glaub mir.« Das Mädchen bleibt betreten sitzen, sieht in seine Tasche und presst die Lippen zusammen. Dann zieht sie ein Papier aus einer Mappe und gibt es Saphie.

»Im letzten Hotel wurde ich durch Schlüsselkästen ersetzt. Rezeption gibt's da nicht mehr«, sagt sie fast mit Flüsterstimme, um deutlich zu machen, dass diese Worte nun nicht mehr zu ihrem Vorstellungsgespräch gehören. »Und mit dem schlechten Arbeitszeugnis find ich ja nirgends einen Job.«

Saphie liest den Text durch. »Wieso? Klingt doch in Ordnung.«

Das Mädchen sieht Saphie verunsichert an. »Sie hat sich bemüht, im Rahmen ihrer Möglichkeiten?«, sagt sie so leise, als befürchte sie, abgehört zu werden. »Das klingt in Ordnung? Wissen Sie denn gar nicht, was das heißt?« Offenbar kommt das Mädchen aus einer Servicewelt, in der hinter den Wörtern Bedeutungen versteckt sind, von denen Saphie nichts versteht. Sie sucht im Computer nach der schönen Beurteilung, die Gilbhart einmal für eine junge Praktikantin geschrieben hat. So etwas konnte er. Er benutzte Wörter, die Saphie nie eingefallen wären.

»Dabei hab ich auch noch das Frühstück gemacht«, schnieft das Mädchen, als redete es mit sich selbst. »Buffet eingedeckt, Platten hingestellt, Rührei gebraten und ständig geholfen, die Zimmer zu putzen, wenn jemand krank war. Von sechs bis sechzehn dreißig, und nur sechs Stunden bezahlt bekommen. Sieben zwanzig die Stunde, und keine Zeit, die Stunden abzubummeln. Fünfunddreißig unbezahlte Überstunden pro Monat. Trinkgeld vom Kopfkissen musst' ich abgeben.« Plötzlich passt die schimmernde Schminke nicht mehr zu ihrem zerbrochenen Gesicht.

Saphie weiß, sie hätte das Mädchen aus Mitleid eingestellt, würde Gilbhart noch leben. Aber jetzt wirkt es wie ein unangenehm künstlicher Fremdkörper, und ihre Demut macht Saphie aggressiv.

»Na dann tun wir so, als hättest du hier ein Praktikum gemacht. Ich geb dir 'ne super Beurteilung.« Sie schiebt das Arbeitszeugnis zurück über den Tisch. »Das schmeißt du weg, und ich empfehle dich ein paar guten Hotels. Okay?«

Das Mädchen schüttelt brav den Kopf und lächelt verzweifelt. »Das wäre ja Betrug.«

Saphie sieht das Mädchen an. »Darf ich dir mal einen wichtigen Tipp fürs Leben geben? Gehorsamkeit wird niemals belohnt, glaub mir.« Das Mädchen schiebt die Unterlagen sorgfältig zurück in seine Bewerbungsmappe, bedankt sich stoisch und geht.

Am Kulissentisch sitzt schon die zweite Bewerberin, die unbeholfen aufsteht, ihre Hand ausstreckt und sich wieder hinsetzt, als Saphie sich abwendet und Nino anruft.

»Wo seid ihr?«

»Tut mich leid, Saphie, echt! Ich bring Bus zurück. Nächste Woche, okay? Ich kummer mich. Ich mach alles wieder okay. Ja? I promise. Du kannst machen dein Reise bald.«

»Ich will gar keine Reise machen, Nino, wo seid ihr? Gib mir doch bitte endlich Lenka!«

»Lenka schläft. Ist so müde immer, weißt du, wegen unser Baby. Ich sag ihr, dich anzurufen, wenn sie wacht auf, okay? Ich sag das.«

Die Bewerberin ist verunsichert. Saphie sieht sie an und hört ihr nicht zu. Sie habe drei Kinder und würde jetzt, wo die Kinder groß sind, wieder anfangen wollen zu arbeiten, sagt sie zaghaft.

»Was bedeutet *wieder*?«, fragt Saphie.

Sie habe natürlich noch nie gearbeitet, sagt die Frau, als sei es ein Naturgesetz. Denn sie hatte ja die Kinder. In den letzten zwanzig Jahren sei sie ja nur für andere da gewesen, und jetzt wolle sie mal etwas für sich selbst machen.

Was sie denn an der Rezeption für sich selbst machen wolle, fragt Saphie.

Die Frau ist irritiert und versucht, wie bei einer Schulprüfung die Aufgabenstellung zu durchblicken. Na, wenn gerade nichts zu tun sei, dann könne sie ja zwischendurch was stricken oder häkeln, das würde sie nämlich sehr gerne machen, sagt sie und legt lächelnd die Hände in ihren Schoß. Saphie überlegt, ob die drei Kinder das Erwachsenwerden ihrer Mutter gestoppt haben. Das Älterwerden ihrer Kinder scheint sie bemerkt zu haben. Nur ihr eigenes muss ihr entgangen sein. Wie ein junges Mädchen, das aus einem langen Schlaf erwacht ist, sitzt die Frau tapfer vor Saphie und weiß nur, sich als Hausfrau anzubieten. Sie könne beispielsweise die Tischvasen umhäkeln oder die Kopfkissen besticken, schlägt die Frau munter vor, wie um sich bei Frau Holle fürs Bettenaufschütteln zu bewerben. Saphie muss lachen, weil sie sich vorstellt, wie Gilbhart das amüsiert hätte.

Bis auf den Namen einer Küchenhilfe, der Saphie nicht mehr einfällt, ist am dritten Tag alles wieder, wie es immer war. Saphie geht früh schlafen, steht um sechs auf, redet mit den Küchenleuten, dem Brotlieferanten und den Gästen, als sei es nie anders gewesen. Nachdem sie zum Küchenschluss mit den anderen eine Flasche Rotwein getrunken hat, träumt sie wieder von dem gläsernen Menschen, der jetzt zu ihrem Leben gehört wie ein geheimer Liebhaber.

Am vierten Tag gießt sie die drei kleinen Linden an der Straße mit Eimern. Die Blätter haben sich zusammengerollt, hängen herab wie müde Lappen und sind dreckig. Über der ganzen Landschaft liegt ein grauer Schleier aus Straßenstaub. Die Wiesen sind sandig und nicht satt, wie letztes Jahr am Ende des Sommers, als Gilbhart noch lebte und jeden Abend im Garten Fleisch grillen ließ. Der offene Pavillon war Gilbharts Stolz, und wenn die Waldbrandstufe zu hoch war, kamen die Dorfbewohner und durften ihr eigenes Fleisch auf Gilbharts feuerpolizeilich genehmigten Biergartengrill legen. »Wenn du deine Gemüsebeete baust, dann bau ich meinen Grill.« Das war der Deal.

Saphie hatte von der Terrasse aus den heißen Rauch aus dem Abzug in die alte Buche ziehen sehen. Die unteren Äste trugen seitdem keine Blätter mehr. Missgelaunt hatte sie auf der Terrasse gestanden und das Gegrille gehasst.

Jetzt steht sie hier, an die Terrassentür gelehnt, und sieht in die Dunkelheit. Auf der Landstraße fährt weit entfernt ein einsamer Reisebus, und sie spürt wieder das Klassenfahrt-Gefühl von damals, wenn sie im Halbschlaf stundenlang durch die Nacht gerollt waren, müde und frierend im Dorf ankamen und ihre Koffer nach Hause trugen. Warum kommen die Erinnerungen erst jetzt zurück?

Ohne Feuer nur roh,
ohne Leiden nicht froh.

Als am Vormittag des fünften Tages endlich Jorges Auto vor die Tür fährt, geht es ihr wie Hewimann, der mit dem Schwanz wedelt, im Kreis rennt und bellt.

Jules hat seine verbundene Hand im weiten Ärmel seines Pullis versteckt, die Kapuze über den Kopf gezogen und bemüht sich um eine gelassene Haltung. Man könnte denken, sie kämen gerade von einem Einkaufsbummel aus der Stadt zurück und nicht nach einem Suizidversuch aus dem Krankenhaus. Als Saphie ihn umarmt, spürt sie das Gewicht seines ganzen Unglücks in ihren Armen und weiß, da ist keine Gelassenheit in ihm. Es war fatal, in Lenka Halt zu suchen. Ausgerechnet in Lenka.

»Mein großer Jules«, sagt Saphie, den jungen Mann haltend, wie sie es schon zu ihm gesagt hat, als er erst halb so groß war.

Dunja lässt sich nicht umarmen. Ihr Blick ist nervös, aber entschlossen. Sie hat einen Plan, denkt Saphie und sieht sich wieder selbst. So hat sie im Leben gestanden. Alle Probleme waren zu lösen, weil sie für jedes Problem einen Plan hatte.

Dunja ist gleich damit beschäftigt, für Jules einen Liegestuhl als Krankenlager auf der Terrasse einzurichten, und setzt sich selbst wie eine Wächterin daneben, damit sie sowohl Jules als auch den Hoteleingang im Blick hat. Jules geht vorbei, »Ich bin nicht krank, Mama!«, und setzt sich auf die niedrige Terrassenkante am Übergang zur Wiese.

Dunja steht auf, holt Tee und Kekse. »Willst du Knödel

oder Klopse oder Klöße oder Köttbullar oder Klopsletten?«, fragt Dunja. Die Arme verschränkt, fest entschlossen, die Stimmung aufzuheitern, wackelt sie dazu komisch mit dem Kopf. Jules steht auf und geht rein. »Ich hol mir selber was.« Dunja verbreitet eine geschäftig gute Laune, lacht und sagt: »Los, Saphie, du isst mit mir Kloßsuppe! Die Therapeutin meinte, wir sollen möglichst oft gemeinsam essen. Dann kann Jules besser mitessen. Und wenn wir bald nicht mehr durch die Tür passen, egal. Hauptsache, der Junge ist gesund!«

»Was denn für 'ne Therapeutin?«

»Na, deine. Wir waren gerade bei ihr. Sie wohnt bei Jorge in der Gemeinschaft. Jules soll sich erst mal ablenken, hat sie gesagt. Und dass er 'ne Aufgabe braucht.«

Saphie hat nicht mehr an die Therapeutin gedacht, seit sie sich in Gilbharts Zimmer verkrochen hatte, um ihre Therapie selbst in die Hand zu nehmen.

Jules kommt zurück, lehnt sich an eine Tischkante und löffelt die Suppe im Stehen.

»Wenn du wieder fit bist, reißen wir zusammen das verdammte Ding da drüben ab, okay?« Saphie zeigt auf den alten Grillpavillon in der Ecke des Gartens.

Jules nickt beiläufig. »Klar. Reißen wir das verdammte Ding ab.«

»Und wir kaufen neue Räder für den Fahrradverleih«, sagt Dunja, als wollte sie Saphies Vorschlag übertreffen. »Und Kindersitze und Anhänger und Helme.«

Jules sieht in die Bäume. »Ich will keine neuen Räder, Mama. Es geht um Nachhaltigkeit und Wiederverwertung. Begreifst du denn gar nichts?«

Dunja ringt unter der Tischkante ihre Hände. »Okay, dann machen wir ganz nachhaltige Radtouren, bereiten sie auf und verwerten dieselben Touren immer wieder.« Dunja lacht beinahe hysterisch. Saphie macht ein dämpfendes Zeichen mit der flachen Hand, das Jules nicht sehen soll.

Dunja führt sich auf wie Brigäne, die es nicht ertragen konnte, wenn den Vater eine leichte Niedergeschlagenheit packte, denkt Saphie. Dann überhäufte Brigäne den Vater mit Vorschlägen, bis er aufstand und das Haus verließ. Der Vater hatte am Leben mit Gleichmut teilgenommen. Ihn schreckte nichts. Aber dann gab es Momente, in denen er unvermittelt an allem zweifelte, und selbst Brigäne war damit überfordert.

Jules steht auf und geht. »Ich bin morgen früh um acht wieder unten, Mama. Wenn ich was brauche, ruf ich dich sofort an«, sagt er nachdrücklich, ihrem Protest zuvorkommend. Dunja nickt, versucht ein Lächeln.

»Die Therapeutin meinte, wir sollten Kontakt-Uhrzeiten ausmachen«, erklärt Dunja, sich selbst belehrend. Dann weint sie, wischt sich Tränen von den Wangen und sieht verwundert auf ihren Handrücken. »Ich weine mit beiden Augen.« Sie sieht Saphie an. »Verrückt, oder? Jetzt geht's wieder.«

Dunjas Gesicht wirkt aufgeweicht. Dass sie zugenommen hat, bemerkt Saphie erst, als Dunja gedankenlos an einem Keks kaut.

»Augusta studiert jetzt Ökonomie«, sagt Dunja, »und sie arbeitet für diese große Klimaaktivistengruppe und wollte Jules überreden, bei ihrer Aktion mitzumachen. Das ist jetzt ihre neue Familie, hat sie gesagt. Ihre Freundin klemmte die ganze Zeit an ihr, und die beiden waren davon überzeugt, Jules hätte sich aus Protest gegen die Verbrennung fossiler Brennstoffe umbringen wollen.«

Saphie schüttelt den Kopf. »Wie kommt sie denn darauf?«

Dunja hebt die Hände. »Was weiß ich. Jules hat wohl

in letzter Zeit oft gesagt, das Einzige, was man gegen den Klimawandel tun könne, sei, sterben zu lernen. Augusta und ihre Freundin hätten ihn wahrscheinlich am liebsten mitgenommen, als Märtyrer an ein Kreuz genagelt und vor ihrem Protestcamp aufgestellt.« Dunja wedelt herrisch mit dem Arm und imitiert Augusta: »›Was muss denn noch alles passieren?‹ Die Krankenpfleger haben die beiden schließlich vor die Tür gesetzt, weil sie angefangen haben, Flugblätter an die Patienten zu verteilen.«

Dunja beißt auf ihrer Unterlippe herum und knibbelt an den Fingernägeln. Sie sieht nervös auf den Boden, als hätte sie versehentlich einen Diamanten fallen lassen, wegrollen sehen und könnte sich jetzt nicht erklären, wo er bloß hingeraten ist. Eben war er noch da, aber sie muss wohl irgendeinen schweren Fehler gemacht haben, hat nicht richtig aufgepasst, ihn nicht festgehalten, und jetzt ist er verschwunden.

Ein klein wenig schüttelt sie den Kopf, ihre Lippen zittern, wollen vielleicht etwas sagen und wissen nicht, was. Fassungslosigkeit ist in ihren Augen, aber dann wieder eine verstörte innere Suche nach dem entscheidenden Fehler. Ihr Blick wirkt, als wollte sie sich so stark konzentrieren, bis sie es schafft, die Vorgänge im Nachhinein umzuändern.

Saphie sieht in die Buche. »Stell dir mal vor, jemand hätte uns das alles vor einem Jahr erzählt«, sagt Saphie, »da dachte ich noch, die schlimmen Sachen passieren immer nur den anderen. Ich dachte, das sind so Sachen, mit denen wir selbst nie klarkommen würden.«

Dunja sieht stur auf die Eingangstür.

»Weißt du noch«, sagt Saphie, »als Winne gestorben ist, hast du gesagt, du machst dir um Jules mehr Sorgen als um Augusta, weil er den Schmerz in sich reinfrisst.«

Dunja reagiert nicht.

»Hast du doch gesagt, oder?«, fragt Saphie noch mal.

Dunjas Lippen werden schmal. Sie zieht die Stirn nach unten und lässt das Burgtor zu ihrer Seele herabfallen.

Dann steht sie auf und klappt zackig den Liegestuhl zusammen. »Ach na ja. Weiß ich jetzt auch nicht mehr, warum ich das gesagt habe. Das war doch nur ein Ausrutscher, ein Versehen. Das hat Jules ja gar nicht wirklich gewollt. Hat er mir selbst gesagt. Wir kommen damit klar und werden das jetzt an keine große Glocke hängen!«

Als läge der Schmerz verirrt in der Luft und würde nach einem Körper suchen, glaubt Saphie zu spüren, was Dunja nicht spüren will. Dunja lässt den Schmerz nicht hinein, und stattdessen sticht der unerträgliche Gedanke, ein Kind in die Welt gesetzt zu haben, das nach zwanzig Jahren »Nein danke« zu seinem Leben sagt, in Saphies Brust. Ihr wird schlecht. Sie beugt sich vor, legt das Gesicht in die Handflächen und atmet tief ein und aus.

»Ich muss schlafen. Bin total übermüdet«, sagt Dunja, und Saphie verspricht, in ein paar Stunden nach Jules zu sehen. Wie ein Déjà-vu fällt ihr ein, dass es dieselbe Situation gab, als Jules ein Baby war und Saphie über den neugeborenen Neffen wachte.

Lenka geht nicht ans Telefon. Saphie ruft wieder Nino an. »Lenka ist schlafen schon wieder«, sagt er. »Kann ich sagen ihr was von dir?«

Saphie wird böse und sagt, was sie nicht sagen wollte. »Dann weck sie doch, verdammt noch mal! Jules hat versucht, sich umzubringen, vielleicht lässt sie sich ja mal dazu herab, mich zurückzurufen.«

Nino bleibt einen Moment stumm. »Oh Gott. Ist wirklich wahr? Was hat er gemacht?« Er fragt so vorsichtig, als würde er sich wie bei einem Feuerwerk lieber vorher die

Ohren zuhalten. Saphie sagt, es sei wahrscheinlich nicht nur wegen Lenka gewesen, aber wissen sollte sie es trotzdem. Dann fragt sie, ob Lenka jetzt wüsste, wer der Vater des Babys sei. Nino schweigt. Es war ein Fehler, das zu fragen, denkt Saphie sofort und ärgert sich. »Wann hat das mit Lenka und dir angefangen? Also wann genau?«, fragt Saphie und hört, wie Nino eine Tür öffnet und schließt. »Es passiert erstes Mal, als sie gekommen war zu Hotel, wegen Filmleute«, flüstert Nino. »Ich war bei Spätschicht, war schon Mitternacht. Lenka war gekommen zu mir und hat gesagt, Tür in Zimmer war gecrusht, ich sollte reparieren es. Aber Tür war ganz okay. Und dann sie sagte, sie hatte ein crush auf mich, and she needed to get laid.« Wieder ist es still in der Leitung. Saphie hört Ninos Atmen.

»Du musst sie fragen, okay?«

»Ja, ich frag sie«, sagt Nino und schnieft.

»Sagst du mir jetzt endlich, wo ihr seid?«

»Bei irgendein See. Weiß nicht exakt«, antwortet er bekümmert, als wäre er gekidnappt worden.

Als Saphie und Dunja sich nach dem Mitarbeiterfrühstück in der Küche treffen, ist es wie damals in der Schule, wenn sie eigentlich keine Pause hatten, nur einen unbeobachteten Moment, um sich über etwas Wichtiges auszutauschen. »Ich hab gestern mit Nino telefoniert«, sagt Saphie.

»Ich hab heute früh mit Augusta telefoniert«, sagt Dunja. »Lenka ist bei ihr. Total verzweifelt. Nino ist abgehauen.«

Saphie macht ein Gesicht, als sei sie mit einem empfindlichen Körperteil an eine harte Kante gestoßen. »Scheiße, ich hab ihn blöderweise gestern gefragt, ob das Kind von ihm ist.«

»Mann, Saphie, bist du denn irre?« Dunja stößt sie mit dem Ellenbogen. »Warum machst du so was?«

»Ich dachte, der weiß das. Und ich war so sauer auf Lenka.«

»Was soll er wissen?«

»Na, dass es vielleicht von Jules sein könnte. Stimmt doch, oder? Könnte es nicht von Jules sein?«

Dunja zuckt die Schultern. »Was weiß ich. Werden wir vielleicht irgendwann an der Haut sehen. Lenka hat nur gesagt, sie weiß es nicht«, flüstert Dunja und schüttelt den Kopf, um diese unangenehme Vorstellung abzuschütteln. »Ich kann Jules nicht fragen.«

In diesem Moment kommt Jules in die Küche getrottet. Sein Körper ist zu groß geworden, um ihn so gedankenlos zu bewegen. Saphie muss an einen großen Hund denken, der wie ein Welpe auf Menschenschöße springt, weil er seine Körpergröße vergessen hat. Ratlos steht Jules vor den bunten Kaffeedosen. Saphie überlegt, ob Farbenblindheit vielleicht die Lebenslust verschattet.

Nimm dir Zeit und nicht das Leben.

»Ich will hierbleiben«, sagt Jules, als er mit einer Hand den Grillpavillon auseinandernimmt. Saphie steht über ihm auf der Leiter und reißt die Dachpappe herunter. »Ich find ja an der Uni nicht mal jemanden, der sich mit mir die Bücher teilen will. Und meine Freunde sind eigentlich alle Augustas Freunde.«

Saphie hängt den Kopf über den Dachbalken nach unten und sieht Jules verkehrt herum an. »Okay«, sagt sie und nickt, sodass ihr herabhängendes Haar Wellen schlägt. »Dieser lahme Ort braucht ganz sicher dringend einen jungen Quantenphysiker, der im Hotel die Klorollenhalterungen repariert.«

Jules ist auf seine Entscheidung stolz und nickt. »Jo!«

Saphie überlegt, was die richtige Reaktion einer Tante sein müsste. »Du weißt aber schon, dass man hier im Dorf nicht Physik studieren kann, oder?«

Jules zuckt die Schultern. Reflexartig greift er mit der verbundenen Hand nach einem herabfallenden Brett. Es landet vor seinen Füßen. Dass er noch nicht wieder alle Finger bewegen kann, stört ihn nicht. »Ich will nicht mehr in der Stadt leben«, sagt er.

»Du könntest ja auf eurem Bahnhof leben.«

»Und was soll ich da machen? Mir einen Grillpavillon bauen?« Jules lässt den Kopf hängen. »Hier hab ich wenigstens was zu tun, oder?«

Saphie versteht, dass er ihre Einwilligung haben will. Und dass Jules mit dem Hotel verbunden ist, begreift sie auch erst jetzt. Er kennt es, seit er geboren wurde. Es gehört zu seiner Kindheit und hat ihn vielleicht stärker geprägt als Saphie, die das Hotel als Kind nie von innen gesehen hat. »Ich wollte sowieso nicht Physik studieren. Ich wollte Mineraloge werden.«

»Und warum tust du das nicht?«

Jules macht ein entnervtes Gesicht. »Weil Mineralien Farben haben, die ich nicht sehe?«, sagt er. Saphie hätte das selbst wissen können. »Höhenangst ist auch irgendwie unpraktisch«, murmelt er.

»Na, dann musst du wohl dein Studium aufgeben, ohne dass hier jemand einverstanden sein wird.«

Jules hört auf, Nägel zu ziehen, lässt die Zange sinken und sieht zu Saphie hoch. »Okay!«, sagt er mit ungewohnter Entschlossenheit. Saphie setzt sich auf die obere Leitersprosse.

»Ich glaube, mich hätte damals jemand hier verscheuchen sollen. Ich hab gedacht, wozu soll ich die Welt kennenlernen, wenn die Welt bei mir vorbeikommt? Ich war 'ne Memme. Hab mich selbst kurzgehalten. Mir hätte jemand sagen müssen, dass ich mein Leben hier nicht verplempern sollte. Aber ich durfte ja die Dorfprinzessin spielen, die eine gute Partie gemacht hat.« Saphie rollt die Augen. »Dann hab ich mich nicht mehr getraut, die Rolle aufzugeben.« Sie streicht über Jules' Kopf. »Vielleicht ziehst du in ein paar Jahren noch mal durch die Welt?« Mit verschränkten Armen lehnt er an der Balustrade, sieht in die Feuerschale wie in ein schwarzes Loch, das an Ketten hängt, und stößt mit dem Fuß dagegen. »Wenn ich hierbleibe, dann bin ich doch weggegangen von zu Hause.«

Saphie nickt, wackelt gleichzeitig mit dem Kopf und muss sich an der Dachkante festhalten. »Ja, okay, ein bisschen weg bist du. Aber dummerweise ist deine Mutter ja hier auch ein bisschen weg und doch ziemlich zu Hause. Ich glaube nicht, dass die offizielle Von-zu-Hause-weggeh-Behörde dein halbherziges Verkrümeln einwandfrei genehmigen würde.«

Jules zieht die Brauen hoch. »Komm mir nicht wieder mit deinen ausgedachten Behörden, mit denen du mich als Kind ständig reingelegt hast.«

»Was ist denn mit euren Freunden?«, fragt Saphie, »gehen die nicht nach der Schule mal ein Jahr weg?«

»Nur die Mädchen hauen alle ab«, sagt Jules mürrisch und zerrt an einem Nagel. »Aber ich hab eine Tante, die ist nie von zu Hause weggegangen und trotzdem ganz cool.«

Saphie stöhnt. »Du solltest dich nicht von ihr beraten lassen. Deine Tante hat nämlich vom Leben in Wahrheit keine Ahnung. Die hängt in der Luft, sitzt auf der Leiter, was weiß ich. Auf jeden Fall ist sie zu alt, um in die Stadt zu ziehen. Das hätte sie mit neunzehn machen müssen, wie ihre Schwestern.«

»Sie könnte aber doch mal 'ne Reise machen und wieder zurückkommen«, sagt Jules. »Ich kenne nämlich zufällig ihre Konten. Die würden eine Auszeit locker hergeben.«

Saphie lacht und sagt nicht, dass sie längst weg wäre, wenn Jules seine Adern ganz gelassen hätte. »Ich sag's ihr, wenn ich sie sehe.«

Als Saphie neunzehn war, wollte sie nur den Lohn einer Saison ernten, um damit zu verreisen. Sie hatte viele Reiseziele und wäre einfach losgefahren. Jetzt könnte sie mit dem Lohn aus zwanzig Jahren verreisen und kann sich an keins ihrer Ziele mehr erinnern. Sie weiß nicht mal, wo sie hingefahren wäre, als der Bus noch da war, Hund und Koffer eingepackt waren und der Zündschlüssel schon im Schloss gesteckt hatte.

Während sie auf dem Dach sitzt und Nägel zieht, bekommt sie Lust, den Pavillon so langsam wie möglich abzubauen. So langsam, wie er aufgebaut wurde. Es gefällt ihr, mit Jules zu arbeiten, mit ihm reden und schweigen zu können. Aber Jules arbeitet mit einer Hand schneller als Saphie mit beiden. »Ich bin so froh, dass dir nichts passiert ist«, sagt sie mitten in die Stille, »das muss schrecklich für dich gewesen sein.« Er reagiert nicht.

»Weißt du«, sagt sie, »mach doch jetzt, was für dich gut ist. Bleib hier und denk dir was Nützliches aus.«

Saphie nimmt ein Stück Dachpappe ab, betrachtet Jules durch das entstandene Loch von oben beim Arbeiten. Er sieht zu ihr hoch und lächelt, als fühle er sich endlich ernst genommen. Sein neuer Stolz muss aus dem überlebten Unglück gewachsen sein, denkt Saphie und findet Jules' Selbstmordversuch jetzt tragischer als Gilbharts Tod. Er hatte Winne verloren, Lenka verloren und beinahe sich selbst. Jetzt muss er unbedingt etwas bekommen, denkt sie und hat eine Idee.

»Das Hotel sollte uns dreien gehören«, verkündet sie abends beim Essen. »Was meint ihr?« Jorge nickt schon, hält den Daumen hoch, während Dunjas Unterkiefer langsam herabsinkt, als müsste sie diese Nachricht nicht nur mit den Ohren aufnehmen, sondern einatmen, um sie zu begreifen. Als Saphie klein war, wollte sie nichts teilen. Die Dinge sollten ihr gehören und nur von ihr benutzt werden. Dunja dagegen konnte mit Eigentum nichts anfangen und tröstete Saphie, wenn die Mutter statt zwei Limonaden für beide nur eine zum Teilen gekauft hatte. Dunja wollte nichts haben, nichts für sich selbst besitzen, und die Mutter musste Dunja die Taschengeldsumme aufdrängen, die Saphie einforderte. Saphie sparte, während Dunja ihre Freunde zum Eis einlud.

»Ich hab das Haus nur geerbt«, sagt Saphie und hebt die

Handflächen. Sie schlägt vor, je ein Drittel des Betriebs an Jules und Dunja zu übertragen. Jorge ist schon begeistert, während Dunja ein ungläubiges Gesicht macht. »Du hast dir dein Erbe aber jahrelang verdient.« Jules sieht Dunja an, will seine Reaktion von ihrer ablesen, und Dunja sieht zu Jorge. Offenbar sucht sie in seiner Reaktion nach ihrer eigenen. Saphie sieht ebenfalls zu Jorge. »Warum seht ihr mich alle an?« Er lehnt sich zurück und lacht. »Seh ich aus wie 'ne Infosäule, oder was?«

Saphie nickt. »Steht zumindest auf deiner Stirn. Oder? Da steht's doch!«

Dunja und Jules sehen ihn an und nicken. Jorge zieht eine Lesebrille aus seiner Jackentasche, stützt die Arme auf den Tisch, »Okay«, und erklärt mit der Brille in der Hand, dass sie nicht alles zu fest regeln, sondern lieber in freiwilligen Absprachen festhalten sollten. Jules schlägt vor, jeder sollte einen Tag pro Woche in Küche und Zimmerservice mitarbeiten. Saphie geht ins Büro, holt das Rechnungspapier aus dem Drucker und den schweren Kugelschreiber mit der Gravur des Hotels und legt ihn mit feierlicher Geste vor Jorge auf den Tisch.

»Wollt ihr alle drei dieselben Befugnisse haben?«, fragt er in einem Tonfall, als sei es als offizielle Instanz seine Pflicht, diese formale Frage zu stellen, und setzt die Brille auf. Saphie sagt: »Ja, alle dieselbe Entscheidungsgewalt.«

Jorge notiert. »Nee, Gewalt schreib ich nicht. Be-fug-nis-se«, buchstabiert er murmelnd. »Wollt ihr ausmachen, dass ihr die Entscheidungen der anderen nicht infrage stellt, solange es keine grobe Gefahr für den Betrieb bedeutet?«

»So was muss man festlegen?«, fragt Jules. »Ist doch logisch, oder?«

Jorge schnauft abfällig. »Wenn das so logisch wäre.« Er schreibt.

»Ausgaben ab welcher Höhe müssen monatlich von allen abgesegnet werden?«, fragt Dunja, und Jorge hebt den Zeigefinger. »Segnen schreib ich aber auch nicht. Ab-gestimmt«, buchstabiert er, während er es aufschreibt, und Dunja wackelt pikiert mit dem Kopf.

Jorge hält inne und sieht sie an. »Was is?«

Dunja lächelt wohlwollend und streichelt ihm die Wange. »Du bist die beste Infosäule, Schatz.« Dann lässt Jorge abstimmen, dass der Küchenchef und Lore eingeschränkte Miteigentümer sein sollen. Saphie sieht Jorges Fuß unter dem Tisch zappeln wie einen klappernden Deckel auf einem überkochenden Topf. »Jeder Betrieb sollte denen gehören, die in ihm arbeiten«, sagt er wie ein Agitator und schwenkt den schweren Kugelschreiber. »Wer hier nicht arbeitet, hat keine Anteile. Das gilt für alle. Vererbt wird auch nix. Seid ihr einverstanden? Wenn ihr das richtig anstellt, ist es das haltbarste Erfolgskonzept. Hab ich Gilbhart schon letztes Jahr beim Turmfest zu erklären versucht, aber davon wollte er nichts wissen.«

Saphie nickt und weiß, Gilbhart wäre nicht einverstanden. Den »Kommunenspinner« nannte er Jorge und erklärte die ganzen Leute, die am Turm wohnen, zu realitätsfremden Träumern, die bald sehen würden, dass ihr Konzept eine Blase sei. In Gedanken erklärt sie Gilbhart, sie müsse jetzt schließlich das Hotel so führen, wie es für sie gut sei. *Du bist tot, Schatz, und wer tot ist, kann nun mal kein Hotel leiten*, sagt sie stumm zu Gilbhart und legt sich weitere Argumente für eine Diskussion zurecht, wie sie es so oft tat, wenn sie Entscheidungen traf, mit denen er nicht einverstanden war.

»Und jetzt schreibst du unsere Satzung mit seinem Kugelschreiber«, sagt sie. Alle sehen Saphie an, als befürchteten sie einen Rückzieher. Aber Saphie lacht. »Mir fällt ein Felsen von den Schultern.«

Während Jorge von Krankheits- und Urlaubsregelungen redet und mit der Flut seiner Gedanken jongliert, spürt Saphie, das Kinn in die Hand gestützt, ihren Unterkieferknochen. Die Haut ist weich und dünn über diesem Knochen und mit Daumen und Zeigefinger so leicht zu greifen, dass Saphie an die Pelle auf erwärmter Milch denken muss. So schnell geht das jetzt, denkt sie und überlegt, ob es nicht doch richtiger wäre, so zu leben wie Lenka. Lenka wird wissen, warum ihre Haut irgendwann dünn wird und Falten schlägt. Sie hat sich ihre Falten verdient. Saphie sieht in ihren Falten nur den Vorwurf einer vergeudeten Jugend.

Sie hat ihr Leben wie einen Job gelebt. Immer ist sie im Dienst gewesen, lief den ganzen Tag durchs Haus, als hätte sie ihr privates Ich in einem der Zimmer abgelegt und nie wiedergefunden. Vielleicht hat es dieser bulgarische Gast damals mitgenommen, der Saphie beim Frühstück eines Morgens ansah wie ein hungriger Wolf. Abends landete sie in unzurechnungsfähiger Aufregung wie ferngesteuert vor seiner Zimmertür. Daran hat sie lange nicht mehr gedacht. Sie kann sich kaum an sein Gesicht erinnern. Während Jorge erklärt, wie Sonderregelungen abgestimmt werden, fällt ihr der Abend mit dem Bulgaren wieder ein. Sie hatten zusammen an diesem Tisch gesessen, die Köpfe über die Landkarte gebeugt, und ihre Finger berührten sich, während er ihr zeigte, wo er herumgewandert war. Sie fuhren die Wege ab, und ihre Ellenbogen lagen aneinander, ohne dass einer seinen wegrückte. Ihr wurde heiß, und ihre Ohren begannen zu rauschen. Sie war sich vorgekommen wie eine der gespannten Kapseln des reifen Springkrauts im Garten, die bei Berührung platzten. Gilbhart war über Nacht in der Stadt geblieben, hatte Ämtertermine, und Saphie wusste: jetzt oder nie.

Als Gilbhart zurückkam, war Saphies Entspannung

nicht zu übersehen. »Du strahlst ja so«, sagte er und strahlte selbst. Sie sei bei der Massage gewesen, behauptete Saphie, und Gilbhart sagte: »Ach, ich will lieber gar nicht wissen, was du ohne mich so machst.« Es klang wie eine Aufforderung, und Saphie fragte nicht weiter. Nachdem aus der kurzen Verabschiedung in dem Zimmer des Bulgaren ein paar Stunden geworden waren und Saphie sicher war, Gilbhart würde sie jetzt schon im ganzen Haus suchen, fand sie ihn am Grill beim Fleischwenden im Gespräch mit den Gästen.

Saphie war daraufhin in die Stadt gefahren, hatte sich alleine ins Café gesetzt und wurde ständig angesprochen. Männer liefen an ihr vorbei, sagten »Hi« oder lächelten sie an oder wünschten »Guten Appetit« oder sagten »Schönes Kleid«, als hätten sich alle verabredet, ihr zu diesem ersten Seitensprung zu gratulieren.

Es hatte ein paar weitere Affären im Hotel gegeben, und Saphie hatte sich daran gewöhnt, dass Gilbhart es nicht merkte. Aber dann stand Gilbhart nachts im Gang vor dem Zimmer 304, als Saphie herauskam, leise die Tür hinter sich schloss und von Gilbhart aus der Dunkelheit eine Ohrfeige bekam. Er sollte in der Stadt sein, war aber zurückgekommen, und in dieser Nacht stellte sich heraus, dass er von ihren Affären wusste. Sie redeten drei Tage und Nächte, und der seltene Sex mit Gilbhart war trotz seiner Trägheit immer besser gewesen als der Sex mit den Affären. Ihm tat die Ohrfeige leid, aber Saphie war froh darüber. Sie war sogar irgendwie stolz auf ihn.

»Versteh ich nicht«, sagte die Dorftherapeutin. »Eine Ohrfeige soll doch verletzen, wieso finden Sie das denn gut?« Saphie hatte die Therapeutin daraufhin lange angesehen. »Klar verstehen Sie das«, sagte Saphie. »Sie wollen doch nur wissen, ob ich es auch verstehe.«

Die Therapeutin lächelte wissend. »Und? Verstehen Sie

es?« Da wusste Saphie, sie musste es nicht der Therapeutin erklären, sondern Gilbhart. Abends im Bett erzählte sie ihm die Sexszene, die sie sich immer ausmalte, wenn er schlafend neben ihr lag und sie sich den vibrierenden Apfel aus dem Nachttisch nahm. »Ich stell mir uns beide vor«, erzählte sie stockend und nach den richtigen Worten suchend. »Ich trage so ein rückenfreies Kleid, du einen Anzug, und du bist wahnsinnig eifersüchtig und gibst mir eine Ohrfeige. Wir sind in irgendeinem öffentlichen Gebäude an den Waschbecken vor den Toiletten, und dann nimmst du mich von hinten, ziemlich unsanft, vor diesen ganzen Spiegeln, und bei jedem Stoß sagst du: *Meine Frau, meine, meine, meine …* und, weiß du, das Erregende ist, dass du mich ganz für dich alleine haben willst. Die Vorstellung macht mich total verrückt.«

Für eine Weile waren sie danach wie frisch verliebt. Aber dann kam der Winter, und das Haus wurde leer, und Gilbhart ließ sich volllaufen.

Jorge erfindet neue Vereinbarungen, weil er heute viel besser als damals wüsste, was so ein Gemeinschaftsunternehmen wirklich bräuchte, behauptet er. Das habe er inzwischen gelernt. »Angestellte wollen wissen, wer den Hut aufhat, das müsst ihr regeln.«

»Klar«, sagt Dunja. »Personalanweisungen sprechen wir ab …«

Sie wird von Jorge unterbrochen. »Anweisungen schreib ich nicht. Auf-ga-ben«, diktiert er sich selbst.

»Das ist also deine verborgene Seite. Du bist so ein kleinkarierter Manager.«

Jorge schüttelt den Kopf. »Bin nur 'ne Infosäule.«

»Manager schreibt er nicht«, sagt Dunja zu Jules.

Saphie beobachtet die drei und sieht, wie sich ihr Hotel verwandelt. Es soll nicht mehr auf Saphies Beinen stehen, es muss moderner werden. »Zeitgemäßer« war das Wort, gegen das Gilbhart nicht protestieren konnte, bevor sie ihre wochenlange Plastik-Razzia startete. »Plastikfreies Hotel«, sollte irgendwann auf der Hotelwebsite stehen, bis die Mitarbeiter anfingen, die Küchengeräte vor Saphie zu verstecken und Lore alle Reinigungsutensilien verteidigte, als ginge es um ihre Kinder. »Jetzt bist du ja wohl komplett irrsinnig geworden!« Das halbe Hotel hätte neu gebaut werden müssen, Saphie sah es ein und gab ihre Besessenheit schließlich auf.

Bis Mitternacht sitzen sie zu viert am Tisch. Jules soll die Bewerbungsgespräche mit den Rezeptionisten führen, findet Dunja. Saphie nickt heftig und wedelt mit der Hand. »Oh bitte, Jules. Stell von mir aus Rumpelstilzchen ein. Wird schon gehen.«

»Rumpelstilzchen will dann aber auch Miteigentümer werden«, sagt Jorge und schiebt die Brille auf seinen Kopf. »Schon klar, oder? Vielleicht will Rumpelstilzchen aber lieber ein Altenwohnheim aus dem Hotel machen.«

Als Saphie am späten Abend mit Hewimann vors Haus geht, macht die kühl gewordene Luft, die schon nach Herbst riecht, Nebel aus ihrem Atem. Sie sieht, wie Dunja mit Jorge zum Parkplatz geht und im Gehen ihre Hand in seine Hosentasche steckt. »Beängstigend, aber irgendwie auch aufregend«, hört sie Dunja sagen. »Fühlt sich an wie ein neuer Job.«

Saphie setzt sich auf die untere Treppenstufe. »Weißt du noch, als Lenka sich nach Gilbharts Beerdigung diesen Mann ins Zimmer bestellt hat?«, fragt sie, als Dunja zurückkommt. »Welchen Mann?«

»Na, der sie gefesselt hat.«

»Ach ja. Hab ich total vergessen.« Dunja klatscht sich

die Hand an die Stirn. »Zur Beerdigung des Schwagers. Unfassbar, wie dreist sie ist!«

»Ich glaube, das ist die einzige Erfahrung, um die ich sie beneide«, sagt Saphie und nimmt ein paar Kieselsteine in die Hand.

»Was?«

»Ich hätte das mit Gilbhart machen sollen. Aber ich war zu borniert und zu feige wahrscheinlich. Diese komplette Hingabe, verstehst du? Bei Lenka ist das nur die Sehnsucht danach, aber ich hatte das wirklich. Wenn du jemandem so endlos tief vertraust, dass du ihn alles mit dir machen lässt, selbst wenn es deinen Tod bedeuten könnte.« Saphie wirft die Steinchen einzeln zurück. »Ich wünschte, ich hätte Gilbhart das zeigen können.«

Was du weißt, das sage nicht, was du siehst,
verklage nicht, willst du Streit und Plage nicht.

Dunja hat Frühdienst. Im roten Kleid sitzt sie vorm Bürocomputer und sieht nur kurz zu Saphie, die sich mit Kaffeetasse in den Türrahmen lehnt. »Notartermin hab ich gemacht«, sagt Dunja nervös, während sie tippt. »Wir sollten ein Zimmer an Künstler vergeben. Die Galerie muss das organisieren. Und mit dem Clubhaus endlich einen Deal machen, dass unsere Gäste die Sauna mitbuchen können. Und am Wochenende mal ein Konzert?« Ihren Eifer erklärend, fügt sie hinzu: »Wir müssen die Leute aus dem Ort öfter reinholen. Die sollen wenigstens ihren verdammten Sonntagskuchen hier essen!« Sie tippt mit dem Zeigefinger auf die Tischplatte.

»Okay«, sagt Saphie, »wir erlassen sofort ein Gesetz. Verdammter Sonntagskuchen wird nur im Hotel gegessen!« Saphie findet aber die Vorstellung, jeden Sonntag das halbe Dorf im Haus zu haben, ungemütlich.

»Und wir müssen uns bei so 'nem internationalen Austauschprogramm für Auszubildende bewerben.«

»Wir?«, fragt Saphie. »Ich krieg schon Sodbrennen, Ohrensausen und Gleichgewichtsstörungen, wenn ich mir diese ganzen Formulare nur vorstelle!«

Dunja kneift die Augen zusammen, als wäre etwas Ekliges auf dem Bildschirm zu sehen. »Hier ist 'ne Mail von den Fernsehleuten. Lies du!« Dunja stützt die Stirn in ihre Hände. »Der Film wird morgen gesendet«, sagt Saphie und hatte den Fernsehbeitrag fast vergessen. »Na, dann haben wir das doch auch endlich hinter uns.«

Beklommen zieht Dunja die Schultern hoch und reibt sich das Gesicht. »Jules darf das auf keinen Fall sehen.«

Saphie lacht spöttisch. »Quatsch. Jules ist nur verwirrt, aber nicht verblödet.«

»Wir sollten das ignorieren und so tun, als ginge uns das gar nichts an«, stöhnt Dunja. »Wir behaupten, das wären andere Zwillinge, die uns sehr ähnlich sähen, und überhaupt sieht zwar alles so aus wie hier, aber das ist nur eine perfide Irreführung. Alle Ähnlichkeiten sind reiner Zufall. Das sagen wir, okay?« Dunja wedelt mit den Händen vorm Bildschirm, als wollte sie das Thema wegzaubern.

Während Dunja weiterplappert, fällt Saphie plötzlich etwas ein. Sie hat sich getäuscht. Lenkas Baby könnte zwar von sonst wem sein, aber von Jules kann es nicht sein. »Verdammt, wir sind so dumm, Dunja!«

»Was?«

»Wir sind total dumm und ungerecht gewesen!«

Jules kommt durch die Eingangstür, und Saphie redet nicht weiter. Er hält kurz den Arm hoch. Der Verband ist ab. Dunja will die Narbe sehen, Jules will an den Rechner. »Kannst du alle Finger bewegen?«, fragt sie und steht auf.

Jules setzt sich auf Dunjas Platz und bewegt die Finger auf der Tastatur. »Nee. Alle gelähmt.«

Zwei Frauen mit Koffern stehen ungeduldig am Tresen. Saphie kann ihre neue Erkenntnis nicht loswerden. Sie steht nur da, betrachtet Jules und denkt, er ist noch nicht richtig in seinen lebendigen Körper zurückgekommen. Vielleicht braucht er die Freiheit gar nicht, denkt sie. Vielleicht braucht Jules die Einschränkung stärker als die Freiheit. Vielleicht muss er festgehalten werden wie ein verletzter Hofhund. Ganz im Gegensatz zu Augusta, die immer nur losgelassen werden musste wie eine gesunde Straßenkatze.

Während Saphie Schrauben aus der Holzverkleidung des Grillpavillons dreht, denkt sie an den Kameramann. In der ersten Nacht mit ihm war sie irritiert von dem unvertrauten Geruch und dem muskulösen Körper, der mühelos die meiste Bewegung übernahm und sich so fest anfasste, im Gegensatz zu Gilbharts trägem Leib, der sich beim Sex nur minimal in Bewegung setzte und dabei kaum mehr als die Hände benutzte. »Soll ich mich selber streicheln? Dann hast du weniger Arbeit«, hatte sie zu Gilbhart gesagt, und ihm gefiel der Vorschlag, der ihn ärgern sollte.

Als Saphie die zweite Nacht mit dem Kameramann verbracht hatte, wäre sie am Morgen gerne mit ihm im Bett liegen geblieben, aber Gilbhart hinderte sie daran, indem sie sich nach seiner weichen linken Schulter sehnte, auf der sie jeden Abend eingeschlafen war. Gilbhart konnte den Kameramann neben Saphie liegen sehen, daran ließ sich nichts ändern. Es war genauso wie mit dem Bulgaren damals. Saphie hatte Gilbharts Anwesenheit im Raum immer gespürt.

Sie nimmt die Verankerung der Grillaufhängung auseinander und redet in Gedanken mit Gilbhart, als stünde er neben ihr. *Siehst du, wie morsch das ganze Holz hier ist? Bestimmt wäre das Ding bald zusammengebrochen.*

Jules lockert mit einem Gummihammer die Pfahlbalken, um sie aus dem Boden zu ziehen. »Augusta will am Wochenende den Bus zurückbringen«, sagt er. Saphie fragt nicht, warum Augusta jetzt den Bus hat und wo Lenka ist und ob Nino wieder aufgetaucht sei. »Okay«, sagt sie nur.

Am liebsten würde sie diesen Pavillon Holzspan für Holzspan auseinandernehmen und nie mehr eine andere Arbeit machen als diese. Sie will keine Verantwortung mehr tragen, keine Entscheidungen mehr treffen, keine Abläufe mehr kontrollieren.

In der Buche fliegen Spatzen umher und haben Streit. Es ist herbstlich geworden. Saphie hängt ihren blauen Pullover an die Leiter und stellt sich vor, weit weg zu sein. »Weißt du schon, wohin du fährst?«, fragt Jules, als hätte er ihre Gedanken gehört. »Wenn wir für die Rezeption jemanden haben, kannst du doch los, oder? Willst du überhaupt?«

Saphie zuckt nur eine Schulter. »Ich glaub, ich weiß gar nicht, wie das geht. Eine Reise machen.«

Jules lacht. »Du kommst nicht klar, wenn du nichts zu tun hast, oder? Fahr doch auf eine Alm, Kühe hüten, Heu ernten, Käse umdrehen. Oder trag Kröten über die Straße oder blockier einen Braunkohletagebau. Es gibt so viel zu tun.«

Saphie schlägt mit dem Hammer gegen die verrosteten Schrauben. »Warum machst du denn so was nicht?«, sagt sie mit gepresster Stimme.

Jules hört auf, an dem Pfahl zu rütteln, und hält beide Hände hoch. »Warum soll ich denn das machen? Nur weil ich jung bin? Warum müssen die Jungen die Welt retten? Weil ihr zu frustriert seid? Was kann ich dafür? Wir machen doch sowieso nur alles falsch. Wir können ja nicht mal existieren, ohne die Umwelt zu zerstören. Kaum denkt man, mal etwas richtig zu machen, Foodsaving zum Beispiel, merkt man, dass es auch wieder sinnlos ist. Wir drehen die Mühle doch nur schneller und schneller. Da, wo was verändert werden könnte, wollen alle nur Geld, und zwar sofort. Ich versuche einfach, die Welt nicht zu verschlechtern. Das ist mein Plan für die Zukunft. Alte Räder reparieren und ein altes Hotel am Laufen halten. Papa hätte das verstanden.«

Beharrlich schlägt er den Hammer hart gegen den Pfahl, zieht ihn aus dem Boden und lehnt sich gegen das Balkengerüst.

Saphie streicht Jules über den Kopf. »Da machst du hier wochenlang kaputte Fahrräder ganz und bist selbst völlig kaputt, Mensch. Warum merkt man dir nie an, wie es in dir aussieht?«

»Es war plötzlich ganz leicht«, sagt Jules. »Ich hatte überhaupt keine Angst mehr. Ich wollte nur, dass die Realität aufhört. Und dann hab ich noch diesen Artikel gelesen darüber, dass hier alles versteppt und dass unser See demnächst austrocknet und es fünfmal so viele heiße Tage geben wird und so gut wie keinen Regen mehr, und ich dachte, ist doch egal, ob die Realität nur vorübergehend aufhört oder für immer. Hauptsache, sie hört sofort auf. Und ich dachte, wenn Papa sterben kann, dann kann ich das auch«, sagt er mit einer Miene, als hätte er sich selbst nicht verstanden. »Jetzt hört sich das alles bisschen irrsinnig an, oder?«

»Bisschen, ja«, sagt Saphie und kommt von der Leiter. Sie umarmt ihren Neffen und würde ihm die Realität gerne abnehmen. »Mann, da haben wir das Haus voll herrlichstem Alkohol, eine Hanfzüchterin in der Verwandtschaft, und du nimmst 'ne Glasscherbe. So arm sind wir wirklich nicht, dummer Junge.« Verzottelt und dünn wirkt Jules so weich, dass Saphie denkt, er kann unmöglich gerade einen Pfosten aus der Erde gestemmt haben.

»Vielleicht wollte ich zu Papa«, sagt Jules beinahe abgeklärt, und jetzt tut Saphie sich zum ersten Mal selbst leid. »Ja. Man will hinterher. Kenn ich.«

Saphie sieht Dunja den ganzen Tag wie mit Scheuklappen durchs Hotel irren und hartnäckig versuchen, irgendwie beschäftigt auszusehen. Der Fernsehbeitrag schwebt über ihrer Schwester wie ein hämisches Grinsegesicht, denkt Saphie.

Jules kommt mit einer jungen Bewerberin auf die Terrasse. Er trägt zwei Eiskaffee und das Mädchen zwei Kuchenteller.

»Wir sind doch bescheuert, dass wir die Bewerbungsgespräche immer im Büro bei Wasser und Keksen geführt haben«, sagt Saphie zu Dunja, als sie abends zusammen den Grill in Jorges Auto laden. Saphie ahnt, wie oft sie es sich unnötig schwer gemacht hat in dem Glauben, die seriöse Wirtin spielen zu müssen, weil Gilbhart mit der Zeit immer unseriöser wurde.

»Was?«, fragt Dunja. »Wenn die hier anfängt, will sie bestimmt jeden Tag Eiskaffee und Kuchen.«

In ihrer nervösen Fahrigkeit bleibt Dunja mit ihrer dunkelroten Feinstrumpfhose an einem Metallhäkchen hängen. »Verdammt!«

Saphie sieht an Dunjas Wangen, dass sie wieder abgenommen hat. Der weiche Bogen zwischen Ohr und Kinn hat sich zurückgezogen und macht ihr Gesicht jetzt ungewohnt streng.

Jorge hat hinterm Haus das Holz aufgeschichtet, klopft sich die Hände ab. »So, jetzt könnt ihr mit dem alten Grillhaus ein neues Grillfeuer machen.«

Auf der Kante der Ladefläche sitzend, lässt Dunja den Kopf hängen wie ein beleidigtes Kind. »Die werden alle über uns reden, so wie früher alle über Mama geredet haben. Wahrscheinlich reden die eh schon über Jules, und jetzt kommt diese blödsinnige Tunnelgeschichte dazu.«

»Das mit Jules weiß doch niemand«, sagt Saphie.

»Ach, das glaubst du doch selber nicht. Was sie nicht wissen, reimen sie sich so zusammen, wie's ihnen passt. Ich weiß genau, was die reden. Erst stirbt der Wirt, und der Schwager in der Stadt stirbt auch, und wer weiß, was dahintersteckt, kann ja kein Zufall sein, und dann kommt die Verwandtschaft zurück, nistet sich im Hotel ein und lässt vom Fernsehen alte Geschichten ausgraben. Die Lenzings haben ja überhaupt keine Hemmungen. Hatten die ja noch nie. Der vaterlose Junge ist ganz sicher vernachlässigt und von den Großstadtdrogen kaputt gemacht worden. Die nehmen doch da alle Drogen. Hält man ja gar nicht aus sonst. Was mussten die armen Kinder auch in der Stadt aufwachsen, wo sie 's hier so schön gehabt hätten. Da sehen sie ja, was sie davon haben. Nur Unglück.«

Dunja fuchtelt mit den Armen. »Ich weiß doch, was die reden, ich kenn die doch. Und wenn du denen begegnest, grinsen sie dich blöd an. Ich fühl mich komplett verkauft.« Sie knibbelt mit den Fingernägeln an ihren Fingerkuppen. Jorge setzt sich neben sie und legt einen Arm auf ihren Rücken wie einen Stützpfeiler.

»Das mit dem Tunnel ist doch 'ne coole Geschichte«, sagt Jules plötzlich in seiner beinahe gleichgültigen Art. Dunja dreht sich erschrocken um und wischt ihre Augenwinkel trocken. Die Bewerberin steht neben ihm, die Hände in den Taschen ihrer weiten Jeans. »Das kann man doch vermarkten«, sagt sie.

Jules nickt. »Klar! Die Leute lieben Superlative. Vater der Inhaberin hätte es beinahe geschafft, den einzigen Fluchttunnel über die grüne Grenze anzulegen.«

Dunja lacht bitter. »Nee, das ist nicht cool. Cool wäre, wenn sie es geschafft hätten! Außerdem war es nicht unser Vater, sondern Brachet, der das Ding bauen wollte. Mit dem können wir hier schwer angeben. Irgendein Erzeuger ist doch noch lange kein Verwandter.«

Jules scrollt in seinem Handy, holt tief Luft und liest vor: »Heute: 20:15 Uhr, zwei Männer wollen einen Fluchttunnel graben, um aus der DDR zu fliehen. Der Streit um eine Frau bringt die beiden dazu, einander zu verraten. Das Dorf schweigt jahrzehntelang. Die drei Töchter der umkämpften

Frau wissen bis zu unseren Recherchen kaum etwas davon. Nicht mal, dass sie nicht denselben Vater haben. Was klingt wie ein Film, ist hier Realität. Wir durften bei der ersten Begegnung zwischen Vater und Tochter, der international bekannten Sängerin *Lenka Lenz*, dabei sein und erleben, wie sich eine alte Feindschaft auflöst.«

»Klingt nach Rentnerfernsehen«, sagt Saphie und lacht, »völlig harmlos.« Dunja fuchtelt mit den Armen und schüttelt den Kopf. »Was für ein bekloppter Mist!«

Saphie hält Dunjas Hände fest. »Wir sind hier die Skandalfamilie, wir sind die Coolen, verstehst du? Wir sind nicht die Langweiligen. Früher hat dich doch nie interessiert, was das Dorf redet.«

Dunja betrachtet das Loch in ihrer Strumpfhose. »Früher hatte ich ja auch nicht vor, hier zu leben.«

Saphie zieht an Dunjas Arm, aber sie lässt sich nicht bewegen und bleibt auf der Ladefläche sitzen. »Komm, Schwesterchen«, sagt Saphie, »wenn du hier sitzen bleibst, kippt Jorge dich auf den Schrott.«

»Gute Idee«, sagt Dunja. »Frau, in Klammern vierzig, vom eigenen Freund auf dem Schrottplatz entsorgt. Was klingt wie Bullshit-Fernsehen, ist hier Realität.«

Jorge macht ein entschuldigendes Gesicht. »Versehentlich entsorgt.«

Als der Pick-up auf die Straße biegt, schüttelt Dunja langsam den Kopf. »Wenn ich diesen Mann nicht hätte, wäre ich total am Ende mit den Nerven.« Und dann sagt sie, wie zu sich selbst: »Wir können irgendwie richtig tief ineinander hineinsehen.«

Als es Saphie noch Spaß machte, die Gäste zu beobachten, stellte sie sich die Paare beim Sex vor. Es gab Paare, denen man ansah, dass sie ein Geheimnis hüteten wie einen Lottogewinn. Jetzt hat ihre Schwester diesen Blick. Saphie weiß, sie hätte sich vor einem Jahr noch darüber lustig machen können, wie Dunja jetzt dasteht und in debiler Geistesabwesenheit diesem Mann hinterhersieht.

Dunja bleibt um 20:15 Uhr an der Bar sitzen, redet mit den Gästen und tut beschäftigt. »Aber erwarte nicht, dass wir dir danach alles haarklein erzählen«, sagt Saphie und geht mit Jules in ihr Wohnzimmer.

Es beginnt mit einer Luftaufnahme. Die Kamera schwebt über den Bäumen, die löchrig, kahl und verkrüppelt aussehen. Es ist nicht mehr der saftig grüne Wald, den Saphie kannte, als sie so klein war, dass sie im hohen Farn noch ganz verschwinden konnte. Der Turm erscheint, und ein Sprecher redet vom höchsten Punkt des malerischen Glasbläser-Ortes mit einem dunklen Geheimnis an seinem tiefsten Punkt: dem einzigen Fluchttunnel an der grünen Grenze. Die Kamera zoomt in den Wald, rast durchs Unterholz in ein Erdloch. Schwarz. Dann, mit dramatischer Musik der Titel. *Das Geheimnis der Glasschwestern.*

»Leck mich doch!«, Saphie hält sich die Hände vors Gesicht und schmult durch die Finger. Mit friedlicher Flötenmusik und der Nahaufnahme bunter Glasvasen und gläserner Briefbeschwerer mit eingeschlossenen Blumenmustern geht es weiter. Dann der Marktplatz mit ein paar Menschen, Landschaftsaufnahmen und ein Off-Sprecher, der die Ortslage beschreibt, die Einwohnerzahl nennt und die Zahl der ansässigen Glasbläser vor der Wende. »Hans Lenzing war einer davon.« Dann das Wohnhaus, in dem jetzt die Cousine wohnt. »Der Hans und der Bernd, das waren hier unsere Künstler«, sagt der Alte vom Modelleisenbahnladen, der damals Bürgermeister war. Er steht, die Hände auf dem Rücken, vorm Rathaus, redet im breiten Dialekt und mit leichtem Spott, wie Saphie sich einbildet, über den

Vater wie über einen Dorftrottel. »Die normalen Glasbläser, das waren alles eher Handwerker.« Dann geht es um Bernd. Sein Wohnhaus wird gezeigt, sein Garten mit blinkenden Gebilden, die vom Wind angetrieben werden und von herabfallenden Kugeln, die eine weitere Mechanik auslösen. »Ich wollte damals weg hier«, sagt Bernd und nickt. Einen Ausreiseantrag habe er nicht gestellt, weil er wusste, wie scharf man dann überwacht und wie schlecht man behandelt wurde. Er sei nicht unglücklich gewesen in der DDR, im Gegenteil, es sei ihm gut gegangen, er habe nur das Eingesperrtsein nicht aushalten können. Das Risiko habe er schon immer geliebt und gewusst, es würde ihm irgendwann zum Verhängnis werden. Vielleicht habe er es sogar drauf angelegt, sagt er und zuckt ratlos mit den Schultern. Man sieht Brachet ins Auto steigen, holpernd durch den frühlingskahlen Wald fahren, an der Feldsteinscheune aussteigen, auf der Wiese vor dem hellgrünen Waldrand stehen, auf den Boden zeigen, zur Straße, zur Scheune, zum Horizont und hört ihn aus dem Off erklären, wie akribisch er den Bau geplant habe. Alle Zahlen seien immer noch in seinem Kopf, sagt er und tippt sich gegen die Stirn. Er habe nur eine Zeichnung gemacht, nicht für sich selbst, sondern für den Lenzing, damit der sich das auch vorstellen konnte.

Leider sei die Zeichnung mit seinen Akten nach der Wende vermutlich vernichtet worden, erklärt der Sprecher. Dann ist wieder Brachet zu sehen in seinem verrückten Garten. »Geschafft hätt ich den Tunnel wohl. War ja alles lückenlos geplant. Der Grenzabschnitt war perfekt, kein Bach dazwischen und kaum Bäume, aber ich hätte nie beginnen dürfen. Man entgeht wohl der Strafe, aber nicht dem Gewissen.«

Dann wieder buntes Glas, und dazu schildert die ernsthafte Sprecherstimme den Lebenslauf des Vaters. »Sohn einer Glasbläserfamilie …« Saphie stöhnt. »Da haben sie ja den hässlichsten Glaskitsch hingestellt, den sie finden konnten. So 'n Zeug hätte Papa doch nie zusammengeblasen.«

»Pscht!«, macht Jules.

»Rentnerfernsehn!«, schimpft Saphie leise.

Ein altes Familienfoto in ungewohnt blassen Farben. Brigäne im orangegelben Kleid, das eher in die heutige Zeit gepasst hätte, trägt Saphie auf den Schultern, und der Vater trägt Dunja. »Wo haben die das denn her? Das kenn ich überhaupt nicht.«

Ein zweites Bild von den drei Mädchen, Saphie mit roter Schleife auf dem Kopf und Lenka auf dem Schoß, Dunja mit blauer Schleife daneben. »Und das auch nicht. Hat Brachet die gemacht?«

»Saphie, sei doch mal leise!«

Der Sprecher erzählt, dass sie »Glasschwestern« genannt wurden, dazu eine Zoom-Aufnahme durch die Terrassentür, aus dem Saal gefilmt. Saphie und Dunja mit verschränkten Armen, stehen draußen und unterhalten sich. Saphie zeigt rüber zum Turm.

»Hä? Wann war das denn? Hab gar nicht gemerkt, dass die uns da gefilmt haben.«

Dann die Begegnung zwischen Lenka und Brachet. Der Kameramann filmt nur noch Lenka. Sie lacht, streicht sich Strähnen aus dem Gesicht, lässt ihr Shirt von der Schulter fallen und hört Brachet beim Erzählen zu. Umarmungen, Jorge beim Größenvergleich, Brachets feuchte Augen.

Brachet von hinten, die Hände auf dem Rücken, geht er in sein Haus. Die Kamera kommt hinterher in den dunklen Flur und bleibt an der Wand vor einem eingerahmten Sprüchlein in gestickter Schreibschrift stehen: *Glück und Glas, wie leicht bricht das.*

Dann ist der Beitrag zu Ende. Als sie in den Saal kommen, macht Dunja ein tadelndes Gesicht. »Na, sind wir jetzt alle berühmt?«

Saphie schüttelt den Kopf. »Die haben uns rausgeschnitten«, sagt sie beleidigt. »Kein Hotel, nur der blöde Turm, Nino nur einmal unscharf im Hintergrund, und ansonsten Lenka, Lenka, Lenka«, sagt Saphie enttäuscht und holt eine Flasche Wein aus dem Regal.

»Was war denn mit der Bewerberin?« Jules hört nicht, dass Saphie mit ihm redet.

»Hey!« Dunja stupst ihn an und stellt ihm ein Glas hin.

»Was?«

»Die Bewerberin!«

»Die Bewerberin? Ach so, die hab ich gecheckt und eine bezahlte Probewoche klargemacht. Dann will sie sich entscheiden.«

»Sie will sich entscheiden?«, fragt Dunja und hört auf, Wein einzugießen. »Sollten wir das nicht entscheiden?«

Aber Saphie klopft Jules auf den Rücken. »Du machst das prima, Jules.«

Dunja schiebt die Unterlippe vor, wackelt mit dem Kopf und gießt ihr Glas voll. »Prima, Jules«, äfft sie Saphie nach. »Wenn sich das rumspricht, wollen hier alle ’ne bezahlte Probewoche machen, mit jeden Tag Kuchen und Eiskaffee. Na, prost.«

Dünkel geht auf Stelzen.

Saphie hat Frühschicht, aber Dunja kommt schon um acht. »Lass mich mal an den Rechner«, sagt sie ungeduldig, als würde Saphie nur den Betrieb aufhalten. Saphie hebt die Hände und steht auf. Die Buchungen, die Saphie eingetragen hat, sortiert Dunja penibel in andere Kästchen um, füllt Kästchen aus, mit denen Saphie nichts anzufangen wusste, und erklärt es nicht. »Ach, ist nicht schlimm, ich mach das schnell«, sagt sie in letzter Zeit immer, wenn Saphie etwas fragt.

»Ich komm mir so unnütz vor«, sagt Saphie, im Türrahmen stehend.

Dunja sieht sie erschrocken an. »Oh, echt? Das ist ja blöd.«

Saphie grinst. »Nein, das ist herrlich!« Sie breitet die Arme aus. »Und weißt du, was ich jetzt mache? Ich gehe zum Bäcker!«

Jules latscht verzottelt an der Bürotür vorbei, sieht hinein, hebt kurz die Hand und geht Richtung Saal. »Nein! Wir gehen zusammen zum Bäcker!«, sagt Saphie, und Dunja protestiert. »Ich kann jetzt nicht weg, wer soll denn hier sitzen?«

»Dunja, du musst nicht die Wände festhalten!«, sagt Saphie und geht Jules hinterher. »Könntest du dein Frühstück eventuell für 'n Stündchen an der Rezeption einnehmen?« Er steht mit einer Müslischale am Buffet und nickt, ohne Saphie anzusehen. Sie betrachtet ihn einen Moment und überlegt, ob sie Winne in ihm findet. Winne hatte eine angespannte Haltung und eine sehnige Figur. Jules wirkt weich und sensibel. Schwach wirkt er nicht. Er spart seine Kraftreserven auf, um sie im Notfall parat zu haben, denkt Saphie und hat wieder eine Idee.

»Früher hast du doch fast nur Blau getragen«, sagt Saphie, als sie zusammen die Dorfstraße hinabgehen. Saphie in blauer Jeans und weißem T-Shirt, Dunja in engem rotem Rock und schwarzer Bluse. »Rot steht dir«, sagt Saphie. Ein entgegenkommender Radfahrer mit fiesem Gesicht und Zigarette im Mundwinkel sieht den beiden hinterher, als wären sie komisch verkleidet. Dann ein Autofahrer, der ausgiebig winkt. Saphie kennt ihn. Normalerweise grüßt er nur kurz mit erhobener Hand, ernst wie ein Arbeitskollege.

Dunja hat die Arme um den Körper geschlungen. »Was soll das eigentlich?«, mault sie. »Warum müssen wir jetzt ins Dorf? Die denken doch, wir wären stolz auf den Quatsch.«

Saphie hakt ihren Arm unter Dunjas. »Genau! Sind wir ja auch.«

Sie gehen über die Straße, den Sandweg entlang, der eine Weile parallel zur Straße verläuft, sich schließlich von ihr abwendet und hinter den Gärten am Kohlfeld entlangführt. Saphie winkt einer Frau auf einem Fahrrad. »Wirst sehen, die Leute interessieren sich nur für sich selbst. In ein paar Wochen haben die den Beitrag alle wieder vergessen.« Die Frau winkt verwundert zurück und starrt ihnen einen Augenblick mit offenem Mund hinterher. »Hab ich Essen im Gesicht?«

In letzter Zeit ärgert es Saphie, dass die Dorfbewohner sich selbst als unsichtbar empfinden und auf der Straße stehen bleiben, um den Touristen hinterherzugaffen. Manchmal reicht es, wenn jemand unnützen Schmuck trägt, keine Funktionskleidung oder eine andere Hautfarbe hat. An Saphies Großstadtkleidung, die sie als Hotelchefin trug, hätten sie sich irgendwann gewöhnen können, denkt Saphie, aber Brigäne hatte man auch lebenslänglich hinterhergegafft.

»Als du vorhin gesagt hast, du würdest dich so nutzlos fühlen«, sagt Dunja und hebt einen roten Apfel auf, »ich glaub, da hab ich mich endlich wieder nützlich gefühlt«, reibt den Apfel am Ärmel und beißt hinein.

»Du warst nie nutzlos«, sagt Saphie. Dunja wirft den Apfel in hohem Bogen auf das Feld, hockt sich unter den nächsten Baum und dreht im Gras die Äpfel um. Saphie wartet ungeduldig. »Neben dir war ich so nutzlos, weil du alles besser konntest«, sagt Dunja und beißt in einen neuen Apfel. »Aber das ...«, fängt Saphie an, und Dunja unterbricht sie. »Stimmt nicht. Ich weiß. Hab ich mir trotzdem so eingebildet«, sagt sie kauend, »wahrscheinlich vor allem, weil ich mit dem, was ich konnte, nie Geld verdient habe, im Gegensatz zu dir.« Sie lässt den Apfel wieder fallen. »Jetzt ist es nicht mehr so. Jetzt ist es irgendwie anders. Ich weiß nur noch nicht, wie.«

Sie sucht wieder nach einem Apfel. »Jedenfalls besser«, sagt sie mit vollem Mund. »Jetzt lass doch mal die Äpfel, du bist doch kein Wildschwein.« Saphie geht weiter und wartet nicht mehr auf Dunja.

Als sie an der neuen Siedlung vorbeikommen, fragt Saphie: »Willst du zu Jorge ziehen?« Dunja wiegt kauend den Kopf hin und her. »Vielleicht ja, aber du machst ja bald deine Reise, und ich weiß ja nicht, wie dein Plan ist, und wer weiß, wann du zurückkommst«, sagt Dunja, als würde sie nicht mit, sondern über Saphie sprechen.

»Soll ich Jules meine Wohnung geben?«, fragt Saphie und zeigt hinter sich auf die neue Siedlung mit dem noblen Clubhaus. »Gilbhart hat sich nämlich damals in der

Sauna eine Eigentumswohnung aufschwatzen lassen. Als die Häuser gebaut wurden, hat dieser furchtbare Verwalter bei uns gewohnt. Der hat mit Gilbhart ein Bier nach dem anderen gekippt, wenn die zusammen aus der Sauna im Clubhaus kamen.« Saphie betont *Sauna* und *Clubhaus* mit einer abfälligen Melodie. »So einer von den Typen, die sich ständig mit jedem anfreunden und Geschäfte machen wollen. Moralische Wildsau. Hat es sogar geschafft, sich bezahlte Mädchen in unser Dorfhotel zu holen, und ich fürchte, Gilbhart hat ihm dabei geholfen.«

»Du willst in die Spießersiedlung ziehen?«, fragt Dunja und hockt schon wieder unter dem nächsten Baum. Saphie stöhnt. »Erst wolltest du nicht mitkommen, und jetzt trödelst du hier mit deinen blöden Äpfeln rum! Nein, ich will nicht in die Spießersiedlung, aber irgendwas tauschen, verkaufen, was anderes finden, was weiß ich.« Saphie wedelt genervt mit den Armen. »Mal mit den Leuten reden. Mir wird schon was einfallen. Ich will nicht mehr in der Hotelwohnung bleiben.« Sie sieht Dunja an. »Meinst du, Jules fänd das gut?«

Dunja nickt. »Ja, glaub schon.« Der Weg biegt zwischen zwei Gärten ein, wird eng zwischen den hellgelben, hellblauen und hellroten Giebelwänden der alten Dorfhäuser und endet an der Straße, wo die Häuser dicht an dicht stehen. Die Fassaden bilden eine saubere Einheit, die keine offenen Gärten mit verrotteten Scheunen dahinter vermuten lässt. Dunja wirft das Apfelkerngehäuse am Markt in den Papierkorb.

Die Bäckerin strahlt die Schwestern an. Der Beitrag gestern Abend sei so berührend gewesen, und man habe das alles ja gar nicht gewusst, am Ende habe sie weinen müssen und sei immer noch ganz bewegt. Eine Kundin nickt heftig. »Ergreifend«, sagt sie. »Das muss ja schwer gewesen sein, so eine Mutter zu haben. Die war ja kein Kind von Traurigkeit«, sagt sie verächtlich. Eine weitere Kundin kommt eilig in den Laden. »Ach, wen ham wir denn da?« Jetzt habe man endlich mal richtig verstanden, wie das damals alles so gewesen sei. Schön zusammengefasst, schöne Bilder auch, und der Bernd Brachet könne einem ja richtig leidtun, mit seinem ganzen Gerümpel. Der Lenzing muss viel weggesteckt haben, der Ärmste. Saphie und Dunja setzen sich mit Kaffee, Eclair und Bienenstich vorm Bäcker in die Sonne. Ein Mann bleibt stehen und hält den Daumen nach oben. Saphie und Dunja kannten seinen schielenden Sohn aus der Schule. »Alle Achtung!«, sagt er, »gute Doku«, und nickt anerkennend. »Wir haben die nicht gemacht«, sagt Saphie.

Er hätte dem Brachet ja sofort geholfen, damals mit seinem Tunnel, wenn er nur was geahnt hätte. Und dann fängt er an, von seinem verschollenen Großvater zu reden.

Einige bleiben mit ihren Tüten in der Tür stehen. »Der hätte das geschafft. Ganz sicher. Hätte noch ein, zwei Jahre gebraucht, dann wär der drüben gewesen.« Jemand sagt: »Nie und nimmer! Unmöglich! Das wär eh aufgeflogen.«

»Mein Onkel hat ja damals ewig nicht gewusst, dass sein Vater noch lebt«, sagt ein anderer. »Und dass die vom Julmond-Hof damals die Kinder von ihrer Schwester mitgebracht hat und das gar nicht ihre eigenen waren, wusste ja auch lange keiner.« Saphie sieht Dunja triumphierend an, während die Leute durcheinanderreden und niemand mehr auf die Glasschwestern achtet. »Siehst du!«, sagt Saphie. »Letztendlich interessieren sich alle nur für sich selbst.« Dunja steht auf und wirft ihre Kuchenpappe in den Papierkorb. »Jaja, und die armen Männer und die böse Frau«, murmelt sie. »Als wäre unsere Mutter alleine an allem schuld. Glaubt doch eure Märchen, wie ihr sie haben wollt.«

Dunja will einen Umweg nehmen, um am Gartenhaus vorbeizusehen. »Gut, dass unsere Eltern das nicht mehr mitgekriegt haben«, sagt sie versunken.

Saphie nickt. »Mamas Weste kriegst du hier in tausend Jahren nicht mehr sauber. Für die Männer haben sie alle Verständnis, aber auf Mama wird sofort geschossen. Ich frag mich echt, wie ich das hier so lange ausgehalten hab.« Dunja hört Saphie nicht mehr zu. »Weißt du, was ich mache?«, sagt sie. »Ich richte mir 'ne Glasschmuck-Werkstatt ein.« Saphie erinnert sich an Dunjas Blick, als sie Kinder waren und sich auf etwas freuten. Weihnachten oder ihren Geburtstag oder eine Reise an die Ostsee.

Saphie dachte manchmal, Dunja könnte in die Zukunft sehen, wenn sie diesen Blick hatte und schon das Meer voraussah, oder die Geschenke, oder den Weihnachtsbaum. Auf dem Rückweg redet Dunja nur noch von ihrer Werkstatt, sagt, sie habe jetzt zum ersten Mal ein echtes Ziel, würde Geld sparen, um das Gartenhaus winterfest zu machen und sich einen Brennofen zu bauen, und sie wisse ganz sicher, das sei besser als Silberschmuck. »Richtiger.« Sie sieht Saphie an. »Nächstes Jahr häng ich uns Ostereier aus Glas an die Forsythien im Foyer«, sagt sie in ihrem Unterrichtstonfall, »und Jules sieht, dass ich mich für etwas begeistere und ihn nicht ängstlich überwache. Ist doch gut, stimmt's? Sag doch mal was! Ich sollte trotzdem bisschen in seiner Nähe bleiben, oder? Was meinst du? Bin mir nicht sicher.«

»Klar!«, sagt Saphie. »Nur, dann bekommst du diese Falte zwischen den Augenbrauen wie alle Glasbläser.« Saphie streicht Dunja mit dem Zeigefinger über die Nasenwurzel.

Es muss Saphie einmal wichtig gewesen sein, schöne Ostereier im Foyer aufzuhängen, denkt sie und kann sich nicht vorstellen, dass ihr so etwas je wieder wichtig sein wird.

Jules' Fahrrad lehnt an der Hauswand. Er sitzt vorm Hotel auf der Steintreppe und sieht ins Handy. Die Ellenbogen auf die Knie gestützt, die großen Füße in schiefgetretenen Turnschuhen auf der Stufe. Dunja und Saphie setzen sich neben ihn. Auf seinem Handy läuft ein Video von einem Volksfest, ein Mädchen tanzt auf Stelzen, die unter einer meterlangen Jeans versteckt sind, und führt an einer Leine ein mechanisches Rieseninsekt.

»Das ist die Bewerberin für die Rezeption, die neulich hier war«, sagt Jules. Sie sei bei Jorge in der Kommune am Turm aufgewachsen. »Akrobatin. Tritt bei Festen und Märkten und Demos auf. Außerdem macht sie noch irgendein Fernstudium. Bildungswissenschaft oder so was.«

Er steckt das Handy ein, steigt auf sein Fahrrad. »Termin bei der Psychotante«, sagt er und biegt auf die Straße. »Jetzt werden diese verzogenen Kommunen-Gören auch schon erwachsen«, sagt Saphie und sieht Jules hinterher. »Ich fühl mich schrecklich alt.«

In der Nacht wird Saphie von Dunja geweckt. Sie sitzt mit großen Augen an ihrer Bettkante, schüttelt Saphies Schulter und flüstert ihren Namen. »Ist was mit Jules?« Saphies Herz rast. »Nein, nichts mit Jules!«, sagt Dunja. »Hewimann?«, fragt Saphie. Hewimann hebt den Kopf aus seinem Körbchen, hält ihn schief und wedelt neugierig mit dem Schwanz. »Nein, auch nicht mit Hewimann«, sagt Dunja, »beruhig dich wieder.« Saphie lässt sich ins Kissen zurückfallen und schließt die Augen. »Brennt's?«, fragt sie beinahe gelangweilt.

»Nein, ich hab nur gerade einen seltsamen Anruf bekommen«, sagt Dunja. »Eine Anwältin aus Holland hat mir auf Englisch erklärt, dass Augusta verhaftet wurde.«

»Drogen?«

»Jetzt lass mich doch mal ausreden, verdammt«, sagt Dunja und reibt sich die Augen. Saphie sieht auf den Wecker. 04:20 Uhr. »Augusta ist offenbar mit irgendwelchen Klimaaktivisten in ein Frackinggelände oder so was eingebrochen. Ich glaube, diese Anwältin gehört zu den Aktivisten. Sie hat mir eine Zahl gegeben.« Dunja zeigt Saphie ihren Handrücken. 2055 steht mit Kugelschreiber darauf. »Das ist ihre Registrierungsnummer aus dem Klimacamp.«

Saphie reibt sich die Augen und starrt auf die Nummer. »Bist du sicher, dass du das nicht geträumt hast? Hört sich nämlich bisschen so an.«

Dunja stöhnt ungeduldig. »Die Anwältin hat ihren Ausweis, und ich soll jetzt entscheiden, ob sie den Ausweis ins Gefängnis bringen sollen oder nicht. Augusta hat nämlich in ihrem Registrierungsbogen angegeben, dass sie den Ausweis, nicht rausrücken sollen, falls sie verhaftet wird. Die Anwältin klang aber ein bisschen sauer. Sie sagt, es sei nur eine Blockade geplant gewesen. Kein nächtlicher Einbruch. Das hat Augusta wohl mit ein paar anderen heimlich durchgezogen, um da Transparente an diese Gasfördertürme zu hängen.«

Saphie muss lachen. Sie legt ihre Hand auf Dunjas und versucht zu sprechen. »Entschuldigung.« Saphie kann nicht sprechen, muss in müder Verwirrung immer stärker lachen. Sie dreht sich auf die Seite. Ihre Bauchmuskeln wollen sich krümmen. Sie will Dunja erklären, dass sie ja nicht über Augustas Verhaftung lache, aber es geht nicht. »Tut mir leid«, prustet sie.

Dunja muss jetzt auch lachen, auf eine irritierte Art. »Was ist denn so lustig?«

Saphie wedelt mit der Hand »Nein, nein, gar nicht lustig«, sagt sie keuchend, hat Tränen in den Augen und atmet tief, als der Krampf ihr eine Pause lässt. Schließlich setzt sie sich hin, wischt sich die Tränen von den Wangen. »Tut mir leid, ich weiß nicht, was mit mir los ist.« Sie atmet langsam und konzentriert aus und schließt kurz die Augen.

»Ich musste nur plötzlich dran denken, wie Augusta sich als Kind fast selbst in den Boden gestampft hat vor Wut.« Saphie wischt sich die Wangen trocken. »Als Winne und Gilbhart diesen abgestorbenen Kletterbaum ansägen mussten. Weißt du das noch? Sie war schrecklich wütend, und wir mussten so lachen, weil sie so witzig aussah. Feuerrot im Gesicht, mit ihren Fusselzöpfen und ihrer gelben Latzhose. Wir dachten, sie explodiert jeden Moment, und die Gäste waren total baff, was so ein kleiner Mensch für einen ungeheuren Zorn haben kann. Und weil wir so gelacht haben, wurde sie immer wütender. Beinahe wäre ihr Dampf aus den Ohren gezischt. Pfffft. Ich hab mir das gerade bei dieser Gasförderanlage vorgestellt. So superwütend. Bestimmt musste deine Tochter von mindestens vier holländischen Polizisten in die Zelle getragen werden.« Sie legt Dunja die Hand auf den Schenkel und schüttelt den Kopf. »Um diese Tochter musst du dir wirklich keine Sorgen machen, Dunja. Sag dieser Klimaanwältin, sie soll Augustas Ausweis in den Knast bringen. Die werden sie schon wieder freilassen.« Saphie rutscht auf die leere Seite des Bettes, breitet ihre Doppeldecke aus und gibt Dunja eins ihrer Kopfkissen.

»Hast wahrscheinlich recht«, sagt Dunja, legt sich neben sie und macht das Licht aus. Saphie lacht noch einmal seufzend auf.

»Das ist keine Frackinganlage, sondern eine Lagerungsstätte für giftiges Gaskondensat.« Saphie kann jedes Wort hören, das Augusta ins Telefon brüllt. Dunja muss sich das Handy mit Abstand vors Ohr halten. Sie sitzt neben Saphie im Bett. Es ist 07:00 Uhr. »Aber Aggi, wenn du schon so gefährliche Sachen machst, dann hör doch wenigstens auf eure Anwälte und mach so was nicht eigenmächtig.«

»Maaann, Mama, du kapierst das doch überhaupt nicht! Wenn wir das nicht gemacht hätten, dann hätte niemand über die Blockade berichtet. Das wissen die Anwälte selber. Jetzt gibt es wenigstens einen Fernsehbeitrag. Weißt du, was so eine Aktion für ein riesiger logistischer Aufwand ist? Das ist echt zum Kotzen, wenn es niemand mitkriegt. Den Konzernen ist es doch sowieso scheißegal, ob wir ihre Einfahrt blockieren oder nicht. Fahren die LKWs halt hinten raus.«

»Wo ist denn deine Freundin?«, fragt Dunja.

»Sitzt auch.«

»Bitte, Aggi, macht, was die euch sagen, und lasst euch da rausholen, okay?« Augusta mault etwas. Auf Dunjas Frage, ob der Bus noch ganz sei, antwortet Augusta so kleinlaut, dass Saphie nichts versteht. Als Dunja auflegt, sieht sie auf ihr Handy, tippt nervös darauf herum, und mit einem erschrockenen Einatmen drückt sie das Handy plötzlich an ihre Brust. »Scheiße, jetzt wollte ich gerade Winne anrufen.« Dunja hält das Gerät fest wie eine fast entschärfte Handgranate. »Das ist mir noch nie passiert seitdem.« Dunja sieht Saphie an. »Das war so ein unangenehmes Pflichtgefühl, ihm das jetzt erklären zu müssen.«

»Was denkst du, was er gesagt hätte?«, fragt Saphie.

»Ach, der hat doch nie was gesagt. Er war doch völlig überfordert, wenn die Kinder Schwierigkeiten gemacht haben. Was meinst du, was Gilbhart gesagt hätte?«

Saphie schiebt die Unterlippe vor. »Er hätte ihr eine Standpauke gehalten, ohne sie spüren zu lassen, wie beeindruckt er ist.«

Sie hört sogar seine Stimme dazu. »Mir passiert es jetzt

erst ständig, seit ich mich in seinem Zimmer verkrochen habe, dass ich ihn was fragen oder ihm was erzählen will. Vorher hab ich nur versucht, ihn zu vergessen. Hat nicht geklappt. Neulich hab ich sogar laut seinen Namen gerufen, als im Herd ein Backpapier Feuer gefangen hat. Jetzt hätte ich ihn sogar gerne als depressiven Alkoholiker, als trägen Liebhaber und als dickes Hindernis zurück in meinem Leben.« Sie streicht sich das zerzauste Haar aus dem Gesicht und stöhnt. »Einmal hat er sich auf meine Hälfte des Bettes gelegt, ich glaub, er war betrunken, und deshalb wollte ich nicht mit ihm kuscheln. Er hat gesagt: ›Meine Seite ist mir zu einsam. Da bin ja nur ich. Auf deiner ist wenigstens bisschen was von dir.‹ Und dann hat er sich umgedreht und ist eingeschlafen.« Saphie lacht. »Und hat geschnarcht. Sogar das fehlt mir.« Sie streckt sich, zieht die Arme abwechselnd hoch. »Wenn wir Sex hatten, war das immer ein Riesenliebesbeweis, weil er dann nicht trinken durfte. Das hat er nur für mich gemacht.«

»Für wen denn sonst?«, fragt Dunja.

»Na, eben nicht für sich selbst. Für ihn war Sex nur eine Dienstleistung. Einmal hat er mir gestanden, dass er sich dabei immer fragt: ›Was mach ich hier eigentlich?‹ Komischerweise war es meist trotzdem schön. Für mich jedenfalls.« Saphie dreht sich auf die Seite. »Ich würde das Hotel gegen ihn eintauschen, wenn ich ihn zurückhaben könnte.« Dunja sagt: »Hm«, und Saphie weiß, Dunja wünscht sich Winne nicht zurück.

Beim Frühstück lässt Saphie sich in ihrer eigenen Küche bedienen wie ein Besuch. Während Jules und Dunja den Tisch decken, hat Saphie die Füße hochgelegt, sitzt auf dem Stuhl in der Ecke, aus der man sowieso nicht herauskommt, wenn die Küche voll ist, und trinkt ihren Kaffee.

Letzte Herbstfliegen summen um die Butter. Jules wedelt sie mit seinem Frühstücksbrett zum offenen Fenster. »Lass die mal. Das sind Renate, Guido und Jochen. Die wohnen hier«, sagt Dunja.

»Du hast ganz schön gute Laune dafür, dass deine Tochter im Gefängnis sitzt«, findet Jules und lässt das Brett auf den Tisch fallen.

»Na, da weiß ich wenigstens mal, wo sie ist.«

Jules schüttelt den Kopf. »Papa hätte sie zur Sau gemacht.«

»Meinst du das ernst?«, fragt Dunja erstaunt und beißt nicht in den Marmeladentoast, den sie kurz vor ihrem Mund in der Hand hält.

»Natürlich nicht. Hätte er aber mal tun sollen«, sagt Jules gereizt. »Papa hätte aber im Gegensatz zu dir ein Gefängnis nicht für einen sicheren Ort gehalten. Augusta wäre sicherer, wenn sie sich im Wald verlaufen hätte. Das weiß jeder, nur du nicht, Mama. Du denkst, alle Menschen sind nett, man muss einfach nur selber nett sein.« Jules spuckt das Wort *nett* auf den Tisch wie den giftigen Kern einer bitteren Frucht. »Das funktioniert nicht, begreifst du das? Die Menschen sind manchmal überhaupt nicht nett. Nicht mal, wenn man das unbedingt so haben will. Da musst du die Augen schon richtig fest zumachen.« Saphie mischt sich nicht ein, sieht den beiden nur zu wie einem Theaterstück.

Dunjas Toastbrotscheibe zerbricht in ihrer Hand, klappt zusammen, fällt ihr in den Schoß. Marmelade klebt am Ärmel, an ihrer Hand und auf der Hose. Sie steht auf und räumt ihr Frühstücksbrett ins Spülbecken. »Du bist nicht nett«, sagt sie spöttisch und reibt die Marmelade von ihrer Jeans.

Jules steht auf. »Ich bin nicht nett? Das Leben ist nicht nett, Mama!«

Während Jules hinter ihr steht, wie in Erwartung eines plötzlichen Judo-Angriffs, dreht Dunja langsam den Wasserhahn zu, lehnt sich gegen das Spülbecken, verschränkt die Arme und sieht ihren Sohn an.

Dunjas Blick war immer ein beobachtender gewesen. Ein verwunderter manchmal. Jetzt ist da eine Festigkeit, denkt Saphie, die frisch gewachsen sein muss. Die hat sie bisher nicht bemerkt.

Jules schüttelt resigniert den Kopf. »Du hast dich total verändert, Mama«, sagt er mit einem Seitenblick zu Saphie. »Ich bin mir nicht sicher, ob dir Saphies Job wirklich steht.«

Dunja zieht die Augenbrauen hoch. »Job? Welcher Job? Ach, verdammt! Heut Vormittag kommen diese ganzen Kaffee-Sabber-Rentner.« Sie nimmt ihr Handy vom Tisch und rennt raus.

»Seit wann ist sie denn so albern?«, fragt Saphie.

Jules ist schlecht gelaunt. »Na, seit sie rausgefunden hat, dass man die Realität verdrängen kann.« Er nimmt seine Jacke von der Stuhllehne und wirft die Tür zu.

Als Saphie durch die Hotelküche geht, hackt Jules ein großes Messer in einen Kürbis. Saphie weiß, dass Jules mit dieser energischen Haltung nicht auf die Idee kommen wird, sich in die Adern zu schneiden, weil sein Zustand nur dann gefährlich ist, wenn er nicht weiß, wohin mit seiner Wut.

Dunja sitzt im Büro mit Lore, die wieder eine ihrer üblichen Tiraden begonnen hat. »Die Kerle sind doch allesamt völlig unbrauchbar!« Früher hat Saphie ihr zugehört. Inzwischen redet Lore auch, wenn ihr niemand zuhört. »Na, ist doch wahr, nur Bier, Sofa, Fußball.« Mit einer Kaffeetasse, die sie in beiden Händen zwischen den Knien hält, sitzt sie krumm auf dem Lieferantenstuhl neben der Tür und nickt ständig. »Ohne Arbeit könnt ich nicht, nee. Aber der schon.« Saphie begrüßt sie mit einem angedeuteten Wangenkuss, legt Dunja die Post neben die Tastatur und lehnt sich an die Tischkante. »Dein Sohn kämpft jetzt mit einem Kürbis statt mit dir.«

Dunja sieht nervös auf die Uhr an der Wand. »Lore, bitte! Die Rentnermeute kommt gleich. Die wolln in ihre Zimmer.«

Lore schlürft den Rest aus ihrer Tasse. »Jaja, ist ja gut.«

»Zu nichts nütze!« murmelt sie weiter. »Nur gut, um schwere Sachen zu tragen. Und selbst darum muss man zehnmal bitten«, sagt Lore und zeigt auf Jules, der ins Büro kommt und den Schlüssel für den Fahrradschuppen vom Brett nimmt. »Bis auf den hier. Von dem könn' sich die meisten Herren was abschneiden. Bleib, wie du bist, Junge!« Sie klopft Jules auf den Brustkorb.

Jorges Auto knirscht über den Kies und lässt die Stelzenakrobatin aussteigen. Klein und dünn, mit lässig hochgestecktem Haar, die Hände in der Hängejeans vergraben, lose Brüste unter dünnem T-Shirt, schlendert sie zum Fahrradschuppen, während Jorge ein altes Moped von seinem Pick-up lädt und es Jules vor die Füße schiebt. »Willst du das reparieren? Ist nur die Kette.«

Saphie beobachtet die drei und findet, die Akrobatin hat etwas Hochmütiges. »Aha, Motorräder kannst du auch, ja?«, sagt das Mädchen und verschränkt die Arme. »Na, dann bring ich dir nachher noch mein Raumschiff und mein U-Boot.« Sie zeigt in den Kies. »Du hast doch hier sicher so eine krasse unterirdische Anlage, und dann öffnet sich der Boden und so.« Sie macht ein tiefes Wuuuu-Geräusch und deutet mit den Armen an, wie sich die Erde auseinanderschiebt.

»Klar, bring vorbei«, sagt Jules. »Kriegen wir alles hin.«

Das Mädchen kommt auf Saphie zu, streckt ihr die schmale Hand entgegen und hat einen festen Händedruck.

»Das Buchungsprogramm musst du dir von meiner Schwester erklären lassen. Mich kannst du fragen, wenn du …« Saphie zuckt die Schultern. »Tja. Ich weiß nicht, was du mich fragen kannst. Ich glaub, ich bin hier vollkommen überflüssig geworden. Dunja und Jules machen alles anders.«

Das Mädchen nickt verständnisvoll, fast ein wenig mitleidig. »Okay. Dann frag ich dich, wenn ich was Überflüssiges wissen will«, sagt sie, streichelt Hewimann, der sich über die Akrobatin freut wie über einen Hund.

Als Dunja aus dem Haus kommt, sagt Jorge, die Therapeutin sei heute früh bei ihm gewesen. Er solle doch bitte die Glasschwestern von ihr grüßen und ihnen danken für den wertvollen aufklärenden Beitrag, den sie mit der Reportage für das ganze Dorf geleistet hätten. »Das hat sie gesagt?« Saphie hebt spöttisch eine Augenbraue. »Oh Gott. Irgendwann wird sie hier noch alle taufen und segnen und verheiraten und beerdigen.«

Das Bessere ist der Feind des Guten.

Im Wald rennt Hewimann um die Bäume. Saphie stolpert hinter ihm durchs Unterholz und wickelt die lange Leine von den Stämmen.

Als sie aus dem Buchenwäldchen in den großen Fichtenwald geht, fällt ihr zum ersten Mal auf, dass der Wind mit den Nadelbäumen sanfter umgeht. Das Rauschen der trockenen Herbstblätter klingt wie das Meer. Aber durch die Nadeln geht der Wind mit einem weichen Sausen. Es riecht schwer nach Harz, Erde, feuchtem Moos und Fichtenöl.

Saphie sieht zwei Steinpilze, aber ihr Ehrgeiz, mehr davon zu finden, ist schwach. Noch im letzten Herbst hätte sie unmöglich an ihnen vorbeigehen können. Im letzten Herbst nahm sie jedes Mal einen Korb mit, wenn sie in den Wald ging; überhaupt war sie nur in den Wald gegangen, wenn es einen Zweck gab. Zum Beispiel, um Gilbhart zu bewegen, Blaubeeren oder Pilze zu sammeln, oder zu joggen, was sie nach ein paar Wochen aufgegeben oder im Alltag wieder vergessen hatte. Wahrscheinlich war joggen der Saphie, die sie vor Gilbharts Tod war, nicht sinnvoll genug, denkt sie jetzt. Die Zeit nur für sich zu verplempern war ihr wie eine Straftat vorgekommen. Die Therapeutin hatte gesagt, Saphie solle sich Zeit für sich selbst nehmen, und Saphie dachte, die Zeit bei der Therapeutin wäre die Zeit für sich selbst. Was ihr guttun würde, hatte die Therapeutin gefragt und Saphie schließlich verordnet, einmal wöchentlich in die Sauna zu gehen. Es gab weit und breit nur die

Sauna im Clubhaus. Dorthin gingen die Frauen, die aus der Stadt hergezogen waren. Wohlhabend, gelangweilt und dünn lagen sie in weißen Handtüchern auf weißen Klappliegen zwischen den Bambusbeeten und plätschernden Brunnen aus Granitblöcken. Als Saphie sich zum ersten Mal dazulegte, wusste sie gleich, dass sie von fleischfressenden Pflanzen umzingelt war. Die Frauen wollten von ihr unterhalten werden, fragten Saphie über das Dorf aus und über die Bewohner. Saphie war die einzige Verbindung zwischen den alten und den neuen Bewohnern. Sie kannte fast jeden, während die Frauen nur einander kannten. Saphie war in ihrer Rolle aufgegangen. Sie wollte so werden wie diese Frauen, wollte dazugehören. Diese kühle Haltung musste die richtige sein, um im Leben erfolgreich zu sein, dachte sie und hatte den Saunagang, der ihr zur Entspannung dienen sollte, zu einem ehrgeizigen Projekt gemacht.

Als sie spürte, dass die Frauen an echten Begegnungen mit den alten Bewohnern nicht interessiert waren und mehr an den Eigentumsverhältnissen als an der Dorfgeschichte, dachte sie, herausgefunden zu haben, wie man in diesen Kreisen denken musste. Saphie trat in den Club ein, organisierte Veranstaltungen mit in der Hoffnung, die Damen würden ihre Empowerment- und Networking-Salons, ihre Female-Leadership-Podien und ihre Charity-Veranstaltungen in Zukunft im Hotel abhalten. Sie kaufte sich teure Kosmetik, trank Wasser, das mit positiven Energien angereichert worden war, trug weite, hauchdünne Kleidung und wollte die Regeln der Wohlstandstöchter durchschauen, die einander Küsse zuwarfen, beim Smalltalk das Haar zurückstrichen, lächelnd am energetischen Wasser nippten und es als verbindliche Verabredung empfanden, sich gemeinsam wohlzufühlen. Saphie sah es als Notwendigkeit, größtmögliche Ungezwungenheit vorzutäuschen und nicht daran zu zweifeln, dass ihnen der Luxus zustand. »Die Welt braucht das Weibliche, um besser zu werden«, sagte die Clubvorsitzende, redete von Spendenplattformen, von Organisationen, die Gelder an die richtigen Hilfsorganisationen fließen ließen, von Fundraising und von guten Computerspielen, bei denen die Kinder denken und kreativ sein müssten. Man müsse dranbleiben, hartnäckig sein, nachhaken, sich durchsetzen und an die Projekte glauben, erklärte sie. Saphie war von der Professionalität beeindruckt und dachte, diese Frauen würden die Erfolgskonzepte längst kennen, die Saphie nicht kannte. Achtsamkeit und Meditation seien die Lösung, wurde ihr gesagt.

»Die haben wohl bei der Geburt zu viel Sauerstoff bekommen«, meinte Winne einmal, als die Frauen im Hotel eine Release-Party für ein Erotikmagazin veranstalteten. Saphie fand es nicht lustig. Sie gehörte dazu, als Ass im Ärmel der Elite. Sie wusste, sie war im Club eine Trophäe geworden, weil sie aus der Unterschicht des Dorfes stammte. Als Saphie im Saunagarten sagte, man müsse doch den Kreislauf, in dem Hilfsorganisationen nötig seien, irgendwann durchbrechen, sonst ginge es ja nur darum, den Ausgebeuteten die Reste zurückzugeben, wurde sie lächelnd angeschwiegen, bis eine der Frauen ihr die Hand auf die Schulter legte und sagte: »So läuft es nun mal, Schwester. Lass uns das Beste daraus machen.«

Beim Anziehen vor den Umkleideschränken war es Saphie immer peinlich gewesen, kurze Söckchen unter ihrer Feinstrumpfhose zu tragen, damit sie an den Zehen nicht so schnell Löcher bekam. Das hatte ihr die Mutter beigebracht. Sie stopfte die Söckchen schnell in ihre Tasche und war sich in der Saunagesellschaft mit der Zeit trotzdem immer deplatzierter vorgekommen.

Die große Betriebsfeier, die der Clubvorstand im Hotel abhielt, führte zu dem schwersten Streit, den sie mit Gilbhart je hatte. Obwohl Gilbhart sonst so sparsam war, hatte er für die Feier neues Geschirr, stählerne Gartenstühle, drei kniehohe Indische Elefanten aus Stein und bläuliche Bodenscheinwerfer angeschafft. Die Kosten überstiegen die Einnahmen, was sich schon vor der Feier abgezeichnet hatte. Saphie war mit schmutzigen Tellern in die Küche gekommen, und Gilbhart hatte behauptet, es gäbe schließlich einen Mehrwert für das Hotel, wenn sie es mit jeder Feier etwas moderner gestalten würden, dann könne man langsam die Preise erhöhen und ein besserverdienendes Publikum ansprechen. Saphie hatte die Teller auf die Fliesen geworfen und gesagt, es sei nicht mehr ihr Hotel, wenn das Gilbharts Vorstellung von der Zukunft sei. Wenn den Clubleuten das Hotel so unmodern nicht gefalle, dann sollten die ihre blöden Partys doch auf dem Turm veranstalten. Saphie fand es schlimm genug, dass auf den antiken Schreibtischen in den Zimmern jetzt Flachbildfernseher standen. Gilbhart hatte zurückgebrüllt, ihr Gemüsegarten-Hotel mit Großvatermöbeln und bunten Kissen auf Korbstühlen sei auch nicht mehr sein Hotel. Eine Woche lang redete Saphie daraufhin nicht mit Gilbhart – und schließlich kniete er sich in der Küche ihrer Wohnung vor Saphies Füße und gab ihr recht. Er würde sich nur wohlfühlen, wenn sie sich wohlfühle, und sie solle das Haus gestalten, wie es ihr gefiele. Es sei ihm in Wahrheit völlig egal, wie die Möbel aussähen, weil niemand außer Saphie damit zufrieden sein solle. Saphie war von ihrem Stuhl gerutscht, und sie hatten zusammen auf dem Boden gesessen, einander umarmt, geweint, und Saphie hatte ihm schluchzend erklärt, sie würde das ganze Hotel eigenhändig in einen hypermodernen Stahl- und Glaspalast umwandeln, wenn es ihr nur garantieren könnte, dass er dann aufhören würde zu saufen.

Gilbhart hatte nicht aufgehört zu saufen, aber Saphie hatte aufgehört, in die Sauna zu gehen.

Auf dem Rückweg fängt Hewimann an zu bellen und an der Leine zu zerren. Als sie um die Kurve gehen, steht Nino auf dem Waldweg, die Hände in den Taschen, und schiebt sich die Kapuze vom Kopf. Saphie macht Hewimann los, und Nino kniet sich hin. »Ich hab euch gesucht. Dachte, ist nicht erlaubt mit Hund in Wald. Musst auf Weg bleiben, hat Förstermann mir erklärt, wenn ich mit Heinzelmann in Wald war.« Hewimann leckt Ninos Hände ab.

»Erklär das mal dem Hund«, sagt Saphie.

»Hab ich zu Förstermann auch gesagt! Hat er gesagt: ›Ein deutsches Hund versteht das.‹«

Saphie leint Hewimann wieder an. »Das hat er gesagt?« Sie streichelt den Hund. »Der kann was erleben, der böse Förstermann!«

Nino wirkt müde und erschöpft. »Ist Lenka in Hotel?«, fragt er, die Stirn in Falten gelegt. Saphie schüttelt den Kopf. »Das wollte ich dich auch gerade fragen.« Nino kickt ein Steinchen weg, nach dem Hewimann schnappt. »Sie wollte hier fahren.« Dann hebt er den Kopf, sein Gesicht hellt sich auf, und Saphie hat denselben Gedanken. »Vielleicht sie ist bei neues Vater?«

Saphie nickt. »Ja, versuch's mal beim alten Brachet.« Nino will sofort loslaufen, aber Saphie hält ihn am Ärmel fest. Ob Lenka noch schwanger sei, fragt sie. Nino sieht sie verständnislos an und schüttelt den Kopf. »Ja, natürlich sie ist noch schwanger. Ist doch erst viertes Monat.«

Saphie ärgert sich über sich selbst, Nino mit dieser Frage wieder aus der Fassung gebracht zu haben. Aber dann denkt sie, wer sich mit Lenka einlässt, sollte lieber auf das Schlimmste gefasst sein. »Und hast du sie gefragt, ob das Kind von dir ist?«

Nino wackelt mit dem Kopf. »Sie weiß nicht, sie hat gesagt.« Er sieht Saphie fest in die Augen. »Aber mir ist egal! Lenkas Kind ist mein Kind auch. Sie muss das nur begreifen. Muss nicht immer weglaufen. Lenka wollte nicht eine Mutter bekommen, weißt du.«

»Werden«, sagt Saphie, »sie wollte keine werden.« Nino geht rückwärts vor Saphie her, Hewimann denkt, er will mit ihm spielen, weil Nino eilig von einem Bein aufs andere springt. »Ja, ja, sie wollte nicht das werden. Sie wollte sich das nicht erlauben. Weißt du? Sie wollte nicht, ihr Kind muss kämpfen durch Leben, wie sie selbst musste kämpfen. Sie musste sein so diszipliniert für ihr Karriere. Sie will nicht, dass ihr Kind auch diszipliniert muss sein. She is afraid, you know? Aber können wir gute Eltern sein. Ich weiß das! Ich muss das ihr sagen, jetzt.« Nino dreht sich um, läuft los und winkt nach hinten. Hewimann rennt bellend ein Stück hinterher, den Waldweg hinab zur Straße.

Dunja fertigt Gäste ab, verteilt Zimmerschlüssel, lässt Meldezettel ausfüllen, lächelt, druckt WLAN-Passwörter aus, und die Akrobatin sieht ihr dabei zu. »Internet ist hier leider bisschen langsam«, sagt Dunja, während sie Saphie erzählt, sie habe mit Holland telefoniert. Sie legt die Schlüssel auf den Tisch. »Zimmer 301 und 302.« Die Klimaanwälte hätten Augustas Ausweis bei der Polizei abgegeben, sie werde morgen entlassen. »Ja, Koffer können Sie hierlassen, gehen Sie erst mal spazieren, ist doch so schönes Wetter.« Der Bus sei sichergestellt worden; es sei das Tatfahrzeug gewesen. Dunja gestikuliert mit einem Zimmerschlüssel in der Hand. »Beziehungsweise sind sie vom Dach des Busses mit einer

Leiter über den Zaun geklettert.« Sie stellt die Handfläche auf das Pult und springt mit dem Zeigefinger hinüber. Saphie fegt Dunjas Hände beiseite. »Ich weiß, wie man über einen Zaun kommt. Ich will wissen, was mit dem Bus ist!« Der müsse vom Halter abgeholt werden.

»Auf wen ist er angemeldet?«, fragt Saphie.

Dunja zuckt die Schultern und trägt die Gäste ins Buchungsprogramm ein.

»Auf Hajo«, sagt die Akrobatin. »Wohnt bei uns am Turm. Ist für den Hofladen zuständig.«

Saphie setzt sich mit einer Suppe, die sie aus der Küche geholt hat, auf die Terrasse und lässt Hewimann frei. »Darf man den streicheln?«, wollen ein paar Kinder wissen, spielen mit dem Hund, ohne auf eine Antwort zu warten, und Saphie sieht gleichgültig zu. Mit den Kindern zu reden, darauf hat sie keine Lust.

Sie sieht zum Waldrand und hat das Gefühl, Gilbhart würde irgendwo auf sie warten, wenn sie sich nur endlich auf den Weg machen würde.

Am Abend feiert jemand im Saal einen Geburtstag. »Welcome to the Hotel California, such a lovely place.« Dunja tanzt hinter der Bar, hält Saphie am Handgelenk und dreht sie. »Some dance to remember, some dance to forget.« Saphie sieht die vielen Partys, die in diesem Saal gefeiert wurden, mit Gilbhart und mit Freunden und Fremden, die vielen durchtanzten Nächte, in denen sie fand, dass ihr Leben nicht perfekter sein könnte.

Was du weit wegwirfst,
musst du weit wiederholen.

Am nächsten Morgen fahren Jules, die Akrobatin und Hajo nach Holland. »Hast du gesehen?«, fragt Dunja aufgeregt, als sie von draußen reinkommt und sich zu Saphie an den Frühstückstisch setzt. »Er hat sich das Haar gekämmt und ein Hemd angezogen.«

Jorge kommt, um Dunja abzuholen, und reibt sich die kalten Hände. »Wir müssen das Gartenhaus winterfest machen«, Dunja steht auf, hält ihr Brötchen zwischen den Zähnen und zieht ihre Strickjacke an. »Bin mittags zurück«, sagt sie mit vollem Mund und fragt den Hund, ob er mitwill.

Aber Hewimann will nicht raus. Er bleibt in der Tür sitzen, sieht vorsichtig um die Ecke und fürchtet sich vor dem Herbstwind, der das Laub über den Kies fegt.

Saphie sitzt wieder an der Rezeption, beantwortet Mails, fertigt Gäste ab, stellt fest, dass sie endlich mit dem neuen Buchungsprogramm klarkommt, obwohl sie damit gar nicht klarkommen wollte, und liest sich sogar die englischen Formulare für die internationalen Auszubildenden durch. »We are all just prisoners here, of our own device«, summt Saphie. Sie hat sich einen herrlichen Ort erschaffen und ist hängen geblieben. Jetzt verliert der Ort seine Herrlichkeit wie draußen die Bäume ihre Blätter, denkt Saphie ohne Wehmut. Es war Himmel, und es war Hölle.

Das Gartenhaus sehe schon total wohnlich aus, und Strom sei da, und im Frühjahr werde Stadtwasser installiert, erzählt Dunja ohne Pause, als sie mit zerzaustem Haar zurückkommt und ihre matschigen Stiefel auszieht. Saphie müsse sich das bald alles ansehen. Dunja setzt sich an den Bürocomputer und sieht Glasbläservideos an. Eine Weile bleibt Saphie hinter ihr stehen, sieht zu, wie die rotglühende Creme auf Stäben zu Perlen gewickelt wird, mit Röhrchen zu Kugeln geblasen und mit Zangen, Pinzetten und Scheren vor der Flamme zu Tieren geformt. Ewig standen sie als Kinder hinter dem Vater und sahen ihm zu, wie er kaum sichtbare Glasfäden aus dem transparenten Klumpen zog und mit einer Zange plattdrückte, bis erkennbar war: Es wurde ein winziger Flügel. Saphie fand es nie so lange spannend wie Dunja. Nur um die violette Brille aufsetzen zu dürfen, die sie sonst nicht nehmen durfte, blieb sie da, beachtete aber nicht, was der Vater im Innenkegel des Feuers mit dem glühenden Glas machte, sondern sah lieber versonnen in die dunkelblauen Kanten des rauschenden Flammenkegels. Wenn die Tiere schon einen erkennbaren Kopf hatten und der Vater sie trotzdem noch ewig über dem Brenner herumdrehte, obwohl Saphie schon längst erraten hatte, was dabei herauskam, setzte sie die Brille ab und ging.

Einmal vergaß der Vater, dass die Kinder hinter ihm standen, und erschrak so sehr, als Saphie hinter ihm nieste, dass er die Kugel am Brenner zerschlug. Dunja fing an zu weinen vor Schreck über des Vaters Schreck und über die zerschlagene Kugel, und Saphie war beleidigt, weil Dunja getröstet wurde. Sie stampfte in ihr Zimmer, konnte der Mutter nicht erklären, was passiert war, und wollte dem Vater von da an nicht mehr bei der Arbeit zusehen. Wenn Dunja ihm im richtigen Moment die richtigen Werkzeuge reichte, erschrak der Vater nie. Zu Dunja sagte er nie: »Pass auf!«, wenn sie den kleinen Flammen zu nahe kam, über die der Vater die bunten Glasstäbe gelegt hatte, damit sie heiß blieben. Er wandte sich an Dunja, wenn er erklärte, man müsse das Streichholz angezündet bereithalten, bevor man das Gas aufdrehe, und hielt es offenbar für unnötig, Saphie solche Dinge zu zeigen.

Der Geruch nach Propangas und heißem Metall fällt Saphie jetzt wieder ein.

»Riechst du das auch?«

Dunja schrickt zusammen und hält die Hand auf ihre Brust. »Hu! Hab dich ganz vergessen. Was rieche ich?«, fragt sie abwesend und starrt weiter auf den Bildschirm.

»Machst du mir zu Weihnachten ein paar Ohrringe?«

Dunja stöhnt beinahe wollüstig beim Anblick großer gemusterter Perlen, zeigt auf den Bildschirm, »Ich muss unbedingt solche großen japanischen *tensha beads* machen«, und bemerkt nicht, dass Saphie in ihre Wohnung geht, und auch nicht, dass sie ihre Saunatasche vorbeiträgt. »Ich bin im Clubhaus«, ruft Saphie im Gehen, »vergiss Hewimann nicht!«

Dunja nickt beiläufig, ohne aufzusehen und ohne sich darüber zu wundern, dass Saphie ins Clubhaus geht.

Saphie denkt an die Kürbissuppe, den Salat und den bitteren Gewürztee, den der Lehrling für sie zusammengebraut hat, und überlegt, was die Übelkeit verursacht hat, die sie auf dem Weg zur Sauna begleitet. Es kommt ihr aber wahrscheinlicher vor, dass ihr von dem eingebildeten Propangas-Geruch schlecht geworden ist.

Jedes Mal wird sie müde, wenn sie durch die Siedlung geht, die sie immer noch »neue Siedlung« nennt, obwohl sie lange nicht mehr neu ist. Die sauberen Fassaden wirken, als wollten sie in hundert Jahren immer noch genauso sauber sein, und strahlen eine schwere Trägheit aus. Die Vorgärten wurden kostümiert mit Halloweenkürbissen, Strohpuppen oder getrockneten Sonnenblumen. Wie graue

Felsblöcke stehen einige Häuser hinter ihren Zäunen mit gezackten Spitzen, planiertem Rasen, betonierten Wegen, Rollläden vor den Fenstern und Überwachungskameras an hohen Masten.

Die Wohnblöcke mit Terrassen und je vier Maisonettewohnungen wirken kaum lebendiger. Sicher hat man von allen Küchenfenstern einen freien Blick auf den Spielplatz mit Bänken und Wasserlauf, denkt Saphie. Hier wohnt man mit kleinen Kindern, und Saphie stellt sich vor, dass sie ein fragwürdiger Fremdkörper wäre, wenn sie sich zwischen den Familien einnisten würde.

Die Frauensauna findet immer noch am selben Tag statt. Auf die Frage, warum sie sich seit zwei Jahren nicht hat blicken lassen, braucht Saphie sich nicht vorzubereiten. Man wird es ihr übelnehmen, aber fragen wird man sie nicht. Saphie weiß, wie die reichen Frauen miteinander umgehen. Sie gewähren einander weiträumige Unverbindlichkeit und wollen niemals den Eindruck erwecken, über Abwesende geredet zu haben. Eine gemeinschaftliche Beileidskarte hatte es gegeben, als Gilbhart gestorben war, eine solche Karte aus handgeschöpftem Papier mit satten Tiefdruckfarben, die man in den örtlichen Geschäften nie finden könnte. Weißgelbe Tulpen auf blauschwarzem Grund. Man sei jederzeit für sie da, wenn sie Hilfe brauche, las Saphie, und unweigerlich hörte sie in diesem Satz die Frage, ob das Hotel zum Verkauf stünde, als lägen die Worte in Geheimschrift dazwischen.

Der Geruch nach Minze und Fichtennadeln tut nichts gegen ihre Übelkeit. Alles ist genauso wie beim letzten Mal, als sie den Vorraum betritt. Die Gruppe sitzt in weißen Bademänteln am Fenster, und als eine der Frauen mit dem Kinn zur Tür weist, drehen sich die Köpfe um. Die Frauen sind ehrlich froh über die Abwechslung, und Saphie hat ein schlechtes Gewissen, sie nie ernsthaft gemocht zu haben. Jetzt denkt sie, ihre Übelkeit muss bestimmt von ihrem schlechten Gewissen kommen. Man bietet ihr ein Getränk an, räumt eine Liege frei, umarmt sie lose und höflich. Alles ist seltsam vertraut, und Saphie weiß, mit dem Club verbindet sie auch die angenehme Freiheit, ihre Eitelkeit verschwenden zu dürfen. Diese Phase gehört auch zu ihr und hat etwas in Saphie installiert, das vorher nicht da war.

Die unerwartete Schönheit ihres eigenen Körpers schürt eine seltsame Unruhe in ihr, als sie sich in der Umkleide nackt im Spiegel sieht. Es ist dieselbe Unruhe, die sie mit sechzehn hatte, als sie genauso erstaunt war über ihre neuartig geschwungene Figur. Damals hatte sie stolz ihre Brüste betrachtet, als die Mutter ins Zimmer kam. »Ach, danke, Mama, für diese tollen Dinger!«, hatte sie euphorisch gerufen, und Brigäne erzählte die Szene später oft.

Dünner ist sie geworden, seit sie das letzte Mal hier war, und als sie ihr Handtuch ausbreitet, spürt sie die Blicke. Man liest an der Figur ab, wer Sport macht, an den Rasuren, wer Sex hat, und an der Haltung beides. Saphie hatte sich auch rasiert damals, und Gilbhart fand es sogar für eine Nacht interessant.

Wohlhabende Leute hatte es im Dorf schon früher gegeben. Die kannten nur einen Alltag voller Schufterei, und nachdem sie es geschafft hatten, die Arbeit in ihrem Leben auszurotten, nachdem sie das erreicht hatten, was nur Gewinner erreichen, saßen sie ratlos im Garten, grillten Wurst, hörten Radio, lasen Illustrierte, kauften sich Rasentraktoren, mähten vor Langeweile das ganze Dorf, sahen abends auf dem Sofa Actionfilme. Die Clubfrauen wussten, wie man Kunst und Kultur und gesellschaftliches Leben konsumiert. Die Saunagespräche der gutbetuchten Frauen hatten Saphie damals interessiert.

Jetzt legt sie sich auf den Rücken, die Beine angewinkelt, und spürt die gespannte Haut auf ihren Knien heiß werden.

Von kaum einer Frau weiß Saphie, was sie arbeitet. Man spricht nicht von der Arbeit. Die Hausfrauen unter ihnen werden unter dem Tarnmantel des Erfolgs und der Unabhängigkeit verdeckt. Saphie hat diese Gesetze hingenommen. Mittlerweile weiß sie auch, wie harmlos es ausgedrückt war, als Winne erklärte, die Männer dieser Frauen würden heimlich Proll-Tussis vögeln, die beim Sex *Scheiße* brüllten. Auch das wurde stillschweigend hingenommen.

Ihre Mutter hätte sich hier wohlgefühlt, denkt Saphie. Die Gespräche, die sie damals mit den Dorffrauen in der Küche führte, waren nicht von der Sorte, wie die Mutter sie gerne gehabt hätte. Ständig ging es um die Arbeit. Hausfrauen hatte es keine gegeben. Man wusste sogar, was die Leute arbeiteten, die man nur von Weitem kannte, und von den Freunden wusste man sogar, wie viel sie verdienten. Ständig ging es um Krankheiten und um die Mitarbeiter im Betrieb und darum, etwas zu tauschen, zu borgen oder einander abzukaufen. Man wusste, wer ein Auto bekam, wer Alkoholiker war, und man ahnte, wer zur Stasi gehörte. Brigäne hätte lieber über Mode und Filme geredet. Das war mit den Dorffrauen aber damals nicht zu machen.

Hier ist es undenkbar, von Krankheiten oder von Gehältern zu reden.

Saphies Übelkeit lässt nicht locker.

Als befürchteten die Frauen, Saphie könne jeden Moment wieder für Jahre verschwinden, wird sie wie ein rohes Ei behandelt. Die Hitze kriecht ihr in die Knochen, und sie betrachtet das quadratische Fenster an der Decke. Neblig blaues Licht flackert dahinter, und Efeuranken liegen von innen auf der Scheibe. Aus den unsichtbaren Lautsprechern zirpen Grillen. Das Clubhaus war damals wie ein Ufo am

Rand des Dorfes gelandet, und als Saphie eintrat, war es ihr fremd, und als sie wieder austrat, war ihr das eigene Dorf fremd. Sie musste erst viele Male hineingehen und wieder herauskommen, bis sich mit der Zeit eine Verbindung zwischen Dorf und Ufo gebildet hatte.

Eine der Frauen löst schließlich die Beileidswelle aus. Alle machen ein mitleidiges Gesicht, werden die üblichen Floskeln los und sind erleichtert, dass Saphie darüber nicht reden will.

Saphie will von etwas anderem reden, aber sie fühlt sich wie einer dieser angespannten Menschen, die manchmal im Supermarkt zu dicht hinter ihr in der Kassenschlange stehen und Saphie wahnsinnig machen, indem sie von einem Bein aufs andere treten und sich zentimeterweise vorwärtsbewegen, bis es schließlich doch auf eine ungeduldige, drängelnde Berührung oder ein Schubsen mit dem Einkaufswagen gegen ihren Hintern hinausläuft. Dann bleibt sie stur und bewegt sich erst recht nicht. Jetzt versucht sie, sich zu entspannen, und sieht dem blau beleuchteten Ast, der mit einer dichten Salzkruste präpariert ist und von künstlichem Wasserdampf umnebelt wird, beim Tropfen zu.

Aber das Tropfen beruhigt sie nicht. Saphie weiß, angespannt wird sie in dieser Runde nichts erreichen. Man hilft einander nur, solange es nicht notwendig ist.

Na und, denkt Saphie, es ist ja nicht notwendig.

Sie setzt sich auf. »Ich kann nicht mehr in der alten Hotelwohnung leben. Ich muss da raus, um neu anzufangen.« Die Frauen nicken interessiert. Jetzt ist es klar, dass sie hier ist, weil sie etwas wissen will, etwas in die Wege leiten, eine Information in die richtigen Kreise streuen. Natürlich kann Saphie ohne Gilbhart nicht mehr im Hotel wohnen. Man versteht das. Saphie weiß, man würde ihr ebenso zustimmen, wenn sie gesagt hätte, sie wolle im Hotel bleiben.

Eine der Frauen kennt die Familie, die in Gilbharts gekaufter Wohnung lebt. »Die sind von hier«, sagt sie.

»Wie, von hier?«

»Na, aus der Gegend. Aus einem Nachbarort. Sie haben wohl ein altes Haus geerbt, das ihnen mit den Kindern zu abgelegen ist«, weiß eine andere, die selbst kleine Kinder hat.

»Aber wenn du auf Eigenbedarf klagst, ist es kein Problem.« Alle nicken entspannt und zurückgelehnt. »Ich kann das für dich regeln«, sagt eine, von der Saphie weiß, angezogen ist sie Anwältin. Eine der älteren Frauen lächelt mitleidig und schüttelt den Kopf. »Damit müssen die nun mal rechnen, wenn ihnen die Wohnung nicht gehört, das ist klar. Du hast schließlich das Recht, in deiner Wohnung zu leben. Keine falsche Rücksicht, Schätzchen.« Saphie steht auf, zieht ihr Handtuch von der Bank und sucht auf dem dunklen Boden ihre Flip-Flops.

»Das ist genau der Grund, warum ich so lange nicht mehr hier war. Mit euch ist es mir sogar in der Sauna zu kalt.« Versehentlich kickt sie den zweiten Badeschuh unter die Bank, humpelt mit einem Schuh raus und hört ein abfälliges Lachen.

Saphie solle noch mal in Ruhe nachdenken, sagt die junge Frau, die ihr hinterherkommt, sich das Gesicht trocken wischt, ihr Handtuch über der Brust zuknotet, während Saphie sich anzieht. Sie könne die Wohnung ja verkaufen und solle unbedingt nächste Woche zum Kaffee kommen. Dann könnten sie mit ihrem Mann reden. Da würde sich was finden, womit alle zufrieden wären. »Auch die Familie in deiner Wohnung.«

Saphie schüttelt den Kopf. »Das ist nicht meine Wohnung.«

Mit dem Saunageruch auf der Haut geht sie durch die

feuchte Nacht und findet es absurd, dass ihr eine fremde Wohnung gehören soll, in der eine fremde Familie lebt. Im Clubhaus muss eine schalltote Parallelwelt existieren, in der Saphies Gedanken und Gefühle keine Resonanz finden. Sie findet es jetzt sogar unwirklich, dass sie nach Fichtennadeln riecht, ohne im Wald gewesen zu sein. Unter ihrem Brustkorb will sich ihr Magen zersetzen, und Saphie zieht ihre Hose runter, hockt sich im Dunkeln neben ein Schlehengebüsch und pinkelt ins Gras. Der Boden riecht nach Urin auf nassen Herbstblättern, und die Übelkeit wird unerträglich. Saphie zieht die Hose hoch, geht im Straßengraben weiter und pflückt von einer Kastanie ein Blatt mit langem Stiel. Am Stamm abgestützt, steckt sie den Stiel des Blattes in ihren Hals und übergibt sich. Sie spuckt ein paarmal, sammelt Speichel, um ihn wieder auszuspucken, und schlagartig geht es ihr besser. Die Lichtreflexionen der Laternen im nassen Asphalt mit den aufgeklebten Blättern sehen edel aus, der modrige Laubgeruch ist wohltuend wie ein heilsamer Kräutertee, der Geruch der Fichtennadeln kommt jetzt wieder aus dem Wald und nicht aus dem Ufo.

Saphie hat ihren Saunabesuch ausgekotzt.

Die meisten Fenster sind schon dunkel, obwohl das Haus fast ausgebucht ist. Behäbig steht es am Waldrand in seiner geregelten Bewohntheit, bereit, alles hinzunehmen, was in ihm passieren soll. So konnte Gilbhart sein, wenn er nüchtern war. Mit den Partys konnte das Haus im Sommer einen heiteren Charakter haben, wie Gilbhart, wenn er voll war. Dann spannte Saphie bunte Lichterketten über die Dachkante, und im Winter konnte es aussehen wie in eine warme Decke gewickelt. Gemütlich. So konnte Gilbhart auch sein. So hat sie ihn am liebsten gemocht.

Auf halbem Weg zwischen Hotel und Clubhaus bleibt sie stehen. Alles ist fremd. Was hab ich hier verloren?, denkt sie, und die dunklen Fenster des Dorfes stellen ihr dieselbe Frage. Alles hat sie hier verloren. Das ist die Antwort. Ihren Mann, ihre Arbeit und die Zukunftspläne ihrer Jugend.

»Was willst du denn nur? Irgendwas musst du doch wollen!«, hatte sie gebohrt, wenn Gilbhart deprimiert war, gar nichts wollte und nur wusste, was er nicht wollte. Das Einzige, was Saphie jetzt weiß, ist: Sie will nicht zurück.

Sie geht nicht durchs Haus, sondern von hinten in ihre Wohnung, ohne das Licht einzuschalten.

Viele Köpfe gehen schwer unter einen Hut.

Jorge muss alles erklären, der Notar findet die Gemeinschaftsregelungen seltsam. »Hab ich noch nie so gemacht«, sagt der Notar. »Aber bitte. Wenn Sie sich da einig sind. Müssen Sie wissen.« Während Saphie unterschreibt, sagt sie: »Ich komme mir vor, als würde ich meine Gefängnis-Entlassungspapiere unterschreiben.«

Schließlich schiebt der Notar die Papiere zusammen. »Wenn Herr Jules Lenzing hier war und mit allem einverstanden ist, schicke ich Ihnen Ihre Vereinbarung zu.« Vereinbarung spricht er aus, als handele es sich nur um die alberne Attrappe eines echten Vertrags.

Jorge ist stolz. »Und wie feiern wir das?«, fragt er auf der Straße vor dem Notariat und legt beide Arme um die Schultern der Schwestern. Dunja zeigt Richtung Rathaus. »Du könntest mich heiraten, wo ich jetzt doch noch eine gute Partie geworden bin.« Jorge bleibt stehen und sieht Dunja ernst an. Dunja bemerkt nicht, dass seine Ohren sich auf und ab bewegen, und macht ein betretenes Gesicht, wie ein Kind, das sich nicht sicher ist, ob es etwas Falsches gesagt hat. »Und du könntest mich heiraten, weil ich mit den Ohren wackeln kann«, sagt Jorge und schiebt die Schwestern weiter.

Saphie klapst Dunja gegen den Hinterkopf. »Mensch, du kannst doch als Hotelbesitzerin keinen Typ aus 'ner Kommune heiraten, Dunja. Du hast ja schon wieder gar nichts geschnallt. Du musst natürlich in eins der Nachbarhotels einheiraten.« Saphie deutet Richtung Fußgängerzone. »Wir sollten wenigstens darauf trinken, oder?« Aber Dunja will Lore nicht länger an der Rezeption sitzen lassen. »Spaßbremse!«, sagt Saphie und stöhnt.

»Am besten, du fährst nach Italien, wenn euer schwangeres Schwestern-Luder den Bus heil wieder rausrückt!«, findet Jorge im Auto und zeigt Saphie, wie man in Italien Auto fährt. »Du musst einfach andauernd hupen.« Er hupt und winkt einer jungen Frau. Dann zeigt er auf eine Ausfahrt und hupt wieder. »Könnte ja jemand rausfahren.« Er hupt zweimal. »Und der da fährt zu weit links«, Jorge hupt. »Und die hat nicht geblinkt«, er hupt. »Und wenn du um die Kurve fährst, immer hupen, alles klar?« Jorge fährt um die Kurve und hupt. Dunja macht durchs Fenster entschuldigende Handzeichen.

Auf der Terrasse hält Dunja Jorges Hand, streichelt mit dem Daumen über seinen Handrücken, und Saphie denkt, sie hätte auch mit Gilbhart zärtlicher umgehen sollen. Sie hätte ihn öfter ansehen, anlächeln, anfassen sollen, und sie wünscht sich, sie könnte jetzt ihren Daumen über seinen Handrücken streichen.

Am nächsten Vormittag kommt ein Lieferant mit fünfundvierzig Federbettdecken. Saphie kennt ihn. »Haben wir nicht gerade schon die Bademäntel ausgetauscht?«, fragt sie.

»Ja, habt ihr«, sagt der Fahrer und gibt Saphie den Lieferschein. Saphie reicht ihn an Dunja weiter. »Hat meine Schwester bestellt.« Saphie und Dunja stapeln die Decken ins Foyer. »Mann, sind die leicht«, sagt Saphie und wirft ein Paket in die Luft. Dunja hält mit dem Fuß die Eingangstür auf. »Bis wir eine zweite Reinigungskraft finden, müssen wir die alte bisschen schonen, dacht ich.«

Saphie zeigt ihr einen Vogel. »Solange unsere Lore die Handykabel auf den Nachttischen zu perfekten Schnecken rollt, den Gästen die Schlafanzüge faltenfrei zusammenlegt und auf den Schreibtischen den Kram symmetrisch anordnet, ist sie wohl eher unter- als überfordert.«

Dunja bleibt mit zwei Decken im Arm stehen. Sie steht noch so da, als Saphie ihre Pakete ins Foyer gestapelt hat und wieder zurückkommt. »Guck doch nicht so doof. Ich hab schon oft versucht, 'ne zweite Putzkraft einzustellen, was denkst denn du«, sagt Saphie, »Lore hat alle vergrault.«

Saphie zeigt auf Dunja: »Meine Schwester ist die Ältere von uns beiden«, erklärt sie. »Deshalb ist sie jetzt Chef hier.« Der Lieferant nickt verunsichert.

Saphie hält Dunja die Hundeleine entgegen. »Willst du?« Dunja schüttelt unwirsch den Kopf und sieht auf ihr Handy. »Im Wald hab ich keinen Empfang.« Saphie zieht im Büro ihre Schuhe aus und steigt in ultraleichte Moonboots aus billigem Kunstfell mit Schaumstoffsohle, die ein Gast vergessen hat. Hässlich, aber weich. Niemals wäre sie so vor die Tür gegangen, als sie noch die gut gekleidete Hotelchefin war, die man vor der Tür kannte. Wie auf Felltatzen geht sie leicht über die Straße und fragt sich, warum zur Hölle sie sich jemals feste Schuhe angetan hat. Den Wald betritt sie wie ein Wohnzimmer in Hausschuhen.

In Saphies Kopf gibt es keine unbezahlten Rechnungen mehr, keine Gedanken um Haustechnik, Wasserflecken, Umbuchungen, zu spät kommende Mitarbeiter oder Lieferanten, nicht erreichbare Handwerker, verschwundene Dekorationen, abgestürzte Computerprogramme. Alles hat sie in Dunjas Kopf abgelegt und kann selbst entscheiden, was sie in ihren eigenen aufnehmen will. Sie wirft Stöcke voraus, und plötzlich hat sie Lust, auf dem Pfad aus vielen Schichten weicher brauner Nadeln zu rennen. Sie will alle Muskeln spüren, probieren, ob sie noch da sind und ob sie noch wissen, wozu. Der Waldboden sei der beste Turnschuh, hatte Saphies Sportlehrerin damals gesagt. Als Hewimann erschöpft ist, lehnt Saphie sich gegen einen Baum, stützt die Hände auf die Knie, und ihr Körper vibriert.

Damals, als sie nach dem Sportunterricht so dastand und den Waldboden betrachtete, während sie darauf wartete, dass ihr Puls sich beruhigte, lag ihre endlose Zukunft noch unberührt vor ihr.

Um das Meer der Möglichkeiten etwas einzugrenzen, schlug Saphie bei der Berufsberatung vor, jeder in der Klasse solle drei Berufe mit dem Anfangsbuchstaben seines Namens aussuchen. Thorsten könnte doch Testesser, Tortenbäcker oder Teigwarenhersteller werden, fand sie und zeigte auf den dicken Jungen. Saphie solle doch Straßenhure werden, meinte Thorsten daraufhin. Schauspielerin, Sportlehrerin, Stewardess blieb auf Saphies Zettel übrig. Saphies Zukunft sollte unbedingt außerhalb des Dorfes liegen. Das war klar. Designerin, Deutschlehrerin, Detektivin stand auf Dunjas Zettel, den Saphie für ihre Schwester geschrieben hatte. Aber Dunja hatte die drei Berufe mit D durchgestrichen, weil Dorothe, Daniel und Dennis auch nach D-Berufen suchten. Dunja wählte lieber einen Buchstaben, den niemand sonst hatte. Glasbläserin, Goldschmiedin oder Gestalterin.

Seitdem hat Saphie ihre Zukunft unberührt gelassen, und wäre Gilbhart nicht gestorben, hätte sie die Zukunft außerhalb des Dorfes womöglich nie angetastet.

Sie pflückt ein paar Immortellen, betritt den Friedhof und lässt sich neben Gilbharts Grab in die struppige Wiese fallen. Hewimann läuft aufgeregt um ihren Kopf, riecht an ihrem Gesicht, versteht, dass Saphie nicht krank ist, setzt sich neben sie und wartet. Saphie sieht in den Himmel. Die Wolken lassen sich treiben, und Saphie weiß, Gilbhart ist nicht mehr hier. An seinem Grab kann sie nicht mehr in seiner Nähe sein, und jetzt ist es ganz egal, ob der Grabstein irgendwem gefällt. Saphie ist ganz froh, dass er ihr nicht gefällt. Sollen die Touristen ihn betrachten und denken, er könnte ihnen irgendetwas über Saphie und Gilbhart verraten. Dieser Stein verrät gar nichts.

»Vielleicht mach ich was Soziales«, sagt Saphie, als sie mittags mit Dunja in Wolldecken gewickelt auf der Terrasse sitzt. »Oder? Was meinst du?«

Dunja hält ihr Gesicht mit geschlossenen Augen in das untergehende Sonnenlicht. »Werd doch Deutschlehrerin. Kannst du überall arbeiten.«

Gelbe Blätter liegen auf der Terrasse, und Saphie hat zum ersten Mal nicht das Bedürfnis, sie wegzufegen. Der unordentliche Anblick verbildlicht eine Behaglichkeit, die Saphie bisher nie so empfunden hat. Überhaupt sind all ihre Empfindungen stärker geworden, und einige sind erst mit Gilbharts Tod richtig erwacht.

Dunjas Handy klingelt. »Hallo?« Dunja hält sich das andere Ohr zu. »Aha?« Ihre Augenbrauen ziehen sich zusammen. »Wieso?« Sie hört mit verwunderter Miene zu: »Hm, kann ich mir nicht vorstellen«, und bekommt einen leicht gequälten Ausdruck. »Tut mir leid«, sagt sie kühl. »Nach Holland?«, sie schüttelt den Kopf ein wenig. »Mach ich.« Mit betroffenem Gesicht, beinahe schuldbewusst, legt sie das Handy zurück auf den Tisch. »Das war Augustas Mitbewohner. Offenbar schmeißt Lenka alle raus. Angeblich hat Augusta ihr die Wohnung überlassen.« Dunja beißt in das Gelenk ihres Zeigefingers, verdreht die Pupillen nach links, als könnte sie durch Konzentration beobachten, was sich in der Wohnung abspielt. »Warum hast du dir Lenka nicht ans Telefon holen lassen?«, fragt Saphie.

»Weil sie gar nicht mehr da ist, sondern mit Nino auf dem Weg nach Holland. Wenn sie zurückkommen, müssen die Mitbewohner ausgezogen sein, soll Lenka gesagt haben.«

»Warum zur Hölle fahren die beiden denn jetzt nach Holland?« Dunja reibt sich die Stirn. »Würd ich auch gerne wissen«, sagt sie mit erstickter Stimme und tritt gegen das Tischbein. »Mich ruft ja hier kein Schwein zurück, verdammt!« Dunja schleudert ihr Handy über die Wiese ins Gebüsch. Sie schweigen eine Weile. »Bin ich eine Helikoptermutter?«

Saphie lacht. »Ich glaub, das ist schon okay, mal ein bisschen auszurasten. Deine Tochter sitzt im Gefängnis, dein Sohn hat versucht, sich umzubringen, der Vater deiner Kinder ist tot, und unsere unzurechnungsfähige Schwester schafft es, wieder alles noch schlimmer zu machen.«

Dunja nickt langsam. »Du musst die Fotoalben rausholen und eure ganzen Erinnerungen«, sagt Saphie. »Wer weiß, was Lenka damit macht.« Dunja reibt sich die Stirn und schüttelt den Kopf. »Ich will den ganzen alten Kram nicht mehr haben.«

Im Gebüsch klingelt Dunjas Handy, leuchtet bläulich zwischen den Blättern, und Dunja kämpft sich durch die Zweige. »Scheiße! Au!« Als sie es erwischt, hat es aufgehört zu klingeln. Es war Jules, aber als sie zurückruft, geht er nicht mehr ran. »Aaaaaaah!«, brüllt Dunja, und Saphie nimmt ihr das Handy aus der Hand.

»Gib her, bevor du reinbeißt!«

Dunjas Zustand erinnert Saphie an die Zeit, in der sie selbst so aggressiv werden konnte, wenn etwas schiefging, was sich nicht ändern ließ. Das war, als sie nur daran gedacht hatte, was für das Hotel gut war, für die Gäste und für die Angestellten und für deren Familien. Ihr Leben hatte aus Verantwortung bestanden, und nie hätte sie geglaubt, dass die Gäste weiterhin unbeirrt an- und abreisen würden, wenn sie ihr Amt fallen ließe. Der Betrieb atmet weiter, kein Organ versagt, und das Haus ist sogar gesund geblieben, während Saphie krank war und Dunja improvisieren musste. Sie hatte sich für das Herz gehalten, und sie hatte gedacht, als solches müsse sie jeden Morgen Feinstrumpfhosen anziehen, sich einen Lidstrich malen und hohe Schuhe tragen. Jetzt ist ihre Schwester dran, und Dunja gefällt es, Feinstrumpfhosen, Lidstriche und Hackenschuhe zu tragen.

In Jeans und Pullover kommt Saphie morgens ins Foyer, Dunja wartet in der Tür, die Hundeleine in der Hand. »Ich nehm Hewimann mit. Mein Propangas wird heute geliefert.«

Wieder sitzt Saphie an der Rezeption, verbringt den ganzen Tag im Hotel, und die fremden Menschen, die durchs Haus laufen, kommen ihr penetrant vor. Obwohl sie sich so einsam fühlt, würde sie gerne alle wegschicken, bis das Haus komplett leer wäre. Während der Bauarbeiten vor Jahren war sie an den Wochenenden mit Gilbhart alleine im Haus gewesen, und nach der Neueröffnung hatte Saphie sich von den Gästen belästigt gefühlt. An den normalen Betrieb konnte sie sich schwer wieder gewöhnen.

Danach fingen ihre Schlafprobleme an, und sie streifte nachts durchs Hotel, um alles zu kontrollieren. Morgens wurde sie auf dem Weg zum Bäcker im Auto grundlos panisch, musste anhalten und konnte sich kaum beruhigen. Ihre Arme und Beine waren schwer, als wäre die Luft dicker geworden. Beim Einkaufen hatte sie zwei der Clubfrauen getroffen und von ihrem Zustand erzählt. Beide öffneten ihre Handtaschen, boten ihr verschiedene Beruhigungspillen an und meinten, das wäre doch völlig normal. Man müsse auch Aufputschtabletten dabeihaben, und Saphie solle zu der Therapeutin am Turm gehen, die würde ihr verschreiben, was sie wolle.

Bei der Therapeutin gab es Tee und Kekse und ein violettes Malvensträußchen in einer weißen Glasveranda. Die Frau trug ein beiges Kaschmirkleid, und Saphie fühlte sich von ihrem weichen Lächeln, dem ständigen Nicken und dem singenden »Hmm« gestreichelt wie eine Katze am Ofen. Saphie wusste, dass sie die Frau für die Tablettenrezepte bezahlte, darin waren sie sich einig, und sie war ja im Dorf nicht die Einzige. *Probleme mit Bezug auf Schwierigkeiten bei der Lebensbewältigung* wurde Saphies Diagnose genannt.

Die Therapeutin war ihr vorgekommen wie eine Geheimagentin, die alle Probleme im Dorf kannte und sogar eine Verbindung bildete zwischen Club und Kommune. Sie musste auch den Pfarrer ersetzen, der zwar im Dorf wohnte, aber zwanzig Gemeinden zu betreuen hatte und nie zu sehen war.

Dunja kommt am Abend mit roten Wangen zurück, wie nach einem Marathon, und gibt Saphie eine Kette aufgereihter bunter Glasperlen mit Punkten und kleinen Dornen. Sie erzählt, ihr komme es vor wie eine wiedergefundene Sprache. Sie habe die Perlen auf Metallstäbe gewickelt und war ganz verbunden mit der Vergangenheit des Ortes und mit dem Vater. Als das Glas anfing zu schmelzen, habe der Vater plötzlich hinter ihr gestanden und ihr genau gesagt, wann sie den Stab drehen müsse und in welcher Geschwindigkeit.

Sie glaubt, seinen Geist mit dem Feuer gerufen zu haben.

»Ich fühl mich so angekommen. Jetzt bin ich endlich

da, wo ich hingehöre. Verrückt, oder?« Sie zeigt Saphie am Computer Bilder von eisenhaltigem verunreinigtem Glas, das der Vater wegen der Luftblasen nie hatte verwenden wollen. »Wenn ich einen Ofen habe, will ich daraus diese grünlichen Waldglasbecher machen, mit herumgeringelten Glasfäden, die mit der Zange angedrückt werden, oder mit Noppen, damit sie nicht so leicht aus den Händen rutschen.«

Dunja redet von Bandwurmgläsern, Wabengläsern, Rippengläsern, Daumengläsern, Krautstrunkgläsern, Warzengläsern, und Saphie versucht, sich dafür zu interessieren. »Die kann man hier im Foyer in einer Vitrine ausstellen und als traditionelle Souvenirs den Gästen andrehen«, sagt Dunja. »Und weißt du was? Als die fertigen Perlen auf dem Tisch lagen, fiel mir endlich ein, dass ich als Kind schon mal in dem Gartenhäuschen war. Du warst auch dabei.«

Saphie kann sich nicht erinnern und schüttelt den Kopf. »Doch!«, sagt Dunja. »Papa hat uns mitgenommen. Das gehörte dieser Hippiefrau aus der Stadt. Die mit den langen bunten Kleidern, die am Wochenende alle Katzen gefüttert hat. Papa hat ihr Halbzeug und Glasreste gebracht.« Dunja leint Hewimann ab und hängt die Leine an die Tür. »Ich glaube, Papa mochte sie«, sagt Dunja im Gehen. »Wir werden es nicht erfahren.« Saphie winkt ab. »Ach, bestimmt hat die Frau irgendwas Krasses oder Illegales angestellt, und bald schleppt das Fernsehen hier eine verschollene Halbschwester an«, sagt Saphie.

Dunja schnappt ihre Jacke und rennt raus. »Bin mit Jorge beim Griechen.«

Je enger der Käfig,
je schöner die Freiheit.

Bis zum Morgen packt Saphie ihre Wohnung in Kisten und hört Radio. Ohne nennenswerte Emotionen legt sie Gilbharts Schuhe sorgfältig in Kartons, als würde sie mit ihm gemeinsam umziehen. Sie schreibt seinen Namen auf die braune Pappe und weiß dabei, was sein Name bedeutet: Diese Kiste werde ich nie mehr öffnen. Sie schreibt drauf, was drin ist. Nützliches und Unnützes packt sie in verschiedene Kisten. Das Unnütze wie Gilbharts Kleidung und alte Gegenstände werden in einem Container landen. Das verrät Saphie, singend und summend, heute nur einem Teil ihres Bewusstseins, und dem anderen Teil, in dem Gilbhart anwesend ist und ihr beim Packen zusieht, verrät sie es nicht. »Wozu hebst du denn nur die ganzen Pappkartons auf?«, hatte Gilbhart geflucht, als im Erdgeschoss der leere Lagerraum entstand, weil die Waschmaschinen abgeschafft waren. Stabile Warenkisten legte Saphie zusammen und klemmte sie in eine unnütze Nische in der ehemaligen Waschküche. Als Kind, erzählte Gilbhart, hatte er hier barfuß in der warmen Seifenlauge gespielt, die aus den separaten Schleudermaschinen zum Abfluss in der Mitte des Steinbodens geflossen war. Jetzt wird unsere Wohnung hier eingelagert, erzählt sie ihm in Gedanken. »Dafür hab ich die Kisten gebraucht, verstehst du?«

Jorge bringt am Nachmittag einen Kollegen mit. Die Männer wundern sich, warum Saphie einige von Gilbharts Kisten gleich neben die Tür gestapelt haben will und andere in die Fensterecke. Nur Dunja versteht, dass es bestimmt für Saphie einen Sinn hat.

Staub und Dreck fegt Saphie zusammen, wo Möbel gestanden haben. Sie schraubt Regale ab, nimmt den weißen Kleiderschrank auseinander. »Der ist mir zu verschnörkelt«, hat Jules gesagt.

Es ist ungemütlich. Ein Kugelschreiber, eine Büroklammer, ein Zehn-Cent-Stück liegen im Staub hinter der Eckcouch. Auf der Leiter stehend sieht Saphie die schmale Staubrolle, die sich wie Schnee auf den Türrahmen gelegt hat und so hoch gewachsen ist, dass sie abzukippen droht. Die Wände müssten gestrichen werden. Saphie und Gilbhart haben das lange nicht gemacht. Verwohnt, denkt Saphie und schiebt die Couch zur Tür. Alles verwohnt. Es klingt, als hätte man beim Wohnen etwas falsch gemacht. Als wäre es das Gegenteil von bewohnt.

Am Abend ist auch das Wohnzimmer leer, bis auf ein paar alte Stühle, deren 80er-Polster-Muster Saphie schrecklich fand. Aber Jules gefällt es.

Saphie steht in Gilbharts Arbeitszimmer und fürchtet, einen Fehler gemacht zu haben. Als ihre alte Stiefmutter noch nebenan wohnte, stand hier ihr gemeinsames Bett, und Saphie hatte ihn darin einmal geohrfeigt. Aus gegenseitigem Kitzeln war ein kleiner Kampf geworden. Schließlich saß sie auf ihm und hielt seine Arme fest. »Schlampe!«, hatte sie verstanden und ihm eine gescheuert. Gilbhart hatte nicht Schlampe, sondern Waschlappen gesagt. Es tat Saphie leid, ihn geohrfeigt zu haben, und jetzt hat sie dieses Gefühl wieder. Sie hat ihn vielleicht nur falsch verstanden und ihn zu Unrecht des Totseins beschuldigt. »So würde ich dich doch nie nennen«, hatte Gilbhart gesagt. »So etwas würde ich dir doch nie antun«, könnte er jetzt sagen und erschüttert neben ihr in seinem leeren Zimmer stehen.

»Warum hast du denn nur mein Zimmer ausgeräumt?« Sie würde sich entschuldigen und ihm alles erklären, und er hätte Verständnis, und dann könnten sie abends einschlafen in dem Glauben, nichts würde sich je ändern.

»Sie kommen!«, ruft Dunja am nächsten Tag hallend durch Saphies halbleere Wohnung. Hewimanns Bellen schallt gegen die kahlen Wände, und der Hund springt herum, erschrocken von seiner eigenen Lautstärke.

Saphie ist müde, nachdem sie eine Nacht ausgelassen hat. Dunja zieht ihr die Decke weg. »Es ist halb zwei, Saphie!« Saphie setzt sich kraftlos mit rundem Rücken und hängenden Schultern auf die Bettkante und gähnt. Der Boden ist für ihre nackten Füße zu kalt. Der Bettvorleger steckt in einer der Kisten. Die Vorhänge auch. Es ist trotz des grauen Himmels zu hell im Schlafzimmer. Vor dem Fenster sind keine Blätter an den Laubbäumen. Nur die Tannen stehen erhaben im Nieselregen zwischen dem kahlen Geäst, als wollten sie demonstrieren, dass sie in viel längeren Zeiträumen existieren als im hektischen Verlauf der Jahreszeiten.

Saphie sieht misslaunig aus dem Fenster. Das Wetter schwimmt. Dunja öffnet Saphies Kleiderkiste, wirft einen Slip aufs Bett und ein blaues Unterhemd mit Nudelträgern, und Hewimann bellt den fliegenden Kleidungsstücken hinterher.

In der Küche zählt Dunja an ihren Fingern ab: »Augusta mit Freundin, Lenka, Nino, Jorge, Jules, die Akrobatin«, und sieht Saphie an: »Wie heißt die eigentlich?« Saphie schüttelt den Kopf. »Du und ich«, sagt Dunja und ruft dem Küchenchef zu: »Neun zum Essen!«

Als Lenka im Saal auf Saphie zukommt, freut Saphie

sich reflexartig wie jedes Mal. »Tut mir so leid mit deinem Bus«, sagt Lenka, während sie Saphie umarmt. »Tut dir überhaupt nicht leid, du Räuber-Bitch«, flüstert Saphie.

Lenka war fast immer dicker gewesen als ihre großen Schwestern, und sie war die Einzige, der es gut stand. Saphie hasste es, wenn sie mehr als sechzig Kilo wog. Ihr Gesicht fand sie dann konturlos. Aber wenn Lenka zunahm, leuchtete sie.

Lenkas Bauch beult sich fest und rund unter ihrem Kleid, und Lenka legt eine Hand darauf. »Wir haben in Holland 'n Vaterschaftstest gemacht. Geht in Deutschland nicht pränatal.« Sie sieht verliebt zu Nino. »Ob Mädchen oder Junge, haben wir uns nicht sagen lassen. Aber schön braun wird's.« Dunja atmet erleichtert aus.

»Glück gehabt, oh Mann! Stell dir mal vor, das wäre von Jules gewesen.«

Saphie stößt Dunja an und schüttelt den Kopf.

»Von Jules? Meinst du das ernst? Hast du gedacht, ich ...?«

Saphie unterbricht Lenka: »Nein, hat sie nicht gedacht, war nur ein Scherz.« Sie zieht Dunja in die Küche.

»Das hätte uns auch eher klar werden können, dass Jules sich nicht die Adern zerschnitten hätte, wenn das Kind vielleicht von ihm gewesen wäre!«

Dunja ist verwirrt. »Sie hat doch aber selbst gesagt, sie weiß es nicht.«

»Natürlich wusste sie das nicht, du kennst sie doch! Und wenn es nicht von Nino wäre, hätte sie vermutlich nicht mal den Namen von dem Typen gewusst, und wir hätten alle männlichen Gäste anschreiben müssen, die in der Zeit hier waren.« Saphie sieht sich misstrauisch um. »Oder alle Mitarbeiter befragen.«

Dunja muss lachen. »Weißt du, was Oma dazu gesagt hätte?«

»Genau wie eure Mutter«, sagen Saphie und Dunja synchron.

Beim Essen lässt der Lehrling einen Brotkorb herumgehen. »Mein neues Experiment: Lavendelbrötchen mit Lauch-Asche-Butter und Zitronenschale«, verkündet er stolz.

Augusta erzählt vom holländischen Gefängnis. »Die waren echt froh, endlich mal jemanden dazuhaben in ihrem leeren Knast.« Ihre Freundin nickt. »Ja, die wollten uns gar nicht rauslassen.«

»Das ist wirklich krass«, sagt Lenka, »ein Gefängnis, das die Gefangenen nicht rauslassen will. Hab ich ja noch nie gehört.«

Augustas Freundin nickt: »Ja, voll krass«, und merkt nicht, dass Lenka sich über sie lustig macht. Augusta zischt: »Niemand verscheißert hier meine Freundin, ist das klar?«

Saphie muss lachen, weil Augusta ihr wildes Gesicht macht, wie auf den Plastiktüten.

»Wir wollen übrigens im Bahnhof eine Kommune gründen«, sagt Augusta und zeigt auf Jorge, »und du musst uns bei der Satzung helfen.« Die Freundin legt ihren Arm um Augustas Schultern.

Die Rezeptionsglocke klingelt. Über die Hüfte der Akrobatin streift Jules' Hand, der von der Tischkante abrückt, um sie durchzulassen. Sie steigt über Hewimann, der sich vor ihre Füße gelegt hat. »Ich mach das.«

Dunja steht am Tischende: »Könnt ihr mal hergucken und alle so tun, als ob ihr euch liebhabt?«, und fotografiert mit einer alten Analogkamera, die sie von Jorge zum Geburtstag bekommen hat. Sie macht ein Foto, lässt die Kamera sinken und strahlt, wie um eine Verlobung zu verkünden: »Und jetzt überfallen wir alle zusammen die Bonzensauna!«

Solche übermütigen Vorschläge waren normalerweise nur ihr selbst eingefallen, denkt Saphie. Lenka lacht laut und zeigt auf Nino. »Das Witz hab ich nicht verstanden.« Sie streichelt seinen Kopf. »Ich fürchte, du findest den eh nicht lustig.«

»Mama will die nackten Spießer belästigen«, sagt Jules in seiner gleichmütigen Art, als die Akrobatin zurückkommt.

Jorge will nicht, wird aber von Dunja überredet und in die Wäschekammer geschickt, um Bademäntel und Handtücher zu holen. »Meine Schwester macht da die Aufgüsse«, sagt die Akrobatin, als sie zusammen die Dorfstraße hinuntergehen, jeder einen weiß leuchtenden Bademantel überm Arm. Dunja fotografiert. »Lasst uns die Abkürzung nehmen und uns von hinten anschleichen.« Auf dem Feldweg hebt sie die Kamera vors Gesicht und lässt sie wieder sinken. »Mich fotografierst du wohl nicht?«, sagt Jorge beleidigt. Dunja lacht und zeigt auf den Weg. »Doch, mir ist nur die Pfütze im Hintergrund zu dreckig.«

»Die Pfütze ist dir zu eckig?«, fragt Jorge mit einem Blick, der an ihrer Zurechnungsfähigkeit zweifelt. Er läuft vor, zieht mit dem Fuß einen Rand in Herzform um die Pfütze und verteilt das braune Wasser. »Wie hättest du deine Pfütze denn gern?«

Im Saunavorraum riecht es nach Lavendel. »Neun Schrankschlüssel!«, ruft Dunja, sodass sich die Saunagäste von ihren Liegen empört umdrehen. »Oh, wir haben die Herrschaften beim In-die-Bäume-Starren gestört«, sagt Saphie halblaut, »und beim Nippen an ihren Kaltgetränken unterbrochen«, und legt ihren Club-Mitgliedsausweis auf den Tresen. »Rechnung geht ans Hotel.« Die Schwester der Akrobatin wirkt erfreut über die gut gelaunte Gruppe. Während sie die Schlüssel ausgibt, zwinkert sie der Akrobatin zu und deutet fragend auf Jules, der zu den Umkleideschränken geht. Die Akrobatin nickt verlegen.

Dunja wirft übermütig mit Handtüchern, die auf Köpfen landen, und Jules zieht seins über den Kopf der Akrobatin. Für einen Moment bleiben sie bewegungslos darunter stehen. »Pfff, also wir küssen uns nur öffentlich«, sagt Augusta mit gespielter Verächtlichkeit und hält das Gesicht ihrer Freundin in beiden Händen. »Wir waren nämlich zusammen im Gefängnis. Da gibt's keine Heimlichkeiten mehr. Solltet ihr auch mal machen.«

Eine Frau verlässt demonstrativ die Umkleide und wirft Saphie ein abfälliges Lächeln zu.

In der Sauna riecht es nach Orange. Ein paar Leute stehen auf, vermeiden es, Saphie im Rausgehen anzusehen, und schütteln die Köpfe. Die Bänke sind leer. »Na, das klappt doch bestens«, sagt Dunja und legt sich auf die obere Bank, Saphie setzt sich darunter, lehnt ihren Hinterkopf an Dunjas angewinkelte Beine.

Lenka sitzt da in ihrer Vollkommenheit, wie eine Nixe, seitlich auf einen Arm gestützt, und hat etwas Heiliges, sodass Saphie nicht mehr wütend sein kann.

Sie ist eine Bombe, denkt Saphie, als Lenka ihren kugligen Bauch streichelt. Prächtig und schädlich.

Nino hat sein Handtuch um die Hüfte gebunden, sieht an die Decke, und Lenka legt ihren Kopf auf seinen Schoß. »Ihr seid crazy. Aber total! Alle nackt in ein Raum, is doch nich normal oder so.« Er wedelt mit der Hand vor seiner Stirn.

»Musst du ja nie mehr machen, Honey«, sagt Lenka und streichelt sein Bein. »Nur einmal. Like a heat test, you know?«

»Okay, dann kann ich ja gehen jetzt. Ich bin heiß!«

Lenka lacht. Saphie erklärt nüchtern: »Du musst sagen,

mir ist heiß oder ich schwitze. Mir ist kalt oder ich friere. Wenn du sagst, ich bin kalt, dann hast du keine Gefühle. Verstehst du?«

Nino versteht nicht.

»Wenn du ›sein‹ benutzt, ist es deine Gefühlslage«, erklärt Saphie geduldig.

»Das heißt, du willst Sex«, sagt Lenka ungeduldig.

»What? Ich will nur raus aus heiße Sauna, nicht Sex und nicht mit alle nackt sein. Was habt ihr fur komische Practice?« Nino steht auf. »Ich geh zu Bar.«

»Du wärst eine richtig gute DaF-Lehrerin«, sagt Dunja.

»Eine was?«

»Deutsch als Fremdsprache. Superjob!«

Saphie knotet ihr Haar hoch. »Den du nicht mehr machen wolltest!«

»Das liegt doch aber nicht an dem Job«, sagt Dunja, »sondern daran, dass du mir dein Hotel übergeholfen hast. Ich war gerne Sprachlehrerin. Du musst nur rausfinden, wofür die Leute sich interessieren, dafür sorgen, dass sie es dir mitteilen wollen, und dann gibst du ihnen die richtigen Wörter. Das ist alles viel leichter, als Hotelgäste glücklich zu machen. Als ich damals anfing, hatte ich vor, alle paar Monate von einer Sprachschule in die nächste zu ziehen, mal an der Ostsee leben, mal in der Schweiz, mal in Österreich, wenn die Kinder groß sind.« Dunja legt sich wieder auf den Rücken. »Das war mal mein Plan. Den kannst du haben.«

Saphie kann sich Dunja nicht vorstellen, alleine in einer fremden Stadt, ohne jemanden, der sie an die Hand nimmt, wie Winne es damals getan hat. Sie würde in sich zusammenschrumpfen, wenn sie niemanden hätte, für den sie bleiben wollte. Dunja klammerte sich immer an ihre Umgebung, nistete sich auf ihre eigenwillige Art ein. Mehr wollte sie manchmal vom Leben nicht, außer für ihre Kinder zu sorgen und sich vorzumachen, Winne wäre ein anständiger Vater. Alleine sein wollte sie nie. Der Plan passt nicht zu Dunja.

Saphie war gerne allein, bevor sie Gilbhart kennenlernte und es ihren Ehrgeiz angetrieben hatte, das Hotel zu retten. »Du schaffst doch sowieso alles, was du dir vornimmst«, behauptete die Mutter oft.

Dunjas Plan passt besser zu ihr als zu Dunja. »Mal sehen, vielleicht nehm ich deinen Plan«, sagt sie nach einer Weile und wischt sich den Schweiß aus dem Gesicht.

Als sie aus der Sauna kommen, schneit es. Die Luft riecht metallisch. Winzige feste Flocken strudeln wie leichte Blütenblätter unter den Laternen auf den Asphalt und werden von der Nässe gelöscht.

Hewimann versteht die leere Wohnung nicht. Suchend läuft er darin herum, riecht an den Ecken, läuft wieder hinaus und sieht zu, wie Saphie ihren Koffer in den Bus trägt. Sein Hundekissen legt sie daneben. Das versteht er und springt hinterher. Der Zeichner schlendert mit einem Brett unterm Arm über den Parkplatz, Richtung Wiese am Waldrand, die unterm Morgennebel liegt. Jules hat ihm ein Zimmer gegeben als Kunststipendium. Er würde nur Sardellen und Spitzwegerich zeichnen, sonst nichts, hatte der Zeichner erklärt. Jules mochte die Sardellenbilder, die jetzt im Saal hängen. Saphie kann mit den Zeichnungen nichts anfangen und mag auch das Sardellen-Spitzwegerich-Pesto mit Spaghetti nicht, das der Küchenchef extra erfunden hat. Bis auf Saphie interessierte es bisher niemanden, welche Bilder an den Wänden hingen, und als sie die ausrangierten Landschaftsbilder im Foyer gestapelt sah wie die Überreste einer vergangenen Ära, kam sie sich für einen Moment misshandelt vor wie nach einer Ohrfeige. Sie hatte es so gewollt, jetzt musste sie nur herausfinden, warum sie es so gewollt hatte.

Die Gäste-Postkarte klemmt sie an die Armatur. An die Familie kann sie sich nicht erinnern. Den Eltern hat der Grund gereicht, dass ihre Sofia nach Sofia wollte, und Saphie reicht jetzt die einst beiläufig erwähnte Information von Brigäne, dass ihre unbekannten Vorfahren von dort gekommen waren. Die Erinnerung an den bulgarischen Hotelgast hat sie in ihrem Gepäck vergraben, ohne genau zu wissen, wo.

Die versteppten Wiesen fallen ihr jetzt auf. Ständig hat sie die Leute im Dorf über die Trockenheit klagen hören und gedacht, das sei immer schon üblich gewesen, dass man sich über das Wetter beschweren musste. Aber jetzt fühlt sie sich vertrieben von der absterbenden Landschaft wie eine Ziege, die ihre Kräuter nicht mehr findet und weiterziehen muss.

Jeder Abend des Tages Ende,
jeder Morgen das Ende der Nacht.

Am Silvesterabend steht Saphie mit Hewimann vor einer beleuchteten Frau in Gold, die eine Eule auf dem Arm trägt. Die Statue der Sofia im flatternden Trauerkleid soll die Weisheit symbolisieren, liest Saphie in ihrem Handy, als Lenka anruft. »Ich hab einen Baum gegossen!«, ruft sie begeistert.

»Aha«, sagt Saphie. »Was ist das denn für eine dumme Idee, bei Minusgraden Bäume zu gießen?«

»Aus Blei! Ich hab einen Baum aus Blei gegossen! Also man könnte ihn auch umdrehen, Wurzeln und Krone tauschen, aber es bleibt ein richtig knotiger Baum. Krass, oder?« Saphie erinnert sich daran, dass Lenka beim Bleigießen jedes Jahr dieselbe Form gegossen hatte. Und jedes Jahr war es ihr vorgekommen wie ein Fluch, wenn sie wieder nur einen Knubbel mit Schweif aus dem Wasser fischte. Sie probierte es aus allen Richtungen, mit Schwung und ohne. Langsam und schnell. Saphie, Dunja und die Kinder gossen Igel, Berglandschaften, warzige Gesichter, verwachsene Früchte oder groteske Fische. Nur vor Lenka lagen zum neuen Jahr endlose Knubbel mit Schweif.

»Der Entbindungstermin«, sagt Lenka, »ist übrigens das Januardatum, an dem Winne und Gilbhart letztes Jahr gestorben sind.« Sie wüssten den Termin schon lange, sagt sie, und hätten gedacht, er würde sowieso nicht stimmen. Aber jetzt, da sie den Baum gegossen habe, denkt sie, es sei doch ein gutes Zeichen. »Oder?«

Saphie geht durch eine Stadt, von der sie nichts weiß, betrachtet Plätze und Schaufenster, geht durch breite Straßen und sieht fremde Fassaden, mit denen sie nichts verbindet. Jede Fassade vergisst sie sofort und sucht nach einer neuen. Fest entschlossen, alles schön zu finden, ist sie zufrieden mit den Kulissen, sogar mit den hässlichen, wie die Touristen zu Hause im Dorf.

Einzelne Fußgänger, die mit ihren Gedanken beschäftigt sind, lassen ihre Gesichter offen. Aber nicht so wie im Dorf, nicht so, als fühlten sie sich unsichtbar, sondern so, als hätten sie nichts dagegen, sich dem zu zeigen, der Zeit hat, in ein Gesicht zu sehen. Saphie sieht verdrießliche, muntere, betrübte, wehmütige, ruhelose, verschreckte und verschrobene Blicke und kann den Leuten direkt in die Köpfe sehen. Es gefällt ihr, in dieser Menge umherzugehen, ohne jemanden zu erkennen, ohne erkannt zu werden. Sie kann ihre öffentliche Maske ablegen und mit nacktem Blick herumgehen, sodass hier jeder ihr wahres Gesicht sieht, das sie zu Hause im Dorf schon lange niemandem mehr gezeigt hat.

Zwei Minuten pro Tag nur an sich zu denken hat sie Jorge versprochen. Aber jetzt merkt Saphie: Hier, wo sie einsam ist, interessiert es sie endlich, wer die Menschen sind. Sie kann die Fremden beobachten, ohne dass sie als Gäste verpackt sind, und es gibt nichts, was sie ihnen bieten muss, und nichts, was sie von ihnen bekommen will, keine Verabredung, keine Bedingungen, keinen Auftrag. Im abendlichen Zwielicht gefallen ihr die Gesichter der alten Menschen, und sie lächelt in alle Augen, die ihrem gierigen Blick begegnen.

Es ist derselbe Blick, für den sie die Touristen, Hotelgäste und Wanderer verspottet hat.

In einem rot und golden gepolsterten und gemusterten Hotelzimmer schläft Saphie unruhig. Der Vollmond schwebt vor den Rüschengardinen, und am Morgen wacht sie aus einem absurden Traum auf. Gilbhart hatte sich einen Kran gekauft, und es machte ihm Spaß, im Dorf große Dinge zu bewegen und zur allgemeinen Verwirrung umzustellen. Autos, Müllcontainer und öffentliche Bänke. Eine Gruppe Kung-Fu-Kämpfer half ihm dabei, und schließlich verkündete der älteste Kung-Fu-Trainer auf dem Marktplatz: »Nichts ist wichtiger als die große Liebe des Lebens!«

Mit diesem Satz muss ich jetzt leben, denkt Saphie, als sie wach wird, und wundert sich über ihre Besonnenheit.

Morgens fährt sie ans Meer und lässt am Strand ihre eisigen Füße mit jeder Welle tiefer in den Sand sinken, bis sie sicher darin eingegraben sind. Die Möwen hocken auf dem Geländer und ziehen frierend die Hälse ein. Ihr gesprenkeltes Gefieder ist gemustert wie die Muscheln.

Saphie stellt sich vor, wie die Fischerfrauen früher vielleicht an diesem Strand gestanden haben, um sich am Jahrestag nach einem großen Sturm von ihren Männern zu verabschieden, die das Meer behalten hat. Saphie war nie auf die Idee gekommen, dass Gilbhart sterben könnte. Er hatte sich in keinen Sturm begeben und Saphie nicht zum Abschied umarmt in der Hoffnung, von den Wellen lebendig zurückgetragen zu werden. Er hatte sich nicht im Alkohol ertränken wollen. Er wollte Saphie wieder gefallen, trocken werden, die Beziehung retten.

Saphie muss die Vorstellung loswerden, dass er noch leben würde, wenn sie nicht gedroht hätte, ihn zu verlassen – wenn er nicht versucht hätte, abzunehmen – wenn er den Hometrainer nicht gekauft hätte. Warum hatte sie das verlangt? Kein Gramm würde sie von ihm hergeben wollen, wenn er jetzt da wäre. Wenn er neben ihr stünde.

Die Kälte beißt ihr unterm Sand in die Zehen, bis sie

ihre eingepflanzten Füße nicht mehr spürt. Sie sieht auf ihre Wadenstümpfe, zieht die Füße aus dem Sand, schiebt die Löcher zu und will ihre Reue hier begraben.

Sie verabschiedet sich von Gilbhart, weil es ihr egal ist, wo sie sich von ihm verabschiedet. Gilbhart ist weg, und Saphie kann aufhören, ihn zu suchen. Vielleicht hat das Meer ihn mitgenommen.

Hewimann hat aufgehört, vor jeder Welle wegzulaufen, sitzt im trockenen Sand, sieht aufs Meer und wartet, dass jemand daraus auftaucht.

Die Möwen fangen grundlos an zu lachen.

Danksagungen

Fürs erste Lesen danke ich Jesse Bernauer und Ricarda Bethke. Mareile Fellien danke ich für die literarische Inspiration und Manuel Niedermeier für sein Rhythmusgefühl. Carsten Schmidt, Anabelle Assaf und Dominique Pleimling danke ich für die Realisierung. Für den Einblick in den Hotelalltag danke ich Gelli und Christoph Schlatter, und für den Residenzaufenthalt im Hotel Laudinella St.Moritz danke ich Katrin Lange und Vera Kaiser.